风雪征程

——东北抗日联军战士

李敏回忆录

（1924—1949）

上

李敏 著

图书在版编目(CIP)数据

风雪征程：东北抗日联军战士李敏回忆录：1924—1949：全2册/李敏著.—哈尔滨：黑龙江人民出版社,2017.9（2021.5重印）
ISBN 978-7-207-11157-9

Ⅰ.①风… Ⅱ.①李… Ⅲ.①革命回忆录—中国—当代 Ⅳ.①I251

中国版本图书馆CIP数据核字(2017)第241494号

责任编辑 李智新
装帧设计 张　涛

风雪征程
——东北抗日联军战士李敏回忆录(1924—1949)

李　敏　著

出版发行	黑龙江人民出版社
地　　址	哈尔滨市南岗区宣庆小区1号楼(150008)
网　　址	http://www.longpress.com
电子邮箱	hljrmcbs@yeah.net
印　　刷	北京一鑫印务有限责任公司
开　　本	787×1092　1/16
印　　张	54　插页20
字　　数	800千字
版　　次	2017年9月第1版　2021年5月第2次印刷
书　　号	ISBN 978-7-207-11157-9
定　　价	160.00元(上、下)

版权所有　侵权必究　举报电话：0451-82308054
法律顾问：北京市大成律师事务所哈尔滨分所律师赵学利、赵景波

编辑委员会

顾 问：陈云林　杜宇新　刘东辉
主 任：李　敏
委 员：王　景　金宇钟　赵俊清
　　　　常好礼　刘　颖　陈　玫
　　　　李胜权　张智深　李　江
　　　　陈晓东　陈　晨　陈华梅

李敏同志荣获的勋章、纪念章

苏联战功章	朱可夫勋章	解放纪念章
苏联胜利60周年纪念章	中国人民抗日战争胜利60周年纪念章	胜利60周年纪念章

胜利65周年纪念章	卫国战争胜利65周年纪念章	战胜日本军国主义胜利65周年纪念章	萝北建县百年功臣纪念章

1924 风雪征程 1949
——东北抗日联军战士李敏回忆录

继承革命传统

弘扬民族精神

康克清
1989.7

壮歌三百首

正气千秋传

谷牧 一九九○年元月

风雪征程
—— 东北抗日联军战士李敏回忆录

1924—1949

铁山纪犹飘

高歌壮中华

为东北抗战歌曲
版贺赠李敏同志

韩光题

江小鬼成为女战士
革命人永远是年轻

洪衣敬书
二〇二二年十月九日

1924 风雪征程 1949

——东北抗日联军战士李敏回忆录

赠李敏同志

经霜色愈浓

杨易辰

一九九〇年七月于北京

赠李敏同志

情系黑水
血洒白山

一九九六年八月
任仲夷

风雪征程
——东北抗日联军战士李敏回忆录

1924—1949

敬李敏同志回忆录

百年人生留青史
终生不忘抗联情

二〇一二年十一月 陈云林

抗聯大業垂青史
革命人生永年輕

毛岸青 邵華 謹題

风雪征程 1924—1949
——东北抗日联军战士李敏回忆录

　　在1931年"九一八"到1945年日本无条件投降，前后十五年中，东北抗日联军的艰难奋斗，最为惨烈。

　　蒋介石下令"不抵抗"，无耻之极。在东北广大沦陷区，高举爱国旗帜，为中华民族的尊严而奋斗的，只有中国共产党。

　　条件非常困难，重要干部大批牺牲，但是没有投降的，没有一天倒掉中华民族的神圣旗帜，一直到取得胜利。这就是中国共产党在东北的业绩。中国人民因此自豪，是完全应该的。

　　东北抗日联军的光荣事迹，我们宣传得太少了，全国人民知道的也太少了。我希望在东北各大城市里，要有东北抗日历史的纪念馆，不要让我们的子孙一无所知。否则，我们就愧对先烈，也无法向后人交代。

　　歌谣集的出版，是一件好事，一件大事。但这还只是开始。我希望有更多的、更多的宣传东北抗日联军的各种形式的宣传措施能够出台，不仅向东北人民宣传，而且要向包括台湾省在内全国人民宣传。

　　用我们的民族正气，煞一煞崇洋媚外的腐败风气。

"一切向钱看"

陆定一
1989.5.5夜

陆定一手迹：《东北抗日联军歌曲选·序言》
（陆定一，曾历任中共中央宣传部长、国务院副总理、全国政协副主席）

抗联三姐妹参加
抗联精神研讨会（哈尔滨）

抗联三姐妹于
黑龙江省萝北县七马架村

李敏（前左二）、李桂兰（前左一）
重返萝北县七马架村

抗联三姐妹李敏（左一）、李桂兰（左二）、李在德（左三）于哈尔滨，
回顾制作抗联帽子的历史

◎ 作者简介

  李敏,女,朝鲜族,1924年11月5日出生于黑龙江省汤原县梧桐河村(原属萝北县)。祖籍朝鲜黄海北道凤山郡(现银波郡)。

  1931年,在梧桐河村由崔石泉(崔庸健)领导组建的松东模范小学校读书时加入列宁主义儿童团。在父兄的影响下,接受了革命思想,积极参加力所能及的革命工作。1936年冬,参加东北抗日联军,先后在第六军第四师当战士、炊事员,并在军部密营被服厂、临时医院工作。1937年秋,加入中国共产主义青年团。1939年1月转为中共正式党员。

  1940年秋,被派往苏联学习,先后在位于苏联远东地区的抗联驻地A野营护士排学习医疗和无线电专业技术,1942年8月,抗联部队编为教导旅(亦称"苏联远东红旗军独立第八十八步兵旅")后,在通讯营任旅部广播员、政治教员、营党支部副书记等职,曾连续三年被评为旅优秀战士,被授予战斗功勋奖章,并从上等兵晋升为准尉。

  1945年8月,随苏联红军进入东北后,参加绥化建政、建军、妇女群众等工作,曾任黑龙江省军区警卫连副指导员兼党支部书记、北安团县委副书记、省中苏友协副总干事长。1952年8月在东北局党校学习,毕业后任省政府文教办副主任、省教育厅副处长、厅党组成员。1957年被选为中共黑龙江省第一届党代会代表。

  1958年11月至1973年6月,任哈尔滨第一工具厂党委

◎作者简介

书记兼道外区党委书记处书记等职。1966年"文化大革命"开始后,遭受林彪、"四人帮"迫害,入狱五年,身心遭到严重摧残。

1973年至1982年,被选为黑龙江省总工会第三、四届副主席、党组副书记,省人大第四届常委,中华全国总工会第九届代表、执行委员会委员,全国政协第四届委员会委员。

1982年11月至1987年,历任第五届黑龙江省政协副主席兼省委统战部副部长,并兼任省民族事务委员会主任、党组书记,中共黑龙江省第四届委员会候补委员、第五届委员会委员。

1987年至1993年,任第六届黑龙江省政协副主席、党组成员兼省政协提案委员会主任、民族宗教委员会主任。离休后,热心参与、关心民族、妇女和儿童等各项事业。2002年组建"东北抗联精神宣传队",弘扬东北抗联精神,宣传东北抗联十四年苦斗史,上山、下乡,寻找东北抗联遗址,进行革命传统教育,为社会主义物质和精神文明建设作出了积极贡献。2008年被萝北县委、县政府授予"建县百年功臣"荣誉称号;2010年荣获哈尔滨市"百年风采女性"荣誉称号;曾被俄罗斯政府授予"朱可夫勋章"和"世界反法西斯战争胜利60周年纪念章"。

目录

上
(1924—1939)

第一章　苦难童年

- 4　梧桐河畔
- 8　都鲁河"神龙"
- 13　"大国"地主抢粮
- 16　春节的糖稀
- 19　神秘的深夜烈火
- 23　逃离都鲁河
- 30　从卧虎力山下来的红军
- 37　暴动的怒潮
- 45　洪水吞没了农民的血汗
- 49　安邦河遇故人
- 52　我认了个干爹
- 58　我过了八岁的生日
- 60　小弟弟学凤病死
- 62　惨烈的抗日救国红枪会
- 64　妈妈病故了
- 71　建立地下联络站
- 73　汤原游击队的创建
- 81　哥哥参军上了山
- 88　与小牛为伴的日子里
- 90　我要去割大烟
- 94　"妈妈为什么不回来"
- 98　认了"王麻子"当师傅
- 106　祸不单行
- 111　游击队缴了贺梦林的武装

第二章　少年先锋

- 116　抗日救国儿童团
- 121　刘忠民书记带领我们搞宣传
- 131　风雪西进路
- 135　板场子的地方被服厂
- 143　北满省委交通员李升老人
- 153　走"洼达岗"过"舒拉河"

目录

- 156 夜宿小兴安岭
- 161 四块石山上的"月亮门"
- 168 走"迷达"了
- 171 北满省委交通站
- 176 第一次骑马

第三章 在战火中成长

- 182 大山里的兵营
- 187 张寿篯政委
- 195 我参加了背粮队
- 200 建立被服厂
- 214 漂亮的抗联女兵
- 224 北满临时省委扩大会议
- 233 特殊的山林婚礼
- 239 我加入了共产主义青年团
- 243 被服厂变成了临时医院
- 250 血染"三一五"
- 254 伤员大转移
- 262 赶往北满省委
- 268 政委张寿篯给我们发枪
- 271 梧桐河畔练兵忙
- 275 在教导队的日子
- 285 第一批部队开始西征
- 295 转战老等山
- 301 横渡松花江
- 308 腰山战斗
- 312 会师庞老道庙
- 316 锅盔山被服厂
- 323 一次未成功的缴械
- 331 血染完达山
- 341 战友啊,你们在哪里
- 352 大旗杆战斗
- 358 青山老道庙
- 364 缴获了敌人一辆汽车
- 369 1939年的春节
- 382 大叶子沟部队休整
- 385 攻打双鸭山
- 391 柳木营战斗
- 398 在申家围子听到"八军、九军"的消息
- 401 七星峰突围
- 409 黑鱼泡脱险
- 418 蒲鸭河战斗

上
(1924—1939)

东北抗日联军战士李敏回忆录

第一章
苦难童年

- 梧桐河畔
- 都鲁河"神龙"
- "大国"地主抢粮
- 春节的糖稀
- 神秘的深夜烈火
- 逃离都鲁河
- 从卧虎力山下来的红军
- 暴动的怒潮
- 洪水吞没了农民的血汗
- 安邦河遇故人
- 我认了个干爹
- 我过了八岁的生日
- 小弟弟学凤病死
- 惨烈的抗日救国红枪会
- 妈妈病故了
- 建立地下联络站
- 汤原游击队的创建
- 哥哥参军上了山
- 与小牛为伴的日子里
- 我要去割大烟
- "妈妈为什么不回来"
- 认了"王麻子"当师傅
- 祸不单行
- 游击队缴了贺梦林的武装

梧桐河畔

1924年11月5日,我出生在黑龙江省萝北县梧桐河村河东屯(现属汤原县)一座破旧的小土屋里。

我的父亲叫李石远(原名李命进),一位念过几年私塾的朝鲜族农民。我的母亲叫崔仙曼,是出身贵族家的一位朝鲜族妇女。

我有一个哥哥和一个姐姐。哥哥名叫李允凤,后改名李云峰,出生于1918年,姐姐名叫李凤女。1924年我出生时,按李家的家谱排,这一辈应该是凤字辈,父母给我起名叫李小凤。

梧桐河村河东屯位于松花江下游的梧桐河和松花江的汇合口,东侧是都鲁河,两河一江冲刷交汇形成了一片广袤的平原。这里土地肥沃,水源充足,大大小小的湖泊、沼泽分布在这片平原上,青青的芦苇漫无边际直接蓝天。这里有一片一片的疙瘩林,林中长满了榆树、柞树、桦树、柳树。这里不仅是我的故乡,也是各种鸟儿的故乡,最多的是野鸭子和大雁,它们在这儿嬉戏、产卵、繁衍,当时的人们把这片土地称为北大荒。

北大荒,北大荒,这里有黑油油的土地,这里有烈烈的西北风。

我祖籍朝鲜黄海北道凤山郡。1895—1910年,这段时间日本不断发动战争,侵占了朝鲜,他们烧杀抢掠,无恶不作,用武力没收了农民的土地,交给日本的移民耕种,这样就致使大批的朝鲜人无家可归,无地可种,父亲一家也在其中。哪里有压迫哪里就有反抗,父亲和村子里的乡亲们组建了抗日军"独立团",然而,这支"独立团"却遭到日军的残酷镇压,父亲侥

1924—1949
第一章 苦难童年

幸得以逃脱。老家是不能呆了，无奈之下，他和另几户同乡，携妻带子从朝鲜平壤南边的黄海北道凤山郡(现银波郡)养洞里初卧面逃难来到了中国。

这几户逃难的人从中国的丹东入境先来到长春。当时我们家有四口人，父母、哥哥和姐姐。到长春后，父亲给人家扛大个(即做搬运工)，母亲到一家制米厂里做小工，主要是挑拣大米里的沙砾和杂物。在颠沛流离的生活中，姐姐李凤女不幸患病夭折。或许是长春的日子不好过吧，我的父亲和母亲带着哥哥又到了哈尔滨。到哈尔滨后他们住在道外的破工棚子里，哈尔滨的日子更是艰难，几经周折一家人最后来到了萝北县梧桐河畔的河东屯，河东屯就是我的出生地。当看到这里充足的水源和肥得能流油的黑土地时，他们终于停下了脚步。爸爸和同来的几个朝鲜族人都有种水稻的技能，他们开荒引水，修田筑埂，在东北这样的高寒地带种植水稻，碾出了罕见的稻米。

遥远的梧桐河，丰腴的黑土地，尽管它荒蛮，但还是引来一个军阀对它的垂涎。

1925年，军阀张作霖手下的财政部长吴俊升(外号吴大舌头)打猎时意外地发现这几户朝鲜族人种的稻谷地，他喜出望外，如获至宝。东北属高寒地带，自古是不产稻米的，朝鲜族人竟能在这里种出水稻，他立刻想到一个财源滚滚的发财之路。

大米在当时的东北是稀缺之物，只有达官贵族才能享用，于是这个军阀选择了梧桐河畔一处水土肥美之地，跑马占荒。马蹄所到之处，马鞭所指之地，尽归他所有，他创建了东北第一个农场——福丰稻田公司。说是农场不如说是奴隶庄园，庄园修成一个城墙式的大院套，有一丈多高的大围墙，设有四个炮台，挖有护城河。大院套中驻有三十多名自卫团员，还养有几十条大狼狗，他们又招募一批无家可归的朝鲜族移民，让他们开荒地，修地埂，引梧桐河水，欲把这里建成稻谷飘香的水田。

公司把地租给招募来的农民种水稻。第一年，一次性下发每户每垧(垧:农村计算土地面积的单位，东北地区一垧约合一公顷)一担(担:中国市制质量单

风雪征程
东北抗日联军战士李敏回忆录

位,一担等于五十公斤)谷子,一二公斤豆油和一点食盐,清汤寡水的,勉强填饱肚子。

除种植水田外,农民们还要无偿的负担兴修水利的义务劳动。尽管如此,农民们最初还是满怀希望,原想有地种就有饭吃了。无家可归的逃难人,是很容易满足的。

但是,有一年看到农业收成好一些了,福丰稻田公司就趁机抬高地租,而且向农民征收各种不合理的苛捐杂税。此外,农民们还要向二房东把头(工头)缴纳增租粮。对此种种,农民们忍无可忍,强烈要求降租降税,而公司则以没收熟地(已种植三年的地)加以威胁。

辛苦劳累了一年的农民到了秋天,都落得一无所获,汗水和泪水流过他们无奈的脸庞。爸爸李石远和许多农民实在忍受不了军阀野蛮的奴役和残酷的剥削,又携儿带女逃到萝北县的都鲁河村。

■1955年3月,李敏重返萝北县,在都鲁河大桥留影

1924—1949

第一章 苦难童年

都鲁河村离梧桐河村七十多公里,是一个汉族和朝鲜族各有十来户的小村庄。小小的村庄两面是山,一面是水,西南侧都鲁河畔有一座圆圆的山,当地人称烟囱山,因山上多蛇,又称蛇山。山前是都鲁河水,在村中就可听到"都噜噜,都噜噜"欢快的流水声。我想离河只有百多米远的都鲁河村,就是因水声而得名吧?

这是个依山傍水,风景秀丽,民风淳朴的小山村。

在乡亲们的帮助下,几户一起逃到这里的人们互助性地盖起了几间马架子房,穷人的家本来就简单,能熬饭、能睡觉就知足了。

新来乍到,我们一家人靠捡地(捡别人收割落下的庄稼)和借粮维持了半年。到了秋天,爸爸李石远开垦的几垧地收成还不错,总算是勉强解决了温饱。

天蓝蓝,水蓝蓝,都鲁河的水深且凉,一般人都不敢下水游到河对岸。爸爸在老家黄海练就了一身好水性,他常下河游到对岸弄来一些木头之类的烧柴。我的哥哥李允凤八岁就跟爸爸学习游泳了,小小的允凤曾多次被激流卷到对岸挂在树丛里,吓得他哇哇直叫,每次都是由爸爸把他引渡回来。久而久之,哥哥也学了一身好水性。到了夏天,哥哥像个小泥鳅似的在河里钻来钻去,爸爸高兴地夸他:"哈哈,允凤,你是将来的游泳好手。"听了爸爸的夸奖,哥哥游得更欢了,他是见水必游,越游越长进,以后曾多次横渡过松花江。

都鲁河"神龙"

1928年,我四岁了。夏天到来时和小伙伴徐光玉一起,光不出溜的偷偷跑到都鲁河边去玩水。我们用小手拍打着河水,越玩越开心:"哎呀,快看水里咋有那么多细长细长的小鱼啊?"我俩想往岸上爬,可河水浮着我们,越扑腾越远。这时有个青年向河边走来,他身材敦实,剪着学生头,年纪十八九岁,像是个学生。

看到他来,徐光玉便喊:"哥哥,快把我拽上去吧,水里净是长长的鱼,我害怕……"

我这才知道,这个青年是光玉的哥哥。

"谁叫你们下水了?水里游的不是鱼,是小长虫(指蛇)。"

光玉的哥哥边说边把我俩一个个提上了岸,他拍拍我俩的后背说:"快回家去穿衣服,今后不许自己下河了。"

离河边三十多米处的路边有一块约三平方米的大石板,我和光玉没有回家,又光着脚丫跑到这里,坐在石板上晒太阳。光玉说:"我哥是学生,他叫徐光海,是放暑假回来的……"

光玉家和我家是邻居,我俩天天都做伴玩。徐光海是光玉的三哥。徐光海有二兄一弟和小妹光玉,加上父母亲,他家共七口人。徐光海常年在外读书,很少在家,所以,我并不认识他。

眨眼就到了三伏天,太阳火辣辣地照着小山村,狗都热得耷拉着舌头趴在背阴的草垛旁。一天午饭前,妈妈叫我到河边提些凉水来,好泡米饭

1924—1949

第一章 苦难童年

吃。拿起水瓢我就往河边跑去，路经那块大石板时，远看那块石板咋变了颜色？原来是灰白色的，现在咋是黑亮黑亮的了？我好奇地跑过去看，黑色中还有黄色的花，好像是盘在石板上的一个什么东西，又往前走了几步，还没等看明白，忽然从中间窜出个一尺多高的脑袋，有嘴有眼睛，原来是个什么活物！

"哎呀妈呀！"吓得我尖叫着回头就跑，可是没跑出几步就跌倒了，想站也站不起来，我的腿吓软了。正巧这时爸爸和几个农民都歇晌回家吃午饭，看到后忙把我抱了起来。爸爸看着我吓白的小脸，拍着我的脑袋连声说着："不怕，不怕，小凤不怕。"

大人们小心地去看那个活物，原来是一条胳膊粗的罕见的大蛇，那蛇是在石板上晒太阳的。过了一会儿，看热闹的人越聚越多，大蛇开始爬下石板了，它爬得慢悠悠的。我又害怕又想看，就用两只小手捂住眼睛，从手指缝间看到那条大蛇的脑袋都钻进了都鲁河了，拖着的长尾巴才离开了石板，好长啊，能有一丈多长吧。

妈妈崔仙曼听到信儿，也从家里跑了过来，她信神，就不停地祷告着什么，我听不懂。妈妈一直祷告到那条大蛇潜入河心为止。妈妈把我从爸爸的怀里接了过来抱回了家。

"妈妈，太吓人了！我害怕。"

妈妈安慰我说："不要怕，它是神龙，是不会伤害人的。"

可是，从那天以后，我总觉得处处都有那种活物，无法摆脱恐惧的心理，不敢离开妈妈的怀抱，再也不跑出去玩了。于是，有一天妈妈东拼西凑了二十来个鸡蛋，带着哥哥允凤和我去村西头一位姓宋的老头家，请他给排解惊吓，据说这个人道行挺深的。

这个老头四五十岁的年纪，留着很长的头发。他仔仔细细地观察了我半天，又看耳朵又看手指头，最后上上下下、左左右右地给我好顿按摩，一边按摩一边叨咕一些谁都听不懂的话语，然后说："孩子是受了点惊吓，不碍事的，现在好了。"

妈妈感激得又鞠躬又点头，嘴里不停地说着感谢的话，她说："老人家，我生了六个孩子，现在只剩下两个，这孩子这么单薄体弱，不知能不能成器，请您再给看看。"

那老人问了生辰八字又掐着手指算了一会儿，他对妈妈说："你这孩子命不太好，多灾多难，想避灾，只有向老天爷求救。"

妈妈问咋个求救法，他说得在身上做记号，向老天爷报到。

妈妈恳求他帮忙，老人说向牛郎织女星报到就行，要用浇上墨汁的针线，在我的两只胳膊上各扎出三个黑点，叫"牛郎星"和"织女星"。

听说要扎针，我吓得拔腿就跑，可是妈妈叫哥哥把我抓了回来。他们死死地按住我让老人用针扎，尽管我拼命地哭喊，"手术"还是做完了。顺便妈妈让哥哥也接受同样的"手术"，以保证我们兄妹俩都能平安无事。哥哥倒是一点都没哭，他主动伸出双臂勇敢地接受了皮肉之苦。后来，过了年就出生的小弟弟也没能幸免"手术"，因为李家的三个孩子都有了同样的记号，妈妈这才去掉了一块心病，精神上也得到了莫大的安慰。她逢人就讲我的三个孩子都向上苍做了记号，他们的命运再也不用担心了。

关于神龙出现一事，全村众说纷纭，看法各异。

有人说："我们这个村是神龙的发祥地，这次神龙亲降我村，必是来解难降福无疑，往后的日子一定会好过，从此定会年年丰收……"而另一些人则以"神龙降临必有大水"之说而忧心忡忡。

尽管两说不一，但却同样觉得对于神龙的降临该有所表示。于是，全村男女老少都穿上过节的衣服聚集河边，举行了隆重的祭祀活动。有的人在装满水的盆上扣上水瓢或小盆，用手或木棍敲打得咯噔、咯噔响，还满有节奏。有的做柳笛吹奏，有的用柳树叶子吹奏，朝鲜族的农民敲打着自制的长鼓即兴起舞，场面特别热闹。最高兴的还是孩子们，在人空里钻来钻去，打着闹着异常开心。然而最受欢迎的是痛饮农家米酒，人们边唱边舞用大铜碗轮番敬酒，还把米酒洒向河里，大家借酒兴驱除恐惧，用狂欢企盼吉祥如意。

1924—1949
第一章 苦难童年

打那以后，每逢大晴天，人们就能看到那条大蛇盘卧在那块大石板上晒太阳，谁也不去惹它，只是更加崇拜烟囱山（指蛇山），都虔诚地向它磕头祈祷，说那座山是黑龙的先祖所居住过的"龙祖山"，由此养成了拜蛇为神的习惯。乡亲们上山砍柴或采蘑菇时，遇到成群成团的大小蛇，都不敢去伤害，甚至蛇进到屋里或菜窖里也不敢打死，只是设法把蛇请出屋外了事。妈妈时常叮嘱孩子们，不要怕蛇，更不要伤害蛇，只要不去惹它，它是不会咬人的。有几次我进屋时，看到小蛇从门缝中爬了出来，仍然很害怕，可是记住妈妈的叮咛不去惹它，那小蛇也就乖乖地走掉了，真的没有伤人。久而久之就逐渐不再怕蛇了。我还常看到妈妈在铲地时，见到垄沟里有蛇就默默地祷告什么，等到吃中午饭的时候，一定先从饭盆的中央挖出两勺饭，分别抛向天和地，这叫先敬天和地，之后才容许孩子们吃。孩子们不论怎么饿，也都忍到妈妈敬完天地后才能动勺开吃大盆里的饭。

■2007年，李敏重走抗联路于萝北县都鲁河畔留影纪念

风雪征程
东北抗日联军战士李敏回忆录

我家里的食具是一个黄铜的大饭盆，一个酱碗和一人一把不知用了多久的旧铜勺子。每次开饭大家都朝着一个饭盆下勺，恰似众人共挖一座山，没等你怎么吃，那"山"也就挖完了。谁吃得慢，谁就得吃亏。后来我发现，妈妈是每每吃到"山"的半腰，就撂下勺子不再挖了，长大一些终于明白了，妈妈是怕爸爸和几个孩子吃不饱而舍己为人的。

那一年，托"神龙"的福，风调雨顺，水稻丰收了。乡亲们的议论也归一了，个个脸上都挂满了幸福的笑容。

■2007年，李敏于萝北县都鲁河畔（手中拿的是臭草，学名叫水菖蒲，当年抗联女战士没有肥皂，用这种草洗头，可以去除虱子）

1924—1949
第一章 苦难童年

"大国"地主抢粮

那年入冬,沉浸在丰收喜悦中的村民都兴高采烈地忙着打场,场院里一堆堆地堆满了各家颗粒饱满的稻谷,打老远都能闻到稻米的芳香。

不料,有一天从鸭蛋河方向(今萝北凤翔)来了十几辆大轱辘车,这种车在20世纪20年代是较先进的运输工具,车上那些荷枪持刀的士兵在地主管家的指挥下冲入场院,疯狂地把扬净的稻谷装入一口口大麻袋里,然后装车运走。留下一部分人继续抢运场院里的稻谷,待到抢完场院,接着就挨家挨户搜查强抢,一连抢了三天。就连有的人家把偷着埋在树林深处或冰窟窿里留下的一点粮食,也一一被他们截获,无一幸免。就这样还是不甘心,他们把农民一个个吊在房梁上过堂,逼迫农民交出藏粮。

这帮人蛮横地说:"此处归我们管,此地应该我们开垦,你们不主动交粮,这就是你们的下场。"

爸爸李石远被这伙人抓到村南头老王家门前,吊在挂马掌用的木架横梁上一顿毒打。父亲说没有藏粮并破口大骂他们的野蛮行为,因此更被他们打得遍体鳞伤,口吐鲜血。

哥哥李允凤见此惨景,上气不接下气地跑回家里告诉妈妈崔仙曼。那时妈妈已有七八个月的身孕了,她拖着沉重的身子,跟跟跄跄地跑到村南头的老王家,她席地而跪向他们求情,说只要把人放了她就告诉他们家中藏粮的地方,妈妈哭着说,家里藏了一点粮食是为她坐月子用的。

那帮家伙听了妈妈的话,骂骂咧咧地放下了爸爸,押着他和妈妈回家

风雪征程
东北抗日联军战士李敏回忆录

起粮,不管妈妈怎么哀求给留点粮食,他们还是把一麻袋的粮食全部拿走了。

我跟在妈妈的身后,紧紧攥着妈妈的裙角,惊恐地看着这一切,心怦怦地直跳,害怕极了,哭都不敢哭。我从来没见过有人这样打扮,他们个个身穿毛朝里的大皮袄,头上的大狗皮帽子盖住了多半个眼睛,脚上穿的是前面有像狍子皮一样被捏了褶的大靰鞡,满腿左一道右一道地绑上了很粗的绳子。我当时想,妈妈在故事里常讲的魔鬼可能就是这个样子吧。

粮食都被抢走了,仅仅两三天之内,一年的辛劳被一抢而光,只剩下稻草和稻糠。伤痕累累的父亲躺在炕上呻吟,妈妈小心翼翼地为父亲用盐水擦拭血迹,一边流着眼泪,一边不住地念叨着什么。

这天,忽听外边传来吵吵嚷嚷的声音,妈妈以为是抢粮的兵又来了,慌忙起身去门外,我也紧紧拉着妈妈的裙角跟了出去。出门一看,原来是本村乡亲们押着一个姓朴的人来到家门前,乡亲们七嘴八舌地都说他是个走狗,因为他是鸭蛋河的人,以前常来都鲁河村。我家对面屋老金家的两兄弟更是死死揪住这个姓朴的,乡亲们扬言要用铁锹、铁镐砸死他。大家你一句、我一句地逼问是不是他向地主告的密?那个姓朴的死不承认,就这样揪斗了好一阵子后还是放走了。

爸爸的伤还没好,也强起身跟着那些乡亲走了,可能是商量往后的日子怎么过,妈妈把我领回了家。

那些天,我总是睁着惊恐的眼睛,听到声音赶紧躲进妈妈的怀里。

"阿妈妮,我怕……"

"不要怕,'掏都闹亩'(朝鲜语匪徒之意)都走了。"

"他们是什么人?我听不懂他们说的话。"

哥哥允凤接过去说:"他们是'大国'人的地主。"

"什么叫'大国'人?"

"'大国'人么,人多,个子高,脑袋大,脚也大呗。"

"哦",我觉得哥哥的话有道理,自己亲眼所见的那伙人不正是那种外

第一章　苦难童年

表的吗？

"哥哥，我真怕他们，你不怕吗？"

"我才不怕呢，谁像你胆小鬼。"

"你能听懂他们说的话吗？"

"当然懂，他们老说'撕拉撕拉'就是杀头抹脖子的意思。"

听到这儿，妈妈接过去说："大国指的是国家大，不是大国人都是杀人的坏蛋。你们也瞧见了，村南头的老王他也是'大国'人，可他和我们是一样的好心人。"

爸爸和乡亲们一连商量了多日，回到家里就跟妈妈和哥哥说乡亲们的议论。后来他们常讲，我大点也就懂了。当时，有人主张去苏联，理由之一是离这里近，还不到一百里呢；二是苏联远东地多土肥；三是十月革命打倒了地主，工人农民说了算；四是那里已有了高丽共产主义党，有独立运动领导人，还有自己的军队独立团，将来从那儿能打回朝鲜去，这个主张，多数人赞同。可是有人还说"毛子"(指苏联人)那边，特别是远东地区土匪猖獗，多是飞骑强盗，谁都治不了他们，比大国(指中国)的土匪更为凶残。这么一说，不少人就又泄了气。于是，有人主张往南到松花江附近，到那里种水田另谋出路。

就是这些议论也不知道是谁又向鸭蛋河的地主告了密，地主派人驻守在村子里，扬言如有外逃者，要抓回来满门抄斩。这么一来，乡亲们的日子就更加惶恐不安了。

春节的糖稀

一年一度的春节快要到了,粮食被地主抢劫一空,还能过大年吗?无奈,乡亲们只得靠小秋收的稗草和剩在地里的苞谷棒子勉强熬冬,有能力的就去山里倒腾点山货。

妈妈用稗子籽和玉米芽熬了一锅农家糖——糖稀。妈妈只给我和哥哥吃了一点,剩下的都放到了家里房梁上的隔板上,说是等到了春节给大家拌炒米面做点心吃。

我和哥哥吧嗒着嘴,天天盼望着快点过年!

为了糊口,一有空闲,爸爸和妈妈就上稻田挖老鼠洞,因为鼠洞里有不少稻穗,是老鼠一穗一穗偷运进去藏起来,准备老鼠家族过冬的口粮。而今,蒙受劫难的农民也只能同小小老鼠的家族争嘴夺食了。

有一天,爸爸妈妈又要去挖老鼠洞,临走时爸爸给哥哥留下了作业。他翻开了一本快要翻碎的《千字文》书,指着其中的一页说:"今天给我在家好好背书,还要多写,等我回来要考你。"

哥哥答应了,爸爸又问:"你知不知道为什么要学文化?"

哥哥理直气壮地说:"知道!我们的祖先是有文化的'两班',我一定要成为有文化的'两班'的后代!"

这些话是爸爸教的,已经不知道说了多少遍,爸爸满意地拍了拍哥哥的头,挎上背架同妈妈一起走了。

等爸爸妈妈离开家,我问哥哥什么叫"两班"啊?哥哥说:"爸爸的爸爸

1924—1949

第一章 苦难童年

是爷爷,爷爷又有爸爸和爷爷,这样往上数叫祖先,我家的祖先是全州李氏,是建国元勋,所以叫'两班'。"哥哥说了半天,我在想哥哥真了不起,知道那么多,就是什么都没听明白。

哥哥说:"算了吧,说了你也听不太明白,长大了就懂了。"然后又偷偷地说:"你想不想吃糖稀?"

"啊,想啊,可是妈妈不是说要留到过年才吃吗?"

"我俩少吃一点,你说行不行?"哥哥眨巴着眼睛问我。

"行,等妈妈回来,我替你跟妈妈说,妈妈一定能给我们吃一点儿。"

"不是,不是,我是说现在咱俩吃一点",哥哥看着我急切地说。

"现在?"我问哥哥:"偷吃啊?"

"偷啥?自家的孩子吃自家的东西还叫偷吗?咱俩就吃一点儿。"

我看出来哥哥很馋,其实我更馋。听哥哥说这不叫偷,也就将信将疑了:"可是,哥哥,妈妈把糖稀盆放在房梁隔板上了,那么高,咱咋往下够啊?"

"我有办法",哥哥高兴了。他把两床被子和四个枕头摞在一起,又站上去把我扛在肩上,叫我往隔板上爬。我在哥哥的肩上晃晃悠悠的很害怕,扛着我的哥哥也吃不住劲了。

"快点爬上去,快,快!"

我战战兢兢地爬上去一看,上面有一个盖着帘子的黑色瓷盆,里面装的正是深棕色的糖稀。费了好大的劲才把盆拉到边上。哥哥先把糖稀接了过来,然后又把我从上面抱了下来。于是,我们两个在炕上围着糖稀盆坐下来,互相瞅了一眼,笑眯眯地吃开了糖稀。你一勺,我一勺,吃起糖稀来,什么都忘了,我们不是尝几口,而是吃了个够,直吃到嗓子眼发痒痒,这才发现,我俩差不多吃掉了一半。我俩吐着舌头惶恐地对视了一下,用同样的办法把盆放回了原处。

说实在的,妈妈做的糖稀可真好吃,吃起来很甜,又有一股说不出的奇妙的香味。

刚把盆放回原处,不大一会儿,草编的房门开了,有人走进来,原来是妈妈提前回来做饭了。

妈妈很快发现我们俩神色不对,她又往炕上扫了一眼,炕席上拉拉一

风雪征程
东北抗日联军战士李敏回忆录

些糖稀不说,哥哥的嘴角上还沾着不少糖稀呢。

妈妈什么都明白了,她沉下脸色,我害怕了,跪在妈妈的面前。

"妈妈,我偷吃了……"我哇的一声哭了起来。

"不,妈妈是我不好,是我叫妹妹上去拿的,你打我吧!"哥哥也跪下了,但他没有哭。

妈妈转过身去,用手捂了嘴,过了好大一会儿才转过身来。我偷偷地瞅了妈妈一眼,看到妈妈湿润的眼角还挂着些许微微的笑意,我小小的心便不再那么跳了。

"你俩主动认错就好,以后不准再犯。偷吃是'桑闹姆'(朝鲜语坏人)的行为,你俩是'两班'的后代,不应该学坏,懂吗?"

听妈妈这么一说,我俩异口同声地回答:"是,我们懂了!"

"再说,你们爬那么高的隔板,万一摔伤了胳膊腿啥的,弄成残废可怎么得了?以后可千万别再瞎胡闹了。"说完妈妈去做饭了。

哥哥"扑哧"一笑,小声问我:"刚才妈妈转过身去干啥了,你知道吗?"

"转过身想找棍子打我们呗。"

"才不是呢",哥哥得意扬扬地小声说:"我是偷看的,妈妈转过身去,捂着嘴偷偷笑了呢。"

"是吗?"我也伸出舌头笑了。

"不过",哥哥又收起笑容叮嘱我:"爸爸是不会轻饶咱俩的,你可千万不能跟爸爸说起这件事。"

我"嗯、嗯"地点着头,哥哥高兴地拍着大腿笑了。然后,翻开《千字文》,"天、地、玄、黄……"大声读起了书。

过了几天,妈妈用剩下的糖稀拌上米花、炒黄豆等做成了一些甜点心。快过年了,妈妈把点心分成几份,送给了对面屋的老金家兄弟俩一份,俩兄弟非常高兴。妈妈又用小柳条筐装上一些点心,叫我和哥哥给村南头老王家送去。妈妈说他光棍一条靠挂马掌过日子,家境和我们一样困难。送人情,穷帮穷,我和哥哥当然愿意跑腿。当我俩三蹦两跳地把点心送到老王手里时,那老王看着点心,抓住我俩的手,用说得不像的朝鲜语连声说:"高马斯尼达,高马斯尼达。"(朝鲜语:谢谢)

1924—1949
第一章 苦难童年

神秘的深夜烈火

北大荒的冬季,夜长昼短。夜里,农民用来照明的都是极简陋的油灯。他们把豆油或其他动物油倒入小碗或小碟里,用棉花或破布条搓成灯芯,灯芯泡在油中,把灯芯的一头拉到碗边点上火,就是一盏灯了。为了节省灯油家家户户都早早熄灯上炕,只有到了大年三十,才舍得多点几盏灯,点的时间也比平日里长一些。

这年除夕夜,妈妈在屋里东南西北加中间,共点了五盏灯,说是五盏灯代表还没出世的小弟弟在内的一家五口人。然后又采了一些松树枝,沾上盆中的清水掸向各处。在置办这一切的过程中,妈妈的嘴中一直在祷告着什么,谁也听不懂,她说神灵能听懂,神灵一定会保佑一家人安康的。祷告完了,她还要反复唱一首歌:

东 海 长 流

$1=F \quad \frac{3}{4}$

| 5 | 1 — 2 3 | 2 — — 6 | 5 — 5 3 | 5 — — 3 |
| 东 | 海　长　流 | 白　　头 | 山　绿　老 |

| 2·1 5 | 3 — 3 | 2·1 6 5 | 5 — — 5 |
| 天　保佑 | 我　的 | 祖　国 万 |

| 1 — 2 3 | 2 — — | 1 — 5 | 1 — — ‖ |
| 岁　万　 | 岁 | 万　万 | 岁 |

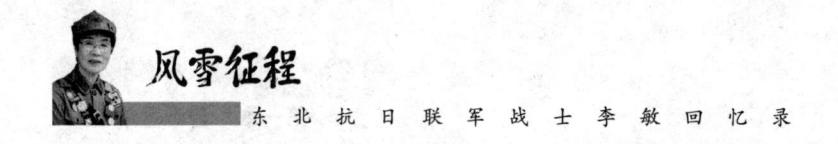

风雪征程
东北抗日联军战士李敏回忆录

在妈妈的歌声中，我进入了梦乡，不知过了多久，梦里感到浑身像做噩梦般的难受，嗓子眼呛得直冒火。我被一阵剧烈的咳嗽声惊醒过来，一睁开眼睛，发现屋外一片通红，耳边恍惚听到爸爸在喊救火，妈妈带着哭声呼喊着我和哥哥的名字。

"小凤啊，允凤啊，快点跑出来啊——！"

我呼啦坐起来环顾四周，外边已是火光冲天，火开始从窗户往屋里窜，很快屋里屋外火连着火。我吓呆了，急呼着妈妈和哥哥，这才发现哥哥还在蒙头睡觉，就急忙连摇晃带喊叫的唤醒了哥哥。哥哥当时十岁了，我才五岁，还是哥哥有办法，他急中生智，拽过一床棉被护住两个人的身子拉着我向屋外冲去。刚冲到外面，一股强劲的气浪就把我俩推倒，棉被让大火苗点着了，我的腿一阵阵的发烫。我们俩拼命地爬起来向前移动，这时只听"轰"的一声巨响，家里的屋顶塌下来了，我俩又连被子带人倒了下来，棉被已经变成了一团火。妈妈看到火球，赶紧把冒火的被子扯过来扔到一边，她把两个孩子紧紧地搂在了怀里，妈妈放声大哭，我也哭了，只有哥哥没哭。乡亲们都来帮忙，他们把冒火的棉被塞进雪堆里灭火，房子已经烧落了架，没办法救了。这时有人把我接回了家，他们在我右膝伤口上糊上了大酱（农家治疗烧伤的办法）。

原来，半夜时分，爸爸和妈妈听到外边有响动和火光，就急忙穿衣服跑了出去想看看究竟是咋的了，当发现屋外堆满了柴草，火苗已经窜起一人多高时，爸爸就到处喊人救火。妈妈想冲进屋内去救我们，可那大火是有人在房子的外边点着的，先把草编的门给封住了，妈妈一边向火里冲，一边喊着我和哥哥的名字，也多亏我醒的及时，才幸免于难。

除了一床我和哥哥带出来的被烧得千疮百孔的棉被外，家里的东西全被烧光了。这真是一场莫名的大火，烧得非常蹊跷。第二天早晨，爸爸便去看只剩下四面土墙的废墟，但只从那里捡到一口朝鲜小铁锅，那是锅底深礼帽样式的锅，这口锅还是当年从朝鲜逃难时带过来的，另外还捡回四把已经烧变了形的铜勺子。其余的锅碗瓢盆全被砸坏烧坏，可惜那些用糖

1924—1949
第一章 苦难童年

稀做的甜点心,我们还没来得及吃就被烧光了。

多亏了村里的穷乡亲,你家一块布,他家一团棉花的先把那床破被补丁摞补丁的补好,夜里好用来御寒;又你一把我一勺地从各家为数可怜的口粮中分出点给我们,村南头的光棍老王还送来了他下套子打到的兔子皮及狍子皮各一张……

就在这个节骨眼上,偏偏赶上妈妈要临产了,爸爸急忙收拾村西头一间无人住的空房子。这间空房子,秋天没修炕,一冬无人住,加上老鼠挖洞堵了烟道,根本无法烧炕。爸爸只好苫房草、扒炕洞重新修房。等不及爸爸修好房子,妈妈就在一户姓边的人家客居生产了。过了一周才把妈妈接回到那个临时修缮的破草房。

虽说是打了春,可那天还是嘎嘎的冷,也弄不到窗户纸,只好先用茅草将就着堵上窗户。寒风阵阵从草缝里钻进破草房,一家四口人拽着一床破被御寒,小草房四面的泥墙挂满了寒霜,爸爸只好不停地出去搂草,哥哥不停地往灶坑里添草,而我则不停地把草递给哥哥。碰到风不顺,烟囱往屋里倒烟,呛得一家人眼泪鼻涕的咳嗽不止,可怜妈妈还在月子里啊。

妈妈又生了个男孩,起名叫李学凤。我家尽管遭了难,但是小弟弟的降生还是给全家带来了喜悦,我们企盼着小弟弟的到来,能让一家人时来运转。我忽然觉得自己长大了,已经是小姐姐了。我开始在妈妈的指点下帮着干活。冬天缺水,小弟弟拉了尿了,我都抢着帮着去收拾,那年月哪有草纸啊,都是用草去擦,常常弄得我满手都是屎尿,尽管这样我还是和全家人一样特别喜欢小弟弟。

关于这场火灾,过了一阵子就知道是有人故意放的火。那个放火的坏蛋就是上次被大家揪斗的那个姓朴的,他是鸭蛋河地主的狗腿子。揪斗他时,他对我们家和金家俩兄弟怀恨在心,于是趁除夕夜人们睡熟时放了一把火。姓金的俩兄弟是外村人,他俩都未成家,来到都鲁河村后没地方住,很困难。见他二人正直厚道,爸爸就让他俩在自己家的对面屋搭一个小炕住下。为此他们二人非常感激,同我家关系处得也很和睦。这件事后,他们就无家可归了，只好含着眼泪离村出走。

这起火灾过后，乡亲们心里更加不安，大家再也不想继续留下来种水稻了。鸭蛋河那边的地主仍是不让农民离村出走，因为当时的北大荒，原本就人烟稀少，会种水田的农民更是百里挑一，好不容易圈住这些朝鲜族人，他们能不视为摇钱树吗？地主强令农民至少耕种三年后才准离村。他们把农民当成了会说话的牛马，不吃食的猪狗。农民也看透了他们的黑心，受够了他们野蛮的剥削，于是，下决心要离去了。

连日来，爸爸闷着头给家里人编草鞋，每人有两三双了。

有一天，他把哥哥李允凤拜托给了徐光海。

"请你在开学回校时，把允凤带走，送他上学。他可以住在李振植家，他们会照顾他的，拜托了。"爸爸还同时给李振植家捎去了一封信。

第二天醒来，我不见了哥哥，可能是为了保密，哥哥趁夜走的吧。

1924—1949
第一章 苦难童年

逃离都鲁河

一天夜里,我在甜睡中被人叫醒了,是爸爸把我拉了起来给我穿衣服,然后把我放到他身后的背架上坐下。背架上有火灾中剩下的那个小铁锅和那床破棉被,我不愿意上背架,一心还想睡觉,想从那背架上爬下来,爸爸不让,我就使性子哭了起来。

"小凤听话,我们一家人要赶紧逃离这个村子,要是那些大兵再来就把你也抓走了……"

听妈妈这么一说,我吓得再也不敢哭了,乖乖地坐在背架上,紧紧搂住爸爸的脖子,随着爸爸和妈妈离开了烟气熏人、四壁挂霜的破草屋。

一出屋,我就激灵灵的直打冷战,看不到月亮,满天的星斗,好冷的天啊,这一夜可能是正月末或者二月初。

这次的夜逃,是我生平艰难历程的第一步,也是我生平第一个多苦多难的夜晚。

离开村子后,我们踏着冰雪渡过了西南侧的都鲁河,因为秋天涨水,河面很宽,冰面也很滑,多亏穿的是草鞋,草鞋能防滑。在空旷寂静的深夜,爸爸和妈妈都不出声,他们的脚步声嚓嚓的显得格外响,四野很静,听得见从河岸树林中折过来的回响声。如果爸爸妈妈穿的不是草鞋那声音该有多大啊。过了河我们进入了漆黑的树林。爸爸和妈妈在林中艰难的往山上爬,我的脸叫冻树枝划破了好几道。爸爸走得很快,妈妈背着小弟弟吃力地跟在后面。妈妈还带着一只簸箕(是打场时常用的农家用具,多亏放在了

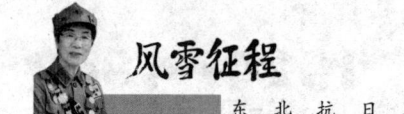

屋外才幸免了那场火灾),现在是全家剩下的唯一生产工具了,而今,妈妈把簸箕扣在后背上,用它来给小弟弟挡点风,可是行走时那簸箕动不动就被树枝掀掉,妈妈只好一次又一次的捡回来重新扣上。

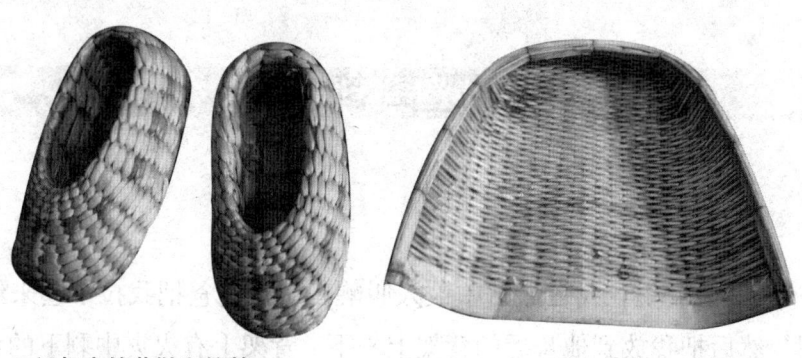

■ 记忆中的草鞋和簸箕

走了一大段山路,我们走出了树林,天已经放亮了。我在爸爸的背架上也睡了一觉。我们在树林边的避风处休息了一会儿。小弟弟一直在哭闹,满头冒虚汗的妈妈在雪地里给弟弟喂奶,可能是奶水不多,弟弟还是哭叫不停。我看到妈妈脸色苍白,满脸浮肿得都快睁不开眼睛了。喂了一阵奶,妈妈给弟弟换尿布子,因为天冷,弟弟哭得更加死去活来,我的眼里也充满了泪水,我觉得小弟弟好可怜,妈妈也特别的辛苦。

妈妈打点完小弟弟,一家人就又上了路。穿过一片小树林,我们看到朝阳的斜坡上积雪开始融化了,可背阴坡上的积雪还是很厚。妈妈还是背着小弟弟跟在后面,扣在后背上的簸箕还是总被刮落。后来,妈妈干脆把簸箕交给了爸爸,把弟弟抱到了前怀,用奶头塞住了弟弟哭叫不止的嘴。抱在怀里的弟弟可能比在后背暖和多了,他不再哭叫,可是妈妈一定更冷了。

爸爸的背架上多了个簸箕,我只好下来走路了。走出小树林后,感到风又大又硬,就强鼓着劲紧跟着爸爸,走雪路时高一脚矮一脚的十分吃力,就这样我还是走出了十来里的路。可是再往后就不行了,刺骨的寒风中,我的手和脸蛋就像用小刀剜肉一样的生疼,脚上穿着的草鞋被冰雪刮破露出了脚丫,鞋中浸满了雪水,两只小脚被冰水泡着冻着,先是疼痛后

1924—1949
第一章　苦难童年

是麻木,最后失去了知觉。那时五六岁的孩子穿的都是开裆裤,我穿的开裆裤还是姓边的邻居给的,穿着又瘦又短,盖不住脚脖子。春寒料峭的天气里,穿着那种开裆裤行走在旷野里,五六岁的孩子咋能扛得住?每迈一步,风都往我小小的身体里灌。这刺骨的寒风从下往上,直灌到后背和肚脐眼上,我实在熬不住了,就开始抽抽搭搭地哭了起来,真是无法理解爸爸为什么领着我们走这荒原雪路,后来索性不走了,是实在走不动了啊!看到我不走,爸爸返回身来啪啪地打了我的屁股,我终于"哇"的一声大哭起来,我感到莫大的委屈,边哭边喊:"妈呀,我走不动了……"

爸爸妈妈不理我了,他们很生气,自顾着走了。我坐在雪地上打滚,破着嗓子叫喊着妈妈,还是妈妈心软,她又返回身来拉我。

"小凤啊,你不走,想在这冻死吗?再说,不快点走,那帮大兵来抓我们咋办?好孩子,快起来跟妈走吧。"

我没办法了,只好站起来,扯住妈妈的裙角上了路。我们走得越来越慢了,再说冬天的白昼像兔子的尾巴那么短,天快黑了,一家人已经走了一天一夜,一路上也没有见到人和村庄,我们只好在树林边的背风处点一堆篝火露宿了。

在篝火边,妈妈给弟弟换尿布,弟弟又哭个不停,我的脚又湿又冻,这一停下来取暖,反而疼痛钻心,就又哭了起来。妈妈哄了弟弟又来哄我,看到我的手脚都被冻肿,被尿水浸湿的裤裆把大腿根的细肉蹭得满是红疙瘩,妈妈的眼圈也湿了。妈妈使劲搂着我,泪水滴落在我的腿上,腿像撒了辣椒面一样杀的要命,但那是妈妈心疼抚爱的泪水啊,我顾不得自己的疼痛了,反而泣不成声地安慰起了妈妈,我用冻肿的小手为妈妈擦着眼泪。

"妈妈,你别哭了,我不疼,真的不怎么疼了,我再也不哭了……"

"好孩子,你真懂事,你配当学凤(弟弟)的小姐姐了……"

妈妈更使劲地搂住了我,母女俩的泪水流到了一起。

我爱妈妈,知道妈妈疼自己。可是想到爸爸就撅起了嘴,爸爸太不疼我了,他还打屁股。我强忍着疼痛,挣脱开妈妈的怀抱:"妈妈,我不要紧,你

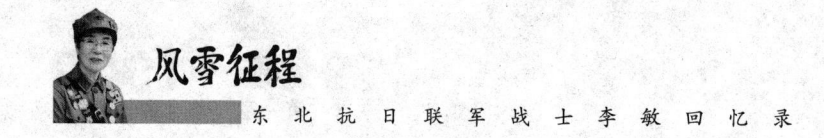

风雪征程
东北抗日联军战士李敏回忆录

还是照顾小弟弟吧……"我有意把脸背对着爸爸,故意不理他。没曾想,背后竟传来了爸爸的话:

"咱们小凤,今天很了不起,跟着大人走了四十多里(二十多公里)路,将来长大了,一定是个要强的好姑娘。"

爸爸一边说着一边往篝火堆里加树枝,然后把我抱在怀里,把破草鞋扔掉,换上了新的布袜子和新草鞋。尽管脚仍然在疼,但换了新鞋袜,感觉还是好多了。我听到妈妈的表扬和爸爸的鼓励,所有的委屈都没了,自己也觉得在这艰难的一天一夜之间忽然长大了,坚强了,能当姐姐了。

天大黑,星星又一闪一闪地出来了。爸爸砍来树枝添火,用土块和塔头墩子搭灶,架上铁锅熬起了小米粥,空旷的原野里闻到小米粥味,我觉得特别的香甜,就乖乖的静静地等着。粥熬好了,妈妈先用小米汤喂小弟弟。因为妈妈的奶水不够,小弟弟一直哭个不停,等喂了米汤他就不哭了。喂完小弟弟大家也都喝了热乎乎的小米粥,有米粒下了肚,身上也觉得暖和了许多。

喝完粥不大一会儿,我就开始打盹,上眼皮怎么也支不起来。妈妈抱着小弟弟,把大腿伸直,让我趴在她的腿上睡觉,开始还能听到篝火燃烧的噼啪声,后来就什么都听不见了,着实累瘫了,睡死了。

当我听到妈妈在叫自己,揉着眼睛一看,天已经亮了。没等起身就发现夜里尿了裤子,不仅尿湿了自己的棉裤,还弄湿了妈妈的裤腿,我既害羞又担心,在村子里,小孩子尿炕,是要挨说受罚的。给你扣上簸箕,让你到邻居家讨盐,然后人人数落你,让你抬不起头来。这下可好,不仅自己尿裤子,还累及妈妈,爸爸和妈妈会怎么处置呢?我既不敢起身也不敢抬头,妈妈却笑了:

"快把裤子脱了,我给你烤干它。"

妈妈没生气,我却羞愧地红着脸抬头笑了笑,把湿棉裤脱下来交给了妈妈。在一旁的爸爸把棉裤接了过去,用双手摊在篝火上烘烤。一会儿,从裤子上往外冒气了,一股股尿臊味我自己闻着都呛嗓子,爸爸和妈妈好像

1924—1949
第一章　苦难童年

并不在意。

简单地吃了几口家里带来的苞米饼子,一家人就又上路了。在两片大树林之间有一二公里宽的小树丛,山里的人把这叫作疙瘩林。这天走的就是疙瘩林路,我觉得特别难走,我人小,上面的树枝总是刮脸,地下的树枝总是绊脚,真是步步艰难,怎么那么远啊,干走也走不到头。最难熬的是脚上的疼痛,旧伤未愈又添了许多新的伤口,我没有忘记昨天夜里爸爸妈妈给自己的鼓励和表扬,就咬紧牙关,使劲抿嘴,心里不住地叮嘱自己不能哭,可是在不知不觉间,脸还是被泪水和鼻涕弄得一塌糊涂,见此情景,妈妈也无声地流泪了。

"好孩子,妈知道你的脚很疼,不要憋坏了身子,你想哭,就痛痛快快地哭吧,爸爸妈妈不说你。"

我用妈妈的裙子使劲捂嘴,不想哭出声来,可是,没能憋住,终于哇的一声哭了。一哭就收不回来,索性就大哭了一场,哭了个够,闷气消了许多,但脚疼却未见减轻。

下午,太阳还没落山。我们一家人终于看到了不远处似乎突然降临的梧桐河村!我又回到了自己的出生地,早已不记得那个村庄是什么样子了,我眼前的村庄,修有围墙和炮楼,好威风呀。一家人穿过村子,来到村南大湖边的一座小马架子房,那就是送哥哥寄宿的李振植家,他家也是全州李氏,和我家一样,是"两班"的后代。

啊!终于到"家"了,进了屋,有位老太太起身相迎:"啊依古,高生海什姆尼达"(朝鲜语:"哎呀,受苦了。")

除了她的热情接待外,还有一位年轻妇女忙接下了妈妈背上的小弟弟,我感到自己一家四口人活像是要饭的叫花子。

李振植家有新娶不久的妻子和父母二老,李振植的哥哥叫李振永,他家的老老小小都是有文化的人。李振植后来参加了革命,1933年冬被捕入狱,不幸被杀。

李振植家和我们家是同姓同祖,以兄弟相称,因为这种关系,他们收留了我们一家人。

到了这一家后，妈妈崔仙曼就病倒了。她满脸浮肿，浑身高烧，一连数日卧床不起，小弟弟学凤也病了。头天晚上，吃罢饭我倒头就睡，什么都不知道。第二天，好心的房东为妈妈请来一位朝鲜族中医，给妈妈和小弟弟分别开了方子，还给我的脚伤上了药。那位医生是免费行医送药的，这让我们一家人想都没想到，世上还有这样的好心人，其实当时逃荒的朝鲜族穷苦人是非常的团结互助的。

那位可敬的朝鲜族医生姓金，由于他一连几天行医送药，妈妈和小弟弟都康复了。我们一家人特别感激金医生和李家人给了我们第二次生命！

又到了冰雪消融的季节，一出门到处是水，南流北淌的，所有的路都泥泞难行。我看到在外行走的人们，都穿木头高底鞋，我只有一双蒲草鞋，妈妈不让外出，天天只能在门口往外看。

有一天，爸爸回来说在村西头找到了一间房子。一家人要搬出去住，要离开好心的房东了，包括哥哥在内的我们一家五口人都万分的感激李振植一家。

我们一家人住进了村西边小溪旁的一座小草房，屋内只有一铺能躺三个人的小火炕和一个锅台，五口人躺下去，是够挤的了。可是妈妈还是十分欣慰地说："蛮好，蛮好，总算有了自己的家，晾尿布子也方便了。"

妈妈崔仙曼从没因家境贫寒而埋怨过爸爸，也从未见过她和爸爸吵过嘴。从都鲁河逃往梧桐河的一路上，她也没曾有过半句怨言。她待人真诚和气，还会唱好多的朝鲜族民谣，她从来都理解和谅解别人。这会儿，听到她对蹩脚无比的小草房也表示满意的言语，爸爸李石远深情地吐露了自己的心声：

"你总是太谅解我这个丈夫了，我让你为我受尽了苦，还有孩子们……"他的嗓音哽咽了，没能把话说完。

梧桐河开江了，凹凸不平的冰排沿江而下好壮观啊！我发现老户的大人小孩都带上麻袋到草甸子上拣东西，我和哥哥随他们去看热闹，这才知

1924—1949
第一章 苦难童年

道在湖边草丛里有那么多冻死的鱼。哥哥让我快回家给爸爸报信,当我上气不接下气地跑回家时,爸爸李石远早已用背架往家里背成麻袋的死鱼了。爸爸随运,妈妈随收拾晾晒,准备储存干鱼。

死了的鱼,肉色发灰,吃起来味道不太正,但是对于饥寒交迫的穷苦人来说,是天赐的佳肴,救命的美食了。

水田春播后,多数农民都到河里打鱼做口粮,哥哥李允凤也自做渔具到湖边垂钓。我替哥哥提着蚯蚓盒,坐在哥哥的身边,每钓上一条,都会高兴得叫了起来。哥哥说叫喊声会把鱼儿吓跑的,可过不了多大一会儿,我一高兴,看到鱼,就又叫了起来。哥哥很会钓鱼,他愿意到松花江去钓,江里的鱼不比湖里的好钓,但在江里能钓到大个儿的鱼。有时坐在哥哥的身边时间一长就睡着了,等醒来时一看,总是有好多条大鱼被柳树枝串在一起,那是哥哥的战利品。

那时的松花江鱼多品种全,有鲤鱼、鲫鱼、鲶鱼、白鱼、黑鱼、鲢鱼、狗鱼……而且又大又肥,味道极鲜美。

但是,常年单吃鱼也不行,因缺少应有的其他营养,人们的口腔普遍溃烂了,于是又到疙瘩林采野菜补充,这才有了好转。

鱼除了可以吃,鱼油还可以做灯油。那时家家用鱼油点灯,连学校里都用鱼油照明。在野外干死的鱼,还可以捡回来当柴烧。那时候的鱼是给穷人救命的,鱼给人们带来了生活的希望和信心。农民常哼唱着"青青的天上有数不清的星哟,梧桐河水中有抓不尽的鱼哟。星星,星星你点灯哟,鱼儿,鱼儿你充饥哟。……"

我们家又租种了两垧水田,春播后爸爸到悦来镇码头去当搬运夫,挣点钱供哥哥上学,补贴家用,后来又到船上给人家当船工,所以,朝鲜族人都称他"白沙君尼"(朝鲜语"船夫")。爸爸常年不在家,家中里里外外的家务和农活全由妈妈一个人承担下来了。每当妈妈背着小弟弟带着午饭下地干活时,我就随妈妈到地头看弟弟。中午,娘仨在地头吃野餐,我觉得挺有意思,每天日出而作,日落而归。

从卧虎力山下来的红军

这时,村子里传来传去,说从卧虎力山下来了一支红军,红军是来解放贫苦农民的。

红军是啥样啊?有人说:"他们头戴红帽子,臂缠红袖标,腰佩红穗枪……"说得很神,人人都想亲眼见到他们。

在秋天的季节里,一天,我们家里来了几个陌生的青年,他们高高的个子,二十多岁的年纪,其中还有两个女学生。两个女的都穿着黑布的衣裤,头发剪成男式的分头,看上去特别的利落。她们自我介绍,一位叫李秋月,一位张英华,还有一个男的自我介绍叫张世振(原名李云健)。这些人来到我们家,问家庭人口,问家中财产,还问孩子有几个在上学,没上学的还有几个?他们问的详细又亲切。在我们家问完,他们又到别家,挨家挨户地了解情况。

过了几天,爸爸去参加学校的一个会议,回来后说:"在会上有位叫金治刚(崔庸健同志当时的名字)的人讲了话,说他们是共产主义者。他们要在村里成立什么贫农协会苏维埃工农政权。另外,动员每家的适龄儿童上学,说是免费教育。"

当时村子里到处喜气洋洋,说共产党好,共产党是要把穷人从苦难中解救出来,连免费教育都想到了,真是穷人的大救星啊。特别是孩子们,听说能上学,都高兴地活蹦乱跳。

没过几天,妈妈交给我两个小本子,小本子是用旧窗户纸裁成的,长短

1924—1949
第一章 苦难童年

不齐的用饭粒粘贴起来最后用白线缝订而成。妈妈还把一支有二寸来长的铅笔头,拴上白线给我挂在脖子上。

"咱们的小凤已经长大了,明天要上学学文化了……"

妈妈抚摸着我的头,话没说完,眼睛湿润了。我手捧着笔记本,眼看着吊在胸前的铅笔头,不由自主地叫了起来:"噢!我要上学了,我要上学了!"

"看把你高兴的,妈妈没钱给你买新本子和铅笔,这本子是窗户纸订的,这铅笔头是你哥哥用过的。你先凑合着用,等秋后有了钱,妈妈一定给你买新的,哎,也不知道够不够用。"

"妈,没事儿,只要能上学就行,本子不够用,我自己也能捡废纸订本子呢。"

"好孩子,真懂事……"

妈妈高兴地笑了。那天夜里,我既兴奋又紧张,没能睡好觉,生怕早晨睡过了站。

第二天,我起得很早,把哥哥李允凤也叫了起来,囫囵吞枣地吃了早饭就和哥哥上学了。我紧紧跟在哥哥后面,出门向北顺着小河堤一直走,在小河堤北侧一个山冈上有个大广场,广场上有两座土房校舍。哥哥说,一个是高年级的,一个是小学年级的。我们走近那个小学校舍时,听到了悠扬的童声合唱《列宁诞生歌》。

后来我知道此歌由苏联传入,1928年就开始在朝鲜族中流行。此歌同十月革命胜利消息一道在传播马列主义中起到重要作用,成为抗联队伍中的流行歌曲之一。

我站在那里听得入神了,哥哥说唱歌的是列宁主义儿童团员,他们唱的歌叫《列宁诞生歌》,可我还听不懂哥哥说的这些话。

"好了,快进去吧。"

"哥,我自己不敢进去。"

"哎呀,怕什么?你进去喊一声报告!"

"我不敢,你进去帮我报告呗。"

风雪征程
东北抗日联军战士李敏回忆录

列宁诞生歌

1=C 4/4

```
1 3 | 5 - 3 2̂1̂2̂ | 1 - - 1̇2̇ | 1̇ - 5 1̇1̇2̇ | 5 - - 5 5 |
```
一 千　八　百　七　十　年，　四　月　十　日美　良　辰，　沃　尔
伊 里　奇　是　他的爸　爸，　玛　丽　娅是　他的妈　妈，　星　儿
工 人　阶　级的宠幸　儿，　资　本　家的眼　中　钉，　要问他

```
3 - 2̂1̂5̂ 6 | 3 - - 6 1 | 5 - 3 2̂1̂3̂ | 1 - - ‖
```
加　河畔农　村　诞　　　生　了红色列　宁。
般　美丽的　花　滋　　　长　在其怀　　抱。
诞　生在何　处　请你记　　着沃尔加　河。
列　宁诞生之　后　你便　　成　了赞美对　象。

"我在家教你多少遍了？你就说，报告老师，学生李小凤来到！在家说得好好的，现在怎么又不干了？"

"……"

"好吧，我领你进去，快点，我也要去上课呢。"

这下好了，哥哥领我进了教室，我躲在哥哥身后，听哥哥向老师报告："报告金老师！我的妹妹李小凤，不，从今天起改叫李凤仙，她来学校报到！报告完毕！"哥哥说得嘎嘣溜脆，我觉得哥哥真了不起，报告完毕，哥哥转身出去了。

那位金老师微笑着走到我跟前，摸着我的头亲切地问我叫什么名字。

"我叫小凤"，我小声地回答。

"请你大点声，到底叫什么名字？"

经金老师一追问，我才想起爸爸给改了名字，于是壮着胆子，稍大声回答：

1924—1949
第一章 苦难童年

"我爸爸说,从今天起我的大名叫李凤仙……"

"好,好,李凤仙同学,那是你的座位,请你坐下。"

金老师指给我前面第二排的中间座儿,我的右边是男生李七星,左边是女生崔凤女。坐下后,我把两个本子放到桌子上,这时我扫眼一看,别人的本子和自己的不一样,人家的都很新。同桌的男生看了我的本子一眼,趁金老师背过身的功夫,把我的本子扔到地上,还向我轻蔑地做鬼脸。我想把本子捡起来,他又用脚踩住,不准捡,从来没有受过这样的侮辱,我感到莫大的委屈,于是哇的一声哭了起来。

这时,左边座位上的崔凤女站起来了。

"老师,李七星同学把李凤仙同学的本子扔地下了,他还踩着不让人捡。"

听到我的哭声转过身来的金老师,马上沉下脸来对李七星直视了片刻,然后叫他站起来,趁这工夫我把本子捡起来,掸去尘土抱在怀里,不敢再放到桌面上了。

"李七星同学,你为什么把人家的本子扔掉?请回答!"金老师的眼睛紧盯着李七星。

"嗯……她的本子是用破窗户纸订的,挺埋汰的……"

听了李七星的话,我更感到委屈,"不!不埋汰,是我妈给我订的,我妈说,我妈说……"我说不下去了,又哭了。

金老师走过来,把我的本子拿到前边去,看了看,向同学们说:

"同学们,你们看到今天来了一位新同学叫李凤仙,家中没钱买本子,她妈妈用旧窗户纸给她订了本子。可是李七星同学嫌它埋汰,把它给扔了,你们说,这样做对不对?"

"不对!"同学们异口同声地回答。

"那么,你们说,应该怎么办?"

"李七星应该道歉!"

"我们大家应该支援一些本子给李凤仙同学!"

风雪征程
东北抗日联军战士李敏回忆录

同学们你一言我一语争先发言，金老师打断了同学们的纷纷议论，问同学们为什么要让李七星道歉，为什么要支援本子？

"因为我们都是劳动者无产阶级的后代，从小我们应该互相爱护，互相团结和互相帮助。"这是石大成同学说的。

"好！完全正确，石大成同学的回答应该得到一百分！"

当时，我还听不大明白石大成的话，但觉得他挺会说。金老师接着问怎么个支援法？同学中呼呼啦啦站起六七个，争先恐后往金老师手里送自己富余的新本子。

"好啦，好啦，眼下是足够用的了……"

金老师也显得格外的高兴。

"金老师，嗯，我也想送个新本子给她。"

这是我的同桌李七星，他说着站了起来，低着头斜瞟了我一眼，到老师那儿交了一个新本子。

"老师，不要李七星的支援，他经常欺负人！"不知是谁的提议，话音刚落，与之呼应的很多。

"同学们，李七星同学好欺负人的错误已经过去了。现在，他能给李凤仙支援本子，说明他已经认识了错误，我们应该欢迎他改正错误，对不对？"

"对！"这是多数同学的回答。

"今天，同学们表现都很好。我们共同上了一堂阶级友爱课，互相关心，互相帮助，这才符合列宁主义儿童团员的要求……"

金老师有些激动，大家都很高兴。不知不觉间，我的委屈也消失的一干二净了。金老师的话自己还听不太懂，还不知道什么叫阶级友爱，但觉得金老师非常了不起，同学们也都很好，浑身感到有说不出的温暖。

这位金老师叫金宗瑞，二十岁左右，个高挺拔，他兼教体育课。上体育课时，他身穿笔挺的黑色学生制服，站在操场上，用洪亮的声音喊口号，特别威风，同学们都怕他，也很敬重他。

还有一位音乐老师叫李仁根（曾用李英华、张英华等名，也称她为女张），我

1924—1949
第一章 苦难童年

在家里就曾见过她,她十八九岁,长得很秀气、文静,而且很严肃。她是随叔父张世振出来干革命的,后来参加工作组来到梧桐河村,当了音乐老师。她的父亲叫李云岗,有些财产和土地。李云岗和他的弟弟李云健因信仰不同而各奔前程,李仁根向往革命就离开父亲跟了叔叔。出走后,李仁根随同崔石泉(崔庸健)参加了开辟革命根据地的工作。李云健改名叫张世振后,李仁根就随叔叔姓了张,叫张英华,也曾用名张佩珊。

第一天上学,就给我留下了深刻的印象。那天回家后,兴奋地向爸爸妈妈讲了学校里的事情。爸爸妈妈听了都很高兴,爸爸还说村里来了共产党,学校是共产党办的。妈妈也说学校真好,没想到用窗户纸订本子这种事也惊动了学校的老师和学生。接着妈妈问,什么叫共产党人?爸爸说:"共产党就是独立团。"还是哥哥李允凤学过政治课懂的事多,他说:"共产党是从苏联来的,列宁主义儿童团也是从苏联学来的,是共产党领导的。"

从那以后,村里传开了关于共产党的议论,多数人都认定共产党是为解放工人阶级和贫苦农民而斗争的组织。

关于朝鲜族党员干部在中国东北工作的历史,我参加革命工作后,通过一些资料了解到梧桐河一带的情况。

早在1927年夏,中共党组织派蔡平、李春满、韩友、金利万、崔英日等朝鲜族党员干部来到梧桐河村,进行革命宣传工作,组织了妇女、青年、儿童等的群众性革命组织。同时,动员群众出工出料,自己动手建起了学校,叫罗兴学校,让朝鲜族农民子女上学念书。

1928年金治刚(崔庸健)、李云健(张世振)等同志从黄埔军校毕业,受中共中央满洲省委的委派,先到通河后到梧桐河。他们是负责组织开展三江地区朝鲜族村革命活动的。他们在这里首先着手开办军政干部训练班——松东模范学校、农民讲习所、农民夜校等。军政干部训练班连续办了两三期,每期两三个月,培训出了一百七十余名革命干部。崔石泉同志在这些学员中选一批优秀的、较成熟的同志,派往通河、萝北县鸭蛋河、汤原县格节河、富锦县安邦河、哈达密河和桦川县湖南营(今桦南县镇)、勃利县等地开展工作。然后,经常去上述地区视察和指导工作。

那时,我高高兴兴地每天去上学。儿童团员开会时经常唱的是《列宁诞生歌》和由崔石泉写词的《模范学校校歌》。

我从一个不懂事的孩子,在共产主义思想开始兴起并迅速传播到荒漠北疆时,在革命先驱的启蒙下,在热情奔放的革命歌声熏陶中,接受了共产主义思想的初级教育并参加了各种有意义的活动。

后来,学校实际上变成了革命活动的中心。这里经常召开各种会议,爸爸和妈妈也经常到学校参加会议和学习。学校用讲政治课和教文化课等形式传播着共产主义思想,特别是讲起苏联的十月革命和工人、农民当家做主的课来,农民们特别爱听。他们看到了前途和希望,非常向往共产主义和社会主义社会早日到来。学校还利用朝鲜族的风俗习惯,在过年过节和生辰集会等场合,积极举办各种文艺演出,公开地传播马列主义。

模范学校校歌

1=F 4/4

崔石泉 词

模范学校的少年们哪, 学习要努力啊, 人人都做模范少年,
模范学校的少年啊, 要学列宁主义啊, 要当列宁好少年,
过渡时期不会长, 共产主义不遥远, 那个时候新社会,

天天都要向上啊。 你也当,我也当, 都把模范少年当,
要学列宁好思想。 你也学,我也学, 都学列宁好思想,
定是人间好乐园。 要建设,要建设, 社会主义靠我们,

你也当,我也当, 都把列宁少年当。
你也学,我也学, 都学列宁好思想。
建设吧,建设吧, 社会主义靠我们。

1924—1949
第一章 苦难童年

暴动的怒潮

1930年秋,根据中共中央和中共满洲总行动委员会关于坚持组织地方暴动,反对军阀的统治,迎接即将到来的全国暴动胜利,是实现目前党的总路线的指导思想的指示精神,梧桐河村也和全国各地一样,掀起了农民暴动的高潮。

首先,组织了农民武装,叫农民赤卫队。凡是年满18岁以上的青壮年,都参加了赤卫队。他们拿起了打猎用的土枪土炮,以任春植为首的全村木匠,夜以继日地赶制了木枪,补充了武器的不足。还做了一些子弹袋,没有子弹就用子弹大小的小木棍塞满,看上去还很像。那时农民手头没钱,农会干部动员每户拿出一斗稻子,到佳木斯市换回白布,然后交给妇女会,让妇女们用锅底灰作染料,把白布染成灰色,为每个赤卫队队员做了三件军用品,子弹袋、背包和绑腿。

我爸爸李石远,这个穷苦的农民也参加了赤卫队,并做了分队长。他手持土枪,背上子弹袋,和大家轮流出去站岗放哨。我哥哥李允凤和一些同学的活动也很紧张,好几次我看到哥哥从家里倒一些灯油出去。有一天,就好奇地尾随着哥哥,但很快被哥哥发现而没能得逞,这就更使我感到他们的活动一定很神秘。那天,被哥哥撵回来后,我又拐了个弯儿偷偷跟踪,终于发现哥哥进了一间黑暗的旧空房,点上灯,闷头做起了木棍子。后来才知道那是儿童团员们的"武器",它的总称叫"红色儿童团员的护身杖",是用来保护自己和打击敌人的"武器"。

当哥哥走出空房子发现我在门外偷看时,他很生气:

"你不准对别人说起你今天看到的一切!"

"为什么?"

"这是军事秘密!你懂吗?"

"那样的棍子,给我也做一个行吗?"

"不行,你还没加入少先队,你没资格带它。"

哥哥边说边解开自己的前胸,胸前露出了一个用红线拴上的铅笔头。哥哥自豪地说那是红色儿童团员的标志。

"哥哥,给我一个不行吗?"

"不行,这是儿童团团部统一发的,还得举行宣誓仪式呢,你会宣誓吗?连到学校报到的话都不会说,你不够条件……"

哥哥李允凤说了许多我听不大懂的事情,我更崇拜哥哥了,在自己眼里哥哥是个大人了。

后来,我知道了共青团员每人必备"护身杖"。"护身杖"是用木头做的,木棒上拴有红绳,顶端包有铁箍。

什么时候我也能有那样的一个"护身杖"啊。

儿童团员的任务是在老师的指导下,假借到"福丰稻田公司"护城河外玩的名义,侦察公司动向,调查公司走狗出入的情况。当时重点监视的是一个叫朴致浩(朝鲜人)的公司管事人的行动。

那时,群众的革命热情很高,从儿童到老年人都动员起来,准备同"福丰稻田公司"进行斗争,建立农村苏维埃政权。

1930年冬,梧桐河的农民暴动终于爆发了。这年由于受灾而水稻大幅减产,可是公司照旧强行征租,外加各种水利税、朝鲜族居住税等名目繁多的税。公司还硬性规定不准农民到北大林子砍伐树木。梧桐河北侧有一片片的树林,农民建房和造农具的木料都靠这些树林。农民们早已给二房东朴致浩等人交过几年的额外征租,这年是受灾,情况特殊,但他们还是派兵来威胁农民,还把农民领导人崔石泉、裴治云等人逮捕起来殴打一顿后,关

1924—1949

第一章　苦难童年

进了公司大院的炮楼里。崔石泉(崔庸健,1900—1976),朝鲜平安北道龙川郡人。中学时因组织反日活动被当局判刑两年。1922年他流亡到中国,同年入南华大学学习,1923年,转学至云南讲武堂。1925年任黄埔军校五期六区队长。1926年加入中国共产党,1927年参加广州起义。1928年被党中央派到东北工作,化名金治刚,先后来汤原、萝北从事建立党组织和游击队的工作。

连续多年受尽公司残酷剥削和压榨的朝鲜族农民,在忍无可忍的情况下,男女老少齐动员,手拿镐头、镰刀、斧子、二齿钩等为武器举行了暴动。当时所提的口号是:

■崔石泉(崔庸健)

1. 减租减息!
2. 取消对朝鲜族的各种不平等苛捐杂税!
3. 允许农民到北大林子砍伐木材!
4. 坚决反对给二房东缴纳租粮!
5. 坚决惩办朴致浩,让他滚蛋!

那天,农民暴动队伍打着横幅标语,举着红旗,浩浩荡荡来到公司门前示威,然后围起了公司大院。学校的学生也都跟去了,在大人队伍的后面助威。这时公司炮楼上的自卫队开始向暴动的群众射击了,院门紧关。农民们群情激奋,毫不畏惧地冲向院门。我爸爸李石远和青壮年队员扛来两根电线杆子,两股合力高喊着"一、二、三"共同撞击大门。不多时,大门被撞开了,游行队伍像潮水般涌进了第一道院内。公司的头目和被抓的农

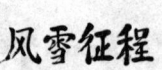

风雪征程
东北抗日联军战士李敏回忆录

民领导人都在第二道院里。冲入院内的农民齐声高唱着从关内传入的《农民暴动歌》,歌声震天动地。

  事情到了这般地步,公司的地主们吓破了胆。于是,急忙派出一名代表,宣布答应提出的要求,可是农民都高喊听不懂。当时朝鲜族二房东朴致浩,连面都不敢露一下。这时,农民中的青年代表裴敬天同志挺身而出,要求公司代表重新宣布一次,并拿出书面材料。公司代表只好慌忙回去写

农民暴动歌
朝鲜族歌曲

3．2 1 6 | 5 6 5 5 | 1．1 2 3 | 2 - | 5．5 6 5 3 |
每 当 寒 风 凄 凄 的 秋 收 季 节, 农 民 血 汗
农 民 大 众 武 装 起 来 奋 勇 杀 敌 人, 军 阀 势 力

2．3 2 1 | 5．6 3 2 | 1 - | 5．5 3 5 | 1 1 6 5 3 |
结 成 的 各 种 农 产 物, 都 被 地 主 资 本 家 们
措 手 不 及 挡 也 挡 不 住, 咱 们 红 军 南 征 北 战

2．3 2 1 | 2 - | 5 6 5 3 | 2．3 2 1 | 5．6 3 2 | 1 - ‖
白 白 抢 夺 去, 农 民 们 只 好 奔 向 革 命 的 路。
势 如 破 竹, 反 动 派 闻 风 丧 胆 纷 纷 把 命 逃。

1 - | 5 - | 5．5 3 5 | 1 1 6 5 3 | 2．3 2 1 | 2 - |
啊 啊 咱 们 红 军 南 征 北 战 势 如 破 竹,

5 6 5 3 | 2．3 2 1 | 2．1 6 1 | 1 - ‖
反 动 派 闻 风 丧 胆 纷 纷 把 命 丢。

1924—1949
第一章 苦难童年

来书面材料,双方分别在上面盖了章,被扣押的农民领导人也都获释而出,站到了农民队伍中。

我们胜利了。浩浩荡荡的队伍走出了公司的大院,回到模范学校操场。操场的秋千架上升起了红旗,农民们在这里举行隆重的庆功大会,裴治云同志主持大会,领导游行队伍的崔圭福维持会场,崔石泉同志十分激动地讲了话。农民们摇动着红旗,时而齐声高呼:"共产党万岁!""暴动万岁!"等口号,时而又高唱《咱们的红军来到了》。口号声和歌声此起彼伏,震耳欲聋,整个会场充满了胜利的喜悦!

咱们的红军来到了

1 1 5 5 6	1 1 1.2	3 3 3 1 3	5 5 5 0	3 3 3 1 3
来了 来了	来到 了	咱们的 红军	来到 了,	咱们的 红军

5 5 5	3 3 3 1 3	5 5 5 0	3 0 3 0	5 3 2 1.2
来到 了,	胜利的 旗帜	高高 飘。	哎 咳	哎咳 呀

3 3 3 5 5 6	1 1 1	5 —	5 — ‖	6 5 6 5 3
咱们的 红军	来到 了。	哎	咳	哎咳 呀

3 5 5 5 5 6	5 6 5 3	3 5 5 5 5 6	5 6 5 0	3 0 3 0
咱们的 红军	来 到 了,	胜利的 旗帜	高高 飘,	哎 咳

5 3 2 1.2	3 3 3 5 5 6	1 1 1	i — i — ‖
哎咳 呀	咱们的 红军	来到 了。	哎!

散会后,大家都兴奋不已,无法平静。群众用自己的斗争第一次感受到了团结的力量,也明白了只有跟着共产党走才有活路。

据有关资料记载,1930年9月,中共中央六届一中全会作出了新的指示。指出在当时进行农民暴动和建立苏维埃等,条件尚不成熟,强调当时的做法是"左倾"路线。由于交通不便,文件传递困难,当这个新指示下达到下江地区的时候,已经是1931年1月初了。当时南满和东满地区的农民暴动仍呈现继续扩大和发展的趋势;北满通河县的农民暴动则已持续了半年之久,后被日本(日本领事馆参与)和军阀所镇压,几十名农民和共产党员遭到了屠杀。敌人的这一血腥镇压,更加激起了梧桐河、汤原等地农民的义愤,这种新仇和对地主军阀压迫剥削的旧恨交织在一起,情绪达到了无法控制和操纵的程度。

梧桐河农民暴动胜利后的很长一段时间里,我爸爸李石远和农友们常常议论和评价那次斗争。他们共同认为那次暴动真正显示了农民团结的力量,切实使农民尝到了胜利的果实。他们说,那个滋味儿比喝酒还痛快。

那次斗争,在遥远的北疆,共产党人播下了共产主义思想的种子,这颗种子继续生根、发芽、结果,培养和造就了一批坚强不屈的党员和干部,增强了他们的组织性和纪律性,从而为组建汤原县委、反日游击队,从思想上到干部骨干上打下了基础。

1931年秋,日本帝国主义在中国制造了九一八事变。当年冬天的春节前夕,中共党组织在模范学校召开了群众团体和干部会议,传达了中央的决议精神,号召各群团组织要团结各族人民抗日救国。会上,特别强调朝鲜族人民要在中国共产党领导下,和其他民族人民团结起来,打倒日本侵略者,才能实现民族解放的道理。为了发动和组织各民族人民开展抗日游击战争,会议决定组织一个抗日救国宣传队,到各县进行宣传活动。口号是:"中韩民族团结起来反日救国!"

抗日的怒火燃烧在梧桐河,宣传队很快就组建起来,全村共组建了五

1924—1949
第一章 苦难童年

支队伍,青壮年宣传队分两路进行远征;老年和少年儿童宣传队只在本地附近进行宣传。演出服装一部分是靠集资到佳木斯市买些布料制作,其余大部分则是由妇女们捐献的,她们不仅捐献了自己的节日装,有的还献出了自己新婚时的婚礼服。

宣传队的集体表演以扭秧歌和跳朝鲜舞为主。穿的有汉族服装、朝鲜族衣裙和男女学生装。扭秧歌时有跑旱船、踩高跷;跳朝鲜舞时有农乐舞和长鼓舞,显得十分热闹。1932年农历正月初在学校操场举行了一次会演,各队的热情都很高。

每支宣传队内部都有具体的分工,有专门演讲的,有负责写传单(用汉文写的)和撒传单的,有唱歌的(用朝汉两种语言唱革命歌曲)。

许多领导同志也都化妆参加了演出,裴治云同志表演了朝鲜族的象帽舞,那时叫甩头舞;裴敬天同志用假发梳成长长的辫子男扮女装扭秧歌;张兴德同志一脸的络腮胡子,腰间别个大烟袋,扭来扭去,乐得大家前仰后合。李在德、石光信等同志扮成女学生。徐光海、金相国、马德山等同志是专门演讲的,他们几位口才好,知道的事情多,每当演出达到高潮,观众情绪高昂的时候,他们就发表演说,揭露日本帝国主义侵占朝鲜,又来侵略中国的狼子野心和滔天罪行,号召中、朝民族团结一致共同抗日救国,动员群众参加"反日大同盟会"。他们的演讲得到了热烈的欢迎和呼应。

爸爸李石远和哥哥李允凤也都参加了宣传队,做了很多的工作。

远征宣传队,先后到汤原县境内的鹤立镇、连江口、太平川、格金河金矿、鹤岗煤矿,萝北县的鸭蛋河、都鲁河和依兰北的农村等地,进行了四十多天的宣传。当宣传队进入佳木斯市时,中共党员、时任中学教师的张耕野、唐瑶圃、董仙桥等带领着进步学生赵敬夫、陈雷、姚建中、冷云、马克正、周绍文也加入进来一起宣传抗日救国,这些学生后来都参加了抗日联军。

经过宣传发动,在中共汤原中心县委管辖内的萝北、通河、富锦安邦河

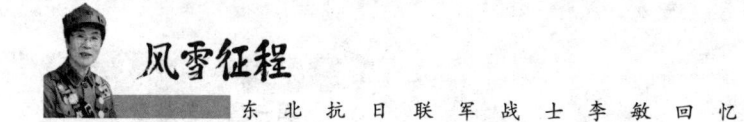

风雪征程
东北抗日联军战士李敏回忆录

区等四个县七个区，建立了反日同盟会，会员达四五千名。周围的汉族农民群众开始了解到朝鲜族人民强烈的抗日欲望和行动，从而增强了汉、朝民族的感情和团结。那时，在汤原县太平川、格节河、黑金河、鹤岗、鸭蛋河等地的汉族群众中，也开始了建党工作，一大批汉、朝两个民族的群众骨干加入了中国共产党。这些党员和党的组织，在后来的抗联队伍建设中发挥了很重要的作用。

九一八事变以后，中共满洲省委指示："各级党的组织要积极建立抗日武装，联合各方力量打击日本侵略者。"

梧桐河流域的广大农村，由于地主、军阀和日本帝国主义的挑拨离间及客观条件的限制，武装抗日的思想和行动还没能被广大农民群众所理解和接受，再加上历史所遗留的民族隔阂，组建抗日武装的工作遇到了很多的困难和曲折。

此时，崔石泉同志根据省委指示，为了在饶河、宝清等地组建抗日武装而离开了梧桐河。因此以李春满为书记，以裴治云、金相国、李云健（张世振）、徐光海等为汤原县委成员。

裴治云（1893—1933年），原籍朝鲜庆尚道，1920年流亡东北，1927年定居萝北县梧桐河村，受雇于福丰稻田公司。1929年参加由中共党员崔石泉、李春满等组织的减租减息斗争，1930年加入中国共产党，1932年4月任中共汤原中心县委书记。裴治云是汤原民众斗争和抗日武装运动的主要领导者。他十分坚强勇敢，是群众的好带头人。

■裴治云

1924—1949
第一章 苦难童年

洪水吞没了农民的血汗

1932年秋,梧桐河两岸的庄稼长势喜人,丰收在望,农民们家家都在忙着筹划秋收。可偏偏在这个节骨眼上,老天爷和穷人过不去了,一连几十天的瓢泼大雨下个不停。很快,梧桐河、都鲁河、蒲鸭河的河水猛涨,特别是松花江开始洪水泛滥,眼看一年的辛劳就要被洪水吞没了。心急如焚的农民日夜不停地守在稻田,尽力加固堤坝,但还是没能抵挡住猛兽般凶猛无情的洪水。

我们一家住在村南头的湖边,爸爸带着妈妈和哥哥都在田里抗洪,家中只剩下我和三岁的弟弟李学凤。

那天湖水也在猛涨,早晨已经往院里进水了,开始我并没有害怕,往年也遇到过这种情形,漫进院里的水,不久就会退回去的。可是这次没想到,到了中午,狂风大作,雷雨交加,从南边的松花江席卷而来的洪水,在我家的院子里翻卷着浪头冲进了屋里,我带着弟弟在水中挣扎,吓得号啕大哭。幸亏爸爸、妈妈和哥哥他们及时赶了回来,大家七手八脚把我和弟弟先抱上房顶,又把仅有的"家产"小铁锅、破棉被和簸箕抢了出来。爸爸在齐腰深的水中东一根、西一根的捞来了好几根木头,手忙脚乱地打了个木排,就这样一家五口人上了木排在暴雨中漂行。爸爸控制着木排往学校方向漂,在途中遇到了刚从防汛第一线回到家里协同父母和妻子正与洪水搏斗的李振植,爸爸把他们一家四口也拉上了木排,人太多,爸爸和哥哥开始下到水里推着木排走。

风雪征程
东北抗日联军战士李敏回忆录

当木排推到学校时,操场上的水也已经没到大腿了。学校是全村最高的地方,是全村人唯一的避难所。当我们一家到来时,这里已经变成了抗洪的战场。围着校舍,青壮年们正在分秒必争地抢修防洪堤坝,母婴和老少们正拼命地往校舍里挤,晚来的只好在操场的岗子上相挨搭铺,安置家什。

裴治云、李云健(张世振)、蔡平、崔贵福等党员同志挺身而出,指挥大家抗洪。他们提出的口号是:"团结奋战,修堤防洪,确保民众生命安全!"并且写成标语挂在操场的秋千架上。领导这次抗洪斗争的是农民协会。青壮年挖土方、扛草袋、打夯;儿童们在老师的指导下给大人送水,替大人照看孩子。全村人形成了一个团结奋战的大集体。

洪水在一刻不停地上涨,浑浊的河水打着漩涡冲击着堤坝,堤坝不时出现决口,农民们呼喊着拼命地去封堵。就在这万分紧张的当口,人们发现村南远处水面上驶来一艘白色的轮船。

"啊!救命船!是来救我们的!"

人们兴奋的不能自已,雀跃着欢呼起来。

裴治云等领导同志看来也确信不疑,他们几位商量片刻后宣布:"大家不要急,不要乱,要按一二三村的顺序分别排好队,让老年人和母婴在排头,有组织地准备上船!"于是,农民们把活停了下来,忙着打点自家从洪水中抢出来的一些家用;母亲们则东奔西走地呼喊自己的孩子,整个学校大院吵成了一片。

白色轮船越来越近了,眼看就要靠近学校,人们巴不得马上跳上船去。可是轮船却拐了个弯,向东北方向驶去,到福丰大院门前停下了。农民们都傻了,好像挨了一棒闷棍,心中的苦涩无以言表。人们只能望着福丰公司的地主们和几十名兵卒蜂拥而上,七手八脚搬上大大小小的箱子柜子,最后,连他们的狼狗也都上了船。那艘白色的轮船,船尾排放着翻滚的白沫子就这样绝情地开走了……

看到这不顾农民死活的行径,大家对地主军阀的仇恨达到了撕心裂肺的程度!许多农民咬牙切齿地高喊:"打倒地主!打倒军阀!"为了鼓励大家继续奋斗,李春满、裴治云二位同志先后讲了话。他们用眼前活生生的事实,进一步揭穿剥削阶级的本性,号召大家团结起来战胜眼下的洪水,将来要推翻这万恶的旧社会……农民们切实感到了在生死关头站在农民一边的只有共产党!

村里的房子都被大水淹没了,极目望去,四周都是一片汪洋。农民手中仅有几条小渔船和木排,靠这些是无法冲破洪峰横渡松花江的。乡亲们只好继续在原地抗洪保命,待洪峰过去后再另谋生路。

我听大人们说,在那次洪水中死了近百人,死亡的牲畜更是不计其数。被洪水困了二十多天后,水位开始下降,洪水终于渐渐退了下去。

李春满、裴治云等领导同志召集各群众团体组织的负责人和骨干分子开会研究下一步的对策,然后召开群众大会,由李春满同志宣布了决定。他说,当前的大事,就是要保住全村人的生命安全和使今后的生活有着落。眼下,全村庄稼颗粒不收,要想生存只有逃荒奔走他乡。村里决定有组织地分批逃荒,大家要自报去向,有亲投亲有友靠友。不论逃往何地,希望大家都能积极参加当地的抗日救国组织,继续为抗日救国事业作出应有的贡献。

会后,家家都自报了去向。分别有安邦河、汤原新村、萝北鸭蛋河、汤原格节河和太平川等地。

我们一家是无亲可投、无友可靠的困难户之一。这类户编入了富锦县第五区安邦河的难民队。据说,这批难民队是有组织的,负责人都带有党团关系,他们分布这一地区的各村,有的还插入了汉族村,当时的分布情况大体如下:

安邦河、河西、河东村,以河西为中心;
河东村(汉、朝两族各半)又称草甸子村;
贺梦林村(贺梦林南一个小村)也叫马架子村;
杨树林子村(夹心子北);
安邦河村(安邦河发源地,在双鸭山河边)。

我们一家所属的难民队有三十多户百十来口人,是个比较大的队。难民们乘木船分批来到松花江南岸的悦来镇,先在码头和大街上露宿了几天。有些久病的难民死在了街头,有些难民走不动留下来不想走了,剩下的难民携妻带子又走上了逃难的路。

风雪征程
东北抗日联军战士李敏回忆录

　　在逃难的队伍中，衣衫褴褛，面黄肌瘦，生病的越来越多，行进速度十分缓慢。等到了苏家甸村的玉米地时很多人不想再走了，也实在是走不动了。由于饥饿难忍，大家七手八脚地掰苞米和烧黄豆吃。因为人多目标大，很快就被地主管家发现了。不多时，地主派来了全村的武装大兵包围了难民，威胁难民赔偿地主的损失。有几位农民上前解释，但语言不大通，情没求成反而惹来一顿拳脚。这还了得，本来难民们就对地主怀恨在心，现在在逃难路上还遭此打骂，新仇旧恨涌上心头，难民们怒火中烧，一个难民挨打，全体难民一哄而上，大家豁出去了，不就是个死吗？这时，地主武装枪支压弹准备开枪，事态发展极为严重。就在这紧要关头，带队的张在钟同志和李石远同志挺身而出，他们先拦住了怒发冲冠的难民。张在钟同志会讲一口流利的汉语，他和李石远向地主管家说明了这些人都是逃难的难民，要不是饥饿难忍也绝不会吃庄稼，他俩劝地主管家，这些难民现在死都不怕了，还能怕啥呢？不就是掰点苞米吗，日后等我们落下脚，一定回来还钱。

　　听了张在钟和李石远的解释，地主的管家终于发了善心，让大家离去。

■1932年，三江地区发生特大水灾，莲江口车站及煤场一片汪洋

1924—1949
第一章 苦难童年

安邦河遇故人

一路忍饥挨饿,逃难的人群终于来到了安邦河区的草甸子屯(今双鸭山市集贤县)。这是一个汉、朝两族杂居屯,有个叫梅雪堂的地主兼中医在经营这里土地,他雇佣自己的内弟张镇奉和另外两个人分管土地、房产和商铺。

到了草甸子屯,各家都投奔亲戚朋友去了。我们一家无依无靠,正在没有着落的时候,却在这里意外地遇见了曾在都鲁河的火灾中帮助过我们的边氏一家。在都鲁河村时,我家的房子被地主的二房东烧成灰烬,是边家收留了我们,妈妈还在他家生下了小弟弟。那年夜逃时我穿的开裆裤也是他家送的。这家人心眼好,我们一家人一直把边氏一家当作救命恩人。现在,在走投无路的情况下,总算遇到了一个熟人,爸爸和妈妈都高兴地流出了眼泪。

边氏一家也是在我们家失火那年逃离都鲁河来到这里安家的,这天听说村里来了逃荒的难民就出来看看,没想到竟然遇到了我们一家人。看到我们一家人衣衫褴褛、面黄肌瘦的样子,边氏夫人不由分说地就把我们家仅有的那点行李搬回家中。我们跟在后面连感谢的话也不知道怎么说好了,多灾多难的一家人总算有个落脚的地方,又有了一个可避风雪的窝子,也许真就应了那句"天无绝人之路"的老话吧。

边氏一家的住房是一座小马架子,进了屋,南面是灶坑,北面是一条长炕。爸爸用秫秸在长炕上做了个间壁,边家和我们家在这条长炕上一东

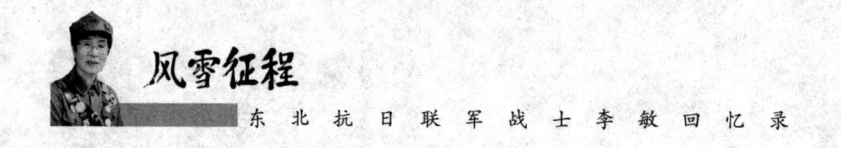

风雪征程
东北抗日联军战士李敏回忆录

一西地住下了。然后在南面另起了一个炉灶,两家人各用各的。

边氏夫妻三十岁左右,养育一男二女三个孩子,最大的七岁,最小的不满一岁。夫妻俩个子不高,但身体结实,都勤奋能干,家里家外收拾得十分整洁。他们能说一口流利的汉语,他们说自己的父母是很早从朝鲜庆尚道来到中国的。

那天,可能是农历八月中旬。晚上月亮很圆很亮,再加上下了霜,外面显得格外白亮。边氏人家给我们做的晚饭是二米饭和炖西葫芦,好久没有吃过这样又热又香的饭菜了,香得小弟弟连连说,好吃,好吃,我也吃得很香很饱,大家都很高兴。在野外奔波一个多月后,第一次在家中吃到这样的饭菜,吃得这样饱,香甜之余,我一下子感到浑身瘫软,好像喝醉了酒,倦意难忍,不知不觉中躺倒睡着了。

第二天,吃完早饭爸爸出去揽活去了,适逢大秋,可以去帮人家割稻子挣点钱。爸爸走后,我妈妈就问边妈妈能不能到地里拣点萝卜叶子什么的做菜粥糊口,边妈妈劝我妈妈先好好歇两天再说,可是妈妈决意要领着我和弟弟出去。看妈妈执意要去,边妈妈就告诉她,不远处有汉族人梅经理的地,那里有不少西葫芦可拣。妈妈高兴了,马上就要去。边妈妈无可奈何地背起孩子,领着另外两个孩子和我们一起出发了。

走不多久,我们就来到了梅雪堂家院外,隔着栅栏看到了院内的砖房,这在当时人们的眼里是高档住房了。他家的院子是用柳条篱笆围起来的,想到院子里去,必须从大门口通过。这时,院内的两条大黄狗听到声音向我们汪汪的直叫,吓得我们几个孩子直往妈妈们身后躲,幸亏这时从院里出来一位中年人吆喝住了狗,并笑着告诉大家不要怕。

边妈妈点头鞠躬地和这个中年人说,李家人是逃难来到这里,实在没有可以吃的了,请行个方便,院里的西葫芦如果不要了,就送给我们吧,那个中年人爽快地答应了。我和妈妈们来到园子里一看,那里满地都是大个的西葫芦,虽然已经被霜打了,但满可以食用。妈妈不解地问边妈妈,这么好的西葫芦,他家怎么不要了?边妈妈告诉妈妈说,梅家人都住

第一章 苦难童年

在城里,这儿只留两个老头看家,他们那些人都不稀罕这些玩意儿。妈妈听了特别高兴,这些好端端的西葫芦在灾民眼里,是要比啃不动的金子还要珍贵得多。

从那天起,我们连续几天往家搬西葫芦,每天晚上切成西葫芦片或者西葫芦条,在屋里屋外到处晾晒。就是这些西葫芦条救了我们一家人的命。入冬后,妈妈又和哥哥允风去稻田里挖老鼠洞,掏出洞里的稻穗,拿回家捣成碎大米,以西葫芦条为主掺点碎米做菜团子和菜粥吃。另外还到菜地里捡来白菜帮子或萝卜叶腌些咸菜就饭。也许真是"车到山前必有路"吧,我们那一冬总算熬了过来,比预想的还要好些,一家人靠着这些东西熬过了一冬一春。

风雪征程
东 北 抗 日 联 军 战 士 李 敏 回 忆 录

我认了个干爹

来到安邦河一带的难民们，在当地党组织的统一领导下又重新投入到抗日救国活动中。爸爸和张在钟、任春植等人把有朝鲜族居住的几个村的群众，统一编成几个组并安排了组长，定期开会研究工作。我也加入了儿童团，儿童团的负责人是尹锡昌、李允凤、李贵学等人，儿童团准备在秋后入冬时进行宣传活动。从此，孩子们每天晚上相聚学文化，隔一天排练文艺节目。

有一天，我们在院内排练的时候，来了一位身穿蓝棉袍，头戴红疙瘩帽的人。他挺着细高的个子，笑眯眯地看着大家排练。我认出了他，这人就是我们第一次去捡西葫芦时，为我们制止两条狗的那个中年人。他是此地地主梅雪堂的内弟，名字叫张镇奉，家住辽宁省牛家庄。他的家人都在老家，他是独身来到这里帮姐夫管家的，此地人称他是张经理。这阵子粮食还没有打下来，管家也好，经理也好，整天没什么事可干，他就时常来看我们排练节目。日子一长也就都熟悉了，大家对张镇奉的印象还不坏。

有一天，排练时他又来看了半天，等大家解散时，他走过来冷不防把我托起来扛到肩上：

"我要认你做我的干女儿，好不好？"

"不！不好！"我极力地想挣脱他，但他径直来到我们家，请求边夫人为他做介绍人，说他看中了我，要我做他的干女儿。我这时好不容易脱身跑到妈妈跟前表示反对。边夫人看到我不愿意，左右为难地望着张经理。可

第一章 苦难童年

是张经理还是说:"我喜欢这个小丫头,你一定要给我说说,我原来也有过一个女儿,前年病死了,我特别想她。说也巧,小凤这孩子好多地方都像我那个女儿……"

经张经理这么一说,边妈妈又来劝我了:

"哟,多巧哇,小凤啊,你就答应了吧,人家张经理认你作干女儿,这也是你的福气。"

不论他俩怎么说,我一直摇头不答应。张镇奉失望了,他很不高兴。他边走边说:"咳,哒利(朝鲜语女儿)慌了,哒利慌了……"

他走后,边夫人问我究竟为什么不愿意当张经理的干女儿?我说:"他是地主的大管家,不是好人。他们将来还会来抢咱们的粮食,都是没良心的坏蛋!"边夫人和妈妈都笑了,妈妈说:"这孩子还没忘那年的事呢,她大婶儿,她这话你可不能对张经理说,不过,话又说回来,我看这个张经理和都鲁河的那些地主不一样,他好像没那么坏,是不是?"边妈妈也应和着说张经理这人真不坏。经两个妈妈一说,我也觉得张镇奉这个人其实也不像坏人。

没过几天,张经理又来了。我们刚排练完节目,他又把我抱起来扛到肩上。

"小凤,你为什么不愿意做我的干女儿?"

"你们汉族人卖女儿,我害怕……"

"卖女儿!不,我不卖,我保证!"

"你们地主好抢我们的粮食。"我脱口说出了这一句话,心里不禁咯噔一下。可是,没想到张经理不仅没生气,而且还伤感地说:

"我哪里是地主啊?我和你们一样,没有自己的一分地呀……"

这时候爸爸和尹成杰他们几位大叔走过来了。

"张经理,这孩子不懂事,说了错话你可别往心里去。"爸爸说。

"哪儿的话呀,我不怪她。"

"其实这孩子说的都是实话。那年,都鲁河的地主抢粮,谁也忘不了!"

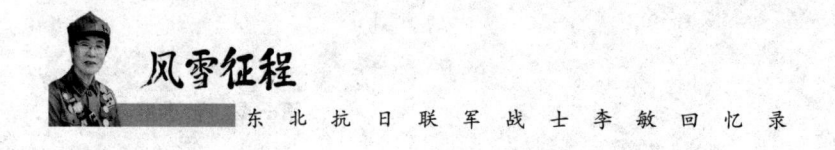

尹成杰把话说开了。

"我知道,我也是庄稼人,在老家我也和你们一样挨过打挨过抢。"说到这儿,张经理环顾周围的人接着说:"我真心喜欢这个孩子,她真的很像我的女儿,我女儿要是活着就该十一岁了……"张经理的嗓音有些湿润了。

听了张经理的话,爸爸和几位叔叔劝张经理不要为女儿难过,并说他们会劝我答应的。张经理不无惋惜地把我放下,还在额上亲了一口,说了声"多有拜托"后就走了。

他走后,爸爸他们真的劝我了。他们说张经理不是坏人,认干爹对我们有利,可以通过他了解地主的内幕。听了劝说,我消除了原来的顾虑,答应认干爹了。

第二天,张经理来了,他喜形于色:
"嘿,我的好哒利,快叫我干爹!"
"干爹,我给您磕头了",我按照边妈妈教给的样子,边叫边磕了个响头。
"哎,我的好哒利,快起来!"

张经理高兴得一把把我抱上肩,像扭秧歌似的走出屋,从村西头直奔村东头,在那儿给我买了一小筐鸡蛋,然后回家把自己的一件黑布夹袄送给了我,我一穿,下襟都没过膝盖了。后来,妈妈用这件夹袄改做了两件上衣,一件是我的,一件是弟弟的。不过布料不太够,给弟弟的那一件,袖筒的后半截是用边妈妈给的一块蓝布拼接的。不管怎么样,我和弟弟穿着都很高兴。

认了干爹,家里得有所表示。边妈妈拿出了她家的米酒,妈妈做了些朝鲜族饭菜,请张经理在家吃了一顿饭。虽然是一顿青菜淡饭,但大家都很高兴。在席间我和几个小伙伴表演了节目,先唱了《苏武牧羊》,在座的干爹张镇奉听着听着,情不自禁地跟孩子们唱了起来,而且伤感地流了泪。

1924—1949

第一章　苦难童年

苏武牧羊

汉族民歌

```
5  1 | 2 5  4 2 | 1 - ‖: i 2  i 6 | 5 - |
苏  武   留胡  节不   辱,       雪地  又冰    天
                                转眼  北风    吹

4 2 4 6 | 5 - | i 6 5 | 4 6 5 | 2 5 4 2 | 1 - |
匈朝十九   年,    渴饮雪   饥吞毡   牧羊北海   边。
雁群汉关   飞,    白发娘   望儿归   红妆守空   帷。

2 2 2 6 | 5 - | 2 1 6 5 6 | 1 - | 5 5 6 i | 3 - |
心存汉社   稷,   旄荡尤未 还,   历尽难中   难,
三更同入   梦,   两地谁梦 谁?    任海枯石   烂,

5 3 2 3 5 | 1 - | 1.2 4 4 | 2.4 2 1 | 6.1 2 4 | 1 - |
心如铁石坚,     夜坐塞上   时闻笳声   入耳痛心   酸。
大节不少亏,     宁教匈奴   惊心破胆   拱服汉德   威。
```

尹成杰说:"现在,咱们东三省叫日本鬼子侵占一年多了,这比苏武那个时代还要惨。"说到这里,他提议让我们唱《九一八事变歌》。孩子们唱了起来:

```
5 5 3 | 5 6 i i | 2 i 2 3 | 2 - | i i 2 2 |
提起来   九月十八   令人痛伤   情,    万恶日本

6 6 5 | 3 3 5 3 | 5 - | 3 5 6 6 | 3 5 6 |
来进兵   强占东三   省,    大炮轰轰   不住声

3 5 3 5 | 6 - | 2 2 2 2 | 3 2 1 | 6 6 2 2 | 5 - |
飞机炸弹 扔,    无辜民众   遭屠杀   血染遍地   红。
```

- 55 -

风雪征程
东北抗日联军战士李敏回忆录

听到这儿,张镇奉不解地问:"你们这么一点小丫头,也爱国抗日吗?"我们没有回答他,接着往下唱:

```
5 53 | 5 6 i i | 2̇ i | 2̇ 3 | 2̇ - | i i 2̇ 2̇ |
我 同志   继续 斗 争  万众 表 同   情,    领导 革 命

6 6 5 | 3 3 5 3 | 2 - | 3 5 6 6 | 3 5 6 |
向 前 进  一刻 不稍  停,   不怕 长 枪   和 大 炮

3 5 3 5 | 6 - | 2̇ 2̇ 2̇ 2̇ | 3̇ 2̇ i | 6 6 2̇ 2̇ | 5 - ‖
一 起 往 前  冲,   驱逐 日 寇   出 东 北   我们 享 太  平。
```

张镇奉听了歌声,赞不绝口:"真了不起呀!你们是从哪儿学来的?真聪明,还会唱别的吗?"

当然还有!我们又一连唱了好几首抗日歌曲,干爹听了很高兴。

从那以后,他常来看我们练歌,来往也越来越多了。有一天干爹要领我到公司去看看,我高兴地跟着去了。到了那里干爹亲手给我做了二米干饭和一条鲤鱼,我吃得很香。这时想起了临来时尹成杰叔叔让自己注意查看里面有没有枪的叮咛。于是,我边吃饭边问干爹:

"干爹,你们家里有枪吗?"

我这一句突如其来的问话,叫干爹愣了一下:

"什么?枪!"

"是啊,你们这里有没有枪?"

"你,你问这个干什么?"

"这是秘密,不能对别人说!"

听完我这一回答,他咯咯笑了起来:

"你也有秘密?笑死人了,是谁叫你问的?"

"是尹成杰叔叔,他叫我看看你们这里有没有枪。"说到这儿,我又一次强调说:"这是秘密,干爹你要保密啊!"

1924—1949
第一章 苦难童年

干爹又笑了:"好,好,我保密。你回去告诉尹成杰,说我说的,这里没有枪。"

从干爹那回来,我如此这般的把全过程都给爸爸和尹成杰、任木匠他们说了一遍,听完,他们全傻眼了。爸爸很不安地小声对我说:"你这丫头,跟他怎么说这些呢?"

我纳闷了:"你们不是说,他是和我们一样的好人吗?"

"好啦,好啦,以后要当心,话不是随便啥都说得,懂吗?"

我,没法懂,大家也都没再吭声。

我过了八岁的生日

我八岁了,农历十一月初五的那天,从秋收后打完场一直没曾回家的爸爸回来了。在回家的路上,还刨开冰窟窿捞来了几条老头鱼。父亲是一家之主,他不在家时,一家人心里总不踏实,他一回来,全家人都高兴得不得了。

晚饭时,妈妈用那几条老头鱼,放些大酱和辣椒,做了酱辣炖鱼,主食还是和往常一样的西葫芦饭,是以西葫芦为主,只放少量米粒的饭。只要爸爸在家,为了照顾爸爸的身体,每次盛饭时,妈妈总是把米粒较多的部分挖出来盛在爸爸的碗里,然后把剩下的西葫芦饭全部盛在大盆里,让孩子们在盆里各自"挖山"。这天吃晚饭时,爸爸回来了,当然得照旧了。我家有个旧铜碗,是专给爸爸盛饭的,据说长期用铜碗吃饭能健身强力。我看到妈妈用那个铜碗盛了一碗米粒多的饭,就赶忙跑了过来,把饭端到了爸爸的面前,并把酱辣炖鱼也端了过来。我闻着那扑鼻的香味,不禁直咽口水。饭菜和勺、筷子都摆好了,按李家的规矩,得等妈妈来行过了敬天地之礼后才能动勺吃饭。过了一会儿,妈妈终于来了,她在饭桌边落座后,没等行敬天地礼,便伸手把爸爸的饭碗端过来放到了我的面前。这一意外举动,不仅使我发愣,哥哥李允凤也莫名其妙地瞪大眼睛瞅着妈妈和爸爸。爸爸只是笑着不说话,妈妈若无其事地行了她的敬天地礼,我有些沉不住气了:

"妈妈,这是怎么了?"

"嗯,听我说,今天是咱们小凤八岁的生日,爸爸也特意赶回来了。"

"是吗?!"我高兴得叫了起来。

1924—1949
第一章 苦难童年

"咱家也没什么好吃的,只有从老鼠洞里掏来的一点米,把平时给爸爸的饭,今天就给咱小凤吃……"

妈妈说到这儿,嗓音哽咽,流出了眼泪。我看看爸爸,他沉默不语,眼眶里也浸满了泪水。

"妈妈,这碗饭还是给爸爸吃吧,我不要。"

我知道爸爸干体力活,应该多吃些米粒。成年累月干重活的爸爸,嘴唇干裂,手指就像干树枝一样粗糙。妈妈常说爸爸为全家而操劳,应让爸爸吃的好一些。因此,孩子们从来没敢想过吃爸爸碗里的饭,也从内心里觉得那是理应属于爸爸的饭。

可是,年幼的小弟弟李学凤毕竟还不懂事,他馋了:

"妈妈,我也要过生日,姐姐不吃,我吃。"

"学凤,听话。等你四岁了妈给你过生日,单给你做好吃的……"

"不,我今天就过生日……"

弟弟哭了,我看弟弟好可怜,于是就开玩笑说:

"好吧,今天你先过生日,明年你过生日我再吃你的。"

听了我的话,爸爸和妈妈都笑了,后来,妈妈让我和弟弟分着吃,我又让哥哥也吃一点,可是哥哥一口也没有吃。

这饭,是用老鼠洞里的稻子捣成米后做的,吃起来,有一股奇怪的土腥味,但总比光吃西葫芦要香得多了,弟弟学凤吃得特别高兴。

"真好吃,真好吃,我要天天过生日……"

又香又辣的酱老头鱼,加了米粒的西葫芦饭,一家人吃得又香又饱。

这是我的第一次生日家宴,留下了极深的印象。后来,由于家境更加困难,弟弟和妈妈相继死去,李家再也没有谁过生日了。我到部队以后,在那出生入死的战争年代里就更无暇顾及自己的生日。解放后,由于工作忙,再加上毛主席号召干部不要过寿辰,我作为党的干部,自然坚决响应毛主席的号召。因此,自从八岁的那次生日以后,直到七十岁,从来没有再过生日。我的老伴陈雷同志,也是从七十五岁以后,才在儿女们的坚持下在家里准备便餐过生日。

风雪征程

东北抗日联军战士李敏回忆录

小弟弟学凤病死

  1932年的这一冬,作为一户逃荒的难民,我们总算没有流浪街头,至少天天都有西葫芦菜粥吃,吃饱了还有热炕睡,住房虽然小,但比起都鲁河的那间四壁挂霜、满屋烟气的小屋不知能好上多少倍。能吃饱,能睡暖,对孩子们来说是莫大的福气。我和弟弟都吃胖长高了,爸爸和妈妈都很高兴。爸爸和妈妈经常长吁短叹地给我们讲过去的苦难日子,告诫我们不要忘记苦难。因为讲的次数太多,左一次右一次的事情也就那么多,我们都能把那段历史一句不漏地背下来了。

  到了春节,由于农民协会的关照,难民户也能做些大米面发糕。村子里还组织聚会和文艺演出,气氛热烈,玩得开心。

  节后不几天,小弟弟李学凤突然发高烧,昏迷不醒了。大家都不知道是什么缘故,急得要命,后来看到他的脸上隐隐约约有些小红斑点,妈妈说这是要出麻疹。急忙找人弄了一些偏方,斑点出的多了些,这是好兆头,大家也就放松了警惕。妈妈为了照顾弟弟,连日操劳,那晚也睡过去了。谁都没想到,小弟弟那晚半夜自己起来感到干渴难忍,他爬到水缸边把凉水喝了个够,等妈妈发现时,弟弟已经喝完凉水了。这是要坏事的,急得妈妈手足无措,等到天亮时,发现弟弟脸上的红斑开始退回去了,到了下午,红斑变成了灰斑。妈妈天天流着泪护理弟弟,并用了许多可用的偏方,但是到了第五天小弟弟还是停止了呼吸!

  妈妈痛不欲生地哭诉:"老天爷呀,你难道忘了我家学凤是到你那里

1924—1949
第一章 苦难童年

报到过的吗?!"妈妈是指我们兄妹几个胳膊上的记号。这个记号难道不灵吗？老天怎能把在大火中降生的儿子领走了呢？我的妈妈，这个一辈子虔诚地信奉老天爷的善良女人，第一次对老天爷产生了怀疑。

可怜的小弟弟，在他短暂的一生中，多灾多难。他降生在火灾中，襁褓中就随父母夜逃，洪水后又随父母颠沛流离，他没吃过一顿好饭，他没穿过一件新衣，他没有一个玩具……

我和弟弟的感情很深，弟弟的降生为全家带来了欢乐。我和弟弟朝夕相伴，互相照顾，小弟弟聪明又机灵，非常讨人喜欢。在水灾后的逃荒路上，他走不动了，我还背了他好几次。我背他时，他把我比作马，逗得我笑个不停，背着他走路，像是做游戏，那开心的日子再也没有了……

病魔把小弟弟夺走了，我哭肿了眼睛，喊哑了嗓子。

当爸爸沉着脸，用草袋子拖着弟弟出门时，我死死扯住袋子不松手，哭着喊叫弟弟。但是抵不过爸爸的力气，爸爸把弟弟抢走了，那时我觉得爸爸太狠心了。

后来据哥哥说，爸爸把弟弟送到了安邦河的柳条沟里，因是冬天没能掩埋。从那以后，我天天侥幸地盼着弟弟能死而复生回家来。

惨烈的抗日救国红枪会

1933年上半年,汤原县委根据中共中央关于广泛建立反日民族统一战线的"一·二六"指示精神,派金相国、全华等共产党员,到富锦县五区"安区",即集贤镇开展工作。当时该区委在汤原县委直接领导下已建立了党的组织和反日武装。开展工作是为了解决枪支问题,县委动员党员、干部和群众捐粮买枪。

这一年春天,日军在佳木斯以东的小城镇和农村,武装侵入,强行没收农民的土地和枪支,从而引起了一场农民暴动。各地农民纷纷起来,自发组织了带有宗教色彩的红枪会、黄枪会、大刀会等反日武装。那时,党组织决定支持他们,并动员当地的党员和共青团员及革命青年积极参加红枪会。要求他们到红枪会里努力深入,抓住各种机会宣传党的抗日主张和政策。党组织还发动地方群众,有力出力,有粮出粮,有枪出枪,积极支援红枪会。妇救会用大米面和玉米面加点盐或糖做成炒面,分别装入一个个小布口袋,送到红枪会驻地康家村、沙岗等地。那时的主要进攻目标是驻有日军的集贤镇,那里修有城墙和炮楼。

当时,朝鲜族较集中或同汉族杂居的村子有安邦河草甸子村、马架屯、河西村,往南有杨树林村、哈达密河屯和双鸭山的安邦村等。这一带的朝鲜族多是从梧桐河迁来的,这里的抗日救国群团组织比较活跃,我的父亲李石远、哥哥李允凤都是抗日组织里的人,积极参加各项抗日救国的活动。

1924—1949
第一章　苦难童年

朝鲜族的爱国者对红枪会带有宗教迷信色彩的一些规矩不大理解，但经党组织的劝说，同样履行了喝鸡血、烧香磕头等宣誓仪式。当时，除少数负责人持有长短枪外，其余红枪会队员们所持的全是红缨枪和大刀等原始武器。

1933年农历三月，在一个刮起龙卷风、尘土漫天飞扬的日子，红枪会开始了进攻。每一个红枪会会员，都像是出征的勇士，鲜红的红布条在刀把上跳跃，大刀片寒光闪烁，漫天的尘雾中，勇士们被用马车和牛车送到离集贤镇城墙几公里路的地方。

那一天，我哥哥李允凤也义无反顾地加入了队伍。妈妈送走哥哥后，在家里坐立不安，她不停地流着泪，一会儿向天，一会儿向儿子走去的方向左一遍、右一遍地祈祷着什么。

据说，队伍开始进攻时，城内没有什么反应。红枪会的队员们误以为日军被他们吓跑了，于是纷纷议论说"这小日本真他妈的不抗打"。可就在队伍得意扬扬地推进到离城墙百十来米远的地方时，敌人居高临下，突然用机枪扫射。顷刻间，城墙下尸横满地，血流成河！见此惨状，队员们怒火中烧，许多人高喊着"狗日的小鬼子，爷爷和你们拼了"，咬牙切齿地冲向了城门。但是，一批批冲上来的人群都被敌人无情的机枪扫倒在地！全华同志也在这次战斗中牺牲了。因为敌人的火力太猛，队伍乱了，余下的幸存者，只能在烟尘血雾中跑了回来……

这是一场惨烈的战斗，也是一场愚昧的战斗，可以看出那时的抗日地下组织很不成熟，也没有经验。

金相国率领的人马，只剩下尹锡昌、李允凤、李钟玉、李贵学和汉族青年郎占海，他们几个浑身血淋淋地跑回了草甸子屯，他们是从死尸堆里爬出来的。

全村到处是哭声，不少人家的门框上挂起了白幡，阴云笼罩着草甸子屯。

看到哥哥李允凤死里逃生返回家，妈妈又喜又悲，她久久地抱着儿子，无言的泪水湿透了衣襟……

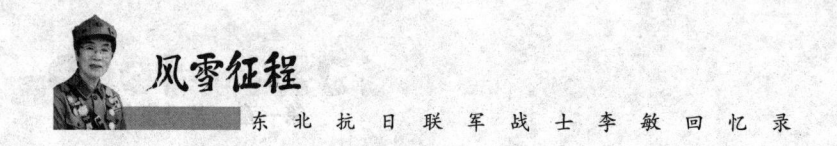

风雪征程
东北抗日联军战士李敏回忆录

妈妈病故了

　　哥哥李允凤离开了红枪会，妈妈心头的一块石头总算落地了。哥哥回来后，妈妈的情绪很高。她起早贪黑地拼命干活，每天清晨两三点钟就起身做饭，吃罢早饭就带着午饭出去帮人家铲地，晚上很晚才能回家，为的是挣点钱，好能再供哥哥上学。

　　有一天，中午下了大暴雨，妈妈在地里没处躲，没处藏，浑身都淋透了。她冒雨赶回了家，就一头倒在了炕上，发起了高烧。

　　妈妈卧床不起了。过了三天，她的胸部皮下出现了红斑，和弟弟得病时候差不多，爸爸托人弄了些偏方，也不见起色。又过了一天，那些红斑变灰，妈妈脸色苍白。到了第六天，开始上气不接下气，脉搏无力，一家人守在她跟前，毫无办法。最后，只听她说了声："小凤，我……"话没说完就咽了气。

　　好像是天塌了一半，妈妈的死给全家人带来了无比的悲痛，那么能干，那么贤淑的妈妈怎么能说走就走了呢？我和哥哥允凤都哭成了泪人，爸爸也哭了，这是我长到九岁第一次见到的。

　　妈妈去世的那一天，是1933年农历五月二十一日。对她的死全村人都感到意外，这次患病前，妈妈是很健康的，全村人都夸她是里里外外无所不能的理家能手，而且她心地善良，很受人尊敬。她的后事是全村人帮助操办的。爸爸和任木匠用东筹西借的木板，打了一口不大的棺材，把她安葬在南山上的康家屯墓地。那年，妈妈才四十三岁，她比爸爸大三岁。

1924—1949
第一章 苦难童年

那一阵子,村里流行各种传染病,几乎每周都有人死去。妈妈死后不久,李贵学的母亲和父亲也相继病故了。贫病交加,在这生与死的夹缝中挣扎着生存下来,是极为艰难的。

送葬后回到家里,屋内显得空空荡荡,一股说不出的凄凉涌上了我的心头。再看看炕头那床被火烧过的棉被,想想妈妈走时连件新衣服都没穿不说,就连这床破被都没能带了去,我又忍不住失声痛哭了,爸爸和哥哥也一动不动地站在炕前,默默地流着泪。

这天的晚饭,是由同住东西炕的张云鹤妻子赵吉华和他妹妹张景信帮忙给做的。

晚上,我躺在炕上,心里难过,但说不出话。我看爸爸也直挺挺地躺着,没能入睡。

"爸爸,从明天开始,我来做饭吧?"

我这么一说,没想到哥哥李允凤也没睡,他抢过去说:"你会啥?我来做!"

"咳——你俩放心睡吧,饭,我做……"

爸爸的嗓音有些哽咽了。

我觉得应该安慰爸爸,应该承担家务活,自己已经九岁了,是能够承担的。

"爸爸,还是让我做吧,我都九岁了,我是女孩子,应该由我来替妈妈做家务活。"

"你还小,等你长大再说吧。"

"我已经不小了,你们放心下地干活吧,家里的活都交给我。"

"好吧,好吧,都睡觉吧。"

爸爸似乎同意了,哥哥没吭声,因为他已经睡着了。我小声地告诉爸爸鸡叫第一遍的时候叫醒我,那时穷人家没有钟表,清晨的钟点是靠公鸡打鸣来掌握的。鸡叫第一遍约莫是凌晨两点钟,第二遍三点,第三遍天就大亮了。

风雪征程
东北抗日联军战士李敏回忆录

想到第二天就要肩负家务重任,我心里既兴奋又紧张,好久都没能入睡。后来,我迷迷糊糊地在睡梦中听到了鸡叫声,猛然起身揉揉眼睛一看,还好,天还没亮。看到爸爸和哥哥都在熟睡,就悄悄地下了炕。当摸到厨房时,似乎看到有人在那里蠕动。难道是妈妈回来了吗?我不敢出声。接着,就看到有人划火柴点火,这才看清是准备做早饭的赵吉华阿姨。

我们两家的厨房隔着两三米,平时两家差不多都同时做饭。等赵阿姨点好火,我从她那里借火点炉灶,为的是节省一根火柴。这天的淘米和下锅焖饭的水量,都是赵阿姨手把手教给我的。这样,我一生中的第一顿饭终于做成了,我迈出了承担家务的第一步。

这时,爸爸和哥哥都起来了,我高兴地向他们汇报了在赵阿姨的指导下做成第一顿饭的经过,爸爸也十分感激地向赵阿姨表示了谢意。赵阿姨夸我一教就会,是她聪明伶俐的好徒弟。

早饭后,爸爸和哥哥带上午饭下地干活去了。我把爸爸的一件上衣拿到河边去洗,可怎么洗也洗不干净。那时穷人家是买不起肥皂的,都是用农家的草灰水。我把衣服放在河水中浸泡后放在石板上,用木棒子捶打,然后再用草灰水煮了后捶打,费了好大的劲才洗了一件衣服,但跟人家比,还是没有洗净,原来这家务活不是那么好做的。

有一天,爸爸下地时说中午要回来吃午饭。好久没有一起吃过中午饭了,我高兴地为爸爸和哥哥准备午餐。真想给他们做点好吃的,但家里除了青菜没什么好东西。我想早早做准备,就围上了妈妈的围裙,可那围裙太长了,能盖住自己的脚背。虽然太长了,但我不舍得把它剪短。

我把锅灶的火点着后,爬上大锅台往锅里下米,然后,按照赵吉华阿姨所教的手指量水法聚精会神地量了水。这时,我忽然感到腿热的反常,隐约意识到了什么,急忙跳下锅台一看,灶口的火烧着了我的围裙,我吓得不知所措,火舌呼呼的往上蹿,急得我乱扑打着喊叫起来。幸亏正在淘米的赵吉华阿姨闻声跑过来,她把盆中的水连同小米一起泼到我的身上,弄得我从头到脚沾满了水和小米。火灭了,但我的右腿小腿肚子被烧伤

1924—1949
第一章 苦难童年

了,肉色黑红,伤得不轻。赵吉华阿姨看到伤口后,赶紧跑去从酱缸里抓来一把大酱糊在了伤口上。这场火灾,要是身旁没有赵阿姨,后果真是不堪设想。

过后,我和赵阿姨都感到后怕。妈妈的围裙被火烧掉了半截,赵阿姨风趣地说:"好啦,大难不死必有后福。再说把烧掉的围裙下摆剪掉了,小凤用长短也正合适,免得再烧出个好歹……"这样,妈妈的长围裙开始变成了我的短围裙。那件补丁落补丁的围裙,我一直用到了离开家的那一天。我右腿上的烧伤发炎了,过了好几个月才痊愈。过后,每当我看到那腿上的伤疤,都会想起那段悲伤的童年往事。

我们家在稻田边上高出来的一块地上,种了一些玉米和几样蔬菜。有一天,我和张景信、赵吉华阿姨到菜地摘了一些菜,我把菜用柳条筐装上,头顶上先垫上了用蒲草编的垫圈,赵阿姨帮我把菜筐抬上顶在了头顶。朝鲜族的小姑娘从小就要学习用头顶物品,刚会走路就要在头上顶小枕头,既是游戏又是锻炼。可我们一家颠沛流离的生活,使我没能把这个技能学到手。我用两只手死死抓住头上的筐,但还是不稳当,再看看赵阿姨她们,根本不用手把筐,走起路来甩胳膊甩腿一点都不耽误。我很羡慕她们的本领,为自己暂时还没有这本事而着急。她们几个人来到了河边,河上有用两根木头架起来的"桥"。赵阿姨她们很快顺顺当当过去了,平时我也多次走过这个桥,可是今天看到它,我心里一阵阵发毛,感到顾了头就顾不了脚,顾了脚又顾不了头,上桥后心情越来越紧张,小腿打战,两眼发花。来到河中心,看到桥下的流水,只觉得木桥也在逆水而漂动,接着是一阵眼晕,就惨叫着掉进了河里。

幸亏是条小河,河水不深,赵阿姨和张景信奋不顾身地下河把我捞上了岸。她们给我往外控水,掐人中,不知折腾了多半天,我醒了过来,之后便难受得哭了起来。赵阿姨她们好心地安慰我,并把自己的菜分给我好能做晚饭。

这天夜里,我开始发烧了,嘴里不停地说着胡话。

风雪征程
东北抗日联军战士李敏回忆录

我掉进河里回家发烧后,一连几天高烧不退,浑身无力,吃不下饭,睡不醒觉。昏昏沉沉的一闭眼睛就看见妈妈站在眼前,我又惊喜又害怕,是妈妈要来接自己走吗?爸爸和哥哥都在忙着建立地下联络站,赵吉华阿姨一直在护理着我。她出门时,给我舀一瓢凉水放到手边,让我渴了就喝一口,另外,还给了我一根拴有布条的长树枝,让有急事就摇它,以示求人帮忙。

这天,赵阿姨走后,我在昏迷中觉得有人来了,似乎又见到妈妈在我的眼前。

"妈妈,妈妈,我好想你啊……"

可是,我听到的回音却不是妈妈的。

"这孩子又说胡话了,看样子不行了。"

过了一会儿,又有人来了,看不清是谁,也数不清是几个人。我已经口干舌燥,说不出话了。

"没法子了,咱们试一试吧,反正这孩子眼看不行了。"

我隐约地听见有人说话,接着是有人扒自己的衣服,然后是用什么东西挑肛门,我只觉得浑身咯噔一下,并没觉得很疼。后来才知道,原来是赵阿姨把村里任木匠的妻子甘炳善妈妈和妇救会主任金太雨妈妈等人请了来,为我进行了一次土法手术。这个土法手术是用马蹄针(缝麻袋用的大粗针)挑破肛门里的静脉血管,尽力挤出里面的坏血,然后往伤口上抹火药(猎枪子弹里面的),最后用破棉絮堵上。

几个妈妈在手术时,说我的血管都开始发硬了,已经晚了,并说得的是水土病。

谁曾想,这种极为拙劣的土法手术居然带来了起死回生的意外效果!我退了烧,神志清了,肚子开始饿了,进食后能起身了。

爸爸还是每天出去开会,准备建立联络站,没工夫照顾我。哥哥趁挂锄空间到河北岸打草做土坯,准备在汪海屯前的河边盖房子,李贵福也在旁边搭了个马架子。这一段时间里,我病好不久又患了疟疾,直到十一月搬进新房时才见好转。自从妈妈病故后,我也同病魔搏斗了五个月之久。

1924—1949
第一章 苦难童年

■妇救会主任金太雨

■2012年，李敏与金太雨孙女张敬爱合影

■金太雨(右)与甘炳善(左)合影 　　■张景信与女儿合影(解放后)

■1998年,李敏与赵吉华合影

1924—1949
第一章　苦难童年

建立地下联络站

组织决定建立一个同中共汤原中心县委联系的地下联络站，站址设在汪海屯，汪海屯是同江北来往的中心点。组织上选定爸爸李石远和任春植、李贵福三户共同迁居过去。靠近汪海屯的安邦河北岸，有荒草甸子和湖泽，那里可以开荒种水田，所以，打完场这三户人家就搬了过去。

有几天晚上，从汤原县陆续来了李春满、金相国、张太华、尹成杰、朴英善、裴顺姬、张道进、赵永子、陈炳祚、张英华等同志，他们是汤原县委派到安区工作的工作组。他们在汪海屯住了两天，开完会分赴各村。李春满、李仁根（张英华）、朴英善到杨树林村，在夹心子北侧；尹成杰、裴顺姬、陈炳祚到草甸子村；金相国到贺梦林马架子村；张太华到哈达密河屯。

李春满任安区区委书记兼宣传部长，金相国负责军事，朴英善任区妇联主任。

工作组到任后，立刻开展组织人民武装的工作，大家都很忙。爸爸也到各地参加各种活动很少回家，基本顾不上家里的生活了。

搬到汪海屯后，那年的粮食收成还不错，但是债务太重，交完租粮再抵债，家里只剩下稻种和从菜地收回来的几十公斤玉米和黄豆。

哥哥也经常出去演出和搞侦察活动，只剩我一个人看家，好在任春植的妻子甘炳善妈妈在家，彼此还能互相照应。

有一天，哥哥回家看到断粮了，就到安邦河河套的草甸子上下了套子（打野物的工具），套子里面吊了一只死鼠。哥哥胸有成竹地说一定能逮住几

风雪征程
东北抗日联军战士李敏回忆录

只黄皮子(黄鼠狼)。第二天一大早,我跟哥哥去查套子,一下子逮住两只大黄皮子,我们哥俩都很高兴。我觉得哥哥真了不起。哥哥说,一只卖了去买小米;另一只卖了去买一支小枪或一些零件。我说,买枪有啥用,不如哥哥去买双鞋。

听说苏家甸有集市,到那儿能卖黄皮子。我俩拎着两只黄皮子,顶着凛冽的西北风来到了苏家甸集。在一条马路上,两边一溜摆着粮食、山货和杂物,有买有卖的,好不热闹。哥哥找一个卖小米的人讨价还价,最后用一只黄皮子换了三十多公斤小米。

那天晚上我们俩高高兴兴地焖了一锅小米干饭,吃得很香很饱。

过了两天,哥哥拿来一些什么零件,说是做枪用的。我猜到了,肯定是用那只黄皮子换来的。哥哥和李贵学他们动手做枪了。我问他们做枪干什么?他们说是秘密。我再问是不是打猎用的?李贵学说是打狗腿子用的。

"噢,那一定是打死坏蛋的啦?"

"不许再问!听到没有?"哥哥李允凤严厉地制止了我。

这一冬还算消停,没有事故也没人生病。我开始长个了,由于贪长,特别能吃,尽管省着、省着,眼看着小米袋子还是慢慢变小了,我盼望着哥哥再下套子,再套几只野物,好贴补家里的口粮……

第一章 苦难童年

汤原游击队的创建

　　汤原游击队的创建,同安邦河地区的历史有着密切的联系。

　　1932年,在以梧桐河流域为中心的松花江两岸农村中,展开了动员党员和革命群众献粮献物购买武器的活动。经过几个月的努力,共买下十多支长短枪。1932年农历十月初十,四十多名党员集结在汤原县城北的半截河村,宣布成立汤原反日游击队,李云健任队长,裴治云任政治委员。

　　游击队成立的第一项任务是袭击梧桐河的福丰稻田公司自卫团,以便夺取他们的武器来壮大自己。但是,消息走漏了。福丰稻田公司先有了准备,他们一面收买一些土匪造谣,说游击队都是些高丽棒子（指朝鲜族人）,是日本走狗,他们要造中国人的反,另一方面,暗中布下了罗网。

　　游击队的枪都藏在梧桐河边一个姓陈的老乡家中,由于消息走漏,好不容易弄到手的十多条枪,全叫敌人抢走了。好在没有人员伤亡,真是出师未捷,鸡没抓成,反倒丢了一把米。

　　初战失利,队员们没有因此而灰心。县委也鼓励全体队员要坚定信心,坚持斗争,只要有党的领导和坚强的战士,失掉的武器是还可以夺回来的。

　　当年11月间,党组织又派共产党员和一些抗日救国会会员到伪军中,去做伪军的反正工作。同时,继续进行宣传鼓动,积极筹资买枪。到1933年,用农民群众捐献的稻子和钱物,又买了十多条枪,再一次组织了抗日游击队。组织上派懂汉语的优秀党员裴锡哲同志率队到格节河一带,去争

风雪征程
东北抗日联军战士李敏回忆录

取那里的"老来好"土匪队。当裴锡哲等同志向他们宣传抗日救国大业时，土匪头子认为这支没几条枪的游击队是空喊抗日口号的，所以根本没有信任他们。那时这支土匪队纪律松散，个个抽大烟，经常抢走老百姓的东西，是一群乌合之众。

面对这样的土匪队伍，我们一没有统战经验，二又缺乏耐心，游击队采取简单粗暴的方法，命令他们不准抽大烟，不准抢老百姓。土匪根本不理解为什么要在党的统一领导下进行抗日斗争，也不理解他们的自由和利益为什么要受到游击队的强制性限制。他们对游击队起了疑心，僵持了一段，结果，游击队打入到"老来好"不到三个月，不仅没能争取土匪，反而被他们缴了械。裴锡哲等七位同志壮烈牺牲，游击队再次遭到挫折。

用生命换来的血的教训，使大家痛定思痛。掩埋好同伴的尸体，擦干身上的血迹，在汤原县委的领导下，党员干部都表现出百折不回的斗志，大家坚定地宣誓："为死去的烈士报仇，不把小日本赶出中国，誓不罢休！"

1932年末到1933年初，中心县委又先后派共产党员徐光海(朝鲜族)和裴敬天(朝鲜族)、金宗瑞(朝鲜族)、宋乃振(朝鲜族)四人，分别到萝北县鸭蛋河(今凤翔)一个叫"阎王"的义勇军部队和"青山"、"占中央"等山林队去宣传党的抗日政策，争取和团结他们接受党的领导，积极投入抗日活动。同时，组织共产党员、共青团员和思想坚定的青年四十多人(大多是模范学校的学生)，随时准备武装起来。

日军这时已经占领了交通要镇鹤立镇等地，白色恐怖笼罩着东北的每个角落，县委转入了地下，办公地点设在鹤立镇北七号桥后山的山洞里，游击队则在这座山的另几个山洞里，白天住洞，夜间出来活动。

1933年的中秋节，发生了一件震惊全东北的"八一五事件"。

中秋节的前夜，县委书记裴治云(朝鲜族)，县委组织部长崔圭福(朝鲜族)等同志，半夜进村召开地方干部会议，研究分析敌人的动向和群众的情绪。在会上，村干部谈到本村的李元晋(朝鲜族)、李光镐(朝鲜族)、金英振(朝鲜族)等三户人家不辞而别地搬出了村子的可疑现象，大家都觉得必须研

1924—1949
第一章　苦难童年

究对策,但是万万没想到事情竟然来得那么快,大家正商量对策时,敌人已经包围了他们。后来才知道正是李元晋他们去鹤立镇投降后,趁夜把敌人领来的。

1933年由于叛徒出卖,裴治云和部分党团员共十二人被日本宪兵逮捕。敌人施尽各种酷刑,企图折服十二位革命者,但裴治云始终坚持斗争。他鼓励大家,宁为玉碎,不求瓦全,并带头高呼:"打倒日本帝国主义!共产主义万岁!"十天之后,敌人穷凶极恶地把裴治云等十二位革命者秘密活埋于鹤立镇。

这次事件我的老师金宗瑞同志(曾任牡丹江拖拉机厂副厂长)留下了刻骨铭心的回忆,多少年过去了,想起那段往事,他仍旧悲痛不已。

据金宗瑞同志回忆说:

八月十五那一天,住在洞里的金道植同志出去解手回来说,村子里狗叫人喊,乱成了一片。我们出来往村里看去,天刚蒙蒙亮,只听人声,看不清什么情况。等到太阳出来以后,我们拉开距离,悄悄进了村,这才知道,半夜去村里开会的干部和全村村民都被日本宪兵队给抓走了。后来有人说,领来日军的是几个叛徒走狗,他们几个没有枪,穿上了日军军装,但都戴着口罩。人们猜测他们几个准是不辞而别的富农李元晋、李光镐和金英振。

面对这种形势,党组织立即决定把在村里难以隐蔽的人员都紧急转移到山上去。这天晚上,我们四十多人集合在洞外,这四十多人中有七八名汉族同志。随即宣布了负责人名单,队长夏云杰(汉族)、副队长戴鸿宾(汉族)、参谋长李云健(朝鲜族,外号张大个子)。当时全队四十多人只有七支枪,其中有两支手枪和一支猎枪,其余三十多人都是空手,发枪时,我荣幸地分到了一支连珠枪。大家讨论了是和敌人打还是转移,最后决定,因敌我力量悬殊,硬碰只能全军覆没,只能寻找时机再战。队伍迅速地离开了山洞往西走,途经沿路村庄时,看到村中农民住房的门窗大都遭到了破坏。

风雪征程
东北抗日联军战士李敏回忆录

日军的那次大搜捕是在汤原县的格节河、校屯(现在俊德)、七号村等地同时进行的。敌人企图一网打尽我党的地方组织和党员,把几个村的青壮年和老人全部(300人左右)抓起来,用车拉到鹤立镇日本宪兵队。他们利用叛徒辨认,指认出了县委书记裴治云、组织部长崔圭福、县委委员妇联干部金成刚(女)、共产党员丁重九、丁日、孙哲龙、金术龙、李振植,共青团干部石光信(女)、柳明玉(女)、金峰春以及革命群众柳仁化等十二名同志,敌人把这些同志关进了宪兵队后院大仓库里。

以裴治云为首的十二位同志,毫不畏惧,英勇顽强宁死不屈地对抗了敌人的残酷刑讯。时至深秋,北方的天气已经很冷了,同志们穿的都是单衣,敌人的酷刑和彻骨的寒夜,都没能动摇同志们的气节!

"你们还要抗日吗?!"敌人嚎叫。

"只要你们不滚出去,我们就抗日到底!"

这是同志们异口同声的回答。

于是,敌人暴跳如雷,加重了酷刑。他们用竹签子刺指甲缝,用火钩子烧肉体,再用皮鞭子劈头盖脸地抽打,晕过去了就用一桶凉水浇醒了再打,打得同志们个个都遍体鳞伤血肉模糊。但是,敌人的严刑没有得到丝毫的效应。于是敌人又换了个软化手段,在仓库里用留声机放黄色歌曲。他们借这靡靡之音的氛围,提审年轻姑娘柳明玉和石光信。

"怎么样?你们都年纪轻轻如花似玉,找个丈夫结婚,安安乐乐地过小日子多好?跑出来抗什么日,何苦呢?"

"你们这些叛徒狗汉奸听着!你们甘心披着狗皮过狗一样的生活,而我们,是堂堂正正的人,我们要为祖国和人民的自由,为民族的解放事业而斗争到底!"

同柳明玉和石光信一起受审的还有金成刚同志(李在德的母亲),敌人逼她说,只要把女儿李在德交出来就放她回家。

"我女儿上山了,是叫你们逼的,她是去打你们日本鬼子的,总有一天她会胜利凯旋!强盗们,你们等着吧!等着……"

1924—1949

第一章 苦难童年

三位女同志坚贞不屈的铿锵回答,彻底粉碎了敌人的软化诡计。无计可施的敌人只好又把她们毒打得奄奄一息后扔进了牢房。这时,裴治云和崔圭福带头高喊"打倒日本帝国主义!日本强盗滚出去!"等口号,牢房里同时响起了高亢悲壮的《赤旗歌》。

赤 旗 歌

1=G 4/4

民众的旗　鲜红的旗,　覆盖着战士的爱
法兰西人们　热爱这个旗,　德意志的兄弟也爱
降下了旗帜　妥协投降来　屈膝于资本家的
誓把我们红旗　永远高举,　誓我们前进永

尸　首,　尸首还没有　僵　　硬
唱这歌,　伟壮的歌声发　自莫斯科
是谁呀?　那就是黄金地位　所诱惑着的,
不间断,　牢狱和断头台来　就来你的,

鲜血已染　透了旗　帜。　高高举起呀
震轰于芝加哥之天　空。
又卑鄙又无耻的人们　呀。
这就是我们的告别　歌。

鲜红的旗帜,　誓不战胜　永不放手,

畏缩着你　滚就滚你的,　唯我们决以

死守　此。

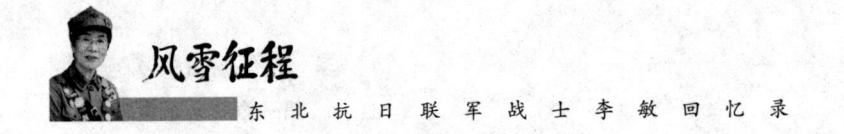

风雪征程
东北抗日联军战士李敏回忆录

歌声像似一把利剑,直刺敌人的心脏,令他们胆战心惊。

十多天的突击刑讯,敌人是枉费了心机。同志们不仅没有一个屈服,反而变得更加坚强了。毫无办法的日本宪兵队和特务们,害怕游击队的袭击,未经宣判偷着把十二位同志活埋在宪兵队的院子里。

裴治云等十二位烈士,为祖国和民族的解放事业,英勇的献出了自己的青春和生命。他们表现了高尚的革命品质和大无畏的英雄气概!他们中的崔圭福和石光信(女)还是一对订了婚的情侣。①

这次大屠杀事件后,地方儿童团宣传队发动了以此事件为主题的宣传攻势。他们在松花江两岸农村撒传单、贴标语,揭露了日本侵略者野蛮的罪行和叛徒们可耻的嘴脸;热情歌颂了十二位烈士的革命英雄主义精神,引起了两岸汉族、朝鲜族群众的强烈反响,激发了人们坚决抗日救国的决心。

许多地方党组织,利用各种形式揭露日本帝国主义的暴行,积极组织募捐和集资活动,有力地支援游击队的组建。只有四十多人七条枪的汤原游击队,在日寇的残酷屠杀和镇压下,他们怀着阶级仇、民族恨,决心抗日到底。

1934年1月,汤原游击队智缴了萝北县鸭蛋河(凤翔)伪自卫团的武装,这是一次早有准备的行动。

早在1933年7月,汤原县委先派徐光海、宋乃振(老杨)、金宗瑞和李凤林(汉族)等人去当地的一个报号"阎王"的土匪队,去做争取、转化工作。这次工作吸取了在"老来好"那里失败的经验教训,做了大量耐心细致的工作。"阎王"队里的成员对徐光海同志不图名利不贪财的举止,既不理解,但也不能不佩服。徐光海以共产党员的模范行为影响和感化了这支队伍,他在"阎王"队中树立了很高的威望,进而使抗日的主张得以在全队得到

---

① 摘自牡丹江拖拉机制造厂退休干部金宗瑞档案。

第一章 苦难童年

认可。等到鹤立镇的"八一五"事件发生后，只有七支枪的游击队急需补充枪支。于是，汤原中心县委派李云健和戴鸿宾率领游击队北上鸭蛋河，解决武装枪支。

这次行动是智取。首先，徐光海协助鸭蛋河区委书记李凤林从"阎王"队借了两支短枪，在腊月二十九那天的下午，游击队四十多人的队伍分成了两批，一部分留在城外待命，另一拨化装成老百姓进城。区委书记李凤林和地下交通员宋殿双等人假装讨债打架，他们有意把衣服撕破，脸上涂点猪血，厮打叫骂着要找镇长去评理。他们的后面是装成看热闹劝架的戴鸿宾、王居选等男队员和裴成春、李在德、朴英善、李恩淑等女队员。等这一大帮人连吵带闹地来到自卫团门前时，哨兵认识李凤林，所以哨兵没有阻拦这帮人。李凤林在当时有地产、有房屋、有骡马，受党组织安排已与伪自卫团长高奎一拜了把兄弟，平日常出入自卫团。人们一轰进院的同时，有人先缴了哨兵的枪。这时，伪自卫团长高奎一正领着一伙人打牌，李凤林和王居选迅速地用枪顶住了伪团长，另外的同志到屋内向自卫团团员们支上了枪，没等他们反应过来，挂在墙上的三十八条枪已经被游击队员抢到了手。就这样没费一枪一弹，这次缴械顺利成功了。当天晚上，李凤林和宋殿双两家抛弃了全部家产，在组织的安排下，转移到了汤原县太平川。追击上来的敌人，也被游击队给击退了。

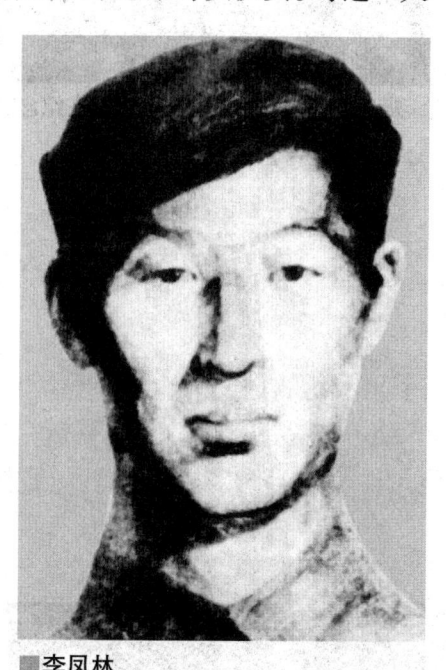

■李凤林

1934年8月，汤原游击队改编为汤原游击总队，戴鸿宾任总队长，夏云杰任政委。同年10月，徐光海同志率领"阎王"队的二十一名义勇军队员加入了汤原游击总队，徐光海同志担任汤原游击总队副官。从此，汤原游击

风雪征程
东北抗日联军战士李敏回忆录

总队迅速发展壮大,至1936年初编为东北人民革命军第六军,9月改编为东北抗日联军第六军,驰骋于松花江两岸、大兴安岭、完达山等地区。

■裴治云等十二烈士的英名镌刻在纪念碑上

■裴治云等十二烈士牺牲地纪念碑

■裴治云等十二烈士纪念碑坐落在鹤立镇　■裴治云等十二烈士牺牲地纪念碑背面

1924—1949
第一章 苦难童年

哥哥参军上了山

1933年汤原县"八一五"事件后,冬天,县委派李春满、金正国、张太华等人组成一个工作组来到富锦县安邦河组建游击队。他们变卖了筹集的粮食先买了一支德制八发匣子枪,准备去集贤县缴地主汉奸李海自卫团的武器。

工作组事先做了不少工作,先是派金正国、张太华等人给李海送去一车大米,并同他拜了把兄弟。过了春节后,爸爸领着人天天在家开会,后来又来了李春满、金正国等领导同志。他们开会时,我就在柴火垛上放哨。

1934年春节以后,我不知道爸爸他们都去做什么,我问爸爸,爸爸也只说:"小凤听话,好好看家,办完事爸爸和哥哥就回来了。"正月十六,军事负责人金正国和区委书记李春满等七位同志,计划以拜把子兄弟的身份,带着一些烟酒糖果之类礼品进入自卫团。在外面待命接应的有张显庭(原名张在荣)同志率领的二十多名少先队员和青年团员。只要里面的七位同志制服住李海后向外面报暗号,外面的同志就闯进去,用自卫团的武器武装自己,然后骑上自卫团的马直奔完达山,在七星砬子建立后方密营,并以完达山一带为根据地进行抗日活动。计划倒是蛮好的,想得也很远,但是同志们低估了这个汉奸地主,他对这几个同志并不相信,早就有防备。顺利打入的七位同志正跟李海谈话时,因缺乏经验露了马脚,致使敌人先动了手,李春满、陈永春、张太华、李春达、金奉书、李春成当场被敌人杀害了。

风雪征程
东北抗日联军战士李敏回忆录

李春满：朝鲜族，原籍咸镜北道。1928年在南满从事反日运动。1928年在梧桐河村同崔石泉等人组织农民运动，办军政干部学校。1933年汤原县委派他担任安区区委书记，牺牲当年约三十五岁。

陈永春：朝鲜族，庆尚道人，1928年在梧桐河模范军政干部学校担任教员，同崔石泉等人一起组织农民运动，并参加中国共产党，1933年担任安区区委宣传部长，牺牲时二十七岁。

张太华：朝鲜族，庆尚道人。梧桐河军政干部学校毕业生，精通汉语。1928年参加革命，中共党员，1933年冬汤原县委派到安区创建游击队，负责汉族群众工作，牺牲时二十五岁。

李春达：朝鲜族，黄海道人，逃难到中国东北。1928年在梧桐河崔石泉领导下办的松东模范学校接受训练，毕业后参加革命活动。1932年入党，负责地方群众工作，牺牲时二十四岁。

金奉书：朝鲜族，庆尚道人。1926年逃亡来中国，后被招雇到梧桐河为农，1928年参加梧桐河军政干部学校，毕业后从事革命工作。1933年随同李春满来安区组织抗日武装，中共党员，安区区委委员。1933年派他到集贤镇内做购买枪支、子弹等工作，牺牲时二十八岁。

当时，金正国同志以尸体为掩护，趁敌人追赶外围队伍时从敌人手中夺来一支枪，打死那个敌人后越墙脱逃而幸存下来。逃脱后他同李允凤、尹锡昌等会合往北撤，直奔原定地点汪海屯我们家。

因为我们家的住处很偏僻，只剩下自己我感到十分不安。夜间，经常有逃跑的人路过我家，甚至一些土匪团伙也到我家落脚吃过饭。出事的那天夜里，我觉得格外的害怕，不敢进屋，就爬到柴火垛上远望河套方向，那是爸爸和哥哥离去的方向，望着望着，我看见月光下远处出现了黑点子。我想或许是哥哥李允凤回来了吧，就迎着那个黑点子跑了过去。

跑着跑着，我看到那个黑点子变成了长长的一溜黑点子。我忘记了害怕，等跑到了黑点子跟前一看，原来是安区的抗日少年先锋队在张显庭指导员的率领下回来了。从他们急促不平的呼吸声中，我觉察到出了什么事。就站在一旁急切地问哥哥在哪，可他们只是无声地继续往前走。我着急了，大声叫喊着哥哥的名字，声音里带着哭腔："李允凤！哥哥！你在哪

1924—1949
第一章 苦难童年

儿？"这时我听到了尹锡昌的声音,他小声告诉我说哥哥在后边。我离开他们继续往后跑去,果然又遇到了几个人,就又喊叫着哥哥的名字,这一回终于听到了哥哥的回答,哥哥不让大声叫喊,并让我赶快回家。我看到是金正国领着哥哥和另外几个人走在一起。我小声地问哥哥出了什么事？哥哥说没啥事,让我快回家做饭,说吃完饭他们还要赶路。

来到我们家里后,这一队人马上聚到屋内开会,哥哥出来问家中还有多少小米,我把小米袋子拿给他看,哥哥还问有没有咸菜。然后,他把小米袋子里仅剩的二十余公斤小米全部倒进大盆里,让我全都下锅做上,并说他们吃完还要带走一些。哥哥又到菜窖里取来了大萝卜,让我多做些汤。我急急忙忙淘米下锅,切萝卜丝熬汤,因为没有肉又没有油,汤里只能放点咸盐。

我不停地往灶里加柴,火势很旺,两口锅都开了,心也像开了的锅一样翻腾,我不住地揣摩着哥哥他们到底出了什么事？还要上哪儿去？

后来才知道当天在李海那里事情败露,只有金正国一个人逃脱,在外面等信号的少先队突然遭到敌人的追击,毫无战斗经验、手无寸铁的二十多名青少年,只好后撤。幸好金正国赶到,他和张在荣(张显庭)指挥少先队分两路甩掉敌人的追击,这才来到了我们家。

在撤退时,李允凤和尹锡昌跑得太热,把棉袄都不知道扔哪儿了,到家时他俩都没有棉袄,只穿着单衣。虽然是刚刚打了春,可是还在五九、六九的天气里,那天还是嘎嘎的冷,没有棉袄是要冻死的。看到哥哥丢了棉袄,我急得哭了起来。哥哥安慰我,说自己有办法,他说可以穿父亲的旧棉袄。

听了这话,我又差点笑了,亏他想得出来,爸爸的旧棉袄,那是一件什么样的棉袄呀？那是爸爸打场时穿了多年,破得不能再破的名副其实的破棉袄,坏口处挤入的稻糠比棉絮还要多。但哥哥还是把它找出来穿上了,才十六岁的哥哥穿上身高一米八的爸爸的棉袄,实在是太肥太大了,像是半截大衣。可哥哥有办法,他找了一根草绳系在腰间,他说这样既不空又保暖。他脚上的胶鞋也开了口,他又穿上父亲的旧靰鞡,打上了绑腿。哥哥的问题总算解决了,可是尹锡昌的问题怎么办呢？我们家里实在再也没有什么可御寒的衣物了。尹锡昌也有办法,他求我到马架子屯的家里取来一

风雪征程
东北抗日联军战士李敏回忆录

件棉袄,可夜里我怎么敢一个人去呢?后来,李贵学说他可以把我送到村头,等我进村把衣服取出来后再陪我回来。

我们两个人一路小跑到了马架子屯,李贵学在外面隐蔽处等我,我去尹锡昌家取衣服。好不容易敲开了他家的门,五经半夜的各家都睡熟了。她家老太太听说我要替尹锡昌取棉袄,嘟嘟囔囔地说,前两天刚换的新棉袄怎么又要棉袄?我灵机一动,便说尹锡昌在给人家干活,不舍得穿新棉袄,要旧的,那件新的以后送回来。

我们拿到旧棉袄回家时,队伍正在屋里吃饭,我把衣服交给尹锡昌后就去找哥哥:

"哥哥,我也跟你们一起走,别把我扔家了。"

"不行,你跟不上。这次我们行动,敌人骑马追我们,连我都跑不动,没看见棉袄都扔了吗?你行吗?"

"我行,我一定行,爸爸老也不在家,你也走了,只留下我一个人,我咋办?"

我忍不住心头的凄凉,竟"哇"的一声哭了起来。

"唉——!"哥哥捶胸叹了一声,他的眼眶里充满了泪花。

看到这情景大家都很着急,张显庭过来安慰哥哥别着急,尹锡昌和李贵学过来哄我。

"凤仙,我们是上前线要打仗的,过两年等你再长大一点,我们牵着大马来接你,你说好不好。"

经他们俩这么一哄,大家也都七嘴八舌地附和着说到时候一定赶着大车来接我,我不哭了。

听了哥哥们的亲切话语,我的心里暖和了不少,但还是半信半疑不大放心。

"到时候,你们不来咋办?"

我这么一问,哥哥们都伸出了小手指头说:"那,我们是这个!"

我忍不住扑哧笑了一声,虽然脸上笑了,但心里却感到说不出的苦涩。

1924—1949
第一章 苦难童年

把我稳住以后,他们继续开会了。我站在过道上以无限羡慕的目光看着他们开会,过了一会儿,他们举起了拳头,开始宣誓了:

"我们抗日救国少先队,我们抗日救国青年团宣誓,不怕流血!不怕牺牲!我们要为抗日救国而斗争到底!"

宣誓之后,他们压低声音唱起了《少年先锋队歌》,他们的歌声越唱越高昂,这歌声回荡在安邦河畔的夜空。

唱完歌,队伍到门口雪地上集合了,在月光下他们排好了队,压低声音报数,总共是二十多人。他们之中,只有几个是二十出头的,其余全是十六岁左右的青少年。他们是金正国、张在荣(张显庭)、尹锡昌、李贵学、李钟玉、陈炳祚、李钟学、张在满、李文浩、李贵燮、余德铉、朴京都、尹忠根等人。哥哥李允凤是1918年出生的,属马,年仅十六岁。就在这一夜,他宣布自己改名叫李云峰,他说自己要像耸入云霄的山峰一样坚定。

农历正月十六日,万里无云的月光下,这支队伍在共产党员金正国、张在荣(张显庭)等人的领导下,扛着抗日救国的大旗出发了,他们披星戴月,冲破重重艰难险阻,一路向西,走过了万里河,越过了卧虎力山,踏冰过了松花江,从小兴安岭东角格节河登山,在山里终于与夏云杰任队长、李云健(张世振、张策)任参谋长的汤原游击队会师了。

那天夜里队伍出发时,我跟随在哥哥的身边,拉住他的手,流着泪走到了村西头。哥哥一再说他们很快会回来,让我快回家去,就在村西头,我跟哥哥他们告别了,他们踏着厚厚的冰雪走了,刷刷有节奏的脚步声渐渐远去,小小的队伍也在月光下远远地消失在黑色的天幕里。

我含着眼泪,目送他们离开之后,仍站在那里久久地眺望着队伍消失的远方。不知过了多久,突然感到全身发冷,手和脸都发木了,哎呀,不得了,弄不好要冻坏的。我回望四周,那轮清冷的月亮已经偏西,冷风呼啸,把房顶上的草都吹得直挺挺竖起来了,冷丁儿一看真像是一个个怪人群立屋顶,不禁打了个冷战,赶紧往家跑。

屋里的小兽油灯奄奄一息,屋里各个旮旯都显得特别黑暗,哪儿都让

风雪征程
东北抗日联军战士李敏回忆录

少年先锋队歌

```
5̣ 1 · 7̣ 1 2 | 1 7̣ 6̣ 5̣ | 1 · 7̣ 1 2 | 5̣ - 0 5̣ |
```
走　上　前去啊　曙　光在前　同　志们奋　斗，　　用
想　我　们受过　多少奴隶劳　动的沉　痛，　　可
通　红　的火炉　烤干净了　我　们的血　汗，　　我
看　我　们高举　鲜红旗帜　同志们快快　来，　　快

```
2 · 1̣ 2 3 | 4 · 3 2̣ 3̣ 1 | 7̣ · 5̣ 3 · 2̣ | 1 - 0 1 |
```
我　们的刺　刀和枪炮　开　自己的　路。　　勇
怜　的我们　青年多少　陷　在地狱　中。　　阴
们　用劳动　创造的财　富都被他人强　占。　　可
来　同我们　努力创造　劳　动共和　国。　　劳

```
6 · 1̣ 7̣ 6̣ 5̣ 7̣ | 3 - 0 3 | 4 · 3 2̣ 1 7̣ 5̣ | 3 - 0 5̣ |
```
敢　向前迈着脚　步，　　要高举着少年旗　帜。　　我
沉　黑暗的社　会，　　锁住了我们的思　想。　　我
是　我们从这中　间，　　锻炼出许多战斗　员。　　战
动　是世界主人　翁，　　人类才能走向大　同。　　战

```
3 · 3 4 3 | 2 · 6̣ 6̣ 0 5̣ | 6̣ · 5̣ 2 · 5̣ | 3 - 0 5̣ |
```
们　是工人　和农民的　少　年先锋　队，　　我
们　是工人　和农民的　少　年先锋　队，　　我
斗　呀工人　和农民的　少　年先锋　队，　　战
斗　呀工人　和农民的　少　年先锋　队，　　战

```
3 · 3 4 3 | 2 · 6̣ 4 2 | 4 · 3 4 4 | 1 - - 0 ( 5̣ ) ‖
```
们　是工人　和农民的　少　年先锋　队。　　（想）
们　是工人　和农民的　少　年先锋　队。　　（通）
斗　呀工人　和农民的　少　年先锋　队。　　（看）
斗　呀工人　和农民的　少　年先锋　队。

1924—1949
第一章 苦难童年

人打怵。我不知该往哪儿藏身,厨房一会儿,炕上一会儿,就这样来回躲了好几次,最后还是到厨房里钻进了躺在那里的小黄牛的怀里,在这儿才觉得有些安全感和些微的热气。于是,我就和小牛犊为伴,在小牛犊的身边睡去。

第二天早晨,任木匠的妻子甘炳善妈妈领着孩子从婆家回来了。不一会儿,任木匠也急匆匆来到我们家,他说爸爸现在河西村,敌人要对这一带进行搜捕,过会儿就很可能进村,所以大家得马上撤离这个地方。

大家很快收拾了东西要走,可任木匠又说得南边给信才能确定往哪搬。于是,大伙又提心吊胆地躲起来等信儿。焦急地等了两天也没等到信儿,到第三天,从南边来人说敌人把河西村、杨树林屯等地的所有大人都抓走了,总共一百多人,其中也有我爸爸李石远和张在钟等同志。听到这个消息,我的心惶恐不安,我惦念爸爸的安危,眼里含着泪,在任春植的带领下,到苏家甸北甸子屯(汉族屯)避了十天难之后,听到风声不紧了才又回到家。

自夹信子村李海事件失败后,这是敌人进行的一次大搜捕,他们抓来一百多人后,关进了集贤镇的北大营炮楼里。通过审讯甄别后,只将朴英善(女)、赵永子(女)、李满树、李敬石四人送进佳木斯监狱。其余的包括我父亲李石远和张道锦、张在钟等所有人都获释回来了。这是集贤镇宪兵队中我方地下工作者崔树林(汉族)同志积极串联一些商界名人作保的结果。被送进佳木斯监狱的四人中,朴英善和赵永子后因证据不足被释放;李敬石和李满树二人则是向敌人自首后出来的。为了确保革命群众和干部的安全,东北人民革命军第六军第一师秘密把他俩抓起来处决了。

安邦河地区的工作,由于敌人的疯狂镇压和主要领导干部的牺牲而转入了地下。组织上把一些革命群众和干部疏散到了一些汉族村和外县。我爸爸被安排到桦川县悦来镇码头,当了临时搬运工人。当地的抗日救国儿童团,也没人领导了,只好等待汤原中心县委再派人来整顿组织开展工作。

那段日子,村子里显得空空荡荡,我的心里也十分的难过……

与小牛为伴的日子里

在我们家里，唯一与我为伴的是一头小牛。这头牛，原是外号叫"山东王"的一个邻居家的。这头牛落在我们家，其中还有一段事由。

那是1933年的冬天，"山东王"打完场去集贤镇卖粮，在回来的路上被妻子的情夫用斧头砍死了。当夜，那个情夫赶到山东王家，急急忙忙地把山东王之妻用马爬犁拉跑了。那年月兵荒马乱的，民不举官不纠，跑也就跑了。第二天早晨，大雪纷飞，我和哥哥到屋外一看，发现邻居老王家的烟囱怎么没冒烟，我们哥俩拉开屋门往里一看，屋内空无一人，可他家的老牛却生了个小牛犊，小牛犊冻得浑身发抖。我和哥哥赶紧把老牛母子牵进屋里，喂水喂料好顿忙乎，老牛母子得救了。后来组织上决定把这一老一小两头牛寄放在我们家里，作为村里的公用牛，实际上是组织上寄存于我们家的财产。春耕秋收大家都用它，秋后大家再用粮食缴纳适当的役使费，以供买枪等所用。

送走了哥哥后家里早就没米了，每天靠着一些冻白菜、冻萝卜充饥。人是不能一点米粒都不吃的，好多日子没见着米，我有些受不了啦。有一天，我到场院上去寻摸，发现那儿有一堆没脱粒儿的稻子，可能是因为草籽太多，几乎三分之一是稗子，可能是主人嫌麻烦留下的吧。我看了挺高兴，咋说也是粮食啊，我用树枝做了把夹子，拣稻穗往下撸稻粒儿，差不多撸下来一麻袋。我们村子里没有碾子，要到南村（贺梦林村南）小马架子村才能碾米。我回家把花轱辘车套上老牛，拉上稻子就去马架子村了。去的路上还算顺利，那头老牛非常听我的话，小牛犊颠颠的在旁边跑得也很欢。到了那里因为碾子只有一个，白天归本村人优先碾米，外村人只能在晚上

- 88 -

1924—1949
第一章　苦难童年

借光使用。我去时张景信家正在用,等她用完,天色已经晚了。我套上老牛后开始碾米了。碾米也是有讲究的,碾不好会把米都碾碎的,要想米粒儿完好无损,就得不停地把被挤出碾盘边上的稻子往里扫进去,让稻子保持适当的厚度。这些都是张景信大姐姐教给我的,张景信看到我基本上会操作了才放心走的。

一般碾米都得碾三遍,每遍碾完都要在风箱里过一遍,但是,这里没有风箱,只有一口大簸箕。我人小力薄,用簸箕扬糠除秕十分吃力,只好每次少装一点,量力而行。这样足足忙乎了大半夜,总算碾完第三遍。等把碾出来的大米往袋子里装的时候,已经是饥寒交迫,手脚麻木了。我多次把米洒在地上,于是又连米带土拢在一起,重新扬尘。最后,终于弄好了十多公斤大米,我把米袋装上了车,开始往家返了。

一弯月牙挂在中天,寒星一闪一闪的,好在没有风,早春三月的夜晚还是很冷的。花轱辘牛车,走在空旷寂寥的村路上,吱吱扭扭有节奏的车轮声单调沉闷,车到村西头时,我实在困倦难忍,不知不觉中睡着了。这段回家的路是怎么走的,一点都记不起来了。倒是做了一个梦,梦见哥哥李云峰来接自己,梦中我骑着大白马和哥哥并肩飞跑在山上,又好像翱翔在蓝天彩云之中。过了一会儿,我觉得一阵颠簸,身子猛然下坠,朔风呛住了呼吸,我惊醒了,发现自己躺在了河面的冰雪上,还看到老牛也倒在冰面上,小牛犊在哞哞叫唤,我这才明白是翻了车。车是往左侧打斜,把人掀出去之后并没有全倒,老牛是在车身打斜时滑倒在冰上的。我定了定神,看明白这一切后,到前面用鞭子轻轻抽打了一下老牛,喊了一声"驾!",老牛似乎明白了我的意思,勃然跃身站了起来,倾斜的花轱辘车,也正了过来。

我从心里往外地感激这头老牛,同时也感到一阵后怕,还感到无比的欣慰,我觉得老牛太通人情了,我睡着了,它自觉地拉车往家走;我摔下去后,它又不走,等我醒过来了,对着它一吆喝它就站起来继续拉车。我深情地抚摸着老牛的后背,小牛犊也显得十分高兴地叫了两声。回到家,我把牛牵到厨房,给它喂足了料和水。

我感到自己完成了一件很重要的任务,用自己的劳动解决了口粮,心里感到十分快活。

风雪征程
东北抗日联军战士李敏回忆录

我要去割大烟

那是1935年的夏天,正是种植大烟(指鸦片)的地方采浆炼烟的季节。

日本鬼子不仅侵占了东三省,他们还想从精神上永远奴役中国人,他们鼓励怂恿中国人大量的种植大烟,并通过税收和收购等手段从中获取高额的利润。

一个炎热的上午,我又站在村西头出神地眺望着哥哥李云峰他们出征远去的方向。望着望着,我看见从西面来了一群人,感到一阵惊喜。我心想,这也许是来接自己的抗日队伍吧,于是,我迎着那伙人,飞快地跑了过去。跑到眼前,我失望了,来的一群人原来是从太平沟过来的农工。这伙人有男有女有老有少,我上前问他们上哪去啊?干啥活啊?他们中有人回答说是去割大烟的。

"那,你们上哪割大烟?"

"咋啦,哈哈,你这小毛丫头也想去割大烟?"

"我想跟你们一起去,行吗?"

听了我的话,他们都哄堂大笑了起来。

"哈哈,不大点的小东西,心眼儿可不小,还想去割大烟呢!"

"你们到底上哪,告诉我行吗?"

"我们上孙老道地里……"

有位妇女一边走一边回答了我,然后这伙人就嘻嘻哈哈地走过去了。

这伙人走远了,我站在路上望着他们的背影,为自己不能快点长大而

1924—1949
第一章 苦难童年

焦急,也为自己不能自立而难过。

爸爸还是春天回来了那么几天,他突击翻地,引水撒种以后就走了,家中又扔下了我一个人。

我暗想,要是自己也能出去挣点钱该有多好哇。一是有了钱可以不饿肚子,二来,可以给哥哥买一双鞋和衣裤。我曾多次梦见哥哥,他还是披着那件爸爸的旧棉袄,穿着爸爸的旧靰鞡鞋,每次梦醒,我都很难过。于是,就总是出门望着西山冈上的小树林,回想少先队出征的情景;再望望完达山上的七星峰,我听大人们讲,那里是抗日联军的后方基地,有好多的英雄人物和他们的故事,都是从那里传出来的,爸爸也多次往那里送过物资。我无数次地盼着自己快点长大,长大了,像爸爸和哥哥那样为国家和乡亲们出力。

看到那么多的人可以去做工挣钱,我的心怎么也平静不下来,就在回家的路上,终于下定了要出去闯一闯的决心。路经一块玉米地时,无意中看到了王海屯地里头赶麻雀的稻草人头上戴着的草帽子,想起了刚才那伙农工们也都是戴着草帽子的。于是,就跑到地里头,把草帽摘下来,戴在自己的头上,那顶草帽又破又大,但总比没有要好些,破草帽不仅能遮挡烈日,更让我高兴的是戴上草帽以后,我觉得自己宛然是一个农工了。我急忙跑回家,穿上了用妈妈旧衣服改的白布短褂和黑布裤,尽管衣服上打了几个补丁,可这么一穿,我终于像个小大人了,急匆匆地卷起了一条破线毯就上了路,我告诉自己,这次一定要去做工挣钱!

第一次要去出门挣钱,虽然决心挺大,可心里还是直打鼓,一点底儿都没有。我顺着那伙农工走去的方向,一条向北的大路跑去。这是一条从佳木斯经由悦来镇、苏家甸、王海屯、贺梦林村、集贤镇到富锦去的重要交通干线。路两旁除去玉米、高粱等大田地,更多的是成片的草原。这一带,是当地俗称"砸孤丁"的土匪强盗常常出没害人的地方,路上常见被害者的尸首。所以,通常单枪匹马孤身一人是不敢走这条公路的。我在路上走了一会儿,周围寂静无人,只有风吹玉米叶子刷拉拉的响声,我两只眼睛偷偷向左右两边看着,感觉好像随时会有坏人从草地钻出来,越看越害怕,最后竟一路小跑了起来。就这样气喘吁吁跑到王海屯院套东南侧的一块罂粟地里,看到一群人正在给王海家割大烟,这才稍松了一口气。

我在地头坐了下去,边歇歇气边看农工做工,看到在地头上监工的是这村的王掌柜,一个外号叫王老三的人。我头上戴着大草帽,王老三没有认出我来,他走过来问这是谁家的孩子,是不是来找妈妈的?我告诉他自己姓李,爸爸叫李石远,还说见过好几次王掌柜到自己家里来。听我这么一说,他显得有些高兴,他说知道,并说我戴了草帽没认出来,说你长高了,最后又问爸爸干啥去了?我说爸爸到外地找活去了,他问我一个人出来干啥?

"我想割大烟挣点钱……"

王老三愣了一下,然后说道:

"想割大烟?你长得和大烟一般高,还不把烟桃都给揪掉啊。"

这时,我看到从大院套内出来两个挑担子的,把农工们的饭菜送到了地头,农工们也陆续到地头领饭吃。我看到人家吃饭,顿时觉得肚子饿得咕咕直叫,就偷着咽了口水。

此时王老三去查看农工们收来的烟浆。从他的态度中,我觉察到了没啥希望。咋办呢?回家吧,又不甘心;再往前走吧,心里没底。我犹豫着,但总觉得既然想出来闯了,就不能缩回去。于是,下决心去找孙老道家的大烟地。当我问起农工时,有人指点说顺着北边的小路走就能找到那儿。

我离开王海家的地重新上路了,走到王海屯北侧时我看到面前有两条路,一条往东,一条往北。往东的是一条能跑马车、汽车的大公路,那是去富锦方向的;往北走是一条小路,我想了想,顺着这条小路迈出了步。小路弯弯曲曲,路边的树林越来越密,也显得小路越来越窄,走了好久,看不出这条路还有多远。一个小女孩走在这样的路上,能不害怕吗,我大气都不敢喘一口,这要是找不到孙老道家的地,或者迷了路可咋办啊?我胆怯了,可回头一看,后面也是树林,我知道自己已经走出很远的路了,往回走

1924—1949
第一章 苦难童年

就算天黑也走不到家的,这真是进退两难啊！我站在原地左思右想,终于想明白了,既然已经走到这个地步,理应往前走绝不能后退。于是,就又往前迈了步。这次没走多远,突然发现眼前出现了一片大草甸子和一望无际的庄稼地！

我欣喜万分,真想大声地喊,真想大声地唱,这下可好了,有庄稼地就肯定会有人,有了人就能打听到孙老道的大烟地了。我边想边加快脚步,当我顺着小路走到坡顶时,忽然发现眼前是更广阔无边的绿洲,绿洲上点缀着鲜艳的五颜六色的大烟花,那是一大片罂粟园(大烟地),罂粟花有的已经凋落了,剩下一个个鸡蛋大的烟桃随风摇摆着。罂粟园的四周还有一丛丛的小树林,景色美极了,更可喜的是我看到了一座座草棚子,那分明是农工们作息的工棚。

那时我还小,不知道这些大烟是用来残害中国人的,只知道家里没有钱,还知道爸爸和哥哥打鬼子需要钱。

我终于找到了孙老道的大烟地,这里有工棚还有烟土交易市场,都是用茅草搭建的。这里的草棚有两种,一种是用破麻袋片做门帘子的工棚,另一种是工棚对面的一排挂着大花布门帘子的大烟馆,别看烟馆不起眼,那里面有吃有喝还有妓女陪伴,每个草棚子的大小都差不多,里面能躺两三个人。

风雪征程
东北抗日联军战士李敏回忆录

"妈妈为什么不回来"

当我找到孙老道的大烟地时,太阳就要落山了,农工们都手提着烟缸和刀具下了工。他们都是两个人一伙,看上去各对都像是自家人。到吃饭的时候,也是两人一对的在露天餐桌上就座。露天餐桌是用土坯垫起来的长长的粗糙板皮,高约二尺,宽不足一尺,农工们分坐两侧,等候饭菜。我看到两个男工合抬一个大瓷盆来到餐桌旁,里面装的是用发了霉的小米做的大半盆小米饭。这时另一个男工挑担子过来,我原以为挑来的可能是菜或者是汤,可奇怪的是不冒汽,等他往饭盆里倒的时候才看清他挑来的是两桶井水。那个男工往大饭盆里倒进了一桶井水后,用大木勺子一顿搅拌,大半盆小米饭变成了一大盆小米水饭了,这就是给农工们吃的饭。他们的菜呢?我看到挑水的男工回去抱来了一大捆大葱和小白菜,另外两个人回去端来了几盆大酱,酱盘子有大有小。这些都摆好后,农工们谁都不动手,等到管事的吹了口哨,农工们一哄而上,有的舀水饭,有的去抢大葱和小白菜,特别是那捆大葱,很快就被抢的净光,动手晚的干脆没捞到。农工们手攥着大葱或小白菜蘸着大酱吃,酱盘子里装着黑褐色的大酱,里面蠕动着什么东西,等露出来往外爬时打老远都能看出那是一条条足有半寸长的蛆虫。我看着有些恶心,但农工们却毫不在意,用筷子把蛆虫夹出去之后津津有味地狼吞虎咽。看着他们的吃相,我更觉得肚子饿,流着口水出神地盯住了他们的餐桌。

"嗨嗨,那丫头,瞧啥?你是哪来的?"

1924—1949
第一章 苦难童年

我突然听到有人粗声粗气地叫喊,吓得浑身发颤。猛抬头一看,是个手拿扇子的人。我既害羞又害怕,站起身情不自禁地哭了起来。

"看样儿这孩子是饿了,快过来吃点。"

一位四十多岁的妇女过来拉着我,想把我领到餐桌前,可是那个拿扇子的家伙吼了起来:

"好你个老娘们,这饭是你的还是我的?你敢随便给别人吃,你是吞了豹子胆了? 啊!"

听他这么一吼,吓得我脱身跑开了,我听到了那位好心的妇女不服的对骂声:

"你他妈的也算一条汉子吗?等着瞧吧,一辈子只配当个绝了后的跑腿子……"

我一气跑出几丈远,看到了一垛柴草,就躲进柴草里哭了起来。可咋办啊?就这样受气,就这样回家吗?这时,天色已经黑下来了,沉沉的夜幕已吞没了绿色的原野。夜间能走路吗?听说夜间在公路上常有人被勒死;还听说有的强盗专门强抢女孩子卖到佳木斯、哈尔滨等大城市去。我越想身子越往里缩,用草把自己埋得严严实实的,拿定了第二天天亮后再上路的主意。

我在柴草垛里躺了下来,准备这样过夜了。过了一会儿,看到天边升起了一弯月牙,看到月牙,我感到了很大的欣慰,有月牙做伴总比孤孤单单过夜强多了。再过一会儿,又看到天上的织女星,星星让我回忆起幼年时妈妈曾经领着自己和哥哥到过一位老人家,那位老人在我幼小的胳膊上用针扎出蓝色点子作为保命记号时的情景。于是,又情不自禁地想起了妈妈。想起妈妈来,心中更加难过,要是有妈妈,绝不会有今天这样受人欺侮,忍饥挨饿,夜宿草垛之苦的。我无法控制对妈妈的无限怀念,抑制不住心里的悲伤,也是为了给自己壮胆,就哭着唱起了一首民歌《妈妈为什么不回来》。

风雪征程
东北抗日联军战士李敏回忆录

妈妈为什么不回来

1=G 3/4

朝鲜族儿歌

| 5̣ 1 1 | 2 3 1 2 | 3 3 5 6 | 5 — — |

野 外 的　秋 风 凄 凄　来 到 村 西　边,
天 上 的　月 儿 呀　请 你 告 诉　我,
八 岁 那 年　我 的 妈 妈　出 征 上 前　线,
每 年 春 天　雁 儿 妈 妈　也 都 能 回　来,
日 日 夜 夜　想 念 妈 妈　想 妈 妈 哭　泣,
可 怜 我 吧　可 怜 我 吧　我 的 好 妈，

| 3 5 3 1 | 2 3 2 6 | 1 2 1 6 | 5 — — |

我 来 找　我 的 妈 妈　独 自 在 徘　徊。
为 什 么　我 的 妈 妈　还 不 回 家　来。
从 那 以 后　我 的 妈 妈　再 没 回 家　来。
为 什 么　我 的 妈 妈　总 也 不 回　来。
我 的 泪 水　像 松 花 江　不 停 流 下　来。
哪 怕 在　梦 里 也 来　把 我 抱 在　怀。

注：这支歌由李敏回忆演唱，李胜权记谱、翻译、配词。

我正唱得泣不成声时，听到有人喊话了：

"是什么人在草垛里？！"

原来是那位四十来岁的好心的妇女出来解手，听到草垛里的哭声走过来喊话。看到是她，不知怎么的我更加放声地大哭起来。

"快出来，快！我猜着八成是你啦，要不是，这黑灯瞎火的我也不敢过来问呢。"

说着，她拉住我的手钻出了草垛。

1924—1949
第一章 苦难童年

"看你劈头盖脸的全是碎草,活像个小羊羔子,你怎么一人在这儿没回家呢?"

"我,我害怕,不敢回家……"我又哭了。

"好啦别哭了,你也真是的,咋能在柴草垛里过夜呢?你知道这儿的蚊子和蝎子多毒?把你咬死了可咋整。"

说完,她把我领到了自己住的地方。

她的住处是做伙房用的三间土房,里面有锅灶和两铺大长炕。因为烧锅做饭,炕很热,怕热的农工们都到草棚子里去睡了,只留下几位有寒腿病的老年妇女远离炕头睡在一边。这样,炕头留着好大一块空地,那位妇女让我上炕睡,我爬上了炕,就在宽敞的炕头躺下了,到底是小孩子,不一会儿就睡着了。梦里我又看到了妈妈,妈妈牵着自己的手,走在烈日炎炎的田埂上,汗水湿透了白色的小褂……

第二天,我才知道那位好心的中年妇女姓孙,跟我的妈妈岁数差不多。因此,我开始叫她孙妈妈了。一大早出去吃早饭时,孙妈妈叫我在屋里等着。过了好大一会儿,孙妈妈给我带来了一大陶瓷碗小米水饭和黑乎乎的大酱,还有大葱、小白菜。饿了一天一夜,见到这些,顾不得那酱里会有什么了,囫囵吞枣地把饭菜全吃光了,而且吃得很香。我真真切切地明白了啥叫"饥不择食"。

风雪征程
东北抗日联军战士李敏回忆录

认了"王麻子"当师傅

早饭后,农工们在院内按对子排起了队。

割大烟这活儿,必须是两个人搭手。操作时,是两个人一前一后,前一个是刀手,前边的人用刀尖往烟桃上划一个道,待被划的烟桃往外冒白色的烟浆时,后一个人把烟浆刮下来收进挎在手上的烟缸子里。所以,来割大烟的农工,通常是事先都有对子,多是自家人成对。自家人成对是最方便的,不仅干起活来互相照应,最后分烟膏时也能确保不被别人耍弄。

我第一次看见人家干这种活,站在一旁看着他们排队,我看出来从头到尾的两行人,正好都成了对子。

排好队的农工们正要出发时,忽然从大烟馆里跑出来一个人,他慌慌张张地跑过来扯着工头的衣襟说他没找到对子,请工头给他想办法。

"我?我上哪儿给你找对子去?"

"那,你叫俺咋办?俺不能白来呀!"

"咋办?你自个儿想办法。找到了对手就干,找不到,你这王麻子少抽一天烟就有了不是。"

工头不冷不热地支开了那个叫王麻子的人,叼着烟回头时,看见我站在那里,他恶狠狠地瞪了我一眼,嘴里嘟囔着:"小要饭的,还没走?走开了!"

"哎哎,你听俺说,今天不下地俺就没抽的了,求你了,行行好……"

王麻子紧跟在工头的屁股后头,连连哈腰哀求。这人三十多岁,高高的

1924—1949

第一章 苦难童年

个儿,有些驼背,瘦得浑身好像一点肉都没有,有的只是一脸的麻子,大家都叫他王麻子。我看着他那个哀求的样子怪好笑,猜到这人可能是大烟鬼。我想,王麻子没有搭手,自己或许能有机会。因此,就壮着胆子对工头说自己也是来割大烟的。听我自报,工头轻蔑地看了我一眼,回头对王麻子说:

"好嘛,有对子啦,这个小高丽丫头给你做对子咋样?"

"哎哟,我的老祖宗,她还没烟棵子高,就那么丁点的个儿能搭手吗?"

"那我就不管了。"工头说完一甩手就走了。

工头走后,王麻子蹲在地头叹了半天气。之后,他气急败坏地向我发泄说:"你才几岁?到这儿凑啥热闹!"

我虽然有些胆怯,但还是说自己已经十一岁了,能干活了。

"干活?说得倒轻巧!这活是你小丫头片子能干的吗?!"

"我慢慢学着干呗……"

"慢慢学?你叫我抽西北风啊?!"

王麻子失望地拍着大腿,捂着脑袋蹲了半天,我说了声:"那,我走了。"

"不!你不能走!"王麻子腾地站了起来。

"咋啦?"

"俺认了,就先试一天!不过把丑话说在前头,俺是师傅你是徒儿,三天不给工钱你干不干!?"

他果然要我了。我就点了点头。

"还有,你不准叫俺王麻子,听见没有?你得叫俺王大师傅,明白不?!"

我又点了点头。

毫无办法的王麻子只好认下了我这个徒弟,我是既高兴又紧张,这要是干不好该咋办呢?

大烟地在无边的丘陵草原上,洼处是草原,高处种大烟。烟桃呈绿色,大小不一,大的足有鸭蛋那么大,小的像鹌鹑蛋那么大。北大荒土质肥沃,

风雪征程
东北抗日联军战士李敏回忆录

大烟长势很好,花艳桃大,看上去真像是一片大花园。

种植大片大烟,本是日本帝国主义毒害中国人的大阴谋之一。好多像王麻子这样愚昧无知的中国人偏偏上了日本侵略者的当,每天都要以鸦片为伴。只抽得倾家荡产,妻离子散。更可悲的是大烟膏竟然变成了农村市场的流通货币,连买一根麻花,一个烧饼也都能用烟膏来交换。这一片大烟地只不过是全东北千千万万块大烟地中的一块,全国该有多少?这些大烟对水深火热中的国人其危害该有多么深重!

我跟随王麻子来到地头,看到三十多对农工们已经开始做工了。他们头顶烈日一点一滴地割取烟浆。我戴上草帽,等待"王师傅"赐教。看样,他的气还没有消。

"你是划桃还是收浆?"

"不知道……"我支吾了一声。

"不知道?哼!那你在后边收浆试试!"

说完,他操刀在前面嗖嗖地划桃了。说老实话,他的手艺真不错,活干得特别利落。我笨手笨脚地学着别人的样子,收取着从刀片划过的烟桃上渗出来的白色的烟浆。一来,我烟浆收不净,弄得满手黏黏糊糊;二来,地垄高,烟棵子高,我得跷脚举手才将将能够到,不得劲也不顺手,收不净不说,还把烟桃揪掉好几个。而那王麻子呢,他干得快,我根本跟不上趟,他在前面划过道道的烟桃,直往地下滴落烟浆,浪费了不少。看到这种情况,王麻子气急败坏地叫骂起来了。

"你他妈的小高丽丫头,笨手笨脚浪费烟浆,还揪掉了这么多烟桃,你是干活还是找死啊?!"

他一把抢去烟缸,急忙把眼看要滴落的那些烟浆收进缸里。骂归骂,他的活干的确实好;我一边挨骂一边仔细看他的姿势和动作,也学着王麻子的样,手围着烟桃转圈子时,身子也跟着转,这样就能把烟浆看清、收净,又不至于揪掉烟桃。这样做,我觉得顺手多了,自己也觉得一会比一会有进步,快熟练了。王麻子站着盯了一会儿,啥话没说,又去操刀了。我心想,他一定觉得自己够格了,并暗自挺开心。

到收工时,王麻子还是发了牢骚,但不是说我不够格了。

"真他妈的倒了霉了,收了一天还不够俺自个抽的呢!咱们有话在先,今天没你的份,明白吗?"

晚上,农工们都在工棚里炼烟膏。我看到王麻子把烟浆倒入脸盆里,然后在火上煎,等烟浆变成褐色软膏时取出来,放到抹上豆油的牛皮纸上,这就是炼好的烟膏。王麻子用小秤称了一下,我没看清分量,有个七八钱吧。最后王麻子把烟膏四六开分成两份,把六成那份交给工头,自己揣了另一份,一点都没给我。

第二天下地时,王麻子还是骂骂咧咧地埋怨我,我倒没吭声,可那些同路的农工们替我说了许多好话。有的说她小小年纪出来卖小工真可怜,有的咒骂世道,有的骂王麻子。

"王麻子,你也别太缺德!你想打一辈子光棍?等你也携家带口就明白了,你今天就知道喷狗屁,当心绝了你的后……"

"唉——那咱可没指望了……"

王麻子唉声叹气地不再作声了。

到了地头,王麻子又操刀了。我想,今天决不扯后腿,我要紧跟着王麻子,免得弄得烟浆满地。这下自己不笨吧?看你还能挑啥毛病!可是,又错了!

"哎哟,我的小姑奶奶,今儿你是哪来的这股冲劲!?你不会稍等一会儿,烟浆还没渗出来你就收了,等你收完,烟浆又渗出来了,你可真是的!"

是这个理儿,王麻子说得一点都没错,我心服口服,无言以对。

这时,那位好心的孙妈妈边教训王麻子教人要耐心,边教我以后要留下五步远的距离,不要太紧跟。

从这天起,我开始入门了,速度也加快了,王麻子跑得再快,我也能跟上趟。人家一天收两缸烟浆,我照样也收两缸,有的时候都能收到两缸半。这下王麻子高兴了,他终于笑嘻嘻地夸奖我了。

风雪征程
东北抗日联军战士李敏回忆录

"嘿嘿，行，行，你这个小高丽丫头还真不赖呢……"

在一旁的孙妈妈，借此机会又数落了他。

"王麻子你可别忘了，这孩子是我留下来的。没有她你跟谁合手？再说这孩子现在的手艺也能顶一个大人，你可别没良心。她的份儿，你一分也不能少给，听见没有？"

"听见了，听见了，行了吧？"

从第三天起，王麻子从俩人分得的烟膏中分一半给我了。不过，我不认秤，王麻子又不让我仔细看，不过冷眼一看，都能看出来，王麻子那份比我那份多许多。

那几天里，我看到王麻子和一些农工们，分得烟膏后等不及吃好晚饭就往吊着大花布帘子的烟馆里钻。那里既有烟具和油灯，还有妓女伺候。从那里溢出来的烟味很呛人，妓女们的嬉闹声让人唾骂。王麻子他们天天离不开烟馆。一天所挣得的烟膏，当晚就差不多全部挥霍掉了。

我把分给自己的烟膏都攒下来了，连一根麻花、一个烧饼都没舍得买了吃。多少次，经过卖麻花和卖烧饼的小贩身边，我都不敢看他们，把头扭过去，自己一遍一遍地咽着口水。我想把烟膏攒多了，可以用它买东西买粮食，支援抗日游击队，还可以给哥哥买衣服买鞋。想到这里，就很兴奋，觉得不用到处演节目向老乡们化缘了，老乡们也都不富裕啊，我可以用自己的双手像大人一样挣钱了。

一般把烟浆全部收尽需要十二至十五天时间，每个烟桃可划八至十二刀，烟浆出浆率会不断降低，有些烟桃结的晚，成熟的也迟，因此延长时日。到罢园前几天，每天只能收一缸左右的烟浆。

第十天下地干活时，来了几个骑马的人，一个是留着小胡子的日本人，一个是姓李的地主和姓金的朝鲜族翻译官。据农工们说，他们是来收税和收购大烟的。他们几个骑着马丈量了所有地块以后走了，跟农工没什么关系。

等他们一走，王麻子又冲我下茬子了。

第一章 苦难童年

"你看见那个老高丽没有?他是日本人的大狗腿子,你是小狗腿子吧?"

听了这话,我又委屈又愤恨,撅着嘴哭了。

到地头歇气的农工们都指责了王麻子,说他就有本事欺负小孩。孙妈妈安慰我说:"你别听王麻子瞎咧咧,趁大伙歇气儿,给俺们唱那首《一更里》吧。"

平时我在工棚里哼唱反日歌曲,农工们都爱听。这会儿孙妈妈一张罗,大伙都鼓掌欢迎了。于是,我大大方方地站了起来,大胆唱了起来:"一呀一更里呀,月牙儿出呀东啊,日本贼占满蒙,屠杀我工农啊,国民党啊不抵抗,高喊镇静逃了命……"

"哎哟,这么点小丫头,从哪儿学的呀?"

"唱得好,真行!"

"是不简单……"

农工们七嘴八舌地夸我了,这时,孙妈妈十分得意地插了一句:"这才哪跟哪呀,还有,小凤,再溜几段给他们听听!"

于是我又唱了《贫农四季叹》:

贫农四季叹

$1=^{\flat}E$ $\frac{2}{4}$

| 5. 6 5 3 | 2 1 2 3 5 | 6 6 5 3 2 3 5 | 6 - |

青 山 碧 水 好 美 春, 我 们 贫 农 人,
草 绿 花 红 到 夏 天, 当 午 烈 日 炎,
山 花 田 荒 立 了 秋, 贫 农 犯 忧 愁,
霜 降 寒 雪 变 了 天, 贫 农 衣 单 寒,

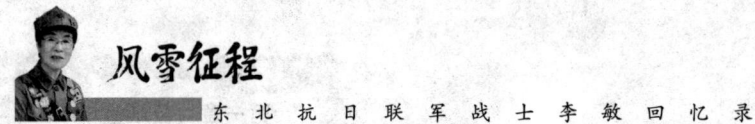

风雪征程
东北抗日联军战士李敏回忆录

```
5.  6  1 2 | 2 1  6. | 6 6 1  6 1 6 5 | 3 2 3  5 |
劳苦又殷  勤，  指望  种地    度生存，
铲地真艰  难，  晒得  满头    直流汗，
从春忙到  秋，  指望  种地    养老幼，
想起这几  年，  自从  日军    进我边，

6. 5  3 6 | 5 3 2 1 | 2 - | 2 5  6 5 3 |
谁想日军  出发来并 屯，    闹得各家
还得一锄  一锄往前 铲。    为的养家
打下粮食  上税还不 够。    老幼泪交
哪有一天  得过乐安 然，    好像在狱

2 - | 3 2 1 6. | 1 6 1 2 | 5 5 3  2 |
园    都遭灾， 不安身， 怕是他
人    吃个饱， 穿个暖， 不受饿
流，  吃不饱， 穿不暖， 日本贼
间。  贫农人， 要听言， 日本贼

2 1 2 3  5 | 6. 5  3 6 | 3 3 2 1 | 1 1 1 1 2 |
来害人， 养活猪鸡 多担心， 不让他杀吃
不受寒。 这才铲完 几垧田， 谁想日军
把税收， 还要强迫 把兵抽， 去给日军
不杀完 人民昼夜 不得安， 我们性命

1 1 6 5 | 6 1 6 5 | 3 2 3  5 | 6 6  5 6 |
他就打人。 全都是些 贫农人， 来了这些
进我边， 屠杀人 带强奸， 苛捐杂税
当马牛， 双亲哭 妻子愁， 家人难舍
真危险。 快联合 我乡间， 大家团结
```

1924—1949
第一章 苦难童年

```
5 3  2 1 | 2 -  | 2 5  5 2 | 3 2  1  |
苦恼 多糟  心，    看看 俺们   多苦 闷，
一   齐   添，    还要 成立   自卫 团，
也   得   走，    眼看 合家   难聚 首，
赴   火   线，    杀出 日本   奏凯 旋，

6 5  6 3 | 3 2  | 1 - 1 0 ||
何时 有谁  来知   音。
这   才苦了 我乡   间。
骨肉 分离  命便   休。
男女 老幼  得团   圆。
```

唱到这儿，农工们更惊奇了。

"这孩子真了不得，小不点儿的怎么会懂这么多事儿呢？"

"这孩子不一般，是从哪儿来的？"

"你妈妈呢？咋没跟你一起来？"

"她有妈，用着你问，早就一起来了。"

孙妈妈堵住了农工们的议论，我也好不容易憋住了因怀念妈妈而涌出的满眶眼泪。

从此，很多农工经常到我和孙妈妈住的草房，来听我唱歌，他们都很疼我。通过和农工们的相处，我感到自己已经长大了，已经是农工中的一员了。

祸不单行

正是最热的三伏天,毒辣辣的太阳直晒头顶,农工们头顶烈日,抢割剩下的烟桃,汗水顺着头发流到眼睛里,眼睛蛰的都睁不开,每个人都汗流浃背、干渴难忍。田边有口井,大家排着队抢着喝井水,我也三挤两挤地挤了过去,趴到井边咕咚咕咚地喝了个够。

谁曾想,当天夜里,我开始上吐下泻带发烧,闹起了痢疾。折腾了一整夜,第二天早晨我说啥也起不来炕了。但神志还算清醒,我知道自己应该下地去干活了,又挣扎着起了几次也没起来。这一倒下,最着急的是王麻子,他一个劲儿地骂我不"抗造"(东北方言,意为很结实,经得住摔打)。

这天晚上,王麻子来看我了,他叫我抽点大烟,说抽了大烟立时就能见好。他拿来烟枪点上火,让我往里吸,可我怎么也不能把烟吸进肚子里去。"你咋连烟都不会吞呢?干脆就水把烟膏喝下去吧。"

孙妈妈也说,喝了那玩意儿是顶事儿。王麻子叫我把自己的烟膏拿出来,听了他的话,我就把缝在裤里子上面小兜里的烟膏揪了一小块给了王麻子。王麻子把烟膏捏成几个黄豆粒大小的小丸子,叫我就水喝下去,照着他的话,我听话地把烟丸喝了下去。过了一会儿,就感到全身瘫软;再过一会儿,就啥都不知道了。

等我醒来时,痢疾是止住了,只是觉得特别的渴。好不容易爬到水缸边喝了不少水,身上似乎清爽了许多。这时,我定神看了看四周,纳闷了,咋这么静呢?人呢?人都哪去了?我从灶坑边拾起了一根烧火棍,拄着它到屋外

1924—1949
第一章 苦难童年

去看,啊! 连卖麻花的都没有了……

"咳,小丫头,你醒了?"

听到有人问我,回头一看是打更的老爷子。

"老伯,孙妈妈她们都下地了吗?"

"下啥地呀,她们昨儿个都回家了,老孙婆子让俺照看着你,等你醒了也家去吧。"

"啊?!"

我吓了一跳! 看样子自己是昏睡了两天多才醒过来的。人家都走了,自己可咋办啊? 回家的路上又该没人做伴了。这时,我突然想起了藏在身上的烟膏,顿时起了不祥的预感,急忙伸手一摸,坏了! 右边兜里的烟膏不见了,只剩下左边兜里的了。

"坏了! 我的烟膏没了!"我带着哭腔喊了起来。

"你的烟膏没了? 你想想谁知道你藏它的地方?"

经老伯一提醒,我马上想起了喝烟膏那天晚上,王麻子和孙妈妈都看到了自己藏烟膏的地方。但我可以肯定,右兜的烟膏是被人偷走了,那个贼不可能是孙妈妈,贼一定是那个可恶的王麻子,他一定是趁自己昏睡时偷走的。把烟膏藏起来的办法,是孙妈妈教给我的。孙妈妈说,在裤子里子上缝兜后,把烟膏压扁放进去,这样藏着稳当。我照她的办法,苦苦地藏了十多天,原想用这些烟膏办很多事儿的。现在,被人偷走了,真是又气愤又伤心。

"老伯,那个王麻子上哪儿去了? 一定是他偷了我的烟膏,我去找他去!"

"哎,那个大烟鬼,你快别去招惹他了,找到他也没用啊。"

听老伯说,王麻子是这一带出了名的流浪大烟鬼。原来,他在太平沟有家有口,家里还挺有钱。自从他抽上了大烟,家境就破落了。兄弟们因此和他分了家,分家后,他把家产卖掉抽大烟,老婆也跑掉了。自那以后,一直是个光棍流浪汉。在收烟的季节里,哪儿有烟地哪儿就有他,可谁都不

风雪征程
东北抗日联军战士李敏回忆录

愿跟他搭手,他每年都到这里割大烟,他分烟一向不公,谁跟他搭手谁就吃亏。据说,他还当过砸孤丁(土匪的一种)。

好心的老伯,善意地嘱咐我:

"孩子,快回家吧,这年头多乱啊,那个缺德的大烟鬼,早晚有一天会死到壕沟里的……"

我又一个人踏上了回家的路,我的行李只有旧线毯和破草帽。我浑身无力,走得很慢。快到王海屯时,在小树丛边坐下来想歇歇脚。不料,从地头蹿出两条狗来,狂吠着把我推倒了。吓得我双手捂紧脸叫喊救命,就在高喊救命声中,手脖子和耳朵已经被咬了,我似乎听到有人把狗唤了回去。之后,就晕了过去。不知过了多久,一阵钻心的疼痛,又让我醒了过来。翻身坐起来一看,手脖子血淋淋的,被狗咬掉了一块肉,耳朵也被狗咬伤了,还在滴血。我站不起来,就地呼喊着妈妈和爸爸哭了半天,但没有任何人来帮我。眼睛被血和泪糊住了,我用衣袖擦了擦眼睛,抽泣着爬起来继续上了路。

走不多远我登上了公路。这时太阳已经西斜,到处静悄悄的没有人。我艰难地迈着步,等挪到王海屯经过大院套后墙边往西去的路上时,冷不丁听到有人问话,吓得我一激灵。

"你是从哪儿来的小孩?"

抬头一看,站在面前的是一个手持镰刀的中年人。我吓得不知所措,惊恐不安。

"咋啦?你让人打啦?"

"不是,是被狗咬了……"我又哭了。

"孩子别哭,快告诉我你家在哪儿?"

他的话带有很重的山东口音。

我告诉他,自己家在前面不到五百米的地方。他问家里都有什么人,我说就自己,是出来卖小工的。那个人听这么一说,长叹了一口气,然后说要把我背回家。

1924—1949

第一章　苦难童年

"我,我不敢,我怕你把我背去卖了。"

"嘿嘿,好你个鬼丫头,我问你,你家那个屯子里我认识一个人,他叫李石远……"

听他提到我爸爸,我还是不敢吱声,怕他是坏人,可我真是走不动了,就同意让他背着我了。

原来这位中年人是汤原县的特派员王永昌同志,是来安区工作的。我在他的背上哭着讲述了自己的遭遇,王永昌也难过地流了泪。

回到了家,家里有任木匠的妻子甘炳善妈妈,她认识王永昌同志,她正为找不到我着急呢。

王永昌同志说:"这孩子的伤很危险,得想办法找个医生给治一治。"

甘炳善妈妈说,河西村有个中医能治,就是没有钱。王永昌同志看到了我们家的那头老牛,就说:"先拿这头老牛作抵押,给孩子治病要紧。"

"可这牛不是她家的,是公家……"

"好,我做主,我向组织上报告实情。"

"那可太好了,这孩子有救了!"

王永昌同志和甘炳善妈妈商量好后,背着我牵着牛到了河西村村西头姓王的一位中医家里。

"王先生,我们把这头牛先押在这儿,请你治好这孩子的伤。治好了,牛归你;治不好,我们把牛牵回去,行不?"

王永昌同志这么一摊牌,那位医生仔细地察看了我的伤口,支支吾吾地说:"这伤太重了,咬的深,耳朵也给咬透了。能不能治好,不敢担保……"

"敢不敢,看你的了。我们把孩子交给你,你照量着办吧。"王永昌同志的话像是下命令。

那个医生听这么一说,觉得王永昌这人可能有来头,赶紧接着说:"让我试着治吧……不过,眼下搞不清那两条狗是不是疯狗?"

"那就当疯狗咬的作价治吧,行不行?"

"行啊,那我给你们说说治疗方案。"

王医生说,疯狗咬伤一般都需要一百天才能根治。在这一百天里,要防止伤口愈合,要进行开放式治疗,让毒液从伤口流出来。病毒要是侵入骨髓,就没救了。

听说要治一百天,王永昌同志跟王医生商量后改用小牛犊做了抵押。

我开始接受了漫长的难以忍受的治疗,最疼最难熬的是每天用艾蒿灸伤口,说是拔毒。每三天往伤口上撒红色药粉,说是防止伤口愈合。我每天都疼痛难忍,哭叫不止,就这样整整折腾了一百天。

被疏散到悦来镇,以码头工人身份隐蔽起来的爸爸,回家来看我了。他难过得流了泪,这是我看到爸爸第二次流泪,第一次是妈妈去世。爸爸说,小凤的命太苦了,过早失去母爱,又得不到爸爸的照顾。我十分理解爸爸的难处和心情,在爸爸的怀里流着泪用袄袖擦去了爸爸脸上的泪花。

经过一百天的煎熬,我的伤总算治好了。小牛犊,作为治疗费归了王医生。

爸爸李石远回家后,汤原县委又来了人,他们和王永昌等同志一起,又投入到重整地方党组织的紧张工作中。

1924—1949
第一章 苦难童年

游击队缴了贺梦林的武装

1935年的秋天到了,漫山遍野一片金黄。

一天,我和往常一样来到屋外望着西岗子上的小树林发愣。忽然,看到从树林里走出来一个人,那人中等个头,手持镰刀头戴毡帽,身穿粗布衣裤。走出树林后,他张望了一下,像是要直奔我们家来了。我觉得这个人很可疑,赶紧跑回屋里告诉了甘炳善妈妈。这时家里就我们俩人,任木匠和爸爸都出去了,这时,听到那人已经来到了家门口。

"请问这家人姓李吗?"

是这个人在问话,我想他一定是在找爸爸或者哥哥,谁知道他是干啥的呢?赶紧支开他吧,我边插门杠子边说:"我们这里没有姓李的,你到河东去找吧。"接着甘炳善妈妈也补充一句说,这家姓任不姓李。

"那就是说,这里不是李云峰的家啦?"

他居然叫出了哥哥的名字,而且是哥哥自己改的名字!我和甘炳善妈妈同时打了个冷战,以为是来找爸爸李石远和哥哥李云峰的密探。还是甘炳善妈妈胆大,她定了定神,开了门告诉他说:"我们根本不认识李云峰。"

"是吗?那么,这李云峰给他家捎来的信就……"

"李云峰的信?啊,不,不!"

那人一提到信,我急不可耐地说走了嘴。

"好吧,这封信,我就只好带回去了。"

那人微笑着察看我和甘妈妈的表情和反应。

风雪征程
东北抗日联军战士李敏回忆录

"李云峰,他在哪儿?"

我急切地又问了一句。

"你们认识李云峰?嘿嘿,憋不住了吧?"

他笑得很实在,我和甘炳善妈妈也笑了。

这个当儿,爸爸和王永昌同志回来了,他们见了来的这个人,很高兴地互相握了手。原来他是汤原县委派来同王永昌一起工作的特派员,大伙管他叫老杨(真名宋乃振,朝鲜族)。宋乃振二十五岁左右,剃光了头,戴个毡帽,是汉族农民的打扮。但与之相比他的手和皮肤有些白净,不像劳动人民,这就是我曾怀疑他是密探的原因。

几位同志进屋开会了,上级重新任命李石远为区委书记,金太雨为区妇联主任,任春植为区委宣传部长,并分工老杨(宋乃振)和王永昌同志分别负责九个朝鲜村和汉族村的群众工作。

第二天,老杨召开党、团员和干部会议,他说根据县委指示,汤原游击队明天要进村。他们将在安邦河区以完达山为中心,开展抗日工作和进行游击战争。希望与会者组织群众密切配合游击队,全力支援游击队。

大家听了这一消息,人人都欢天喜地。

自从夹信子事件失败以后,抗日活动转入地下已有一年多了,革命群众忍气吞声地受尽了敌人的残酷镇压,农民们消沉了好一段时日。而今,听说游击队要回来了,能不扬眉吐气吗?大家都热情积极地参加了迎接游击队进村的各项准备工作。李石远和王永昌同志先组织了一些人,到稻田地里选择已经成熟的稻子割了来,用脚踏式脱谷机脱粒。妇女们用石头舂米,她们舂出了好大一堆大米,有些人还用糯米打出了雪白的打糕。我虽然帮不上大忙,但是能领着一帮儿童团员站岗放哨,也忙得不亦乐乎。我感到像过大年一样兴奋;还想着,等哥哥回来,兴许能把自己接走,想到这儿,我做梦都笑出了声。

游击队这次来安邦河区的主要目的,首先是攻打当地有名的汉奸贺梦林的伪自卫团。

1924—1949
第一章 苦难童年

游击队傍晚真的进了村,他们的领导在我们家开了一夜的会议,详细周密地研究制定了第二天的进攻路线和方法。第二天一大早,这支由戴鸿宾(汉族)任队长、徐光海任政治部主任的游击队出发了,其中的队员有朝鲜族裴敬天、黄龙吉、赵相奎及汉族的徐镐头等人。

游击队出发时,同志们全部换上了日军的装束,他们穿戴着黄呢子衣帽,脚蹬马靴子,身上披了件日军风衣,手上还戴上白手套,武器也当然是日本造了,扮成日军长官的徐光海同志还戴上了一副墨镜。

他们这伙假日军,先到安邦河柳条通隐蔽下来等待时机。妇女会和儿童团为他们送水送饭。等到下午四五点钟时,他们打着日本太阳旗,大摇大摆地来到了城门口。扮长官的徐光海同志冲着城上嘀里都鲁地说了一通日语,裴敬天扮演的翻译官急忙翻译说:"快开城门,皇军有要事找贺梦林商谈……"

门卫士兵急忙行了个举枪礼,毕恭毕敬地放他们进了城门。进了城门,已经有不少小头目出迎。队伍来到第二道城门时,伪自卫团团长贺梦林已在门口迎接了。

"承蒙大皇军的光临寒舍,贺某三生有幸。欢迎,快请……"

队伍跟进二道院内,徐光海和裴敬天随贺梦林进屋,就在互相寒暄之间,两个人猛地拧住贺梦林的胳膊,背向身后,先把贺梦林的枪缴了,直把个大汉奸惊得目瞪口呆。紧接着,队伍里应外合,很顺利地缴了伪自卫团的全部武装还有马匹、布匹等军需品。

没费一枪一弹,战斗就结束了。这次的胜利主要是吸取了上几次战斗失败的教训,游击队准备充足,沉稳机智是取得胜利的关键。

天大黑了,游击队员们个个骑上了马,又化装成了日军骑兵队,他们押着贺梦林,装上军需品,连夜上了完达山的七女峰(又称七星砬子)。

后来,这支队伍就以七星砬子为后方基地,相继开辟了集贤、桦川、桦南、宝清、富锦等处游击根据地,扩大了队伍。他们还配合地方党组织做了建党、扩军及建立群众抗日救国会等大量工作。最后,被编入抗联第六军第一师。

第二章
少年先锋

抗日救国儿童团

刘忠民书记带领我们搞宣传

风雪西进路

板场子的地方被服厂

北满省委交通员李升老人

走"洼达岗"过"舒拉河"

夜宿小兴安岭

四块石山上的"月亮门"

走"迷达"了

北满省委交通站

第一次骑马

抗日救国儿童团

1935年秋,戴鸿宾、徐光海所领导的汤原游击总队缴了贺梦林自卫团的武装上了七星砬子后,隔三差五地常派人来联系工作。王永昌(外号山东王)同志到宽厚甲(原为河西村,现为红联村)做汉族群众的组织工作,恢复和扩大了党、团、群众组织,工作进展顺利,速度也很快。游击队的活动和党、团、群众组织的迅速发展,在广大群众中引起了很大的反响。群众看到了希望,情绪高涨起来了,这是进一步宣传抗日的好时机。

为了推动抗日宣传活动,安邦河区的抗日救国儿童团接到了散发抗日传单的任务。任木匠制作了宣传板,老杨同志编写宣传提纲和标语口号,我和任木匠的儿子任德俊在萝卜窖里点上獾子油灯夜以继日地赶印传单,油印机是地下党托人从佳木斯买来的。

印好传单以后,由儿童团员张贴或散发到集贤镇、沙岗、福利屯、苏家甸等地。这些地方,儿童团员们是随农民送粮送菜的机会借光搭车去的。

农历十一月的一天下午,我和儿童团员们搭上我父亲李石远赶的牛车进了集贤镇。到了镇里后,我们从西到东走了一个来回仔细地观察了动静,天寒地冻,小西北风嗖嗖地刮着,路上行人稀少,时机不错。大家下车分头贴传单了。当时同去的有任荣植、张云峰、任德俊等人,他们身穿大棉袄,怀里揣满了传单。下车后,两个人一组,一人刷糨糊,一人贴传单,我和张云峰搭手。

我和张云峰俩贴到十字路口北侧时,突然见到两个当兵的顺胡同拐

1924—1949
第二章 少年先锋

了出来,我俩马上装成闲逛的样子东瞅西望,那两个大兵看是俩小孩也没在意就走了过去。等两个大兵走后,我们就地又贴了几张。贴着贴着来到了照相馆,趁天晚无人来照相的机会,我俩赶紧往墙上贴。张云峰刷完糨糊就挪了地方,他走后我贴传单,不知是我贴的不对还是因为糨糊冻了,传单没贴住,没等回身就从墙上掉下来了。刚想捡起来,一转头看到从北大营那头过来好几个当兵的,我立刻蹲了下去,宽大的棉袄盖住了地上的传单。我一动不动地蹲了半天,等他们走过去很远,才站了起来,找到刷糨糊的地方,重新开始贴,可那糨糊都冻上了。我没办法,往墙上吐了好几口吐沫,用小手按着传单,总算是沾上了。我刚贴完,从南头妓院方向又来了几个兵,我以为是刚才那伙兵又折回来了,赶紧离开那里,跑到了东边的粮栈。这么又耽搁又躲兵,我和张云峰走散了。

没有了伙伴,没有了糨糊,没法再贴了。咋办啊？还有好些传单呢,干脆撒传单吧,我沿路撒开了。遇到有的店铺和住家大门有缝,就把传单从门缝塞进去,就这样,从粮栈到买卖街撒了一路。传单撒没了,我跑到了事先安排好的西门里的崔树林(汉族)家。崔树林同志是党组织派进镇内宪兵队的地下工作者,崔夫人对我特别热情,给我做了热乎乎的玉米粥。喝完粥后,崔夫人让我上炕睡觉了。炕很热,我翻来覆去的睡不着,一天的经过老浮现在眼前,想着想着,不知什么时候还是睡着了。

那天晚上,张云峰、任荣植和任德俊是在张道锦家过夜的。张道锦是在集贤镇以朝鲜民会会长的名义从事我党地下工作的老同志,也是汤原县第一批上山的游击队员之一。

第二天,集贤镇全城轰动了。

"昨天夜里抗日军进城了,城里到处贴满了传单……"

"抗日军兴许已经攻占了全城……"

到处都有三三五五人群的议论,他们个个神采飞扬,说得有声有色。

他们哪里知道这一切都是小小的抗日救国儿童团干的呀！听到议论,我们感到特别开心,没想到自己竟做下了如此惊天动地的大事啊。

风雪征程
东北抗日联军战士李敏回忆录

正在大家眉飞色舞的议论时，崔夫人喊大家过去吃饭。崔夫人个子不高，圆脸大眼睛高额头，看上去十分精明。

吃完了饭，崔树林叔叔向我提起了我的干爹张镇奉和梅经理，他让我去看看干爹。自从1934年夹信子事件后，干爹他们都进了城，我和他有一年多没见面了。崔叔叔和我说，一是去拜访一下，二是听听他们的反应，崔叔叔还告诉我，见面后要问好，还要磕头。

我带着崔叔叔给买的果匣子（礼品盒），找到了干爹他们的住处，他们住的是一座西向草房。进了屋，看到有位老人在中间屋守着门问找谁？我说来看望干爹的，他指了指另一扇门。我推开了那扇门进去一看，是间低矮的小屋子，干爹一个人坐在一铺小炕上。我赶紧给他磕了个头，并说很久没见，十分想念。可出乎意料的是干爹对我的来访并不热情，既不抱我也不叫声"哒利"（女儿），在炕上连起都没起，只是淡淡地说："呃，好久没见，长高了，坐吧……"

我在炕沿上坐下了，干爹默不作声地把我端详了半天。然后他小声问："去年正月那个夹信子的事儿，你哥哥没参加吧？"

他这一问，来得唐突，问得我脸发烫，不知该怎样对答。

"你这是咋啦？你甭怕，我明白了。"

干爹说到这儿，把话停了下来，他往外看了看，见没有别人，他接着说：

"今儿大街上出事了，你听说没有？"

他这一问，又把我问住了。我的脸烫得更邪乎，心里也七上八下跳得慌，真是童颜难掩心中事。面对这位好心人真不愿意说谎，但作为一名儿童团员又绝对不能泄密。最后只能含含糊糊地说，刚从老乡那里听到了外面出的事儿。

也许，干爹看破了我的苦衷，他有意转了话题，问爸爸过得咋样，家中还好吧。然后，他说过几天要回奉天（今沈阳），去了难说能不能再回来。因此，他提议去照张相。就这样干爹带着我还有一个白头发的姓李的看门老头,我们一起向照相馆走去。

爷仨儿去了十字街口的一家照相馆,也是这个镇子上独一无二的照相馆。来到门口,我一眼看到迎面墙上昨夜我们刷的糨糊痕迹,心里又咯噔跳了一下。我赶紧随干爹进了屋,可能我们是唯一的顾客,照相师极热情地招呼着,并为我们摆好了姿势。于是,干爹和老李头坐在椅子上,我站在他们身后,照了有生以来的第一张相。其实曝光一下就照完了,我很高兴,也很是着急,恨不得立时能看到照出的模样。

照完相,我和干爹分手了。回到崔叔叔家把情况做了汇报,崔叔叔说昨晚的事儿对任何人都不能说,也不能说在他家住了一夜。

趁着天亮,我们离开崔叔叔家往回返了。凛冽的西北风吹在脸上像刀割一样,到家时,一个个小脸冻得连话都说不出来了。但是,我们的心里却说不出的兴奋。因为,小小的儿童团,办了一件抗日救国的大事!

第二天,天气晴朗但很冷。我到屯子西头去挑水,因为是浅井冬季水少,挑不上几桶就得等半天才能再挑上水来。在等水的功夫,我呆呆地望了望挂满西天的晚霞,在霞光下,我看到有两个骑马人从柞树林子中跑了出来,直奔屯子。我顾不得挑水,急忙跑回家告诉大家说,可能是哥哥李云峰回来了。大家都迎出来看,那两个人已经到院里下了马。

来的人不是我的哥哥,是身穿深蓝色布棉袍,头戴皮帽子的两个年轻人。只有王永昌同志认识他俩,并且事先知道他们要来,其中一位是第三军某团的周庶泛主任。

据说他们是从江北佳木斯西边来的,我们这里是组织的一个联络站,他们先来研究部队部署驻防问题,听说部队要在屯子里休整一天。

天大黑了,部队进了屯,大概是三十多人的步兵队伍,我一个都不认识,但心里还是很高兴。在他们吃晚饭时,我和抗日救国儿童团的小伙伴们组织了慰问演出,唱了好多的抗日歌曲,战士们都很高兴。

第二天,部队准备在屯里休整,等待天黑再出发。

儿童团员担起了站岗放哨的任务,一大早,我和几个伙伴就发现了两

风雪征程
东北抗日联军战士李敏回忆录

个陌生的打草人,他俩探头探脑地好像看到了驻防的部队。我急忙跑回家,把这一消息告诉了周庶泛主任。周主任带人把两个打草人扣留在屯里,进行了突击审讯,那两个人说得还挺圆全,看不出什么太大的破绽,为了不影响军民关系,中午还给他俩吃了午饭。可是,就在下午,其中一个人钻空跑掉了,这是不祥之兆。于是,部队又重新审讯了留下的那一个,果然,他俩是敌人的密探!情况万分紧急,部队只好提前出发了。就在部队紧急集合,准备开拔时,已经从西边的苏家甸方向窜出了敌人的骑兵!部队就地组织反击,一直打到太阳落山才得以分成两路撤退,一路沿河套方向撤出,另一路以河南柳条沟为掩护撤退,最后上了双鸭山。

我和爸爸、任木匠、王永昌几个人也趁着夜色转移了出去,我们躲进了河南面的马架子屯。

敌人进村后,放火烧了我们家和任木匠家的房子,两家人都回不去家了,只能暂住在马架子屯。过了几天,我们又回村借住在了王海屯的一间土房里。

春天来了,任木匠带人把被烧的房子又重新修建了一番,我和任妈妈又搬回了原住房。我们不能离开这所房子,因为这里是和江北地下党联络的地下交通站。

第二章 少年先锋

刘忠民书记带领我们搞宣传

安区的宣传队，正式成员只有十来个，加上临时借用的也总共才有十五六个人。这些人，年纪最大的十五岁，最小的六七岁；文化水平最高的是小学四年级，多数是小学二三年级，还有几个根本没有上过学的孩子。

这个宣传队是以1932年正月在梧桐河成立的抗日救国宣传队为基础的，队里的骨干都是当时的队员，他们的素质是比较高的。但是，发生了夹信子事件后，大部分骨干都上山参加了汤原抗日游击队。他们是尹锡昌、李云峰、李钟玉、李钟山、李贵学、朴景斗、陈炳祚、张在荣(张显庭)等人。由于大批骨干上山，宣传队的活动停止了一年半之久。

老杨(宋乃振)同志来到安区工作后，在区委的领导下，亲自主持组织工作并充实了宣传队。他把父母同意，本人愿意，政审没问题的孩子挑选出来，组织一些临时性宣传活动，经过几次活动考验后，分批接收为宣传队员。

为了提高宣传队员的素质，宣传队不定期地安排了学习和训练，学习和训练的内容有：

1. 政治课学习，主要给队员讲九一八以来日军侵略中国的罪行和抗日救国的重大意义。

2. 文化课学习，主要以歌本当课本，先教会一首歌，然后认歌词上的字，直至会唱、会背、会写、会用为止。

3. 舞蹈课学习，主要教朝鲜舞和秧歌的舞步及戏剧表演。

政治课和识字课的老师是老杨同志，唱歌和舞蹈课的老师是原梧桐河模范学校的音乐老师张英华(女)。

没上过学的文盲孩子们,认字很慢很吃力。朝鲜族孩子学汉字,可用朝文字母注上音来记;汉族孩子则用动物和一些物件的图案标上音来学习。一般一天教20~30个字,最多教百十来个字。很多字,唱歌时顺着曲子能唱出字音,但是把它们单个儿提了出来就让人发蒙。有些孩子是无论你怎么教,就是干学学不会,非常着急。

队内有一个八岁叫张学文的孩子,别看他起名叫学文,学起字来可真叫要命,怎么学他也学不进去。后来他急了,不干了,要回家。张老师劝他,他也不听,张老师就让我去说服他。

我找到了张学文,说等咱们上完了课,还要到各地去演出多好啊。张学文气呼呼地说:"不好,不好!就不好。"说完还拾起了棍子要打我。大家对他实在是没有办法,就把他送回家了。他家在火力屯(也叫火犁屯,后叫高丽屯),王永昌同志送他回家时,张学文的母亲金太雨,当时任区妇联干部,她很着急,要求宣传队不要开除他,容家里给他做做思想工作。后来,老杨和张老师商量,把张学文找来,让他参与收集募捐物资工作。

由于食宿管理等许多困难,集训只搞了半个月。后来,采取了各村派一名骨干来学习两三首歌,然后由他们再回去普及的办法。

经过集训后,宣传队的素质有了明显提高。大家开始到各村屯进行宣传演出,每场演出都得到了群众的一致赞扬。

不久,老杨同志调到哈东地委任书记去了,当时的地委机关设在苇河。

他走后,儿童团和宣传队的工作是在张英华老师和张在满同志的领导下进行的。老杨同志调离安区后,于1937年"四一五事件"中被捕,是此事件八十五名被判处死刑惨遭敌人杀害的烈士之一。

1936年秋后,刘忠民同志任富锦县委书记,王永昌同志任绥滨县委书记,作为特派员来富锦县工作的还有赵明久同志。

刘忠民书记到任后,带领安区区委多次在我们家开会,听取各村情况的汇报。当时参加会议的有:区委书记李石远、民运部长李文浩、区妇联主

第二章　少年先锋

任金太雨、武装部长兼组织部长任春植、汉族工作负责人张在钟(通汉语)、共青团支部书记张在满、儿童团工作负责人张英华等。

刘忠民书记很重视儿童团宣传队,他指示要积极开展宣传募捐活动。他说,我们的大部队现在完达山活动,急需大量的物资支援。区委为儿童团选定了第一个募捐点,刘忠民同志亲自用寄存在我们家的那头老牛套车,把宣传队送到了那里,那里就是火力屯。

火力屯是住在那里的朝鲜族喊出去的屯名。那时一般农村都用牲畜犁田,这里已经用柴油拖拉机犁田,所以,农民们把这个屯子叫成火力屯或火犁屯。当时,有个东北军军官叫王云阁,他娶了此地朝鲜族张某的小姨子做了小老婆,并同张某联系决定开发较大的水田农场。为此,他们从杨树林村、哈达密河屯、草甸子屯等地陆续招来了朝鲜族农民,使这里的人口发生了变化,朝鲜族占了绝大多数,后来火力屯改名叫了高丽屯。

这个屯子近两年一直丰收,各户农民吃穿比别的屯子都要强些,这样的屯子在当时是少有的富裕屯,刘书记选定这个屯作为第一个募捐点是有道理的。

宣传队来到了火力屯的大场院,屯子里的男女老少纷纷前来看热闹,带队的负责人说明了来意:

"乡亲们,我们是少年抗日宣传队,我们是为抗日救国之目的来此演出的!"

场院里的观众越集越多了,我用提前背好的开场白开始演讲了:

"各位爷爷、奶奶、大叔、大婶儿,抗日军在前方,不怕流血牺牲,英勇抗战打日寇;我们同为中国人,汉朝民族手联手,心连心,同心支援抗日军,军民合力同战斗,打败日本侵略军……"

我演讲结束后,开始了歌舞表演。第一支歌我们唱了《国民党成了什么样》。接下来,我和张英华老师的表演唱《妈妈您不要哭》上场了,张英华老师扮演妈妈,我扮演她的女儿。

老乡们听了我和张英华老师的演唱,不少人都流下了眼泪。我们又先

风雪征程
东北抗日联军战士李敏回忆录

后唱了《抗日少年先锋队歌》、《战争开始了》等歌曲。孩子们的表演很认真，大人们听得热血沸腾，他们纷纷地跑回家，端来了一盆一盆的粮食和干菜。

国民党成了什么样

1=C 4/4

6· 3 6 —	i̊ 2̊ i̊ 2̊ 6 —	i̊ 2̊ i̊ 6 5 6	i̊ 2̊ i̊ 6 5 —
国 民 党	成 了 什 么 样，	日 寇 进 兵	快 到 沈 阳，
蒋 介 石	更 荒 唐，	日 寇 杀 进	扬 子 江，
国 民 党	只 会 投 降，	日 寇 领 兵	占 了 沈 阳，
蒋 介 石	要 出 新 花 招，	他 说 先 要	消 灭 共 产 党，
共 产 党	有 主 张，	领 导 群 众	把 日 抗，

i̊ 2̊ i̊ 6 5 —	3 5 2 3 5 —	i̊ 2̊ 6 5 i̊ 2̊ 6 5	3 5 2 3 5 —
谁也不打仗，	谁也不抵抗，	节节 退让 节节 退让	退到 石家 庄，
不准放一枪，	不准去抵抗，	南京 政府 搬到 洛阳	搬到 洛 阳，
到处烧民房，	见人就开枪，	飞机 大炮 屠杀 同胞	血流 成 河，
才能打 仗，	才能把日抗，	先要 安内 后去 攘外	才是 上 策，
工农的武装，	一齐上战场，	百战 百胜 铁的 红军	真 顽 强，

2̊ 2̊ 2̊ 3 5 —	2̊ 3̊ 2̊ i̊ 6 —	3 3 6 5 3	6 i̊ 2̊ 3̊ i̊ —
国民 党精 兵	二十 多 万，	全不 抵抗	只会 交 枪。
十九 路 军	孤军奋 战，	寡不 敌众	血流 黄浦 江。
义勇 军抗 日	身经百 战，	蒋介石还要	缴他 们的 枪。
三分 军 事	七分 政 治，	大举 围剿	中国 红 军。
如若 收 回	我们 东三 省，	先把 日帝	赶出 中 华。

3̊ 5̊ 3̊ 6̊ i̊ 2̊ i̊	5 3 5 6 i̊ 2̊ i̊	3̊ 5̊ 5̊ 3̊	6 i̊ 2̊ 3̊ i̊ —
好个 卖国 国民 党	见了 日军 就投 降，	出卖 中国	许多 地 方。
好个 卖国 国民 党	见了 日军 就投 降，	蒋、蔡、陈、李	都是 一 个 样。
好个 卖国 国民 党	见了 日军 就投 降，	名副 其实	"刮 民 党"。
好个 卖国 国民 党	见了 日军 就投 降，	真正 是 个	狐群 狗 党。
中华 民族 齐解 放	大家 来把 凯歌 唱，	常胜 的红 旗	到处 飘 扬。

1924—1949
第二章 少年先锋

妈妈您不要哭

李春满 词曲
李 敏 译词

妈 妈妈妈 亲爱的妈妈 为何在悲伤？
儿啊儿啊 我的儿啊 我的孩儿走之
自从那年 你的爸爸 离家出走之后，
妈妈妈妈 我的爸爸 为啥不回家？
自从那年 你的爸爸 出征不上前线，
妈妈妈妈 我的妈妈 请您不要哭，
妈妈妈妈 我的妈妈 请您不要哭，

妈妈妈妈 亲爱的妈妈 为何在悲伤？
自从那年 你的爸爸 离家出走之后，
你的妈妈 我 为他做祈祷，
儿啊儿啊 我 日日夜夜 听我把话给你讲，
南征北战 冰天雪地 枪林弹雨中，
妈妈妈妈 亲爱的妈妈 请您不要哭，
妈妈妈妈 亲爱的妈妈 请您不要哭，

我在妈妈的怀抱中，
直到如今安早日回还，
祝他平安上前线，
你的爸爸我同胞都在一起，
我要长大上前线，
我要长大上前线，

一齐来哭泣 啊呀。
还未回还 报仇 啊呀。
可是没有用 了 啊呀。
打击倭奴去了 啊呀。
流血牺牲了 啊呀。
为爸爸报仇 呀。
为爸爸报仇 呀。

风雪征程
东北抗日联军战士李敏回忆录

宣传队里负责收集募捐物资是张学文，那个八岁、不愿意认字的小男孩。农民送来的大米多，可把他给忙坏了，他和刘书记抻着麻袋口接大米，一会儿都不松手。他穿的是一条新做的厚厚的叠腰式大棉裤，腰间系的是一条布带子。谁曾想，他正忙得不亦乐乎时，不知咋的，他的布腰带开了，他的厚棉裤哧溜一下掉到膝盖上，露出了光光的小屁股，他也顾不上伸手提上来。大伙笑得前仰后合，他还是傻笑着抻着麻袋接大米。他这种认真负责的劲儿受到了大家的赞扬。

就在那天晚上，由张学文的父亲张云福同志押车，运输队的领导连夜把募捐的粮食运进了完达山的七星砬子和双鸭山的抗日军密营。

■儿童团员张学文（1949年10月后照）

宣传队几个外村的孩子当晚睡在了村东李炳玉家，因为是同乡，我管李炳玉叫叔叔。夜半，鸡不鸣狗不叫，累了一天的孩子们睡梦正酣，突然一阵刺耳的枪声响了起来，窗户纸都被打破，往里呼呼的灌风。

"快开门！快点灯！"

又一阵枪声之后，门外有人喊了。

李炳玉和他的妻子金信德，战战兢兢地划火柴点上油灯后去开了门。几个孩子躲到了屋角，看到从外面闯进了一帮人，他们都穿着黑衣服，有的外披大棉袍，头上都戴着狐狸皮帽子，一个个凶神恶煞地挺吓人。其中一个端着枪问谁是当家的，李炳玉举起手说我就是，那帮人二话没说，连推带搡地把李炳玉带走了。

那伙人是一支山林队（土匪队伍），他们在村里闹腾了半个多钟头后，抓走了十多个人，其中还包括张学文的弟弟，一个叫张在文的六岁男孩子，因其父亲张云福正好上山送粮不在家，就把孩子当人质抓起来的。这伙人还车拉人扛的抢走了许多粮食。他们抢粮食的时候,农民说已经捐过粮食了,他们说以前捐的是给汤原共产党部队的,他们也是抗日的队伍,没得到过粮食,所以还得让农民们捐献。

他们把抓走的十几个人都当成了人质,他们送来信说,不派车送粮就把人质杀掉。

后来,抗联第六军第一师六团政治部主任李云峰带队过江来到完达山的七星碇子密营(独立师基地),正巧看到了关在木屋里的人质,发现都是安区的汉族和朝鲜族农民。他们都认识李云峰,见到他都惊喜不已,经李云峰找山林队管事的人交涉,终于释放了这批人质。其中有八名朝鲜族农民,两名汉族农民和那个六岁男孩张在文。

这支山林队来村里抢劫,影响极坏。名曰抗日部队还向农民抢粮、绑票,叫人难以理解,这件事,在农民心中埋下了疑虑、憎恨和恐惧。

面对这种形势,刘忠民等同志到各个村屯抗日救国会召开骨干分子会议,向农民做客观的解释,虽然说这支山林队还没有纳入抗联部队,但还打着抗日的旗号,所以抗联还是要团结他们。经过说明,解除了大家的疑虑。

当时,在这一带活动的有第六军第一师、第三军一部和新编的一些抗日部队。这些抗日部队需要大量的物资支援,人员也要积极扩充。

根据刘忠民同志关于采取多种形式积极募集支前物资和发动群众自愿报名参军的指示,宣传队又开展了新一轮的活动。为此我们去了双鸭山煤窑、安邦河和哈达密河等地进行募捐活动。所到之处,农民们都积极响应,他们纷纷拿出物资支援。百姓们说:"这么点小孩们都为抗日救国东奔西跑,咱们大伙可不能袖手旁观!"

后来,刘忠民书记亲自带领宣传队又去了刘世发屯(河西村)去进行募捐演出。看到来了宣传队,打场的农民都放下手中的活,自动围上来。那是农历十一月十六,天气虽然晴朗,但还是干巴冷。经过宣传队的演讲和演出,农民们送来了各种支前物资。他们送来大楂子、小米和高粱米,拿不出粮食的就送来黄烟、豆角干、茄子干等干菜。有的还送来了布鞋和靰鞡鞋,

风雪征程
东北抗日联军战士李敏回忆录

百姓们都想尽力的支援抗战。

看到农民们高涨的热情，宣传队的演出劲头也更高昂了，我们歌声嘹亮，又说又唱，尽管是寒冷的露天演出，可大家的身上都冒出了热汗。

宣传队的演出还在热气腾腾的时候，张云峰从东头岗哨跑来报告说，东边有一队骑兵过来了。听到报告，刘忠民书记当即决定分散撤离，本村的小孩张玉春除外。刘忠民书记带领任春植、张云峰等人往北撤；张在满、尹顺姬、张景信、孙凤锦等人往东；我由赵明久带领，往西南笔架山退去。一起撤离的还有李文浩和张英华，他俩是宣传队的老师和编导。

起风了，铺天盖地的大雪从天而降，大家在风雪中拼命地奔跑。我们钻进了一片老林子，老林子阴森森的，四周是参天大树，到处倒木拦路。我们想如果能够到西南的笔架山，再从笔架山的南侧就可以上七星砬子山峰的抗联后方基地了。但是，怎么也转不出来，天越来越黑，风雪也越来越大。赵明久说："不能往前走了，天黑找不到密营"，没有办法，我们又跟

■刘忠民（摄于1945年）

头把式地往回转。当一行人到达笔架山时，天色已晚，远远地能望见山下村庄里的星星点点微弱的灯亮。这时我们都冻得不行了，风大雪深，一步都走不动了，所有的人都饿得前腔贴后腔，肚子咕咕地叫，看到这种情景，赵明久带着大家连滚带爬朝山下的灯光奔去……

一行人悄悄地走到了村子东头的一户人家，敲开了门。看着房东惊恐的眼睛，赵明久赶紧向房东说："别害怕，我们是太平沟的，路过这里，想麻烦一下在家中暖和暖和。"这户人家有夫妻两人，挺实在的，听说是过路的，热情地把大家让进屋里，让我们自己从锅里舀苞米楂子粥吃，还给我

们拿来了咸菜。

吃过饭后,大家在灶坑边上用掏灰耙把火掏出来,脱下了湿透的鞋子和包脚布在火上烤,一边烤着,一边听房东和赵明久俩人的对话。房东说:"最近,抗联活动的信儿传来后,日伪军逼着村里人搞了个棒子队,专门搜寻暗通抗联的人……"

正说着时,院里响起了杂乱的脚步声和喊叫声:"现在有一帮搞宣传的跑了,你们这里有没有?"听到喊声房东坐在炕上摆手让我们躲出去,我们赶紧退到后门外的仓房里躲了起来。房东忙说:"俺们刚刚吃过饭,没有出去,不知道外边有什么人来过。"正说着,这伙人进了屋。不一会儿,又听到有一个人在屋里厉声责问:"这么多的鞋和袜子是谁的?"房东有些结巴,"啊,啊"的说不出话来。

显然,这伙人发现了大家没来得及收起的鞋子,看起来情况有些不妙。这时赵明久同志挺身出去了。他质问那几个家伙:"咋啦?那鞋是我的,烤烤鞋也犯法?"沉默片刻又听赵明久说:"咋啦?那帮孩子宣传抗日犯法了?你们拍拍自个儿的胸口想一想,你们算不算中国人?"

"我就是抗联的",赵明久说话的同时掏出了我们演剧的道具手枪。接着,就听赵明久严厉斥责他们说:"你们谁敢破坏抗日救国,谁的脑袋就保不住,现在,完达山、兴安岭到处都有抗日军,我们就是从山上刚下来的。"

"不敢,不敢,我们也是中国人,也就是为混口饭吃,绝不敢昧着良心做事。"赵明久缓了口气说:"好了,你们就在这等着,抗联部队马上下山,你们赶快去准备。"

还没等他们明白真相,赵明久带着我们迅速离开了这个村子。

旷野上肆虐的狂风卷起的雪花像烟雾般在空中飞舞,狂风夹杂着大雪恣意地厮打着大家的衣衫和脸庞。快半夜时,雪终于停了,一轮明月从云片里钻了出来。这天晚上是农历十一月十六日,清冷的月光把天地照得白亮亮的,猛然间我抬头看见了闪闪的北斗星,原来大家一直是朝那个方向走的,谁都没顾得告诉我。这时我明白了,这一行人一定是要去找江北

风雪征程

东北抗日联军战士李敏回忆录

游击队驻地的。一想就要到游击队当一名真正的抗联战士了，就要找到我的哥哥了，我的心里充满了喜悦，行进中也不觉得那么艰难了。

后来听说，宣传队被冲散不久，抗联第六军第一师的徐光海部队就在安区打了一个漂亮仗。

第六军第一师徐光海和马德山（原名金成浩）的部队来到了安区，在火力屯驻扎休整时，有人报告说从集贤县通往佳木斯的公路上，过来十辆马车，车上罩有黄苫布，远看看不清。马德山师长站在高处用望远镜看了一会儿，他说是敌人的军车，于是，命令全队做好战斗准备。部队在民房和路旁土墙上掏了射击口，并用稻草把枪口遮掩好，做好了歼敌的战斗准备。等敌人的车来到二十米近前时，随着马师长的一声令下，全队突然猛烈开火，打得日军不知所措。经过激烈战斗，歼灭了全部敌人，缴获了两挺机枪和五十支步枪。在这次战斗中，徐光海同志头部负伤，先送往七星砬子，后去独立师医院治疗……

从此，安区的敌人加强了戒备，在各村安插特务监视，形势很紧张。因此，宣传队不能进行公开的宣传募捐活动了。面对严峻的形势，为了继续打击敌人，儿童团开始转入地下，参加了抓走狗、汉奸、特务的除奸工作。儿童团组成了侦探队和打狗队，任荣植任打狗队队长。在区委书记李石远和任春植的领导下，安区的工作始终没有停止，据说连王海屯的王老三也参加了地下抗日工作。

■2007年，李敏与当地村民摄于王永昌书记与刘忠民书记工作过的地方（绥滨县委遗址）

1924—1949
第二章 少年先锋

风雪西进路

我们离开笔架山后,由赵明久率领,后半夜时来到了一个只有四五户人家的小屯子。赵明久叫开了一户人家的门。主人看到我们有些惊恐,赵明久同志解释说,这一行人是去萝北的,天黑雪大,只想借宿一夜。听了他的说明,主人放心地让大伙睡在北炕上。我们就在这家和衣休息了后半夜,并打听到苏家甸离这儿不太远了。

第二天天明,赵明久给了老乡一些钱,房东挺高兴,大伙上路继续西行。当我们走到苏家甸时,看到从西面开来载有日本兵的七八辆汽车,大家赶紧躲到路旁市场的人群中,边躲边观察。这时,我们看到有几个日本关东军下车来灌水,灌完水汽车很快开了过去。

赵明久带着我们在市场边的小饭馆里喝了热乎乎的小米粥,身上顿时暖和了不少。喝完粥,我们继续向西走,没走多远,碰上一辆拉粮食的顺路汽车,赵明久大胆上前拦住,说明想搭个车。那个司机还不错,把车停下了,他示意让大家快点上去。车上没有人,只有粮食袋子摞得很高,上车挺费劲的,在同志们的拉拽下,我也爬了上去。爬上车后,赵明久让大家把随身带着的歌本和课本之类的东西都藏到粮食袋子下面去,大家都照办了。雪深路滑,道路坑洼不平,汽车颠簸得很厉害,车上的风又大又硬,我被冻得上牙打下牙,话都说不出来了。张英华老师把我搂在了怀里,我觉得就是挨冻,也比走路强多了。

到傍晚时,一行人来到佳木斯市东大门,守门的日本兵端着枪把车拦

风雪征程
东北抗日联军战士李敏回忆录

住了。那些日本兵,手上戴着白手套,嘴上捂着黑色大绒口罩,头戴兔皮帽子,身披羊皮大衣。一个日本兵用日语说了句什么,司机让大家都下车接受检查。那帮日本兵过来搜身了,我的内心特别紧张。当搜到张英华同志时,那个可恶的日本兵嘴里嘟噜着什么,把手伸到了张英华的衣服下面。我看出那个日本兵是没安好心,他想调戏妇女。没等日本兵得逞,张英华往日本兵的脸上猛地吐了一口唾沫,那个日本兵气的动手殴打张英华同志。看到日本兵行凶,赵明久带领大家一拥而上护着她。这时出来一个军衔上有两道红杠的头头,他冲大家摆了摆手,我们急忙上了车,这才避免了事态的恶化。上车后,想想还是好后怕,幸亏事先把歌本和课本都藏到粮食袋子下面了,不然,后果是不堪设想的。

汽车开进东门后到粮栈前停了下来,那里的客栈挤满了人,屋内灯光昏暗,充满了旱烟和脚气的味道。赵明久进来看看就出去了,不多时,他把大家领到了粮栈院里的一间平房前,我们摸黑进了屋,屋里有长长的一铺炕,炕上都是玉米棒子。大家动手把玉米棒子往一头归拢归拢,腾出一块地方和衣睡上了,住在这里不用交钱,还很安全。

第二天,天刚放亮时,赵明久找来了一辆马车,我们一行人坐着马车上了街。太阳还没升起来,晨雾蒙蒙中我第一次看到佳木斯这个城市,城里面有马路,还有几栋二层的小楼。在我看来这个城市大得不得了,我还是第一次坐马车,马车走在街道上发出"嘚嘚"的响声,我感到既兴奋又新奇。

1932年初,梧桐河"模范学校"抗日宣传队由汤原县委(后改为中心县委)领导,裴敬天、马德山、徐光海、张兴德、吴玉光、李在德(女)、石光信(女)、崔圭福、金胜杰、李云峰等同志曾经带领着抗日救国宣传队同佳木斯的张耕野、唐瑶圃、董仙桥等地下党派来的老师和赵敬夫、高禹民、马克正、冷云(女)、王一知(女)、李志雄(女)、姜士元(陈雷)、姚国民等进步学生联合举行过抗日宣传活动。这是一座英雄的城市,因为她在三江地区最早发出了抗日救国的呼声!当年参加活动的大部分人都牺牲在抗日的前线,他们的英

1924—1949
第二章 少年先锋

雄事迹震撼了三江。哥哥李云峰也多次向我讲述那些对敌斗争的往事,他对这里充满了感情。如今,我们的同胞都生活在日本鬼子的铁蹄之下,处在水深火热之中,想到这些,大家的心情都十分的沉重。

马车穿过城市的街道,来到了西门,这时天已经亮了。西门修有城墙和门楼,门楼虽然不大,可是在我看来是十分的宏伟和壮观了。

出了西门后我们继续往西走,走出三十多公里路后,就把马车打发回去了。我们来到了一个叫作敖其的地方。敖其是下江特委驻地,这里是抗联红区,松花江下游的黑通是江南江北的联络站和通道。松花江上游五公里处的达木库是下江特委组织部驻地,江北离汤原县南四公里路的南江沿是下江特委妇联机关驻地,刘志敏同志(下江特委妇联主任)在那里负责。

到了敖其后接待我们的是特委书记白江绪,赵明久认识他。白书记安排我们分别住到了老乡家。这里没有朝鲜族,住在这里的有汉族、满族和赫哲族。他们都说汉语,对我也挺亲切。奔波了好几天,终于可以在热炕头上好好地睡一觉了,我感到十分高兴。

过了几天,张英华老师来到了我的住处,她说自己可能要调往别处,她嘱咐我无论在哪儿都要好好工作,不要放松学习。可她没说上哪儿去,这是地方工作的纪律,不准说,也不准问。

又过了几天,特委白江绪书记找到了我,说要派我到江北板场子屯做儿童工作。听了他的话,我的心一下子凉了,以为大家都去了部队,找个借口把我留在了地方。我感到委屈,又不好问同志们的去处,伤心得流下了眼泪。

事实也正是这样,我当时才十三岁,组织上是特意安排先在地方上工作的。看到我流泪了,白书记安慰我说:"小同志,别着急,我知道你想上部队,可你太小,等你再长大一些时,我一定找机会,送你上部队去。"

"真的啊,说话算话。"

"呵呵,算话,不骗你。"

带着眼泪,我又笑了。第二天,抗日救国会有个同志来找白书记时,白

风雪征程
东北抗日联军战士李敏回忆录

书记把我交给了那个人。那人三十多岁,中等个头,不知道叫什么。他赶着马爬犁拉着我往西北方向跑,不到半天,来到了一个叫作板场子屯也叫南江沿的地方,我被送到了村东头一户姓徐的人家里。

说是一家,其实住的是两家人,南炕上住着冯姓家的一位老太太和她的儿子;住在北炕的才是徐家两口子和他们的一男一女两个孩子,共有四口人。

到了徐家后,徐妈妈告诉我说:"从现在起,你是俺的闺女,得叫俺娘。往后有人问,你就说你姓徐,叫徐小凤;问老家,就说你是山东登州府莱阳县的人。"

"嗯,知道了,娘。"我记住了她的话。

"呵呵,真是俺的好闺女",听了我的回答,徐妈妈也很高兴。

这个板场子屯和敖其村相隔十五公里,它南靠松花江,东北面有河水环绕,是个三面靠水的屯子。据当地老乡们讲,在20世纪20年代还没修通铁道,以水路交通为主的时候,在这个屯子修建过汤原县县城。后来,因地势低洼,常遭水患而未能立足。因为这个缘故,这里还留有旧城墙、城壕和比较规整的街道,甚至还有几座砖房和炮台。如今这里是下江特委机关妇联的驻地,也是汤原县的红区之一,老百姓们都说"汤原县挖地三尺土都是红的"。正因为如此,江南、江北的部队经常过往这里。

■ 赵明久

1924—1949
第二章　少年先锋

板场子的地方被服厂

我住到徐家后,发现他们两家人晚间都很忙碌。南炕的冯家老太太在油灯下做棉衣,钉扣子;徐妈妈也忙着絮棉花,做棉裤。

徐家的姑娘叫徐小燕,很有山东姑娘的特点,她泼辣,嗓门高,爱笑爱唱歌。她的年龄和我差不到哪儿去,她管我叫姐姐,我也就认了。

第二天,徐小燕领着我去看望一个人。我俩来到村西头老王家,在他家的一间小屋里,有位二十多岁的妇女正在低头看着什么。听到有人进了屋,她迅速地把手中的东西藏到屁股底下,很不高兴地抬起头,露出不友好的神色,徐小燕着急了。

"哎呀,刘大姐,她叫徐小凤,我管她叫姐姐,是白叔叔(白江绪)派来和我们一起搞宣传工作的。"

"小丫头,早不说,把我吓了一跳!我知道了,这两天忙活,没倒开空去看她呢,快过来炕上坐。"

那位妇女马上换上了笑容,她是下江特委的妇联主任刘志敏同志。她个子不高,脸型端庄,眼神明秀,我觉得还从来没有看见这么好看的人,一下子就喜欢上了她。刘志敏亲昵地拉着我坐在她的身边,亲切地询问我的家庭状况和来前的工作情况。等我一一回答后,刘志敏很高兴地说:

"小凤,你来得正好,我们这儿正需要你这么个人才。我听白江绪同志说过,他说你们安区的宣传工作做得好,很活跃。"说到这儿她拉住我的手继续说:"好啦,我现在就给你分配工作,你当儿童团团长。你要把各村的儿童团员组织起来,把春节的节目排练好,到时候去各村演节目为前线募捐。"

听了刘志敏这一席话,我很高兴,徐小燕比我还要高兴:

"太好了,我的好姐姐,咱们好好干吧!"

刘志敏同志要找村妇联主任商量本村能参加宣传队的人员,我和小燕随她来到了村北头的一个大院套。

院内有三座房子,东厢房有磨和几匹马;西厢房和正房里,聚集着一大帮妇女。看到刘志敏同志来了,她们高兴地围了上来:"刘大姐,你可来了。衣服都做完了,只剩下几件钉上扣子也就得了。这些,往哪儿送啊?"这时,我发现屋里还有两台缝纫机,这东西,在当时很少见。

原来,这个大院套是妇联临时办起来的地方缝衣队,也叫"地方被服厂",妇女们正在为前方部队做棉衣。我看到屋里靠墙堆着已做好的棉衣、棉裤,都分别标好了大、中、小记号。另外,还有各村农会送来的棉胶鞋、靰鞡鞋、绑腿、鞋绳及各色包脚布等军需物品。

刘志敏同志向大家表示了感谢:

"谢谢你们啦!你们汤原县妇联今冬的支前工作,做得最积极,你们为抗日救国做出了巨大的贡献!姐妹们辛苦了!"

话音未落,大家热烈鼓掌,情绪极其高昂。

这时,有位男同志跑来向刘志敏同志行个军礼后报告说,部队晚上要进村取衣物。听说部队要来,妇女们高兴得欢腾起来了。有的喊应该赶快烧水,有的喊应该赶紧做饭,有的喊应该组织队伍欢迎部队。刘志敏同志扯着嗓子喊了好几次,好不容易让大家安静了下来,给大家布置了任务:

"姐妹们,请你们志愿报名分头参加以下几项工作:一是做饭招待部队,二是给部队分发衣物,三是为部队进行慰问演出。"

于是,大家分头报名领任务后,兴高采烈地去做准备了。

对参加演出的妇女们,刘志敏特意地介绍了我,大家热烈地鼓掌表示了欢迎。

当夜幕降临时,整个村子沸腾了。全村男女老少都出来欢迎抗日联

1924—1949
第二章 少年先锋

军,抗日救国会主任和妇联干部忙着把部队分别领进了各家各户。

这支队伍,是东北抗日联军第六军第一师马德山的部队。马德山(金成浩)师长是朝鲜族,原籍朝鲜平安道,当年只有二十五岁左右,因右眼受伤失明而落下"马瞎子"的绰号。部队进村后,老乡们主动帮部队遛马和喂马;部队同志吃晚饭时,在两间屋子里分头举行了慰问演出。演出前,特委妇联主任刘志敏同志向部队致辞表示了欢迎和慰问,然后请马德山师长讲话。马师长向父老乡亲兄弟姐妹们表示了感谢,他说老乡们的支援给部队增添了无穷的力量和勇气,部队将一定不辜负乡亲们的期望和重托,请大家相信,有共产党的领导,一定能把小日本赶出中国!

乡亲们对马师长的讲话报以热烈的掌声,然后开始了联欢演出。先由缝衣队的妇女们上场,演唱了当时相当流行的抗日歌曲《欢迎抗日军》:

欢迎抗日军

裴敬天 词
1934年

（1 6 5 3 | 6 5 3 2 | 5 3 2 1 | 3 2 1 6 | 1 1 1 | 0 1 0 1 |
1 1 1 | 0 1 1 0） | 3 5 5 3 | 5 — | 1 2 3 2 | 3 — |
欢迎 欢　迎　　欢迎 抗日　军,
欢迎 欢　迎　　欢迎 抗日　军,
欢迎 欢　迎　　欢迎 抗日　军,
欢迎 欢　迎　　欢迎 抗日　军,

3 5 6 5 | 6 — | 5 6 1 6 | 1 — | 1 6 5 3 | 5 — |
抗日 救　国　　目的 最光　荣,　为了 民　族
枪林 弹　雨　　驱逐 倭　寇,　为了 脱　离
你们 办　法　　万众 敬　仰,　敢干 敢　干
你们 目　的　　打出 日　本,　消灭 卖国　贼

6 5 3 2 | 3 — | 5 3 2 1 | 2 — | 3 2 1 6 | 1 — ‖
解放 痛　苦,　英勇 善　战　　人人 赞　颂。
黑暗 地　狱,　冰天 雪　地　　英勇 战　斗。
勇敢 去　干,　争取 自　由　　独立 解　放。
走狗 汉　奸,　建立 政　府　　人民 政　权。

风雪征程
东北抗日联军战士李敏回忆录

就在军民大联欢的时候,从江南达木库村(下江特委组织部驻地)来了几位青年,是由抗日救国会主任领来的,他们请求马师长批准他们入伍。这几个青年一个姓葛,一个姓陈,一个姓徐,一色的二十来岁。马师长立即表示了欢迎,并向大家作了介绍。他们中的小徐还带来了一位姑娘,那位姑娘叫小秦,是刚刚结婚后送丈夫来参军的。此时,小秦的脸通红,两个酒窝也更加明显。这时刘志敏同志高兴地站起来说:"这是一对刚刚结婚的小夫妻,新娘送新郎来参加我们的抗联部队,我代表妇联表示热烈的祝贺和欢迎!"

刘志敏的话音刚落,大家自动唱起了《工农兵学联合抗日歌》。

唱完歌,不知是谁提出让新媳妇小秦唱首歌,这当然引起了全场的呼应。小秦羞答答地低着头,不知怎么是好,新郎小徐着急了,他捅了捅小秦,让她唱平时最爱唱的那支歌。小秦抬起了头,脸还是通红通红,但她清了清嗓子,鼓起勇气说:"我就唱《我郎参军上前线》吧!"在大家的掌声和叫好声中,小秦深情地唱了起来。

小秦的歌声婉转动听,感人肺腑。当她唱完最后一句的时候,刘志敏同志带头鼓掌并在热烈的掌声中说了话:

"同志们,我们全体姊妹祝愿你们早日取得抗日救国的胜利。到那时,请你们再到我们这儿来,让我们在庆祝抗战胜利的大会上再相会吧!"

刘志敏的话音刚落,妇联干部们的合唱开始了。

这时,马师长情不自禁地站起来,十分激动地讲了话,他向热情支持抗日的乡亲们和为部队送子送郎的家属们深表敬意。他说抗日救国的胜利之日为期不远了,祖国一定会解放!

联欢会的情绪越来越高,部队同志们也高歌了一首《反日大同盟》歌。

1924—1949
第二章　少年先锋

我郎参军上前线

$1=\flat A$　4/4

```
3 3 2  3 5  1 6 5 3 | 2 - 2.3 2 | 1 1 6  1 2  1 6 5 3 |
```
春季　到来春风　暖，　　　我郎　参军离　家
夏季　到来烈日　炎，　　　我郎　杀敌上　前
秋季　到来秋风　凉，　　　我郎　出征去　远
冬季　到来雪花　飘，　　　我郎　远征路　途

```
5 - - - | 6 1 5 6. 1 2 3 | 2 1 6 5 6 - |
```
门，　郎君　参　军　为　抗　日，
线，　人夸　我　郎　武　艺　好，
方，　南征　北　战　常　得　胜，
遥，　郎君　抗　日　抗　到　底，

```
6. 1 2 3 2 1 6 5 | 3 5 1 6 5 - ||
```
妹　守　空　闺　也　情　愿。
妹　妹我心　中　暗　喜　欢。
音　讯　虽　少　情　意　长。
妹　妹我等　郎　等　到　老。

风雪征程
东北抗日联军战士李敏回忆录

反日大同盟

1=G 2/4

张甲洲 词

| 3·2 1 2 | 3 5· | 6·7 1 2 | 1 — | 3·4 5 |

一九　三一年　倭奴侵蒙　满，　半载间
溯至　"九·一八"　远东起惨　案，　全中华
伟哉　大同盟　中韩救命　星，　牺牲了

| 6·5 6 1 | 2·1 2 3 | 2 — | 1·2 3 5 | 2 1 6·5 |

攻我辽吉　炮击龙江　原，　杀我同胞　似牛马
帝国主义　铁蹄任踏　践，　请看英法　和美日
赤心热血　跳出铁牢　笼，　黑暗世界　已冲破

| 1·1 1 2 | 3 — | 2·2 2 3 | 2 3 2 7 | 1·6 1·0 |

血流东北　边，　言之落泪　思之心痛　惨。
爪牙犹如　剑，　太平洋上　暴露白刃　战。
东亚放光　明，　最后争取　自由与平　等。

| 3 5· | 3 5· | 2·1 2 3 | 2 — | 3 5· |

惨哉　痛哉！　死者真可　怜，　愤哉
起来　起来！　起来去迎　战，　起来
自由　自由！　人类乐融　融，　平等

| 3 5· | 2·1 2 3 | 2 — | 1·2 3 5 | 2 1 6·5 |

慨哉！　生者作何　感？　朝鲜沦亡　数十年
起来！　起来上前　线，　我们大敌　还有那些
平等！　阶级不再　生，　一切恶势　都被熔化

| 1·1 1 2 | 3 — | 2·2 2 3 | 2 3 2 7 | 1·6 1·0 ‖

可作前车　鉴，　反日同盟　齐勉　哉
走狗与汉　奸，
实现真大　同，

1924—1949
第二章 少年先锋

部队中有不少是汤原县的人,他们同这里的老乡互相认识。趁他们叙旧的机会,不少妇女围上来向马师长报名参军,我挤到前面,把手举得老高。

但是,马师长说,部队要执行特殊任务,所以不能满足大家参军的要求。听他这么一说,妇女们不满意了。

"师长,你这话是咋说的?不是男女平等吗?噢,小葛、小陈、小徐他们来报名,你二话没说就批准了,轮到我们妇女报名,就拿什么'特殊任务'来堵嘴,这难道公平合理吗?"

马师长哈哈大笑了起来。

"姊妹们,我这个部队是骑兵队伍,你们有马吗?人家小葛、小陈、小徐他们是从江南弄到马来的,不然的话,他们也不能收。所以,请你们不要误解,这里没有男尊女卑的问题。再说,你们妇联在后方为前方抗日将士日夜兼程做军衣,这个工作多么重要啊!我们这些男同志还做不到呢……"

我本想这次一定要参军,为此还动员刘志敏同志为我向马师长求情,但所有的妇女都没能如愿。

部队走了,我难过得哭了。徐妈妈安慰我说,以后还会有部队来,机会还会有。但我还是很难过,那天夜里一夜都没睡着。

第二天的傍晚,我和小燕从刘志敏那儿回来时,看到有一支骑兵经过东北方向的河套,我俩朝那儿追赶了一会儿,但队伍没进村,走远了。这时天色已黑,我俩无可奈何地回家了。那支骑兵队伍是到江南缝衣队取衣物的,是一支北征的队伍。

有一天,我和小燕到屋外抱干柴,看见从北边来了一个要饭的。他打着竹板又说又唱地过来讨米。把他打发走后没多久,又来了同样的叫花子,有的还戴了个墨镜装瞎子,一天之中走过四五个。过后才知道,那些"叫花子"原来是敌人派到红区刺探游击队活动的伪装特务。从此,大家特别警惕外来的陌生人。

风雪征程
东北抗日联军战士李敏回忆录

■妇联主任刘志敏（前排左）、地下交通员宋殿英（前排右）、第六军被服厂李桂兰（后排左）、李敏（后排右）（摄于1963年1月5日）

■2004年，李敏于汤原县松花江畔南江沿村（红区）抗联第六军地方被服厂所在地留影（下江特委、妇联驻地遗址）

1924—1949
第二章 少年先锋

北满省委交通员李升老人

一天,我和小燕刚走出门去抱柴火,发现又有一个像叫花子似的人背着背包,直奔我们家而来。我俩赶紧回屋告诉了徐妈妈。徐妈妈也很紧张,她叫我俩先到外边察看那人先上谁家。可是,还没来得及转身,那个人已经迈进了门槛儿。通常叫花子进门都是有说有唱,但这个人却不声不响地闯进来了,这就更加重了我对他的怀疑。我小声对徐小燕说:"特务进来了,怎么办?"

没等小燕回答什么,那人已经进了屋。他连声招呼都不打,抖了抖身上的雪花,把背包放到炕上,活像是到了自己的家。我偷眼观察他,此人个子很高,胡子拉碴的脸上挂满了冰溜子,头上戴的皮帽子上也全是霜雪,脚上的大靰鞡鞋冻得一踩地就咔咔作响。看得出此人走了很远的路,这到底是个什么人呢?

那人把背包撂到炕上以后,抬头扫视屋中的每一个人,最后,他的眼光落到我的身上就不动了。我感到很害怕,就躲到徐妈妈身后,小声地说"娘,他一定不是好人……"

那个人还是自顾自地摘帽子、解腰带、脱羊皮袄……他的头是剃光了的秃头,他的腰带是一条又宽又粗的布,他里面穿的是补丁摞补丁缝得很不平整的棉背心……

"哎,天这么冷,您老还出门了?"

徐妈妈上前搭了话,他还是不搭腔,只顾自己坐下来磕打着靰鞡鞋,别

风雪征程
东北抗日联军战士李敏回忆录

看他不吱声,他的眼睛却不断地向我投来不友好的目光。我很纳闷,就也斜眼回报了同样的目光,并继续注视着他的一举一动。

"孩子们,别愣着,快烧水做饭!"

徐妈妈发话了,这是咋回事儿呢?我很不情愿地帮徐妈妈点火烧锅,蹲在灶坑边还不时地偷看那人。那人细细的眼睛,高高的还带钩的鼻子,还有那旁若无人的傲慢神态,怎么看也不像是好人。于是,我偷偷问徐妈妈,这个老头是不是特务?没曾想徐妈妈却咯咯笑着大声说:"死丫头,他是自己人!"

"啊!?"

"他来过咱家,是好人,日子久了,乍一看我也没认出来。"

"他是干啥的?"

"是从山上来的。"

听徐妈妈说他是从山上来的,我顿时喜出望外,赶紧从沸腾的大锅里舀上一大碗开水,上前对那人说:"爷爷,请喝开水,先暖暖身。"

老人瞪了我半天,接过水碗也不说话,他还在用眼睛仔细端详着我。我又纳闷了,心想难道他是哑巴吗?

"你,不是说我不是好人吗?"

他不是哑巴。听他揭自己的短,我不好意思地笑了。但是老人没笑,他反问我是什么人。

"小丫头,我咋不认识你啊,你是从哪儿来的?"

老人这么一问,徐妈妈上前搭腔了:

"这闺女是俺家的。"

说着,徐妈妈给老人摆上了烫好的酒和饭菜。

老人一盅酒下肚,脸色发红,开始露出了笑容。徐妈妈向他介绍了我的身份和来历。

酒足饭饱后,老人装上烟袋要抽烟,我赶紧从灶火中捡一根火秆给他点了烟。老人眯着眼睛笑了笑,挺高兴。

第二章 少年先锋

"你这么一点小丫头,离家这么远来参加革命啦?"

"嗯,这回我们是四个人一起到这儿的,他们几个都上了部队了,就把我一个人留在这工作。"

我说着,撅起了嘴巴。

"嗯,在这也很好么,这里是红区,有很多工作要你们做,懂不懂?"

他说的当然是有道理的,我也懂这个理儿,但还是不甘心待在后方。

"我,还是想上部队。后方人多,前方人少,需要更多的人参军打仗。现在不是动员群众自愿报名参军吗?我还是儿童团长呐。爷爷,请您帮帮忙,送我到山上去吧。"

"你……太小了,你到部队能干些啥?你还没有枪高,又骑不了马。让别人背着?不,不行,还不是时候……"

"怎么不行啊?我干啥都不挑,做饭、喂马、缝衣洗衣,我还会唱会跳会宣传……"

我急不可耐地强辩了起来。

"你会唱?会什么,唱给我听听。"

老人这么一说,徐小燕在一旁为我添油加醋,并陪我唱了好几首歌,李爷爷也情不自禁地跟我们唱了几首,大家都很高兴。这期间,徐妈妈也为我说了很多好话。

大家正在有说有笑的时候,刘志敏同志来了,她认识李爷爷,和他热情地握了手。

"一路上辛苦了,徐小燕告诉我您老来了,我忙完活就赶着来看您,关于徐小凤上部队的要求,我认为是可以的。她很有独立生活能力,到部队多学习锻炼,对她很有好处,将来会有出息,我也希望您这次带她上山。"

原来是徐小燕偷空出去,特意为我搬来了刘志敏这位援兵。我偷着挤眼睛,向徐小燕表示了由衷的谢意。

"好吧,既然是刘志敏同志也举荐,我可以把小凤带上山去。至于部队要不要她,我就不敢担保啰……"

风雪征程
东北抗日联军战士李敏回忆录

　　李爷爷同意带我上山,这就够了!队伍上能不能要我,到时候再说。我的心情特别地激动,兴奋得一夜没合眼,想象着部队的生活该是什么样?想象着爸爸和哥哥要是知道我上山做了一名抗联战士该有多高兴……

　　第二天,徐妈妈把连夜为李爷爷和我做出来的玉米面窝窝头,装满一袋子让我们带着路上吃。

　　要上山了,我特别高兴,嘴一直合不上。但是,看到徐妈妈和小燕在流泪时,又舍不得她们了。这些日子,徐家人把我当成了真正的自家人,徐妈妈把我当作自己的亲闺女,小燕把我当成自己的亲姐姐,我们之间已经建立了深厚的情谊。现在要离她们而去,忍不住心头的酸楚,禁不住两眼刷地流下了眼泪。

　　这时,刘志敏同志也赶来送行,她再三嘱咐我到部队后一定要好好学习,做一名好战士,还让我有机会时一定回来看看她们。然后,她对李爷爷说:

　　"李升同志,等您见到雷炎,请您转告他,我在这儿工作很好,让他放心……"

　　噢,我这才明白爷爷叫李升,可刘志敏同志捎口信的雷炎又是谁呢?

　　"李爷爷,雷炎是谁?是刘大姐的哥哥?"

　　"嘿嘿,雷炎,是你刘大姐的'耐人'(爱人)懂吗?比哥哥还要亲的小两口子,现在叫"耐人",明白了吧?"

　　他这么一说,大家都笑了。

　　雷炎同志(1911—1939),原名李辉,又名李树,是黑龙江海伦人。九一八事变后,参加抗日民众自卫军,编为黑龙江省暂编第一旅学生团。1933年加入共产主义青年团,在哈尔滨开展地下抗日活动。同年加入中国共产党。1934年,于哈尔滨负责反日会工作。1936年3月担任东北人民革命军第三军留守团政治部主任。1936年秋,任东北抗日联军第三军五师、九师参谋长和九师政治部主任。率部转战于东兴庆城一带打击日伪军。1936年末,在汤原河沟里联军干校任俱乐部主任。1939年初,率七十多名骑兵从

1924—1949
第二章 少年先锋

绥棱穿越滨北线铁路到四方台附近的李老卓屯,由于汉奸告密被日伪军重重包围,在突围中受重伤,因流血过多壮烈牺牲。

刘志敏同志(1909—1994),原名刘纯,曾用名刘淑琴,女刘。1909年11月8日生于黑龙江省海伦县富海区。1931年九一八事变后离开家乡参加抗日活动。1932年初回到海伦建立秘密交通站。1934年2月调到哈尔滨仍做交通工作。1935年被派到黑龙江省珠河(现尚志市)从事抗日救国活动,同年7月加入中国共产党。1936年调下江特委任妇女部长。1937年曾被派返回海伦县。1938年6月11日在桦川黑通被捕入狱。1944年大赦回到海伦。1947年8月任海伦县城区委书记,县妇联主任。1949年7月调黑龙江省妇委会工作。1953年4月以后任省妇联组织部长、副秘书长。1966年离休。1994年11月逝世。

■雷炎　　　　　　　■刘志敏

风雪征程
东北抗日联军战士李敏回忆录

刘志敏同志是一位杰出的妇女干部，有知识，有文化。她参加革命较早，开始在哈尔滨市做纺织女工工作，后派到中共下江特委妇女部任妇女部长。她在地方曾组织地方临时被服厂或临时缝衣组、队等形式来为抗日军缝制军服。急需时集中，做完分散，机动灵活地来完成支前任务。在她亲自领导下，抗日救国地方被服厂，有汤原县桦子屯、苏拉河、洼达岗（现为香兰镇）、格节河等临时被服厂，解决了1936年至1937年抗日联军第三、六军的服装急需问题，得到第六军政委张寿篯和第三军军长赵尚志等同志的多次称赞和表扬。

在同她相处的十多天中，她给我留下了难忘的深刻印象。她热爱自己担任的妇女工作，日夜奔忙，深入群众，和广大妇女交朋友。她待人真诚、和蔼、体贴，遇人遇事都有足够的耐心，晓之以理，动之以情，从不发脾气，具有东方女性的美德和魅力，因此博得了广大农村妇女干部、群众的热爱、拥护和信任。在后来的很长一段艰难的战斗生活中，我也曾常常怀念和感激她，希望有朝一日能和她再次相逢。可是，在1938年日军发动"三一五"大搜捕后，刘志敏同志和赵明久、刘忠民、李桂兰等多位干部一起被捕入狱。其中多数人在哈尔滨监狱被杀害，刘志敏同志被判无期徒刑。因此，解放前我没能和她重逢。直到1945年"八一五"日军宣告投降后，我才和出狱的刘志敏同志见了面。出狱后的刘志敏同志重操旧业还做妇女工作，曾是黑龙江省妇女联合会副秘书长。

那天，我和李升爷爷告别了刘志敏同志和徐家人，一路往北走。那是个狂风刮起大烟泡，雪沙打面抬不起头来的数九寒冬。李升爷爷脚穿特号大靰鞡鞋，走起路来特别吃力，他嘴里嘟嘟囔囔地骂着：

"他妈的，鬼子年（当时东北群众管日本人过的阳历年贬称为鬼子年）快到了，怪不得今天风这么硬！"

李爷爷骂骂咧咧地向前迈步，我可不敢张嘴说话，一张嘴就冰牙，冷的更难受。所以，就紧紧闭着嘴跟在李爷爷身后走。他那又高又大的身子，能为我遮挡不少寒风和雪沙。李爷爷的步子大，我的小腿得紧倒腾才能跟上趟,这样一来,就多次踩到李爷爷的脚后跟,我怕他生气,歪着头看他,他却扑哧一声笑了。当他再回头时,我不禁叫了一声。

"李爷爷,看你……"

"咋啦?丫头,受不了啦?"

"不是,我看您现在变得像个老佛爷了,白胡子,白眉毛,白帽子,还有下巴颏儿长长的白冰溜子……"

"那往后你就管我叫佛爷吧,不过,哈哈,你自己呢?你可是变成了白白的一只小白兔了。"

"是吗?真好玩。"

"过两天我领你到咱这儿的月宫看看,他们一定会欢迎咱俩的。"

"月宫?那咋能上去啊?"

"能啊,我已经去过好几回了,这次我一定领你到月宫玩玩。"

"月亮那儿也这么冷吗?"

"那儿也冷,可那儿有避风的山洞,你去看看就知道了。"

李爷爷的话,我半信半疑。但是唠起来还是挺有意思的。爷俩有说有笑地走着,突然,李爷爷回身一看,变了脸色,他拉住我的手说了声:"不好!"

"啊!怎么啦?"我吓了一跳。

"你小脸蛋冻白了,得赶紧用雪擦。"

没等我反应过来,李爷爷抓起一把雪,不由分说地往我脸上使劲搓。一开始我的脸没有知觉,后来搓多了,脸开始有些知觉,进而是火辣辣地疼。

"这下好了,不过过几天会掉一层皮。"

"掉皮?"

"不碍事,毁不了你的脸蛋。"

"李爷爷,给我讲讲你是咋参加革命的吧。"

"咳,那话可就长了……"

"李爷爷你就给我讲讲吧,是不是也像我这样找人把你领进大山的?"

风雪征程

东北抗日联军战士李敏回忆录

"哈哈,那可不是,好,我就一边走,一边给你讲……"

李升爷爷,1867年出生在山东省德州屠桥街一个贫苦的搬运工家里。十多岁那年吧,他爹让人家给解雇了,生活一下子没了着落,只得搬到乡下去。到了乡下,房无一间地无一垄,他和爹就一起给地主去扛活,后来盖了间小草房,就租种了大财主"迟状元府"的几亩地。但收成还不够交租子,加上连年的水、旱、虫灾,生活极度困苦。他的父母和叔父,相继死去。他对吃人的财主恨之入骨,就决心去习武,想练就一身本领,去仗义行侠,杀尽财主贪官,报仇雪恨。经过几年的学艺和苦练,他学会了拳棒和枪术,还练就了两条快腿,行走如飞。

但学会武功仍斗不过财主官府,也解脱不了贫困,还是照样饿肚子。1894年他二十八岁时,运河水出槽,淹了房子和庄稼,日子实在过不下去了,他就一个人肩扛着一条扁担下了关东。开始在吉林省天宝山金矿当工人,以后又到哈尔滨,卖了两年小工。1898年他到了方正县,正赶上放荒,于是就在方正落脚。开荒种地,一直干到他四十二岁时,才与当地一个姓顾的女人结了婚,并生了两个儿

■抗联交通员李升

子。虽然有了家业,生活也还是很困苦。

1915年李升被人骗到俄国修了两年铁路,受尽了白俄监工和把头的欺压。俄国十月革命爆发后,打倒了监工把头,索回了被克扣的工钱。他和中国工人受俄国革命斗争的影响,提高了觉悟,也参加了护路队,跟着红军与白匪军和帝国主义干涉军作战。1919年冬,在一次与日本武装干涉军战

斗失利后,队伍走散,李升等中国工人跑回了封冻的黑龙江,又回到东北。

回国后,李升到了黑河,用挣来的工钱拴一挂车跑"邮政"。开始跑黑河到瑷珲,后来又跑哈尔滨到德都,哈尔滨到佳木斯等路线,他一直跑了十几年。

1931年九一八事变后,日本侵略军到处横行,李升非常气愤,他很想像在俄国时那样,拿起枪来打日本军,但一直没有机会。

1932年秋的一天,李升赶邮车往佳木斯去,途中被大汉奸于琛澂的伪军截住,硬把邮件卸掉,装上一车武器弹药,派一个伪军押运。李升对伪军恨透了,当车走到江边时,他假意说车坏了,要修理一下。伪军大队继续往前走了,只留下那个押车的伪兵。李升趁这个家伙不注意,操起一根棒子对准他的后脑砸去,并迅速地把伪兵的尸体和车上的武器弹药都推到了江里。然后他跑到了一个就近的集市,把车马都卖了。李升因打死伪兵不敢回方正,就流落到鹤立河南岸的七号屯,这是个朝鲜族聚居的屯子,他在这里打短工,割水稻。

七号屯是中共汤原中心县委所在地,中共满洲省委驻松花江下游代表冯仲云同志,当时正在这里与县委的同志一起开展抗日工作。由于汤原地区农村朝鲜族群众较多,日本特务、汉奸和封建地主便极力进行破坏活动,挑拨离间两个民族关系,使汉、朝两族群众产生隔阂。冯仲云同志和县委领导动员许多同志去做汉、朝两族群众的团结工作,不向汉奸地主交租。县委领导和党员大多都是朝鲜族,所以朝鲜族农民很快就发动起来了,而汉族农民却没有团结起来。李升当时很着急,他亲身经历过俄国的革命斗争,深知只有穷苦人都联合起来,才能打败敌人取得胜利。于是他积极主动地向汉族农民做宣传工作,参加和支持抗租运动。经过深入的宣传教育,消除了民族隔阂,汉、朝两族农民集合起来,到鹤立镇举行抗租和抗日大示威,有力地打击了日本军队和汉奸的嚣张气焰。在此基础上,汤原中心县委在七号屯召开了群众大会,成立了汤原人民第一支抗日武装——汤原反日游击队,开展起轰轰烈烈的反日斗争。

风雪征程
东北抗日联军战士李敏回忆录

　　李升在参加抗租斗争中认识了冯仲云和县委的同志,他更加靠近党组织,也参加了冯仲云组织的干部训练班。在训练班里学习了有关共产党的知识和革命道理,他的觉悟更高了,他向冯仲云同志提出要求加入共产党。他说:"我在东北乡村各地都跑过,没看见过像你这样一个大先生,刻苦地跑到这样穷苦的乡下,来告诉我们这许多抗日救国的大道理。我现在才认识了中国共产党,我一定要拼着我的老命为共产党做事,我要做一个共产党员!"

　　由于他思想坚定,积极参加抗日斗争,表现突出,1933年初,经冯仲云同志介绍,光荣地加入了中国共产党。

　　不久,日伪军攻占了方正县,烧了半条街,李升的房子被烧了,他的老伴和两个儿子也都被敌人杀害了。六十多岁的李升对敌人更加仇恨,抗日也更加坚决。他到处宣传党的抗日主张,发展了许多救国会员。

　　由于他生活经验丰富,机警沉着,腿脚又快,虽然年岁大了点,但更易于掩护,所以党组织安排他做了交通工作。

　　我和李爷爷边走边唠,太阳就快落山了,我们进了一个小村庄。

1924—1949
第二章 少年先锋

走"洼达岗"过"舒拉河"

这个村庄坐落在丘陵地的一个岗子上,有几十户人家,村名叫洼达岗(现为香兰镇)。

我和李爷爷来到了洼达岗,洼区的妇联主任李桂兰和一位姓王的同志接待了我们,我俩就安排住在姓王的这家。负责接待我们的李桂兰同志,年龄不到二十岁,她做了多年的妇女工作。人长得又白又胖,伶牙俐齿很善言谈,说起话来好摇头和做手势,性格特别开朗。李桂兰同志全家都参加了革命,她哥哥李凤林是第六军保安团团长。

这天晚上,我住西炕,李升爷爷住东炕。吃过晚饭以后,三江地区的交通员王仁来找李升同志谈话,谈了好久。我躺在西炕,不一会儿就迷糊过去,太累了,这一觉睡到了第二天清早。

第二天睁开眼睛,我发现,李桂兰同志咋打扮的那么漂亮啊。她头上梳了个蝴蝶式的发鬏,在当时是很时兴的发式,而且还插了红花和疙瘩针,身上穿着蓝司林布长旗袍。原来,这是她特意化的妆。由于当地特务活动猖獗,敌人正在追捕她,组织上决定让她暂时离开地方上山工作。因此要和我们一起同行,我听了心里很高兴,又结识了一位女干部,路上也有女同志可以做伴了。

我们扮成了回娘家走亲戚的一家人,李桂兰是新娘子,我是小姑子,交通员王仁扮成了新郎官,李升扮成了老公公。地方组织还给我们准备了果匣子,是当时时兴的木制的装点心的礼品盒。

这时,妇联干部王同志看了李桂兰的打扮直摇头。

"桂兰,你是装成王仁的媳妇回娘家的,你得真像个媳妇的样子才行!"

"我这打扮还不像媳妇?"

"你呀,叫明眼人一看,就能看穿你根本没过门。"

"为什么呀?"

"为什么?一来,你梳的是姑娘的发;二来,最重要的是你还没有开脸。"

"开脸?我的妈呀,我可不想受那个罪!"

但是,这次上山非同小可,不仅要送一些文件,李升同志和王仁同志都负有重要任务。所以,一定要装扮得很像,不能让特务们看出任何破绽。于是,李桂兰同志豁出去了,忍着疼痛接受了开脸。妇联干部王同志,用滚动白线的办法,先从额头开始,然后到脸颊、下颌,要把她的汗毛全都拔净。李桂兰同志疼得龇牙咧嘴,冒出了满脸满额的汗珠。拔完汗毛,还要修眉毛,除用白线滚动外,还要用土制小镊子拔掉多余的眉毛,把眉毛修成了漂亮的月牙形。那个时代的姑娘家,出嫁时都要过这道开脸关。李桂兰同志说:"要不是为了革命工作,我可不受这个罪,到时候真结婚,我也不开脸。"她的话逗得大家直笑。接着王同志又给她的脸上抹了"隔脸粉"(雪花膏)和胭脂;头上还有两朵红花和疙瘩针,打扮的非常漂亮,这回真像个新娘子了。

我是扮小姑子的,用不着太多的化妆,只在原来的两条辫子上,缠上红毛线,身上穿蓝色棉袄就行了。

准备停当以后,一行四人乘马爬犁沿着山区边的丘陵地朝南前进了。天气晴朗,但寒风刺骨,我和李桂兰脚上的布棉鞋太单薄,脚冻得像猫咬似的难受,总得下来跑一跑才能缓过劲儿。中午,我们来到了一个叫韩家店的小村子,在姓韩的两口子开的小店里吃了午饭喂了马。这是一家有南北大炕的小店,大家吃的是高粱米饭、炖白菜土豆汤和咸菜疙瘩。吃完饭,

1924—1949
第二章 少年先锋

李升爷爷买了几个咸菜疙瘩装进袋子里,当然也买了一壶酒。

由于吃了顿热乎乎的午饭,下午上路就感觉不太冷了。

马爬犁飞驰在雪野上,赶车的老板子把鞭子甩的啪啪响。雪地越来越深浅不平,有时陷入雪坑,有时人仰马翻,折腾得大家浑身是雪,幸好没受什么伤。不久,马爬犁拉着四人过了一条河,李爷爷说,这河叫舒拉河。过了舒拉河我们来到了山下一个不大的村庄,这时,天已擦黑了。

这个村子有一座土墙围起来的大院套,这个院套也是全村独一无二的院套。这里的主人叫穆老三,是一位倾向抗日、支持抗战的地主。据说,抗联第六军留守团耿殿君团长同穆老三交往甚多,所以这里已经成了抗联的一个后勤基地,很多军用物资都存放在这里,必要时部队派人来取走。另外,这里又是妇联组织的地方被服厂,也是季节性的临时被服厂。每当弄到一些布料后,就从各村妇联抽调一些人过来,经过一两天的短期培训后突击制作军服。这个被服厂叫舒拉河被服厂。我们来到时,这个四合院还在忙乎,部队已经取走了做好的棉衣,妇女们接着赶制子弹袋、背包、棉袜子等军需品。这里用的缝纫机,是一位姓李的师傅个人的,每次有任务就从家中搬到这里,完成任务后再搬回家。他是这里唯一的裁缝师,大家都叫他李师傅。

这里的负责人大家都喊她韩姐,是一位妇女干部,穆金华(穆老三的侄女)及穆老三的儿媳妇等人也协助工作。

到这儿,王仁同志的任务算完成了,他还要由此过松花江,到江南执行新任务。李升同志热情地同他握手告别,李桂兰同志还同他开了句玩笑:

"祝愿你早日娶上真正的媳妇……"

夜宿小兴安岭

离开舒拉河的这天早晨,是个晴朗而又寒气逼人的天气。

我和李桂兰同志没有什么行装,而李升爷爷却是浑身披挂全副武装。他的大布兜里装得很满,里面有靰鞡草、包脚布、烟草、土盐粒儿;还有刀、锯、锉、镰刀、斧子等工具以及玉米面大饼子、窝窝头等食品。他身上还挎着一个酒壶,那是用晒干的牛膀胱做成的,口上是用玉米棒子芯儿堵塞的。早饭时,穆老三的儿媳妇给大家送来了小半盆玉米面饼子,我把李爷爷的一份也包到自己的布包里,想尽量减轻他的负担。

从舒拉河出发后,往西走了五六公里路,然后顺着那里的冰河朝西北走。周围都是杂木林子,林子里的雪很深,走路十分吃力。所以,大家主要走的是河上的冰道。

一路上虽然很冷,但三个人有说有笑,冰雪世界的自然奇景更是美不胜收。当我们落脚冰川时,玉兰色的冰河透明得能看清水底的沙石和水草,河两岸的树枝上挂满了玲珑剔透的冰溜子和冰珠子,在阳光下,光芒耀眼色彩缤纷。那形状各异,千姿百态的冻冰,冷不丁看上去,连成一片的像是瀑布,有的又活像是个人站在那里。

"李爷爷,那个多像你老人家,您看,也背着大兜子挎着酒壶……"

我高兴地叫起来了。

"对了,旁边还有个小丫头,那就是你呗。"

说完李爷爷也高兴地咯咯笑了。

第二章 少年先锋

一路陶醉于景色之中,减轻了不少疲劳,但是顺着缓坡走了一气儿,就全身冒汗,着实感到有些累了。这时,李爷爷说快到家了。

"快到家了?是我们游击队的家吗?"

我和桂兰姐高兴了,顿时觉得身上冒出了一股劲儿。

"等你们到那儿,就知道啦。"

没走多远,果真看到了爬犁和马蹄印。我拉住了李爷爷的手快步向前,我觉得爷爷走得太慢。为了减轻他的负担,我把爷爷的酒壶解下来要帮他提,那酒壶少说也有两三公斤重。

"不行,不行,还是让我挎着吧。万一你摔个跟头,把酒都给我洒出去可就惨了。不喝酒,我是不能走路的;我走不了路,你就甭想找到家。"

让我提着酒壶,李爷爷怎么也放不下心,硬把酒壶要回去重新挎在肩上了。

这时,已经能听到树林里的人声和马嘶声。再走进去,就看到木板房了,板房烟囱里的青烟正顺着河沟悠悠飘散。

"爷爷,看到房子啦,那就是咱抗联的房子吧?从今天起,我也是抗联战士吧?"

看到我着急的样子,李桂兰在旁边打趣我:

"你呀,是小不点、小不点的抗联战士。"

李爷爷不说话,只是笑着往前走,我又跑到前面催他快点走。等赶到木板房前时,我一下子愣住了,我眼前的人们都是身穿便服没有带枪的平民。

"爷爷,他们怎么都没带枪呢?"

"嗯,他们是不带枪的抗日军。"

原来,这是一伙伐木工人。他们腰间系着麻绳,绳上别着一把小斧子,正从山顶上往河川放木。

我们进了木板房,借炭火烤着吃了玉米饼和窝窝头。李爷爷边吃边和工人唠嗑,还把酒壶取下来,把酒倒给伐木工人,工人们把猎取的山兔肉送给他。他们把山兔肉烤熟了沾上盐当下酒菜,能看出来李爷爷和这帮工人非常熟悉,他们吃得津津有味。吃完喝完,三个人又上了路,这次开始登山了。

要爬的山峰就在眼前,大家开始往上爬。密密的松林里,参天的松树喷发出清新的松香,使人感到怡神爽志。树枝上,有各类小动物无忧无虑地自由玩耍,千姿百态的树上笼罩着洁净的白纱。一阵阵清风吹过,散落下来的雪花在阳光照射下,闪烁着耀眼的银光,再看地上的冰雪和山上的石景以及环山的冰川,真是看也看不够的美景,数也数不尽的奇观啊。

"爷爷,咱们国家的山河多美呀,怪不得小日本要来侵略我们。"

"是啊,所以我们要打跑他们,一寸土、一根草也不能给他们!"

我们三个人一连爬了好几个小时的山,累的汗流浃背,但是,仍没能爬到山顶。最影响前进速度的是林中那些横七竖八的倒木,有的倒木粗得两人合抱都合不到手。遇到这样的倒木横躺着拦路,大家只能爬上爬下或躲着它绕道而行。这样一来,舍近求远不说,还要被那些大树上的树枝挂破了衣服,特别烦人。

冬日的白天是短暂的,不觉间太阳西下,夜幕降临了。李爷爷说,要在松林中露宿。他还说:"这里是游击队的家,天当房,地当炕,打游击野外露宿是常有的事儿。"

"爷爷,游击队的家真美呀,可是它太大了……"

"对了,是大啊,我们的家有五十万平方公里,能不大吗……"

"哈哈……"李爷爷一边说,一边开心地大笑起来。

茫茫的原始森林,积雪很深,平地积雪到膝部,洼地的积雪都到大腿根。夜晚的风,吹进松林呜呜作响,雪花漂浮寒气逼人。我心里犯嘀咕了,这儿,能过夜吗?

"桂兰姐,咱们真的在这儿过夜啊?"

"游击队在山的那一面,咱们还赶不到那儿,附近又没有房子,你说能住哪儿?"

说着,李桂兰指指李升爷爷。我看到爷爷正在林中的背风处,把地上的雪扫到一边,然后用斧子砍下枯树枝堆成柴垛。我明白了,爷爷是在准备着露宿的地方。我们俩也赶忙跟着拾柴添垛。柴垛已经很大了,李爷爷还去扛大树枝。

"李爷爷,够多了吧?"

"不,要烧一宿,这点柴火根本不够。"

李升爷爷说着话还是不停地扛树枝,又扛来了一大堆,李桂兰同志也觉得堆得太多了。

"李升同志,您这是准备在这儿过一冬吗?整这么多柴火干啥呀?"

"呵呵,这一大堆柴火,放在家里可真差不多够烧半年了。可是,咱要在这冰天雪地上过夜,这些柴火烧到明儿天亮,也剩不下几个,这里不比屋子里能烧炕,野地的篝火火势不旺,人要冻死,你们啊,日子长了就知道了。"

李升爷爷边说边把篝火点着了,不大一会儿,火焰升腾,四周通明。他又捡来好多松塔扔进火里,过一会儿用树枝拨拉出来,用脚一踩,满地都是烤熟了的松子。这热气未消的松子,又好嗑又香。李爷爷用带来的盆子化雪烧水,我俩烤热了带来的玉米饼,松子当菜,雪水当汤,就着玉米面饼子,三个人吃得特别香。

吃完了雪地野餐,我们在篝火两侧分别打了临时睡铺。这个铺,是并排摆上好几根粗木,上面再横铺细树枝而成的。打好睡铺后,我和李桂兰紧挨着躺在一个铺上。这个睡铺一来凹凸不平,二来树枝刺刺拉拉硌的怎么躺都难受。但是,爬了一天的山,累得我不大一会儿就进入了梦乡,这一觉就睡到了天亮。醒来以后,看到原来堆在篝火旁的柴火都添没了。我知道这是李爷爷怕大家挨冻,整夜没合眼一直在添柴加火。还发现,自己身上还盖着李爷爷的皮袄。

看到这一切,我感到过意不去。这时,李桂兰开了句玩笑:

"你呀,睡得像口小死猪,还有好几次把脚伸进火堆里,是李爷爷帮你拉出来的。要不然,你的脚还不被烧成猪爪子啦?"

听了这话,我不知道该怎么是好。为了表示感激之情,就跪在雪地里

风雪征程
东 北 抗 日 联 军 战 士 李 敏 回 忆 录

给李爷爷磕了三个头。

"别,别磕头,咱革命队伍不兴这个。往后你要记住,要保护好自己的脚丫子。革命的路还长着呐,没有好腿脚你怎么干革命?就是千里马,没有蹄子还能上阵吗?我这么大年纪还跑交通,全靠我这两条腿硬朗。所以,大伙都叫我'李快腿'、'李铁腿'。我这话,丫头你记住没有?"

李升爷爷说得很中肯,也很自豪,我会记住一辈子的。

1924—1949
第二章 少年先锋

四块石山上的"月亮门"

早上,每个人啃了两个窝窝头就接着爬山了,那山势特别陡峭,是立陡立崖,越往上越难攀。

"李爷爷,都爬了一天多了,怎么还不到啊?"

"嗯,别急。咱这是上月亮,能那么容易吗?"

"咱们真的上月亮吗?"

"当然啰!"

李升爷爷虽然在笑,但看得出他也累得够呛,他不住地用围巾擦脸上的汗。李桂兰就更惨了,她长得胖,本来行动就不太灵便,再加上拉着我攀陡坡时还摔了几次,她的腿脚就更不灵了。因此,她很着急,也很气恼。

"真够呛,月亮上也没有日本鬼子,咱上月亮那儿干啥呀?"

这显然是怨气,但抱怨归抱怨,山还是要爬。三个人继续往上爬了一阵子,感到山顶有些透亮,心里边也不觉敞亮了许多。我和李桂兰三步并两步登上了开阔的缓坡地,这里没有大树,小树丛也稀稀拉拉的不多,只在有枯草的地方才有些小树。大风把地上的雪都刮飞了,地面露出一片片大石头。登上缓坡再往前看,是一座陡峭的石砬子(石峰)。

"到了,到了!"

李升爷爷快步往前走,并在有草丛的地方转来转去,用棍子拨拉着,像是在找什么东西,我赶紧跟过去好奇地问李爷爷:

"李爷爷,您在找啥呀?是不是有野兽的脚印?"

风雪征程
东北抗日联军战士李敏回忆录

"不是。"

他的话音未落,我只觉得忽悠一下就掉进了雪坑里。我感到经过松软的雪层继续地沉进了个什么坑,我的脚发凉了,吓得连声喊着:"救命啊!……"

"哈哈,找到了,这下可找到了!"

李爷爷高兴地把棍子的一头伸给我,把我从坑里拉上来了。拉上来之后,他兴奋地往石头上一坐,装烟袋锅点上了旱烟。

"嘿嘿,小凤啊,你可真有福气呀!"

"啊?我有福气?啥福气呀?"

"你是仙女,懂吗?"

"什么?"

"你掉进的这个井,是仙女井。这是过去仙女们下凡汲水梳洗打扮的水井,就因为日本鬼子打进来,仙女们再也不来了。今天,我们的小凤掉进去,不就是仙女下凡吗?"

"爷爷,您真能开玩笑。"

"小凤,李爷爷说的对,你就当一回仙女吧,当仙女多好啊!"李桂兰也凑过来打趣了。

李爷爷还说:"有一次,我和冯省委(指冯仲云,因当时任中共北满省委书记,人们称他为冯省委)、老姜头等几个人再次路过这儿,又找到了这口井,冯省委提议把它修好,他说将来抗联同志们过往此地就有甘泉水喝了。从那以后,这口仙女井就改叫抗联井了。"

李爷爷讲得很认真,也很有意思,我更感兴趣的还是关于仙女的事。

"李爷爷,以前那些仙女们是从哪儿下来的呀?"

"噢,你们看,上边那个天窗。"

我们朝李爷爷所指的方向望去,果真,在高高的石峰上有个一轮明月似的天窗。

"看见了吧?那就是月亮门,仙女们就从那儿下凡来这里喝水和梳

1924—1949
第二章 少年先锋

洗的。"

"噢,真像月亮,太有意思了,咱们能上去吗?"

"当然能上去了啰,待会儿我领你们上去,到那儿你们就能看到江南江北的锦绣河山……"

我们开始跟着李爷爷从北坡攀登月亮门,山势特别险要,我和李桂兰提心吊胆地紧随李升爷爷爬到了山顶上。到上面往南望去,真令人心旷神怡。极目远眺,连绵耸立的石林犹如庄严的重重城郭,又像是森严的一座座炮楼,再加上斑驳的雪衣,显得格外神奇。我们忘却了寒风刺骨,出神地观赏着奇特美景。

这时,我突然感到自己的两只脚火辣辣的难受。原来,从井里被李爷爷拉上来以后,光顾着听他讲仙女的故事,忘记了自己的湿鞋,这会儿在山顶上站久了,两只鞋都冻得硬邦邦的。

"李爷爷,我的脚好疼……"

"哦,把你的脚给忘了,不碍事,咱们找个地方生火烤烤。咱们就要到家了,到了那儿啥事儿都好办了。"

李爷爷边说边把我们领下了月亮门石砬子。北侧的山根积雪很深,其余的地方雪都被风刮走了,露出了大大小小高矮不平的一片片石头,又硬又滑很难行走。我们顶着呼啸的风雪,踩着又硬又滑的石头,几乎连滚带爬地来到了一个石砬子中间的山口。再往南走不多远,有个山洞,我们就在那里打尖(东北方言,指休息、吃饭)了。大家在洞口拾些干柴生了火,一边烤窝窝头和大饼子,一边烤鞋。鞋烤干了,我的脚也舒服多了;肚子喂饱后,身上也暖和了许多。吃完午饭,我们登上了另一个石砬子。

"你们看,那儿像两条白龙似的弯弯曲曲的亮条,就是松花江和牡丹江,还有那边一片片小白点,就是依兰县古城……"

我和李桂兰站在石砬子顶上,顺着李爷爷所指的方向望去,当真一目了然。

"看到了,我早就听说过依兰县这个古城,现在不就在咱们的

风雪征程
东北抗日联军战士李敏回忆录

眼皮子底下吗?"

"不,没那么近,少说也有一百五十来里地(七十五公里左右)呢。"

李爷爷解释着,他还在目不转睛地望着远方。我顺着他的目光,看到松花江和牡丹江不只是像白龙,还像两条柔美的白色丝带,在那里相互交接,形成了一个"人"字形。居高临下地举目远望,银装素裹的重峦叠嶂,美得我不知道用什么语言来形容才好。

李爷爷又说话了,也像是自言自语。

"这么好的河山,被日本鬼子糟蹋了。"

他的话音有些伤感,但他又坚定地补了一句:

"不过,我们一定能把它夺回来,让你们看个够!"

他的话又一次勾起了大家对日本侵略者的仇恨和愤慨,我们咬着牙无声地点了点头。

"好啦,咱们还得赶路,还有三十多里(十五公里左右)的山路呐,走吧。"

我们恋恋不舍地离开了那里,随着李爷爷继续上路了。

我们奔走在四块石山西北侧的山梁上,天已到了下午,李爷爷催着我们快点赶路,他说,天黑前赶不到就难找了,于是大家加快了脚步。当走到石砬子尽头后就开始下山朝北进了大林了,从这儿开始,大都走的是下坡路了,省劲儿多了。尽管脚下的积雪足有一米厚,但表面已被太阳晒成了硬壳,人走在上面多数地方都塌不下来,只是偶遇没被太阳晒到的地方,雪质仍很松软。人要是陷下去,那就说不定有多深了。

我觉得在硬邦邦的雪上走下坡路很好玩,有时可以坐下来打出溜(东北方言,意指在冰面上滑行),哧溜一下就能跑老远,特别痛快。

"太好玩了,你们快追我!"

我叫喊着,一路出溜地跑在前头。

"我的脚摔坏了,没法追你,你也小心点,别伤着脚。"

李桂兰是挺困难的,她一瘸一拐地走着,又不敢打出溜。

"小凤子,你也别太乐啊。你要是摔伤了,我可不能背你。我们只能把

1924—1949
第二章 少年先锋

你扔到这大山上,到了那个份儿上,看你还笑不笑。"

"李爷爷您放一百个心,我小时候在冰上打过出溜滑,现在在雪地上跑,这算得了啥。"

我越跑兴致越高,有时被雪埋了,咯咯笑着爬起来接着跑。当我跑到一处山坡,发现雪地上散落着零星的树枝,到这儿积雪也不深了,我放心地往前迈步。但是,刚走两步,突然感到脚底踩空,只听扑通一声,全身掉进了一个很深的坑里。坑里很黑,周围很小。难道这又是一口仙女井吗?可是用手触摸,四周都是土壁,脚底也没有水,我心里猛不丁地产生了恐惧感,就拼命想往上爬,无奈那个坑有两米多深,怎么也爬不出去。这时借着透进坑里的光线往上看,坑口是用树枝虚掩着的。我在坑里竖起两只耳朵听声,四周静悄悄的。我知道李爷爷照顾李桂兰走得慢,离这里很远,得待一会儿才能赶到。可是又一想,万一他们不经过这儿,不就真把自己扔在这山坡坑里了吗?我越想越不是个事儿,就开始扯着嗓子叫喊了:

"李爷爷,桂兰姐快来救我啊……"连喊了十多分钟,还是没有任何反应,急得我号啕大哭起来

■1983年,李敏与李在德重回四块石山上月亮门

了。

"就是这儿！"

突然,听到有人来了。

"李爷爷,快救我——"

我高兴得连哭带喊,可是对方的嗓音很怪,不太像是李爷爷。

"坑里是什么人？"

"是我,我是小凤。"

"啥大凤小凤的,你是弄么的？"

上面的人不认识我,是操山东口音的陌生人,难道是日本特务吗？

"他娘的,你咋不搭腔？你是不是日本特务？"

他这么一喊,我马上感到有救了。

"不,我不是特务,我是来找游击队的。"

"来找游击队？是谁领头的？"

"领头的姓冯,名字叫省委。我还不认识他,是李升爷爷说的,说领我去找冯省委。"

我说到这儿,听到上面有个女的在说话。

"好啦,别再逗她了,快把她拉上来吧。"

噢,分明是李桂兰的声音。接着,我听到了李桂兰和李升爷爷的咯咯笑声。好嘛,闹了半天,原来是李爷爷变着嗓音在吓唬我。

等李爷爷用棍子把我拉上来后,我还是委屈地哭了。李桂兰拍打着我身上的雪安慰着我：

"好啦,别哭了,伤到哪儿没有？吓着了吧？"

看着我在哭,李爷爷还是笑个不停。

"小丫头,腿脚还真不赖。谁叫你跑得那么快啦？咱们本应该往北拐,你却跑到这西边。要是我们不来找,你就在这个鹿窖里跟鹿做伴了不是？"

我掉进去的土坑,原来是窖鹿用的陷阱,我让李爷爷逗得实在忍不住了,脸上还挂着泪水,扑哧一声又笑了。

1924—1949
第二章 少年先锋

■1982年,抗联老战友重回四块石山月亮门
（前排左一王福臣,左二于兰阁,左三李敏,左四张喜山,左五张凤岐,左六高玉林；
后排左一钮景芳,左二马云峰,左三张祥,左四陈雷,左五王明贵,左六宋殿选）

■2002年,李敏与陈雷重游月亮门

■1982年,李敏与战友在四块石山上眺望依兰与松花江

- 167 -

风雪征程
东北抗日联军战士李敏回忆录

走"迷达"了（东北方言，指迷路）

我们三个人接着上路以后，我忘了刚才淌眼泪流鼻涕了，学着李爷爷刚才装的山东腔，夸他戏演得还挺像，惹得大家都笑了。说笑间，我们来到了一个非常陡峭的山崖边，一时拿不准从哪儿下。如果找缓坡绕行，就会保险些。但是，一来绕远，二来雪深，倒木多。于是就决定就地直接下崖，这一来，李桂兰犯愁了。

"妈呀，我可不敢下，看着我都眼晕呐。"

李爷爷看了看我和李桂兰，然后伸脚试探了一下。

"你们俩先别动，我先下去看看。"

没等李爷爷迈步，我跑到前面拦住了他。

"爷爷，让我先下去试试吧。"

"不行，不行，这可不是闹着玩的。"

"这两天打出溜滑我都有经验了，连鹿窖都蹲过了，还能把我咋样？"

说着我就要下，李桂兰和李爷爷一左一右拉住了我。我想挣脱他俩，猛一使劲，不仅我一下子滚了下去，被我拐带他俩也叽里咕噜地滚下来了。我们仨都滚在了雪窝里，个个都变成了活雪人。不知滚了多少个滚，来到平地后，李爷爷直挺挺地躺在雪地里不起来了，他只顾开心地哈哈大笑。

我先站起来怕打着身上的雪，上前去拉他起来。

"李爷爷，这下该我来救您了吧？伤着您没有啊？"

李爷爷坐起来拉住我的手，脸上挂满了笑容。

第二章　少年先锋

"你这小丫头,有点胆量! 行,当游击队员你这一股冲劲儿就差不离!"

看得出,李爷爷是在真心夸我,我心里特别高兴。这时,听到有人在喊,回头一看是李桂兰。

"小凤,你快来,我起不来啦。"

我赶紧跑过去,桂兰姐的膝盖被倒木给碰坏了,疼得她直咧嘴。这一来,她自己是走不了啦。我把她拉起来之后,和李爷爷轮流扶着她,她拄着一根棍子一瘸一拐地走。遇到倒木我们俩人一起扶她过去,行进的速度慢了许多。这样走了两个多小时,遇到一个河岔,我们开始顺着小河走了。

"快到了,应该快到了。"

李爷爷像是自语,又像是在安慰我们。

太阳快要落山了,又开始下起了大雪。我看到李爷爷的脸上直冒汗。很显然,他是着急了,很快,他的脸上和帽子上都挂满了白白的冰霜,他紧锁着眉头,脸上没有一丝笑意。

"就在这儿,再打个宵宿吧。"

李爷爷的话说得有气无力。我感到很内疚,尽管李爷爷没直说,但我心里明白,这不都是因为自己太冒失而让李桂兰受了伤而引起的吗?

"李爷爷,这都怪我,我对不起您,更对不起桂兰姐……"

"没事儿,我的腿受伤不能怪你,是我拖累了你们……"

"好啦,你俩谁也别说了,你们就准备篝火吧,我再去找一找,就这一带准没错。"

李爷爷走后,我把李桂兰安顿在背风的倒木上,自己去捡树枝,李桂兰把捡来的树枝折断了堆在一起。树枝捡够后点起了篝火,我俩先用脸盆化雪烧水,喝着热水就地等李爷爷探路回来。

"小凤,咱俩把窝窝头捏碎了,煮成粥喝吧。这几天咱们老啃干粮,好像上火了。"

李桂兰这么一提,我觉得很有道理,按理儿早该想到了。一路上翻山越岭的,每天都流了很多的汗,要是早想到多喝些粥,就不至于上火烧心

风雪征程
东北抗日联军战士李敏回忆录

和嘴唇干裂了。于是,我和李桂兰把几个窝窝头捏碎,用雪水煮了一会儿,但是,咋也煮不成糊状,只能当热米汤喝了。

过了一会儿,李爷爷回来了。

"走了一大圈儿,也没找到张把头的小房子,今儿夜里还得天当被,地当床啰。"

李爷爷蹲到火堆旁,边说边从腰间掏出几只花鼠子(即松鼠)丢进火里,火堆里蹿起了一阵火花。过了一会儿,李爷爷用棍子把烧黑的花鼠子挑出来,用手拍打并用嘴吹掉浮灰以后,把它掰开,连皮带瓤沾上盐,囫囵个儿都吃了。他吃口花鼠子喝口酒吃得很香。一边吃一边还扔过来两只,让我们两个都尝尝。

"哟,我可不敢吃,臊哄哄的……"

李桂兰赶紧把花鼠子扔回去,我也觉得不该吃花鼠子。

花鼠多好看多可爱呀,把它烧了,多可怜呀,我不忍心吃。

"嘿,那是你们肚子里还有点油水儿,还没真饿着,人要是真饿极了,是顾不了那么多的,有吃的就是香的……"

李爷爷把扔回来的那两只也都吃了,我和桂兰姐在一旁喝着米汤。吃完,三个人都又累又困了,在火堆旁铺些细树枝躺下睡着了。

"不许动!都把手举起来!"

震耳的喊声把我和李桂兰从梦中惊醒了,我俩翻身坐起来一看,天已放亮,周围不见人影。

"口令!"

又听到一个男人的大声命令。

"胜利!"

我听出来了,回答口令的是李爷爷的声音。

原来,李爷爷又是一夜没睡,他为我们两个拾柴添火后,快到天亮时出去找交通站了。而省委交通站的老姜(外号干巴姜)则发现了这里的烟气,偷偷地摸了过来。结果,正好同往回走的李爷爷遇上了,他俩是老朋友了,见了面特别亲切。我和李桂兰可真吓了一跳,一场虚惊过去后,大家高兴地跟着老姜向省委交通站走去。

1924—1949
第二章 少年先锋

北满省委交通站

太阳出来了,把点点金光撒在林海雪原上,天地间一片光明。

省委交通员老姜走在前头,我照顾着李桂兰跟在后边,大家翻过了一座小山冈,从那儿下山就到了东岔河,河面约有二十米宽,两岸茂密的大小树木像是两道天然的屏障。过河后,大家上岸走进了丛林中。

"到家啦!"

李爷爷长舒了一口气。

"是吗?可算到家了,不然我可真走不动了。"

李桂兰也放了心。

这条东岔河,在依兰县境内巴兰河的上游,它属铁力县。巴兰河的发源地共有三条河,一是西岔河,二是中岔河,第三就是这条东岔河。北满省委机关驻地就在东岔河边,交通站设在山冈下张把头木营附近。

眼前赫然出现了一座小木房,是依山修造的,树木掩映,不注意很难发现。木屋里打了一个大铺,能容十人左右;靠西的小板铺,能睡两个人,东面是锅灶。睡铺都是用黄菠萝原木劈成两半后,皮朝上平铺起来的。据说,这种树皮既防寒发暖,还对人体有解乏、养身等好处。

省委交通员老姜,长的又矮又瘦又黑,但说起话来滔滔不绝,嗓门又尖又高,做起事来也干脆利落。他四十多岁,人特别热情。进了屋,他有说有笑地给大家做了小米饭和加了辣椒的盐水煮豆。我们爷仨好几天没吃热饭热菜了,一下子吃掉了大半盆的小米饭。吃完饭,李爷爷到省委机关交文件去了。原来,李爷爷衣服上的许多补丁,里面都藏有各种文件,补丁就是秘密文件袋。

李爷爷走后,我和桂兰姐上了板铺,铺上连一床被褥都没有,那黄菠萝树皮,虽说不凉不硬,对人体也有益,但它不是平面的,躺下去硌的难受。我们一商量,把铺板给翻了过来,让它平面朝上,这样一改铺就舒服多了。

"平面返潮,当心别得病……"

老姜像是自言自语地在旁边说了一句。

"在雪地上都睡了两宿了,犯这点潮算啥,不碍事。"

李桂兰怕再折腾,和衣躺着不动了,老姜也不再劝说,我紧挨着李桂兰躺下,这一觉就睡到了第二天早晨。

睡了一夜的安稳觉,早晨起来觉得挺舒服。吃完早饭后,李爷爷陪一位戴眼镜的人来了。

"姑娘们,这位就是冯省委(当时同志们把冯仲云称作冯省委)。"

噢,这人就是冯省委啊,我仔细地打量着来人,他除了戴着一副大眼镜,别的和老百姓也没啥区别啊。接着,李爷爷向冯省委介绍了我们俩。

"这是跟我一起来的李桂兰和李小凤。"

"嗯,我听李升同志介绍了你们的情况,现在部队很需要一些女同志来参加工作,欢迎你们啊!"

冯省委看上去很严肃,但说起话来却很亲切,再加上他说"欢迎你们",我心里特别高兴。原来担心冯省委会以年龄小的理由再把自己送回地方去,现在好像可以放心了。

"冯省委,你批准我入伍了,是不是?"

"怎么?你不相信吗?"

"啊!冯省委批准啦!我太高兴了,只要让我入伍,叫我干啥都行!"

我兴奋得高喊着跳了起来。

"李桂兰同志,你呢?有什么要求啊?"

第二章 少年先锋

冯省委微笑着问李桂兰。

"没什么要求,只要革命工作需要,让我干啥都行,坚决服从组织安排!"

冯省委听了李桂兰的回答,满意地点了点头,然后又眯着眼睛看着我。

"李小凤,你哥哥李云峰(上部队时改的名字)前不久带部队到江南活动去了,他学习和工作都不错。你爸爸在地方,工作也很出色,你们家是个名副其实的革命家庭。不过,你还太小,到了部队要努力学习,好好工作,要成为真正的革命战士……"

冯省委说了许多鼓励的话,然后他说派我俩到六军去,到了那儿再安排具体工作。

"你们,今天就可以出发了。"

冯省委可能是怕我们两个着急,尽快让我们出发。可李升爷爷知道现在就走,李桂兰是有困难的。他向冯省委解释了李桂兰腿上有伤,请求冯省委让李桂兰和我休息一天再走,冯省委同意了。

冯省委走后,我和桂兰姐在树下锻炼腿。

我虽然没受伤,但连着几天爬山登岭,当时倒没觉得怎么样,而现在一休息,反倒觉得大腿的肌肉和全身的筋骨无处不疼。受了伤的李桂兰,肯定更困难。李升爷爷说,把腿和胳膊多甩一甩,就能快些舒展筋骨,减轻疼痛。可无论如何,李桂兰是实在动弹不了啦,她叹着气回屋去了。我还是咬紧牙关继续锻炼,我太想早点到部队去了。

我正甩胳膊甩腿的时候,看到从树丛中走来两位同志,仔细一看,其中的一位竟然是我的老师张英华。我一瘸一拐地迎了上去,张老师也迎面跑了过来,把我紧紧地抱在怀里。

"小凤,你终于来啦,我特别惦记你,这下好啦……"

"张老师——"

在这儿遇到张老师,我特别激动,按理该有好多话要说的,但不知是

什么缘故,只叫了一声老师就哭了。

"好孩子别哭,我听冯仲云同志说你来了,就特意来看你的。希望你到了新的岗位要努力工作,也别忘了坚持学习。"

我还是抽泣着点了点头,张老师说她是直接到的省委,分配在秘书处工作,同来的其他几位同志都留在地方工作了。

张英华同志是我读小学时的音乐老师,当时只有十八岁。后来她同汤原县委书记李春满同志结婚。1933年冬,他俩一起到了安邦河,1935年生了一个女儿。1936年冬逃离安区前把孩子留给了哈达密河屯一个姓朴的人家。后来,这孩子下落不明,有人说是姓朴的那家人把孩子带到延边地区去了。

张英华的叔叔叫李云健,后改名张世荣、张铁等,外号叫张大个子。他同崔石泉一起就读黄埔军校,参加过广州起义,并一同来东北,在通河、梧桐河办过几期军政干部学校,领导了那里的农民暴动。1931年,崔石泉被派到宝清、饶河组建那里的游击队,李云健继续留在汤原县参加组建汤原游击队的工作。1935年初,日本特务机关实施了酝酿已久的离间阴谋,我党受"左"倾路线的影响,在肃清所谓"民生团"的运动中误杀了七人,其中就有李云健同志。

张英华在原配丈夫李春满同志牺牲后,同中共北满临时省委组织部长张兰生同志结婚,在山上生了一个儿子。1940年冬,在铁力密营被捕入狱,几经坎坷出狱后为掩护身份同汉族雇农赵占东结婚后又生三个孩子。"文化大革命"期间受到迫害,"文革"后期含怨而死。

■我的老师张英华

1924—1949
第二章 少年先锋

■李敏同张兰生与张英华之子包武雄夫妇摄于哈尔滨

张英华同志是我学习音乐的启蒙老师,我很小的时候就认识她,这次见面当然格外高兴和激动,要是能够留在她的身边学习和工作该有多好哇!但是,这是不可能的,想到这儿,我又流下了眼泪。张英华同志和她身旁的丈夫张兰生同志好心地安慰着我,并说了很多鼓励的话。我真是舍不得张英华老师,含着眼泪送走了他们。

风雪征程
东北抗日联军战士李敏回忆录

第一次骑马

第二天早上,李爷爷带着我们又上路了。

李升爷爷虽然年近半百,可走起路来却胜似年轻人。相比之下,我和李桂兰同志就惨了,走得很艰难,速度也很慢,李爷爷不时地回头等着我们。

我们离开省委驻地后,在往东走的路上巧遇一位正赶着几匹马搬运木头的伐木工人。李升爷爷上前跟他搭话,说明我和李桂兰都伤了腿,求他能用马送大家一程。听了李爷爷的话,那位赶马的老乡当即牵出了三匹马,在马背上披上麻袋片,用粗麻绳做上了脚蹬子。李爷爷十分高兴地道了谢,把其中的一匹白马牵给了我。

看到这匹马,我心里咯噔一下,很害怕,自己从来没有骑过马呀!这时,我想起了李爷爷在一路上说过的话,他说不会骑马就不能当游击队员!怎么办?这可能就是考验自己的关键时刻!我想,自己必须骑眼前的这匹马,而且要骑得好。于是,壮了壮胆子,接过了缰绳,但手还是不争气地在发抖。

"丫头,咋样?你行吗?怕不怕啊?"

"我行,我不怕!"

我一手拉紧缰绳,用另一只手死死抓住鬃毛,往上使劲地蹿了几下,不仅没能跨上马去,反而把马惹得甩头蹬蹄不老实了。这一来,急得我当时就冒了一身汗。

李升爷爷看着我焦急的样子,笑嘻嘻地走过来,一把把我抱到了马背上。哈,自己终于坐在马背上了,可还是害怕,我抓住鬃毛,几乎是趴在马背上了。那白马在草地上刚刚走了两步,我紧张得把马鬃使劲一拽,只听那马"咴"的一声尖叫突然尥起了蹶子,把我腾空摔到了地下。

李升爷爷和那位老乡赶紧都跑了过来。

"丫头咋样?摔坏没有?疼不疼?"

"没啥,没啥,不疼。"

嘴上是这么说,实际上咋能不疼呢?可是,我这会又生气又羞愧已经顾不得疼了。

"我帮你治治这马的脾气,看它还敢不敢欺负你。"

那位老乡把马牵到一边,狠狠地抽打了一顿,然后牵过来又交给了我。

李升爷爷又把我抱到了马背上,我的胆子比第一次上马时大了许多,我能坐稳了,马也老实了。骑在马上来回地走了好几圈,哈,终于可以骑马了,我的心里就甭提有多高兴了。

我这样还算比较顺利的,给李桂兰同志的那匹马就不行了。老乡治了好几次,但还是尥蹶子,说啥也不让李桂兰骑,最后只好换了一匹老实的母马。

我有些纳闷了,在我和李桂兰试骑的时候,两匹马都尥了蹶子,可李爷爷和老乡们一骑,那马儿都挺乖的,咋骑都行。

"李爷爷,这些马为啥只欺负我俩呢?"

"嘿,那还用问吗?那是因为你们俩都是女孩子家,马寻思着你们不该上阵,应该回家……"

"别蒙我了,马咋会知道我俩是女的?"

这时,走在一旁的那位老乡也插话了:

"这不是蒙你俩,是真的。马不仅能分男女,还能知道主人和生人呢。"

"咋样?我没瞎说吧?是男是女,马从衣着上就能认个八九不离十,再看你的骑术就能看透你。

"马对自己的主人是很顺从的,对生人它就不太老实了,要是遇上个不会骑的,它就尥蹶子欺负你。哪儿的马都这样,你们大了就明白了。"

风雪征程
东北抗日联军战士李敏回忆录

李升爷爷和那个老乡,你一言我一语地谈论着马的秉性,听着很有意思,我们俩也长了不少的见识。

第一次骑上马走路,走平地时还可以,进了树林子里就大不一样了。有时,愣被树枝扯下马;有时遇上倒木,你还没发现,马已纵身跳跃,猝不及防就已被摔下马背。这样,左一次右一次,被摔下来再爬上去,衣服划破了,脸也划出了口子,胳膊腿都摔肿了。但是,经过这许多的磨炼,我们的骑马本领却迅速见长了,胆子也大了起来。

一开始骑马的时候,心情紧张,生怕掉下来。两只手死死拽住鬃毛,屁股紧紧地贴在马背上,其实这是不行的。李升爷爷告诉我俩,要用两脚蹬住脚蹬子,让屁股稍稍离开马背,这样才能在马跳跃时不会被摔下来。我们照着李爷爷的话试了试,果然绝对有效。从那以后,我们就没再被摔下来了。我的心里特别美,觉得自己可以当游击队员了,而且还能当骑手呐。

我心里高兴,就开始和李爷爷逗话:

"李爷爷和你说个事儿。"

"嗯,啥事儿?"

"往后啊,不许你叫我小丫头啦,你要叫我李小凤同志。"

"哈哈,好,好!李小凤同志,只要你以后再不哭鼻涕啦。"

桂兰姐也在旁边打趣:

"呵呵,小不点,小不点的同志。"

大家都笑了,连赶马的老乡也笑个不停。说说笑笑,到了下午,大家已经骑马走出了很远的路。

"好啦,咱们该把马还给人家老乡了,还是得当咱们的步兵啊,你俩也接着练腿吧。"

是啊,老乡太够意思了,该到还人家马的时候了。大家下了马,把缰绳递给了老乡。我们向老乡鞠个躬表示了感谢,李爷爷从腰间掏出三块钱给老乡当是一点酬金。

"不,不,俺不要,听你们说话,俺就知道你们都是抗日救国的,这点事

1924—1949
第二章 少年先锋

儿,是俺应该做的……"

"收下吧!你们的日子也很不容易,这三块钱,只是我们仨的一点心意。你要是不收,就外道啦。"

那位老乡看到推辞不过,很高兴地收下了。李升爷爷还拿出了他的酒壶,和那位老乡每人喝了一口。

下了马之后,一挪步,我觉得屁股生疼。在马背上其实已经疼过了,那时是硬挺过来的。现在感觉比在马背上更疼,李桂兰说她也一样。我俩慢慢挪着步仔细一体味,好像是屁股上破了皮。我俩偷偷伸手一摸,真的是破了皮出了血,这能不疼吗?每挪一步,都被衣服一蹭,那生疼的滋味真是无以言表。

疼得实在是难以迈步了,李桂兰捅了捅我,我向李爷爷求救了。

"爷爷,我俩的屁股都破皮了,疼得实在没法走路了,这可咋办啊?"

"哦,有办法,你俩躲到那边去,互相往破皮的地方抹上鼻涕吧,多抹几次就好啦。"

李爷爷一点都没笑,说得很严肃,可是我俩听着却笑疼了肚子。这,可能吗?

我和李桂兰笑着躲到一边,互相给对方的伤口抹了自己的鼻涕。抹完一挪步,果然好多了。鼻涕像黏膜,糊住了伤口,减轻了伤口和衣服的摩擦,这是有道理的。于是,我俩走一会儿,就找个地方,互相抹一通,反正俩人都伤风了,鼻涕还不有的是啊……

天大黑了,三个人踏上了一座山冈,夜晚漆黑寂静的森林里,忽然听到"轰隆隆"的响声,并看到随声喷出的火花。响声和火花是从不远处的山坳里发出的。

到了,到了!那就是奔波好几天要找的抗联第六军第四师营地,李爷爷带着我们向山坳冲去……

第三章
在战火中成长

- 大山里的兵营
- 张寿篯政委
- 我参加了背粮队
- 建立被服厂
- 漂亮的抗联女兵
- 北满临时省委扩大会议
- 特殊的山林婚礼
- 我加入了共产主义青年团
- 被服厂变成了临时医院
- 血染"三一五"
- 伤员大转移
- 赶往北满省委
- 政委张寿篯给我们发枪
- 梧桐河畔练兵忙
- 在教导队的日子
- 第一批部队开始西征
- 转战老等山
- 横渡松花江
- 腰山战斗
- 会师庞老道庙
- 锅盔山被服厂
- 一次未成功的缴械
- 血染完达山
- 战友啊,你们在哪里
- 大旗杆战斗
- 青山老道庙
- 缴获了敌人一辆汽车
- 1939年的春节
- 大叶子沟部队休整
- 攻打双鸭山
- 柳木营战斗
- 在申家围子听到"八军、九军"的消息
- 七星峰突围
- 黑鱼泡脱险
- 蒲鸭河战斗

风雪征程
东 北 抗 日 联 军 战 士 李 敏 回 忆 录

大山里的兵营

我随李爷爷走进兵营,睁大了眼睛,惊奇地环顾着这个新的环境。

营房里,中间有两个用大汽油桶做成的火炉子,下面垫了几块大石头,炉子里烧的是大块的桦子,火势很旺,连炉桶子都烧得通红。炉子上方是天窗,从那往外直接冒出炉子里的烟气和火花,所以夜间远看就像放烟火。火炉两侧是长长的大板铺,铺上有好多人,有躺着的有坐着的,我们的突然出现,使满屋子的人发愣,接着是一阵惊喜。

"哎呀,这不是李升老人吗?辛苦啦,辛苦啦……"

人们蜂拥而上,有的给李爷爷打扫身上的雪,有的给端来开水。看到这股热情劲,我感到同志们的情意真比那火红的炉火还要热,在一旁看呆了。

兵营的负责人是第六军第四师政治部主任吴玉光同志,李升爷爷和李桂兰都认识他,他们到铺的另一头谈话去了。我知道从安区参加游击队的人不少,就想找个老乡,但是扫了一圈没找到。

"小同志,你把鞋脱下来烤烤吧。"

有人亲切地拍了下我的肩膀,回头一看,是一位腰间围着一个面袋子当围裙的四十来岁的人,他身材魁梧,面目和善,大伙叫他马司务长。他把我让到他做饭的炉灶旁,帮我脱下鞋,用一根树枝挑到火上烤,并和我唠家常,问姓名问年龄……

"噢,你这么小就到这儿来,可真是难为你啦,咱们这儿是天天打仗的

第三章 在战火中成长

地方,你不害怕吗?"

"我早就想当游击队员啦,我不怕死,真的。马司务长,我不骗你,我真的不怕死!"

我的回答是认真的,可看出来了,马司务长还是在用怀疑的神情在端详着我。

这时,李升爷爷领着吴玉光主任走过来了。吴主任二十六七岁的年纪,中等个子,两只黑亮的大眼睛炯炯有神。

"就是这个小姑娘,她叫李小凤。吴主任你得留下她,她很坚强,一路上没掉过眼泪,没叫过一声苦……"

李升爷爷在跟吴主任说我的好话,说话间还向我挤了挤眼睛。

吴主任看了看我,皱了皱眉头:"李升同志,我看明天你还是把她领下山去吧,她太小了,咱这是部队啊,咋照顾她?你也知道我们是天天打仗的……"

听了吴主任的话,我心慌意乱,满心的喜悦变成了悲伤,无法控制夺眶而出的泪水,不一会儿,鼻涕也跟着淌下来了。

"嗨嗨,你看怎么样,咱们还没怎么说她,她就掉泪啦,这么娇气怎么整?"

这是吴主任的话,他完全误解了,我掉眼泪可不是娇气,还是李爷爷了解我,他赶紧向吴主任作解释。

"吴主任,她这哭,可不是娇气,是因为你要送她下山,她心里难过。你要知道这些天她没少受苦,马尥蹶子把她摔出多老远,都没叫一声疼哩……"

李升爷爷还没说完,吴主任拉着他到里面去了,我猜他们肯定是去谈论自己的,相隔太远,听不到他们的话,心里更加不安。

不一会儿,马司务长给我们端来了小米饭和煮盐豆。我心情不好,尽管饿了也不想吃,我坐在马司务长的铺上想着自己的心事。马司务长给我端来一碗饭和用两根树枝条做的筷子。

"你也吃饭吧,这双筷子是用王八骨头木料做的,这种筷子最好,我还没舍得用,今天你是稀客,特意送给你。"

这筷子,马司务长是从他的绑腿里抽出来用围裙擦了擦递给我的。我双手接过了那双筷子,尽管很饿,但想到刚才吴主任的话,就好像有什么东西堵在嗓子眼似的。

"李爷爷,您明天又要上路了,我这碗饭你吃了吧。"

说到这儿,我的嗓子哽咽,眼泪扑簌簌的下来了。

"丫头,别哭。明儿我不带你下山,说啥也要把你留在这儿。不过,留下来以后,你要努力学习,好好工作,做出个样子来给他们瞧瞧,他们是会喜欢你的。当初,我不是也不想带你上山的吗?后来,你在一路上的表现感动了我这个'老佛爷',我喜欢你那股精神头,挺有冲劲儿。俺们小凤会成为像样的女战士。好啦,今儿都很累了,你就放心好好休息吧。噢,忘了,正好你流了那么多鼻涕,再往你的伤口上抹次鼻涕吧……"

他这么一说,我不禁扑哧笑了,上唇处真的冒出了一个鼻涕泡,李爷爷和旁边的战士都哈哈地笑了起来。

听到笑声,马司务长凑了过来。

"正好,正好,老马,你看见了吧?这丫头虽然年纪还小,可她从小没娘,自己料理家务,做饭淘米啥的样样都能拿得起来。我把她交给你,让她给你帮厨打下手好不好?"

听李爷爷这么一说,马司务长也很高兴。

"好,行。我看这小姑娘很懂事,把她留给我吧,打个杂,跑个腿,我也有帮手了。"

马司务长答应收留我了,我心里踏实了许多,现在就怕吴主任那头了,毕竟他官大啊。

夜里,我和李桂兰在紧挨门口的上铺睡觉时,李桂兰也安慰我说,咱俩是冯省委批准上山的,谁也不敢赶咱们走,你放心睡觉吧。

"桂兰姐,你不是认识吴主任吗?我看他对你挺好,你帮我向吴主任求

第三章 在战火中成长

求情行不？"

李桂兰答应替我说情了,我心里的底儿又加实了一些。

次日清晨,谁也没提让我下山的事儿,可李爷爷却要在刘惠恩排长和李元海班长的护送下上路了。

就在送李爷爷上路的那一刻,我又想和李爷爷一起走了,真想和李爷爷一起去跑交通。昨天看到那么多人对李爷爷的尊重,非常的羡慕。马司务长还告诉我,游击队一直称李爷爷为"抗联之父"。在这几天的艰难行程中,我和李桂兰同李爷爷结下了深厚的革命友情,我俩真舍不得和他分手。

李桂兰把为李升同志准备的松子装进包里,让李爷爷带着路上吃;马司务长捧来了几把盐豆:

"老爷子,你下山时饿了就嚼巴两口,它填不饱肚子,可它能提神。"

站在一旁抽烟的吴主任也送礼了。

"把我的烟叶给你装点吧,这可是最好的烟叶呢!"

大家都送了东西,我着急了,我只有在宣传队演出时,组织上发给的一条红围脖。

"李爷爷,把我的围脖围上吧,您一路可要保重啊,一定回来看我啊……"

我再也说不下去了,赶紧把围脖往李爷爷的脖子上一围就低下头哭了,李爷爷一下子把我搂在了怀里。

"好孩子,别哭,咱们还会见面的。我的腿硬实,跑得快,就是跑到天涯海角,我也一定回来看你……"

李升爷爷走了,他披着火红的朝霞,迈着坚实的大步出发了,他脚上大大的靰鞡鞋,在身后留下了两行深深的脚印,他登上了山冈,脖子上的红围脖随风飞舞,最后变成一个小红点,消失在了远山中……

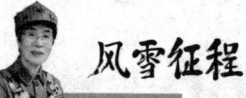

风雪征程 东北抗日联军战士李敏回忆录

■抗联第六军第四师被服厂前哨卡排长刘惠恩（解放后照）

■抗联第六军第四师被服厂前哨卡班长李元海（解放后照）

■抗联第六军第四师帽儿山被服厂前哨卡遗址

1924—1949
第三章 在战火中成长

张寿篯政委

我成为抗联第六军第四师的一名战士了,尽管没有穿上军装,也没有枪,但每天像一只快乐的小鸟,歌声不断,淘米时唱,走路时唱,战士们都十分的疼爱我。

有一天,突然有位大首长来到了第六军第四师的驻地,马司务长偷偷告诉我说,这是刚来第六军任政委的大干部。

这位政委叫张寿篯,抗战胜利后改名为李兆麟。张政委身穿三军被服厂制作的中山服式的黄色军装,上衣有两个吊兜;头上戴着用兔皮缝制的棉军帽。他身材适中,头大眼大,显得威武严肃。来到营地后,他先和吴玉光主任谈话,战士们都显得很拘谨。

这时,李桂兰在给战士们补衣服,我在帮马司务长做饭。我用雪水洗米淘沙,小米里的沙子可真不少,仔细地淘了两遍。大锅里的水一开,马司务长就把淘好的小米都下到锅里,不大一会儿,从大锅里喷发出了诱人的饭香。

"马司务长,今天的饭一定很香。"

"当然喽,是你淘的米么……"

我和马司务长高兴地小声唠着,又尝了尝已煮好的盐豆,盐豆也很香。

"小同志,你做什么好吃的啦?"

我随声回头一看,不知什么时候张寿篯政委已经来到了自己的身边。

风雪征程
东北抗日联军战士李敏回忆录

他那严肃的样子,看着有点害怕,我头都没敢抬。

"嗯,嗯……做了小米饭和……"

没等我话说完,只听咔嚓一声,身边的马司务长打立正行军礼了。

"报告首长,今天做的是小米饭加盐豆!"

我看呆了,马司务长真威风,真像个军人的样子。

"小米饭加盐豆,这很好么,山下的老百姓,连这个都吃不起……"

张寿篯政委把话尾拉长,他接着又问我叫什么,多大了。

"我原名叫李小凤,昨天吴主任说我爸爸在地方工作,我也在地方宣传队演出过,为了保密叫我改成李明顺。"

"你喜欢这个名字吗?"

我眨巴着眼睛,犹豫了一下说:

"听马司务长说,李明顺这个名字像男人的名字。再说,我家兄妹的名字按族谱规定都带凤字,我哥哥叫李允凤,我有过弟弟叫李学凤,以前我爸爸还叮嘱过我们说,不到迫不得已离开家时不要改名。不然,将来找不到我了。所以,我不愿意改掉我的名字。"

张寿篯政委背着手,静静地听了我的话,他笑了。

"噢,我理解你的心情。可是,为了革命工作的需要,有时必须改名换姓。我们这些人都改过名字,而且改了好多次,我原名叫李超兰,现在叫张寿篯。暂时改个名字,没什么大不了的,将来再改回原来的名字嘛……"

"嗯,首长我懂了,我现在就叫李明顺了。"

接着,张寿篯政委又说:"你哥哥李云峰学习工作都很好,是第一批军政学校的毕业生,现在分配到第六军第一师第六团担任政治部主任。你哥哥不仅学习好,他的水性也很好,常在汤旺河游泳,顶水能游一千多米,他经常渡江去执行任务,你要好好向哥哥学习。"

听着张政委对自己的教导,我刚见他时的紧张情绪,逐渐减轻了。

张寿篯政委又同马司务长唠起了做饭的事。

"做饭这项工作很重要,直接关系到指战员们的健康和战斗力,你们这儿的炊事班里有几个人?"

"首长,现在有两个了,我和这个小姑娘,她是刚分给我的。"

"是吴主任分配给你的?"

张寿篯政委说完就哈哈大笑了。

"是这样……"

马司务长把我被留下来的前后经过都向张寿篯政委做了汇报。

"噢,很好,很好,留得好。"

看得出张寿篯政委也很满意。

这时,刘惠恩排长向张寿篯政委报告说,三军李福林(哈东司令部司令)司令到了。话音未落,李司令和梁在文(国际交通员)、许亨植主任已经来到了面前。张寿篯政委和吴玉光主任同他们三个人热烈握手表示了欢迎。

第二天,张寿篯政委在浩亮河边的操场上检阅了部队,并在队列前讲了话。

到了晚上,召开了联欢会。会上吴玉光主任首先讲了话,他对张寿篯政委来第六军工作及李福林司令、许亨植主任一行来视察工作表示了欢迎。然后,在迟指导员的主持下,联欢开始了。第一支歌是刘慧恩排长领着战士们合唱了《革命军人十大注意(要义)》;第二支歌是《告我青年》,这支歌是张政委的战友从关内带过来的,那个战友作为礼物送给了张政委,张政委又把这支歌教给了我们。

告我青年

（曲谱）

告我青年　齐奋起奔赴前　线，
看整天劳苦　不够吃穿，捐税旱涝遭兵劫，饥寒交迫不得
安。　　恨帝国主义狗军　阀　又把害　添。"九一
八"满洲　占，趁危机　又进关。想　我们流了
多少血　汗，劳苦青年团结起　帝国主义都打
完，　　除压迫剥削进大　同　乐万　年。

战士们的合唱雄壮有力，得到了全场的喝彩。接着马司务长唱了一段京剧：

　　　身背宝剑,忍饥挨饿……

我听不大懂，但他嗓音洪亮，情绪高昂，博得了热烈的掌声。大家纷纷说，想不到，老马头还有这一手绝活儿。

马司务长说，他只是抛砖引玉，然后他请首长们表演节目。在大家雷鸣般的掌声中，张寿篯、李福林和吴玉光等领导同志都表演了节目。张寿篯政委的嗓子很好，一连唱了好几首歌；李福林、梁在文、许亨植他们三个合唱《赤旗歌》时，汉族同志用汉语唱，朝鲜族同志用朝语唱，会场的气氛特别热烈，唱到最后副歌处，群情激昂。

赤 旗 歌

1=G 4/4

民众的旗 鲜红的旗，覆盖着战士的
法兰西人们 热爱这个旗，德意志的兄弟也爱
降下了旗帜 妥协投降来 屈膝于资本家的
誓把我们红旗 永远高举，誓我们前进永

尸首，尸首还没有僵硬，
唱这歌，伟壮的歌声发自莫斯科，
是谁呀？那就是黄金地位所诱惑着的，
不间断，牢狱和断头台来就来你的，

鲜血已染透了旗帜。高高举起呀
震轰于芝加哥之天空。
又卑鄙又无耻的人们呀。
这就是我们的告别歌。

鲜红的旗帜，誓不战胜永不放手，
畏缩着你 滚就滚你的，唯我们决以
死守此。

风雪征程
东北抗日联军战士李敏回忆录

这雄壮高亢的歌声,打破了寂静的森林之夜,在崇山峻岭之间震起了激荡不息的回响!

次日,张寿篯、李福林、许亨植等领导同志要离开驻地了。张寿篯政委边走边和战士们握手,路过灶房时他把手伸给了马司务长。这下可把马司务长紧张坏了,赶紧往围裙上擦了擦手,和张寿篯政委握完手,马上行了个军礼。

"谢谢首长,愿首长保重!"

马司务长的声音兴奋得有些颤抖,但行礼的姿态很棒。我站在他身旁,很羡慕他能和首长握手。

"小同志,你有什么要求啊?"

呀!这是首长在问自己,我毫无思想准备,一下子被问住了。心怦怦在跳,嘴上不知说什么是好。

"小凤,你不是说过有重要的事儿要向首长汇报吗?快说啊。"

马司务长提醒着我,但还是想不起来。

"你不是说刘志敏大姐让你们给雷炎师长捎话的吗?"

噢,我这才想起来,但又犹豫了。

"这……合适吗?"

"咋不合适,你快给首长说吧。"

马司务长生怕丢掉了这个机会,鼓励着我,催促着我。

"嗯……首长,刘志敏大姐是在地方工作的,她是我在地方时的好领导。我和李升爷爷上山时,她叫我们给她的雷炎哥哥捎个话……"

我终于说出来了,听了我的话,张寿篯政委笑了,显得很高兴。

"嗯,刘志敏同志我认识,是个很能干的好同志。她的话,我一定给雷炎师长捎到,我还要告诉他,是你这位小同志捎来的,好不好?"

听了他的话,我脸红了,但心里却说不出的高兴。

送走首长后,马司务长的兴奋劲儿还没消。

"嘿,今儿第一次跟大首长握了握手,这可是不一般哪!小李子,你的

1924—1949
第三章 在战火中成长

福分也不小,你小小年纪就向大首长汇报了刘大姐捎的话,雷师长听了该多高兴啊……"

首长们走了,过些天,吴玉光主任、许副官、刘惠恩排长、张显庭(张在荣)主任、迟指导员等大队人马都相继出山活动去了,大山里只留下十几个人,营房里显得特别空旷和寂静。

我的任务是每天帮助马司务长做饭。马司务长到河里凿来大冰块,我负责化水,用化开的水洗米淘沙子,我还学着往炉灶里适时添柴,掌握做饭的火候。饭做好以后,马司务长分饭,我分盐豆,大家吃得很香。

■张寿篯

"这些天的小米饭真好吃,一点沙子都没有,一点都不硌牙。"

听到有人这么说,马司务长总是把功劳推给了我。

"这,你们大伙应该感谢小李子。别看她人小,这洗米淘沙子可是比我强。她心灵手巧,把小米里那么多的沙子淘得一干二净,所以呀,你们大伙吃起来就一点都不硌牙了,明白不?!"

马司务长处处关心着我,见人总夸我能干,真是有些过意不去。我知道这是在鼓励自己,就很感激他,并暗暗下决心要干得好上加好,绝不辜负马司务长和大家的期望。

这一天,我忙完了活,想到自己已经成为抗日战士了,也就是一名军人了,可觉得自己还是和其他人不一样。哪不一样呢?于是就对马司务长说:

"马司务长,我已经是革命军人了,是不是?"

"当然了,已经是军人了嘛。怎么,你自己还有啥不放心的吗?"

"嗯,我总觉得和你们不完全一样,你们都穿军装,我和桂兰大姐穿的是……"马司务长听罢哈哈大笑道:"噢,原来是这么个小事儿,那么,那么,你把我的一件旧上衣穿上不就完全成了革命军人了吗?!"

说着话,他从背包里拿出来旧军装给我穿上,我高兴地咧着嘴笑:"谢谢马司务长,你真是个大好人呢!"

"就是太长、太肥了,没关系,把我这条围裙扎上,就不显大了,是不是?"

马司务长笑眯眯地边说边把他那个用面袋子做的围裙给我围在腰上。

我伸开双臂笑着说:"哎呀!真的短了不少呀!"

说是说,衣服咋说也是太长了,都到了膝盖了,好在有那个围裙系着,还利索点。

"马司务长,我现在像不像?"

马司务长连连点头说:"像!像!太像了!完全像司务长啦,对不对?"说罢他哈哈大笑了起来。

听到笑声,屋里的同志们都围了上来,大家七嘴八舌地说:"真的,马司务长把你打扮得真不错呀,就缺个军帽啦。"

李元海班长不声不响地把他夏天戴的单帽子从背包里掏了出来给我扣在头上说:"这会咋样?更像了吧?"我一看,是一顶带红五星的单军帽,顿时感到更神气了。遗憾的是没有镜子,看不到自己戎装的身姿。我问马司务长:"你有没有镜子?让我照照行吗?"

马司务长为难了一下,他拍了下头,接着又一拍手:"噢!噢!有了!有了!"他用饭盆盛上半盆水端过来让我照照。我的头在水盆里被波纹遮住荡漾一会儿,平静下来时才看清。

我感到自己完全变样啦,军服、军帽、围裙,自己不再是原来的那个乡下小女孩啦。特别是帽子上的红五星非常突出,鲜亮、耀眼、闪光、神气活现。不知咋的,我激动得一下子流出泪来,用力瞪眼张个大嘴好半天才说:"谢谢李班长,你送给我的红五星军帽,我太喜欢啦,等以后我会做这种帽子时,我一定还给你一个新的帽子。"

李元海高兴地说:"好,这帽子是咱被服厂厂长裴大姐她们给做的。"

噢,裴大姐,裴大姐是谁啊?

1924—1949

第三章 在战火中成长

我参加了背粮队

有一天晚上,张处长召开了后方留守人员全体会议,专就部队的给养问题进行了思想动员,并布置了去山外背粮的紧急任务。

第二天,背粮小队要出发了。马司务长背起了用麻袋缝成的大背包,上面吊了个大铁桶,肩上还扛着一支步枪。他脚穿一双大大的靰鞡鞋站在队列前头,显得特别高大和强壮,真像是一尊铜铸铁打的塑像。看着他,我不禁想起了和他一样高大雄壮的父亲,他们都是具有万马千军不挡之勇的英雄汉。能有这样的父辈和战友,我感到真是自己的福气和荣耀。

这天,我早早就穿好了衣服,部队集合时,我拎着面袋子站到了马司务长身边。

"小李子,你不用去了,你背不动。"张处长看见我也在队里,就发话了。

"张处长,昨晚的动员会上你不是说,除了伤病员都有背粮的义务吗?你说了,多一个人就多一份力量。是这样说的吧,马司务长,你说对不对?"

我这么一说,没等张处长开口,马司务长抢先为我求情了。

"张处长,你就让她去一趟吧,不过是几十公里路,不在乎她能背动多少,让她锻炼锻炼也好么。"

"好嘛,老马,这话可是你说的,到时候万一出了事,连你都不能背粮,得背着她回来。"

话虽这么说,可是也算同意了。我高兴地使劲捏了下马司务长的手,马司务长向我挤了挤眼睛。

风雪征程
东北抗日联军战士李敏回忆录

原来李桂兰也要求去背粮的，但她的腿伤还没好，张处长让她留在营地照看几个伤员，另外还有个外号叫黄毛的鄂伦春族战士也被留在营地保护伤员。

背粮小队出发了，我紧随在马司务长的后边，马司务长迈着大步，我要小跑才能跟上，尽管这样，我还是既紧张又兴奋。一开始，他们是顺河踏冰前进的，走到了山弯处之后，离开河套上了山。听说取粮的地点在浩亮河和木亮河附近，等到天黑才能进入，于是小队就在山上就地休息了。

马司务长和我在河边生火做饭，用马司务长背来的铁桶熬了小米饭给大家吃。吃完饭，天色黑下来了，小队原地待命，等待信号。

这时，岗哨报告说远处出现了亮光。张处长和李排长上前观察后认为八成是自己人，但为了保险，还是让李排长和李元海先去侦察后再传火光信号。

李排长和李元海走了，小队得等到他俩传回信号后才能动身。由于天黑、雪深、路远，他们走后过了足足两个多小时，背粮队才得到了河套方向的火光信号。

接到信号后小队迅速下了山，那夜没有月亮，天很黑，借着雪地的反光，大家艰难地行走在山边的林子里，走了一个多小时才来到了一处河套边的柳树丛中，看到了已经卸在那里的粮食，这是地方组织冲破生死线送过来的。

大家分别往背包里装粮食，我先给马司务长抻口袋，等他装完，我就往自己的面袋子里装了二十公斤左右小米。看了我的米袋子，马司务长说装太多了，只给留下一半，有十多公斤吧。

在回营的路上，我感到十分光荣和自豪，高兴得只想唱歌。虽然背的不多，但也为抗日尽了一份力，我觉得自己长大了，这次才像是一名真正的抗联战士。我还想起了冯省委对自己的教导："干革命必须要有艰苦奋斗的精神！"正一边想着一边走着，前面的马司务长也回头鼓励我。

"你呀，做个样子给张处长他们瞧瞧，到时候，大伙都会佩服你

1924—1949
第三章 在战火中成长

的……"

听了这些话，我感到浑身有使不完的劲儿。其实背着十多公斤的米，摸黑钻林子是很不容易的，但是心情好，也就不觉得怎么累。

为了安全，背粮队分成了两伙，张处长一伙用马爬犁拉上没背完的粮食从河套走，李排长和马司务长领着一伙步行上山。上山前要越过落满积雪的草甸子，那些凹凸不平的塔头墩子动不动就绊大家的脚，也不知道绊倒了多少次，好不容易走出这草甸子，大伙开始爬山了。

山路更难走，山高坡陡，再加上身背粮食，真是步步都吃劲儿。大伙三步两歇十分艰难地爬到了山顶。山顶上有个叫猴石砬子的岩石，它的脚下有一块平地，看看东方已冒亮，李排长决定就在那里生火熬粥打尖了。

大家刚喝完粥，岗哨来报河套方向有马队追来。李排长断定那是敌人，当即派李元海班长带几个人到西山头埋伏，其余的人就地做战斗准备。过了一会儿，那个马队过来了，果然是敌人的骑兵部队。等到敌人进入了卡子口，李排长一声令下，两个山头同时开了火。敌人还击大约二十分钟，枪声很激烈，听响动敌人那边好像死了一个，他们摸不到这边的底，不敢恋战，扔掉一匹马逃跑了。

等敌兵退走后，李元海班长把那匹白马牵了回来，把大家背着的粮食分出一多半来驮在了马背上，大家的担子一下子轻了许多。

我虽然经历了这次战斗，但没有放一枪，连敌人都没看到。马司务长把我按倒在自己身边，不让动，连头都不许抬一下。

"这叫打仗，不是看秧歌，枪子儿没长眼睛，知道不？一点都别动！"

我几次想抬头，都被他严厉制止了，再说，就是抬头看了也白搭，自己没有枪，是个连手榴弹都没有的空手兵呢。

这是我第一次经历的真枪实弹的战斗，刚开始打的时候，还真有点害怕，可是没想到打了那么一会儿就结束了，不但打死了一个敌人，还白得了一匹马。

"马司务长，这打仗也挺有意思，就那么一会儿，就打赢了。"

风雪征程
东北抗日联军战士李敏回忆录

"这不算真打,我们的主要任务是运粮,所以,我们只是教训一下,叫他们别再尾追我们。要是真打起来,可没那么简单好玩。"

打退敌人后,小队又上路了。李排长派出几个人去观察敌人是否跟踪,同时扫掉人和马踩出的脚印,他们一直扫了好几公里路以后,才撵上了队伍,一起上了另一座山。

翻过了这座山,就到了一个伪装得很好的粮库。这粮库,远看根本看不出来,到了跟前才叫你恍然大悟。粮库设计巧妙,结构奇特,是在一个天然的小沟上垫石头做基础,再用粗木架上两米多高的吊楼,顶棚是厚厚的多层树皮,用石块和木头压住,还在上面用树枝做了伪装。这种粮库不怕风雨,通风好,温度适中,能长期存粮。另外,我还发现在粮库四周设有地枪(指暗枪)。

"这四周也没人,架几条枪干啥呀?这些枪发给咱们多好啊!"

"你别看这没人,这几条枪是用来防贼的。"

接着,马司务长和李元海班长给我讲了有关地枪的许多趣闻。说过去啊,这山里的野兽特别多,最祸害粮食的是野猪和狗熊,山上的大狗熊经常光顾这大粮库,拖走了不少面袋子和米袋子,都搬它家里去了。所以啊,一来为了吓唬它们;二来,万一打中了还能吃上熊肉,这才豁出几条枪设了这地枪。

我听着,十分好奇:"真有一天打中了什么,叫我也来看看行吗?"

"咋不行,不过,这个粮库,对外是绝对保密的,回去后对任何人都不准说出去!"

马司务长和李班长严肃地叮嘱了大家,同志们都做了保证,绝不泄密。

大家把背来的粮食和盐安顿好后踏雪回到了营房,张处长一伙也把用爬犁拉回来的粮食和布匹等物资在山上的雪中埋好后回来了,说是第二天还要去背。

从这以后,我天天盼着能再有什么任务,好和大家一起行动。

1924—1949
第三章 在战火中成长

在一个风雪弥漫的傍晚，第六军留守团团长耿殿君同志从前方回到了密营。耿团长是专门往前后方分送军需物资的，整日忙个不停。他是个艰苦朴素勤俭节约的好管家，什么东西在他手里，都是宝贝。尽管有很多新军装都是经过他的手送到部队的，可他自己从来就没穿过一件新军装，总是穿得破破烂烂，所以人送他绰号叫"耿破烂"。他四十多岁的年纪，操浓重的山东口音，说起话来十分幽默。他这次来，一是送来一位女同志，名叫穆金花（后改名穆书勤）；二是送来好多的布料和一些毛皮之类的东西。据耿团长说，在这里要建个被服厂。

■四块石抗联遗址纪念碑

建立被服厂

1937年初,在一个大雪纷飞的日子里,抗联第六军被服厂的同志们,在裴成春厂长的带领下,顶风冒雪背着缝纫机机架和机头,来到了山里密营。

她们一来,领导上调我和李桂兰转入被服厂工作。随裴厂长一起来的有李在德、夏嫂(夏云杰军长之妻)、夏志清(夏军长之女)、张世臣、李师傅和一个姓牛的山东人。

裴成春、李在德,是1933年冬第一批上山的老游击队员,在夏云杰和李云健率领的第一批四十三名游击队员中就有她们俩,她们还是建立后方密营的创始人,曾在格节河、盆巴旗河的老白山等地,建立过多处密营。

第六军被服厂最早在老白山,也称岔巴旗河沟里(鄂伦春语:白桦故乡),抗日时期称为汤东密营。1933年秋,汤原游击队成立后,总部就设在那里。夏云杰、张参谋长(原姓李)率领第一批队员四十余名,在此处安下了营寨,从此,老白山成了小兴安岭上的第一个抗日根据地。抗联第六军成立时,军部也曾设在此处,后迁移到帽儿山后,此处改为第六军被服厂和修械所(兵工厂)。1936年汤东被服厂遭到破坏后,转移到帽儿山。

裴大姐来了以后,宣布了几项纪律,其中有一条就是朝鲜族的战士都要讲汉语。听到这条纪律,我们都不明白是怎么一回事,为什么不可以说朝鲜语呢?裴大姐说,这里面有血的教训。

下面是李在德回忆录《松山风雪情》里有关的讲述:

1924—1949
第三章 在战火中成长

1935年初，游击队里发生了一连串让人心痛的事件。

首先，从吉东、南满传来了清理"民生团"运动的消息。据说是日本派一些特务到各游击队，建立以朝鲜人为主的"民生团"，企图瓦解游击队。满洲省委为了粉碎敌人的阴谋，指示要肃清游击队内部的"民生团"，在地方党组织内也要肃清。在执行省委指示时，南满已经产生了"左"倾，犯了肃反扩大化的错误。当指示传到游击队时，这种极"左"的观念就开始蔓延开来。游击队里过去的一些正常批评，也被视为敌我矛盾。

…… ……

这时，队伍里发生了一件事，成为事件的导火索。一个叫赵东国的队员有任务被派回到地方，在自己家中被敌人逮捕了。归队后受到怀疑审问，他先说是从敌人那里跑出来的，但在后来的刑讯逼供中，他把所有的朝鲜同志都咬进去了。此后，就是一连串的"清洗"、"审讯"。

…… ……

其实，在游击队创立初期，四十多人中只有几个汉族同志，多数是朝鲜同志，在艰苦的战斗生活中，大家都是不分民族，互相帮助，互相信任，团结一致克服困难，彼此建立了深厚的战友情谊，这突如其来的严酷事件，使大家感到震惊、不解。在这个怀疑一切、不容申辩就处极刑的紧要关头，裴敬天心地磊落、大义凛然地对夏云杰、戴鸿宾等人说："我要说句话，我不能理解组织上对我毫无根据的做法。我们全家出来参加革命，我的两个哥哥都已经牺牲了，这个仇还没有报，我们怎么能反革命呢？！"裴敬天越说越激动，声泪俱下。我们被关起来的同志也都哭了，从内心感到委屈。裴大姐接着说："请你们仔细地考虑一下，我们共同奋斗，好不容易刚刚武装起来，开展活动。创造这样的条件，实在来得不易，大家把游击队当作自己的家，把汉族同志、朝鲜族同志都当作自己的亲兄弟。李在德，这个小姑娘的妈妈被日本鬼子杀害了，你们是知道的，她是来为妈妈报仇的呀！希望你们慎重考虑！"他们这番话使×××队长、戴××等领导同志无言以答，退了出去。后来尽管审讯仍然继续，但我和裴大姐没有被提审。

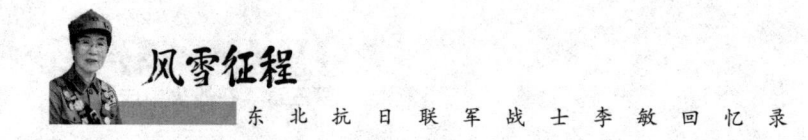

风雪征程
东北抗日联军战士李敏回忆录

一天夜里,赵东国说要小解,被警卫带出以后,不一会听到枪响,屋里空气顿时紧张起来,会不会是又一轮枪毙开始?这时听到外面有"跑了,快追!"的喊声,知道是赵东国逃跑了。有人说"坏了……",每个人心里都在想,赵是事情的起因,这下子问题更难弄清楚了。这一夜都在极度不安的气氛中度过了。

天刚刚亮,×××队长领张兴德(当翻译)来宣布:"你们都是抛家出来,为了干革命,为了抗日。你们是有问题的,不过你们是初次犯错误,原谅你们了。以后不要胡思乱想了,要安心抗日,克服困难,好好干……"这时大家悬着的心终于落地了。我想,大约是裴敬天和裴大姐那番肺腑之言,使领导者内心有所触动;再加上赵东国的逃跑,也促使他们反省该不该听信赵的口供,毕竟这些朝鲜战友都是经过了同生共死的战斗考验。此时,徐光海、马德山等都表示,不会因此而动摇对革命事业的信念,一定坚持抗战到底。后来领导宣布,一部分同志,如金成杰、金宗瑞、李洪洙、裴仁基、金成敦、金英淑等人,由金成杰负责去三军司令部报到。后来北满省委也下发了文件,纠正"左"倾肃反扩大化的错误,历时两三个月的"民生团"事件才算结束。我和裴大姐仍留在后方基地。随着部队的发展,裴敬天、徐光海、吴玉光、马德山等后来都被派到六军所属师、团任领导职务,率部队在白山黑水之间与日寇血战,直到最后为革命牺牲。①

20世纪30年代,东满地区革命根据地进行了一场以清除敌特分子为目的的反"民生团"运动。在运动中,大量优秀的革命者惨遭杀害,东满根据地也受到了极大伤害,后波及北满。

"民生团"是1932年2月经过日本移民当局批准,以金东汉为首的由一伙朝鲜族日本奸细、政客组成的专门用于对抗中国共产党领导的东满抗日武装斗争的反革命组织。"民生团"鼓吹民族自治、破坏朝汉民族的团

---

① 李在德:《松山风雪情》,民族出版社,1999年版,第45~48页。

结,分裂中朝人民的联合抗日。

中共东满特委根据延吉县委的情况认为,既然在延吉发现了"民生团"分子,那么在其他各县会没有吗?既然有,那当然也得反呀!就这样,这场运动又迅速涉及整个东满和北满地区的汤原县。

最后解决"民生团事件"的是北满省委派来的杨松和魏拯民,是他们及时纠正了"肃反扩大化",避免了进一步的损失。

杨松,原名吴绍镒,1933年,他受中共驻共产国际代表团的指派,化名吴平,以中共满洲省委巡视员、吉东特委书记的名义,参与东北地区党的领导工作。

杨松到东北后,从政治上和组织上加强了对吉东乃至整个东北抗日斗争的领导。1934年末,杨松在周保中处听说了反"民生团"斗争的始末,认识到这是一件"很荒唐的事"、"是左倾错误"。他当即给满洲省委写信,指出"有人估计(延边)游击区十分之六七的(人员)是'民生团'是很荒唐的,是过分的估计""假若游击区内大多数群众是'民生团',那这些游击区老早就会被日本消灭了"。因吴平是来自莫斯科,负有指导全东北党的工作的使命,故他的信马上引起了满洲省委的重视,即派中共哈尔滨市委书记魏拯民作省委特派员,紧急派往东满,负责调查处理吴平所说的问题。

1935年2月末3月初,召开了东满党团特委联席扩大会议,魏拯民当选为特委书记。会议根据满洲省委的指示精神,全面检查了肃反扩大化和统一战线工作中的"左倾"错误,研究制定了今后的工作方针和任务,通过了《东满党团特委第一次联席扩大会议决议案》和《反民生团斗争决议》,从而纠正了在执行抗日民族统一战线政策、党的民族政策和国际主义政策方面的错误,扭转了局势,稳定了局面。

魏拯民还亲自释放了因涉嫌"民生团"在抚松县马鞍山被监禁审查的一百多人,将他们重新编入抗联部队,并和金日成一起亲自烧毁了"民生团"的全部材料。至此,在东满开展的三年之久的"反民生团"斗争终于停止了。

风雪征程
东北抗日联军战士李敏回忆录

"民生团"的创建者叫金东汉。在金东汉组织的间岛协助会成立的九个月中,破坏了我们地下党基层组织和地下联络站一百七十处。而金东汉主导的"民生团事件",造成东满共产党组织内部的相互斗争乃至杀戮,引发巨大损失。后据说金东汉1937年死在了一位鲜为人知的东北抗日联军将领手里。

裴大姐来了以后,被服厂的首要任务是自己先动手建厂房,她们顾不得休息,到密营后的第二天就带领同志们背着建房的工具和炊具,到浩亮河上游的河边投入了工作。

开工了,裴厂长和李在德两人带领大家先伐木。她们两个人合手,拉锯放树,动作十分的协调和熟练,你一下我一下,拉来拉去,顷刻间能放倒一棵挺拔的大树,那一阵阵震撼山岳的倒树声,让我看得目瞪口呆,心惊胆战。我从心里佩服她们,多能干的女同志啊,这活好像是男人干的,她们也太了不起了,我为自己能和她们一道工作而感到幸运。

在她们的带领下,同志们都加入到伐木、建房的行列里。

裴厂长和李在德同志,事事率先,处处关心同志们,就像慈祥的大姐大妈。李在德同志每天早晨起得最早,等同志们起来时,她已经烧好了水,做好了饭,大家很是过意不去。我在她们的带领和关怀下,学到了很多的美德和本事。

工地上,我和穆书勤干的是用刀剥树皮的活儿。一天休息时,我俩到天然大厕所——树林深处去解手。春天啦,我俩发现朝阳雪化处已冒出了绿草和小花,就好奇地前去摘下来,正说笑着往前走,突然,我们听到了奇怪而可怕的声音!啊!抬头一看,是一群黑色的野猪!

"不好啦——野猪来啦——!"

我俩扯开嗓子尖叫着没命地跑,耳边听到野猪在追赶着我们,也不敢回头看,也顾不上是什么方向,只顾拼命往前跑。

"叭,叭!"

我听到了连发四五响的清脆的枪声,接着被什么东西绊倒了,翻身坐

1924—1949
第三章 在战火中成长

起来一看,野猪不见了。我长舒了一口气,可心里还是怦怦地乱跳。等醒过神来的时候才明白,原来是裴厂长和李在德开枪赶跑了野猪群,还打中了其中的两口猪。

大家凑过去一看,哈!好大的两口野猪啊,好像是心脏被打中了,满地都是血。那两个家伙都不能动弹了,但还在噗噗喘着气。

这可真是惊天动地的意外收获,也是开工大吉大利的好兆头。大家都很惊喜,纷纷向裴厂长和李在德道谢,都夸她俩了不起。

从这天起,被服厂的同志们用野猪肉改善了生活,我们自己留了一头,把另一头送给了前卡部队,前卡的同志乐得不得了。他们觉得女同志都能打到野猪,男同志差啥呀,就也派几个人到山上去打猪。

去打猪的战士们在柞树林里发现了不少野猪的粪便和用嘴拱过的痕迹,接着是遇上了一大群野猪,能有二十来头。遇上野猪不就得打吗?可是,谁曾想,打死了一头野猪,其余的野猪呼啦一下向人冲过来,弄得他们几个猎手拼命爬上大树才幸免祸患。打那以后,大家更佩服一下子打中两头野猪而安然无恙的裴、李二人了。都夸她俩是受老天爷保佑的一等猎手。好长一段时间,每遇上吃野味的机会,战士们总爱谈起那段已成历史的往事。

野猪事件发生后,裴大姐抓紧了被服厂人员的射击训练,她亲自手把手地教大家。

"不学好射击,打起仗来,你打不中敌人,敌人会打中你。这是事关生死和胜败的大事,做一

■在四块石山附近挖出的抗联第六军第四师被服厂使用过的缝纫机

名游击队员，首先要成为一个神枪手。"

练枪不误建房，大约四月间，一座崭新的木刻楞厂房建起来了，五月间投入了生产。

天气一天天转暖，前方的部队急需换装，库存的布料只剩下一些白布，部队于 1937 年 5 月 18 日攻打汤原县城后又缴获一批白布。于是，留守团的耿殿君团长下令，把白布都染成黄色，突击做夏装。

把白布染成黄色？我有些纳闷，用什么染呢？没想到，身旁的李桂兰比我更急。

"哟，俺的老祖宗，叫我们上哪儿去掂腾染料啊？"

李桂兰和耿团长在地方上就认识，是老熟人，见了面总爱和他开玩笑。"你刚来懂啥儿？裴大姐、李在德同志人家就有法儿哩。"

耿团长是山东人，因山东口音很重，他一说话，大家就笑。大家一笑，他就故意用更重的山东腔逗大家，每每都逗得大家前仰后合。同志们都很喜欢他，也很尊重他。他对裴大姐和李在德说，前方部队扩充了不少新兵，他们都没换上夏装，得赶紧想法子。

听了耿团长的话，裴大姐说办法倒不是没有，可以用树皮染布。比如，黄菠萝、柞木等树皮都可以用来煮染白布，但颜色不太理想，只能染成牛皮纸那种颜色。

"中！就这么着。还是俺老大姐有高招，一切听你的！"

耿团长高兴地拍了下大腿，然后飞步到前卡组织战士下山去取缴获的布料了。

在裴大姐和李在德同志的指导下，被服厂同志开始集体突击漂染布料。煮染布料的程序应该是，先用黑色大锅煮树皮，煮出颜色之后，再把在河水中浸泡过的白布放进去，加热再煮一段时间，等白布吃透了颜色之后，从锅里捞出来，拿到河水中冲掉浮色，然后挂在背阴的树枝上晾干。

一时间，被服厂的营地变成了大染坊，大家不停地边染边晾。按理染出来的布不应曝晒，但是营地处在原始森林中，树大叶茂，再加上营地前

1924—1949
第三章　在战火中成长

就是一条小河，环境很潮湿，很难晾干染好的布。所以，只能跟着阳光和风口，一天换好几个地方晾晒。白天晒干后，到了晚上，把布叠好，用脚踩或用板子压住等办法平整布匹。那时，被服厂只有一个用铸铁做的装炭火加热的熨斗，用在成衣兜盖等关键部位都忙不过来，所以，布匹的平整是用土办法凑合的。大体压平之后，把布料送到张世臣和李师傅的案前，他们两位就动手裁剪了。这样做出来的衣服，虽然不太板正，但颜色还算鲜艳，感觉也还整齐。

1937年，第六军被服厂春夏之季制作的军服基本都是黄、绿两色的，至于服装的样式，1935年裴大姐曾找到第六军军长夏云杰、省委书记冯仲云、参谋长张仁秋商量，后来裴大姐根据当时战士们所喜欢的马裤和冯仲云介绍的工农红军的服装样式，剪裁了一套服装给领导和战士们看，征求他们的意见。不久，冯仲云省委来到了被服厂传达了满洲省委对做军服的意见和指示，并且确定了服装的样式。

上衣像中山装，衣兜中间竖着折两道，扎上明线。裤子是马裤，帽子的式样是根据领导提出的样式制定的，仿苏联红军帽样式，制作成的军帽是由六片拼成，有帽檐，帽子前面有颗红五星，帽顶部中央有个约三厘米高的红疙瘩。冬天的帽子是用兔皮缝制，兔皮是从山里的猎民手中收购来的。除军衣、军帽外，被服厂还缝制过军旗、帐篷、机枪套、挎包、子弹袋、胸签等军用物品。

关于军服的样式，1937年5月23日在巴黎出版的《救国时报》上的一幅宣传画曾有报道。李在德、王明贵、李桂兰等同志也都做了证明。

后来在西征路上，张寿篯将军多次讲道："我们的抗联帽是代表共产党领导的队伍，是红军的标志……"

2007年，李桂兰再次来到哈尔滨，当我把复制的带着红疙瘩的抗联军帽拿给她看时，她激动地说："你们还有啊，我的没有了……"说完，泪水流出了她的眼眶。可见，抗日联军的军帽，给她留下了多么深刻的印象。那一夜她是搂着这顶帽子入睡的……

风雪征程
东北抗日联军战士李敏回忆录

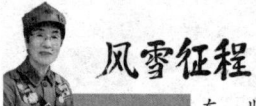

■2007年，李敏、李桂兰回忆当年做军帽的情景

1924—1949
第三章 在战火中成长

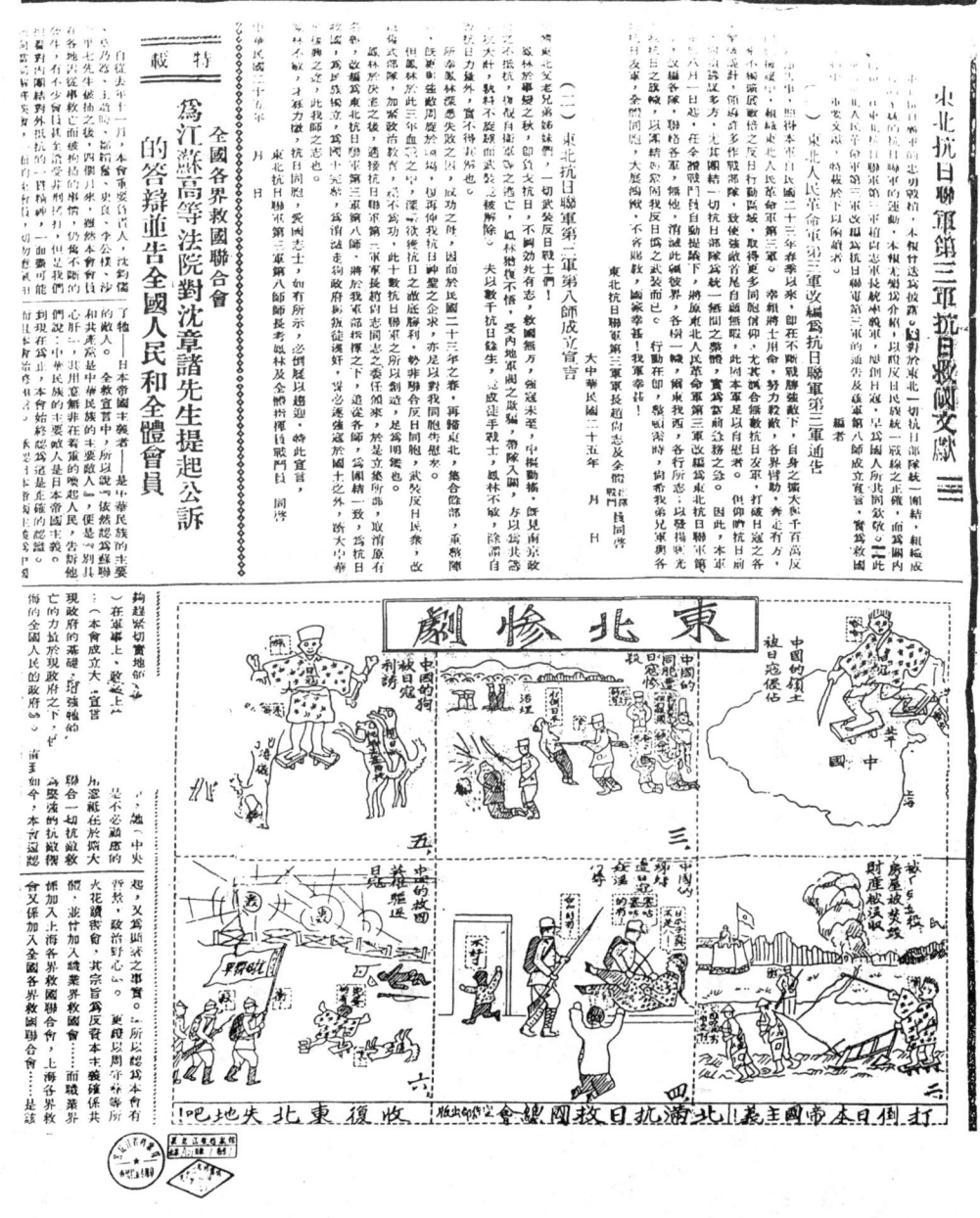

■1937年5月23日在巴黎出版的《救国时报》第三版

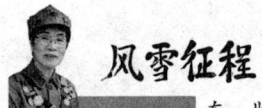

风雪征程
东北抗日联军战士李敏回忆录

1937年5月23日在巴黎出版的《救国时报》第三版（局部）

1924—1949
第三章 在战火中成长

纪念中国工农红军长征胜利70周年首都座谈会

我叫李在德。1933年参加汤原游击队。后来参加东北抗日联军第六军。裴大姐带领我们在老白山上到远了六军被服厂。主要是为部队做军服。

1935年，北满省委冯仲云、夏云杰等负责人来到被服厂，和裴大姐（裴成春，被服厂厂长）商定给部队做军服的事情。其中关于军帽的式样，是根据有人提出的红军帽的式样做的。当时我们试着做了一顶给领导看。做的对不对，领导看过后说："就是这个样子，就这么做吧。"以后我们就给部队做这种帽子。

当时我专门踩缝纫机。由于帽子顶部的红疙瘩非常难做好，李桂兰（李玉洲）手巧，会做活，做的好，所以裴大姐让李桂兰专门做帽顶上的红疙瘩。后来把怎讲这"最难的活都让她给我做了。"

这种式样的帽子，我后来到了苏联也曾看见境常宅陈雷、于绿合等很多同志常戴。

友东北抗日联军老战士 李在德

二〇〇七年九月三日

■李在德关于抗联军服的回忆

关于东北抗联服装的回忆

我于1934年参加了汤原游击队（东北抗日联军六军前身），1936年入党，历任战士、连长、副团长、团长、师副官长、师长、支队长等职。关于部队服装情况回忆如下：

汤原游击队创立初期的服装是不整齐的，有啥穿啥。随着队伍的发展壮大，大约从1935年开始（在小兴安岭建立了被服厂后），开始制作统一的军装。这种军装帽子很特殊：帽顶是尖的，在顶部还有个红色的圆顶，帽沿前面戴红五星，帽耳朵可以折叠在两侧，也可以放下来（大体就像李在德和李敏同志复制的那个样子）。开始制作的军装，样式和颜色是统一的。后来因为统一颜色的布匹很难得到，颜色就不统一了，特别是由地方群众为部队制作的服装，颜色就更难统一了。这种样式的军装，我记得一直穿到1938年左右。1938年以后，由于环境很困难，部队只能有啥穿啥了。有穿工人和农民服装的，也有穿伪军和日军服装的（去掉领章和帽徽）。1942年8月东北抗联教导旅成立后，我们就统一穿苏联红军的服装了。

以上情况供参考。

王明贵 〔印：王明贵印〕

（王晓兵记录整理）
2004年5月10日

■王明贵关于抗联军服的回忆

我叫李亚洲,原名李桂兰,生于一九一八年,现年89岁,是原东北抗日联军第六军军部被服厂主任.

现把我在被服厂工作期间的人员及所做军服的款式,用料和我所作的工作做以下的证明:

一、被服厂当时工作人员有:裴成春厂长,裁剪张师傅,李师傅,蹬缝纫机的李在德和李敏,夏云阶的夫人夏嫂,女儿夏志清等人。

二、军服用料:当时所用布料都是山外运进来的,有灰色、草绿色、藏青色、如果运进来的是白色布,我们就用黄菠萝树皮等放进铁锅里煮上色。

三、军服款式:上衣接近中山装,裤子为马裤状,下边有扣子,帽子是带五角星的红疙瘩帽。

四、我的工作:在被服厂工作期间除作行政工作和军服外,主要负责做军帽。军帽因前面有红色五角星,上面有一红疙瘩,大伙都称为红军帽。军帽为六片瓦。前面有帽遮,后三片是双层布外翻,天冷时可放下取暖,顶部是一红布疙瘩,红疙瘩很难做,大小不容易与帽吻合,前面的战友做完所有工序就把帽子交给我,我来最后安红疙瘩。

以上说明,句句属实。请组织能作为史料予以保存。

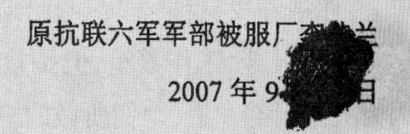

原抗联六军军部被服厂李桂兰

2007年9月　日

■李桂兰关于抗联军服的回忆

漂亮的抗联女兵

被服厂的工作异常的繁重，被服厂的生活也异常的艰苦。

每天两顿饭，菜和油从来没有过，一般是小米饭或者苞米楂子，能熬上盐水野菜汤就不错了。偶尔山外来了领导或者过年过节才能吃上一顿盐水煮豆加辣椒。

被服厂里五女二男七个人，担负着整个第六军的军服制作。到了部队换装的季节，一般都是连轴转，日夜不停地赶活。

李在德同志专门负责蹬缝纫机，连续的熬夜，眼睛睁不开，机针把她的手指头都扎穿了，可她一声都不哼，忍着疼痛继续工作。李桂兰同志是女同志里面手最巧的，她负责做帽子，帽子上的红疙瘩非常难做，她嘴里嘟囔着："谁制定这个样式啊，太难做啦……"说归说，一天到晚，她还是忙个不停。说一千道一万，最难熬的还是连续开夜车。实在困得不行了，一打瞌睡就把做活针扎在了手指头上，把你疼醒，实在睁不开眼睛了，甚至用有弹性的树叶茎，把眼皮支住，硬挺着运针线。

夜间赶活，照明更是个大问题，好在裴厂长和李在德她们有经验，她们将剥下来的桦树皮和松树明子点燃照明，到了第二天早晨一个个都熏得像黑脸包公，你指着我，我指着你，哈哈地笑个不停。

尽管生活艰苦，工作繁重，但是整个被服厂充满了革命的乐观主义精神。因为战士们都知道，她们所做的一切，都是为了赶跑小日本，不当亡国奴，自己的吃苦，是为了千千万万的中国人能过上和平、幸福的新生活。

1924—1949
第三章　在战火中成长

其实,被服厂里的趣事也还是不断的。一天,大家吃完早饭准备做工时,突然从山那边传来了一声枪响,几个女同志以为敌人来了,赶紧抱起衣服不知应该怎么办。

"不用慌,没啥事,你们继续做工吧。"

裴大姐这么一说,同志们互相张望了一下,有些忐忑不安地开始了工作。

这时,张处长在旁边又给大家分析了一下。

"大家别担心,听枪声像是咱们的地枪开火的声音。这可能是个好消息,肯定是大狗熊来扛小米让地枪走的火。"

张处长的判断虽然还没被证实,但大家可以放心了,而且都想到现场看个究竟。

"请大家安静,我们的任务急,前方的部队昨天又派人来催军服啦,咱们还是得加班赶,今天也许有狗熊肉慰劳大家呢。"

裴大姐这么一说,大家更加兴高采烈了。

"小李子,你跟张处长跑一趟,快把肉拿来,中午给大伙好好改善伙食。"

听了裴大姐的命令,我兴奋地打个军礼,蹦蹦跳跳地跟张处长去了现场。

同志们怀着猜疑来到了秘密粮库,打老远就看到有只大狗熊中弹了。而且还看到草丛里有被扯破的麻袋,小米撒了一路,这说明还有一只狗熊可能是跑了。大家走近中弹的狗熊跟前一看,子弹是从左侧上部打进去的,可能是打穿了心脏,已经奄奄一息了,不大一会儿,它就闭上了小眼睛,停止了呼吸。

这只大狗熊可给被服厂带来了不少好处:一是熊肉可美餐;二是熊皮可做靰鞡鞋(皮毛朝外),既扛穿又防滑;再是熊油可做灯油,解决照明问题。做熊油灯很容易,把熊油盛在饭碗或脸盆里,往里泡入用棉花或棉布条捻成的灯芯,把一头拉出来搭在碗边点着就行。这种油灯,火苗可大可小,比松树明子和桦树皮好用多了。

中弹身亡的那只狗熊很大,足有三百多公斤重。同志们把熊肉切成几大块,装进袋子和柳条筐里,然后泡入河水中,这种天然冷库,能把肉保存好长时间。

被服厂的全体同志,为赶制军装连续奋战了一个多月,人人都面黄肌瘦,筋疲力尽。正当这个时候,大家吃到了熊肉,体力都得到了明显的恢复。

这个意外的收获,让被服厂的同志们兴奋了好几天。

终于突击做完了这批军装,布料也都用没了。大家都非常的高兴和自豪,可是,更高兴的是耿殿君团长,他总是竖起大拇指夸被服厂的人太能干了,第六军军部领导也通令表扬了被服厂的全体人员。

趁新的布料还没运过来,裴大姐想让大家轻松一天。

"这阵子,大家都很辛苦了,下一批的任务可能更重,希望大家能振奋精神继续完成任务。在布料到达之前,咱们还得准备好染布的树皮。所以,今天除留一人看家外,其余的都上山去剥树皮和采野菜。"

听说要上山,战士们都欢呼起来。这几个月,大家连续赶制军装,腿都坐麻了。这会儿能有这么一天去爬山,真叫大家喜出望外。一来,能遛遛腿,伸伸腰;二来能剥树皮采野菜,既为军服准备了染料又能吃到新鲜可口的野菜,咋能不高兴呢。

夏日的大山,蓬蓬勃勃,郁郁葱葱,山间流水潺潺,林中百鸟齐鸣。

战士们背着各种不同的工具和背包出发了。其实,被服厂的驻地就在山里,但是地处原始森林,长的多半是红松和落叶松,树大叶茂遮阳光,树下很少长野菜。所以,得往山上走,到阳光充足的灌木带才能采到野菜。另外,张处长常提起山上有天然石林和石洞,同志们很想亲眼看看那自然奇景。

我们顺着浩亮河上游向西南走,向导是张处长和李元海。来到了一处陡坡后又翻过了一座石山,眼前豁然出现了一片石林,石林脚下裸露着大片大片的熔岩石。我忽然觉得这片石林有些眼熟,很像李升爷爷领我们上"月亮门"时见到过的那片石林,李桂兰也说有同感。接着往西走山脊,果然出现了大石砬子和那个"月亮门"。

"啊,是月亮门,我们来过!"

我和李桂兰不约而同地欢呼了起来。

"哦?你们啥时候来过呀?"

张处长感到意外了,我俩把李升爷爷领我们来过这里的情景津津有味地讲给了张处长,张处长说你俩重游月亮门真是幸运啊。

走过了石砬子,来到了南坡,一丛丛的灌木下遍地都是各种野菜。张处长告诉大家,这个山叫"四块石"山。

哈,好多的山野菜啊!敏儿菜、蕨菜、大耳朵毛、卷菜、山白菜、山葱,太多了,采也采不过来。此时,艳阳高照,风和日暖,我们像采花的蜜蜂,两朵红云飞上了脸颊。

这次上山,全体女同志都穿上了由张世臣和李师傅特意给每个人量体裁制的合身的新军装。从上到下,帽子是顶上有红疙瘩,前面有红五星的军帽;上衣是衣兜上有两道折条的中山装;下身是马裤;小腿上是人字形花纹的绑腿;脚上穿的是水绫布面的胶底鞋。这么一打扮,个个都显得格外精神和洒脱。除裴大姐有三十多岁外,其中最大的也就二十岁,我最小十三岁,我们互相看着都觉得变成了另一个人。

"哇,你今天真漂亮!"

"说谁呀,我看你更漂亮!"

女兵们互相嬉笑打闹,一旁的裴大姐也露出了甜美的笑容。

"依我看哪,你们几个今天都漂亮,一个比一个俊,谁也不比谁差!干脆趁着这高兴劲儿,扯着嗓子唱唱歌咋样啊?"

裴大姐这么一提议,大家不约而同地喊着:"好啊!唱什么?"

"就唱《采山菜曲》吧……"

风雪征程
东北抗日联军战士李敏回忆录

采山菜曲

李 敏 金碧莹 改词
原《采茶曲》曲谱

1=F 4/4 3/4

```
| 1 1 2 3·2 | 3 - - | 1 1 2 3·2 |
  晓 风 拂   拂（晓风拂拂） 早 露 滚
  碧 草 萧   萧（碧草萧萧） 树 叶 青
| 5 5 6 1·6 | 1·2 3 2 3 0 | 5 5 6 1·7 |

| 3 - - | 5·6 3 2 | 1·2 1 - |
  滚（早露滚滚）云 霞 灿 烂
  青（树叶青青）满 山 野 花
| 6·3 5 6 5 0 | 3·2 1 7 | 6·7 6 - |

| 2·3 5 1 6 1 | 5 - - | 5·6 1 - |
  如 堆   锦（如堆锦）烟 雾
  颜 色   新（颜色新）清 香
| 6·1 2 5 3 5 | 2·5 3 5 2 0 | 3·2 5 - |

| 3 5 6 1 5 - | 5 6 1 1 3 1 | 2·3 2 - |
| 1 2 3 5 2 - | 3 2 5 3 2 1 6 | 5·6 1 3 2 0 |
  弥 漫    隐 约 难 辨 分（难辨分）
  扑 鼻    鲜 艳 吐 芬 芳（吐芬芳）

| 3·5 2 - | 2 0 3 1 2 3 2 | 5·2 3 2 |
  一 片   寂 寂 静 静 的 沉
  一 阵   清 脆 嘹 亮 的 歌
| 1·2 6 - | 6 0 1 5 3 | 2·2 1 6 |
```

-218-

1924—1949
第三章 在战火中成长

风雪征程

东北抗日联军战士李敏回忆录

女兵们一路采,一路唱,来到月峰下的泉水井(抗联井)边,一起围坐吃起了午饭。好多山菜是可以生吃的,大家山菜沾盐水就着小米饭,这顿野餐就别提多香啦。吃过午饭,大家又喝了不少清泉水,接着唠起了李升爷爷和仙女井的故事。

■月峰山下抗联井遗址

张世臣师傅说:"日本鬼子来了,仙女们不再下凡了,这是老李头说的。而我张世臣说嘛,我说今天啊,仙女们又来了啦。不过,这次的仙女是在我们仙男的陪同下来的,你们说对不对啊?"

全体男同志随声附和:"对!对!对啊!我们都是仙男……"

欢声笑语飘荡在美丽的大山。

下午,大家登上了峰顶最高处。在那能清楚地俯视滔滔的松花江和牡丹江。如今是夏天了,那景色更加迷人。望着这大好的河山,我向同志们诉说了李爷爷的话:

"咱们的锦绣江山,叫日本鬼子给糟蹋了……"

李爷爷说过的话,令大家十分沉痛。同志们的眼眶里慢慢地浸满了泪水。

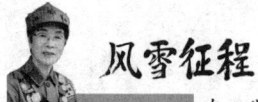

风雪征程
东北抗日联军战士李敏回忆录

这时，裴大姐大声地喊道："同志们，不要难过，咱们一定能把小鬼子赶出中国，这大好河山一定是我们的！"

同志们振臂高呼："我们的！我们的！我们的！"

■2002年，李敏于伊春市四块石山月亮门

■1982年，抗联老战士陈雷、李敏、王明贵、宋殿选、张旭东于伊春市四块石山

1924—1949
第三章 在战火中成长

■1983年春,李在德、李敏重返第六军第四师被服厂遗址

■1982年,李敏与东北烈士纪念馆馆长李颂鸾于伊春市四块石山月亮门留影

风雪征程
东北抗日联军战士李敏回忆录

北满临时省委扩大会议

　　北满临时省委扩大会议是1937年6月末召开的。

　　谈到东北抗日战争，我们不能忘记最早领导东北抗日的满洲省委书记罗登贤。罗登贤（1905—1933），原名罗举，化名达平、光生、胡之清、何永生，广东顺德县人，中国共产党领导工人运动的先驱之一。1925年加入中国共产党，协助苏兆征、邓中夏领导了省港大罢工，曾任中共香港市委常委、广东省委常委、江苏省委书记，中共六大被选为中央委员和中央政治局候补委员。1930年在中共中央书记处工作，担任中华全国总工会团书记，后任中共广东省委书记。1931年任中华全国总工会委员长。九一八事变后，任中共满洲省委书记，发动群众，组织抗日武装，开展游击战争。1932年7月被中央调到上海工作，任中华全国总工会上海执行局书记。1933年3月被捕，8月29日于南京雨花台壮烈牺牲，年仅二十八岁。

　　1931年9月，任中共中央驻东北代表的罗登贤和满洲省委的其他领

■罗登贤

导同志一起,分析了当时形势和这次事变的性质,于9月19日、9月21日连续发表了反对日本帝国主义武装占据满洲的宣言和决议。当时形势十分险恶,中共满洲省委机关遭到破坏,省委书记张应龙和军委书记廖如愿等四人被捕。1931年12月,罗登贤临危受命,任中共满洲省委书记兼组织部长,直接领导东北的抗日斗争,并将满洲省委从沈阳迁到当时尚未陷落的哈尔滨,此时李杜、冯占海的部队均在哈尔滨。

1931年末,在哈尔滨道外共产党员冯仲云的家里,罗登贤召集了中共满洲省委扩大会议。在会议上,罗登贤庄严表示蒋介石国民党以不抵抗政策出卖东北同胞,我们中国共产党人要与东北人民同患难共生死,争取东北人民的解放。敌人在哪儿蹂躏我们的同胞,我们共产党人就在哪儿和人民一起抗争。**党内不允许任何人提出离开东北的要求。如果谁提出这样的要求,那就是恐惧动摇分子,谁就不是中国共产党党员**。正确的工作策略和全民抗日救国热情的高涨使党组织和其他抗日组织很快发展壮大起来。

1936年初,中共满洲省委被撤销后,在北满地区成立了中共北满临时省委。

1937年6月28日,北满临时省委在四块石北坡的帽儿山抗联第六军被服厂所在地,召开了扩大会议。

会前,先期到达的冯仲云同志,召集留守团耿殿君团长、前哨卡负责人张处长、裴大姐、李桂兰、李在德等党员干部,就会议的接待及服务等工作开了会。会后,裴大姐安排大家把缝纫机都搬到大树下,搭上帐篷,把厂房倒出来作为会场和首长们的住处。厂房内只留下裁剪案子和几条木凳。因李桂兰同志会刺绣,裴大姐还安排她绣了一面党旗。

会议期间,我们被服厂的全体同志承担了做饭、洗衣、采野菜、烧水、端水等大会的服务工作。

这次会议一连开了二十天左右,因准备的粮食不够,最后几天是以野菜粥或野菜沾盐水充饥的。

参加这次会议的人员有北满临时省委书记冯仲云、东北抗联第六军政治部主任兼省委常委(执委)张寿篯、省委组织部长张兰生(包巨魁,满族)、抗联第三军军长兼北满抗联总司令赵尚志、抗联第五军军长兼吉东省委常委周保中、抗联第六军军长戴鸿宾、抗联第九军政治部主任许亨植(朝鲜族)、抗联第六军总参谋长冯治纲、抗联第六军秘书长黄吟秋、珠河地方党代表魏长魁、下江特委代表白江绪、抗联第六军第四师政治部主任吴玉光(朝鲜族)、抗联第六军第二师政治部主任张兴德(朝鲜族)、北满团省委书记黄成植(朝鲜族)、抗联第六军宣传科长徐文彬、抗联第三军宣传科长于保合、汤原地方党代表杨大人等。

徐文彬和于保合担任会议记录。

这次会议主要议题是分析目前形势,讨论中共驻共产国际代表对东北党组织及抗日游击战争的有关指示。如对《中央代表信》、《吉东特委信》、《新政治路线信》的认识,提出新的战斗任务。

会议期间,与会的领导同志纷纷发言,我们会议服务人员常能听到他们说话声音很大,吵吵嚷嚷似乎在激烈争论,意见分歧很大。人人都把自己的意见摆到了桌面上。

以赵尚志为首的许亨植、黄成植、吴玉光等人,认为中共代表团发来的指示信中所说如:反满和抗日的口号不能并提;不要公开反对日本"归屯并户"的政策……可以进入大屯中去潜伏,保存实力,用当保甲长等办法开展工作;现在我们的主要任务是保存力量,等待大事变的到来;应不惜牺牲干部深入敌后工作;伪军工作很重要,是我们难得的同盟军等等主张都是消极的,不符合东北地区的形势,只能被视为是上了那奸细的当而作出的投降主义路线(大意)。

周保中等同志的意见却与此相反,认为中共代表团的指示精神符合当前的抗日形势,而且这是中央的指示,如不执行,就是反对党中央的"左"倾关门主义。

冯仲云同志看到两派人的分歧很大,于是他要求两派不要互相给对方扣大帽子,都要掌握分寸,心平气和地讨论问题。他这么一调解,不仅没

1924—1949
第三章 在战火中成长

能奏效,反而惹来两派人的反对,为自己招来了"调和主义"、"和事佬"等大帽子,而且被两派撤销了省委书记的职务。

会议结束后,我看到冯仲云同志独自坐在河边的一棵倒木上。我知道冯仲云同志戴的是个一千度的高度近视眼镜,眼镜还缺了一条腿,那是有一次下雨天钻树林时,被树枝刮掉在地后,因视力不济在寻找时被踩断了的。眼镜缺了一条腿之后,冯仲云同志是用一根线勉强挂在耳朵上凑合着用的。他曾求我帮他修理过,但因会议紧张,他一刻也不能离开眼镜而一直没能给他修理上。

这会儿,我看到冯仲云同志一个人坐在河边,把眼镜摘下来拿在手中不用,我就拿着早就为他准备的一根带弯的很结实的树枝和针线去找他。

"冯省委,现在我帮您修理眼镜腿吧?"

"哦,不必了,以后再说吧……"

冯仲云同志的话音,听着让人伤感,我有些不安地端详着他,他有意把脸侧过去了,我发现他流泪了。

"冯省委,您怎么哭呢?"

"呃,小鬼,你不懂,快回去吧。"

是,我是不懂,这么大的干部怎么会哭呢?我想,肯定是有人欺负了他。在他们开会时,我就不止一次地听到有人对他粗言粗语的逼迫,动不动就喊:"冯瞎子,你到底是什么意见?""冯瞎子,你到底是反对还是拥护?"

对他们的争论,我不懂谁是谁非,但觉得他们对冯仲云同志态度粗野,出口伤人是不对的,所以,就同情了他。

"冯省委,我给您找裴大姐来,您和她说说,让她帮您批评那些首长好不好?"

我觉得裴大姐无所不能,因此就说了一句自认为能安慰他的话,然后从他手中夺过眼镜跑开了。他,没吭声,仍坐在那里,望着滚滚而流的河水,还在落泪。

风雪征程
东北抗日联军战士李敏回忆录

我回来后，向裴大姐汇报了情况。

"小丫头，你瞎说些啥呀？你还不懂，别瞎掺和了，快把眼镜修好给人家送去。"

裴大姐批评了我，真是莫名其妙。后来，才知道冯仲云同志的省委书记职务在会上被撤销了，由张兰生同志接替了他的职务。

冯仲云同志感到委屈的同时也在为抗联的前途和命运而担忧。

尽管意见不统一，会议还是发布了《北满临时省委和吉东省委"关于拥护党的一致的通告"》。这篇通告是北满、吉东两省委拥护党的团结一致的见证。现收藏在档案馆里，在此我把它全文抄录如下：

北满临时省委和吉东省委"关于拥护党的一致的通告"（译文）
一九三七年六月二十八日

北满、吉东党各级党的同志们：

因为和上级联系不密切，珠、汤及三、六军党委联席会的左右倾的调和、吉东党一部同志忽视党组织上的手续和紧密性，且工作犯了右倾的错误，引起了党在全面工作上的一大错误，和党内起了重大纠纷问题，而且北满党和吉东党之间，发生了隔离误解。

在日本法西斯军阀强盗对中国全民统一战线继续进行进攻破坏的紧急情势之下，东北游击运动正进入非常困苦斗争的过程中，所以在无产阶级的中国共产党队伍之中，绝不容许分毫分裂因素的潜在。鉴于此种情势，北满临时省委在一九三七年六月二十八日，召集了全体执委扩大会议，吉东代表也出席参加了。对于二年间的党的组织和政治路线的工作执行，进行了严格的检查，得出的总结如下：

1.北满临时省委，是根据中国共产党中央的指示原则，在独立工作的环境中，执行党总路线的领导而诞生的。所以，这是中国共产党骨干组织的一部分。他们自组织以来，就领导北满松花江两岸的广大群众进行解放斗争，且为展开全民统一战线而果敢的斗争与工作。他们领导抗日联军北满各军和义勇军,不断的向日贼进行袭击;开辟了广泛的游击运动的新区,并且在夺取多数的武装的同时,对新组成各军的巩固和充实,进行了初步工作。

2.吉东党是依照中国共产党的统一系统而组成的,从来北满党怀疑吉东党内部有奸细的潜在,而联系不密切和对吉东党的认识不足,并且成了误解吉东党右倾错误等的主要原因。我们正式声明:现在的吉东党是中国共产党的布尔什维克的战斗组织,并能充分发挥其机能。为了党的巩固统一,同时为了领导全民族战线展开斗争工作,和加强联军的领导,吉东党今后应站在更正确的立场上来帮助北满党,并在群众斗争中必须尊重北满抗日联军总司令部的领导威信。

3.目前西欧的法西斯希特勒、墨索里尼像疯狗似的疯狂的更大规模的援助西班牙叛军法西斯佛朗哥,干涉着西班牙的内战,酿成了西欧大战的紧迫性。特别是各帝国主义法西斯想武装联合进攻苏联,所谓反苏大战的危险性越发的露骨化了。东方的日本军阀法西斯正在继续进行扑灭中国革命,吞并全中华的阴谋。相反,为挽救中国民族的危亡的全民统一战线和抗日宣战运动正向最高度发展,益愈促进大事变的紧迫和急剧。

在强化党的思想统一和组织的条件下,号召各级党的同志,依照中国共产党的新政策新路线争取全民统一战线,拥护国共二次合作,为实现抗日宣战而进一步努力。因此北满党和吉东党,应尽全力使抗日游击运动的中心支柱——三、四、五、六各军及二军东部部队的内部更进一步的切实发展;同时对八、九、十各军加强党的领导和群众基础,并团结一切散漫的义勇军于全民统一战线的旗帜下。至于形成统一军队的系统,尚须经过一段努力。

北满党和吉东党必须适应目前的环境去实现党的任务(民众抗日救国运动及其他各种斗争工作)。因此,北满党和吉东党尽力把握中央路线,使组织充分统一,进行自我批评和不断地展开两条战线的斗争。同时要打破右倾和左倾,打破和肃清破坏分裂党的一切企图和倾向,特别是以最强力的手段和方法,彻底的剿绝日本法西斯军阀强盗对我在思想上乃至行动上的奸细组织和间谍。

风雪征程
东北抗日联军战士李敏回忆录

兹向全体同志致以抗日救国敬礼！

中国共产党 北满临时省委员会
吉东省委员会
一九三七年六月二十八日①

会内的斗争和辩论异常的激烈，但是并没有反映到会外，大会期间还开了两次联欢会，有的同志写了歌词，有的同志给谱了曲。

张寿篯同志创作的新歌是《强敌东来侵略我国疆》：

在联欢会上演唱这首歌时，许亨植（朝鲜族）同志发表了议论。

强敌东来侵略我国疆

李兆麟 词

（简谱略）

歌词：强敌东来侵略我国疆，施残暴如疯狂，白山血染红，黑水遗恨长。男儿壮，男儿壮，团结起来赴战场。消灭侵略者，气贯太平洋。军威远红旗扬，但知救中国，誓死复家邦。不怕强，不怕强，驱贼不怕强，不怕强，驱贼驱贼滚出鸭绿江。鸭绿江。滚出鸭绿江。鸭绿江。

---

① 黑龙江省社会科学院地方党史研究所：《东北抗日斗争历史文件选编》第二集，1979年4月内部印行，第236~238页。

1924—1949
第三章　在战火中成长

"请问,你们驱贼滚出鸭绿江,那能算完成任务吗?"

"噢,请你别急,还有誓死扶家邦嘛!"

张寿篯同志笑着这么一答对,引起了哄堂的大笑。

担任会议记录的于保合(那时叫万内,大家称小万)同志诗兴大发,按聂耳的《开路先锋》曲调挥笔写下了振奋人心的《抗日先锋歌》。

■帽儿山被服厂会议期间外景模拟图(李国全绘)

■徐文彬(解放后照) 　　■于保合(解放后照)

风雪征程
东北抗日联军战士李敏回忆录

抗日先锋歌
（《开路先锋》曲调）

聂耳 曲
于保合 填词

1=C 2/4

```
> > >
1 1 | 1 0 | 5·5 1 | 3 3·1 | 5 - | 5 0 | 2 2 | 2 0 | 6·6 2 |
冲 冲 冲！ 我们是 抗日的 先   锋，  冲 冲 冲！ 我们是

5·5 3 | 5 - | 2 0 | 5·5 3 | 6·6 5·5 | 3 - | 1·2 3 |
抗日的 先  锋， 不怕你 压迫千万 重， 我们要

5·5 3·3 | 2 - | 3·5 3·1 | 2 1 0 | 1·2 3 | 6 6 6 |
万心一样 同。 三千万的 同胞， 尽都是 抗日的

5 - | 5 0 | 2·3 2·1 | 2 5 0 | 1·2 3 | 2·2 2·2 |
民  众， 全东北的 工农， 很多是 民族的

5 - | 3 0 | 1·2 3·2 | 3 - | 2·2 6·7 | 1 0 3 | 5 0 6 |
英  雄。 后退没有 路  只有向前 冲， 日寇霸

5 3 1 2 3 | 2 2 | 5·3 2 | 3 0 3 | 3 0 3 | 2 1 5·6·7 |
占了我们的 土地 欺我太 凶； 走 狗  出 卖了我们的

1 1 | 2·2 5 5 | 1 0 | 2·2 2·2 | 3 2 | 3 - | 5 3 0 2 |
国家， 国耻难  容。 不怕敌人 武力 强， 怕死无

> >                                              >
5 0 2 | 5 0 | 5 1 0 | 5·1 3 | 0 3 2 1 | 3 3 4 5 5 | 6 5 0 |
用 无 用！ 我们 我们要 要高举 民族革命的 旗帜，

3 1 2 3 | 2·0 | 2·2 2·2 | 5·6 | 5·5 3 | 2·0 |
勇敢向前 冲！ 中国共产 党来 领导革 命，

1·1 1 | 3 - | 3 1 2 3 | 3 - | 5·5 3·2 | 1 - |
团结民 众  游击战火 红  消灭鬼子 兵，

5·5 1 1 | 1 0 | 3·2 2 2 | 1 0 | 5 1 0 | 5·1 3 |
政权归人 民， 革命得成 功。 我们 我们是

6 6 | 5 5 | 5 - | 6 2 0 | 6·6 2 | 5·5 3 |
抗日 的先 锋， 我们 我们是 抗日的

1·0 | 1 1 | 1 0 | X X· | X 0 ‖
先 锋！ 冲冲 冲！ 冲啊！
```

特殊的山林婚礼

在会议期间,还有过两桩没曾料想到的喜事。有两对恋人在这大山里举行了别开生面的婚礼。

一天,裴大姐告诉我和李桂兰,让我俩明天早点起来去采些野菜回来。可是,早晨醒来一看,哪还有李桂兰的影儿。我赶紧起身到河边洗把脸,拎着兜子顺河边采起了山菜,没想到竟然发现了李桂兰和吴玉光主任在河边的一棵大树下正窃窃私语呢。前几天,我曾经见过于保合和李在德也在一起悄悄地说话,我想,大概我不该去"打扰"他们吧?于是,悄悄躲着他们回到营地,向裴大姐汇报了自己看到的情景。听了我的话,裴大姐特别高兴。

"好极啦!真是双喜临门!"

是双喜临门?嗯,是指自己看到的两对说的吗?

这时,往河边望去,看到了于保合和李在德已经走到一起了。再远看,那儿是吴玉光和李桂兰在散步。看到此情此景,裴大姐马上找冯仲云同志提了建议。

"冯仲云同志,于科长和李在德,吴主任和李桂兰,这两对都自由恋爱了,要是组织上批准,会议结束前,为这两对举行婚礼吧,咱们来个双喜临门!"

听了这话,冯仲云同志也很高兴。他向几位领导一提,大家无一不赞同。

"好极了,批准了。这是很好的两对,请你们筹划筹划,在会议结束前举行婚礼,也让大家热闹一番。"

冯仲云同志发话了,被服厂的同志们在裴大姐的指挥下进行了准备工作。她们用各种山花编成花冠装扮了新娘,腾出了女同志住的两个帐篷作新房,还为婚宴准备了各种野菜和替代喜酒的桦树汁。

当晚霞映红天边的时候,一场特殊的婚礼开始了。

第一对的新郎官于保合是二十四岁的满族青年,当时任抗联三军政治部宣传科长;他的新娘李在德是二十一岁的朝鲜族姑娘,任第六军被服厂党小组长。

第二对的新郎官吴玉光,是二十六岁的朝鲜族青年,当时任第六军第四师政治部主任;他的新娘李桂兰是十九岁的汉族姑娘。

两对戎马倥偬喜结良缘的新婚伴侣,身着戎装,胸戴山花,显得那样的神采奕奕,他们在远离乡里的深山营地里举行简朴的婚礼,真是别开生面,让所有的人永生难忘。

婚礼上徐文彬、许亨植、黄成植等同志情不自禁地用朝鲜语唱起了"那嘎扎那嘎扎"(舞曲:《前进吧!前进吧!》)并跳起了舞,张寿篯、赵尚志、周保中等同志不会跳,但也随着节奏使劲拍手助兴,气氛极为热烈。

"裴大姐,快上酒啊!"

冯仲云同志发话了,同志们在裴大姐的指挥下,动用大饭碗、水杯、饭盒等所有器皿,端来了白桦树汁。

"我们没有能力酿造白酒,但我们准备了比白酒更加珍贵的天然美酒——白桦树汁,管够喝。喝了它,会永葆青春,祝愿新婚夫妇的爱情像白桦汁一样纯真甜美,祝两对新人像白桦树一样白头偕老!"

裴大姐说得很激动,冯仲云同志接过她的话:

"裴大姐说得很好,就让这白桦树汁婚宴载入我们东北抗联艰苦斗争的史册吧!来,我也祝愿你们永远记住这一天,愿你们永远相亲相爱!"

接着是周保中同志的祝词:

1924—1949
第三章 在战火中成长

"希望你们像马克思和燕妮那样,在革命道路上携手前进,永不分离!"

周保中同志说完,张寿篯同志也送上了祝愿:

"你们是在抗日的烽火中喜结良缘的,相信你们一定会伉俪情深,地久天长!"

首长们的每句话,都引来了阵阵如雷的掌声。掌声、笑声和歌声,像一首首欢乐深情的交响曲,响彻了山岳,震荡着山林。

一轮满月升起来了,草地上点起了篝火。

婚礼开始了敬烟的节目。那时很难搞到洋烟,只好用纸卷烟叶敬给大家。吴主任和李桂兰二人敬烟时,因李桂兰会抽烟也会卷烟,敬起烟来还算顺利。但是,轮到于保合和李在德就惨了,因他俩都不抽烟又不会卷烟,笨手笨脚的好不容易卷上一支,头尾不分,松松垮垮,没等递到嘴边就散花了,把他俩急得满头大汗,把大伙乐得前仰后合。

席间,北满省委交通站的老姜(外号干巴姜)打老远就喊着报告,他把一堆文件交给冯仲云同志后,不顾挽留急匆匆走了。大家预感,一定有什么紧急的情况吧,他走后,敬烟、敬酒的节目还在继续。

这时,从河边又有三个人跑过来闯入了会场,原来是留守团的耿殿君团长和李元海、李排长三人,耿团长这时候才来是有缘故的,他一来准有什么好事。果然,他扯着嗓子向冯仲云同志报告了。

"报告!我们从地方上搞来点白酒,对吴玉光、于保合二位的新婚表示祝贺!"

这一报告非同小可,会场顿时沸腾了起来。在一片掌声和欢呼声中,裴大姐指挥两对新人向首长和同志们一一敬白酒,我和穆书勤忙着帮新娘斟酒。这样一来,会喝酒的同志当然特别高兴啦,但是不会喝酒的新娘们可招架不住了。

我和穆书勤看到大家是想有意灌醉两位新娘的,这不是难为我们女同胞吗?于是,我俩偷着把浩亮河的清水倒入了新娘们的酒杯里,替她俩解了难。

"小李、小穆,谢谢你俩……"

"要谢你们就先谢这浩亮河水吧,这水要是不比酒还清亮,能蒙混过关吗?"

这场特殊的婚礼持续到了半夜,大家真是痛痛快快地热闹了一大场。

第二天一大早,伴着哗哗东流的浩亮河水,于保合同志坐在河边画了一幅画。他画了难忘的两个洞房,画了被服厂和河对岸张世臣和李师傅住的小小草房,画了河水、桦树林和白云……

当于保合的画拿到会场时,大家都说画得逼真,富有诗意。

"嗯,我们没有照相机,于保合同志的这幅画就是珍贵的历史资料。"

冯仲云同志的话语重心长,他把画交给裴大姐,请她保存好,裴大姐转手又交给了我。

"小李子,这任务就交给你吧,请你把于保合同志送给你的字典和这幅画,一起保存好。"

后来,在多年的南征北战、枪林弹雨中,我一直保存了那幅难忘的画。

婚礼的第二天,首长们就都出发了,两位新郎也随着他们一起走了,他们走向了战场。

1924—1949
第三章 在战火中成长

愿爱情像江水一样恬静

1=F 2/4

我们划破了江水 划破了江心的平静 小船儿破浪向前行。江两旁的杨柳摇曳轻轻，好像欢迎我们来临。我们偎伴着唱歌，我俩依偎着吹琴，唱一曲宝贵的光阴，吹一曲爱恋的甜心。甜蜜的歌声甜蜜的琴音甜蜜的我们。袅袅的炊烟穿通了树林，

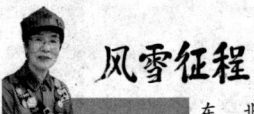

风雪征程
东北抗日联军战士李敏回忆录

6 5·	3 6 5 3 5 5 6	5·6 5	1 5 1 1 2

听，　　袭过来的 飘来的　歌　声，　晚风 带来的

3 2 3　5·3 | 2 — | 2 — | 5 1·2 |

牧童的笛　声。　　　　　　　　　　好一个

3 5 3 2　1 | 3　5·6 | i 5 | 1 2 2 3 |

仙　境，　好一幅　诗　情，　愿我们的

1 5 | 3 2 1 | 3 3 2 1 | 3 — 3 — |

爱 情　像江水　一样的晶　莹，

5 1 2 3 | 5·3 2 3 | 3 6 5 | 6 5 6 1 |

愿我们的 爱情　　像江水　一样的恬

2 1· 1 — | 5 5 5　3 3 2 | 1 2 |

静。　　　　　　我们是 江上的　神 仙，

3 3 5 5 | 6 5 3 2 1 1 | 2 2 2 2 | 3 5 5 2 |

我们 互相 留恋留恋留恋，留恋 融在 诗 情

2 — | 5 1·2 | 3 5 3 2 1 | 3 5·6 |

中。　　画一个 仙　境，　画一幅

i 5 | 3 2 2 3 | 1 5 | 3 2 1 |

诗 情，　愿我们的　爱 情　像江水

3 3 2 1 | 3 — 3 — | 5 1 2 3 | 5·3 2 3 |

一样的晶　莹，　　　　　愿我们的　爱 情

3 6 5 | 6 5 6 1 | 2 1· 1 — | 1 — ‖

像江水　一样的恬　静。

1924—1949
第三章 在战火中成长

我加入了共产主义青年团

因召开北满省委扩大会议,大队人马的来来往往踩出了一条路,这不利于被服厂的保密。因此,第六军军部指示另外择地建造新厂房。于是,留守团耿团长、张处长和裴大姐他们去选厂址,其他人员留下来整理要搬迁的东西。

选定的新厂址,是帽儿山南侧的四块石山(月亮门)背后几公里外的一条小溪边。这儿,东边靠大山,东南是一座小山,正南也是很长的一道山梁,山梁上面还有一个很高的石砬子,把厂房建在这儿,既防风又能够遮挡视线,不到跟前是很难发现这座厂房的。

建房开始后,前哨卡的同志们都来参加劳动,很快就建起了用粗细不均的原木垒造的厂房。这种房子原木间的缝隙大,为了防止透风,大家用些树皮、树毛毛等堵塞缝隙之后,抹上了泥。屋内靠里侧打了两层铺,男同志睡下铺,女同志睡上铺;靠窗户摆两台缝纫机和大木板案子;东北侧是用石头垒起来的锅灶;中央石头座上是用汽油大铁桶做的火炉子,炉顶正对天窗。

再建新厂房的那几天,被服厂的同志没有停止工作。除一部分人参加建房外,一部分人到山外扛布匹和粮食,还留一些人临时搭帐篷赶做军衣,每个人的工作都很紧张。

被服厂从8月份开始,先集中做军用棉衣,做完棉衣就开始用从猎户手中买来的兔皮做军帽。到了10月份开始用剩余的边角布料制作军旗、手

风雪征程
东北抗日联军战士李敏回忆录

闷子、棉袜子、子弹袋、机枪套等零星的军用品。布料用完了,再无活可做,就由张处长、裴大姐、张世臣等党员干部负责,把缝纫机等设备送到山上的石砬子里埋藏起来。

埋藏设备的工作是由领导精心安排的,我觉得非常的神秘,因为自己不是党员而没能参加。

1937年8月15日,是一个让我终生难忘的日子,这天秋高气爽,漫山遍野五色斑斓。在厂房东南侧山冈的一棵树下举行了我的入团仪式。我入团是由裴大姐、李在德、李桂兰、张处长、前哨卡的李排长所组成的党支部委员会讨论批准的。在讨论中,党员们先肯定了我的优点,说我努力学习,工作积极能吃苦,一致同意入团。不过,党员们同意我入团的同时,也指出了缺点,诸如思想单纯,孩子气浓,政治上幼稚,需要在更复杂的环境中经受锻炼等等。党员们的发言,我有的能听懂,有的就听不懂了。

发言结束后,由裴大姐带我宣誓:

"我自愿加入中国共产主义青年团,我永远跟着中国共产党,不怕流血,不怕牺牲,为抗日救国斗争到底!"

我觉得心在怦怦地跳,血液在沸腾,自己一下子长大了,已经是一名共青团员了,共青团不就是共产党的后备军吗?如果爸爸和哥哥知道自己入团了,他们该多高兴啊。

会后,我鼓起勇气,去找了李在德,请她给自己讲讲什么叫"政治幼稚"。通过李在德的耐心解释,我明白了自己还很不成熟,为了早日做一名合格的共产主义战士,需要今后加倍的努力学习和工作了。

大约是农历的九月份吧,树叶开始飘落的一天,李在德同志要调到于保合同志所属的三军部队工作了。知道李在德要走,我伤心地哭了起来,李在德同志一直像大姐姐一样照顾着我,多少次偷偷地把分到的口粮匀给我吃,宁愿自己挨饿。裴大姐更舍不得李在德,她们是并肩战斗的生死战友和知心朋友,俩人感情特别深。我和裴大姐流着眼泪送李在德同志到山上,三个人紧紧地拥抱在一起。

1924—1949
第三章 在战火中成长

李在德和于保合同志并肩远去了,这时,天上有一排大雁鸣叫着向南飞去,在德姐姐,大雁再飞回来的时候,你会回来看我们吗?

1937年冬月,也就是送走李在德同志不久,从苏拉河村来了一名叫韩淑琴的三十多岁的高个子女同志。我和李桂兰都认识她,上山时在苏拉河被服厂见过面,这次又重逢,我们都很高兴,因她年纪大一点,大家都喊她韩姐。没过几天,到省委驻地治病的已故夏云杰军长的夫人夏嫂和女儿夏志清,也回到了被服厂。这样一来,走了一个李在德,换来了三位女同志,共有六名女将了。在大家都为增加了人手而高兴的时候,去山上打猎的张处长

■夏云杰女儿夏志清

他们打来了一只很大很肥的黑熊和几头野猪,这真是喜上加喜,大家都乐不可支。

大家除了忙着把油剔出来留作了灯油外,还把大部分肉用炭火烤成干肉条挂起来,另外又取出一部分鲜肉美美地会餐了一顿。好久没吃过肉了,前哨卡的同志也被请了来,并举行了联欢会。可是,从后半夜起,不少同志开始拉肚子了,这是咋回事呢?有人说是中毒了,可中毒的话另一些人怎么又没事呢?经过仔细一了解,才知道原来拉肚子的同志在饱餐肥肉后都因口渴而在前半夜喝过许多凉水。弄清了原因,知道不是中毒,大家都放了心,但拉肚子的同志都后悔了。

"嗨,好不容易捞着了一顿肉,这一拉肚子不就白吃啦……"

后来,大家都注意了,剩下的那些干肉,尽量省着吃了好长一段时间。

1937年腊月里的一天,前哨卡的李排长陪着一男一女两个人来到了被服厂,两个人满身的霜雪,帽子都变成了白色。因为太突然,大家都发

愣了,仔细一看,来的人竟是第六军政委张寿篯和一位陌生的女同志。

"张政委,您一路辛苦了。"

裴大姐先上前问好,并同张寿篯政委热情地握了手,天寒地冻,同志们好久没看到山外来首长了,都拥上来抢着和他握手,张政委向大家介绍了身边的女同志。

"请你们认识一下吧,我给你们送来了我的爱人,她叫金伯文(原名金贞顺)"。

"哎呀!太好啦,又多了一位女同志!"

同志们都欢呼着拍了巴掌,并一一向金伯文同志作了自我介绍,她也很大方地和同志们握了手。

现在,张寿篯已调任第六军政委了,因此金伯文同志随他调来第六军被服厂。金伯文同志当时十八九岁,高高的个子,长得很丰满。她为人直爽、诚恳,一见面我就喜欢上了她。

第六军的被服厂,是一个大筒子屋,白天是厂房,夜间是营房,有上下两层大铺。平常男同志睡下铺,女同志睡上铺。而现在来了张寿篯政委和金伯文两位新婚夫妻,怎么安排呢?裴大姐决定在裁剪案子和长条凳子上增加了男铺,在下铺腾出一个铺位,中间用布帘子隔开来安排了他们的住处。在这个过程中,张寿篯政委非常客气地多次谢绝过。他的这种态度给普通战士留下了深刻的印象。

那天,张寿篯政委还为被服厂的同志们谈了当前的形势和任务,并鼓励大家更好地完成支前任务。他还特意向金伯文同志介绍了我和我家里的情况,嘱咐金伯文好好帮助我的生活、学习和工作。

从那以后,金伯文同志成了我的知心朋友和战友,我一直十分的尊敬和信任她,把她当成了自己的好姐姐。

1924—1949
第三章 在战火中成长

被服厂变成了临时医院

1937年12月的一天,风卷着雪,雪连着天,天地间白茫茫的一片。

就在这一天,耿殿君团长带队给被服厂送来了二十多名伤员,这批伤员都是在西征途中负伤的。耿团长他们为了躲避敌人的"围剿",把行动安排在了这样的风雪天里。这样的天气,一是敌人不愿意出动,二是大雪掩盖了脚印。随伤员一同来的还有医官王耀钧和医兵小裴,其实医兵小裴脚趾也受了伤,有些跛脚,他该算是个轻伤员。总之,从这天起,被服厂变成了临时的医院,同志们担当起了护理伤病员的工作。

大家在王耀钧医官的指导下,在裴大姐的指挥下投入到了从未做过的紧张的医护工作中。首先人员作了分工,因药品紧缺,一部分人去爬山登顶采集枯藤、冬青、山花椒、老鸹眼树皮等野生草药,再凿冰化水熬制,千方百计为伤员们治伤医病;又轮流派两个人用大小两口锅做饭,大锅原来是煮染布料的,如今人多,只能都用上了;其余女同志每天站岗、放哨和照料伤病员。王耀钧医官更是没日没夜地忙个不停,他除了抢救、手术、查病床等治疗工作外,还要教被服厂的同志医护课,再有闲暇还教大家学文化。同志们在他的教导下,学了不少的知识和医护本领。

伤员刚到的那一天,我一眼认出了原来第四师的马司务长,我像久别的亲人一样扑向了他,马司务长同时也认出了我,显得格外高兴。

"嘿嘿,小李子,你可长高了不少嘛,也变样啦……"

"马司务长,你的伤很重吗?"

风雪征程
东北抗日联军战士李敏回忆录

"不要紧,受了点轻伤。"

马司务长是臂伤,裹着一条布带来的。许是前方打仗太艰苦了吧,他人瘦了,脸晒黑了,而且满脸都是大胡子。他同时还带来了一条不幸的消息,我的老乡张显庭主任牺牲了……

伤员中有位朝鲜族的金指导员,他伤在胯部,拄着拐棍行走都很难,是重伤员之一,但他时刻不忘做思想政治工作,每天都坚持给大家讲文化课和政治课。

在伤员中伤势最重的,是一位操山东口音姓毕的青年。他的腿伤化脓了,弄不好得截肢。王医官给他治疗时因为没有麻药,疼得他实在无法忍受时就大喊不止。这时,外号叫"老谭儿"的姓孙的伤员想了个招,说给小毕唱段"河北乐亭"准能减轻他的疼痛。没等大伙弄明白,孙老谭儿就亮开喉咙唱起来了,一听他那个怪腔怪调,大家都笑得前仰后合,连小毕和王医官都笑了。

还有一位姓李的连长,也是臂伤,伤不是很重。据说他是东北救国军的军人,他二十五六岁,也是山东口音,但他爱唱歌,唱得非常好。他常爱哼唱的是"男儿有气魄,歌声壮山河……日军很无奈……"这首歌的曲调我一直记得,但没记住全部歌词。

另外能记得的还有一位姓刘的大个子,他是脚被冻伤,都已经发黑了,治不好的话,脚趾头就会全掉下去。大家每天给他用冬青水洗泡,然后抹上自制的药膏。

来了这么多的伤员,大家在厂房靠墙的空地上都搭上了板铺。这一来,只有北侧是炉灶,余下的三面都成了睡铺。屋子中间是汽油桶做的火炉子,炉桶冲着天窗,全屋靠它取暖和照明。被服厂原来是女同志睡上铺的,但因夏嫂体弱多病,外加是小脚睡上铺不方便;她的女儿夏志清同志,入冬后关节炎反复发作,也无法睡上铺,因此,母女二人就只好睡在下铺。这种生活在抗联部队里是无法避免的,所以,战士们都是长年和衣睡觉的,大家已经习惯了这种和衣睡大铺的生活,日子长了也就习以为常了。

1924—1949
第三章 在战火中成长

进入农历腊月了,正是三九、四九的节气,天上刮着白毛雪,西北风嗷嗷的叫个不停。没想到,敌人竟然在这样的天气里,进行了冬季"讨伐"。

一天早晨,前哨卡留守处的李元海同志急匆匆地跑来报告敌人进山的紧急情报。他话还没说完,已经听到了前哨卡方向的枪声,被服厂紧急备战,立即组织伤员撤退。

为了防备万一,耿团长曾给几个女同志每人买来一双唐唐靰鞡,这种鞋比一般靰鞡鞋小,比较适合女同志穿。现在要上山了,要有住在野山过夜的准备,所以裴大姐命令女兵都穿上它。穿这种鞋,得先穿棉毡袜子,刚穿在脚上很不习惯,走起路来也不得劲。

快速准备停当后,大家扶着伤员开始往山上撤了,由于雪深、山陡、鞋底滑,好不容易上了几步,一不留神,又都出溜了回去。身后的枪声越来越激烈,上山的路又一步三滑,怎么办?干脆,女兵们把唐唐靰鞡脱下来,只穿棉袜子爬山,这下不滑了,也轻快多了。经过一个多小时的拼命攀爬,同志们终于把伤员都扶上了山。虽然时值寒冬腊月,大家却累得汗流浃背,上气不接下气。

大家把伤员们刚刚安置在雪山密林深处不久,前哨卡方向的枪声开始平息,接着听到了山下的欢呼声。

"敌人被我们打跑了,快下来吧——"

"噢——我们胜利了——!"

同志们欢呼着又把伤员重新搀扶起来下了山,回到了营房。

一场有惊无险的战斗结束了,农历大年的前几天取得了胜利,更加重了节日来临前的喜庆气氛,辛苦一年了,大家都想高高兴兴地过年。

可是,尽管省吃俭用,就在眼看要过年的时候,营地的粮食和药品都用光了,连伤员都要挨饿停药了,这年还咋过啊?所有的人都心急如火。

被服厂的领导背着伤员召开了临时会议,让大家想办法,渡过难关。会议结束后,同志们都行动了起来,有的去掏松鼠洞,有的挖开积雪刨草根树根。掏出来的松子儿,砸给伤员吃,刨出来的草根树根熬软了动员伤员吃。即使这样,眼看也熬不下去了,正当被服厂决定派人冒险出山时,前哨卡张处长领来了地方交通员赵洪生。

赵洪生,外号赵老七,二十七八岁的年纪,人很精明,一身农民的打扮。他送来了多半袋子的大楂子和芸豆,这真是雪中送炭,这是救命的粮食啊!同志们都很感激他,向他表示了由衷的谢意。赵老七在山上过了一夜,第二天悄悄地出山了。

没过几天,第六军第四师夏振华师长和耿殿君团长又给大家送来了一袋子面粉、半袋子冻山梨、咸盐、黄豆等慰问品,这可真是稀缺物,同志们都喜出望外。

除夕之夜,营地上开了联欢会,由裴大姐主持,夏振华师长和耿团长先后讲话,向伤病员和后勤人员表示了慰问。在联欢会上,大家纷纷报名要表演节目,连伤员们也自告奋勇要演唱歌曲,有的还清唱了京剧选段,李桂兰等女战士们更是当仁不让,连着唱了许多首歌,其中一首《惠春曲》是专门为伤病员演唱的。

这首歌是1931年9月18日日军侵占沈阳后流行于全东北军民中的一首救亡歌曲。

重伤员金指导员,虽然腿伤使他行路不便,但也拄着拐杖引吭高歌了一曲崔石泉作词的歌曲《中韩工农联合起来呀》。

李桂兰同志接着唱了在农村革命群众中非常流行的歌曲《提起"九一八"》。

1924—1949

第三章 在战火中成长

惠春曲

1=♭B 2/4

白：诸位先生，今天是旧历的新年，想你们家里的人儿正在伸着头而望，望你们回到家乡，看看你们年老的爹娘和年青的太太，抱抱你们可爱的小弟弟、小妹妹。谁知道

| 5·6 | 1 33 | 2 31 | 6 1 | 5 - | 6·5 | 3 33 |
你们　正为着　我们的　老百　姓，　为了　千万的

| 2 2 | 5 - | 3 - | 5 5 | 6 333 | 5 - | 2 2 | 5 32 |
妇女儿　童，　　受了　极名誉的　伤，　躺在　病院的

| 1·2 | 6 - | 6·1 | 6 1 | 2 2 | 6 - | 6 - | 5 6 1 |
床　上。帝国　主义　为了　逃　脱　深刻的

| 5 3 | 2 - | 2 22 | 35 32 | 1·2 | 6 - | 6·1 | 6 1 |
恐　慌，　他们是　这样地　疯狂，　以及　我们

| 2 22 | 6 - | 6 - | 5 67 | 6 5 | 3 3 | 5 32 | 1 1 |
所有的　边　疆，　他们　要把　中国　当做一　屠场，

| 3 23 | 5 0 | 3 23 | 5 0 | 6·1 | 6 1 | 2 22 |
任他们　杀　任他们　抢。　飞机　还在　不断地

| 6 6 | 6 - | 6 - | 5·6 | 5 3 | 2 21 | 2 - |
仍炸　弹，　　大炮　还在　隆隆地　响。

| 1·2 | 3 3 | 6 6 | 6·6 | 6 - | 6 - | 6 - |
我们　拼着　最后　一滴　血，　守　住

| 5 5 6 | 1 - | 1 - | 1 - | 1·0 |
我们的　家　　　乡。

风雪征程
东北抗日联军战士李敏回忆录

中韩工农联合起来呀

崔石泉 词

1=♭E 2/4

```
5·3 33 | 34 32 | 2·1 23 | 2·0 | 5·2 22 | 23 21 |
```
中韩民族　劳苦民众　亲密地联　合，　一齐向着　日本帝国
亲日汉奸　卖国贼　　不分中韩　国，　都是日本　帝国主义
驱逐日本　帝国主义　打倒"满洲　国"，共同建设　抗日救国

```
1·5 12 | 3·0 | 5·3 33 | 34 32 | 2·3 53 | 5·0 |
```
主义者开　火，　只有我们　消灭这一　共同的敌　人，
傀儡和走　狗，　民族不分　中韩全是　日本死对　头，
选举的政　府，　实行少数　民族自决　中韩共幸　福，

```
5·6 i6 | 56 53 | 3·4 32 | 1 0ⱽ5· | 53 | 32 |
```
那时我们　才能取得　生活和自　由。联　合呀　中
千万莫上　他们的　　欺骗和挑　拨。联　合呀　中
还要援助　韩国革命　定把日帝　逐。联　合呀　中

```
321 | 1ⱽ 5·6 | 1 - | 1·2 | 3 - | 3·3 53 | 2·1 |
```
韩民族，　亲密地　　巩固地，　　冲锋呀杀进
韩民族，　亲密地　　巩固地，　　冲锋呀杀进
韩民族，　亲密　地　巩固地，　　冲锋呀杀进

```
6 - | 6· 5·6 | 1 - | 2·3 | 1 - | 1 0 ‖
```
那　　向着那　　日帝国。
那　　向着那　　日帝国。
那　　向着那　　日帝国。

1924—1949
第三章 在战火中成长

提起"九一八"

| 5 5 3 | 5 6 i i | 2 i 2 3 | 2 - | i i 2 2 |

提 起 来　九 月 十 八　令 人 痛 伤　情，　万 恶 日 本
这 好 比　晴 天 霹 雳　当 头 响 一　声，　无 论 城 市
请 看 那　中 国 军 阀　不 顾 众 民　生，　贪 恩 惠
我 同 志　继 续 斗 争　万 众 表 同　情，　领 导 革 命

| 6 6 5 | 3 3 5 3 | 2 - | 3 5 6 6 | 3 5 6 |

来 进 兵　强 占 东 三　省，　大 炮 轰 轰　不 住 声
和 乡 村　民 众 齐 沸　腾，　男 女 老 幼　齐 奋 起
被 收 买　立 刻 投 了　诚，　东 北 土 地　全 抛 弃
向 前 进　一 刻 不 稍　停，　不 怕 长 枪　和 大 炮

| 3 5 3 5 | 6 - | 2 2 2 2 | 3 2 i | 6 6 2 2 | 5 - |

飞 机 炸 弹　扔，　无 辜 民 众　遭 屠 杀　血 染 遍 地　红。
誓 与 敌 人　争，　万 恶 日 本　不 打 倒　我 们 怎 么　生。
塘 沽 成 协　定，　背 叛 革 命　是 他 们　万 恶 实 难　容。
一 起 往 前　冲，　驱 逐 日 寇　出 东 北　我 们 享 太　平。

　　这首歌朗朗上口，博得了阵阵掌声。最让人捧腹大笑的还是耿殿君团长的一曲《士兵原来是工农》，由于他五音不全，加上他那怪声怪调的山东腔，引起了大家如雷的掌声和笑声。

　　欢歌笑语持续到了深夜，寂静的山林中充满了抗日战士的豪情和欢乐！

　　春节过后，马司务长等轻伤员都返回了前方，留在营地治疗的伤员只剩下十多名了。我和被服厂的全体人员继续在王医官的指导下照顾重伤员，金指导员也坚持教大家学习文化课，木刻楞的厂房里，不时地传出朗朗的读书声。

风雪征程
东北抗日联军战士李敏回忆录

血染"三一五"

1938年3月15日,正是昼短夜长的节气,天刚蒙蒙亮时,我和金伯文同志已经熬好了大楂子粥。这一天是我俩的饭班,所以半夜就起了身,天还没亮粥就熬好了。我俩先叫醒了伤员,因食具不够用,每顿饭都是伤员们先吃,其余人员后吃的。等到伤员们吃完,正准备叫醒其他同志吃饭时,后半夜站岗的李桂兰同志急匆匆地推开门报告说:"报告,前面有马叫声!"听到这一声报告,裴大姐翻身而起下了紧急命令。

"大家快速行动,马上组织伤员撤到北山。"

裴大姐下完命令,就先从营房冲出去指挥战斗,王医官等同志立即组织伤员撤退。我和金伯文同志扶着重伤员金指导员出了门,金指导员大腿受伤流血过多,身体很虚弱,扶金指导员出门后,我把他交给金伯文一人,又转身跑回了营房,我舍不得同志们还没来得及吃的大楂子粥,想把粥带上山,返回屋后,就爬到锅台上,从大锅里往桶里舀粥。已经经历过两次战斗了,也不怎么害怕,觉得应该还像上次那样,前哨卡的同志们一会就打退敌人了,所以也没太紧张。我边舀粥边听外边的动静,可听到的枪声却是越来越激烈了。

这时,有人啪一下重重地打了下我的屁股,我猛回头一看,是裴大姐怒气冲冲地站在自己的背后。

"你不要命啦?敌人都堵到门口了,还不赶快冲出去?!"

听她这么一说我赶紧拎着半桶粥下了锅台,裴大姐从屋内顺手拿了一

第三章　在战火中成长

把锯子和斧子,我不敢吱声跟在她的后面。

"小李子,你注意听,听到敌人的机枪扫射过去,你就趁机马上冲出去!"

裴大姐很有战斗经验,她为了引开敌人的火力,自己先冲出去了。我在屋里听到机枪的扫射声一阵紧似一阵,叭叭乱响的子弹打得雪花纷飞。裴大姐冲出去之后,我试了几次都没敢冲出屋,这时,同志们都已经冲出去了,怎么办呢?正在焦急的时候,不知怎么,枪声停了。我觉得这就是机会,拎起了那半桶粥往外就跑,但是由于粥桶太沉,心情又紧张,没跑出几步就滑倒了,把粥也洒了一地。我赶紧爬起来继续往北山上跑,周围没有可隐蔽的大树,原先的树都被砍下来盖房子和当柴烧了,所以想脱身只能拼命跑。这时,天已放亮,我跑过了小河,开始爬山了。

"抓活的——抓活的——"

突然听到了敌人的喊叫声,真想回头给他们一梭子,但我是个没有枪的战士,只能跑,跑过敌人就是胜利。早晨起了个大早,自己还没来得及扎辫子,这会儿,散乱的头发被林边的树枝扯得生疼。我啥都不顾了,说啥也不能落到敌人手里,跑!跑!拼命地跑。风在耳边呼啸,风声中似乎都能听到敌兵追击的脚步声。猛回头一看,有个敌兵脱掉大衣正在猛追我。马上就要跑进密林了,只要进了大树林就好办多了。身后是追兵,耳边不时响起敌兵的叫骂声和枪弹呼啸而过的嗖嗖声,追兵的脚步越来越近了,似乎都能听到追兵粗粗的喘气声,就在这紧急关头,猛然听到一声枪响和身后发出的绝命声。我回头一看,追在自己身后的敌兵被打死了。

"小李子,我受伤了,快过来帮我!"

听到喊声,我向旁边的雪地望去,看到穆书勤倒在那里,她也和我一样是个没有枪的战士,我赶紧跑到了她身边把她拉起来扶着走,没走出几步,又有几个追兵赶了上来,好在我们已经跑进了树林,还能躲躲闪闪。这时,从林子中又射出几颗子弹,打死了追来的敌兵。当我扶着穆书勤走进林子深处时,才发现先后两次救我们的原来是裴大姐,是她躲在树后掩护着我们。

风雪征程
东北抗日联军战士李敏回忆录

我们总算是退到北山一个石砬子上与伤员们会和了，张处长率领的前卡部队也很快赶上来，同志们一同占据有利的地形打击敌人，由于居高临下，敌人终于被打退了。

不一会儿，从被服厂方向冒起了滚滚浓烟，一定是敌人放火烧了厂房，同志们咬紧了牙，紧握双拳，真想下山和敌人拼个你死我活。

被服厂这次遭突袭，是因为交通员赵老七（赵洪生）的被捕叛变而造成的。那天赵老七下山时，裴大姐给他带着给上级领导的汇报信，临行前嘱咐他，倘若遇到敌人一定要把信件销毁。没想到，地方上出了叛徒，赵老七一出山，就被埋伏的敌人给捉了去，信件也没来得及销毁。敌人捉住赵老七如获至宝，他们连夜突审，软硬兼施，挺刑不过的赵老七叛变了。他带领敌军，绕过我军的前哨卡，躲过地枪，从一条常人不走的绝密小路趁天未亮摸上了山。

在这次战斗中，夏嫂和韩姐在撤退时误入冰山界（雪山被太阳晒成的冰山），既滑又无处藏身而中弹身亡；夏志清受伤，李桂兰为掩护伤员撤退，子弹打尽而被敌捕获，这次事件如果不是李桂兰同志及早发现了敌情，我们很可能就全军覆没了。李桂兰同志被俘后，关押在汤原县日军守备队和宪兵队，在狱中受尽酷刑，两只手因被敌人的竹签子所刺，严重变形，可她始终没有屈服。先在汤原县被判处死刑，后同刘志敏、赵明久等人一同押往哈尔滨道里监狱，判处有期徒刑十年。张世臣和李师傅二人也是在掩护伤员撤退时，遭敌人机枪扫射而英勇献身。

群山披孝，松涛鸣咽。烈士们的鲜血染红了雪山和冰河，血染的"三一五"永远的记录在抗联的史册！

后来我知道，日本帝国主义在1937年下半年，把镇压"讨伐"抗日军民的重点转到以佳木斯、汤原为中心的伪三江省地区。

自"七七"事变后，抗日联军、地下共产党和抗日救国会在三江地区活动异常活跃，给侵略者以沉痛打击。日伪当局为扑灭三江抗日烈火，便派出大批军警宪特对三江地区展开所谓的大"讨伐"和"三江治安肃正"。

1924—1949
第三章　在战火中成长

由于叛徒的出卖,敌人得到了中共北满临时省委和吉东省委所属的汤原、依兰、桦川、勃利、富锦、佳木斯五县一市的组织与活动情况。1938年3月3日,在佳木斯宪兵队本部召开会议,决定3月15日为统一行动时间,进行大逮捕。

在"三一五"大逮捕惨案中,日本侵略者共逮捕了党员、干部、群众三百二十八人,其中有八人被判处死刑,有五人被判无期徒刑,六十八人被分别判处五至二十年有期徒刑。而这期间,在军事"讨伐"中我抗日军民伤亡不知有多少。这真是一段血淋淋的不能忘记的历史。

■第六军被服厂主任李桂兰

■李敏(左)与李桂兰女儿刘颖(右)合影

伤员大转移

敌人暂时被打退了,怎样避开敌人把伤员安置好呢?要是领着伤员走雪地,踩出明显的雪路来,叫敌人顺路跟踪,那后果是不堪设想的。怎么办呢?大家都感到了茫然。这时,还是裴大姐和张处长想起了四块石山上的一个山洞。

四块石山上没有大树林,只有稀稀拉拉的一些灌木和枯草。这山基本上是石山,存不住雪,即使下了雪也是一刮风就都吹跑了。山上到处都是显露的大片石头,因此,领伤员走这山,不会留下脚印,也就没有被敌人跟踪的危险了。

从北山往南走十余公里路就是四块石山了,说起来路并不太远,但是,扶着伤病员走,那个艰难程度是难以想象的。特别是走在大片石头上时,脚底石头滑,山上风力大,单人行走都不容易,扶着伤员走真是如走钢丝绳。同志们多次被摔了下来,忍着疼痛咬牙重攀,个个都为保护伤员而自己被摔得鼻青脸肿。经过一番艰辛奋力,同志们终于把伤员们带到了四块石山。

四块石山,山高路险,位于小兴安岭南坡,山坡上有几个小山洞,其中稍大一点的有三十多平方米,而且洞口朝阳。在茫茫的冰天雪地能找到这样的安身之处,真是借了老天爷的光了。同志们找来了一些树枝铺在洞里,把伤员都安置在里边,其余的人就在洞外宿营。

刚把伤员安置完,王耀钧医官就把药箱放在洞口,开始了紧张的工作,

1924—1949
第三章 在战火中成长

裴大姐忙着派人去背柴弄水张罗做饭,到了这儿,那口仙女井帮了大忙,再不用化雪凿冰了。我站在山上,往南往北望去,看到了松花江、牡丹江及四周的景色,我想起了李升爷爷带我上山的情景,想到桂兰姐如今不知道生死,眼泪不禁流了下来,李升爷爷、桂兰姐姐、张世臣师傅你们现在哪里啊……

■李敏重返安置伤员的山洞

在救护伤员的工作中,王医官让同志们多采些石茶(俗称干滴罗)和石山等草本植物,用仙女井的水煮给伤员们喝,用来预防感冒和其他疾病。另外,还到石林南侧的密林中,采摘中草药老鸹眼子、红豆豆等给伤员疗伤。

这次战斗,我真是长了见识,也吸取了教训。所谓见识,就是真正经受了一次你死我活的火线考验;所谓教训,就是自己的长头发碍了事,由于它险些被敌人抓获。

"裴大姐,我想把辫子剪掉!"

"好,早该剪掉了!"

风雪征程
东北抗日联军战士李敏回忆录

　　裴大姐也真痛快，只听咔嚓一声，就一剪子把我的大辫子剪下来了。剪掉了辫子，一甩头，感到特别的轻松，但是，我又舍不得扔掉陪伴自己多年的长头发，因为那是妈妈给我留起来的，我把剪掉的辫子收藏在背包里，背着它转战了多年。

　　就在安置伤员的同时，张处长去格节河的留守团向耿殿君团长汇报情况。不几天他从格节河带回了耿团长的指示。

　　耿团长指示要把伤员安全地带到格节河密营，大家搀扶着伤员又开始了艰难的远行。

　　当同志们领着伤员路经被服厂的厂址时，一副惨不忍睹的景象呈现在大家的面前。厂房被敌人烧得只剩下了房框，锅灶和两口铁锅被砸成碎片，我装大糙子粥的那个铁桶，也被刺破踹扁；更令人发指的是敌人不仅枪杀了张世臣师傅，还砍下了他的头颅，让他身首分家；夏嫂是腹部中的炸子儿，肠子流了一地；李师傅和韩姐死于敌人的机枪下，不仅如此，凶残的敌人还用刺刀在他们的尸体上，乱刺乱砍，留下了许多的伤口。鲜血溅满了雪地，鲜血流满了冰河。看到这惨景，大家都悲痛得泣不成声。

　　我的心在战栗，朝夕相处的战友啊，每个人都像大哥哥大姐姐那样爱护自己，难道你们就这样走了吗？为什么走得那样惨啊，我接受不了这样的现实，跪在雪地上，爬到了牺牲了的战友身边，泪落如雨……

　　同志们在裴大姐的指挥下，就地堆了四座木堆，把四位烈士的遗体分别的火化了。仇恨和悲伤填满了战士的胸膛，我们举枪宣誓："誓死要把日本鬼子赶出中国，为死难的同志报仇！"烟火中死难烈士的英灵直上九天，他们的音容笑貌永远印刻在我们的心中！

　　同志们一步一回头，挥泪告别了烈士们和难忘的月峰山（帽儿山）……

　　为了解决一路上的口粮，大家先到北山侧的秘密粮库，把仅剩的小米和咸盐分开背上，除伤员外每人背十多公斤，这时，已是午后，同志们就在原哨卡木房里做点饭，吃完饭就出发了。

　　部队顺着浩亮河走到天黑，然后过了汤旺河，这段路走的还算顺当。

1924—1949
第三章 在战火中成长

当走到河东村的时候,听到有人问口令,李元海班长上前对了暗号。接着,打老远就听到了耿团长的大嗓门。

"快牵马去把伤员接来……"

不一会,来了不少牵马的战士,他们七手八脚地把伤员都扶上了马。我也分到了一匹马,不仅骑上了马,把身上的东西也都驮在了马背上,一下子感到了特别轻松,感觉都能飘起来了。

我骑的是一匹鄂伦春人驯过的马,能稳稳当当地爬山越岭,走的也很快。到天亮时已经来到了亮子河一带的山上。在那里打尖吃了饭,大家是又困又累,耿团长看这一带树木不多,为了确保安全,他安排了多处岗哨。

吃完了饭,没敢多休息,又接着赶路了。这时,才发现耿团长他们把战马全部让给了伤员和女兵,他们自己却分东、南两路,在山上步行探查敌情。为了隐蔽行进,部队选择了走山沟,沟里既无路又不平,伤员们多次被颠了下来,每次同志们都要下马把伤员们重新扶上马。特别是因大腿根伤重而不能用力身体又极度虚弱的金指导员,他摔得最多,但他紧咬着牙,从未叫过苦。

当大家来到格节河旁边的山上时,南侧部队方向传来了发现敌情的鸣枪信号。接到这个信号后,耿团长马上把部队分成两个部分,一部分向西引开敌人,另一部分骑马追击敌人,以此搅乱对方,使他们不知道部队的真正去向。

马匹让追赶敌人的战士骑走了一大半,除伤病员外,被服厂的战士又变成了步兵。这些人,在裴大姐的指挥下,继续登山。为了尽快到达目的地,安排在每匹马前有一人牵马,有一些人扯住马的尾巴,借马的力量加快行进的速度。

我的马也还给部队了,也要扯着马尾巴跟队,这或许能省点气力,但实际上也并不轻松。我身上背着背包,背包里装着粮食,往山上爬时,就觉得像有人往下拉我,要使劲地往前挺。扯着马尾巴爬山还有三怕,一怕被马蹄踹着,二怕一松手就会滚落悬崖,三怕马放屁排尿。

风雪征程
东北抗日联军战士李敏回忆录

要爬的山真是陡啊,只爬了一段路,马就累得直喘粗气,而且开始惹麻烦了,它们开始放屁排粪了。我扯的那匹马是骡马,它排起尿来是直往后喷,喷得我一脸的马尿,连眼睛都睁不开。无论如何都没有腾出手来擦脸的可能性,那山又滑又陡,滚下去就再难爬上来了,我只好抿嘴闭眼忍受着劈头盖脸的马尿,死死扯住马尾巴,一刻也不敢松开手,就这样坚持爬到了山顶。

到了山顶稍事休息时,我向裴大姐诉说了自己的特殊感慨。

"裴大姐,我原以为骑马不容易,可这回才明白扯马尾巴上山才真正不容易呢!"

听了我的感慨,裴大姐笑了,但她很快收起了笑容。

"小李子,这次行动,对你是一次考验,是在战斗环境中锻炼和考验你。这才刚刚开始,懂吗?革命的路程是艰难、惊险和漫长的。"

说到这儿,裴大姐的脸色沉下来了。

"你亲眼看到了,夏嫂、韩姐、张世臣和李师傅他们,为祖国的解放事业流尽了最后一滴血,献出了生命……"

裴大姐说不下去了,旁边的人都被她的情绪所感染,无言地不约而同地把目光投向了帽儿山方向。我含着泪暗暗下了决心,向烈士们学习,经受住鲜血和生命的考验,做一名名副其实的革命战士!

耿团长率领的队伍引开敌人了,伤员队伍也摆脱了敌人的追击,大家终于来到了曾经是炭窑工人住过的一座长长的大草房。同志们把伤员安置在屋里,用炭窑剩下的炭火赶紧做了小米饭分给了伤员。

部队来到这里时,第六军密营留守处的刘铁石处长、第四师夏振华师长和汤原密营的一些同志已经在这里了。据说,他们是来参加张寿篯同志召集的干部会议的。

在伤员们吃饭的时候,和医兵小毕一起准备吃饭的金指导员突然倒下了。他嘴唇发白,脸色发黄,脉搏无力。王医官急忙进行了可能的急救,但终因手中无药而没能救活他。当医官解开金指导员的衣裤时,看到他的

第三章 在战火中成长

伤口在一路颠簸中早已破裂。他是因失血过多而牺牲的,但在路上谁也没听到过他的呻吟声。

看到金指导员牺牲了,我感到一阵撕心裂肺般的疼痛,再也听不到金指导员给自己讲政治课了,再也听不到金指导员一字一句地教自己识字了,金指导员你就这么走了吗?

金指导员的牺牲,令在场的人员都十分悲痛,他是一位优秀的指战员和政工干部,为了抗日救亡,他献出了自己的鲜血和生命……同志们含泪把他抬到山上,并为他举行了追悼会。

金指导员逝世后,耿团长指示把其余的伤员尽快送到格节河山医院。这个所谓医院,是在格节河山顶的一个地窨子里头。这里是格节河的源头,有约五十平方米的山顶湖,周围都长满了红松。从这里往下看,能看到以山顶湖为源头的格节河、亮子河和黑金河,分别流向南、西北和西南。

地窨子医院,能容下十来个人。地窨子的南面山冈上有种过的玉米和一片谷物的旱田地,还有一座玉米楼,有较齐全的工具,像是猎户的季节性住地。离地窨子三百多米处,还有一座无人居住的木房,是部队住过的地方。

到山顶上地窨子医院后,由于过度的劳累,同志们嘴唇都起了泡,一路颠簸,流血牺牲,同志们都上了火。见到这情景,王医官让熬了一大锅小米粥,喝了好清清火,粥熬好了,青菜是没有的,大家就着盐豆喝了些粥,心里舒服了不少。

轻伤员们自告奋勇地陆续回到前方部队,医院里只剩下四五名重伤员,人手多余了。于是,耿团长根据张寿钱政委的指示,留下王医官和裴医兵照顾伤员,几个余下的人都到军部教导队报到。

接到命令,同志们非常高兴,大家先到离医院两三公里路的林中军械库(也称兵工厂)取武器(耿团长把储存在那里的步枪、手枪、子弹、军服等物品分给大家背上),然后回来告别伤员。

分别在即,大家都难舍难分,伤员们更是舍不得被服厂的同志。患难

风雪征程
东北抗日联军战士李敏回忆录

中大家相处了数月,在战斗中建立起了深厚的革命友情。伤员们含着泪纷纷送给被服厂的同志们桦木针线包、木勺、木筷子等纪念品,这些都是他们忍着伤痛亲手制作的,被服厂的同志们把这些特殊的纪念品紧紧地攥在手里。伤员们同裴大姐的感情更深,听说裴大姐也得走,一个个握住她的手泣不成声。裴大姐也抽泣着勉励他们早日康复,在前方重逢。

要留下来的王耀钧医官也难过了,高大魁梧而又严肃的王医官脸上,我第一次看到了两行泪水。这是一位严肃认真,勇挑重担,极为负责的军医;他十分关心战士们的学习,在夜以继日的工作之余,为大家上了许多次文化课和医务知识课。所以,无论是伤员还是业余护理队员都敬重和喜爱他。

据说,王耀钧(又名王耀忠)原是哈尔滨某医院的医生,因他目睹日本侵略者对东北人民的残害,强烈的民族义愤令他走上了抗日战场。为了寻找抗日队伍,他离开哈尔滨,先到抗日军活动最活跃的富锦县等地农村,边行医边打探。后来,他找到了抗联第六军第一师部队,当时,对他这样有职业的城市知识分子,部队持的是怀疑态度,但看到他要求参加抗日的心情急切,态度又很坚决,部队就决定留下他。由于他来历不明,部队对他进行了多年的观察和考验。他经受住了考验,多年如一日,一直忠于人民,忠于革命,到1940年7月,终于批准他成为预备党员。入党后的王耀钧同志,十分的兴奋和激动,决心为了自己的信仰而奋斗终生。

王耀钧同志入党后不久,在嫩江平原战斗中负了伤,组织就把他留在地方上治疗了。后来由于部队的活动不固定,他很难再找到部队,虽然他还是一名预备党员,但他积极地从事地方工作,在找不到组织的情况下,他先会同齐齐哈尔铁路局列车段职工史履升、佟允文等人组织了抗日地下组织,并扩展到铁路职工、教育界和学生界,甚至在哈尔滨也发展了地下组织。他还在地下组织中发展党员,组建了党支部。后来,他同抗联三路军九支队的政委郭铁坚同志取得了联系,他向郭铁坚同志汇报了地下组织的活动和人员名单。郭铁坚同志充分肯定了他的工作,把他转为正式党

1924—1949
第三章 在战火中成长

员。从此,他就在郭铁坚政委的领导下,更为积极地开展着工作。

不料,1941年秋天,郭铁坚同志在嫩江地区的战斗中牺牲,敌人搜到了他身上的所有文件,连地下组织人员的名单也落入了敌人的手中。因此,当年11月,王耀钧等同志被捕,1943年3月,在日伪齐齐哈尔第一监狱英勇就义。就义时,年仅三十岁。

这是一位赤胆忠心的爱国志士和一名忠诚的共产党员,在找不到组织的情况下,坚持独立斗争,最后用生命实践了自己的誓言!

■王耀钧烈士纪念碑

风雪征程
东北抗日联军战士李敏回忆录

赶往北满省委

1938年4月,绿草返青,南雁北归,硬辣辣的北风变得柔软了。我们告别了伤员们后,裴大姐带着我和穆书勤、李排长等人,沐浴着和暖的春风赶往军部。

军部离后方医院不远,也就五六公里的路程。到了军部我们见到了第六军政委张寿篯、师长夏振华、留守处处长刘铁石及陈雷同志等多位领导。张寿篯政委正在这里集合各部人马,准备去北满省委参加一个重要的会议。

到了军部以后,我们一行人被编入军部少年连(后改为军部教导队)。

5月里的一天,由张寿篯政委指挥,耿殿君团长带路,我们向西行进。几个小时的急行军以后,部队来到了木良河边,当地的老乡划船把我们摆渡了过去。过了木良河,先到了前卡子,原四师的营房,然后到了老被服厂所在地(北满省委扩大会议遗址)。这里曾是我当年参军的第一处营房,如今人去屋空,马司务长、夏嫂、韩姐、李桂兰,多少亲密的战友,有的牺牲了,有的不知去向。

我们又向被敌人破坏的被服厂走去。到了那里我们看到被烧毁的房屋框架和炉灶还在那里默默无声地控诉着敌人的暴行,同志们在烈士的牺牲地行礼致哀。从这里再往前走,是我们经常去登高望远的石砬子。裴大姐在这里向张寿篯政委、耿殿君团长和陈雷等同志介绍了在"三一五"战斗中,就是在这个石砬子上,我们打退了敌人的进攻。

到这里耿团长和穆书勤同志就不和我们一起走了,穆书勤要去三军,

1924—1949
第三章 在战火中成长

到她丈夫所在的部队去工作,耿团长又有新的任务等待他去完成。

耿团长他们向北走,我们继续向南奔月峰山(四块石山),在天还没黑之前,我们找了一块避风的山岙准备露营了。裴大姐带着我到山边的小溪淘米、熬饭。刚刚吃完饭,天空阴云密布,雷声隆隆,一场暴雨铺天盖地地淋了下来,大家都被淋透了。暴风雨过去后我们点燃了篝火,不断地往火上添柴,让火越烧越旺,战士们在火上烤着淋湿的衣裳。就在这期间《露营之歌》的第一段诞生了。这首歌的第一段是陈雷同志有感而发写的,经张寿篯政委的修改、肯定后,让陈雷同志先教给少年连演唱。

《露营之歌》是由古曲"落花调"填词而成。

铁岭绝岩,林木丛生。暴雨狂风,荒原水畔战马鸣。围火齐团结,普照满天红。同志们!锐志哪怕松江晚浪生。起来呀!果敢冲锋。逐日寇,复东北,天破晓,光华万丈涌。

■陈雷同志学生时期照　　■陈雷同志青年时期照

此后,在组织北满抗联部队远征工作中,以及在征途上,张寿篯政委又写了第二段和第三段,1938年12月在通北白皮营抗联营地于天放同志写下了第四段(原名《冬征曲》,后改为《露营之歌》第四段)。

风雪征程
东北抗日联军战士李敏回忆录

露营之歌

词：李兆麟 于天放 陈雷等
合作（1938年）
古曲

1=♭E 4/4

```
5 5 6 1. 3 | 2 1 6 5 6 1 - | 3 5 6 5 6 1 5 - |
```
铁岭绝岩　林木丛　生，　暴雨狂　　风，
浓荫蔽天　野花弥　漫，　湿云低　　暗，
荒田遍野　白露横　天，　夜火晶　　莹，
朔风怒吼　大雪飞　扬，　征马蹄　　蹰，

```
3 2 3  5 3 5  2 | 3. 5 1 3 2 - | 2 1 2 3 5 - |
```
荒　原水畔　战马　鸣。　围火齐团结，
足　溃汗滴　气喘　难。　烟火冲空起，
敌　垒频惊　马不　前。　草枯金风急，
冷　气侵人　夜难　眠。　火烤胸前暖，

```
6 2 1 6 5 - | 2 1 2 3 5 - | 6. 1 6 5 3 2 |
```
普照满天红。　同志　们，　锐志哪怕松江
蚊吮血透衫。　战士　们，　热忱踏破兴安
霜晨火不燃。　兄弟　们，　镜泊瀑泉唤醒
风吹背后寒。　壮士　们，　精诚奋发横扫

```
2 1 6 5 6 1 - | 3. 2 1 2 3 - | 2 1 6 5 6 1 - |
```
晚　浪　　生。　起来呀　果敢冲　锋，
万　重　　山。　奋斗呀　重任在　肩，
午　梦　酣。　携手吧　共赴国　难，
嫩　江　原。　伟志兮　何能消　减！

1.2.3.
```
3 2 3 2 3 5 | 3 5 2 2 1 6 5 6 | 1 - - 0 :||
```
逐日寇复东北，　天破晓光华万丈　涌
突封锁破重围，　曙光至黑暗一扫　完
振长缨缚强奴，　山河变片刻熄烽　烟。
全民族各阶级

4.
```
3 5 2 2 1 6 5 6 | 1 - - 0 ||
```
团结起夺回我河　山！

1924—1949
第三章 在战火中成长

第二天,天气晴朗。我们在张政委的带领下翻过了四块石山,继续朝西北巴浪河上游进发。巴浪河有三个支流,东岔河、西岔河、中岔河,最后都流入松花江。

当时北满省委的驻地就在东岔河畔,巴浪河的东侧是三军的稽查处,也是第一道岗,他们担负着保卫省委的重任。

第二道岗,是在林间一片空地的前面有一个地窨子,省委交通员老姜住在里面。地窨子的后面是一栋木刻楞的营房,营房再往后面有一处立陡立陡的石砬子,北满省委的首长就住在石砬子上面的一座木房子里。北满省委当时正准备在这里召开一个紧急的会议,会议将讨论今后的战略战术及大部队的西征等问题。

参加这次会议的有省委领导张兰生、冯仲云、张寿篯、魏长魁,秘书处处长崔清洙、张英华和女郭等同志。

会议进行了四五天。会后,三军被服厂的陈厂长率领战士金玉顺、金玉善、李桂香、张喜淑、金碧荣、李钟玉等女兵也来到了这里。

晚上,参会的人员在这里开了一个热热闹闹的联欢会。当篝火点燃时,崔清洙同志吹起了口琴,在悠扬的琴声中,全体朝鲜族女兵翩翩起舞,优美的舞姿,博得了首长和战士们阵阵的掌声。这时,交通员老姜(千巴姜)也情不自禁地扭起了东北大秧歌,立刻有不少战士也加入了进去。

最后,全体指战员合唱了《四季游击》歌。

晚会一直持续到深夜,欢歌笑语激荡在原始森林。

第二天,天刚放亮,前哨部队,巴浪河三军稽查处的战士急匆匆地赶来报告,敌人的"讨伐队"进山了,他们的主要目标就是省委的所在地。

敌人这次进山"讨伐"集结了大批武装精良的部队,配备了战马和军犬,妄图一举歼灭我北满省委。接到情报后,领导们分析后决定,敌强我弱,不适合硬拼,应立刻转移。

转移方案是,省委书记张兰生和冯仲云率领三军被服厂的同志向西北方向撤退,转移到伊春大锅盔山北侧。

风雪征程
东北抗日联军战士李敏回忆录

1=C 2/4

四季游击

于化南、李文斗 词 《中华大国》调

(5 35 | 5 6 1 | 2 1 23 | 2 - | 6 1 22 | 53 2 | 6 1 23 | 5 -)|
5 35 | 5 6 1 | 2 1 23 | 2 - | 6 1 23 | 1 6 5 | 53 53 | 2 - |

春日 游击 风光 特别 好。 风又 和，日又 暖，满地 铺碧 草。
春日 游击 地理 为我 用。 路泞 滑，河水 涨，敌人 难行 动。
夏日 游击 我们 不辞 劳。 日光 晒，身出 汗，天热 风又 少。
夏日 游击 草木 来相 帮。 树叶 浓，草深 长，到处 可隐 藏。
秋日 游击 景物 别一 天。 风凄 凉，草萎 黄，雁群 飞汉 关。
秋日 游击 精神 分外 爽。 打日 寇，灭走 狗，计策 最优 良。
雪地 游击 不比 夏秋 间。 朔风 吹，大雪 飞，雪地 又冰 天。
雪地 游击 我们 有特 长。 穿踏 板，扶长 杆，不用 喂草 粮。

3 5 6 | 3 5 6 | 1 1 3 5 | 6 - | 6 1 22 | 53 2 | 6 1 23 | 5 - ||

花放 香,鸟歌舞,天地 一乐 园。 革命 生长 似怒 芽,镇压不 了。
不贪 生,不怕死,奋勇 去杀 敌。 抗日 革命 的基 础,趁早奠 定。
不怕 饥,不怕寒,哪怕 蚊虻 咬。 革命 幸福 在将 来,谁能烦 恼。
不要 慌,不要忙,瞄准 我对 象。 临阵 杀敌 要沉 着,才能胜 仗。
母依 门,父依闾,个个 盼儿 还。 破巢 之下 无完 卵,誓复河 山。
整化 零,零聚整,神出 又鬼 没。 袭击 夜战 得胜 利,四海名 扬。
风刺 骨,雪打面,手足 冻开 裂。 爱国 男儿 不怕 死,哪怕艰 难。
登高 岭,走洼甸,步履 比马 快。 赶走 日本 强盗 者,功垂霄 壤。

1924—1949
第三章 在战火中成长

张政委率领一支队伍分成两路向南走,为的是引开敌人的视线,保护省委安全转移。

少年连连长曹玉魁带队向河西侧走,他们留下了不少脚印和痕迹,以此来迷惑敌人。张政委带领其他的战士为摆脱敌人和军犬的追击,扑向了巴浪河。战士们在河中趟水行走了几公里路,河中有不少圆圆的石头,叽里咕噜的摔了不少的跟头。滚滚的河水淹没了战士们的脚印和气味,敌人的军犬再也起不到什么作用了,他们只能在林子里转来转去,我们的部队顺利地摆脱了敌人。

趟过了巴浪河以后我们又返身奔向了亮子河和格节河,又是一天一夜的急行军。当我们进入黑金河山时,一汪清泉突然出现在我们眼前,泉水清甜可口,顺着山石潺潺流下,战士们都美美地喝了不少泉水。我和金碧荣(她留在了第六军)掏出了珍藏许久,平日里舍不得用的一小块肥皂洗了洗头发。我们的头发已经好久都没有梳洗了,出汗爬山头发都赶了毡。清清的泉水洗去了疲劳,洗去了征尘,明天我们将奔赴新的战场。

■2006年,李敏(左三)在中共北满省委遗址

风雪征程
东北抗日联军战士李敏回忆录

政委张寿篯给我们发枪

作为一名战士,第一次领到武器的喜悦心情是难以忘怀的。

1938年5月间,第六军军部来到了汤原县黑金河西的一个很高的柞树林子里,我们在半山腰里宿营了。这里还有个小小的泉眼流淌,对我们来说水太重要了,而且还是泉水,饮了它特别的提神爽快,我们大家又都洗了洗连日来的征尘。

此时,黑金河后方留守处耿殿君团长,还有第四师原师长夏振华等人来到了,他们带来了用麻袋装着的经过修理过的步枪和子弹等。耿殿君团长说,这些枪是从兵工厂经王财同志精心修理过的,都是好枪。

王财,别名孙正全,1888年11月28日生于黑龙江省宾县元宝河村。幼年在家放猪、放马,后来学习打铁。1933年在汤原县东二保屯种地。1937年1月参加东北抗日联军第六军八团当战士,不久去汤原县西北沟第六军兵工厂任厂长,领导工人修理制造军用品。1938年7月随部队改编成抗联第三路军第三支队,在海伦地区活动时当交通员。1940年10月去苏联在东北抗联教导旅当战士。1941年10月经冯仲云、王明贵介绍加入中国共产党。1945年9月回国在依兰县卫戍司令部工作,任合江省委交通员。1947年10月任合江省土产公司仓库主任。1949年1月

■王财(解放后照)

1924—1949
第三章 在战火中成长

任佳木斯市粮食局沿江仓库主任。1950年因年岁大休养。1957年2月离休。1965年1月30日病逝,享年77岁。

张寿篯政委特意在枪堆里为我们选了半天,一边选他还一边说:"这枪太大了,这支都锈了,拉不开枪栓。"最后,他给我选了一支手枪。他说:"这是七星子,行啊,这枪发给小李子吧。"然后他又给金碧荣挑了一支。

我天天盼望着能有一支属于自己的枪,这一天终于来到了。过去有人总说:"不到年龄,发了枪,怕送给敌人,打起仗来,不叫敌人抢去算不错的……"今天,张寿篯政委亲自递给我们枪时,我的脸感到刷一下红了,心里扑通、扑通的直跳,高兴得嘴都合不上。

领了枪,揣在怀里正在高兴端详的时候,耿殿君团长接着对我说:"这枪是王财同志给你们仔细修理的,这枪的射程比别的那些小枪都远,可以赶上马枪的射程……"听了耿团长的话,我和金碧荣心里更是高兴。我们用锉草精心将外面的锈擦掉,显得亮亮的,带在身上更显得神气。这回再也不用害怕遇见敌人,心里踏实了。

金碧荣领的枪叫"铁公鸡",她高兴地对我说:"你看看我的枪,咱们比比谁的枪好。"我俩沉浸在喜悦之中翻来覆去地比着看。可是我们没见过有人佩带这类枪,所以还识别不出哪个枪更优越些。在我看来,从外表我的"七星子"好看些,肚子大,两头细,而且是连发的。而小金子的枪"铁公鸡"约一尺半长,当步枪扛还短,当手枪背起来还长,是单发式的,放一枪就要再装一粒子弹,所以我内心感到对"七星子"很满意。不过,我们对枪很不内行,于是我和小金子说:"咱们找明白人问一问。"

我们去找教导队的男战士们请教去了。从内心也有点想给他们看看,在男战士们那显示一下我们有枪了,不比你们差。于是我们来到教导队露营的山坡间,我们三个女战士和军部住在一起,离教导队驻地有几十米远。我们边跑去边喊道:"我们领枪了,从今后不用再借你们的枪站岗了!"因为我们当时都是不带枪的战士,每次上岗时都要借用上班岗的枪站岗,站完再还给本人。

听到我们的喊声,曹玉魁、夏凤林、丁福、夏洪年等青年战士们,异口同声地说:"啊呀!了不起呀,你们真的发枪了!"说完,一拥而上抢着来欣

风雪征程
东北抗日联军战士李敏回忆录

赏。不知谁说:"啊哟!是个铁公鸡哟!"此时,人们七嘴八舌地说"啊哟!小金子抱回来一支大公鸡,小李子领来七仙女,不过还有个麻子,小李子你应该给它擦擦胭粉啊。"另一个战士说了:"铁公鸡、七仙女,这两支挺配的哟!"他们说个不止。我和小金子两个人的脸白一阵、红一阵的正生气,小金子气得都要哭了,我也感到他们对我们的枪的嘲笑无法理解和忍受。此时,于德发(外号大眼珠子,三快:腿快、眼快、手快)也挤进来说:"让我瞧瞧。"枪已经不在我们手里了,有人把枪递给了他,他半认真半开玩笑地说:"啊哟,是七星子呀,这玩意儿好几百年前制造的,白给我都不要,现在只有五粒子弹?!这玩意儿都没处淘到子弹,打完五粒子弹,废铁一块!"我当时感到脸刷一下白了,而且很生气他们对我们枪的蔑视,从内心感到受不了。

这时,张寿篯政委、耿殿君团长和裴大姐从远处赶了过来。裴大姐来了,我觉得有人给我壮胆了。我对于德发说:"我要用这五粒子弹,从敌人手中夺回新式枪时再给你们看看怎么样。"张政委和耿团长都笑了,裴大姐赶紧插话说:"小李子说得对呀,它是用生命换来的,我们汤原游击队刚刚组建时,只有一支没有钢针的枪,来到鸭蛋河缴获了敌人三十支枪,后来逐渐扩大,现在我们不仅有步枪,还有机枪,这都是从敌人那里缴获的。"此时,张政委也批评了于德发说得不对,他说:"小李子说得很好,用这支旧枪夺回敌人的现代武器,再消灭敌人,要记住,我们的每支枪,都是烈士们用生命和鲜血换来的。所以,要像爱护自己的眼睛般保护和珍惜它。"

听了张政委的话我们都非常高兴。接着裴大姐又教我们如何射击、瞄准等知识,还让我们试着放了两发子弹。过去每次打仗,我趴在裴大姐或别人旁边,观察敌情或负责其他工作,现在有了自己的枪,可以亲自射击了,心情很不平静,并且真正感觉到了,这七星子枪威力和响声都很大,很有坐力之感。我从内心里想,耿团长说的一点不错,枪很有劲。

自从有了枪,我觉得长大和成熟了不少。我自己暗暗在心里发誓:我今后一定要在战斗中多消灭敌人,来报答张政委、裴大姐等领导同志对我的信任和鼓励,要对得起这支用生命和鲜血换来的枪。

不久,张寿篯政委又发给了我们"三八式"步枪,是带刺刀的马枪,我们同男同志一样承担着站岗、放哨的战斗任务。

梧桐河畔练兵忙

少年连和警卫连跟随张政委继续转移,部队要冲出敌人的包围圈,会合各路人马准备西征,去开辟新的战场。

这一天,时近中午,队伍来到了离格节河不远的一处坡地准备生火做饭。突然,远方传来了枪声,原来是日军的"讨伐队"又追击了过来。第四师师长夏振华在不远处和敌人接上了火,战斗打响了,我听着那密集的枪声,估计一定是一场恶战。此地离格节河不远,听到枪声,耿殿君团长也带着自己的留守团阻击敌人。张政委则率领军部人员和少年连向格节河方向撤退。

正午的太阳火辣辣地烧烤着大地和山川,我随着少年连拼命地奔跑,刚刚跑过了一个山坡,嗓子眼就像冒了火一样,上气不接下气了,气喘吁吁地好不容易跑到了河边。这时张政委带领的第一队人马已经趟过河去了,他在岸边指挥我们后赶上的第二梯队迅速过河。

看见了河水,一上午滴水未进的战士们早已嗓子冒烟,冒火了,大家不顾一切地趴在了河边,咕咚、咕咚地大口喝起了凉水。河对岸的张政委不停地向我们招手,喊话,命令大家快点过河,金碧荣赶紧拉起我,趟过了齐腰深的河水,上了对岸。

上了岸,只见张政委生气地大声斥责我们:"还有没有组织纪律性了?让你们喝水了吗?抓紧时间占领北山。"

第一次看见张政委发了那么大的火,我吓得没敢吱声,赶紧随前面的

风雪征程
东北抗日联军战士李敏回忆录

战士钻进了一片榛材棵子林。就在钻入林子走出不到十米远时，突然间，只觉得天在旋，树在转，远处的大山也在转，咕咚一下就晕倒在林子里。走在旁边的金碧荣顿时吓得手足无措，她大声地喊着："裴大姐，不好了，小李子晕过去了。"裴大姐听到喊声马上跑了过来，她观察了一下说："不碍事，是水喝急了，一会儿就醒了，太危险了，会呛死人的，你在这里照顾她，我去招呼其他的同志了。"

十多分钟后，我终于醒了过来，只是浑身没有劲儿，头重腿沉。小金子扶着我，继续追赶前面的部队，我们终于摆脱了敌人，翻过了眼前的大山。

翻山越岭不知道走了多少山路，一天夜里队伍终于钻出了大山，眼前是黑乎乎的一片，脚下是荒芜了的农田，远处模糊的村庄里也不见人烟。

日本鬼子残害我同胞，毁灭我家园，他们大搞"归屯并户"建立新的"集团部落"，农民们被迫离家弃田，过着饥寒交迫的生活。

我已经两年多没下山了，如今看到这荒凉凄惨的景象，心中非常难过。

我们走在无人耕种的地垄沟里，地里长满了荒草。出了大山，冷丁的走这平地，都不会走路了，带垄沟的地也十分的不好走，走起来，比山路还累。走着，走着，夏凤林突然喊我："小李子，快过来，帮我捋烟叶。"他的鼻子真好使，竟然闻到了隔年没来得及收的旱烟味，几个会抽烟的战士听声都凑了过去忙着往自己的布兜里捋烟秆，一边捋他们还一边的嘀咕："再也不用卷柞树叶子啦。"

突然，前哨传来了口令："注意，前方有铁路。"我一边把口令传给后面的人一边想，这铁路是什么样子啊？是用铁铺的路吗？正想着，前面又传来了口令："前方过火车，就地卧倒，注意隐蔽。"我赶紧趴在了地上，这时只见远处有一个长长的大大的家伙，轰隆轰隆的开了过来，这个大家伙前面还有两个大大的亮亮的眼睛，我低声问夏凤林："这家伙怎么像条大龙啊？它是龙变的吧？"夏凤林一边偷着笑，一边骗我："嗯呢（东北方言，是的意思），是龙变的，它还会飞呢……"

1924—1949
第三章　在战火中成长

"噢,那它能看见我们不?"

"能啊,它的大眼睛专能看见你……"

突然间,火车拉响了汽笛,轰轰的尖叫声震耳欲聋,吓得我赶紧趴在地上一动也不敢动了。哎呀妈呀,这火车咋这么吓人呀!

这是一列长长的运煤车,车前面的探照灯不会转向,押车的小鬼子也就没有发现我们。这条铁道线是鹤岗通往佳木斯的运输线,所以总有煤车经过。

列车过后,部队开始穿越铁道线了,我寻思着,到跟前我得好好摸摸这铁路,看看究竟是啥模样。

当走上铁路时,小金子和我一样都没见过铁路,我俩都哈腰去摸。噢,铁路原来是两根长长的大铁条啊。

越过了铁道线,趟过了鹤立河,我们翻过了一座一座的山冈。曹玉魁打头在前面带路,他两条长腿走的飞快,我一路小跑地跟着,小金子比我的个子还矮,她不停地喊:"曹排长,你慢点走啊……"

就这样走了一天多,终于来到了梧桐河畔。梧桐河弯弯曲曲流向远方,河两岸是一望无边的大草甸子,甸子上碧绿的青草直接蓝天。这里塔头墩子连着塔头墩子,下面全是水,一不小心就会陷下去,同志们踩着塔头墩子行走,经常摔倒,弄得满身的泥水。为了走近路,我们不能沿河而行,只能反复的过河。

当天边布满晚霞时,队伍来到了一个"鱼亮子"。第三师师长王明贵在这里列队迎接我们,当看到张政委带队过来时,立刻跑上来敬礼报告:"报告,三师全体指战员欢迎张政委到来。"

终于又看到自己的部队啦,我们也都挺直了腰板,迈着整齐的步伐,灌满水的胶鞋也吧唧吧唧走得更加有气势了。

"鱼亮子"主人叫龚祖应,那里的渔民给我们炖了一锅鱼,三师为我们做了小米饭,好多天没正经吃饭了,大家吃的那个香啊,几天来的疲劳顿时减轻了不少。

风雪征程
东北抗日联军战士李敏回忆录

吃完饭,曹玉魁排长命令擦枪。大家拖泥带水的行军过河,枪早就进了水,如果枪支保养不好,遇到紧急情况就危险了。

战士们正在认真擦枪的时候,只听"啪"的一声,清脆的枪声震得大家一愣,难道又有敌情。

"不好了,枪走火了,快过来个卫生员!"

原来是张政委的警卫员王国良同志的匣枪走了火,子弹在他的小腿肚子上穿了个眼。

听到喊声,我赶紧跑了过去,他连说:"不用,不用,不疼,就是有点木个涨的,你可别告诉政委啊。"眼看着血水渗了出来,不包扎怎么行,我赶紧找绷带。这时,王国良感到疼了,他龇牙咧嘴的掉了眼泪,他也不大,才十六岁。

张政委当时正在王明贵师长的帐篷里研究工作,听到响声跑了出来,问明情况后,生气地对王国良说:"咋这么不小心,给你记着,伤好了,准备罚站!"

裴大姐找出了老鸹眼树皮,给王国良糊在伤口上,我给他进行了包扎。这时,少年连的战士都在河边学唱《露营之歌》的第一段,王明贵师长听到后,忙跑了过来,问大家什么歌这么好听?还问是新歌吗?裴大姐告诉他,是陈雷同志新编的《露营之歌》,王明贵听说后,忙掏出笔记本把歌词抄了下来,并让战士们教给他唱,他准备再教给他的战士们唱。

和王师长的队伍会合后的第二天,张政委就派王明贵师长去执行一项紧急、重要的任务。

王师长按照张寿篯政委的指示,将去富锦、宝清接管第六军第三师的七团、八团,将这两支队伍带到梧桐河来。当时,是第三师的政治部主任周云峰带着这两个团,周云峰犯了严重的错误:第一,他吸食鸦片,染上了毒瘾;第二,他因为犯烟瘾,带垮了队伍,使部队蒙受了重大的损失。

王师长这次前去,一是带出七团、八团,二是宣布周云峰停职、反省。结果是王师长只把七团带了出来,周云峰扣下了八团的战士,留在了宝清。

第三章 在战火中成长

在教导队的日子

部队在"鱼亮子"休整了六七天后,开始向梧桐河的北林子转移(现萝北县梧桐河农场场部以北)。

北林子位于梧桐河东,都鲁河西,松花江北。这里有一片连着一片的疙瘩林,林中长满了柞树、榆树、白桦树。无数的湖泊像一块块绿宝石分布在四周,这里湖水围着青山,青山倒映着绿水,蓝蓝的天上白云飘动,湖边茂密的芦苇一片苍翠。红的、白的、紫的、蓝的、黄色的野花儿开得灿如云锦,最多的还是黄花,一簇簇,一群群,黄灿灿的,美丽无比。湖面上还有高傲的丹顶鹤,它们洁白的羽毛,红红的顶子倒映在水中,时而翩翩起舞,时而直飞蓝天。湖水中鱼儿自由自在游来游去,每到下午成群结队的狍子就会到湖边来喝水,如果没有战争那该有多好,这里真是人间的仙境啊。

梧桐河畔是我的出生地,我是喝着这里的水,吃着这里的鱼和野菜长大的,这里是鱼米之乡。这里的松东模范学校,是培养英雄的摇篮,故乡啊,今天我又回来了。

女兵们一有空就到湖边采花,采来的黄花用水一烫拌上咸盐,就是最好吃的下饭菜。采花的女兵一边采花一边唱歌:

> 碧草萧萧,树叶青青,
> 满山野花 颜色新,
> 清香扑鼻,鲜艳吐芬芳,

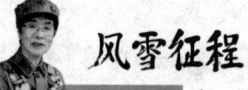

风雪征程
东北抗日联军战士李敏回忆录

一阵清脆嘹亮的歌声，
山前唱 山后应，
真是快乐的歌声，
月峰高，月峰美，
我们登越青林，
山菜嫩，山菜香，
姑娘们笑声扬。
玉手采采，采呀采满筐，
日落西山头，采完快回营，
篝火晚餐忙。

晚上站岗时，沼泽地里的蛙声响成一片，"咕呱，咕呱"的叫声此起彼伏，像是一曲大合唱。

到了这里，少年连正式改为军部教导队。教导队分三个连，一连连长是高个子张连长，二连连长是矮个子张连长（与吴玉光一同牺牲于饶河县爆马顶），三连连长是白福厚。夏凤林、曹玉魁和狄同志是排长，支部书记是裴成

■白福厚   ■夏凤林

春大姐。

我们将在这里进行正规的严格的军事、政治、文化课训练。当时有《军事教育》,主要内容有:

(一)目的:在促进革命斗争中的军队作战基础,达到以迅速敏捷行动消灭敌人,或避免意外的损失与牺牲为目的。

(二)军事教育

要旨:养成战斗员在战场上的各种战斗技能,及技术敏活的、自动的各种战斗动作及战斗有关系的一切勤务(阵中勤务)。同时养成干部人员之作战指挥及统率的能力,尤在于适合于游击运动的斗争要求及其特长,并养成正规军的一般基础。

(三)教育类别

分步兵、机关枪、骑兵、炮之各兵种各别教练,以至混合的教练(交换演习)。

(四)教育原则 采取的方法

依现实陆军的一般规定,无论中国外国革命军队,或非革命军队,换言之即取法于中国红军操典操法或南京军操典操法都无不可。唯在我抗日联军,军队政治基础及教练方法之原理上当然绝对采用革命军事教育原理上为根据,就是说抗日联军是由革命政党所倡导和被压迫的中国同胞广大群众为反抗压迫,要求民族解放而有自动的武装的实际表现,并且有被压迫弱小民族携手合作反对共同敌人日贼的一致动作。军队的组成,既不是雇佣的,又不是强迫征调的,而是抗日救国的群众武装集合体,军队是革命的含有无限的自动性。因此在进行军事教育上,完全用启发自动性,多用范示和解释。关于军事技术技能的一般原则和方法,只要能够完成作战技术技能力的要求就行。……

(五)各种兵教练,分基本教练和应用教练、技术教练三种。基本教练就是一般军队说的制式教练,在养成军队和军队结构和集团活动。应用教

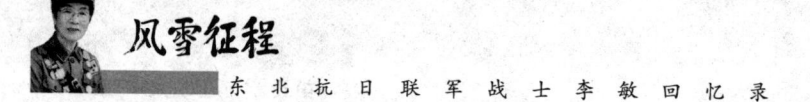

练包括战斗教练、阵中勤务,就是要使军队结拼和活动具体实现到消灭敌人,也就养成战斗指挥者和战斗员的作战动作,按一定军队系统有联系的实现战斗任务。

技术教练,指射击技艺轻重机关枪操法及射击技术、枪刀器劈刺术、升降跳跃、匍匐行进障碍、通过游泳操舟各种野战陆地构筑马术通信(手旗——电话)防毒,救急及简单治疗。

现在抗日联军主要的兵种是步兵,在北满下江各地而骑兵成了主要兵种。在军事教育上,一般的要注意建立步兵教育基础,而骑兵部队,除进行相当的步兵教育以外,骑兵部队的特殊教育必须有最低限度的进行。

(六)按照所处斗争环境及可能利用条件,对于军队的一般管理——内务、经理以及卫生都需要进行常识教育,尤其是"抗联"军队的特殊性——正规军的形态基础,游击队的战斗生活。日贼经常对我进行政治的经济的——坚壁清野的进攻,吃、穿、驻常常由军队一般工作——管理内务、经理、卫生等事务的技术的问题变为严重的政治问题——军队的巩固和发展有直接间接关系,因此进行军队教育,要有深刻注意,把常识与斗争经验教训连贯起来,使每个联军战士能了解能实行。

(七)要求:注意实际效用,却出形式主义,但在实质作用充分具备中,也有外貌表现,自然和必须的表现,整齐一致严正敏活。①

此外还有教材、实施计划等项目内容。

部队按照《军事教育大纲》开始了紧张的学习与训练。

我们的教官是张寿篯政委、齐副官、杨副官和陈雷科长。所学课程有:

军事课,教官是齐副官和杨副官。主要讲各种武器的型号、性能及使用,讲军人的义务、仪表、仪容。讲怎样站岗放哨,怎样辨别、分析各种声音,什么是敌人的声音,什么是野兽的动静。讲行军,各种地形怎么行走,

---

① 中央档案馆等编:《东北地区革命历史文件汇集》甲51册,1990年5月内部印行,第348~351页。

行军中的语言,包括行军中的口令、暗号、传送等等。从教导队毕业的学员要求要会使用各种武器和具备独立作战的能力。

每天在讲军事课前,都要集体合唱《战斗射击训练歌》,这首歌要求会唱、会背、会写、会做。

政治历史课,也是党课,教官是张寿篯政委和陈雷科长,从中国近代史鸦片战争讲起,中间包括八国联军进攻中国、辛亥革命、广州暴动、二十余年之军阀混战、工农红军、红军长征直到九一八事变。

文化课和音乐课是同时进行的,主要通过歌曲的形式来认字识字,歌本就是课本,要求要会唱会写。

担任音乐课的老师是徐紫英同志。徐紫英同志1919年生于哈尔滨,他原是哈尔滨市二中学生,其父汉族,其母俄罗斯人,父母均参加哈市地下工作。省委机关通过伊春四块石山北三十公里处东岔河密营地时,满洲省委秘书长冯仲云同志特意将徐紫英带到山上参加了队伍,安排他在省委机关任秘书工作。徐紫英1938年5月调任第六军秘书,当年夏天在松花江北梧桐河畔开完西征会议后,他为欢送西征部队而创作了歌曲《送西征》,同年11月参加张寿篯率领的第三批西征部队,西征二十余天途中双脚冻伤,在五大连池朝阳山密营治疗,1940年不幸遭敌进攻而壮烈牺牲,时年二十一岁。

■梧桐河畔模拟画
(李国全绘)

风雪征程
东北抗日联军战士李敏回忆录

战斗射击训练歌

1=D 4/4

```
5 53 5.6 | ii 2i 6 - | 6 2i 6 5 | 6 2i 6 5 -
```
战斗时　　钢胆热　心，　不怕航空　步马辎工炮，
战斗时　　慧敏沉　着，　男儿为国　血染征袍，
射击时　　先要测　量，　标尺活码　尤须要确装，
发射时　　停止呼　吸，　弹着命中　敌人心胆寒，
战斗时　　射击　间，　耐心研究　每日要训练，

```
35 23 5 - | 35 23 5 - | i2 65 i2 65 | 35 23 5 -
```
团结一心好，　阵地守得牢，　不避枪林　哪管弹雨　誓死在今朝。
民族将英豪，　万古美名标，　遗留千年　万古不朽　英灵贯九霄。
缺口准星尖，　瞄准点一线，　拢回虚火　气要下压　发射莫着慌。
使他回去难，　畏缩不向前，　射击瞄准　遵守军纪　违犯不容宽。
准备同敌战，　尤需记心间，　杀敌雪耻　誓死救国　射击须熟练。

```
2 2 3.5 | 23 2i 6 - | 3.3 6 5 | 6i 23 i -
```
作战奋勇　　防线要用好，　地形地物　利用为　要，
努力奋斗　　为救东三省，　日寇走狗　杀头不　饶，
同时观察　　弹着与偏差，　高低左右　风速方　向，
旗语暗号　　指挥官命令，　敌人进退　详细去　观，
保国为民　　军人的天职，　祖国故乡　守得能　坚，

```
35 32 i2 | i i3 56 i2 | i 3 3 6 5 | 6i 23 i -
```
敌人多寡检查　好 指挥需要敏捷　高，站、跑、卧、射　随地运用妙。
拼命直前奋勇争　先 挽回国土收复政　权，剥削压迫　一扫　完。
严寒盛暑看伸　缩 再把标尺修正适　当，精确瞄准　沉着射　击。
我们作的游击　战，防备敌人"剿围"　咱，莫把敌人　来轻　看。
一战恢复我山　河，军民同唱凯旋　歌，民众政权　多么欢　乐。

1924—1949
第三章 在战火中成长

没有什么学习工具,我们每人发了一支铅笔,没有纸就去剥桦树皮,桦树皮的一层、二层都能用。

在这里的学习和在被服厂里的学习是完全不同的。为了迅速提高我们的军事、政治、文化水平,每天的讲课一般是教员在上面讲,我们在下面记。虽然当时我已经能认二千多个字了,但不会记录,当时那个着急啊,下了课总是再问,问教官,问同志们,一遍遍地问,直到问懂为止。还多亏了于保合同志送给我的那本字典,记录时不会的字就空下来,过后查字典再补上。没有文化基础的同志就更吃力了,看他们着急我也着急,抽空就帮他们抄笔记或者在一起对笔记。

通过系统的学习,同志们在军事、政治和文化上都有了显著的提高。

除了每天的正规学习外,我们还要执行站岗、放哨、做饭、保护军部等项任务。

过了没几天,张政委派出的交通员所通知的各路人马会集在了梧桐河畔。他们是第六军参谋长冯志钢所带部队,第六军保安团政治部主任王钧所带部队,第二师师长张传福所带部队,第六军第一师第六团政治部主任李云峰所带部队,第三师师长王明贵所带部队。

每支部队都分占了一片树林,有的隔湖相望,有的树林相挨。每支部队的四周都挖了战壕,修了简易的工事,战士们每天在这里学政治、学文化、练习射击,为西征做准备。

住在树林子里,因为四周都是水,空气潮湿,我们遇到的最大的敌人是蚊子和瞎虻,一群群,一片片的赶也赶不走,有时把人的脸都糊满了,好像长了一层黑毛毛,脸上、身上到处都是一片一片的红疙瘩。到了夜晚根本无法入睡,一张嘴,一吸气,都进了嘴里和鼻子里,瞎虻更是厉害,隔着衣服都能把人叮出血来,疼得不得了。一开始我们采取用艾蒿熏的办法,可也不能完全解决问题,最后发现高处能好一些,战士们就用原木在两棵树的中间搭上平台,铺上树枝、树皮和草,然后睡在上面。后来我们女同志用白布和蓝布做了好多的帐篷,再把帐篷扣上去,就更好一些。每个帐篷

风雪征程
东北抗日联军战士李敏回忆录

能睡五六个人,上下都用梯子,到了晚上我们就都爬到树上去睡。这样,树林子里面,帐篷挨着帐篷,战士们都高兴地说:"哈哈,我们住楼啦,社会主义生活了……"

一天夜间,裴大姐带班,半夜轮到我上岗时,裴大姐在下面喊:"小李子,该你上岗啦。"我迷迷糊糊的还没睡醒,爬起来就往帐篷外面跑,这时我早已忘记了是住在树上,一脚迈了下去。裴大姐在底下直喊:"别下来!别下来……"可已经来不及了,就在我迈下去的当口,裴大姐伸手接着我,咕咚一下,我俩都摔倒在地上,也多亏裴大姐接着我,要不非摔坏不可。第二天,同志们看见我就开玩笑:"小李子,你咋忘了是住楼啦……"

一天,快到中午时,我刚刚下课,正在湖边抄笔记,湖那边一位年青的军官骑着一匹高头大马趟水过了湖向军部而去。我看了一眼,也没在意,因为经常有各部队骑马的军人过来向军部汇报工作。不一会儿,军部警卫员王国良忽然跑过来喊我:"小李子,张政委喊你,快过去。"

张政委喊我,有啥事呢?可别提问我啊,我还没备课呢。

我随着王国良赶紧向军部帐篷跑去,一进去我忙喊:"报告,我来了。"

张政委正在和那个年青的军官谈话,我只看到那个人的背影。

张政委看到我来了,就和那个人说:"快看看,你妹妹来了。"

那个人听声转过了头,我和他都愣住了,他是谁?真的是我哥哥吗?

我曾经无数次梦见哥哥,梦中的哥哥不是这样啊,梦里他总是穿着爸爸的破棉袄,爸爸的破靰鞡鞋,腰里还系着一根草绳。每次梦醒,泪水都流到了腮边,哥哥啊,妹妹做梦都想给你买双新鞋啊……

可他真是我的哥哥,分别四年没见面的哥哥。他参军时十六岁,如今已经二十了。现在他高高的个子,身板也壮实了许多,一身军装穿在他的身上十分精神,帽子上的红五星闪闪发光,他再也不是当年那个少年了,变成了一位年青的军官了……

我扑到了哥哥的面前,哇哇地大哭了起来。哥哥拉住我哽咽着说:"小凤,你长高了……"眼里也闪出了泪花。

第三章　在战火中成长

我的脑海里闪现着哥哥离家的情景，他答应将来骑着大马来接我……我去割大烟，为的是挣钱给哥哥买一双新鞋。

这时，战友们都来看热闹，看到我们兄妹重逢，大家都热烈鼓掌祝贺，一边鼓掌还一边笑我："哈哈，小李子哭鼻子啦，小李子哭鼻子啦……"

张政委当着哥哥的面夸奖了我："你这妹妹不错，学习用功，思想也要求进步。"

哥哥也在不停地嘱咐我："一定要听领导的话，不要骄傲，要严格要求自己。"

我点头答应着，真是太高兴了，真想把我们兄妹重逢的喜讯告诉所有的人。

从那以后，哥哥常来军部送他捉到的狍子，哥哥是捉狍子高手。他把捉到的狍子送给军部和各个部队。

哥哥身骑快马，在狍子喝水时，出其不意的就能捉住，有一次，一只狍子跑远了，他就开了一枪给打死了，张政委知道后，把他好顿批评。

"谁让你开枪了，引来敌人怎么办？再不许随便开枪！"

哥哥小声嘀咕着："知道了，那我骑马追还不行吗？"

"骑马行，捉的越多越好。"

哥哥还是那么能干，他在我的心里永远都是最有本事的英雄！

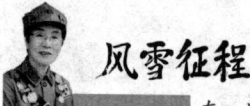

风雪征程
东北抗日联军战士李敏回忆录

■2010年8月,李敏重回故乡参加梧桐河农场六十年场庆,向农场党委书记刘英同志授抗联第六军军旗

1924—1949
第三章 在战火中成长

第一批部队开始西征

梧桐河畔集结了大批人马,部队的粮食和给养没有了,为了保证部队能顺利西征,军部安排了第六军保安团政治部主任韩景波和宣传科长陈雷同志带领二十多名战士去桦川县悦来镇筹集粮食和给养,当时正是割麦子的农忙时节。

桦川县属革命老区,是著名的"八女投江"烈士之一冷云的故乡,还是抗联第三路军三支队政委赵敬夫的故乡。赵敬夫1938年率队西征,曾写下《西征曲》,1940年在德都县朝阳山战斗中壮烈牺牲,这首歌是烈士留下的宝贵遗作。

筹粮的同志们历经艰险,在桦川县地方组织帮助下,筹集了约五百公斤的粮食,藏在卧虎力山下的柳树通子里。

张政委听说搞到粮食的信息后十分高兴,立即派我们教导队也参加过江去背粮的工作。过了松花江就是卧虎力山,山上有古城的遗址,由于日本鬼子搞"归屯并户",当地的百姓已经不多了。

我们在当地渔民的帮助下,在夜间坐船过了松花江来到了卧虎力山下的柳树通子后,把藏在那里的粮食再一趟一趟地装船运

■赵敬夫

风雪征程
东北抗日联军战士李敏回忆录

西征曲

赵敬夫 词

```
5 5 6 | 1. 3 | 2 1 6 5 6 | 1 - | 3 5 6 5 6 1 | 5 - |
万里长   征    山路重  重,    热血奔  腾,

3 2 3 5 | 3 2 3 5 2 | 5 3 2 1 2 3 | 2 - | 2 1 2 3 | 5 - |
哪怕山   路崎岖   峥嵘。      纵饥寒交   迫,

6 2 1 6 | 5 - | 2 3 2 1 2 3 | 5 - | 6 1 6 5 | 3 2 5 3 |
血衣征腥  风,   我 同 志     慷慨勇往   直前

2 1 6 1 5 6 | 1 - | 3 2 3 1 2 | 3 5 | 2 1 6 1 5 6 | 1 - |
不惜牺    牲。  奋 起        冲 锋!

3 2 3 | 2 3 5 | 3 5 2 | 2 1 6 1 5 6 | 1 - |
为革命  流尽血  事业成  变为光         明。
```

回江北军部,各营部再到这里把粮食背回自己的部队。

  部队来了一名叫李兴汉的小战士,他矮矮的个子,一张圆圆的娃娃脸上有一双大大的眼睛,年龄和我也差不多少,他是张政委特意安排专门为我们大家理发的。张政委说了:"这次西征,我们不仅是要开辟新的战场,沿途我们还要接触当地的老百姓,向他们宣传我们的抗日主张,所以大家一定要注意军容、军纪,让老百姓能够相信我们,信任我们,支持我们,帮助我们,使我们的抗日战争早日取得胜利!"

  看着李兴汉那张娃娃脸,大家都想,就这么个小孩,能给我们理好头发吗?没想到,他麻利地掏出理发工具,第一个就先给张政委把头发理好了。

1924—1949
第三章 在战火中成长

你别说,他的手艺还真不赖,张政委的头还真是剪的有模有样。从这开始,战士们每天都排着队到他那里理发。

轮到女战士理发了,我们都和他说:"李同志,给我们留长一点好不好?"他乐呵呵地说:"不行,张政委有命令,有规定,都得剪短发。"没办法,我们所有的女兵都剪了男人一样的短发,戴上帽子,简直分不出男女。这个小战士后来跟着第六军第十二团王钧同志所率领的部队西征了,是第一批西征的战士。

1938年的农历闰七月,第一个七月我们忙着运粮、背粮,到了第二个七月,天气突变,倾盆的大雨不停地在下,梧桐河水在涨,都鲁河水在涨,松花江水也在

■李兴汉

涨,我们营地的四周一片汪洋,分不清哪里是河,哪里是湖,哪里是草甸子。大雨哗哗地下着,我们只能躲在帐篷里,帐篷也在渗雨,里面雾气蒙蒙。

西征就要开始了,为了欢送西征的将士,军部安排我们排练文艺节目,准备大联欢。徐紫英同志就在滴着雨水的帐篷里写下了著名的歌曲《送西征》。1940年徐紫英牺牲,这首歌也成了一首绝唱。

因为下雨,大家只能都在各自的帐篷里排练节目。到了农历十五那一天,天气突然放晴,大大的太阳挂在天上,林间云蒸雾绕,同志们兴奋地跑到了外面,徐紫英同志抓紧时间领着我们进行集体排练,这天晚上部队将举行一个盛大的联欢会,欢送西征部队。

这时,三军通讯队长姜立新同志来到了军部。姜立新队长是武装带枪跑交通的,他这次来,带来了不少文件还有极其珍贵的几份《新华报》。我们正在练歌时,张政委拿着几份报纸交给了徐紫英,看到报纸徐紫英高兴

风雪征程
东北抗日联军战士李敏回忆录

得跳了起来,报纸上有红军战士穿着军装的照片,红军战士肩上背着枪,头上戴着红五星的帽子,非常的神气。

另一张报纸上刊登一首歌曲,歌名是《救亡进行曲》,徐紫英大声喊:"别挤了,我马上教你们唱这首歌吧……"于是大家都静下来坐在草地上,等着学歌。徐紫英同志用他洪亮的声音开始教唱:"工农兵学商,一起来救亡……"

从这以后,这首歌传遍了松花江畔,传遍了大、小兴安岭,给东北抗联战士们增添了无穷的力量和勇气。这首歌激励我们战胜饥饿和严寒,与敌人进行着不屈的斗争。

这一天的晚上,一轮明月高悬在夜空,军部的空地上点起了长长的一排篝火,欢送西征的晚会开始了。

晚会开始前,张政委首先讲了西征的作用和意义,并作了西征动员,接着各部队代表发言表示了决心,发言完毕联欢开始了。

第一个节目是张政委和陈雷同志表演的小话剧,是针对有些指战员不愿意离老区的思想而编的。第六军部队的指战员大多来自汤原、桦川一带,他们在这里打游击多年,同这里的山山水水和乡亲们都有深厚的感情,如今要去西征,很多人都故土难离,能不能把队伍拉出去是西征的关键。

张政委扮演了一个不愿意西征的战士,捂着肚子装病,他躺在二大爷家的炕上想躲避西征,陈雷扮演二大爷。二大爷是老区的骨干,他给这名战士讲西征的意义,讲革命的需要,通过二大爷的教育,这名战士终于想通了,愉快地报名参加了西征。他俩表演得非常逼真,张政委扮演的战士捂着肚子,哼哼呀呀;陈雷扮演的二大爷用炭灰画了黑胡子,腰里还扎了一根破草绳,他们风趣、幽默的语言引起了战士们阵阵的笑声。

接下来的节目就是唱我们白天学的新歌《救亡进行曲》。

唱完了这支歌,李副官表演了京剧选段:"八月十五月光明……"

杨副官不甘示弱也唱了段京剧:"身背宝剑,忍饥挨饿……"

他们唱的字正腔圆,很有味道,很受大家的欢迎。

1924—1949
第三章　在战火中成长

联欢会在徐紫英同志创作的《送西征》的歌声中结束了。

送西征

（女声合唱）

徐紫英 词 曲

1=C 4/4

（歌谱）

碧草潇潇夏日长，共为救国忙。礼歌一曲送西征，从此各一方。

愿望同志肩重任，为国争荣光。
愿望同志肩重任，为国争荣光。

祝同志前途无量，进取莫彷徨。

祝同志前途无量，进取莫彷徨！

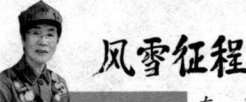

风雪征程
东北抗日联军战士李敏回忆录

救亡进行曲

纲 鸣 词
孙 慎 曲

1=G 2/4

(0 55 | 1 0 55 | 1 0 55 | 1 3 | 5 0 34 |

5 0 34 | 5 0 34 | 5 3 | 1 0) | 1·1 5 5 |
　　　　　　　　　　　　　　　　　　　工　农 兵 学

1 0 | 3·3 1·1 | 3 0 | 4·4 3 2 2 | 1 5 | 3 — |
商，　一 齐 来 救 亡，　拿 起 我 们 的　铁 锤 刀

2 0 | 5·5 6·5 | 1 1 | 5 — | 3 0 3 | 5·4 3 2 |
枪，　走 出 工 厂、田 庄、课　　堂，　到 前 线 去 吧，

1 5 | 1 2 | 3 5·3 | 2 — | 1 0 | 5·5 3·3 | 5 5 |
走 上　民 族　解 放 的　战　　场！　脚 步 合 着　脚 步，

1·1 5 5 | 1 1 | 2 2·2 | 1 2·2 | 3 3 2 | 5 — |
臂膀挽着 臂膀，　我 们 的　队 伍 是　广 大 强　壮，

6 4·3 | 5 3·2 | 1 5·1 | 3 2 0 3 | 5·1 | 6 5 | 4 3 |
全 世 界　被 压 迫　兄 弟 的　斗 争，是 朝 着 一 个 方

2 0 | 5·5 3·3 | 1 1 | 2 1·2 | 3 3 | 4·3 2·3 | 5 5·1 |
向。　千 万 人 的　声 音 高 呼 着 反 抗，千 万 人 的　歌 声 为

6 6 | 4 4·3 | 2 — | 5 0 ‖: 1 1·1 | 4 4 | 3 2·1 |
革 命 斗 争 而 歌　　唱。　我 们 要　建 设 大 众 的

2 3 | 5·4 | 3 2 1 1 | 2·2 | 1 1 2 2 | 3·2 1 6 |
国 防，大 家　起 来 武 装，　打 倒 汉 奸 走 狗，枪 口 朝 外

5 0 5 | 6·5 4·3 | 5·4 3·2 | 1 7 1 | 2 0 5 | 3·2 1·2 |
向！要　收 复 失 地，打 倒 日 本　帝 国 主 义，把 旧 世 界 的

3 2 | 5 — | 1. 3 0 ‖ 2. 1 0 ‖
强 盗 杀　光。　　　光！

1924—1949
第三章 在战火中成长

联欢会后的第二天风和日丽，湛蓝的天上飘着一朵朵的白云，西征的队伍出发了，我们留守的人员排成两排夹道欢送，指战员们骑着马、挎着枪，蓝天下他们威武雄壮地走向了征途。

关于组织部队西征，在刘枫、李颂鸾同志所著的《李兆麟传》一书中曾有记载：

中共北满临时省委鉴于松花江下游地区形势的急剧变化，在一九三八年五月间结束的第七次常委会议上没有着重讨论敌我斗争的形势，采取相应的斗争策略和措施，因而，又于六月初，在通河县境召开了第八次常委会议。会上对下江地区的形势进行了全面的分析和研究，做出了如下的决定：北满抗联各军应尽量快地突破敌人对下江地区抗日部队的包围，组织三、六、九、十一军向西北远征；为加强对远征部队的领导和开辟新区的工作，要求建立西北指挥部，并指定李兆麟参加西北指挥部准备工作的会议；第三军政治部主任由金策担任，军内党政工作由省委直接领导；第三军军长赵尚志赴苏后，三军无新军长，在中央未决定之前，省委决定李兆麟以北满抗联总政治部主任身份领导三军工作。这次会议由于召开得急迫，来不及通知已赴下江地区的李兆麟，所以，李兆麟未能出席六月初在通河召开的北满临时省委第八次常委会议。为了更快地贯彻西征决定，会后，省委写信通知正在萝北、宝清等地活动的北满临时省委代表，联军总政治部主任李兆麟，要求他除领导第六军工作外，与新任第三军政治部主任金策共同着手整顿和组织在下江地区活动的北满抗联各军的部队，使其迅速地分批启程西征。

李兆麟接到省委的指示后，七月间，在萝北县梧桐河畔麻花林子召开了活动在这一带的三、六、九、十一军部队师团以上干部和下江特委领导人参加的军政干部会议。与会人员经过对松花江下游地区斗争形势变化的分析后，一致拥护省委第八次常委会议关于组织部队，迅速向黑嫩平原举行远征的决定。新任第三军政治部主任金策在宝清接到省委指示后，也

风雪征程
东北抗日联军战士李敏回忆录

召开了在这一地区活动的第三军第三、四、十师领导人的会议,对省委的指示也进行了认真的研究和讨论,会后便着手整顿部队,为远征做准备。

李兆麟和金策为贯彻北满临时省委第八次常委会议的决定,迅速实现部队西征的计划,在各自活动的区域内开始了艰苦细致的工作。迅速将活动在松花江下游和完达山系宝清、勃利一带的北满抗联各军经过整编后编为西征部队,从各自活动地区的后方基地,分批地踏上了西征的路程。

在松花江下游地区第一批出发的西征部队,有六月下旬从依东出发的第三军常有钧领导的政保师六十余人的队伍,第九军郭铁坚领导的第二师九十余人的队伍,这一百五十余人的部队是在省委派到第九军任政治主任的魏长魁率领下首次踏上西征途程的。途中,遭到敌人袭击,魏长魁同志不幸牺牲,部队在常有钧、郭铁坚的率领下继续前进。后来这两支部队,经过长途跋涉和曲折的斗争,常有钧率领的三军政保师于九月中旬,郭铁坚率领的九军二师部分人员于十一月间,先后到达了海伦县东山里第三军开辟的后方基地。

在松花江下游地区第一批出发的另一支西征部队,是八月上旬从萝北县梧桐河畔老等山启程的第六军参谋长冯治纲、第二师师长张传福率领的二百余人的队伍。这支部队挺进到汤原县境,在黑金河西岔口宿营时,遭到日伪军的突然袭击,师长张传福等八名同志英勇牺牲,临时党委书记陈雷臂部负重伤。但是远征战士在军参谋长冯治纲、临时党委书记陈雷的领导下继续西进。为避开敌人的袭击,他们穿越小兴安岭的密林,在蚊蠓叮咬,血透衣衫,足溃汗滴气喘难的艰苦环境中行进,终于克服了种种困难,于十月初胜利到达海伦县东山里八道林子,在第三军后方基地的密营与师长张光迪领导的三军六师的部队会师。

第二批西征的部队,也是在两个地区分别踏上征途的。一部分是第三军在三江平原南缘完达山脉宝清地区活动的第三师和第四师的队伍,另一部分是在小兴安岭东坡三江平原西端萝北地区活动的第六军三师的队伍。

同年八月,第三军第四师,在第三军政治部主任金策的部署下,除原

1924—1949
第三章 在战火中成长

来单独活动的第三十二团和少数伤残人员外,其余一百五十多人在师长陈云升和于保合率领下,从宝清向五常、舒兰三军过去活动的老区远征。当部队西进到勃利县境时,在敌众我寡的不利形势下,屡遭敌袭。最后,在敌人围困,粮食断绝的危急时刻,经不起艰难环境考验的陈云升开始动摇。代理政治部主任于保合劝说陈云升带队回宝清,陈不采纳,于保合只好与李在德等少数人员离开四师西征部队回宝清同四师三十二团团长李铭顺领导的队伍一起活动。陈云升于一九三八年十二月,杀害了三十六团副团长隋星玉,带三十余人在方正县叛变投敌。

第三军政治部主任金策与原三军三师政治部主任侯启刚、三军七团团长张凤岐率领的原三师七十余人的骑兵部队,于八月七日从宝清出发。在金策率领下,绕道经富锦横渡松花江后,进入绥滨县境,沿着黑龙江上行,到达萝北,在梧桐河畔与王明贵领导的部队会师。随后,由王明贵领导的六军三师和二师十二团、侯启刚领导的三军三师所组成的第二批又一支部队,九月七日在萝北县梧桐河畔老等山一同踏上西征的途程。九月十日,西进部队来到都鲁河的东岸,因秋雨连绵,河水猛涨,部队受阻。在当地群众的支援下,部队用借来的一只小木船往返摆渡三十多次,才将部队人员、马匹、给养送到河的西岸。当大部队挺进到汤原县汤旺河东岸时,金策同志鉴于大部队在出发后的一段行军中,目标明显,易被敌人注意,同时,部队大,人数多,行动不灵活,粮食问题也难以解决,便与王明贵、侯启刚研究决定,将三、六军的西征部队分兵两路向西挺进。第三军三师七十余人的骑兵部队,在师政治部主任侯启刚的率领下,从汤东柳树河口向庆城、铁力方向前进。第六军三师和二师十二团的二百余人的队伍,在金策、王明贵的率领下,从汤东军政学校继续向海伦挺进。

由金策统一指挥的这个第二批西征的大部队,从汤旺河流域开始分路向西挺进后,都是行进在人烟稀少,荆棘丛生的深山密林之中。时逢浓荫蔽天,湿云低暗的秋雨季节,战士的脚在行军中大部分都被雨水浸泡沤烂。西进部队就是在这样艰难险阻的困苦环境中行进。三军三师侯启刚率领的七

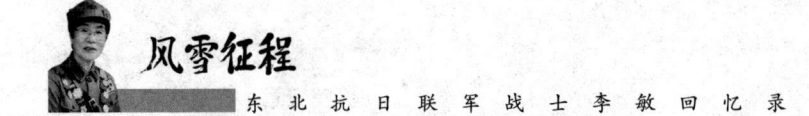

风雪征程
东北抗日联军战士李敏回忆录

十余名骑兵部队经过两个多月的时间,金策、王明贵率领的六军二、三师二百余人的部队经过一个多月的时间,先后于十月上旬到达海伦三军后方基地,在八道林子与第一批到达的冯治纲参谋长领导的部队和在该地区坚持开展活动的第三军张光迪领导的第六师会合。

北满抗联三、六、九军在下江地区活动的主力部队,按北满临时省委第八次常委会议关于组织部队西征的决定,在北满抗联总政治部主任李兆麟、第三军政治部主任金策的正确部署和军师各级领导干部的积极贯彻下,于一九三八年十月份以前第一批和第二批西征部队都先后到达小兴安岭西麓,第三军在海伦东山里所开辟的后方基地。李兆麟为了做好下江留守部队和十一军的工作,仍留在下江地区。①

关于李兆麟最后率西征部队的情况及西征部队以后的战绩主要有:

1938年10月,率领第六军教导队和第十一军一师李景荫部百余人的队伍,最后离开宝清三、六军后方基地举行西征。

1938年12月下旬,率队到达小兴安岭西麓的海伦县境,在东山里八道林子第三军后方基地,与第三军第三师和各军先行到达的西征部队胜利会师。至此,北满抗联部队西征的计划已经实现。

1939年9月18日,为纪念"九一八"八周年,第二支队在总指挥李兆麟部署下,攻陷了讷河县城。

1939年10月中旬,率六军教导队和三军八团,在讷东三合屯击溃四倍于我的日伪军"讨伐队"之后,又深入到孔国乡哈里屯纪家窝棚,勒令四家大地主给抗联送冬装、棉靰鞡和棉帽各一百六十套(件)。

1940年9月25日,在总指挥部的部署下,第三路军第三、九支队攻克龙北重要县城克山。

---

① 刘枫、李颂鸾:《李兆麟传》,黑龙江人民出版社,1989年版,第116~120页。

1924—1949
第三章　在战火中成长

转战老等山

西征队伍出发了,张政委时刻挂念着远征的战友们,心中十分忧虑,他祝愿西征的部队能够突封锁、破重围,踏破兴安万重山。

西征部队走后,张政委召开了地方干部会议,参加会议的有下江特委书记高禹民,萝北县委书记王永昌等同志。高禹民同志还带来了地方工作人员赵永彬指导员、张玉春(女),他们后来留在了教导队。

会议上张政委对地方的工作作了安排和部署,会后,因下江地区地方组织遭到了严重的破坏,高禹民同志留在了部队。

会议结束后不久,8月份我们教导队随军部转移到了老等山。老等山上有一种黑白相间的鸟,叫长脖子老等,这座山就以这种鸟儿命名。老等山紧靠都鲁河,河边是一人多高的芦苇,芦苇下面都是水。那年连日暴雨,都鲁河也在涨水,水深流急。

我们要在老等山赶制第二批西征队员的服装。萝北县委书记王永昌带着交通员马福东为我们运送布料,湍急的都鲁河成了天然的运输线。

王永昌书记和马福东都是十分能干的好同志,他们在日伪白色恐怖的威胁下,千方百计地筹集布料,然后装船。他们在布匹上面盖上些芦苇作为掩护,再将布料顺都鲁河运到我们的驻地老等山。

当时的芦苇也是一宝,农民们用它编炕席,编草帽,还可以卖钱,所以盖上芦苇敌人不会怀疑。

王永昌同志1901年生于山东省寿光县,九一八事变后在汤原参加抗

风雪征程
东北抗日联军战士李敏回忆录

日义勇军,后由夏云杰同志介绍加入中国共产党。1935年任中共汤原中心县委委员兼富锦县委特派员;1936年任绥滨县委书记,1938—1939年任萝北县委书记;1940年曾随冯仲云政委西征到南北河密营,南北河会议以后,4月份派往北安,任北安县县委书记。王永昌同志在北安县组织救国会,为歼通北石泉镇警察护卫团、袭击徐占国屯警察所、偷袭口门子日伪连,提供了准确的情报,为抗联筹备了大批粮食、衣服、药品等物资。1941年初,中共北安中心县委遭破坏,王永昌同志在北安城内四道街王鑫贵饺子馆以伙计身份为掩护,坚持地下斗争,组织营救被捕入狱的群众,寻找联系抗联失散人员。1945年8月,他安排地下党、抗联战士对叛徒尚连生、于静波予以处决。1945年8月17日,他主动与来北安的王钧副司令联系,参与了北安政权接收和组建人民武装工作。1945年11月16日,被任命为中共北安中心县委副书记兼任县大队政委。1947年调任黑嫩省农业厅长,1952年逝世,享年五十一岁。

  记得我十一岁那年被狗咬伤时,是王永昌同志背着我求医问药,他是我的救命恩人,还是我爸爸的战友。他过早的病逝了,后来他的儿子把他的尸骨运回了老家。

  马福东同志据说后来和组织失去了联系,就去了林区铁力,以扛木为生,为了不暴露身份,他装了四年的哑巴,解放后才和组织接上关系,被安排在富锦县园林处工作。

  当年,他俩在地方上向老乡借了一台老式的缝纫机和两台手摇缝纫机,装船运到老等山。运过来的布匹颜色不一,白布居多,我们就用柞树皮加艾蒿染成了土黄色,用锅底灰染成土灰色。到了后来,布料用没了,就把所有的帐篷全都收了上来改制成衣服,所制成的军装有藏蓝色、土黄色和土灰色三种。

  当时做军装的有裴大姐、金碧荣、张玉春和我,裴大姐负责裁剪,我们三个人缝制,教导队的男同志负责煮染、晾晒布料。

  最让我们为难的是帽子,当时弄不到红布,帽子上的红五星没法制作,我们就向战士们要他们的包枪布。战士们都爱用红布包手枪,说是枪法灵验,当时红布又奇缺,谁得到红布都像宝贝一样珍藏着。在我们的动员下,战士们都交出了自己的包枪红布,即使这样,红布也远远不够,没有办法,一部分军帽就没钉上红五星。

有一天发军装,当班长夏洪年把军装都发到战士们手中后,战士于德发发现自己的军帽上没有红五星,他抬头看看班长的帽子上有,就一把上前摘下了班长的帽子扣到自己的头上,然后把自己的帽子给班长扣上。班长不干了,又一把抢回了帽子,两个人抢急眼了,撕扯在了一起,在地上骨碌来骨碌去。

于德发是一名身高体壮的战士,打仗十分勇敢,就是脾气不太好。

这时,张政委听到了动静,跑了过来,两个人听到政委来了,赶紧从地上爬了起来,张政委问他们:"你们这是干什么,有什么话不能好好说?"

班长夏洪年赶紧打立正报告:"报告政委,他抢我的帽子……"

战士于德发也赶紧打立正报告:"报告政委,我的帽子没有红五星,他的有……"

听了他俩的话,张政委沉默了片刻,他并没有批评他俩,而是喊来了裴大姐问为什么有的帽子没红五星。裴大姐报告说:"红布都用没了,连战士的包枪布都用没了……"

张政委说:"那就再想想办法,发动发动群众。"

裴大姐说:"他们还能有什么法子啊?该想的都想了。"

"那就不会到山上再去转转啊,看有什么能代替的。"

张政委的话提醒了大家,我们随裴大姐上了山,到了山上同志们四处张望,忽然发现有一种红桦树,干脆就用树皮做吧,大家赶紧剥树皮,桦树皮很柔软,回来后我们剪了好多的红五星发给了战士。红树皮做成的五星虽然没有红布那么鲜艳,但也有另一种的美,戴在帽子上十分漂亮。

张政委对部队的纪律和军容要求十分严格,他总是教育我们说,我们是在中国共产党领导下的人民部队,要时刻注意自己的形象,要让老百姓

风雪征程
东北抗日联军战士李敏回忆录

信任我们,支持我们,拥护我们,我们才能取得最后的胜利。

部队的指战员都知道张政委的要求,每次去见他都把胡子刮干净,即使冬天没有水也要用白雪把脸擦一擦。多少年以后,张政委的话,还时时回响在我的耳边,可以说张政委的战士都非常注意自己的形象和军容。

■ 仿制的桦树皮五角星

农历八月初,我们送走了第二批的西征部队。第二批西征部队是由第六军第三师师部警卫连、第八团和第二师第十二团所组成,由王明贵同志率领向海伦开拔。第三军第四师政治部主任金策和侯启刚这时也率队来到了老等山。金策同志是中共北满临时省委常委、宣传部长,他决定第三军第三师部队和第六军第二批西征部队同行,并指定王明贵同志为第三、六军联合西征部队的军事指挥员。

送走第二批西征部队后,我们做完了最后一批军装,也准备出发了。老等山下,走出五百米,有猎户和渔民,那里有个鱼亮子(打鱼人住的地方),一个外号叫"王大包"的渔民就在河边,他有一间小草房,还有一盘碾子。

"王大包"种了几块玉米地,最后军部断粮时,他曾把自己的玉米都给了部队,张政委给了他一些钱,而且向他表示了感谢。他的玉米有老的玉米棒子还有青的没成熟的棒子。有了玉米棒子后,我们自己拉碾子加工粮食。因粮食紧缺,苞米芯

■ 李敏与梧桐河农场党委书记刘英在老等山密营遗址

子都没舍得扔掉,和苞米一起碾碎了熬粥喝。

在一个阴雨天里,部队集合在"王大包"的鱼亮子上,我们将在这里登船顺都鲁河而下,横渡松花江,赶往双鸭山方向,与徐光海的部队会合。此时徐光海主任收到《抗日联军下江紧急通告》(1938年8月1日),《通告》是以东北抗日救国总会、第二路军总指挥周保中和第三军政治部主任金策的名义签发给活动在下江地区各军师、旅领导的,其主要内容是:

(一)遵照国共合作全民抗日统一战线拥护之国民政府中央林主席、蒋委员长及北方战区朱总司令不久以前传达到着之指示,我东北抗日联军,编列全国统一一致之战时军制范围,一切军事政治建制行动,应以国民政府中央颁布之战时政令、军令为标准,参照东北实际情形,切实奉行。现我联军与中央内地及北方战区之确定联络,最近正积极设法建立中。

(二)下江汤原、绥滨、萝北、佛山各地联军部队,由北满方面东北抗日联军总司令部赵总司令及三、六军军司令部直接领导。江南、依、勃、富、桦、宝、饶、密、虎各县,三六两军部队及独立师部队,由三军军政治部主任金策同志暂时直接统一领导。依、桦、富、宝各地,第四、第五、第七各军部队,统由第二路军总指挥部参谋处长王效明同志临时统一领导。金主任策与王处长效明,确保固定一致之联系。

(三)关于目前游击策略,各军部队行动,依照前记第二项规定军队关系,分别策划规定之。

(四)嗣后如未得总会暨北满方面东北抗日联军总司令部、第二路军总指挥部之共同统治变更时,关于下江联军军事行动及统一联系,绝遵照前记二、三两项执行,不得擅自变更或任意紊乱系统。

(五)下江联军各部经济、军需粮秣之筹划征发:(甲)依金主任策及王参谋处长之共同规定、指示办理;(乙)就游击活动当地实际状况,依部队间的相互密切联系及需要,共同规定临时办法。

(六)下江联军部队,应按规定关系,不断互通情报。遇与敌人作战时,

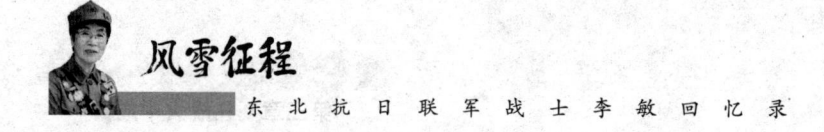

绝对互相援助。

（七）下江各部队应努力保持对民众抗日救国之良好关系，凡借端勒索绑架非法逮捕，以及打骂酷刑，绝对禁止。

（八）凡下江部队收编队伍以及遇有联军纠纷事件，须依照北满方面东北抗日联军总司令部、第二路军总指挥部以及中华民国二十六年二月联军洼峰会议历次成案办理。如违反者，即认为破坏联军纪律，决行惩治。

（九）对于敌探走狗奸细间谍，各部队应绝对制止与肃清之，并须设法制止叛逃投降于日贼者。

《抗日联军下江紧急通告》最后说：

亲爱的同志们！我国全民抗战，已经逾年。日贼虽然外强中干益见显露，但日贼主力军尚未整个崩溃瓦解以前，我东北游击运动仍是吃紧。东北处在日贼重要后方，当次抗日大战深入扩大的时候，国际的风云，亦在异常紧骤着。我们先进的东北抗日联军为了达到动摇破坏日贼后方，牵制日贼主力行动，要争取最后胜利，我们必须在斗争中改正自己的缺点，"知己知彼，百战百胜"。日贼是在怎样的图谋我们，我们应该进一步反抗进攻日贼。所以今后联军一切，首在绝一行动，团结坚实。我们是民族解放的英雄，抗日救国坚贞不拔之士，要完成我们光荣伟大的事业，我们更加团结起来作更坚强胜利的奋斗！[①]

此后，根据《抗日联军下江紧急通告》精神，抗联指战员信心百倍，斗志昂扬，都表示要团结一致，做民族解放的英雄、抗日救国的斗士，以新的精神面貌去开辟新的战场。

[①] 中央档案馆等编：《东北地区革命历史文件汇集》甲52册，1990年5月内部印行，第245~248页。

1924—1949
第三章 在战火中成长

横渡松花江

农历八月初,天上哗哗下着雨,那年的雨水特别的多,整日下个不停,天好像是漏了一样。

傍晚,队伍集合在"王大包"的鱼亮子边,王大包和渔民们为我们准备了四艘渔船。我们将在这里上船,顺着都鲁河进入松花江。

那天,我坐上了过江的第一只渔船,船上能坐六七个人,连日的大雨河水暴涨,淹没了河边的芦苇和小树丛,水连着天,天连着水,四野一片白茫茫。

小船顺着都鲁河向南漂游,不时撞击着已淹没在水中的河岸。走不多时,忽见浊浪滔天,一个大浪铺天盖地地打了下来,原来我们已经进入了松花江口,都鲁河水涌入松花江的一刹那,两条江水的合力突然间涌起的大浪差点掀翻了渔船。巨浪中,小船顿时失去了控制,大家都死命地抓住船帮,生怕被甩出去。就在这时,教导队的小战士丁福同志可能是受了惊吓,高喊着:"报告,我要尿尿。"当时,我们教导队有三福,是三个叫丁福、赵福、于连福的战士。连长气得高喊:"都不许动,谁有尿,都往裤子里尿。"

江面上,江风一阵紧似一阵,雨还在不停地下,一排排的大浪拍打着小船,汪洋中的小船,一下子越上峰顶,一下子跌入浪底,随波逐浪地向下游的岸边冲去。最后,我们总算是越过了江心的急流,停靠在一个叫华马的地方。

这次过江真是惊心动魄,小船进了不少的水,好在是有惊无险,船靠岸后,我们每个人都好像是从水中捞出来似的,不一会,后面的船也都陆续地靠了岸。

战士们把船扣在岸边的柳树通子里,渔民们会自己来把船划回去。

天大黑了,雨还在不停地下,队伍钻进了一片苞米地,雨水打在苞米叶子上刷拉拉地响。苞米地里泥泞难行,泥水到了膝盖,这只脚刚拔出来另一只脚又陷了进去。部队在雨中艰难地行进着。教导队新派来的连长白福厚同志带着两名战士前去探路,命令我们原地休息。咋休息呀,满地的水和泥,我们只能原地站着,等待消息,有的战士开始找村民没收干净的苞米了,找到了大伙掰开分着吃。

队伍又开始行动了,原来探路的同志发现了一片瓜地,瓜已经罢了园,瓜窝棚还在,里面住着一位老大爷。大爷听说我们是抗联部队,就招呼大家过去。

到了老大爷的瓜窝棚,老大爷给我们烀了一大锅土豆,土豆烀熟后,每人分两个。好久没有吃到土豆了,皮都没剥,大家站在泥水里吃得那个香啊,两口就进去了。

吃完了土豆,连长给了老大爷一些钱,部队就向附近的一个村子走去。

这是一个刚"归屯并户"不久的村落,原名叫韩家村,现在叫韩家围子。围子里是一排排低矮的马架子房,村民们不少是从别的屯子被小日本赶到这里来的,百姓们啥东西都没能从原先的家中拿出来,无奈之中互相帮衬着搭起了这些马架子房。马架子房低矮阴暗,连日的暴雨家家户户都进了水,灶坑都泡在了水中,乡亲们都在不停地往外舀水,我们看着心里十分难过,到了冬天他们可咋过啊!

1936年日伪军加紧实施了罪恶的"集团部落"政策。就是在农村建立一个大围子,四面修上城墙,强制让周边几个或十几个村屯的农户搬到里面居住,原有的房子全部烧掉。在大围子中设有岗哨,门口有日伪军把守,百姓进出要有"路条"才能放行。这样做的目的就是要彻底阻断抗日联军与人民群众的联系。据敌伪资料中记载："1936年全东北建立'集团部落'3361个，到1938年竟达到12565个"。同时强化"集团部落"的管制措施，严格施行保甲、户口调查和报告制度，发放《居民证明书》，增强武装人员并配备枪支，使之成为"武装部落"。在"集团部落"和乡镇之间加紧修筑警备道路、安装警备电话，以增加"讨伐队"的机动能力。"集团部落"的建立与强化，隔断了抗联部队与群众的密切联系，极大地限制了抗联部队的活动。

除"集团部落"制政策外，还规定"集团部落"离种地的地方要在四公里之内，以防农民同抗联队伍联系。

秋收时，还要清查地亩，核实产量，强迫农民按数缴粮，以防止农民暗中给抗联队伍留粮。敌人在抗日游击区附近的大小城镇实行物资专卖，对每个购买者用各种复杂的手续加以限制，一切生活必需品都实行"配给制"，特别是对布匹、棉花、胶鞋、食盐、药品控制得更加严格，严防向游击区运送任何物资。不仅如此，敌人还制定了所谓的经济犯条例，采取严酷的法西斯恐怖手段，凡是以经费、枪弹、粮食、服装、医药等物资供给抗日联军或代为采购者，一律以"通匪"论处，并且牵累亲友，连坐邻里。

由于日伪统治者采取上述一系列毒辣政策，千方百计地破坏东北抗日游击运动，致使原有的抗日游击区、根据地大部分遭到严重破坏。1938年以后，东北抗日游击战争转入极端艰苦的斗争阶段，抗日各军不得不转入人口稀少的深山区。在异常困难的形势下，不但遭到了强大敌人的追击围攻，还因受到断粮、断药等等的威胁而经常忍受饥饿和疼痛的煎熬。粮食和医药等给养，都要经过激烈的战斗去获得，甚至付出鲜血和生命去换取。特别是在冬季，天寒地冻，缺衣少食，斗争更加困苦，部队经常在饥寒交迫的境地与超过自己力量十几倍、几十倍的敌人周旋苦战。

在建立"集团部落"的过程中，日本侵略者犯下了滔天的罪行，仅在桦南地区就制造了多起骇人听闻的惨案。

日军在"归屯并户"中烧毁村屯一百二十多个，烧毁或拆掉民房二万

风雪征程
东北抗日联军战士李敏回忆录

四千多间,被杀害、冻饿而死的群众一万三千多人,荒芜或放弃的耕地二千一百多垧,伤害耕畜四千八百多头(匹)。

1937年冬,日军在土龙山一带,强迫小村屯和散居农户离开自己家园,迁到指定的部落内,放火焚烧大洼、半截河等地民户住房。大火烧了几昼夜,几百户农民流离失所,无家可归。逼得孕妇数九寒天在野外分娩,人民群众饥寒交迫,叫苦连天,惨不忍睹。

日寇所犯下的罪行真是罄竹难书。

那一天,进了韩家围子后,战士们分散敲开了几户原有的住家,我们几个女兵进的这户姓韩。这家人是坐地户,房子也不算宽敞,屋内南北炕上住着老少三代人。我们进去时,老太太怀里抱着小孙子,老太太的儿子听说我们是抗联部队的忙招呼我们炕上坐,一边招呼一边说:"老疙瘩,辛苦啦,瞧这大雨的天。"他以为我们是小男孩。老太太的儿媳妇接过了孩子躲到炕梢,当时,我们几个女兵都剪的短发,又都戴着帽子,所以她也把我们当成了男兵。

我们和这家人唠起了家常,他们问我们多大了,我说十四了。一听我们说话,老乡们全愣住了:"哎呀,你们是闺女啊,女人家也出来抗日啦?"这家的儿媳妇也忙上前来看我们:"嗨,我还以为你们都是爷们呢。"这时,这家的男人赶忙出去,喊来了左邻右舍,让大家都来看看女兵什么样。

趁此机会,裴大姐带着我们向老百姓展开了演讲,我们讲了日本鬼子对我们国家的侵略,讲乡亲们现在都过的什么日子,讲中国人要团结起来打跑日本帝国主义,讲我们抗联部队是中国共产党领导的队伍,是为百姓求解放的队伍。

听了裴大姐的演讲,看见我们一身湿淋淋的衣服,乡亲们都十分的感动。紧接着我们唱起了抗战歌曲,草房里挤满了老乡,后来老太太把窗户都打开了,有的进不来的就站在外面头顶着簸箕冒雨来听。来听歌的老乡大部分都衣不遮体,有的腰间围着一块麻袋片,用个草绳系着,两条腿光光的露在外面。

1924—1949
第三章 在战火中成长

我们第一支歌唱的是《贫农四季叹》,当这支歌唱完时,不少的老乡都流下了眼泪,是啊,手无寸铁的老乡们被日本鬼子害得太苦啦。接下来,我们又唱了《五更叹》和《反日四恨》等歌曲。

这时老乡们纷纷拿出了烀熟的苞米,塞到我们的手里,热乎乎的苞米暖透了我们的心。正在这时,部队通知集合出发了,我们不能在这里过夜,如果让敌人知道会血洗这个村庄的。

依依不舍地就要告别乡亲了,这家的大娘拿出了几支香,跪在了供奉的灶王爷跟前,一边流泪,一边祷告:"老天爷啊,保佑保佑这些好心的闺女吧,她们都是好人啊,是为咱老百姓去打仗啊……"

到了这里高禹民同志就要和我们分手了,他是到这里视察工作的。根据这次渡江的经历,他创作了一首《浪潮歌》。这首歌是对抗联战士们在狂风暴雨之夜驾渔舟渡江的艰险和对日寇"三光政策"的真实写照。

高禹民同志原籍山东高密县人,1924 年随父母闯关东来到依兰、勃利等县。其父摊煎饼养家糊口,还送他上了学。但是,不久父亲故去,他只好依靠半耕半读(给地主放牛)坚持读完了中学。

高禹民早在中学时代就参加革命,从事抗日活动。曾任下江特委书记、北满省委执委委员、抗联第三路军第三支队政委等职。他的未婚妻张宗兰同志,是张耕野的妹妹。张宗兰 1918 年生于黑龙江省双城县城,十三岁小学毕业,1934 年春进桦川中学读书;1935 年冬加入中国共产党;1936 年 12 月任中共佳木斯市委妇女部长,年末到桦川县公署当文书,利用这个职务给党组织收集情报;1938 年 3 月 15 日日伪统治者制造震惊东北的"三一五"大搜捕事件,她化装离开佳木斯市到了哈尔滨住进道外天泰客栈,3 月 20 日晚在特务搜捕时牺牲,年仅二十岁。

残酷的对敌斗争使这对恋人没有机会成家,张宗兰同志过早的牺牲使他们生死相隔。

高禹民同志是一位忠诚、优秀的指战员。在敌人高压和饥寒交迫中他以"只要头尚在、血尚温,誓死抗日"的思想鼓舞战士。他在给北满临时省

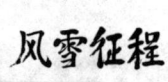

风雪征程
东北抗日联军战士李敏回忆录

■张宗兰　　　　■高禹民

委的信中写出了自己的一片赤子之心：

亲爱的同志们：

现在夜已深了，室外的狂风配合着树声呼呼怒号，冷风阵阵袭来，吹得一盏昏暗的野兽油灯的灯火动摇不定。燃烧鼓舞起革命的热情，吃马皮、树皮、松子的战士们正在酣睡着，负伤同志们的咳声打动了我的心弦，周身的热血在奔腾狂流……使我一刻也不能忘掉，同时也没法忘掉，这一切的一切都是在指示我们在急转的漩涡里踏着点点的鲜血，前进……杀敌……冲锋！

不幸的是，1940年11月9日，高禹民同志在呼伦贝尔盟阿荣旗鸡冠山战斗中壮烈牺牲，他所写的《浪潮歌》永远地留在了抗联史册。

1924—1949
第三章 在战火中成长

浪潮歌

高禹民 词
古 曲

法西斯残暴,战火烈焰烧,革命斗争汪洋大海谨防水底礁。狂风起浪潮,水手舵把牢,毁船难上岸冲!冲!敌溃也难逃脱,资本主义坟墓俱备了,丧钟一声敲。阶级仇恨难消誓死高举红旗摇红旗摇!赤光普照中华万恶消。

部队出发了,漆黑漆黑的夜,外面的雨还在下,我们冒雨离开了韩家围子后,天亮前又钻进了一片苞米地。

东方露出了一抹鱼肚白,淅淅沥沥的雨也慢慢停了下来。顺着苞米棵子向外望去,不远处有几户零星的人家,最近的那一户墙上挂着的红辣椒和成串的玉米棒子清晰可见。

这里是一片开阔地,部队怕暴露目标,白天不能行军,军部通知就在苞米地宿营了。我们又往里走了走,撅下了苞米棵子铺在了地上,也顾不得湿淋淋的衣服紧贴在身上,几个女兵挤在了一起倒头就睡着了。

腰山战斗

经过了惊心动魄的一整夜,战士们又困又乏,这一觉一直睡到了天擦黑。

天空又开始下起了蒙蒙的细雨,雨中我们出发了。还是泥泞的苞米地,还是没膝深的泥水,天黑得伸手不见五指,农历八月的夜晚,寒气逼人,战士们冻得上牙直打下牙。忽然,前哨传来了口令:"注意,前方有公路,过路时要迅速!"果然,不久就看到了佳木斯通往富锦的公路横在我们的面前。大家迅速地跨过了公路,这次没走多远,就来到一座大山前,摸着黑我们开始爬山了,告别了泥泞的苞米地,这下可是好多了,那陷人的庄稼地真是太难走了。

这座山叫作腰山,山上的落叶和枯树枝厚厚的一层,暄暄的,路也好走了许多。经过了一夜的行军,我们翻过了大山来到一个山窝里。

部队开始休息了,我们三个女战士抱了一些枯树枝铺在地上躺了下去。我摘下背上的背包枕在了头下,背包里有我的课本、字典,一个做饭的盆子拴在背包的带子上。天上还在下着小雨,裴大姐掏出一个白面袋子让我们三个人蒙在头上避雨,正在大家挤在了一起互相取暖、迷迷糊糊的好像要睡着时,忽然听到有人争吵,睁开眼睛一看,不远处出现了一处火光。原来是战士于德发点燃了一堆枯树枝,夏洪年班长生气地质问:"谁让你点火啦?暴露了目标咋办?"于德发不服气地反问:"咋的啦?都要冻死人了,点堆火烤烤不行啊?你们的胆儿咋那么小?"听到吵闹声张连长也跑了过来,张连长说:"这里是敌占区,我们不能暴露目标,赶紧把火弄灭了,抓紧时间休息吧。"大家七手八脚地把火熄灭,都挤在一起休息了。

不知道睡了多久,忽然有人拽了我一把,耳边"咔咔、咔咔"的机枪声响成了一片。睁开眼睛一看,天已放晴,同志们正在向山上冲去,我赶紧爬了起来,抱着枪也向山上跑,不一会儿就跑到了前面。跑到前面后,我扭头看了一眼,发现张政委就在我的右侧,这一看,就觉得不对劲了,同志们都背着背包,自己的后背空空的,我忙喊着:"我的背包,我的背包……"张政委听到喊声,知道我丢了背包,就拿眼睛瞪着我,我知道事情不好了。那时候,教导队的纪律是十分严格的,纪律里面有一条,行军、打仗、露营都不许丢东西,我们的一针一线,一碗一盆都不能落入敌人的手中,因为敌人会把它当作战利品去展示,去领赏,抗联部队不准丢东西,这是军纪。

我知道自己犯了大错误,赶紧往回跑,上山容易下山难,雨后的山路溜滑,好不容易,叽里咕噜、跟头把式地跑到了山脚下。

山脚下有一片荒荒的黄豆地,地里的豆子没人收割,还夹杂着一人多高的荒草,我的背包在黄豆地的那一边。这时敌人的机枪还在咔咔地响,我不敢跑着去拿,就一点一点地从垄沟里爬了过去,背包离黄豆地还有几米远时我站起来跑了过去,一把拽住了背包,还没来得及背上,就听敌人的机枪咔咔的向这边扫射。我赶紧就地卧倒,匍匐着又爬回黄豆地的垄沟里,就在爬到地中间时,听到左侧几米远的地方,有刷拉刷拉的响声。我当时也害怕,难道是敌人跟上来了,就在这时,听到白队长在小声地喊我:"小李子,小李子,我受伤了……",原来是白福厚在那里,我赶紧爬到他的身边,他伤在了左腿的小腿肚子上,血水顺着腿肚子流到了脚脖儿,我赶忙在白衬衣上撕下了一条布,给他做了包扎。原来白团长看我返回去拿背包他不放心也跟了过来。看到白团长受伤我心里十分难过,要不是我犯错误,白团长咋能负伤啊。

我俩顺着地垄沟爬到了地头,敌人扫了一梭子子弹没有发现什么,就不往这边打枪了,我俩钻着树空又上了山。

风雪征程
东北抗日联军战士李敏回忆录

队伍已经抢占了山头的高地，开始阻击敌人了，我和白团长绕开攻山的敌人，爬上山顶和战友们会合了。这时张政委指挥战斗，他留下一半的战士继续阻击敌人，另一半的人向西南侧第二个山头撤退，等一部分战士抢占那个山头以后，再掩护第一个山头的队伍向第二个山头转移，敌人摸不清我们究竟有多少人马也不敢贸然强攻。估计这是一小伙儿巡山的支队，发现了我们的行踪，尾追过来了。

第二个山头，地势很陡，队伍抢占了三个制高点，我们都不出声，静静地等着敌人上来。追击的敌人过来了，我们都能听到日本鬼子一边爬山，一边嗷嗷的叫声。就在敌人爬到离我们不远的地方，我军的两挺机关枪"咔咔、咔咔"地响了起来，冲上来的敌人被打了下去，从敌人的嚎叫声中判断他们好像死了人，敌人退下去了。这时，于德发顺着山洪冲击形成的一条水沟，像只猴子似的蹦了下去，下去后，果然看到一个日本军官被打死在那里。那个军官手里拿着一个王八撸子，于德发拿过了王八撸子三蹿两蹿地又跑上了山头。上来后，同志们都抢着看枪，他大大咧咧地说："小李子，这把王八撸子给你吧，俺们男人不用这东西，名儿不好听。"我说："我也不要，什么王八撸子，我也嫌名儿不好听，再说我也不会用。"同志们听了都哈哈大笑。

趁着敌人退下去的功夫，我们又开始转移了。翻过了第三个山头，山下有几处被烧毁的房屋，只剩下些残破的土墙，土墙四周都是荒地。据说，这里后来就叫火烧屯。我正走着听到战士葛海清在喊我："小李子，小李子，你快过来，这儿有黄瓜。"连续的奔袭、爬山、作战，我们的嗓子眼早就冒火了，听说有黄瓜，我离开了队伍，不顾一切跑了过去：

"黄瓜在哪儿？黄瓜在哪儿？"

"地里头呢，你快去找吧。"

估计这里的人家已经被日本鬼子"归屯并户"了，种下的黄瓜也没来得及收，地也没人侍弄，蒿草和稗草一人高，和黄瓜秧杂在一起，好多黄皮的老黄瓜挂在秧上，我把大枪背在了后面，赶紧手忙脚乱地去摘，摘了没

1924—1949
第三章　在战火中成长

地方放,背包满满的,就夹在胳膊窝里,摘了这个丢了那个,真像黑瞎子掰苞米。

黄瓜还没来得及吃,忽然,葛海清在那边高喊:"小李子,救命啊,我掉到井里去了。"啊!掉井啦?顺着喊声我找到了一堵断墙边,断墙前面都是蒿草,有一口用木版围起来的四方水井隐藏在其中,葛海清这时用两只胳膊撑着井沿,自己上不来。葛海清这名战士,眼睛不太好使,可能是近视。看到他掉了井,我忙用两只手去拉,可是他那么个大个子,我怎么拉得动,不仅他拉不上来,自己都险些被拽进去,我用两只脚死命地抵住井帮,高喊着:"救命啊,不好啦,快来人啊,葛海清掉井啦……"

听到喊声,行军中的曹玉魁队长和夏洪年班长跑了过来,七手八脚地把葛海清拽了上来,上来后我们发现井水已经没过了他的膝盖。曹队长气得直训我们:"谁让你们上这里来了,看看多危险,掉下去就没命了,赶紧转移,敌人还在后面呢。"

我们撵上了队伍,一直往西走,一边走一边可惜那些没吃到嘴的黄瓜。

不久队伍来到了一个小村庄。小村庄背靠着高山,所以叫靠山屯。靠山吃山,这里的百姓盖的房子和家中的用品多是用木头制成。

屯里的乡亲们听说抗联部队来了,都到村口夹道欢迎。走到这里,战士们都渴得不行了,老乡们拎出了木制的大水桶,盛满了清水,战士们用木头做的大水舀子咕咚、咕咚地喝了个够。靠山屯的木水桶是用窄木版竖着拼成的,外面围着三道铁箍,水瓢是整块的木头做成的。

喝完了水,张政委讲了话,他感谢乡亲们对我们的欢迎,又讲了一些抗日救国的大道理。

这次战斗,张连长和白福厚负了伤,张连长伤在了右胳膊,白福厚伤在了小腿,老乡们回家取来了白布,我们给他俩进行了包扎。

部队不敢在村子里久留,也许敌人就在附近,包扎完伤员又向靠山屯南面前进了。

会师庞老道庙

庞老道庙坐落在一座山的东南坡,一条小路通到半山腰的庙门前。山上长满了柞树和榆树,山下有一条清清亮亮的小河,庙不大,能住七八个人,看庙的是一位姓张的道士,他后来参加了抗联部队。

第六军第一师政治部主任徐光海,第四师政治部主任吴玉光,第十一军师长李景荫、于天放、张中孚等人都带着队伍在这里等着张寿篯政委。当时他们都在双鸭山、宝清、富锦一带活动,张政委要在庞老道庙召开干部会议,讨论第三批部队西征,一部分部队继续留在这一地区坚持战斗等各项战略部署问题。

我们到达这里时天已傍黑,糊里糊涂的吃口饭,部队就宿营了,我们几个女兵早就累瘫了,钻进庞老道庙前的一个草窝棚里,倒头就睡。

睡了一夜的安稳觉,第二天,天刚放亮我和金碧荣就跑到小河边去洗脸、洗衣服上的泥。我一边洗东西一边给金碧荣讲昨天我们去摘黄瓜,葛海清掉井里的事,我说:"昨天要是有这水,小葛哪能去摘黄瓜掉井里呢!"

小金子是个快乐单纯的姑娘,特别爱笑,她一边听我讲一边咯咯地笑个不停。听到笑声张玉春也跑了过来:"啥事那么高兴啊,说给我听听。"我俩又把昨天的事讲给了张玉春,张玉春也笑个不停,我们三个笑得肚子都疼,笑声伴着哗哗的流水,在清朗的晨光里飘散……

太阳露出了半张脸,朝霞布满了天边,这时一名年青的军官牵着一匹白色的战马来到河边给马饮水。听到我们几个女兵在这边嘻嘻哈哈的笑

1924—1949
第三章 在战火中成长

声,他不时地往我们这边张望,过了一会他犹犹豫豫地走了过来。

看到他走了过来,我们几个你碰碰我,我碰碰你,小金子说:"小李子,你认识他?"我摇了摇头。又问张玉春,张玉春也说不认识。

这名军官高高的个子,二十多岁,人长得挺精神,戴的帽子和我们第六军被服厂做的一样,上面有个红疙瘩。他把帽子戴的很低,看到我们后把帽子向后推了推,我忽然觉得这个人怎么这么面熟啊。

看到我们都不出声,他笑呵呵地说:"你们的笑声,把我的马都吸引过来了,你们认识我不?"我们几个你瞅瞅我,我看看你,都摇摇头,他又说了:"我可认识你们中间的一个人。"我们更糊涂了,他认识谁啊?

看我们都不吱声,他又说了:"当年我们上山时,是谁哭着喊着要跟着啦?是谁和我们拉钩,要我们骑马来接她啦?"

啊!这是说我啊,我又仔细地看了看他,这不是和哥哥一起上山的李贵学吗?当时他们是哥俩一起走的,他弟弟叫李贵燮。如今他长高了,也胖了。

看到李贵学我真是太兴奋了,就像又见到了我哥哥。李贵学说:"小凤,你长高了,像个大姑娘了,不过,没太变模样,我还能认出你来。"

小金子和张玉春看到我遇见了熟人也都挺高兴,李贵学当时在第六军第一师第二团任连长。

就要开饭了,李贵学该回去了,他和我们说:"既然见面了,我和你们几个握握手行不行?我很敬佩你们女战士啊。"

我们几个你看看我,我看看你,握握手?那就握握手吧。

李贵学和我们几个女兵都握了手,牵着马哼着歌走了。

他走了以后,小金子说:"他的手真有劲,使劲地握我的手,你们呢?"

"哎呀,我们也一样。"说着,我们三个又"咯咯咯"地笑了起来。

吃过早饭,教导队要开战斗总结会,会上每个人都必须发言,说出自己的成绩和缺点。

我们坐在了一处朝阳的山坡上,白福厚连长和裴大姐主持会议,张政委在山坡上走来走去,听着大家发言。白连长说这次战斗我们打得不错,

风雪征程
东北抗日联军战士李敏回忆录

大家都很勇敢,敌人那边死了人,我们这边虽然有两个人负了伤,但没有牺牲的。可是缺点和错误也不少,你们都自己说说吧。

于德发同志先发言了,他说,我觉得自己不赖,缴了个王八撸子,缺点是我不该点火。

白连长说:"嗯,不错,优点、缺点都说了,还有谁说?"

我一想,我也犯错误啦,就赶紧举手发言。

"报告,我也犯了错误,我丢了背包,害得白连长受了伤……"说着,我的眼泪流了下来,一想到白连长负伤,我的心里就难过。

这时候,张政委过来插话说:"嗯,能认识到就好,不过,小李子还挺勇敢,知道回去找。我听说还有人犯错误,是谁掉井啦?"

战士葛海清不好意思了:"报告政委,是我掉井里了。"

"为啥掉井里啦?"张政委问。

"因为,因为去摘黄瓜去了……"

"还有谁去摘黄瓜了?"

我刚想举手,葛海清按住我的手,没让我举。"报告!黄瓜我们摘了,不过没吃着。"

"哗——"的一下,大家全都笑了。

会上,同志们全都发了言,说了这次战斗的感受。张政委最后做了总结,他又强调了战斗中的纪律性,这次所发生的事情,以后都要注意。

各部队的领导们在这里开了五六天的会,我们负责站岗放哨。会议中间第六军第一师、第四师的部队攻打了新城镇,战斗取得了胜利,弄到一些给养。

中秋节到了,那天部队吃的是玉米饼,战士们都高兴地说:"咱就拿玉米饼当月饼啦。"

这次会议圆满结束了,教导队的人员都作了调整,白福厚被任命为第六军第一师第三团团长,大个子张连长去第六军第四师吴玉光部队任团长,获分队长去第四师任连长,徐镐头任命为副官。

一部分部队开始了西征,第六军第一师第一团、第三团和第六军第四师政治部主任吴玉光的部队留在了三江地区开展游击战。

分手的时候,张寿篯政委对张团长和白福厚团长指示说:"一定要把这支队伍带好,我相信你们。"白福厚团长和张团长立正答道:"是,请首长放心,我们一定把部队带好。"

张政委和我们分手了,他带队去了江北,然后去伊春的老白山密营。我们四个女兵留在第六军第一师做宣传工作和前线救护,为了赶制入冬的棉服,由裴大姐带队我们将去第六军第一师密营报到。

锅盔山被服厂

锅盔山第六军第一师被服厂当年在宝清境内,我们当天就赶到了那里。随我们一起去的还有庞老道庙里的一位道士,道士姓张,五十多岁的年龄,留着黑黑的长胡子。他很爱惜自己的胡子,每天都捋的顺顺的,也许是部队在庙里开会,他接受了爱国主义的熏陶,就要求去抗日,部队领导批准了他的要求。考虑到他的年龄偏大,组织上安排他随我们去后方被服厂,做后勤工作。我们几个人也不懂什么道士、和尚的,只当他是出家人,就都叫他"张佛爷"。

被服厂的人员都住在一个山坡的地窨子里,里面能住二十多人。地窨子旁边还有一个小房子,房子有火炉子和天窗,那是我们的工作间。当时有一台大缝纫机和一台"一五"式小缝纫机,大的做棉服和上袖子,小的做一般活。没有活计的时候,缝纫机都藏起来,以防突然转移机器被敌人破坏。

我们去时,第一师被服厂的女战士有:

被服厂厂长朴英善(朝鲜族),她三十多岁,大大的眼睛很有神,是一位洒脱、直爽、干练的女同志。她是第一批上山参加汤原游击队的老战士,后派到集贤县做妇女工作。1937年调入第六军第一师被服厂任厂长。

女战士金凤淑(朝鲜族),二十四岁,她是五军某位领导的妻子,当时已怀孕。

女战士沈英信(朝鲜族),十九岁,原第七军战士,是第一师第二团金主任的爱人,人长得挺漂亮,还爱说、爱唱、爱跳,她会跳一种从苏联传过来的集

1924—1949
第三章 在战火中成长

体舞。

从教导队过来的人员有裴成春指导员,女战士金碧荣、张玉春和我。

这里的男同志有:

后勤处魏处长,他负责部队的物资和给养,在地方时曾和我的父亲一起工作过。

指导员杜景堂同志,他原在这里养伤,伤好后,暂时留在后勤。

裁缝李师傅,三十多岁,个子不高,性格开朗手艺好。

战士老王,参军前是当地猎民,因熟悉道路,负责跑交通和给养。

战士老李,参军前也是猎民,负责农垦,离被服厂十余公里有他开垦的荒地。

战士刘宝树、战士小王负责保安。

第一师被服厂原有十人,加上我们后来的共计十五人。

到了这里,时间已经进入了农历九月,全体人员投入到了紧张的制作棉服工作中。所做的棉服有棉衣、棉裤、棉帽子、棉袜子、棉手闷子等。

在紧张的工作中,偶尔沈英信同志带我们出来活动活动手脚,她教我们跳集体舞。这种舞蹈挺好看,也不难跳,跳舞时一男一女为一对,有时手拉着手,有时排成队向前走。

农历九月中旬的一天,战士老王和老李问我们:"大家想不想吃梨呀?"

"吃梨,咋不想啊?连棵梨树都没有,上哪去吃啊?"

老王笑嘻嘻地回答:"想吃咱就有地方,先问问裴大姐批准不?咱这儿离梨树沟不远,当天去当天能回,那梨嘎嘎甜,保你们吃个够。"

同志们都想去,就眼巴巴地望着裴大姐。裴大姐想了想说:"那就放一天假,反正布料也不多了,回来一突击就做完了。"

一听裴大姐批准了,我和小金子乐得直蹦高。

第二天,起个大早我们出发了,九月中旬的天气虽然下了霜,但有的树上还挂着红的黄的绿的树叶,秋日的暖阳照在林间十分的艳丽。同志们像出了笼的小鸟,一路上有说有笑,又唱又跳。

风雪征程
东北抗日联军战士李敏回忆录

傍中午时分,我们来到了两山夹一沟的一个地方,那条沟弯弯曲曲,一条小河顺坡流向远方,河两岸,山坡上长满了梨树,这里叫梨树沟。

在这里我们看到了从来也没有看到过的景象,梨树的叶子还没掉光,但在每棵树下非常整齐地排满了黑色的山梨,围着树一个圆圈,一个圆圈的十分有趣。

那梨像鸡蛋般大小,圆圆的,黑黑的。我们拣起了山梨都不敢吃,这么黑的梨能吃吗?

战士小王说:"这梨咋像驴粪蛋儿?"

老王和老李忙招呼我们:"你们大家别看样,快吃啊,可甜啦!"

我们听了他俩的话,摸一个吃了起来。

"哎呀,怎么有这么好吃的梨啊,太甜了。"大家都顾不得说话了,忙着往自己的嘴里塞梨。

吃啊,吃啊,终于吃够了,肚子再也装不下了,大家开始往背包里装,真想把这沟里的梨都装回去,可那么多的梨,咋能装得了。

来的人,每人都装了满满一背包,背在了后背上,我们开始往回返了。

可了不得了,背包里的梨,在我们的后背上,走路时一颠一挤,都破了皮,梨汁润湿了我们的衣服,每个人的后背都黏黏糊糊的,梨汁还顺着背包滴滴答答地直往下流。

原来树上的梨都被霜打了,一冻一化,都变得黑黑的,软软的了。

老王没领我们走来时的路,他领我们走到了一个山脊上,老王问我们:"你们知道脚下是什么地方吗?你们信不信,咱们的脚下是一栋大房子。"

"啊?大房子,那快领我们下去看看。"

下了山脊我们一看,哎呀,真是一座大房子啊。这座房子依山而建,建的真是太巧妙了。

原来,这座山顶有一片断层,断层处直直的由一片一片的石片摞成,后来听说,这种岩石叫页岩。第五军的战士依靠断层就势铺上了原木、树皮和树枝,前面立起了房框和门窗。这座房子走在上面一点都看不出来,

1924—1949
第三章 在战火中成长

到了前面才能看清。房子里隔出了好多房间，房前有石头垒的大锅灶，一口特大号的铁锅坐在上面，山下不远处还有一块平地，听说是个大操场。对面的山坡地上有开垦的荒地，地里还有几个倭瓜和西葫芦。

这里曾经是第五军的教导队驻地，相当于军政学校，校长是周保中，教育长是季青。学员是第二路军的指战员，第二路军包括五军、四军、七军、八军、十军。从这里曾经培训出了一大批优秀的军政人员，奔赴抗日最前线。

当时教导队的秘书李志雄同志（女）写了一首著名的歌曲《抗联教导队歌》：

抗联教导队歌

李志雄 词

5 5 5 3	5 6 1̇ 1̇	2̇ 1̇ 2̇ 3̇	2̇ -	1̇ 1̇ 2̇ 2̇
十月 双十	民 国	二十 有 六	年，	石 灰 窑
我们 同志	共同 努力	齐心 去 学	习，	要 作 世界
我们 东北	父老 兄弟	共有 三 千	万，	日 本 强盗
十月 双十	民 国	二十 有 六	年，	石 灰 窑

6 1̇ 5 5	5 3 5 6	2 -	1̇ 1̇ 3 5	6 5 6
南 山 里	革命 之 渊	源，	正式 成立	教导 队，
伟 大 事业	时代 之 先	驱，	俄国 列宁	一 男 子
来 蹂 躏	谁个 能 心	甘，	男女 老幼	齐 奋 起
南 山 里	革命 之 渊	源，	正式 成立	教导 队

1̇ 1̇ 3 5	6 -	2̇ 2̇ 2̇ 2̇	3̇ 2̇ 1̇ 1̇	6 6 2̇ 2̇	5 -
各军 精强	悍，	联军 正气	贯九 霄	高于 此峰	岭。
世界 谁不	知，	卫国 为民	奋勇 前进	收复 失	地。
誓与 敌人	战，	白山 黑水	已变 色	要奏 凯歌	还。
各军 精强	悍，	联军 正气	贯九 霄	高于 此峰	岭。

风雪征程
东北抗日联军战士李敏回忆录

这首歌,不久就在全军中传唱。我们想象着,当操场上站满了训练的战士,齐唱这首歌,会是多么的鼓舞人心。这首歌的作者李志雄同志(女),别名李树清,1915年生于吉林省九台县,曾肄业北平大学。1931年九一八事变后参加学生抗日救国运动;1936年在依兰参加抗日救国会,并同季青同志结婚;1937年春随抗联第五军转战下江任宝清办事处秘书;1937年冬加入中国共产党。1938年秋在吉东省委秘书处工作,后因病回到富锦第四军后方,1939年7月初病逝于抗联密营。

看过了房子以后,我们跑到了地里,把倭瓜和西葫芦摘了过来,用大铁锅烀熟,吃了一顿热乎饭。

晚上七八点钟的时候,我们回到了被服厂,大家把背包里的梨都倒在了大锅里,梨已经没有囫囵个的了,我们架起了大火,把梨都熬成了梨膏。梨膏那个甜啊,大家都舍不得吃,每天吃一点点,吃了好多天。

又有一天,老王从山外背回了一面袋子粗白面,这是他从窦家围子的老乡手里买来的。当时日本鬼子规定,老百姓都不许吃大米、白面,谁要是吃了就是经济犯,轻的抓去做劳工,重的处以死刑,那个老乡说:"这是我偷着磨的白面,给抗联吃吧,吃了好去打鬼子!"

看到了白面,大家都欢喜得不行了。上次吃白面,是在格节河时,吴玉光主任打金矿,给我们送来了一袋子白面,那面黑黑的都焐了,裴大姐领着我们做了一锅面片,可是那面根本揪不成片,下了锅都成疙瘩汤了,每人分了一碗。当时张政委还开玩笑说:"你们这是面片儿吗?我怎么看一个个都像死耗子呢?"

大伙开始商量了,白面咱们咋吃啊?有的说包饺子吧,从打进山就没吃过饺子啦。可包饺子没有菜啊,这个季节连野菜都没地方采了。最后研究决定蒸馒头,可蒸馒头也不行,上哪儿去弄面碱呢?这时,战士老李说了:"我有办法,把杨树烧成灰,再熬成水就能当碱使。"真的能行?同志们半信半疑,那就试试吧。

说干就干,一部分人去砍杨树烧灰,一部分人去剥树皮当面板,裴大姐和面,和好的面放到太阳底下去晒,面发了起来,树灰也烧好了,老李指挥我们,底下先铺上一层布,布上铺上草,草上放上树灰,树灰上再铺上草和布,然后底下放个盆,用开水往下浇,其实这是在过滤树灰。过滤下来的树灰水还要熬制,最后熬成了像黄醋一样的颜色就能用了。

别说,这用树灰当碱蒸出来的馒头还真是好吃,暄暄的香气四溢。

天气越来越凉,粮食眼看又快要断流了,战士老李带我们去五公里以外背粮。老李在部队负责农垦,他自己开荒种了不少苞米,苞米收回后,就放在架起来的粮仓上。

第一次背粮我跟着去了,回来的路上,因为鞋破了,脚被树枝扎伤。扎伤的脚后来感染了,每天走路都一蹦一跳的,第二次背粮,裴大姐就没让我去,金凤淑同志有孕在身也留在了家里。

同志们走了以后,我掏出了课本开始学习。过了一会儿就看到金凤淑同志一趟趟地出去小便,我问她:"你怎么啦?"她说:"不舒服,总想去尿。"我以为她着凉了,就说:"你烤烤火吧,兴许能好点。"她答应了。

又过了一会儿,她哎哟哎哟地哼哼了起来,我问她:"你咋啦?"她说肚子疼,我说那你上炕趴一会吧。

她真的上炕躺着了,过了一会儿说:"不太疼了。"我知道她怀孕,可不像别的孕妇有那么大的肚子,只是肚子上鼓起了一个小包。

过了没多久,她又开始哎哟了,折腾了一会儿,如此反复了好多次。

到了下午,她开始挺不住了,哎哟声也大了起来,汗水湿透了头发。看到她这个样子我毛了,这是咋的了:"金姐,金姐,你咋了,喝点热水好不?"

"小李子,我好像要生孩子了。"

啊!要生孩子,我更懵了,这可咋办啊?"我把裤子给你解开吧。"

小时候,每当邻居家的姐姐、大嫂要生孩子,我就跑回去问妈妈:"妈妈,小孩是从哪里出来的啊?"

妈妈告诉我:"小孩是从妈妈的肚脐眼出来的。"

对于妈妈的话,我深信不疑,因为我的妈妈从来不说谎。

我解开了金凤淑的裤腰带,露出了肚脐眼,找了块毛巾给她盖上,在旁边等着小孩出来。

金凤淑折腾的更厉害了,豆大的汗珠从脸上滚了下来,两只手死死地攥住我的手,把我的手攥得生疼。

风雪征程
东北抗日联军战士李敏回忆录

嗨,这生孩子咋这么费劲儿啊?那么小的肚脐眼能钻出来个小孩吗?

金凤淑的喊叫声更厉害了:"小李子,小李子,我不行了,你快给我脱裤子……"

脱裤子?"脱裤子干嘛呀?"

"唉,小李子,你怎么啥都不懂啊?你快给我脱吧!"

听了她的话,我赶紧给她拽裤子,裤子刚拽到腿腕,只见咕咚一下子,羊水、血水和孩子一起流了下来……

看到孩子出来了,我就更慌了,扎撒着两手,不知道做什么是好。

那个孩子太小了,红红的,皮肤皱皱的,也不会哭。金凤淑这时指挥我:"小李子,你去找把剪子,给孩子把脐带剪了。"

我赶紧拿来把剪子,可不敢剪,我想,往哪剪啊?那个小孩该多疼啊?

这时,背粮食的老王先到家了,听说屋里生了孩子,就没进屋,他在屋外也喊我,快给孩子剪脐带。狠了狠心,我一剪子下去剪断了脐带,这时才看清是个小男孩,我找块布把孩子包了起来,外面裹上大棉袄,孩子这时才哭出了声,不过声音小小的,像猫叫。

背粮的人都回来了,看到金凤淑生了孩子,厂长和指导员都十分后悔。

"唉,那么小的肚子,哪知道你会生孩子啊,要是知道说啥也不能把小李子留家啊。"

大家赶紧熬大楂子米汤喂孩子,山里除了大楂子,什么粮食都没有了,金凤淑同志一点奶都下不来。那个孩子也只活了三天就死去了,金凤淑把孩子紧紧地抱在怀里,泣不成声,说啥都不撒手。同志们看着也心疼,都落下了眼泪。

我们在山包的一棵树下,挖了个坑,埋了那个孩子,可怜的孩子连名字还没有起。孩子啊,不要怪你的爸爸、妈妈,他们是为了千百万的孩子能过上好日子而牺牲了你,你虽然没有名字,你虽然只活了三天,但是抗联史上应该记得你。

1938年农历十月中旬,下起了入冬的第一场大雪,雪下得那个大啊,像一只只的白蝴蝶铺天盖地地从天而降,雪一直下个不停。山变白了,树变白了,天地间一片白茫茫。

就在这天的傍晚,两位不速之客来到了第六军第一师被服厂的地窨子。

1924—1949
第三章 在战火中成长

一次未成功的缴械

弥漫的风雪中来了一男一女两个人，男的是第三军第四师政治部主任于保合同志，女的是于保合同志的爱人李在德，李在德原是第六军被服厂人员，我们都是亲密的好姐妹，这次见面十分高兴。

但是他们两个人却带来了一个令人震惊的消息，原来是第三军第四师师长陈云升准备叛变，他要把队伍拉出去当土匪。

通过于保合同志的回忆录，从中可以看到当时斗争的严酷性。那时的危险既来自日伪军拉网式的"围剿"，还来自抗日联军内部的不

■于保合、李在德夫妇（解放后合影）

稳定。可以说，1938年冬天以后是东北抗日联军最艰苦的年份，日伪军的疯狂"围剿"，天寒地冻，缺衣少粮，引起一批意志不坚定分子的叛变，给东北抗日斗争造成了极大的损失和极坏的影响。

于保合和李在德同志第二天早晨顶着雪就走了，他们要去找上级领导汇报这一情况。

风雪征程
东北抗日联军战士李敏回忆录

当我们听到于保合同志带来的这一消息时都惊呆了,一个师长要叛变,这还了得。裴大姐、魏处长、杜指导员、朴厂长紧急开了一个会,他们研究认为,也许准备叛变的只是陈云升一个人,底下的中下层干部不一定愿意跟着他跑。我们应该立即前去,制止这一行动,把队伍拉出来。

接下来就作了具体的分工部署:裴大姐负责稳住陈云升,杜指导员和朴厂长准备伺机缴他的械;魏处长负责外围,观察动静及说服战士们和中层干部;我被安排监视一个营长,见机行事。

第三天我们开始行动,除了金凤淑同志还在月子里没去,其他人员都去了。

裴大姐走时,还没忘拿上了她随身携带的斧子和锯,这是野外露营点篝火的必带伐木工具。

雪后初晴,天气奇冷,西北风嗷嗷地叫个不停。战士老李头是向导,带着我们从锅盔山南侧出发向七星峰方向行进。快到中午时,来到了一个冰河。河面很宽,两岸没有大树,只有一片片的榛材棵子和刺梅树棵子。大风把冰河上的积雪都刮光了,冰河在冬日的映照下闪着刺眼的寒光。

远处冰面上好像坐着一个人,是谁在这寒冷的冬日里坐在冰河上,杜指导员一边走一边叨咕:"裴大姐,你看前面冰河上是不是坐个人?"

裴大姐看了看说:"好像是,小李子,你跑去看看。"

我答应了一声向那个人跑了过去,走到了跟前,那个人后背冲着我,他穿着一身土黄色的军装。

"嗨,同志,你在那做啥呢?"连喊了两声那个人动也没动,我绕到了前面仔细一看。我的妈呀!只见这个人青白青白的一张脸,眉毛、帽子满是霜雪,我觉得不对劲,忙喊裴大姐:"指导员,你们快过来,这人好像死了……"

听到喊声,同志们都跑了过来,杜指导员拿手一碰,那个人扑通倒在了冰面上。从服装上看,他是我们抗联部队的战士,不知道死去了多久,早已经冻硬了。

同志们心里都很难过,裴大姐说:"我们把他火化了吧,不要让野兽再伤害他。"大家到河岸上砍了一些树枝,把尸体放了上去。

当火焰燃烧时,裴大姐的眼圈红了,同志们也都流下了眼泪。

无名的战友,你安息吧,青山与你为伴,江河与你为伴,你没有完成的事情,由我们来完成。在裴大姐的指挥下,我们唱起了《追悼歌》:

追 悼 歌

1=F 4/4

深沉 悲壮地

(6 6 5 6 3 | 2 - - -) | 6 6 5 3 3 | 5 5 3 2 2 |
　　　　　　　　　　　　　抗 日 兮 战 争, 烈 士 兮 英 勇,

3 3 2 5 5 | 6 5 6 3 2 - | 3 5 3 2 1·6 | 1 2 1 6 1 2 |
凭 头 颅 热 血, 黄 沙 血 染 红。 万 里 战 场 马 悲 鸣, 无 主 孤 坟

3·2 3 - | 3 3 3 5 6 6 5 | 1 1 3 5 6 - | 1 2 6 5 1 2 6 5 |
起 英 风。 隆隆 弹 如 雨, 壮 气 直 冲 敌 人 营。 抱 定 决 心, 甘 愿 效 命

3 3 0 3·2 3 3 | 3 6 5 3 2 - | 3 5 2 3 5 - | 6 6 5 1 6 |
疆 场, 马 革 裹 尸, 誓 不 生 回 营。 为 祖 国 捐 躯, 含 笑 赴 阴 城。

6 5 6 5 | 3 2 3 5 6 | 3 2 3 1 6 1 | 2 - - 0 ‖
啊　　　　啊　　　　救 国 精 神 贯 长 虹。

离开了冰河,大家的心情很沉重,都在猜想,那个人是几军的?为什么死在了冰河上。带着疑问,我们就这样默默无言地走到了傍晚。

天傍黑,我们来到了一座木刻楞房子前。这座房子背靠大山,门朝南。

风雪征程
东北抗日联军战士李敏回忆录

屋内一趟通铺，还有锅灶。这座房子应该是哪支部队的密营。今天晚上就要在这宿营了，裴大姐命令金碧荣和张玉春准备做饭，其他同志都出去砍柴火。

我绕到了屋后，看见有一堆倒树半埋在雪里，上面都是枯树枝，枯树枝点火愿意着，还好往下撅。我想把倒在雪里的树拽出来，拽了几下没拽动，我就站在树跟这头使劲地蹦，刚蹦了两下，只听砰的一声从雪里蹦出来一个人，这个人正面对着我。

我的天啊！怎么这么吓人的一张脸，那脸惨白惨白的，就像人们故事里讲的鬼……

我一屁股坐在了雪地上，那个人咕咚一下又倒了下去，我吓得变了声的喊："裴，裴大姐，快来呀——"裴大姐离我不远，听声不对，赶紧跑了过来。

"咋的啦？小李子？咋的啦？"

我已经吓得不会说话了，指着前面，"那……那……"

裴大姐走到前面一看，又是一个死人。这人穿着灰色的便服，谁也猜不透他的身份，是交通员？还是百姓？

不管怎么样，既然遇到了，也要把他安葬了。同志们找了一个雪坑，把那个尸体放了进去，上面盖上了树枝和雪。

这一夜，我不敢合眼睡觉，闭上眼睛就是那个死人站在我的面前，好多天才过了那个劲儿。

第二天，我们钻了不少松树林子，上山下山地走到中午，终于来到七星峰东北侧的一座高山顶，这里就是第三军第四师的密营。密营依山而建，向南开门。当我们接近密营时前方的士兵打了口令。

杜指导员大声回答，我们是第六军的，听说我们是第六军的，又有那么多的女同志，哨兵就放我们过去了，裴大姐镇静地带着我们进了屋，魏处长留在了门外。

这是一所木刻楞营房，里面还做了间壁，间壁墙没有门，挂了片麻袋当门帘。

1924—1949
第三章 在战火中成长

我们进去时,屋内有一名营长接待我们,态度冷冷淡淡的。这名营长有一米八几的个子,上身穿抗联的军服,下身穿着马裤,脚上蹬着日本毡靴。他腰中系着武装带,武装带上挎着一把日本战刀和一把净面匣子枪,一看就是把好枪。他肩上斜披着子弹袋,真是全副武装。我们进去后,他的手始终就没离开过腰间的匣子枪。

裴大姐看他如此戒备,就说:"我们是路过这里,顺道来看看你们,陈师长呢?我们想见见他。"

这名营长说:"陈师长不在,他有事出去了。"裴大姐在屋里转了转,猛丁地掀起了门帘,原来炕上躺着一个人,正是不愿意见我们的陈云升。

裴大姐说:"陈师长在家啊,咋不见我们啊?"陈云升说:"我身体不舒服,在屋里躺一会。"就在裴大姐在屋内周旋之际,魏处长在房子外面观察动静,他发现好多战士都隐藏在树林子里,因为不知道战士们的思想动态怎么样,就没敢贸然的发出缴械的暗号。

裴大姐在屋内听不到信号,估计是他们有防备,再要周旋也没有什么话好说,这里到处都是杀机,不宜久留。她就和陈云升说:"陈师长,我们是路过这里,既然来了,我们就给大家表演表演节目,唱几首歌。"

陈云升"哼"了一声,算是答应了吧。

裴大姐带我们来到门前的空地上,扯着嗓子唱了一句:"叹了一声中华民族啊,哎咳哟——"我们大家一起高唱了起来:

听到我们唱歌,树林里的战士们都走了出来。我们接着又演唱了《九一八事变》和《建设新社会》。

《建设新社会》是秧歌调,我们一边唱,一边扭。

歌声中我们向战士们摆摆手,高喊着:"再见啦!"就撤出了第三军第四师密营。陈云升和那个营长始终没有出来。

我们虽然没能带出来队伍,但是进行了一场宣传演出,相信还是对战士们能够起到一些作用的。

返回的路上,大家都有些后怕,陈云升他们也看出了我们的企图,弄不

风雪征程
东北抗日联军战士李敏回忆录

建设新社会

```
6̇165 3565 | 1̇65 5323 | 535 0 | 6̇165 3565 | 1̇65 5323 | 535 0 |
```
建设了新社会呀，　　　　　　建设了新社会呀，
万恶的日本贼呀，　　　　　　万恶的日本贼呀，
哗啦啦有人把门开呀，　　　　哗啦啦有人把门开呀，
红旗舞飘扬呀，　　　　　　　红旗舞飘扬呀，

```
5335 | 6156 33 | 22 532 | 312 1 | 6̇53 2 |
```
人人那个平啊等啊　民族得解放啊，　最可恨
侵占那个满　蒙啊　屠杀带强奸哪，　推翻那伪
开开那个门儿啊　同志们进来呀，　看一看社会
一切那个政权哪　我们来执掌呀，　奏凯歌

```
5·3 6̇6̇1 | 133 156 | 12 2323 | 1216 51 | 6536 5- | 5- -0 ||
```
卖国贼呀　出卖东北人民　遭殃啊。
满洲国呀　打倒日本帝国　快乐呀。
主义国家　不像那些旧　社会呀。
齐高唱啊　手拿红旗的人们来欢迎啊。

好，他们的械没缴成，还得把我们搭上。

回到驻地不久，第六军第一师政治部主任徐光海带着警卫员小萧、排长刘昌友、战士刘宝树、战士马贵、战士马云峰和一个外号叫陈罗锅的交通员，来到了我们这里。这时徐主任已兼任富锦县委书记，他来通知我们，敌人"讨伐队"正展开大规模的拉网式"围剿"，这里不能待了，需要紧急转移。

我们向徐光海主任汇报了去陈云升那里想把队伍拉出来的经过，他批评了我们："你们怎么能这么贸然行动呢？太危险了，等向上级汇报后再作决定吧。"1939年陈云升叛变，在勃利县投降日寇，成为可耻的叛徒。

我们把缝纫机等一些设备埋藏了起来，又做了转移的准备，第二天拂晓，在徐主任的带领下，我们出发了。

1924—1949
第三章 在战火中成长

叹了一声中华民族啊

(《茉莉花》调)

5 5 #4 5	3 5 1̇ 6	5 5 5 #4	5 —	2̇ 3̇ 2̇	1̇ · 6
叹了一声	中华民	族啊		哎咳	哟
救国是	我们天	职啊		哎咳	哟

6 6 6 6	5 5 1̇ 3̇	5 5 6	5 —	2̇ 3̇ 2̇	1̇ · 6
叹了一声	中华民	族啊		五啊	千
抗日才是	我们生	路啊		工农	兵

2̇ 3̇ 2̇	1̇ —	6 5 6 1̇	6 5 3 2	5 5 6	5 —
多呀	年	文化纪	录啊		
学	商	高举红	旗啊		

3 3 5	6 —	5 · 6	1̇ 2̇	6 6 1̇	6 1̇ 2̇
到如	今	转强	为弱	号称	东亚
赴前	线	反日	凯歌	旋,世	界我们

6 5 3	2 1 2	2 3 6	5 3 2̇3̇	1̇ 3̇ 2̇	2̇ — ‖
一 病	夫 啦	哎咳	哎咳哎	咳	哟。
来	做 主	哎咳	哎咳哎	咳	哟。

‖: 6 6 5 6	5 6 2̇ 7	6 7 6 5	6 —	2̇ 3̇ 2̇	1̇ · 2̇	4 4 3 3
可恨的	卖国贼	徒啊		哎咳	哟	可恨的
列强本有	侵略企	图啊		哎咳	哟	趁机钻到
恐慌的	日本贼	奴啊		哎咳	哟	矛盾
军阀本是	一塌糊	涂啊		哎咳	哟	人民利益
日贼	政策真	毒啊		哎咳	哟	肃清中国
日贼本是	人类牲	畜啊		哎咳	哟	想要消灭
人民	如罪	徒啊		哎咳	哟	有 怨
人民	泪扑	漱啊		哎咳	哟	终日
谁肯去当	亡国狗	奴啊		哎咳	哟	谁肯去当
红军本是	民众队	伍啊		哎咳	哟	民众

风雪征程

东北抗日联军战士李敏回忆录

```
5 6 i 3 | 5 5 6 5 - | 2 2 3 2 | i - | 2 2 3 2 | i - |
卖国贼 徒啊，          封建余 毒治    军阀割 据，
中国内 陆啊，          经济政 日兵    他们做 主，
日益深 入啊，          九月十 八火    沈阳有 故，
全然不 顾啊，          带领大 山      先逃生 路，
武装队 伍啊，          杀人放 业      奸淫带 辱，
中华民 族啊，          铁路矿 动      警察倾 住，
无处去 诉啊，          缴枪缴 代      家产战 覆，
心不狗 服啊，          武装暴 变      游击凌 术，
亡国也 奴啊，          祖先后          全被醒 辱，
来拥 护啊，           西安事          全国 悟，

5 6 i | 6 5 3 2 | 5 5 6 5 - | 3 3 5 | 6 - | 5 · 6 |
还如 当 初啊          全都  是     争 权
我人 民 穿哪          不   够      还 遭
占满 吃 蒙啊         摆   危      维 李
马占 山 了啊         脱   机      利 再
建立 用 啊          丁   超      设 重
先利 是 啊          满   伪      户 谁
随后 胞 啊          洲   国      民 杀
救同 军 啊          军   道      人
抗日 锋 啊          归   开      领
做先 啊            跳   并      导
                  为   为
                  领   国

i 2 7 | 6 6 6 6 | 6 i 2 | 3 2 2 | 2 3 6 | 5 3 2 3 | 1 3 2 | 2 - :|
夺势  勾结列强   做     支柱。  哎咳  哎咳哎  咳哟
屠杀  后        与     凌辱。  哎咳  哎咳哎  咳哟
持最  救        残     喘路。  哎咳  哎咳哎  咳哟
杜国  汉奸      自     接后   哎咳  哎咳哎  咳哟
用    与文化     卫     狗路啊 哎咳  哎咳哎  咳哟
用    阵        走     生明   哎咳  哎咳哎  咳哟
上    踏不       断     丈夫   哎咳  哎咳哎  咳哟
新    一        绝     不血红 哎咳  哎咳哎  咳哟
若    干        光     路啊。 哎咳  哎咳哎  咳
出    条
```

- 330 -

血染完达山

1938年11月(农历十月)一个风雪交加的黄昏,我们随徐光海主任来到田家窑,队伍将在这里宿营。这里有一排烧炭的空窑洞,烧好的木炭已经被老乡卖了。

该我站岗了,我紧紧地握着马枪,站在完达山支脉的一个雪峰上,仔细地搜寻着一切声音,瞭望着四面八方。雪花纷飞,我眼前像挂着一幅白色的薄幕,只能隐隐约约地看见层层的雪山,以及那些像白头老人似的树木。在这样的天气里,连那些披毛野兽也宁可躲在洞里挨饿,不愿出来觅食。我身穿一套单薄的棉军衣,脚上穿一双从敌人那里缴获的男式黄色的胶鞋,在风雪的侵袭下冷得发抖。为了使身体暖和点,我在一棵老松树下,不住地跺着脚。不行!于是我开始做劈刺的动作,嘴里小声数着"一二杀!一二杀!"这样连续做了十几次,身上才觉得暖和一些。

北风吹得树木摇晃,树枝互相撞击着,噼噼啪啪地响。伴着这种响声,从炭窑前的篝火旁传来了《四季杀敌歌》的阵阵歌声。

多么雄壮的歌声啊,在这阴冷的黄昏,听到这歌声,立刻觉得在这深山丛林里,同志们都和我站在一起,我不再感到恐惧和孤单了。天慢慢地黑了下来,山下的歌声也停止了。

"小李子!"一个熟悉的声音传了过来。我忙转过身去,模模糊糊地看到,战士小马已经站在我的身后,他换岗来了。小马是一名十六七岁的小战士,他的个子非常矮,一张圆圆的娃娃脸上,两只大大的眼睛。

风雪征程
东北抗日联军战士李敏回忆录

四季杀敌歌

陈雷 词曲

```
6 6 5 | 3 - | 3 i 6 | 6 5 6 | 6 - | 6 0 |
木 叶 凋    零，   寒 刺 骨   白 雪 飞   降，

2 2 | 3 2 i 6 | i 2 i | 6 5 6 | i i 6 | i 2 5 |
抗 日  军 人 志 士   杀 敌   疆 场，   争 独 立   求 解 放

2 3 5 3 | 5 - | 6 i 6 5 | 6 5 3 | 2 1 6 1 | 2 - |
冒 雪 冲 霜。     不 管 前 方   和 后 方   游 击 战 斗   忙，

5. 3 2 3 | 2 1 2 1 | 6 - | 6 0 | 3 5 3 | 2 1 2 |
坚 决 抗 战   高 山 冰 水   长。     宁 战 死   不 愿 国

3 - | 3 0 | 6 6 i | 6 5 3 5 | 3 5 6 | 6 - |
亡，         誓 不 除   日 寇 不 能   回 面 见 家   乡。

3 2 3 1 | 1 1 1 6 | 1 1 | 3 3 2 | 1 2 3 | 3 3 5 | 1 2 |
振 作 起 精   神 挺 起    胸 膛，  怯 懦   是 死 路   誓 死 要   抵

3 - | 5 3 2 3 | 2 1 2 1 | 6 - | i i 5 i | 6. 0 ||
抗，   胜 利 归 我   日 本 逃 仓   惶，   红 旗 舞 飘   扬！
```

小马说："裴大姐让我提前来换岗，怕你冻坏了……"

一股暖流涌进我的心里，裴大姐总是像妈妈一样地照顾我。我高兴地向营地跑去。炭窑前面点了一个大火堆，战士们都围在篝火旁取暖休息。

徐主任借着火光在写着什么，手冻得连铅笔都拿不住了，写一会儿搓搓手，又不断地用嘴去吹落在本子上的雪花。他近来肺病复发咳嗽得很厉害，再加上挨饿受冻，瘦高的个儿显得更细更高了。虽然他才三十一岁，但看他那副憔悴的脸色，已经像四十多岁的人了。

"张佛爷"坐在火堆旁正在打盹，他用双手抱着膝盖，垂着头，半张着嘴流着口水，时断时续地打着呼噜。

1924—1949
第三章 在战火中成长

刘昌友排长,光着一只脚,将湿了的包脚布挂在树枝上烤,接着又补起了他那张了嘴的靰鞡鞋,他那双粗壮的手,冻得裂了口。针从他的手里滑了下来,他边找针边朝我和金碧荣说:"这针都是专给你们女人制的,小得拿不住,革命胜利后,我专制一根这么长的。"他用手比作一尺多长。

"哼,到那时,像你这样二十来岁的小伙子,娶上个漂亮媳妇,还用着自己缝?"张佛爷停止了打呼噜,但仍然闭着眼睛在讲话。

"老张同志,到那时咱们就用机器一突突,过社会主义工业化的生活了!"刘排长用那只破鞋比画着,脚做蹬机器的动作,一不小心,脚被树枝刺疼了,哎哟了一声。

"小伙子,怎么样?冒进了吧。哈哈哈。"张佛爷笑了,我们也笑了。

这时,裴大姐披着一身的白雪,从东山巡视、查岗回来。她脸色绯红,秀丽的两只大眼睛闪耀着光芒。她到火堆旁抖了抖雪,靠着火堆站着,目光时而投向正在睡觉的战士,时而凝视火光,若有所思地半闭起眼睛。

这时,徐主任将铅笔和本子装到图囊里站起来,他把皮帽子脱下来抖掉雪,又将背后的雪抖下来,他看见我冻得那样就低声地问:"小李子,才下岗吗?冷不冷?"

"下岗好长时间啦,那边比这冷。"我回答。

"是啊,今天很冷,火上有给你留下的饭,快去吃吧,肚里有食,能暖和点儿。"

我坐在了火堆旁,往嘴里扒拉着小米饭。这时,小马也下岗回来了,他咋咋呼呼地说:"这老天爷咋也和咱们作对,冻死人不偿命啊!"边说着边向火堆挤,背朝着火堆烤火,忽然,他那开了花的棉裤起了火苗。

"小马!小马,你的裤子着了!"我着急地喊他。

小马顽皮地喊着:"一二三"往雪地上扑通一坐,笑着说:"这年头火烧屁股是常事,着什么急呀,小李子?"

小马站起来,屁股冒着气,凑到我跟前,拉着长长的调子:"小姑娘帮帮忙吧。"他把屁股朝着火堆向我行了个九十度的鞠躬礼,逗得大家哈哈大笑。我假装生气,不理睬他。

小马忙改口说:"报告,李同志,马家遭了火灾,请求女同胞帮帮忙!"他向我行了个军礼。

我憋不住笑了,从帽子上拿下线和针。这时,小马赶紧给自己下命令:"卧倒!"然后趴在木头上,大家又一阵哄笑。徐主任也笑着说:"这小子太顽皮了。"

我跪在那里,看小马的裤子已坏的没法缝了。我说:"小马,你大概下山的时候,扛着两只脚,用屁股滑下来的吧?你看裤子烂了这么大一块,又没布咋补?"

"小李子,要不你就用一条绳子,像扎口袋嘴子似的系上吧。"他趴在那里,不得劲儿地歪头看着我说。

"那怎么行呀!"我说着从兜里掏出一块旧的手帕来,往小马裤子上贴。"用你的手帕,我该怎么感谢你啊?"

"不用谢,只要以后不说我们女同志这也不行,那也不行就好了。"

"嗨,你真冤枉好人,我啥时说你们不行啦?小李子,说正经的,我将来一定还给你一块好手帕。"

"将来,那要等多久呢?"

"不久,不久,将来把小鬼子赶跑了,到哈尔滨那大城市,买一块最漂亮的绸子手帕还给你。"

"是啊,到那时候该多好啊。"

徐主任这时看看天色已晚就对大家说:"同志们,今年我们的战斗任务,比往年更艰巨,敌人实行'篦梳'政策,大批日本军集中向我们进攻,我们人数不多,党把坚守下江游击区的任务交给我们,我们一定要完成这个任务,明天不知道会有什么样的困难和危险等着我们,同志们早点休息吧。"

我们分成了两伙钻进了炭窑,铺上一些枯树枝,互相挤着取暖,不一会就睡着了。

第二天,天刚放亮,裴大姐就喊醒了我们,同志们坐起来一看,哈哈,怎

1924—1949
第三章 在战火中成长

么都变成灶王爷啦？原来炭窑里到处都是炭灰，弄得大家浑身上下黑乎乎的。

同志们黑着个脸，露出一口白牙，你看着我，我指着你，笑个不停。裴大姐喊着："同志们快用雪擦擦脸，吃点东西准备出发。"我们抓起一把雪就往脸上擦，这炭灰真是厉害，咋也擦不干净，没办法，只好烧了一锅热水，裴大姐掏出了一小块肥皂，好不容易把脸洗干净了。

我们二十来人的小部队，开始出发了。裴大姐又像过去一样，当队伍走后，她唯恐丢掉了什么东西，总要到各个火堆旁检查一遍，然后才放心走开。她忽然发现我站在一棵大杨树旁，用刺刀刻标语。

"小李子，快走吧！要不你该掉队了。"她着急地催促着。

"掉队？我从来也没掉过队！"我自豪地笑着说。

"不要骄傲吧。"她说着又走到火堆那面去检查。

我因为着急，手冻得不灵活，好不容易刻完最后的"！"号，后退两步，小声读了一遍："抗日救国是每个中国人的责任！"然后满意地追队去了。

我们踏着没膝的积雪，穿过密密的丛林，爬过一个又一个的山峰，跨过一个又宽又长的沟塘子，向光秃秃的雪峰走去。

狂风呼啸，飞雪打的人抬不起头来，正午时分，我们登上了山峰。徐主任站在雪地上我们新踩出的小道旁，向后看有没有掉队的同志，嘴里催促着："快跟上队！"裴大姐在中间，注视着前边尖兵小马和稍落后的刘排长。

队伍离山最高处还有一百米左右，小马已经爬上了山头。他忽然发现山那边敌人的一个大个子尖兵也上来了。小马猛扑过去，但他个子太小，被那个敌兵压在了下面。当敌兵拔刀要向小马猛刺的时候，刘排长已经赶到，"砰"的一枪，敌人的脑袋就开了花。刘排长向自己的队伍挥了挥手，表示发现敌人。徐主任、裴大姐知道敌人从北山上来了，立刻命令大家飞速抢占山头。小马卧下来，以敌人的尸体为掩护体，向冲上来的敌人不停地射击，第一枪就把挥舞指挥刀的敌人撂倒了。我连滚带爬地上去和小马卧倒在一起，向敌人射击。其他战士也都爬上山头就地卧倒，向敌人开了火。

风雪征程
东北抗日联军战士李敏回忆录

三百多名敌人企图抢占山头,他们嗷嗷叫着,像一群野兽似的向上爬来。

徐主任观察了一下地形,西面是数丈深渊,悬崖绝壁;南面是刚才我们过来的又宽又长的没有树木的雪沟子;东山较近,而且有树木可以隐蔽。在这种情况下抢占东山,是最迫切的了。他爬到裴大姐身边说:"我领十个人,从东山迂回到北山袭击敌人,你们在这先顶着,等听到北山枪响,就撤向东山!"裴大姐连忙回答:"是!"眼睛仍然望着敌方。

"跟我来抢东山!"徐主任向右翼的十多名同志说。

十多名同志立刻提着枪,向东山飞奔而去。

敌人以越来越密集的火力掩护冲锋,迫击炮弹在裴大姐和我们身后爆炸,白雪和土块一起飞起,落在我们的身上,我们的身体被埋没了,但又爬了出来。这时,东山的枪声响了,而且可以听得出是对打的。这表明敌人也去抢东山了,裴大姐已经明白战势是很紧张的,她要大家节省子弹。

敌人继续冲上来,离我们只有一百多米远了,我们对敌人的射击也更猛烈。小马从腰间摸出一颗手榴弹来,挺起腰杆,狠狠地说:"你们来吧,叫你们尝尝这玩意儿!"他使劲扔了出去,又连着扔了两个,十几个敌人一起送了命,机枪也哑了。不幸的是,就在小马扔出第三颗手榴弹的一刹那,一颗子弹从他的腹部穿过,他手捧着肚子,殷红的鲜血顺着手指淌了下来。我赶紧爬过去:"小马!小马!"小马被鲜血染红的手,搭在我的肩上,他用力睁开了眼,嘴角带着微笑,用耳语般低沉的声音说:"干——下——去——吧,小——李——子……"小马永远的闭上了眼睛。我一阵撕心裂肺般的疼痛,泪珠滚落到小马苍白的脸上。

就在敌人机枪哑了的同时,刘排长立刻滚下去夺取机枪,待裴大姐想劝阻时,他已经爬过去了。大家就以更加紧张的心情注视着刘排长的每个动作,集中火力掩护着他。

枪声仍旧在激烈地响着,敌人又猛攻了,叫喊声使人恶心。我轻轻放下小马,抓起小马那支沾满鲜血的马枪,向冲上来的敌人射出了仇恨的子

第三章 在战火中成长

弹。这时我看到刘排长已经爬到机枪跟前了,他刚伸手去抓机枪时,敌人又扣上一排枪,子弹像雨点似的落在他身边。刘排长趴在那,可能是负伤了。过了片刻,他重新抬起头,抓起了机枪,但又一排机枪子弹落在他身上,他又趴下了。我们集中火力掩护刘排长,等待着他再爬起来,盼望着他能活着回来,可他再也没有抬起头来,我们的刘排长壮烈的牺牲了!

裴大姐看见刘排长牺牲了,含着泪沉默了一刹那激动地喊:"同志们,为牺牲的同志们报仇啊!"她组织大家发射排枪又打退了敌人的几次冲锋。

东山的徐主任也被敌人包围了,他们打的更为激烈。这时,我听到金碧荣向裴大姐报告说:"子弹打光了。"但裴大姐仍注视着冲上来的敌人,向同志们高喊:"开枪!"我们把最后一粒子弹放出去了。敌人更狡猾,开始向我们匍匐前进,已离我们四十来米远。裴大姐喊:"手榴弹!"我们扔出了最后一颗手榴弹,刚爬上来的日本兵滚下去了。这时,敌人又从三面向我们冲来,我们的子弹已经打光了,在这种情况下坚持不退就等于甘心被擒:"快退!向南山!"裴大姐脸色发白,声色俱厉地发出了转移的命令。

其实,突围的可能性已经很小了,我们顺着上山的原路向山下撤退,裴大姐还在掩护着我们,金凤淑在前面带路,快到山口了,她回身喊我:"小李子,你在前面趟路。"我慌不择路的跑在前面,山下的雪太深了,直没膝盖,这只脚刚拔出来,那只脚又陷了进去。到了山口了,往左侧是东北,右侧是东南,我不知道往哪边跑,就费力的转过身喊:"往哪跑啊?"金凤淑说:"往东南。"跑着,跑着,啊!我的身后怎么没动静了?我回身喊道:"你们,你们……"就在我喊的同时,咔咔咔——敌人子弹射了过来,我就势倒在了地上,好在山下长满了一人高的榛树林,眼看敌人就要冲到了跟前,我顺着榛树林往里爬,一棵倒木出现在我的眼前,这棵树树根都露了出来,风雪在这里打着旋涡,形成了一个雪坑,我不假思索就跳进了坑里,马上就被雪埋上了。

没有几分钟,我在雪坑里听到裴大姐高呼:"打倒日本帝国主义!中国共产党万岁!……"最后一声被机枪声淹没了。敌人的骑兵从我的身旁飞奔而过,我觉得马蹄好似踩到我的头上。我想起自己还带有刺刀,万一被敌人发现了,就和他们死拼一场。

"快快地!快快地!"这是敌人的督促声,接着响起了同志们激昂的歌声:

"高高举起呀!血红的旗帜!"啪!啪!这是用马鞭子打人的声音,但歌声还在继续:"宁战死,不愿国亡!!……"

我又听到:"同志们!勇敢地战斗下去吧……"裴大姐的声音淹没在敌人的枪声里了,一定是敌人杀害了裴大姐……

"巴格呀路!"敌人的叫骂声,接着又是同志们的歌声,是金碧荣她们的声音。金碧荣、张玉春、金凤淑、沈英信等同志被俘了。

难道我能躲在这里,让自己的战友被敌人抓住受这样折磨吗?不!我应当钻出去,我还有一把刺刀,说不定还能救了她们。我要冲出去,就是死,也和自己的同志死在一起呀!但又转念,不!不能作无价值的牺牲!徐主任和裴大姐常说:"我们要保存力量,即或是保存下来一个,也还可以再起!"现在出去,要是白白被擒,那才够冤枉呢,我痛苦地忍耐着。

裴成春一家,姐弟四人,他们都是汤原早期的共产党员。九一八事变后,家住萝北梧桐河西村的裴成春,接受了地下党的革命教育,毅然决然地冲破封建婚姻的束缚,勇敢地走向抗日斗争的前线。参加革命后她鼓励自己的三个弟弟:"参加革命是有危险的,但不革命是没有出路的。革命就要革命到底……"她还和三个弟弟立下誓言:"要为革命洒尽最后一滴血……"1932年裴成春光荣入党。

1933年她勇敢地承担起妇女救国会主任的重担。同年秋天,调入汤原游击队。至此,裴成春和她的三个弟弟裴锡哲、裴锡久、裴敬天,姐弟四人全部成为第一批汤原游击队队员。

1935年,汤原游击队改为人民革命军,在老白山建立了被服厂、兵工厂和后方医院。

1924—1949
第三章 在战火中成长

1936年，汤原游击队已发展为抗联第六军。为了解决部队的服装问题，第六军决定建立帽儿山被服厂。

1937年1月，朔风怒吼，大雪飞扬。裴成春带领仅有的几个人从老白山来到了帽儿山。她们身背大锯，手握斧头，开始了伐木建厂房。只用了一个半月的时间，一栋整齐的厂房就耸立在密林间。大批的军服、军帽源源不断地送到了前线指战员的手中。

1937年11月间日寇开始了冬季"讨伐"，战斗残酷、激烈。由于伤员的增多，上级决定将被服厂改为后方医院。不久在耿殿军团长和第六军军医的护送下，二十多名西征负伤的伤员来到了帽儿山。被服厂的同志在裴成春的领导下，开始了紧张而又繁忙的抢救工作。为了弥补药品的不足，她们顶风冒雪，翻山越岭，攀藤爬树，采冬青、五味子、枸杞子、老鸹眼树皮为伤病员补养、消炎。

1938年3月15日，由于叛徒的出卖，后方医院被敌人包围，裴大姐在枪林弹雨中与敌人周旋，带领伤员和部下途经四块石山，后又转移到后方医院。

1938年5月，裴成春和原被服厂人员被调到第六军教导队，任支部书记，从此随大部队一起行动。

1938年11月23日，在这个黑色的日子里，徐光海和裴成春所带领的小部队在完达山脉遭遇了伪军三十五团，面对十倍于己的敌人，终因寡不敌众裴成春和她的战友们壮烈牺牲，以身殉国。裴成春同志以实际行动，实践了她和三个弟弟共同立下的"要为革命流尽最后一滴血"的誓言！

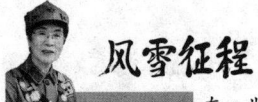

风雪征程
东北抗日联军战士李敏回忆录

■裴成春烈士画像

■李敏（左一）、李在德（左二）与裴成春外孙女一家

1924—1949
第三章 在战火中成长

战友啊,你们在哪里

敌人走远了,天已经黄昏,我想站起来,但觉得两条腿硬邦邦的不能弯曲,就好像不是自己的腿。我勉强从雪坑里爬出来,裤子上的雪已经冻成了一层薄薄的冰,我用手帮助腿做弯曲的动作,经过许多次活动,勉强站了起来。

漆黑的夜空,连颗星星也没有。我突然觉得世界上只剩下我一个人了,我感到孤独和恐惧。狂风像野兽怒吼,风声里似乎还夹杂着人的哭叫声,我激灵灵地打了个寒战。

我怎么办?往哪里去?没有星星,辨别不出方向。不能停留在这儿,我必须想一切办法找自己的队伍!我把没有子弹的马枪背在肩上,开始往前移动,并向自己下命令:"勇敢些,小李子,快走!"刚向南走了两步,我又想,到西山、北山看看,也许有负了伤的战友需要去照顾一下,如果能找到该多好呀,我可以背着他,一同去找部队。我向沟塘子跑去,边跑边喊:"同志——"回答我的只有深山的回声。

我又往东跑去,不知被什么东西绊倒了,一屁股就坐在了绊倒的东西上,我用手摸着,怎么,摸到的不是倒木,也不像塔头,低头一看,哎呀!是一颗人头。一嘴黑胡子,露着白牙。我惊叫了一声,头轰的一下,心似乎突然停止了跳动。我的腿像不能控制的机器,只是飞奔,总觉得那个死人在追赶我。我翻过了一座大山,跑到个小山顶上,突然,又被什么绊倒了,原来这才是一棵倒木,我实在是没有力气再跑了。

风雪征程
东北抗日联军战士李敏回忆录

我累得浑身都是汗，腿也软了，就趴到倒木上休息了一会儿，口干得厉害，就顺手抓了一把雪送进嘴里。心才稍稍镇定了一点，哎，刚才是怎么啦？看见一个死了的敌人就吓成这样子，还像个游击队员吗？我又想起了裴大姐，悲痛地哭了起来。

由于饥饿和一天紧张的战斗，疲劳达到了极点。我多么想睡一会儿啊！不到几分钟就迷迷糊糊地睡着了。

忽然，我听到了一种怪叫声又冷丁的猛醒了过来，是一群狼，在不远的地方号叫，它们好像在争夺什么东西，我立即爬了起来。糟了！身边没带火，不能点火堆，枪里又没子弹，怎么办？难道能让狼把我活活吃掉吗？这样，就再也见不到同志们了！……不！我不能成为狼的肉食，我要活，我刚刚迈入新的生活……是的，我要活下去，我还要消灭更多的敌人，为同志们报仇呢！我想起了李升爷爷教给我的办法，如果听到狼群叫唤声就敲树干，于是，我一边跑一边用树枝敲打着树干，企图吓跑狼群。慌忙中，我一头撞在了一棵树上，额头被树枝戳了一个洞，鲜血立刻糊住了眼睛，我不时被倒木绊倒，额头不停地在流血，鲜血滴在白雪上，但这一切我都忍受着，继续往前跑，爬过了一道道的山和一道道的沟。

终于听不见狼的叫声了，我停下来，长长地吁了一口气，又将儿团白雪塞进嘴去，觉得心神安静了点。被碰破了的额头火辣辣的疼，头也觉得有千斤的重抬不起来，我斜倚着树干呆望着天空。天渐渐放晴了，星星也露了出来，闪着寒光。午夜的狂风刺骨，把雪沙吹得漫天飞。我不知不觉地坐在了雪地上，不知是晕过去了呢，还是睡着了。

待我醒过来时，全身冻得直发抖，身体虚弱无力，两排牙咯咯地直打战。帆布黄胶鞋和里边的乌拉草全湿透了，脚冻得又麻又疼。我突然意识到脚如果冻坏了，那就一切都完了。这时，耳边又响起了李升爷爷的话："不管什么样的千里马，如果没有蹄子，都是没有用的。"

今年不像往年在深山里能设密营，负伤的，冻脚的，都可以随时送到密营治疗几天。今年的斗争太严酷了，敌人不断地"讨伐"，后方医院无法

1924—1949
第三章 在战火中成长

安置在一个固定的地方,伤员们也只能和战士们一样行军、打仗,好多战士都冻饿而死。

我要想尽一切办法保全两只脚,我开始脱鞋,但脱不下来,难道脚已经冻住了吗?还是因为自己身体虚弱无力呢?我又用全身之力脱了几次,最后好歹脱掉了。我学着李爷爷的办法用雪往脚上的冻处摩擦,约有一个小时,疼痛更剧烈了,好像许多根针同时刺来似的。哦!明白了,这是好转的征候,脚有知觉了。可是手和全身都冻的难以忍受,咬紧牙,继续用皮帽子上的绒布搓擦,然后将脚装进皮帽子里。如果现在妈妈或者裴大姐在我的身边,我一定痛痛快快地大哭一场,可是现在哭又能怎么样呢?不要哭,坚强些吧!我虽然以极大的毅力控制着自己,泪水还是不由自主地滚了下来。

问题又来了,脚搓完了,没有靰鞡草和干脚布怎么办?我打开背包,找出两块布,想起来了这是今年5月间,在小兴安岭格节河畔,正与敌人战斗时裴大姐送我救急的,现在也不得不拿出来挽救脚了。由于坐的时间久了,好不容易才直起腰站了起来,拄着一根树枝一拐一拐地向前走去。

星星还在闪烁,但东方已经放亮了。青松逐渐从黑暗中出现,森林苏醒。可以听到破晓前林子中的一切声音,轻轻的松鼠叫声,啄木鸟的啄木声。我觉得像在黑暗里跑了好几年,现在被亮光解放了出来。我以为天亮了一切都好办了,远远传来的狼嚎声,也不像昨夜那样可怕了。

我爬上一个高高的山峰眺望,但山和树木遮住了视线,什么也看不见。顿时,我又忧虑起来了,我不知道到了什么地方。

太阳已经很高了,我又开始没有目的地爬山了。在山坡上有的地方还露出秋天的落叶;有的地方还有枯草,觉得很久很久没见过这些了,我坐下来想暖和暖和,顺手去抓雪吃。天啊,枯草里竟然有一只死老鼠,它伸着四条小细腿,尖尖的小牙,躺在枯草里。我被这只死鼠吸引住了,呆呆地望着它想,毛里裹着的也是肉啊,这块小肉也能充饥呀!李爷爷带我们上山时,不是还烧过花鼠子吃吗?想到这里,我就几次想伸手把它捡起来,但一

风雪征程
东北抗日联军战士李敏回忆录

看它那露出的小黄牙,手又缩了回来,犹豫了半天,结果还是拣了。可一触手心还是觉得麻痒人,连忙又扔了它。我站起来走了几步,又想,在这大雪封山的时候,能遇到这么一块肉是一件不容易的事。饥饿的痛苦,逼着我回过头来,把死鼠用两片枯黄的叶子包起来,揣在兜里边走边想,要是有火把它烧熟了吃就好了。

我在山坡上遇见一些小榆树,就把榆树枝折下来向嘴里填,把嚼出的发黏的液汁咽下去。一边吃一边将树枝折断装进兜里拿它们作为一天的给养。此时多想喝一口热乎乎的小米粥啊,回想起前天的夜晚与同志们围着熊熊的火堆,那时有避风的炭窑洞,有亲切、善良的徐主任和裴大姐,有顽皮的小马,还有永远也说不完话的金碧荣。可是现在只剩下我一个人了,裴大姐牺牲了,其他的同志你们都在哪里啊?我的泪水又滚了下来,泪珠落到雪上,结成了冰珠。

又到了一座荒山上,山上有不少的树根,大部分是用锯放倒的柞树和桦树。一看就明白了,这里有人曾经开过炭窑,我高兴地加快了脚步往前走。走到山顶上,紧紧地依着树看去,西山比这山高,树木也密,山下是一条从西往东方向的窄窄的沟子。突然,发现了沟子下面有烟还有个小房子,并且有人来往。这时天气又开始阴沉下来,看不清前面的景物了。我对这突然的发现不知所措,这是我们的队伍吧?万一是敌人怎么办呢?不!这不会是敌人!我又看见西山有个人站岗,他没看见我。我从山后坡绕了过去,再从沟塘穿过小树趟,找个隐蔽的地方向小房子摸去。我想这可能是第五军周军长的队伍,不然就是我们第六军第一师。因为据我所知,在这一带只留下第五军和第六军第一师,第四军和第十一军也有部分人员。

走到离房子二百多米的地方,我发现了有穿铁钉皮鞋的脚印,心里顿时一惊,我们的人没有穿这种鞋的。不!不一定,说不定是缴获敌人的鞋,部队里也有少数的同志穿过从敌人手中缴获的鞋,我继续往前爬,又发现有好多人大便过的地方,还有软软的白手纸。啊!我断定是敌人了。我正想着怎么跑,有个穿黄军衣,戴黑口罩的人往前走来,可能是来解手的,嘴里还唱着:"啊尼诺,左拉古呀,奥卡桑……。"忽然他问:"搭来噶?"(日语:"谁?")

糟啦!怎么办?我灵机一动,不管怎样我先吓他一下,要不然就处于被动,暴露了底细就不好办了。于是我端起空枪喊:"别动!"

"红胡子!"

这个敌人边喊边打起枪来,不一会儿小房子里的敌人都出来了,向我这边射击。这时,恰巧下起了鹅毛般的大雪,我使出全力跑着,敌人在后面紧追。但这沟塘子树挡的很密,敌人不易发现。我跑过了两座山,敌人的枪声听不见了。

经过这一次,我更加的软弱无力了,觉得胸部堵的难受,接着咳嗽了两声,吐了一大口血,眼前一阵发黑,瘫软地躺在了树下。

不知过了多久,我睁开眼睛,想到,我真的要完了吗?我刚刚上游击队才两年,也没作出什么工作成绩,就这样死去,太遗憾了。我应当更多地打死敌人,为死者报仇!我不能只为我自己活着,我还要为牺牲的同志活着,他们没做完的事情,我还要接着做下去啊。

太阳已经西斜了,我手扶着枪坐了起来,如果今晚没火,就是野兽不把我吃掉,也要冻死的。我是革命军人,又是青年团员,我没有权利等死,对!不能等死,我得走,一定要在天黑前找到队伍。

走啊,走啊,我拄着一根树枝,艰难地迈着步,走一会停下来喘一会儿气儿。我走到了一个山坡的小沟,发现在一棵青松下有一个泉眼,冒着白雾,潺潺地流着。啊!泉水,救命的水啊!我跪在泉边的岩石上,打碎泉水周围的薄薄的冰层,喝起水来。水是那样的清甜,喝呀,喝呀,心里舒服多了。我的眼光落在泉边的小石子上,忽然想起小时候爸爸给我讲过的故事,他说石头能够打出火来。是啊,我怎么早不想到这个办法呢?我拣起了两个石子,从棉裤被刮破的地方揪点棉花,用两个石子敲打了起来,石头蹦起了火星,可就是点不着棉花。打了好久,手没劲了,还是没点燃。

爸爸,爸爸,你在哪里呀?快来救救你的女儿啊!自从上了山就再也没见过爸爸了。我手捧着小石头,又哭了起来。忽然看到泉水里映出了我的面影。

瘦小的一张脸上有被划破的伤痕和血迹,下巴也有因吐血而残留着的血痕,脸上泪痕斑斑,充满了忧愁和绝望,这是我吗?多可怕啊!忽然我发现了肩上的血,这是哪来的血?这是小马的血啊!小马,多么好的同志,他牺牲了,我还活着,对!我还活着,为小马,为裴大姐,为所有牺牲的同志活着,我要报仇!

我又站了起来,往山坡上走,在阳坡上看见了枯黄了的细软的羊胡子草,草上面盖着一层雪。我想,这细草也可以当作靰鞡草用呀,便坐下来拔草,换下胶鞋内湿透了的包脚布。

就在我把包脚布放进背包里的时候,意外的惊喜出现了,我竟然在背包里发现了半盒火柴,一定是裴大姐给我放进去的。有了火柴就有了希望,我第一个想头就是赶紧把那只死老鼠烤吃了,我弄了一些小树枝和一些枯草,颤抖着手,划了两根火柴点起了一个小火堆。我把那只死老鼠用柞树叶包起来,放在火上烤的黑乎乎的,闻着烧焦的糊香味,我已经迫不及待了。不一会儿工夫一只死老鼠就进了肚,连肠子都被我吃掉了。

天已渐渐变晴,太阳横在西山上,它的光芒越来越微弱了,只是在松树梢头,还留着落日的寒光。林中灰暗的暮色浓了起来,几只蓝色的山雀,就是我们叫作"蓝大胆儿"的鸟,跳跃在树梢头上,叽叽喳喳地私语,似乎它们在商量着:"天黑了,进窝去吧。"

忽然从什么地方飞来几只喜鹊,在白桦树上啼叫。它在这老林子里,没见过像我这样孤单的一个人吧,喜鹊,喜鹊,难道你给我送来喜讯吗?请你告诉我,游击队在什么地方?喜鹊望着我,它"喳喳喳"地叫了叫,便向北山飞去了。好吧,我跟你去,我随着喜鹊飞去的方向走去,茫茫的夜幕又把我吞没了……

我往高山爬,希望能看见队伍露营的火光,几次把挂在天边的星星当成火光奔去,几次把树枝与树枝的碰击声当作有人喊我。可是回答的是山

第三章 在战火中成长

的回应声。猫头鹰在寂静的夜晚瞪大了眼睛,噼里啪啦地追逐,吓唬人。我筋疲力尽了。我对自己说:"不能躺下,不能躺下,躺下你就再也爬不起来了……"忽然望着正前方有个亮,越来越大,仔细一看,原来是月亮爬上了对面的山头。

我向山下望去,山下也有个红亮,这也是星星吗?我已经分不清天上地下了,我擦擦眼睛,以为自己的眼睛花了,我又向下看去,啊!是火光!我像看见了救星,向着火光扑去,不!几乎是在爬行,我已经不会走路了,倒木不断地挡住去路,我就从倒木上爬过去,爬啊,爬啊,离火堆只有三四百米远了,我忽然停下来想,万一又碰到敌人呢?我的心在剧烈地跳动。我必须在天亮前探明前方是什么人,我极力小心地爬,唯恐碰得树枝响,但是,身体已经不受我的支配了。爬到离火堆一百多米的时候,我听到有人走到火堆旁说:"报告狄连长,西山坡有动静,但听不大清。"

"同志们,快起队了。"有人喊,我听到"同志"两个字。一切都明白了,这肯定是自己的队伍啊,我使出最后的力气向火堆扑去,没等到火堆就不省人事了。

待我醒来时,吴玉光主任、狄连长等人正扶着我的头,喂我水喝,嘴里不住地喊:"小李子!小李子!"我睁开眼睛,看到同志们紧张而又充满关爱的面孔时,只说了声"同志们……"泪水就夺眶而出,长久地说不出话来。

吴主任一边劝一边问我:"小李子,不要哭了,你快说说,徐主任和裴大姐怎么样了?"

我断断续续地把战斗经过讲给了他们,同志们垂下头都哭了。片刻后,吴玉光主任站起来向大家说:"同志们,牺牲了的同志,没有看到我们的胜利先走了,我们今后的斗争更加艰巨。"这时他的声音渐渐变得有力和激昂:"同志们,让我们把眼泪擦干,把悲痛和仇恨变成力量,把这一艰巨、光荣的任务担起来,继续去完成烈士们没有完成的革命事业,去为牺牲的同志报仇雪恨!"

我拖着虚弱的身子,跟随着第六军第四师吴玉光的队伍,来到了一个后方密营,这是一所木刻楞的房子,曾经是后方的医院,离第六军第一师的被服厂不远。

在这里我们看到了在张家窑战斗中死里逃生跑出来的警卫员小萧、战士马云峰、刘宝树、张佛爷和第一师被服厂厂长朴英善。

从他们口中我们听到了徐光海主任已牺牲的悲痛消息,据警卫员小萧、马云峰和刘宝树讲,那天还没等转移到东山,他们十多个人就被敌人的马队冲散了,只有他们三个人跟在徐主任的后边。战斗中徐光海主任被密集的子弹射中,他永远地倒在了雪山上……

剩下的战士看到敌人多于我们数十倍,没敢恋战,含着眼泪望一眼徐光海的遗体,钻进了东山密林。

张佛爷被敌人的马队冲散后也钻了树林,朴英善厂长跑进了沟塘子里,塔头墩子里没人深的枯草把她盖住了,敌人撤走后,她和张佛爷两人会齐,一同来到了这个密营。

听到徐光海主任壮烈牺牲的消息,同志们更是悲痛万分,我哭得说不出话来。我从三岁就认识他,他待我像自己的亲妹妹,前几天还在一起吃饭,行军打仗,如今他却永远地离我们而去了,再也看不到他亲切的面容,听不到他喊我小李子了……

徐光海同志原名徐炳仁,朝鲜族,1907年生于朝鲜庆尚南道密阳郡。1913年因不堪忍受日本帝国主义的欺凌和压榨,来到东北,最后在黑龙江省萝北县都鲁河岸落户。他和我的哥哥李云峰都是松东模范学校的第一批学员。1930年秋在反对福丰稻田公司的减租运动中,受到革命风暴的洗礼,不久加入中国共产主义青年团,随后加入中国共产党。1931年九一八事变后,徐光海参加了共产党领导的化装宣传队,到汤原、萝北煤矿、金矿和佳木斯、鹤岗等地进行抗日宣传。

1933年6月,汤原中心县委派徐光海等人到号称"阎王"的一支义勇军里去做争取、改造工作。1934年10月,他带领"阎王"队中的二十一名义勇军参加了汤原游击总队。从此,他率游击队积极开展游击活动,打击日伪军。1935年3月12日,他率队化装成伪军突袭桦川县火龙沟大地主姜家大院,一举解除了伪自卫团的武装。9月又智取集贤县何梦林地主大院,扩大了游击队的影响。1937年2月,徐光海任抗联第六军第一师政治部主任。

1938年春,北满临时省委决定北满抗日联军主力向黑嫩平原远征的同时,指定下江特委书记高禹民和第一师政治部主任徐光海二人领导下江留守部队。徐光海回师松花江南岸,坚持游击战。

1938年冬,北满临时省委任命徐光海兼任富锦县委书记,他联合地方幸存的部分党员重新组建富锦县委,继续开展抗日救国斗争。11月23日徐光海带领锅盔山后方医院和被服厂的二十余名工作人员转移时,在宝清县张家窑与伪军三十五团遭遇,激战中,不幸中弹,英勇牺牲,时年三十一岁。一位智勇双全的英雄就这样倒下了,他留给了我们无尽的哀思。

连日的奔波和悲痛,我再也挺不住了,我好像是得了急性肺炎,发起了高烧,朴英善厂长睡在我旁边,她听见我在不停地说着胡话:"徐主任——裴大姐——你们在哪?你们等等我……"

昏迷中我感到朴厂长喂我吃一种树皮熬的中药,她还用湿手巾给我降温。

不知道睡了多久,我终于醒了过来,可浑身一点劲儿都没有。

就在这座荒废的后方医院里吴玉光主任写下了一首悼念烈士的歌曲《踏着血迹前进》。

后来我们听说敌人砍下了徐光海的头颅,挂在窦家围子(现民主乡)电线杆子上示众,因为窦家围子是我们抗联第六军的根据地,这里的好多农民放下锄头参加了抗日军,部队的给养也是当地的老百姓给筹集,部队战斗中的战利品也都放在老乡家中。我们和当地百姓早已形成了鱼和水的关系,敌人妄图用徐主任的头颅来震慑当地的群众,可他们没有料到,百姓们看到这一情景,更是悲愤填胸,心痛欲裂。老乡们偷偷地擦去眼泪,在家中设下徐主任的灵位,烧香礼拜以此祭奠英灵。

风雪征程
东北抗日联军战士李敏回忆录

踏着血迹前进

吴玉光 词
李 川 配曲

1=♭E 4/4

3. 5 5. 3 | 6 1 6 3 5 - | 1. 2 6. 1 | 5 1 2 5 3 2 - |
巍　巍　　完　达　山，　茫　茫　的　完　达　　山，

3. 2 3 5 | 6 1 5 7 6 - | 1 1 1 6 | 5 - - - |
啊　　　　啊　　　　　啊

3 2 3 5 6 5 3 | 2 5 1 6 2 - | 3 2 3 5. 6 1 7 | 6 - - - |
光　海　主　任　他　抛　下　头　颅，　抛　下　头　　　颅，

5. 6 1 2 6 5 | 3 5 6 1 4. 3 | 2. 2 1 2 3 5 6 | 1 7 6 1 2 - |
裴　大　姐　她　洒　尽　热　血，　昌友,小马献出了　青　　春。

0 3 2 3 1 7 | 6 - - - | 0 1 6 1 2 1 | 2 3 5 - | 0 6 5 4 3. 0 |
茫茫的雪　山，　　染出了殷　红　路，　战友们

0 3 6 1 2. 3 2 | 0 3 5 3 2 6 | 1 - - 1 7 | 6. 3 1 7 |
挥　泪　　松　涛在悲　泣。　啊　　　战友

6 - - 1 7 | 6. 3 5 4. 3 | 2 - - - | 1. 6 3 3 | 2 1. 2 3 3 0 |
们　啊　　战　友　们　哪，　　踏　着　血迹　向　前　进哪

5. 3 6 6 | 5 6 7 - | 1 7 6 3 | 6 6. 6 - | 6 - - - |
踏　着　血迹　向　前　进　　向　前　　进　哪！

1924—1949
第三章　在战火中成长

■徐光海烈士画像

■徐光海烈士证书

大旗杆战斗

吴玉光主任带领的队伍又要出发了,这支队伍将要去富锦县和宝清县之间一个叫"大旗杆"的地方去和第六军第一师代理师长陈绍宾会合。

1938年4月,第六军第一师师长马德山在战斗中以身殉国,北满省委任命陈绍宾为代理师长。

我的病还没好利索,身体非常虚弱,胸部总是在痛,咳嗽不止。临走前,吴主任不让我随队了,他让我就留在这个密营养病。

听了吴主任的话,我的眼泪在眼圈里直转,说啥也要跟着队伍走,咋也忘不了那两天两夜离开队伍的日子。如今部队就是我的家,我不能做一个离开家的孩子。

自从到了部队,第一次不服从命令了。我和吴主任说:"就带我走吧,不要把我留在这里,我能跟上队伍",说着,说着,眼泪不由自主地流了下来,我越哭越厉害,呜呜咽咽地说不出话来了。

这时,朴英善厂长也在帮我说话:"吴主任,就把小李子带上吧,路上我来照顾她。"

吴主任也没说同意还是不同意,打了个咳声,就出去集合部队了。我赶紧收拾东西,拄个棍子站到了队伍里。

队伍钻出了山林,眼前是一望无边的大雪原,我们坐在了林子边,要等到天黑才能穿过这片雪原,因为这里没有一点可掩藏的地方。

天黑了,看不到月亮,满天的星斗,部队开始了急行军,耳边只听到刷

第三章 在战火中成长

刷的脚步声和战士们呼呼的气喘声,我跟头把式地小跑着跟队,枪和背包都是战友替我拿着。

这一夜,部队没有休息,走出了五十公里路。

队伍来到了一片湖泊前,眼下正是十冬腊月,西北风扫净了湖面上的积雪。湖面冻得像一面镜子,人上去根本站不住脚。队伍上去后,咕咚、咕咚的直摔跟头。朴厂长拽着我,好不容易才走出了那片湖泊。

大旗杆这个地方很像梧桐河,也是沼泽地,一片一片的疙瘩林分布在沼泽地上,如今的沼泽地都变成了冰面。听说陈绍宾的营房就在这其中的一片疙瘩林子里。这时,天已放亮,我们接连找了三个疙瘩林,才找到陈绍宾部队的所在地。

陈绍宾部队的营房隐藏在疙瘩林子里,疙瘩林里长满柞树和榛材棵子。这是当地百姓盖的一栋草房,百姓们都搬走了。离草房不远是一条东南方向的冰河,草房前还有一台碾子(脱谷皮的工具)和一个大锅灶。在营房的四周,一道榛材棵子后面。离冰河不远的地方挖了一条半人深的战壕。

我们到了这里,发现陈绍宾师长并没有在这儿,原来他在离这里不太远的一座叫"青山老道庙"的地方养伤。接待我们的是张团长和白福厚团长,他们俩带着一百多人的队伍。

一夜的急行军战士们又饥又渴,又困又乏,坐下都起不来了。看到我们来了,张团长忙着张罗弄早饭。他这里也没有粮食了,原有的小米已经吃光,只剩下一些谷糠。只见几名战士换班推碾子把那些谷糠都碾成了细粉,炊事员又用大锅把细粉熬成汤。大锅咕嘟咕嘟的开了,战士们都咽着口水,米糠粥熬好后,每人分了一碗。

哎呀!这是什么粥啊,直扎嗓子眼,根本就咽不下去!张团长看到大伙难受的表情,抱歉地说:"同志们实在是没办法了,大家先将就着垫巴垫巴,肚子里没食儿不行啊!"

听了张团长的话,我们都默默地把那碗米糠汤强咽了下去,尽管不顶饿,心里总算还热乎点。

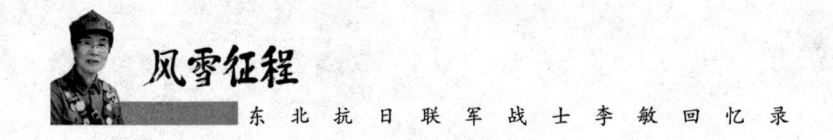

风雪征程
东北抗日联军战士李敏回忆录

就在这时,前哨忽然来报:"报告!南边有汽车开过来!"

听到报告声,张团长和白福厚团长立刻下令:"全体进战壕,准备战斗!"战士们听说来了敌人立刻精神了起来,马上带着武器跳进了战壕。

从战壕里望去,冰面上七八辆汽车拉开距离,并行的向疙瘩林开来。大约在二千米处,敌人都从车上跳了下来。他们有七十人左右,大部分是伪军,也有日本的教导官。

我们趴在战壕里,机枪手杨凤鸣、王春和一个姓李的战士架起了一挺轻机枪。透过前面的榛材棵子我们看到,敌人正拉开了距离向前走,在二百米左右距离时他们卧倒向前爬行。当敌人爬行到一百米距离时张团长和白团长一声令下,战士们一起开火,密集的子弹向敌人射去。敌人没有料到这片林子里有抗联部队,并且已经有所准备,他们马上掉转头向后撤去。

这时天已经到了中午,敌人可能从新作了部署,第二次从三面包围了上来,在离我们二百米远的一片榛材棵子里停了下来。看到敌人停了下来,我们开始喊话、演讲。

我们首先向他们高喊:"中国人不打中国人,不替日寇当炮灰,不打抗日军。"而后,宣讲了《告"亲日满军"官兵书》:

伪军士兵们,现在已经是中华民族生死存亡的最后关头了,你们应该掉转枪头,打日寇,救国自救。

你们再不要受日贼的欺骗,不要做那丧尽天良,堕落人格,中国同胞手足相残的勾当了。

中国人不打中国人,不替日寇当炮灰,不打抗日军。

日贼今天利用你们,中国人杀中国人,明天以后挑起世界大战,你们就是前线的替死鬼,前途无穷黑暗。只有抗日救国,才是光明伟大。你们把枪口转向日贼抗日救国,为自己的身家性命和子孙后代求幸福吧。

从卢沟桥日贼挑动抗日大战后,被压迫开到前线去的一切满军都在关里举义反正抗日,你们怎么还在执迷不悟,观望徘徊,实在是自误。你们立刻团结起来,抗拒日贼,与抗日联军共同奋斗,抄日贼的后路。

听到了我们的《告"亲日满军"官兵书》,对面榛材棵子里的伪军们都鸦雀无声。我们紧接着又唱起了《满洲士兵觉悟歌》:

满洲士兵觉悟歌

| 5 6 5 3 | 2 3 5 | 6 6 5 3 5 | 6 | 5 6 7 2 7 | 6 - |

雨洗　山林　　一色　新　　我劝　亲日　军，　　你们　快回　　心　发，
满洲　士兵　　把话　发　　抗日　是一　家，　　每日　常出　　征，
风吹　窗棂　　好美　音　　月影　月沉　沉，　　独坐　自思　　寻，
东北　抗日　　联合　军　　大家　一个　心，　　真正　打日　　军，

| 6 i 6 5 | 3 2 3 5 | 6 6 5 6 | 5 3 2 1 | 2 - | 2 - |

别在　梦中　　睡沉　沉，　现在　日军　　尽是　欺骗　　人。
尽和　自己　　去打　架，　不知　何日　　缴枪　把头　　杀，
思想　起来　　真伤　心，　二老　离散　　妻儿　难知　　音，
联合　反日　　义勇　军，　领导　工人　　农民　士兵　　们，

| 2 5 2 5 | 1 - | 5 3 2 | 2 3 5 | 6 6 5 6 | 7 2 i |

建立　满洲　　国。　　同胞　们　　快回　心，　哗变　出来　　打日　本
叫我　真　害　怕。　　站大　岗　　把操　下，　无缘　无辜　　挨打　骂，
不知　生与　　死。　　兄弟　们　　觉悟　吧，　为何　替日　　杀中　民，
团体　抱得　　紧，　　杀走　狗　　毙日　本　　没收　财产　　分灾　民，

| 2 2 i 2 | i 6 5 | i i 6 5 | 5 · 2 3 | 5 - | 5 0 |

驱逐　长官　　都一　心，　将来　都是　　革命　军。
每月　薪饷　　常常　压，　日本　欺负　　到了　家。
全是　长官　　欺骗　人，　不如　去当　　革命　军。
东北　反日　　如锅　滚，　日本　小鬼　　吓掉　魂。

风雪征程
东北抗日联军战士李敏回忆录

这首歌还没唱完,对面树林子里有了动静,我们听到一个日军的指挥官在那边"八嘎!八嘎!"的骂人。我们没有管这些,接着又唱起了《满军哗变歌》:

满洲军官、士兵们,再莫睡沉沉,赶快打精神,调转枪口杀日本,不打抗日救国联合军,勇敢杀敌人,收复回我中华,推翻傀儡"满洲国",一切权利归人民……

对面的日本指挥官再也沉不住气了,他们"嗷嗷"叫着,挥舞着指挥刀,逼着伪军往上冲了。

就在唱歌的同时,我们这边调整了战略,白团长带着一个团还坚守在这里,张团长带着一个团跑向了战壕的那一头,两个团分散开以对付三面包围上来的敌人,我仍旧跟在白团长的队伍里。

敌人离我们越来越近了,二百米,一百米,在日本指挥官的督战下,他们的机枪响个不停。战士们急着要打。白团长小声地说着:"别着急,别着急,听我指挥,准备好手榴弹。"

五十米,敌人离我们五十米了,白团长大喊一声:"手榴弹,机枪!"霎时,所有的手榴弹甩向了敌人,我们的机关枪也嘎嘎地响了起来。

敌人的机枪顿时哑了,机枪射手被我们给打死。他们惊慌失措地拽着尸体又撤了下去,机枪都不要了。

与此同时,张团长那边也打死了敌人的一个少佐。那边的敌人也拽着尸体败下阵去,只留下了一顶帽子。敌人再也不敢组织冲锋了,他们仓皇地上了汽车,把车开走了。

战斗胜利结束后,战士们都很兴奋。我们获得了一挺崭新的重机枪。那挺重机枪发着蓝幽幽的光亮,战士们都爱不释手。

这次战斗我们牺牲了两个人,张团长那边的毕副官在转换阵地时牺牲了。我们这边,一个小战士急着要大便,他不听命令,跑出了战壕,被敌人打

1924—1949
第三章　在战火中成长

死了。

战士们找了个雪沟,含泪掩埋了烈士尸体,上面盖了好多的树枝。

战后,指战员们分析,为什么敌人会这么准确地知道我们的消息呢?一定是出了叛徒,由此联想到徐光海主任的牺牲,最后大家把目光聚集到一个人的身上。这个人就是交通员陈罗锅。后来事实证明确实是陈罗锅叛变了革命,他先后带敌人"围剿"徐光海队伍和跟踪吴玉光的队伍,所以,才有这次战斗。解放后,他隐蔽了下来,在伊春市被第六军第四师的战士朱学成在一列火车上认出,报告了组织,后被地方政府正法。

大旗杆这里不能久留,敌人会纠结大批的军队回来报复的。张团长和白团长,高喊着"起队",部队快速地转移了。

太阳还没落山,西北风嗷嗷地刮着,天地间一片灰蒙蒙。战士们还是早晨喝的那一碗谷糠粥,一个个冻得浑身瑟瑟地发抖。顶风冒雪的部队向东北方向转移,我们要去"青山老道苗"找陈绍宾师长。

从雁窝岛(现在雁岛)北侧绕了过去,后半夜我们来到了一座山前。越过山前的一条小河,半山腰有一座老道庙,陈绍宾师长就在那里。

风雪征程
东北抗日联军战士李敏回忆录

青山老道庙

后半夜我们来到了"青山老道庙",靠河套有一个石头砌的灶台。老道庙里只能容纳十来个人,部队只好在野外露营了。赵军需官看了一眼我和朴英善厂长,就说女同志进屋里休息吧。朴英善厂长说:"我不进去了,小李子有病,让她进屋吧。"

赵军需官把庙门打开,屋里漆黑一片,我一脚迈了进去。这一下可不得了啦,也不知道绊到了什么,一下子就趴在了那里。耳边只听得有人在嚷嚷:"谁啊?真缺德,踩到我脑袋啦。"我嘴里一边说着对不起,一边想爬起来,可到处都是人的胳膊和大腿,我咋也爬不起来,只听不断地有人喊:"大半夜的,谁啊?"

"我啊,我爬不起来了⋯⋯"

这时,我听到有人在小声喊我:"往这来,往这来。"我顺着声音从人身上爬了过去,用手摸到了锅台和炕沿,我坐到了炕沿边。那个喊我的人又问我:"你是谁啊,哪来的,是不是小凤啊?"

啊?在这碰上了熟人,我赶忙回答:"是我啊,你是谁啊?"

"哎呀!真是小凤啊,我是老苗啊,快,快过来。"

哦,我想起来了,是苗司务长,夏天在梧桐河开联军会议的时候,他随陈绍宾到过梧桐河,我们在一起联欢过,我还给他补过衣服,因为他和我哥哥李云峰在一起呆过,所以别人都喊我小李子,唯独他喊我小凤。

在这遇到了苗司务长,我俩都很高兴。他和我说:"你快爬上来,躺我

第三章 在战火中成长

这儿,我去熬饭。"说着话,他就起身下了地。谁知道,我刚想在他躺过的地方躺下,两边的人一翻身,就一点地方都没有了,我再也躺不下去。没办法,就只好坐在了炕沿边,把两只脚搭在了灶台上。

我开始仔细地打量着这个黑屋子,忽然发现在墙旮旯有一闪一闪的微弱火光,一阵烧鸦片的香气隐隐传来。啊!这里怎么会有人抽大烟?

十一岁那年我割过大烟,也目睹过别人怎样吸大烟,还知道大烟的气味,可是想不到这里会有人抽这个。

过了一会儿那个火光熄灭了,老苗也拎着水和柴火进了屋,外面的天蒙蒙亮了。

老苗往锅灶里加了水,点燃了柴火,水开后,他又"咕咚,咕咚"地往锅里倒些冰块样的东西。

哎呀!锅里是什么东西啊,怎么满屋子又腥又臭!

这时,天也更亮了。我看到炕上挤了七八个人,他们是:第七军的女战士金哲,她丈夫是和崔石泉一起创办松东模范学校的南老师,已经牺牲了,金哲同志带着八岁的儿子南征策住在这里;第七军姜国臣团长和夫人刘淑;第七军女战士柳明玉,伤员李排长和护理员;还有一个人,五十多岁,大家喊他刘四爷。

地下横七竖八地也有十来个人,陈绍宾睡在墙角,身下铺着厚厚的蒿草。他的旁边是周云峰,就是夜间抽大烟的那个人。夏天5月份的时候,因为他抽大烟,带垮了队伍,张寿篯政委曾派王明贵去接收他的队伍,当时只带回了第七团。第八团被他留住了,当时让他停职反省。没想到他到现在大烟也没戒,手下的战士也都跑没了,不过大家还都喊他周主任,可能上级也没有明确下文件撤他的职吧。

借着窗外射进来的冬日晨光,我又一次看到了陈绍宾师长,这是一个五十来岁的个子不高的小老头,留着两撇小胡,穿着一套缴获的日军的黄色旧军装,他用有些发尖的嗓音喊着大家:"都起来啦,都起来啦。"

大家起来后,开始分饭了,分的就是锅里炖的那又腥又臭的东西。

风雪征程
东北抗日联军战士李敏回忆录

原来这里也断了粮,战士们上雁窝岛(雁岛)去捞鱼,天寒地冻没有工具,发现鱼亮子上有打鱼人堆的垃圾,垃圾堆里有秋天他们吃剩下的鱼头,鱼尾和鱼下水,几个战士给刨了回来。老苗往锅里倒的就是这东西,他还加了不少咸盐,说是去腥。

每个人分到了一碗臭鱼汤,这汤实在是太难吃了,鱼鳞咬在嘴里咯吱、咯吱地,有的人吃了一口就吐了出来。

可怜金哲带着的那个八岁男孩,也得吃这个。那个男孩长得很可爱,瘦瘦的,两只大大的眼睛一眨一眨的,非常机灵。

吃过饭以后,吴玉光主任、张团长、白福厚团长都进屋来开会了。

吴主任先发言叙述了徐光海和裴大姐他们牺牲的经过,大家听了心情都十分的沉痛,半晌没有人说话。

接下来讨论今后部队的去向问题。陈绍宾和周云峰的意见是,就在这一带活动,坚持游击战。

白福厚不同意他们的观点,他认为这一片是第七军的地盘,我们在这里活动缺乏群众基础,再说这里是平原,不好隐藏,不如回宝清、双鸭山、集贤,那里山连山,适合游击战。

吴玉光基本赞成白福厚的观点,他认为实在不行就过松花江回汤原、萝北一带,那里是第六军老区,群众基础好,和省委联系也方便。

陈绍宾还是不愿意走,他又提出来,这里离苏联比较近,咱们先和第七军联系一下,看他们是什么意见,咱们再做决定。他和吴玉光说:"第七军军长崔石泉是你的老师,你去找找他,看他怎么说。"

吴玉光想了想,同意了陈绍宾的建议,先去找七军,看看是否能联合行动。

▌吴玉光烈士画像

白福厚团长还是不太同意这一做法,最后的决定是,吴玉光带队先去找第七军,等他回来后,再决定部队的行动方向。

吴玉光主任在这里碰见了下江特委书记黄成植,黄成植是我的好战友金碧荣的丈夫。吴玉光的妻子李桂兰,黄成植的妻子金碧荣,都在战斗中被俘,那天,我看见他俩坐在了一起,想起生死未卜的亲人,都流下了眼泪。黄成植还把我喊了过去,让我再给他讲讲小金子是怎样被抓去的,我又详细地给他叙述了一遍,我们大家的心情都十分的沉重。

黄成植同志曾是北满团省委书记,后到下江任特委书记。1937年去佳木斯视察工作,被敌人发现追击时负伤,受伤后,住在佳木斯市第一任市委书记董仙桥家里养伤。他伤得较重,又是枪伤,没办法留在佳木斯。后来,由董仙桥同志的夫人,把他打扮成个女人模样,然后赶着马车把他送出了佳木斯。出了佳木斯以后他找到了徐光海部队,徐光海将他护送到第七军崔石泉那里。1937年冬去苏联治病,伤好后回到第七军,第七军派姜国臣将他送到了"青山老道庙"。他准备重返下江,继续开展工作。

第二天,由姜国臣团长和警卫员带路,吴玉光和张团长各带一名警卫员,金哲同志要归队,她带着八岁的儿子,他们一行八人上了路。

几天后的下午,阴霾的天空飘着清雪。姜国臣团长带着警卫员回来了。他带回来一个令人悲痛万分的消息,吴玉光主任、张团长、二名警卫员、金哲同志和她八岁的儿子全部壮烈牺牲了。

听到这一消息,我们全都震惊了。

据姜国臣讲,那天他们先到了饶河县境内的"十八垧地",第七军原先的驻地,扑了个空,又去了"暴马顶",在那里遭遇敌人,除他带警卫员跑出来外,其他人员全部牺牲。

群山垂首,松涛悲咽,我们又失去了一名优秀的师级干部。

吴玉光同志,1909年生于朝鲜庆尚北道义城郡安平面。1917年全家迁居到吉林省桦甸县大荣沟,读过四年书,毕业后在珠河县(现尚志市)三屯当小学教员,并参加反日活动。1930年冬全家又搬到萝北县种地。1933年末

风雪征程
东北抗日联军战士李敏回忆录

参加汤原反日游击队当班长。1936年初，东北人民革命军第六军成立，任四团政治部主任，9月任东北抗日联军第六军第四师政治部主任。1937年7月负伤，1938年12月在饶河县暴马顶战斗中以身殉国。

我们忘不了，不久前他还作歌悼念徐光海和裴成春，没过几天他自己也变成了烈士，而且连遗体都没处去找……

青山老道庙也不能再呆了，敌人随时能追踪到这里，部队又立刻转移。

太阳落山后，部队绕过了雁窝岛（雁岛），这里离敌人的驻地大和镇不远，所以我们要快速通过一片冰雪地。

冷风飕飕地刮着，人站在冰面上都能刮跑，飞雪像细沙一样扑打着人面，顶风冒雪的好不容易我们钻进了一片疙瘩林。

树林子里，风稍微地小一些，这时部队已经断了两天粮，再也挺不下去了。

陈绍宾师长有一匹马，人都没吃的，那马也饿的只剩下皮包骨，走路直打晃，重机枪都驮不动了。在这种情况下，白福厚团长提出杀马，陈绍宾也同意了。

战士们含着眼泪用战刀杀死了那匹瘦弱的战马。我们几个女同志和苗司务长、邓司务长一起给大家分马肉。

一百来号人分一匹瘦马，实际上分到手里的只有可怜的一小块。马的内脏和好一点的地方都分给了伤员。我们用三块石头架起了一个脸盆，底下点上柴火，化了半盆的雪水，水开后，战士们把自己分到的那小块马肉放到开水里浸一浸，等不冒血水了，就捞出来放到自己的盐口袋里，一会儿啃一点点。

给指战员们分完马肉后，我们几个女战士、司务长和军需官已经没什么可分了。后来苗司务长给我们女战士每人鸡蛋那么大一块的疙瘩肉，一边把肉递到我们手里，嘴里一边嘀咕："这是好地方，没骨头，给你们吃吧。"

最后还剩了四个马蹄子，赵军需官、苗司务长、邓司务长和一名警卫员各分一个。他们把那四个马蹄子在火上烧煳了，又放在开水里浸了浸，也都放到了盐口袋里，饿急眼了，用刺刀削一点，舍不得多吃。

部队就在这个疙瘩林子里露宿了一夜。第二天，天刚蒙蒙亮，我和朴厂长到疙瘩林边的一条没封冻的小河边想洗把脸，风还在刮，雪还在下，迷茫的雪雾中我忽然发现远处有几个小黑点，我们跑回来报告了白团长，白团长立刻命令部队："点数！"

经过人员查点，发现丛排长、李班长和一名战士不见了。大家明白，这三个人，是开小差走掉了。战士们都高喊着要去追，其实雪大风狂，又没有马，想追回来是不容易的。这时，站在旁边的黄成植书记说了："让他们走吧，他们是秋天的落叶，要落就让他们落吧，我们是高山上的青松，天塌下来，我们顶着！"在这艰难的时刻，黄成植的话，极大地鼓舞了士气。

1938年的冬天，严寒、饥饿、危险，考验着每一名抗联战士。

我清楚地记得，那个姓丛的排长，有一支崭新的马盖子步枪，带着三棱刺刀，真可惜，他把那支枪也带走了。

队伍开始分批出发了，有战斗力的指战员随陈绍宾师长和白福厚团长往东南方向奔完达山。杜指导员带着伤员，年纪大的和女同志去锅盔山，等他们打完仗与我们会合。

我们的队伍里有：杜指导员、黄成植书记、姜国臣团长、周云峰主任、苗司务长、伤员大个子李排长、伤员黄龙吉排长（他枪打得好，外号叫黄炮）、小个子李排长（外号李炮）、战士老温、小战士小刘和刘四爷，女战士有朴英善厂长、柳明玉、刘淑清和我。

我们这十几个人的小队伍向锅盔山走去……

风雪征程
东北抗日联军战士李敏回忆录

缴获了敌人一辆汽车

　　湖面上刮起了大烟泡,风声像野兽一般的号叫,狂风卷着雪雾形成了一股一股的雪浪。刮得我们直转圈,睁不开眼睛,张不开嘴,对面看不见人。

　　眼前是一片连着一片的大小湖泊,没有一点能挡风的地方。冰湖光得像一面镜子,人上去站不住脚,一迈步就咕咚、咕咚的直摔跟头。大家的头都摔得嗡嗡直响,倒下去时还要尽量护着枪,怕把枪摔坏了。

　　好像是到年跟前了,天上没有月亮,冰湖泛着深蓝的微光。正是三九、四九打骂都不走的时令。天气那个冷啊,冷的心好像都要冻住,脸冻木了,手脚冻僵了,棉帽子上,眉毛上,都挂满了厚厚的白霜。

　　这里的冰湖,是从七星峰山上流下来的水形成的,当地叫作七星泡子。大大小小的泡子遍布在草原上,到了冬天就变成了一望无边连成了片的大冰湖。

　　队伍在风雪中艰难地行进着,战士老温和小刘是尖兵,走在队伍最前头,杜指导员带队走在队伍的中间,我们要照顾着几名伤员,走在后面。大个子李排长伤势最重,他伤在了腿部,寒冷的天气,缺医少粮,好人都顶不住了,更何况是伤员,出发前他又患上了重感冒,发着高烧,开裂的嘴唇上,一层厚厚的白皮。伤员黄龙吉排长子弹打在了腮帮子上,牙都打碎了,吃饭那个费劲啊,我们看着都心酸。小个子李排长伤在胳膊上,算轻伤员。其实杜指导员和黄成植也是伤口刚刚愈合。

　　我和伤员黄龙吉是老乡,都是朝鲜族,还是在梧桐河的时候就认识他。他那时已经成家了,他的妻子难产生下个男孩,可惜那个孩子生下来就死

第三章 在战火中成长

了,后来他的妻子也病故了,黄龙吉同志是汤原游击队第一批上山的队员之一。

我们在冰面上走出不多远,大个子李排长的腿就不听使唤了,他倒在了冰面上,再也起不来。战士们这时也都十分的虚弱,李排长还是个大块头,谁都背不动他,同志们只好换班架着他走。李排长和同志们说:

"不行了,实在走不动了,你们不要管我了,就把我放这儿吧……"

同志们都说:"说什么呢?说啥也不能把你扔下,你挺着点,走过这片冰湖就没事啦。"

前面出现了一条小溪,溪边长着一人高的柳树。战士们已经累的筋疲力尽,大个子李排长的腿更是一步也挪不动了,大家几乎是拖着他在冰面上滑。这时杜指导员说:"大家原地休息,来几个人跟我砍柳树,咱们扎个爬犁,拉着李排长走。"

大家一想,这真是个好主意。

战士们用刺刀砍了好多柳树条,又都解下了绑腿,费了好大的劲终于扎好了一架爬犁,我们在小溪边拔了一些蒿草垫在爬犁上,把李排长抬了上去。

现在轮到我们女同志来拉爬犁了,爬犁前面拴了两根绑腿,朴厂长、柳明玉、刘淑清,我们几个换着班拉。

这爬犁好沉啊,尽管风狂雪大,我们还是累的一身都是汗。李排长在爬犁上断断续续用微弱的声音和我们说:"求求你们,别拉着我了,就把我放这儿吧……"

我们几个安慰着他:"李排长,别着急,咱们快到家了。"接着又用手摸了摸他的额头,发现他不怎么发烧了,李排长听了我们的话,也再没言语。

我们来到了一片草甸子,爬犁拉散架了。这里可能离人家不远,草甸子上有老乡割的羊草,一捆捆的竖在那里,还没运走。

杜指导员安排大家休息,他又领着人去找树条了,我们发现李排长有一会儿没说话了,就又上前看看,怎么感觉不对劲啊,用手一摸,他浑身冰凉,不知道什么时候已经停止了呼吸。

风雪征程
东北抗日联军战士李敏回忆录

悲痛弥漫在寒冷的冬夜,又一位战友牺牲了,冰雪仿佛冻僵了人们的眼泪,大家默默无语,低头致哀,风还在吼,雪还在刮。

没有工具,没有柴火,我们无法安葬李排长。大家抱来了一捆捆老乡存放在这里的羊草,在李排长的遗体上堆放成三角形的草垛,如果部队再能返回来,就当作是记号了,若是当地的老乡来拉草,看到了身穿抗联服装的战士,他们也会帮助安葬的。

终于走过了冰湖,我们踏上了草地。哎呀,这下可好了,脚下不滑了,腿也觉得轻快了好多。这时,杜指导员和大家说:"前面不远就是大山,咱们现在休息一会,准备爬山。"

听说休息,我把背包往上一掀,一下子倒在了雪地上,真是又累又困啊!感觉自己好像一忽悠就睡着了……

一阵刺骨的寒风把我吹醒,我浑身冻的直打哆嗦,睁开眼睛向两边看了看,这一看直惊得目瞪口呆,我的旁边没有一个人影。同志们!同志们呢?

我扯开嗓子大喊:"朴厂长——,柳明玉——,刘淑清——,"

只有风在刮,听不到一点回音。我吓傻了,几乎要疯了,害怕得心咚咚直跳。我把枪大背上,分不清东南还是西北,我知道,队伍一直是往南走的,抬头看了看天上的北斗星,看到了北斗星,就找到了方向。我又低下头去看雪地上的脚印,顺着脚印我跑步去撵队伍了。

我一边跑,一边骂自己:"小凤,怎么就你没出息,谁让你睡觉啦?"我太害怕掉队了,那三天两夜孤零零一个人的日子,真是太可怕了!

就在我跑步追赶队伍的时候,队伍里的黄龙吉排长突然问大家:"哎,小李子呢?"因为他也是伤员,行进时,我们都走在一起。

听到他这一问,朴厂长他们都哎呀一声,"不好了,小李子一定是睡着了,没有听到口令。"这时,大家赶紧把我掉队的消息告诉了杜指导员,杜指导员忙喊:"前面的都停下,小李子掉队了。"

这时,黄龙吉说:"我回去找吧。"小刘说:"还是我去吧,我比你跑得快。"杜指导员说:"好,小刘去吧,注意安全,别迷路。"

小刘顺着原路往回走,一边走,一边喊:"小李子,你在哪——?"

第三章　在战火中成长

由于我俩的方向都没错,终于他听到了我的喊声,我也听到了他的喊声。看到了小刘,我像看到了久别的亲人,顾不得说什么,我俩快步跑着撵上了在前面等我们的队伍。

赶上了队伍,心里一块石头落了地,见到了领导还没等他们说我,我的眼泪就扑簌簌地流了下来。看我这样他们也就没说啥了,只说:"可不能掉队啊,这大黑天的,要是睡着了,不冻死也得让狼叼了去!"

我赶上来以后,队伍开始了急行军,杜指导员喊着:"大家跟住了,快进山了,谁都不许掉队!"

我们开始爬山,翻过了这座山是一片矮树林,尖兵传来了信号:"注意,前面有公路!"信号一个接着一个传到了后面。果然,穿出了树林,一条公路横在了面前,我们快速地跑了过去,钻进了公路对面的柞树林子。

进了树林有一百米左右,队伍开始休息,大家都饿得走不动了。我们从装盐的口袋里掏出了那小块马肉,几个女同志的一边吃一边问苗司务长,你给我们的是啥地方的肉啊,像筋头似的,一点都嚼不动。

苗司务长嘀咕着说:"啥地方,那是马鞭。"我们几个朝鲜族女兵都听不明白,只有汉族战士刘淑清听懂了,她"啊!"了一声,就吃吃地在那笑起来了。小战士小刘也不懂,他问老苗:"啥好地方啊？咋不给我呢？"

老苗说:"你不用,你自己有。"大家全都"轰"地笑了起来。

这时,东边的岗哨李炮跑过来报告:"报告,远处有响动还有光亮!"

杜指导员忙喊:"大家不许说话,就地卧倒!"我们透过树林能看到公路,不大一会儿,七八辆卡车轰隆隆地开了过来。看到了卡车,战士们都急着要打。

杜指导员说:"不能打,咱们火力不够。"

汽车走远了,老苗和小刘打着唉声:"唉,送到眼前的粮食放走了。"

正在这时,东边的岗哨又来报告:"报告,后面还有一辆车!"

估计这辆车,是路上出了故障,所以落后了。这次可不能再放走了,小队的人员马上作了部署,我们分成了六伙。

这条路是从一个小山包穿过的,山包被劈成了两半,姜国臣、老温和小刘迅速地跑到了两侧的山包上,杜指导员带着李炮和周云峰在公路的

风雪征程
东北抗日联军战士李敏回忆录

左侧，黄成植带着李炮、老苗在公路右侧，我和朴厂长在车前面，柳明玉、刘淑清和刘四爷在车后面。

汽车亮着车灯，远远地开了过来，这是一辆敞篷的拉货车。我们都埋伏在道路的两边，就在汽车开过山口的一刹那，姜国臣、老温、小刘猛地从山包上跳上了汽车，他们把枪支在了车窗上，高喊着："不许动！快停车！"

汽车"嘎吱"一声停了下来，战士们从四面包围了上去。车上的三名伪军举着手，乖乖地走下车来，我们立刻下了他们的枪。

车上装的是成箱的手榴弹、子弹还有帆布帐篷。虽然没有吃的，但手榴弹和子弹也都是好东西，我们指挥着俘虏把手榴弹和子弹都扛到了一座山脚下，对那三个伪军进行了教育，告诫他们中国人不打中国人，不许残害老百姓。他们点头哈腰说着是，我们就把他们放了，并让他们向相反的方向走。

伪军们走后，我们把手榴弹和子弹作了小转移，放到了一个山沟里，用树枝盖好。我们每个人都尽量多装上几颗手榴弹，因为它比口粮还重要。此时，天已开始放亮，怕敌人来搜捕，急匆匆地队伍又出发了。

队伍又翻过了一座山，山下是一条大沟，沟里长满了刺梅树，刺梅果是夏天开花，结了的果红红的挂在枝头，在雪地的映衬下十分的艳丽。同志们看见刺梅果兴奋得不行了，一把一把地摘下来往嘴里填。刺梅果已经没有浆了，里面还带着毛，一下子的籽，酸酸的，有点甜，有点涩。这种果吃多了，人干燥。

同志们一边吃一边摘，准备带走。老苗拎着一个铁桶，招呼着大家，都放这里，我给你们拎着。

杜指导员看看吃得差不多了，就喊大家："同志们别摘了，敌人随时能追过来，抓紧转移！"

在杜指导员的连续催促下，同志们才恋恋不舍地离开了那个山沟。

又翻过了几道山，太阳没有落山时，下起了大雪。尖兵小刘爬上了一座山顶，他高兴地回过身来向我们欢呼："有房子啦——找到房子啦——"

奔波了一天一夜的队伍终于回到了第六军第一师被服厂。

1924—1949
第三章 在战火中成长

1939 年的春节

第六军第一师被服厂的地窨子在我们走后已被敌人烧毁，房盖没有了，但是框架还在，地窨子里面灌了满满一下子的雪，泥墙上挂满了厚厚的白霜。

同志们清除了里面的积雪，砍来些树枝搭上了房盖，点起了篝火。

终于有一个背风的窝了，泥墙上的白霜开始化成水流顺墙淌了下来，战士们已经好久没有进屋睡一宿好觉了。

我们在地窨子里住了两天，吃光了仅有的一点马肉，苗司务长每天领人去砍桦树，然后劈成小块放到桶里，架到火上给我们熬桦树汤喝。

两天后的晚上，北风呼啸。小刘高兴地说："嗨，真不错，这鬼天气，要是在冰面上还不把咱们都刮跑了啊，住上房子真好啊，对了，今天是什么日子啊？"

只见苗司务长左手握成拳，用右手在左手的拳头上查数。忽然他"哎呀"了一声："今儿啊，今天是三十啊！"同志们都"哇"的一下喊了起来："哈哈，过年啦！"

小刘又说了："怪不得我们今天能住上这么好的房子，年三十应该吃饺子啊，咱们吃啥？"大家都不言语了。

这时，只见小刘扭头把自己屁股上缝的一块羊皮扯了下来。

"嗨，同志们，咱们烧羊皮吃吧，咋说也是荤腥啊！"

原来，小刘的年纪小，也就十六七岁吧，特别地顽皮，每当下山时，他总

风雪征程
东北抗日联军战士李敏回忆录

爱坐在雪地上出溜下去,棉裤后屁股的地方早就刮碎了,大家帮他找了块羊皮,大针小线地又帮他缝上。

看到他把羊皮扯了下来,苗司务长逗他:"哎,我说小刘,你把羊皮扯下来,不怕大风把你的小鸡鸡冻掉啊?"大家"哗"地都笑了。

小刘顽皮地说:"不怕,这么多女同志呢,不会让我露屁股的。"

羊皮扯下来了,我们每个人分了一小块,又出去掰了一些树枝,把树枝的前头用刀劈开,把分到的羊皮夹在劈开的缝上,放在火堆上烤。

烤羊皮发出了一股煳巴膻味,羊毛烧得像爆米花一样卷曲着贴在羊皮上,大家都饿急眼了,趁热赶忙往自己的嘴里填。小刘一边吃一边说:"香,真香。"

杜指导员看到这个情景,又从背包里掏出了一双牛皮靰鞡鞋交给苗司务长:"把这个也给同志们煮煮吃吧。"

火上架起了一个小铁桶,桶里装满了雪,我们把那双靰鞡鞋在雪地上蹭了蹭,就放到桶里炖了起来。

水开了,咕嘟咕嘟地冒着热气,大家这个着急啊,一会用树枝去捅捅,可那双鞋还是硬邦邦地躺在桶里。

就在大家等着吃靰鞡的时候,杜指导员说了:"同志们,咱们开个会吧,主要讨论苗司务长和小李子入党的问题。"

同志们立刻都静了下来,杜指导员说:"老苗同志的工作大家都看到了,他一直是吃苦在前,和我们一样地行军打仗,还要管大家吃饭,每天最早起来,最晚休息。他申请了多次要求入党,这阵子,咱们连个窝都没有,就没讨论他入党的事儿,今天有这么个地方,大家说说,有什么想法?"

同志们都十分的敬重老苗同志,他对战士们也特别的好,有一口吃的,也得分给大家,宁愿自己挨饿。党员和群众都发了言,一致同意他成为一名党员。

接着杜指导员又提到了我,他说:"小李子到部队已经快三年了,已经是一名共青团员了,她挺勇敢,能吃苦。虽然年纪不大,但是从来不要什么特殊的照顾,还能主动的帮助战友和伤员,看看大家有没有什么意见,把她由团员转为共产党员。"

当时的共青团员,可直接转为党员。大家又一致通过我转为党员。同志们都热烈鼓掌向我和老苗表示祝贺。

没想到幸福来得这样突然,我高兴得都发晕了,我是一名党员了吗?我是和裴大姐、李在德姐姐一样的党员了吗?想什么办法把我入党的消息告诉爸爸和哥哥呢?他们要是知道了,该有多高兴啊!

正当我沉浸在喜悦之中时,杜指导员的语调变得沉重了起来:"同志们,还要告诉大家一个不幸的消息,其实这个消息早就应该告诉小李同志了。小李同志如今已经是一名共产党员,我希望她能坚强一些。她的父亲,第六军第一师后勤处处长李石远同志为了给我们筹集粮食已经在8月份就牺牲了。"

好像是晴天响起了一声霹雳,我被震惊了,一时缓不过神来,大喜和大悲都来得这样突然。片刻以后,我"哇"的一声哭了起来。

爸爸,爸爸,女儿从上山以后就再也没有见到你了,你知道我有多想念你吗?你在我的心里一直是无所不能,顶天立地的英雄。为什么不等女儿看你一眼再走啊?爸爸,女儿已经没有了妈妈,怎么能够再失去你啊?

朴大姐把我搂在了怀里,自从裴大姐牺牲后,她又像妈妈,又像姐姐一样地照顾着我。这时,她也流下了眼泪,泪水一滴一滴落在我的头上。朴大姐和我的父亲曾在地方上一同工作过,她们也是战友。杜指导员接着向同志们讲述了我父亲牺牲的经过。

就在我随抗日宣传队演出时被敌人冲散,在板场子屯跟李升爷爷上山后不久,刘忠民书记决定,我的父亲李石远同志也由地方转入部队,被任命为第六军第一师后勤处处长。他带着几个人以窦家围子为中心点,从附近的李京围子、杨荣围子、柳树围子等几个敌人"归屯并户"的村庄为部队筹集粮食和咸盐。这是一项十分危险的工作,日寇为了掐断抗联和老百姓的血肉联系,在"归屯并户"的围子里,采取了"集团部落"似的管理,实

风雪征程
东北抗日联军战士李敏回忆录

■李石远同志的革命烈士证书

行保甲连坐,多少人都死在了筹粮和送粮的路上。

1938年8月,父亲李石远、曹副官,还有第六军第一师被服厂的老王(参军前是猎民),在一次运粮中被敌人追捕,老王一人跑出来带回来消息,李石远和曹副官都壮烈牺牲了。敌人把父亲和曹副官的尸体扔进了七星泡子,多天以后,尸体肿胀浮出了水面。

同志们听了杜指导员的讲述都义愤填膺,振臂高呼:"我们一定为小李子的父亲报仇!为牺牲的同志报仇!"

黄成植书记看到这些情景,站起来对大家说:"同志们,我刚从苏联回来,在那边看到了报纸,我们的毛主席和朱总司令要计划带领红军来到热河,很快就会打到沈阳,把日寇赶出中国,抗战胜利的一天就快到来了。今天是年三十,大家化悲痛为力量吧,我写了一首歌曲《何日熄烽何日还乡》,现在我把这首歌教给大家。"黄成植书记站了起来,打着拍子,一字一句地教着我们,大家围着篝火,在歌声中度过了传统的春节。

当时的抗战歌曲,就是精神食粮,每当有新歌,同志们都争先恐后地学唱,歌声为我们增添了勇气和力量。我流着眼泪学会了这首歌,爸爸,我一定要和战友们光复中华,让红旗飞扬,等到熄烽还乡的那一天,女儿再回去祭奠你的英灵……

1924—1949
第三章 在战火中成长

何日熄烽何日还乡

黄成植 词（1939年）

1=♭E 4/4

大雪山啊　千里冰封，将士们啊
征人哪　转战呀　英勇冲锋
壮士们啊　登高山呀　遥望
将士啊　腾云呀　鏖战

露宿在野外，雪泊风餐篝火取暖，
在疆场啊，野草充饥树皮御寒，
家乡啊，遥望家乡烟雾茫茫，
疆场啊，鏖战疆场气宇高昂，

篝火团结送旧迎新啊，哎咳哎咳哟
为救祖国虽苦我甘心啊，
松江饮恨黑水泣啊，
光复中华红旗飞扬啊，

篝火团结送旧迎新啊，还乡啊。
为救祖国虽苦我甘心啊，
男儿心中仇恨满腔啊。
何日熄烽何日

风雪征程
东北抗日联军战士李敏回忆录

夜深了,连日的行军,没等靰鞡鞋炖烂,同志们就挤在一起睡着了。苗司务长一边看着炖靰鞡,一边带岗,凌晨四五点钟,他把我喊醒了。

"小李子,小李子,该你上岗啦——"我迷迷糊糊地爬了起来,爬起来我首先想到了那双靰鞡鞋,又去看了眼桶里的靰鞡,靰鞡鞋已经涨了起来,胖乎乎的了,我用根树条去捅了捅,捅了个窟窿,靰鞡鞋烂了,可以吃啦。

苗司务长小声地和我说:"小凤,我先给你割一块吃吧。"我说:"不用,等和大家一起吃吧。"

迎着刺骨的寒风,我去接岗了,岗哨的位置是在地窨子上方的一个山崖上,站上一班岗的是小刘。以前人多的时候,女同志上岗可以安排两个人,如今人少伤员多,就一个人站了。小刘伸手把我拽上了山崖,自己蹦下去,一跑一颠地回地窨子去了。

黎明前的夜,格外的黑,黑沉沉的夜空布满了星星,风吹树枝刷刷地响。忽然,我听到远远的山下有咯吱咯吱、脚踩树枝的声音,我摘下帽子,又仔细地听,咯吱咯吱的声音更响了,而且不是一个人踏雪的声音。

是我们的大部队回来了吗?我使出浑身的劲,冲山下大喊了一声:"口令!"

没有人回答我,脚步声更响了,不好!敌人摸上来了。我拉开枪栓,咔!咔!咔!连放三枪。

枪声划破了黎明前的黑暗,枪声迎来了大年初一的一场战斗。

小刘下岗,刚进了地窨子,听到枪声,他第一个冲了出来。这小子跑得飞快,不一会儿就来到了我的身边,敌人的脚步声更近了,小刘和我说:"别害怕,听我指挥。"

他冲着山下敌人爬上来的方向,大声地喊着:"一连抢占南山,二连抢占东山,机枪赶紧架上。"这时,杜指导员领着同志们也都跑了上来,我们迅速地抢占了山头。

忽然,苗司务长"哎呀!"了一声:"糟了,靰鞡忘拎上来了。"他返身就往回跑,大家喊他:

1924—1949
第三章 在战火中成长

"别去,快回来!"

他好像没有听见一样,飞快地跑回了地窖子。这时,我们和敌人已经接上了火,两边的火力都很猛。

苗司务长拎着个铁桶向我们跑来,桶上还冒着热气。大家开枪掩护着他,子弹嗖嗖地从他身边飞过,一颗子弹打中了他手中的铁桶,桶里的水冒着热气,从子弹洞里流了出来。二米、一米,老苗终于跑到了我们跟前,大家赶紧伸出手来把他往山崖上拉。就在这时,一颗子弹打中了他的后背。

老苗脸色苍白地倒在山崖上,手中还紧紧地攥着那个铁桶的提梁。我喊了一声:"老苗!"眼泪就扑簌簌地落了下来。

苗司务长用微弱的声音说:"小凤,别哭,你们将来去看毛主席和朱总司令别忘了带上我啊……"我一边哭着一边点着头。

"还有,还有,我两个孩子……孩子……"苗司务长话没有说完就停止了呼吸,我悲痛地呼喊着:"苗司务长,苗司务长……"他再也没有睁开眼睛。

同志们高喊着:"给苗司务长报仇啊!"愤怒的子弹射向了敌人。

敌人离得更近了,能看到走在前面的伪军和跟在后面的日本指挥官。我们开始撇手榴弹了,多亏转移途中截获了敌人汽车上的手榴弹和子弹,一排手榴弹打下去,敌人往下撤了一截。

过了一会儿敌人又组织了第二轮的进攻,又一排手榴弹扔了下去,他们又撤了回去。如此反复了几次,我们的手榴弹撇得差不多了。

许是敌人在研究怎么进攻吧,这时他们没有发起新一轮的进攻,趁着这个当口,黄成植同志领着我们唱起了《劝亲日士兵反正歌》,唱完了这首又唱了《抽丁叹》。

■靰鞡鞋与小铁桶

风雪征程
东北抗日联军战士李敏回忆录

■2007年，李敏重返苗司务长牺牲地

山下顿时鸦雀无声，半天再没发起进攻，我们的歌声打动了山下伪军们的心。后来据一位哗变过来的伪军士兵杨清海说："你们的歌声比那大炮、机枪都厉害，把我们的心都给打透了，我们回去合计合计就把日本军官杀掉，投奔你们来了。"

这时，日本的指挥官不干了，他们虽然听不懂歌词，但也明白了什么意思，他们挥舞着战刀，督促着伪军继续往上冲。

我们的手里已经没有手榴弹，子弹也没多少了，看到敌人又冲了上来，黄成植书记领着我们唱起了《义勇军进行曲》。

这时，小刘突然发现了对面的山上出现一面红旗，他激动地喊："大家快看，红旗！红旗！"

我们向对面的山上望去，啊！真的是红旗，在白雪和白桦林的映衬下，十分的鲜艳。看到了红旗，我们看到了希望，感觉到好像有千军万马向我们走来。

同志们欢呼了起来："我们的队伍，我们的队伍来了！"

这时对面的山上响起了枪声，敌人发现自己的后路被人抄了，拽着尸体，架着伤员往南撤退了。

1924—1949
第三章　在战火中成长

劝亲日士兵反正歌

$1=\flat E$ $\frac{2}{4}$

| 5·6 5 3 | 2 1 2 3 5 | 6 6 5 3 2 3 5 | 6 — | 5·6 1 2 |

亲　日　士　兵　　兄　弟　们　　眼　看　到　立　　春，　　　大　家　提　精
亲　日　士　兵　　兄　弟　们　　眼　看　到　立　　夏，　　　自　己　打　算
亲　日　士　兵　　兄　弟　们　　眼　看　到　立　　秋，　　　自　己　犯　忧
亲　日　士　兵　　兄　弟　们　　眼　看　到　立　　冬，　　　自　己　打　心

| 2 1 6· | 6 6 1 6 1 6 5 | 3 2 3 5 | 6·5 3 6 | 5 3 2 1 |

神　　　　何　不　反　正　　杀　敌　人，　你　们　别　在　　梦　中　睡　沉
盘　　　　思　想　起　来　　犯　了　难，　有　心　报　国　　无　有　好　路
愁，　　　日　本　子　指　使　在　外　头，　游　击　作　战　　不　知　何　日
横，　　　日　本　巧　使　　一　年　了，　解　除　武　装　　还　要　搾　出

| 2 — | 2 — | 2 5 6 5 3 | 2 | 3 2 1 6 | 1 6 1 2 | 5 5 3 2 |

沉。　　　　日　本　是　敌　　人，　占　满　洲　杀　黎　民，用　苛　捐
线，　　　　恐　怕　还　像　　先。　哪　知　道　新　路　线，军　民　合　作
休，　　　　终　日　心　担　　忧。　枪　无　怨　弹　无　仇，一　时　间
营，　　　　他　们　算　战　　功。　成　立　了　满　洲　国，无　主　权

| 2 1 2 3 5 | 6·5 3 6 | 5 3 2 | 5·6 3 2 | 1 6 2 | 5 5 3 2 |

剥　削　人，　夺　取　政　权　他　为　尊，敲　咱　劳　苦　兄　弟　们。日　本　人
团　结　坚，　不　能　绑　票　不　强　捐，一　心　救　国　把　民　安。兄　弟　们
观　不　周，　打　在　身　上　性　命　休，不　能　青　史　把　名　留。日　本　人
傀　儡　同，　康　德　皇　帝　顶　虚　名，日　本　掌　权　是　命　令。要　反　日

| 2 1 2 3 5 | 6·5 6 1 | 3 2 1 | 2·1 | 6 2 | 1 6 5 | 1 2 6 5 |

心　太　狠，　烧　杀　抢　夺　带　奸　淫，处　处　欺　压　中　国　人，亡　国　仇　恨
要　听　言，　秘　密　组　织　全　体　哗　变　不　枉　人　生　在　世　间，为　国　杀　敌
好　狠　心，　机　枪　督　战　在　后　头　有　心　不　打　不　能　走，死　后　也　把
也　不　中，　手　无　寸　铁　怎　么　冲　锋　那　时　你　后　悔　也　不　中，去　当　牛　马

| 3 2 3 5 | 6 5 6 1 | 3 2 | 1 — | 1 — ‖

似　海　深，　亡　国　仇　恨　似　海　深。
在　人　先，　为　国　杀　敌　在　人　先。
骂　名　留，　死　后　也　把　骂　名　留。
一　类　人，　去　当　牛　马　一　类　人。

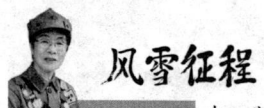

风雪征程
东北抗日联军战士李敏回忆录

抽丁叹

苏武牧羊 曲调

$1=\flat E$

```
5  i  | 2 5 4 2 | 1 - | i 2 i 6 | 5 - | 4 2 4 5 6 |
```

抽丁　编练　满洲　军，　　"讨伐"　在外　　边　　忽然　想起家
　　　　　　　　　　　　春风　阵阵　高　　　亲日　好心
　　　　　　　　　　　　夏日　断了　风　　　亲日　好伤
　　　　　　　　　　　　秋风　阵阵　吹　　　亲日　好伤
　　　　　　　　　　　　冬天　大雪　飘　　　亲日　苦难

```
5 - | i 6 5 | 4 6 5 | 2 5 4 2 | 1 - | 2 1 2 6 |
```

园，　妻年少　子又小　二老在年　高，　不能执掌
焦，　在家中　挑走了　二老见不　着，　贤妻难见
情，　在营中　受压迫　教官不留　情，　说话不随
悲，　家中事　依靠谁　有事谁来解　围，　儿在外边
遭，　同胞血　染战袍　敌人用计　巧，　不论风与

```
5 · 3 | 2 1 6 5 6 | 1 - | 5 5 6 i | 3 - | 5 3 2 3 5 |
```

事，　度日真艰　难，　一人来挣　钱，　何人执掌家
面，　儿女泪滔　滔　　弟兄不相　逢，　姊妹泪盈
便，　好似鸟入　笼，　思想故乡　里，　心中好悲
哭，　二老盼儿　归，　有心难尽　孝，　梦里常相
雪，　"讨伐"我同　胞，　诸君快苏　醒，　反正把敌

```
1 - | 1 · 2 4 4 | 2 4 2 1 | 6 · 1 2 1 2 4 | 1 - |
```

园，　在此当兵　每月薪饷　六圆八角　　钱。
盈，　父母兄弟　妻子离别　叫人好伤　　情。
痛，　有心请假　挂号回家　万想也不　　能。
随，　不由一阵　叫人两眼　泪珠腮边　　垂。
扫，　杀尽倭奴　各自回家　度日乐逍　　遥。

1924—1949
第三章 在战火中成长

义勇军进行曲

田汉 词
聂耳 曲

1=G 2/4

(1.3 55 | 65 | 3.1 555 | 31 | 555 555 |

1) 05 | 1.1 | 1.1 567 | 11 |
　　　起　来！不　愿做奴隶的　人们，

03 123 | 55 | 3.3 1.3 | 5.3 2 |
把我们的　血肉　筑成我们　新的长

2 - | 65 23 | 53 05 | 323 1 |
城，　中华民族　到了最　危险的时

3 0 | 5.6 11 | 3.3 55 | 222 6 |
候，　每个人被　迫着发出　最后的吼

2.5 | 1.1 | 3.3 | 5 - | 1.3 55 |
声。起　来，起　来，起　来！我们万众

65 | 3.1 555 | 3 0 1 0 | 51 |
一心　冒着敌人的　炮　火，　前进！

3.1 555 | 3 0 1 0 | 51 | 51 |
冒着敌人的　炮　火，　前进　前进，

51 | 1 0 ‖
前进，进！

注：1931年九一八事变后，此歌约于1935年开始流行于东北人民革命军和民众中。

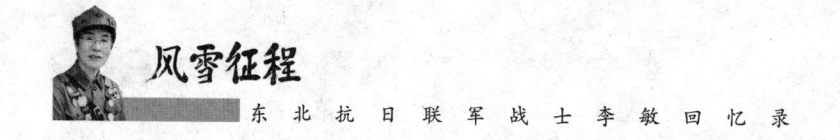

风雪征程
东北抗日联军战士李敏回忆录

敌人走远了，天已经黄昏，我想站起来，但觉得两条腿硬邦邦的不能弯曲，就好像不是自己的腿。我勉强从雪坑里爬出来，裤子上的雪已经冻成了一层薄薄的冰，我用手帮助腿做弯曲的动作，经过许多次活动，勉强站了起来。红旗招展，杀声阵阵，我们的大部队过来了。

空旷的大山里，白福厚团长他们打老远就听到了地窨子这边传过去的枪声，知道我们这边的战斗力很薄弱，白福厚团长指挥着部队，赶紧抢占了对面的山头，并打起了红旗，为的是先震慑住敌人，为我们小队解围。

看到大部队来了，黄成植、小刘、李排长和黄排长都从山崖上跳了下去，这时，后面的敌人已经往南撤了，前面的敌人不知道咋回事，还在嗷嗷叫着："捉活的啊——"往上冲，小刘迎面碰上了一个拿着战刀的日本军官，这时这个日本军官才发现自己的队伍已经撤走了，他双手捧着战刀说："我的货币大大的有，死啦死啦地不要……"小刘想起牺牲了的苗司务长，举起刺刀就刺向了鬼子的心脏，一边刺一边说："你看看我这个大货币吧！"其余的敌人吓得扭头就往回跑。

战斗结束了，同志们含着眼泪把苗司务长的遗体抬下了山崖，山崖下有一个山窝，我们把他放在了那里，又从附近捡来了石头，垒了一座石头坟。

老苗原是东北军的战士，家住沈阳附近，家中有妻子和两个孩子。后来他辗转来到黑龙江省找到了抗联部队，因年纪偏大，做了一名司务长。苗司务长眼睛不好，常年做饭烟熏火燎，两只眼睛总是红红的淌着眼泪，他还患有严重的雪盲症，到了冬天疼痛难忍，他嘴里总是念叨着失散的两个孩子。据老乡讲，他的妻子早就不知去向了，两个孩子也流落街头……

老苗同志，你没有完成的抗日救国大业由我们来完成，我们一定要为你报仇，你就在这大山里安息吧。等将来革命成功了，我们一定回来给你立碑。

部队会师后，我们转移到一个山沟里露宿了一夜，第二天早上，赵军需官带领着大家先去背粮，粮仓的地点只有他一个人知道。一听说背粮去，大家都高兴得不行了，原来我们还有粮食啊？

1924—1949
第三章 在战火中成长

翻过了一座山,赵军需官领着我们来到了一座山脚下,这里的粮仓也像四师被服厂的粮仓一样,是用石头垫了起来依山而建的,粮仓上面盖了不少树皮和树枝,野兽够不到,人不到跟前也很难发现。

粮仓里存放了二百公斤的小米和半袋子咸盐,一百来号人,每人分到了一二公斤的小米和一捧子盐,大家都宝贝似的装进了自己的口袋。

就在大家分粮的时候,赵军需官说了:"同志们,大家千万不要忘了,这里的粮食是李石远处长和曹副官用命换来的啊!"

啊?原来这里的粮食是爸爸他们弄来的啊!我心里一阵酸楚,泪水一滴一滴地洒落在手中的小米上……

盐分没了,邓司务长又宝贝似的把装盐的麻袋折起来,用绳子捆好背在了肩上。行军打仗,跋山涉水,每个人都嫌自己的背包太重,多背一根针都觉得是负担。同志们都问邓司务长:"那个破麻袋死沉死沉的,你背它弄么?"邓司务长呵呵笑着说:"你们知道啥?这个破麻袋煮一煮,熬一熬能出好多盐呢,等没盐吃的时候你们就知道找我了。"

真是这么回事,当时,咸盐有的时候比粮食都金贵。伤员们要用它洗伤口,我们断粮时,嘴里含一粒盐,补充点钾,就又能顶一阵子了。

我父亲当时以窦家围子为中心点,曾经冒险赶着大车去佳木斯买回来一袋咸盐,分给了当地老百姓半袋,给部队送去半袋。由于买的量大,怕暴露目标,后来就发动当地老乡去佳木斯少量购买,再从老乡手中用双倍的价钱收购回来。

分粮时,我突然发现,杜指导员、小刘和白团长还有好多人怎么不见了呢?他们去哪里了呢?部队是有纪律的,我也没敢打听。

有了粮食,我们终于吃了一顿小米饭,我还是年三十晚上吃的那块烧羊皮呢,我的胃已经饿得没有知觉了。

吃了顿饱饭,战士们都有了精神,部队开始往西向双鸭山七星峰方向转移。这一天,按苗司务长推算应该是大年初二了。

大叶子沟部队休整

踏着没膝深的积雪,迎着料峭的春寒,走啊,走啊,走了一天一夜,我们来到了一个叫大叶沟的地方。

这里,两山夹一沟,山上长满了密密麻麻的柞树,风雪把大片的柞树叶扫落在山冈上,人走上去,厚厚的暄暄的,落叶上布满了暗红色的橡子,在这里我们找到了抗联第四军的密营。木刻楞的营房挺宽敞,有挖好的战壕和现成的锅灶,部队准备要在这里休整了。

我们住下的第二天,杜指导员、小刘、白团长带着好些战士也赶到了这里。原来,他们是去取我们在公路上缴获的那辆汽车上的弹药去了。由于行动是保密的,直到他们回来,我们才知道。看到背回来这么多的手榴弹和子弹,全体将士都兴高采烈。

自打从青山老道庙出发,部队就没进屋子睡过一夜安稳觉,如今住进屋子里,破了的衣服,该缝的缝,该补的补。女战士的头发都擀了毡(东北方言,意为毛发一类的东西粘在了一起),长满了虱子和虮子,我们烧了一锅热水,用草木灰过滤后的碱水洗了头发。男战士们也在篝火旁脱掉棉衣服,在火上一阵抖落,抖落掉的虱子,在火上发出噼啪噼啪的响声。

李排长(李炮)、黄龙吉排长(黄炮)和付炮(赫哲族)带领一些战士去打野猪了。炮手们真是厉害,两三天的工夫吧,他们打回来七八头野猪。原来这里满地都是橡子,野猪在冬天不好找食儿,就都聚集在这里。

看到打回来这么多口野猪,大家急的直流口水。这时,意见又不统一了,嘴馋的人要把猪皮也一起吃掉,白团长、杜指导员和孙国栋等人不同意这一做法,他们主张把猪皮都做成靰鞡鞋,经研究,最后的决定还是得做鞋。

邓司务长、白凤林司务长领着大家剥下了整张的野猪皮。女兵们又找来了桦树皮,裁成了鞋样子。靰鞡鞋的制作过程是,把剥下来的猪皮用木头楔子钉到地上,趁着猪皮还软的时候,就要用鞋样子比照着裁出来,一张猪皮也就能裁四五双鞋吧,剩下的边角料也要拼起来。裁好的猪皮趁软还得赶紧缝制,风干了就没法做了。缝好的鞋要用羊胡子草揎起来,还要用一根结实的树枝前后支撑住。鞋做好了,谁需要就发给谁自己背着,我领到一双小号的。

邓司务长在烀野猪肉,每口锅里都放了一块带盐的麻袋片,邓司务长背着的麻袋片终于派上了用场。野猪肉烀熟了,大森林里飘荡着野猪肉的香气,连汤带肉的每人分到了一碗。大家吃的非常开心。

当夜幕降临时,红红的篝火点了起来。战士们围着一堆堆的篝火团团而坐。这时,看见朴大姐在向我招手,让我坐到她身边去,我毛毛愣愣地站起来,就向她身边跑,正巧地上有一支枪,我一着急就从那支枪上迈了过去。这下子可惹祸了,只见付炮急眼了,他汉语说的不是很好,但是意思我还明白,他脖子粗脸红地问我,为什么从他的枪上迈过。我弄不明白他是咋回事,别人不是也从他的枪上迈过去吗?原来他是一名赫哲族的战士,是一名神枪手,百发百中,他的枪不允许女人碰,今天我从他的枪上迈过去,他认为不吉利。明白了咋回事,我赶紧给他赔不是。他虽然不和我吵了,可嘴里一直嘀咕着:"不得了啦,不得了啦……"嗨,这个付炮,也太迷信了。

篝火晚会开始了,大家首先合唱了《救亡进行曲》,紧接着金指导员、黄龙吉排长和赵军需官等人齐唱了几首抗战歌曲。

女兵们起头唱起了一支抒情的歌曲《红叶锦秋》:

风雪征程
东北抗日联军战士李敏回忆录

红叶锦秋

(乐谱略)

枫叶树　叶乱流，　红树青山一片秋，
白桦树　过知秋，　红松香味最清幽，

战友们　来　牵着我的手，　深山里头慢慢走。
松柏的香　味　实在使人醉，　我们的友情永世存。

　　这支歌曲调优美，也是一支舞曲，伴着歌声，战士们跳起了集体舞，这个舞蹈是沈英信（沈泰山的姐姐）教给我们的。地上的落叶随着舞步飞旋，刷刷刷，刷刷刷的响声在为我们伴奏。围着篝火，大家手牵着手，一直跳到了深夜……

　　野猪肉吃得差不多了，大锅里整天咕嘟咕嘟地熬着骨头汤，骨头汤熬了一锅又一锅，直到把骨头熬成了清水，一点油星都没有了，才不要了。即使这样，有的战士还把骨头捞出来，砸巴碎了，吃进肚子里。

　　邓司务长整天琢磨着吃喝，他又发动同志们漫山遍野的去拣橡子。那东西虽然不怎么好吃，又苦又涩，可关键时候也能充饥啊。

　　通过七八天的休整，部队恢复了元气。

1924—1949
第三章 在战火中成长

攻打双鸭山

这是一个晴朗的早晨,阳光透过树空把星星点点的金光照射在我们身上,部队疾步穿行在林海雪原上,我们要去攻打双鸭山了。双鸭山在七星峰的东北侧。

双鸭山因有两座远看像鸭子一样的高山而得名。这里有着丰富的地下煤炭,日本人在这里建了大大小小的煤矿和煤窑,从关内和关外抓来了大批的百姓进行人工开采。他们不仅疯狂野蛮地掠夺着我们的资源,还残暴地虐待和镇压着矿工,矿工们都过着暗无天日的悲惨生活。

去往双鸭山的路,山高坡陡,雪深路滑,途经张家窑时,我们找到了遇难的徐光海、裴成春等人的尸体。

东山脚下,首先找到了裴大姐的遗体,裴大姐身中数枪,倒在雪地上,她衣衫褴褛,破碎不堪。

在裴大姐的旁边,看到了战士老李和老王的遗体,我们又爬到山上,找到了小马和刘昌友排长的遗体。

同志们流着眼泪砍来了树枝,把五位烈士火化了。

我们又向东山走去,在一个小山坡上,看到了一具无头的尸体,身上穿着日本的军大衣,泪水再次模糊了双眼,这就是我们尊敬的徐主任啊,他那天到我们被服厂,正是穿着这件大衣,衣服前襟烧了个大洞,还是我给逢起来的,现在我透过泪光看见了那个洞仍旧在那里。当同志们看到徐主任连头颅都没有了,悲愤交加,高喊着:

风雪征程
东北抗日联军战士李敏回忆录

"为徐主任报仇！报仇！报仇！"

松涛在呜咽，雪山在颤抖，震耳的吼声久久地在山间回响！

我们走了两天一夜，天大黑时，才来到双鸭山地界一个叫尖山子的煤矿。

到了这里，部队兵分三路。第一队由白福厚团长和孙国栋副官、刘副官（外号刘寡妇）、徐副官（外号徐镐头）带队，李炮、黄炮、付炮和有战斗力的战士都在那边，他们去攻打并封锁敌人的"讨伐队"。

第二队由赵相奎军需官带着白凤林司务长、邓司务长、战士朱学成、周云峰主任等人去找给养。

第三队由杜景堂指导员、黄成植书记和赵指导员带着朴英善、柳明玉、小金子和我，还有几名轻伤员。朴英善同志打着一面"东北抗日联军第六军第一师"的大旗。

这一天好像是正月的十六，大大的月亮又圆又亮，尖山子煤矿的景物都看得一清二楚。因为提前派了侦察员，各队很顺利地进入了目标点。

我们的任务是到煤矿工人居住的工棚进行抗日救国的宣传和教育，利用这种形式来稳定局面，让矿工们安心，为其他队伍的行动赢得时间。

明晃晃的月光下，我们看到这个工棚挺大，是顺着一座大山搭建而成的，里面住着近百名矿工。当我们推门进去时，他们已经躺下了。看到我们这些不速之客突然闯了进来，都惊慌失措地坐了起来。

杜指导员赶忙招呼大家："矿工兄弟们，我们是抗日联军第六军第一师的队伍，是打日本救穷人的队伍。今天到这里来看看你们，慰问你们，大家不要紧张。"

听了杜指导员的开场白，矿工们都安静了下来，有的人知道抗联部队是咋回事，脸上露出了惊喜的笑容，工棚里很快点起了蜡烛和马蹄灯。

为了这次行动，我们每个人都戴上了平日里舍不得戴的袖标，军帽上的红五星也在烛光里闪着红光，没有红五星的也遵照张寿篯政委的规定，用桦树皮剪了五星。

1924—1949
第三章　在战火中成长

接下来,杜指导员说:"大家把衣服都穿好,别冻着,下面我们先给大家唱几首抗日歌曲。"杜指导员的话音刚落,外面忽然枪声大作,机枪声和步枪声响成了一片。

听到枪声有的人又露出了惊恐的神色,黄成植赶忙说:"大家不要害怕,这是我们的大部队在打日军"讨伐队"。"紧接着他就指挥我们唱起了《全东北工农兵学联合起来呀》:

全东北工农兵学联合起来呀

5 5 5 3	5 5 1 1	2 · 1 2 3	2 · 0	1 1 2 2
全 东 北 的	工 农 兵 学	联 合 起 来	呀,	联 合 起 来
工 人 失 业	农 民 破 产	还 要 遭 惨	杀,	从 此 我 们
我 们 联 合	中 国 工 农	红 军 苏 维	埃,	我 们 保 护

6 6 5 5	3 3 5 3	2 · 0	3 5 3 5	6 6 6 5
跑 到 火 线	拚 命 去 作	战,	南 京 政 府	国 民 党
永 远 没 有	出 头 的 一	天,	只 有 我 们	一 齐 去 干
我 们 好 友	工 农 苏 联	国,	我 们 成 立	东 北 抗 日

3 5 3 5	6 -	1 1 2 2	3 3 1 1	6 6 2 2	5 · 0
出 卖 东 北	啦,	可 恨 日 本	帝 国 主 义	强 占 满 洲	啦。
反 日 革 命	战,	这 才 能 够	驱 逐 日 寇	大 家 活 得	了。
救 国 的 政	府,	到 了 那 天	大 家 快 乐	高 唱 凯 旋	歌。

激昂的歌声稳定了矿工们的情绪,他们都睁大了惊奇的眼睛,静静地听我们唱歌,歌声结束后,叫好声和掌声响成了一片,没有人再去理会外面的枪声了。

风雪征程
东北抗日联军战士李敏回忆录

这支歌唱完后,黄成植同志又开始了演讲:"矿工兄弟们,我们都是中国人,小日本欺压我们,不把我们当人待,我们能甘心当亡国奴吗?我们能眼睁着大好的河山被小日本糟蹋吗?"听到这话,有的矿工喊了起来:"不能!"

"对!不能!怎么办?只要我们全体同胞团结起来,就一定能把小日本赶出中国去!现如今,朱总司令和毛主席已经到了热河,马上就要到沈阳,我们胜利的一天不远了,矿工兄弟们准备迎接胜利吧!"

黄成植的话音刚落,我们紧接着又唱起了《九一八事变》和《归屯并户》等歌曲。听了这几首歌,不少矿工都流下了眼泪。他们说:"你们的歌,真是唱到我们的心里去了,从来也没听过这样的歌呀,没见过这么好的兵啊……"

接着我们又唱起了《战争开始了》,听了这首歌,不少矿工当时就报名参加抗日军,不能当时走的也忙着打听过后上哪里去找我们。有的矿工看到我们脚上的靰鞡鞋都坏了,就把自己的鞋往我们手里塞。

要求参军的矿工都说:"再也不能给小日本卖命啦,看看人家小姑娘都出来抗日,咱们大老爷们说啥也得扛枪去打鬼子!"

"对啊!走!参军去,打鬼子去!"

屋里的情绪越来越高,这时,白凤林过来报告杜指导员,说他们那边给养已经弄好了。

原来就在我们唱歌、演讲的时候,赵军需官他们打开了敌人的一个仓库,库里面有成袋子的冻馒头,他们又从马棚里牵出了两匹好马,把馒头等物品都放到了马背上。

有个工人耳朵尖,听说我们只找到了馒头,就告诉我们,还有一个仓库,他自告奋勇地领我们去启那个仓库。白凤林说:"没东西装了。"一名矿工当时就拽出来一条印花床单扔给了我们,旁边还有一个工人打趣他说:"咋把你老婆给你的花被单都捐出去啦?"那个工人说:"人家打鬼子命都豁出去了,一条床单算个啥?"

1924—1949

第三章 在战火中成长

战争开始了

1=G 2/4

宋乃镇 词

| 3 3̂5 | 3 1 2 | 3 5 | 3 2̂ 1 | 2 1 6̂ |

看哪　工人们　战争　开始了，抛弃你
看哪　农民们　战争　开始了，抛弃你
看哪　学生们　战争　开始了，放下你
看哪　士兵们　战争　开始了，掉转你
工农　商学兵　都是　中国人，国亡而

| 6̣ 1 2 3 | 1 0 1 | 1 1 1 | 1 6̂ | 6̣· 0 |

们的锤　头　到　战场上　去。喂　哟。
们的镰　刀　到　战场上　去。喂　哟。
们的书　包　到　战场上　去。喂　哟。
们的枪　头　到　战场上　去。喂　哟。
心　不　亡　一　致打日　本。喂　哟。

| 5 5 | 6 5 3 3 | 6 5̂ 6 | 5 3 3 | 2 1̂ 6 |

勇敢　努力作战　拥护　苏维埃，万众抛
勇敢　努力作战　拥护　苏维埃，万众抛
勇敢　努力作战　拥护　苏维埃，万众抛
勇敢　努力作战　拥护　苏维埃，万众抛
勇敢　努力作战　拥护　苏维埃，万众抛

| 6̣ 1 2 3 | 1 · 0 | 1 1 1 | 1 0 ‖

头颅拼一　场　　奋斗不　顾身。
头颅拼一　场　　奋斗不　顾身。
头颅拼一　场　　奋斗不　顾身。
头颅拼一　场　　奋斗不　顾身。
头颅拼一　场　　奋斗不　顾身。

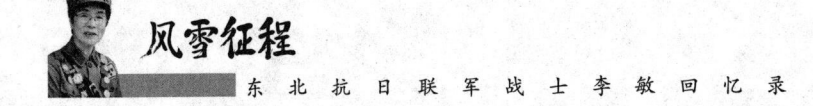

风雪征程
东北抗日联军战士李敏回忆录

第二个仓库打开了,里面装的是冻豆腐和大酱,大家七手八脚地把东西用花床单包了起来。

这时,传令兵过来通知我们撤退,我们依依不舍地告别了矿工,愿意参军的就和我们一起上队了。

出了工棚往西南是一条大沟,过了沟就开始爬山了,我们抬头向山上望去,第一批驮馒头的队伍已经到了山顶。大部队还在掩护着我们,他们边打边撤,枪声一直没断。

不知道前面哪个面袋子没扎住,山坡上滚下来不少馒头,我们一边走一边拣,拣到的馒头都冻得硬邦邦地,大家把拣到的馒头赶紧往嘴里送,馒头一啃一道白印,我们把啃下的馒头渣含在嘴里,好久没有尝到白面味了,那个香啊……

东方露出了一抹白光,天放亮了,我们打了一个大胜仗,既解决了给养,又宣传了抗日,而且没有人员伤亡。驮着胜利品,迎着初升的太阳,我们走向新的战场。

1924—1949
第三章 在战火中成长

柳木营战斗

早春的天气,乍暖还寒,向阳坡地的积雪开始融化了,可一早一晚还是寒气袭人。山坡上融化下来的雪水,凉寒彻骨,我们的双脚每天都泡在冰水里。部队一直在往西南运动,进入了勃利、七台河地界。

我们第六军在这里的群众基础比较薄弱,百姓的生活也都很贫困。七台河仅有几家小煤窑,规模都不大,给养很难解决。这里的群众都不太知道第六军第一师的部队,这里是第五军、第八军的游击区,百姓们都用怀疑的目光打量着我们,他们大门紧闭,看来在这里很难开展工作。

我们在茄子河北、泥鳅河一带转了有一个多月,就又返回了双鸭山。这时已经到了农历三月初,扑面而来的风变得潮乎乎的了,绿草开始泛青,小河水带着冰凌哗啦啦地流淌着。

■1985年3月,机枪手杨凤鸣摄于哈尔滨

风雪征程
东北抗日联军战士李敏回忆录

上一次缴获的食品早已吃光,部队决定二打双鸭山。可是,这一次由于侦察工作没作好,战斗失利了。

漆黑漆黑的夜晚,伸手不见五指。我们从南面的山上下去,绕过兵营,悄悄地向工棚摸去,战斗前定的暗号是吹口哨就冲进去。可没等到跟前,敌人的枪声就响了,噼噼啪啪的枪声从不同的方向射向了我们。看来敌人这次是早有防备,密集的子弹下,杜指导员、白凤林司务长、机枪手杨凤鸣和战士小曲都负了伤。看到敌人火力挺猛,部队只好边打边撤。敌人此时不知道我们的底细,这么黑的夜,也没有追出来。

我们没敢停脚,架着伤员走了一宿,天放亮时,才在一个老林子里歇了下来。

双鸭山是不能再去了,部队决定转向窦家围子,窦家围子是我们的根据地。

雨不停气地在下,哗哗哗,哗哗哗,战士们从里到外淋得透心凉。日本人正在窦家围子地区修警备路,没修好的路泥泞不堪,每个人的脚上都粘着一大坨子的泥,遇到泥水深的地方,两条腿陷进去后,脚拔出来了,鞋留在了泥里。野猪皮做的靰鞡鞋都泡软了,不少战士把鞋脱掉扔了,宁可光着脚走,邓司务长跟在后边不停地拣,一边拣一边说:"等天晴了,晒一晒还能穿啊,没粮食还能当饭吃,这么好的东西哪能说扔就扔。"就这样我们一跐一滑地走到天大黑,才进了窦家围子。

队伍到了窦家围子以后,我们进了地下联络站窦掌柜的家。他家有三间房子,房子都挺大,正房是南北大炕,地下有两口大锅灶。窦掌柜看到部队来了,紧张罗着,给我们做了小米干饭,粉条炖豆腐。

窦掌柜是我们的地下联络员,部队收缴的大烟,装在黑坛子里埋在他家的地下。那时,大烟可以当货币流通,他用大烟给我们收粮食。部队还可以在他家用伤马换好马,病伤的马,他找人给医治。

在窦家围子我们还听到了金碧荣、张玉春、金凤淑、沈英信等同志的消息,据老乡讲,敌人曾经把她们押到过这里,就在老乡家的北炕上住过一

1924—1949
第三章 在战火中成长

夜,老乡们说:"几个女兵不停地唱抗联歌曲,第二天早上就让敌人押到马车上拉走了,在马车上还在不停地唱。"

另据押送这几位女兵,以后哗变过来的伪满兵班长杨清海和另几个一同过来的士兵说:"这四个女俘虏上了车就不停地唱,她们唱红旗歌:'民众的旗,血红的旗,收敛着战士的尸体;尸体还没有变得僵硬,鲜血已染透了这面红旗。……'她们唱的我们心突突直跳,佩服啊!真是勇敢。日本关东军指导官,八嘎八嘎地喊,不让她们唱,她们停了一会儿,还是接着唱,唱了一路啊……"

后来据刘志敏同志说,她在哈尔滨监狱曾经看到过两个穿军装的女战士,不知道是不是她们中间的两个。关于金碧荣、张玉春、金凤淑、沈英信等四名女同志的下落有两种说法,一种说法是,她们被日本人"特别移送"去"731"部队了,做了他们的试验品;一种说法是被送到沈阳的妓院了。总之,解放后也没有找到她们。

趁着窦掌柜做饭的功夫,我们各家各户地去进行了抗日宣传。

饭菜做好了,香气飘散在屋中。战士们好多天没正经吃过一顿饱饭了,闻着饭菜的香气,急得直咽口水。

正当大家准备开饭的当口,东边围子突然传来了啪啪的枪声。枪声就是命令,大家赶紧提枪冲了出去。

经过了解,原来是这个围子的伪保甲长孟光春,给东边围子的"讨伐队"打了电话,把敌人引来的,我们立刻把孟光春抓了起来。孟光春,四十左右的年岁,皮肤挺光滑,穿得也挺齐整,一套藏蓝士林布的裤褂干干净净,一顶黑缎子的瓜皮帽扣在头上,帽子上还有个红疙瘩,不像个农村人。

部队和敌人接上了火,天黑雨大,敌人也不敢贸然进村,就在围子边上进行着拉锯战,战士们开始换班回来吃饭了。

战士朱学成一脚迈进了屋子,一看菜热得吃不进嘴里,就摸起一个柳条大笊篱,捞了一笊篱菜,放到了水缸里,菜顿时就凉了,他也不用碗,就着笊篱淅沥呼噜的都划拉进肚子里。一边吃还一边说:"心急吃不了热豆腐,你们想吃,就都和我学。"三口两口吃完后,又跑了出去换别的战士回来吃。

战斗一直进行到了后半夜,害怕天亮敌人的部队增援,我们押着伪保甲长孟光春撤出了窦家围子。临行前,我们告诉孟光春的家人,给他们一个戴罪立功的机会,准备好粮食来交换人。

连阴的天,连阴的雨,下个不停。已经十多天了,孟光春的家人还没有送来粮食。部队准备攻打柳毛沟村了,也有人把那地方叫柳木围子。

我们三个女同志,还有周云峰,年纪比较大的石副官和被炮声震聋耳朵的战士杨聋子留下看管孟光春,做饭的家什也都留在我们这里,几个司务长都上了前线。司务长上前线,主要负责解决口粮的缴获、运输和保管。

早上,攻打柳木营子的队伍还没撤回来,这时,我们三个女的在割草,准备搭个遮雨的棚子,周云峰、石副官和战士杨聋子在砍树,想拢一堆火。孟光春跟在我们身边,他和我们几个说要去解手。我们三个女人跟着也不方便,就说:"那你去吧,别走远了。"他嘴里答应着,就在离我们十几步远的地方蹲了下去。半天没看见他站起来,朴厂长说:"不好,这家伙是不是跑了?"我们几个抬眼一看,果然远处的树丛上露出了他的瓜皮帽,还在一蹿一蹿地向前跑。

我们大声喊着:"站住!不站住开枪啦!"他没听吆喝,还是一直没命地在跑,我们赶紧开枪,由于有树丛掩护,只打掉了他的瓜皮帽,人还是跑掉了。

我们几个人都十分的懊恼,跑了人犯我们犯了大错误,更可怕的是,他会领来敌人,暴露我们的目标。正在这时,攻打柳木营的队伍撤回来了,我们赶紧背上做饭的家什,跟部队会合后向山顶冲去。

那天,部队是半夜发起进攻的,雨还在下个不停。

柳木营修有工事,村子外面是一人多高的护城河。连日下雨,护城河里灌满了雨水。战士们趟水过了护城河后,在城墙边上搭人梯翻了过去,因为是雨天,敌人的哨兵也放松了警惕,翻进墙的战士用刺刀结果了他。

第三章　在战火中成长

部队摸到了"讨伐队"的营房,他们正在里面睡觉。我们用机枪封锁住大门,喊他们出来投降。敌人在屋内死命地顽抗,就是不出来,他们也支上了机枪,从窗户里还伸出了不少步枪,两边的机枪"嘎嘎嘎"地响个不停。由于我们这边没有掩护物,战斗中,徐副官(外号徐寡妇)牺牲了。

敌人还是不投降,白福厚团长下令让几名战士跳上房去,往房子上泼了一桶汽油,点上了火,天上下着雨,火势也不旺。敌人算是和我们靠上了,就是不肯出来。天马上就要亮了,部队只好撤了下来。

撤出来的队伍刚到西山头,发现敌人从三面包围了上来,部队就地和敌人又接上了火。

这是一场硬仗,从早晨一直打到晚上。这场战斗中老付头(赫哲族),也叫付炮的战士立了不小的功,他的枪法好,百发百中。只见他瞄准了敌人,一枪一个。可是,打着打着就听他嘴里念叨着:"不行了,不行了……"

这几天老付头一直发烧,肚子里又没有一点食儿,难怪他顶不住了。这时,白团长急中生智给他揪了一块大烟,老付头吞进肚子里不一会儿就来了精神,他嘴里又嘟哝着:"好啦,好啦,看我的吧……"枪声下,又有敌兵倒了下去。

敌人来了两架飞机,飞机个头不大,看情形好像是侦察机,它在我们的头上一遍一遍地转圈。

由于部队抢先抢占了有利地形,敌人一直攻不上来。我们倒是打死了不少敌人,还打死了一名机枪射手,缴获了一挺机关枪。这边也有几名战士负伤,机枪手杨凤鸣旧伤没好,又添了新伤。

太阳偏西时,敌人不敢恋战,他们把尸体装上马车撤退了。

看到敌人撤退了,部队也赶紧转移。我们顺着七星河往南走,钻进了一片老瞎塘。老瞎塘里的小树十分密集,敌人的马队钻不进来,就是人到了里面也不好走。塘里面根本没有路,上面的树枝刮脸,下面的树枝绊腿。磕磕绊绊地我们走了一宿,天放亮时我们来到了一个河边,部队才传令休息。

风雪征程
东北抗日联军战士李敏回忆录

两宿一天没合眼了,战士们又困又累又饿,一宣布休息,立刻东倒西歪地睡着了,我枕着背包也睡了过去。

睡梦中,忽然听到好像有敌人的一群马队跑了过来。呱嗒呱嗒呱嗒,马蹄脚踏落叶的响声十分震耳,这声音由远而近,越来越响。我一骨碌爬了起来,同志们也都惊醒了,把枪抓在了手里。我一想,完了,这个时候敌人的马队上来了,我是说啥也跑不动了,干脆不跑拼了吧!

声音更近了,突然出现的一群动物把大家惊得目瞪口呆。原来是二三十成群的马鹿穿林而过,马鹿个个肥壮,它们比马小点,比驴还大点。

几个炮手赶忙架枪射击,就在马鹿穿行疾跑的瞬间,三匹肥壮的马鹿被击毙了。整个部队立刻欢腾了起来:"有肉吃啦!有肉吃啦!"

几个司务长赶忙剥皮剔肉,把肉卸成小块分给大家。这时,指战员们分析,马鹿很可能是受了什么惊扰,才纷纷逃窜,也许敌人就在附近,我们必须立刻转移,战士们背上马鹿肉,顾不得疲劳和饥饿,又向西南走去。

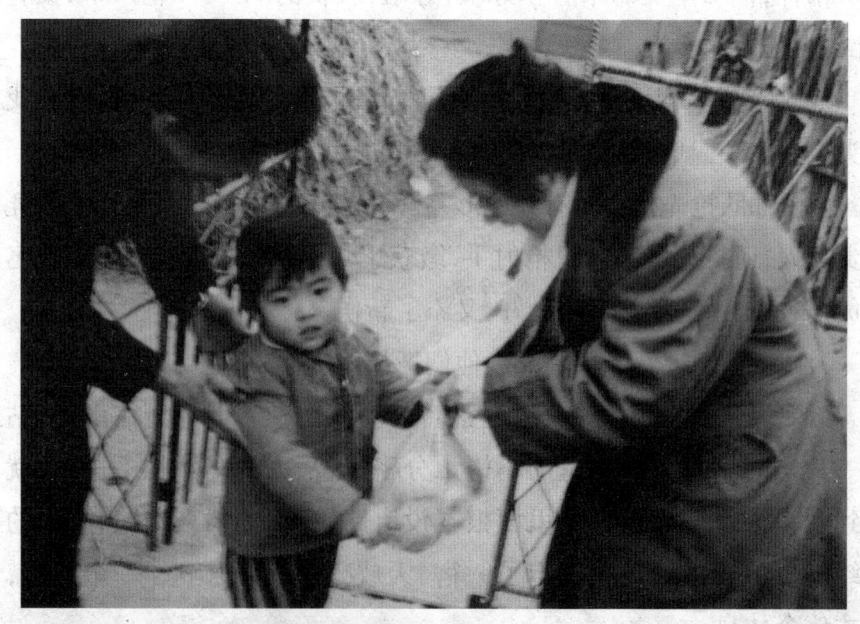

■1991年,李敏与窦家围子老乡合影

1924—1949
第三章 在战火中成长

■1991年,李敏与柳木营老乡合影

风雪征程
东北抗日联军战士李敏回忆录

在申家围子听到"八军、九军"的消息

部队进入了桦南县地界,这时,柞树叶子已经巴掌大了,田野一片青纱帐。

出发前,机枪手杨凤鸣、司务长白凤林都转移到锅盔山后方医院去了。

我们先在孟家岗、小五站一带转悠,后来又进入到桦川县,来到了申家围子。

申家围子的保甲长是一位五十多岁的小老头,留着两撇小胡子。他的家境也不错,有三间大草房。这个保甲长多少有些文化,知道很多事情。他给我们讲了第八军军长谢文东1938年的秋冬下山了,第九军的李华堂部队也下了山。特别令人震惊的是第八军政治部主任刘曙华同志被他们残忍地杀害了。

当时所谓的下山就是叛变投敌,老百姓把叛变投敌的部队称之为下山。

抗联第八军的前身是1934年土龙山(原吉林省依兰县,今黑龙江省桦南县)农民暴动组织起来的民众救国军,后来在中国共产党领导的抗日武装帮助下,走上联合抗日的道路。1936年9月改编为抗日联军第八军,全军达二千余人,游击区扩展到依兰、方正、延寿、勃利、富锦等县,为东北抗日游击战争作出一定贡献。1938年以后,东北抗日斗争进入艰苦时期,在日伪的军事"讨伐"和政治分化的双重压力之下,谢文东思想动摇,1939年3月,谢叛变投敌致使全军瓦解。

1924—1949
第三章 在战火中成长

抗日联军第九军的前身是自卫军李华堂支队。后来在中国共产党抗日民族统一战线政策感召下,走上了与人民抗日武装联合抗日道路,活动在牡丹江下游地区。1937年初,在共产党的帮助下,改编为东北抗日联军第九军,转战在依兰、方正、通河、汤原、勃利、宝清等地。1939年7月,在残酷的斗争中李华堂思想动摇投降日军。

我们听了申家围子保甲长的讲述后,震惊、气愤和悲伤充满了胸膛。我们知道刘曙华烈士是受周保中军长派遣到第八军担负重要工作的,他是我们党优秀的干部之一。1938年6月,刘曙华率领二十九名战士在桦川县七星砬子与第八军第三师师长王子孚率领的部队会合。他发现了王子孚策动叛变的阴谋,同王子孚进行了坚决的斗争,利用各种机会向三师的干部战士宣传抗日,讲解我党的抗日政策。他说:"中国人不应甘做亡国奴,中华民族只有抗战到底才是出路。"叛徒王子孚认为刘曙华是他们投敌的障碍,就把刘曙华绑在大树上,惨无人道地割下了他的舌头。刘曙华威武不屈,挺立在大树下。最后这伙穷凶极恶的家伙,竟用刀子一点一点地割下刘曙华的皮肉,直到把他割死。没想到,他没有牺牲在日本人枪口下,却死在了叛徒们的刀下。

这时,陈绍宾在不住地唉声叹气,部队的情绪有些紧张和低落。黄成植和白福厚团长站了起来:"同志们,我们要为死去的烈士报仇,谢文东和李华

■解放后,申家围子保甲长与三个儿子的合影

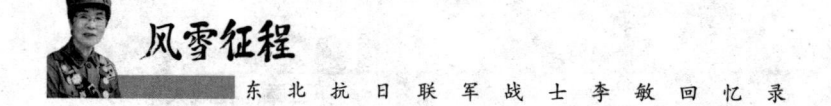

堂都是民族的败类,他们不抗日,我们抗日!我们坚决不做亡国奴!"战士们的情绪又激昂了起来:"对!我们抗日,给刘曙华主任报仇!"

参军后我第一次感到革命队伍里出了叛徒的可怕,我们这支队伍的前途会是什么样呢?我想,我们这支队伍不可能发生这种事情,因为第六军的队伍里工人和农民比较多,基础好,战士们觉悟高。

部队在申家围子住了一夜,第二天早上我们怀着沉重的心情离开了这里。告别保甲长的时候,他把装在炕琴里(一种放在炕上的柜子)的小米全部送给了我们,每个人分了有一公斤多吧。

离申家围子不远,有一条小河,过了河是一片草甸子,趟过了草甸子,我们爬上了一座秃顶子山。到了山上我们向申家围子望去,这一望惊出了一身的冷汗,我们看到敌人的马队从围子里出来,正向草甸子跑来。

关于谢文东投降后的事情《东北抗日联军第八—十一军》一书中是这样记载的:

谢文东投降后,为了报答日军留命之恩,于1939年3月31日,随北部邦雄顾问到了新京(即长春),奴颜婢膝地向日本关东军植田司令与伪满洲国国务院总理张景惠表示谢罪。回来后,日本人将谢文东一家安排在勃利县城内居住,他家开设了一个配给商店,专门经营油、酒、米、面、食盐等配给商品,另外还与别人合伙经营食品加工厂,加工面条、豆制品供日军用。后由勃利县公署介绍到鸡西城子河煤矿充当把头和勃利县劳工大队长,为日本军队掠夺我国煤炭资源效劳和随意欺压、剥削我煤矿工人……抗日战争胜利后,他摇身一变成了国民党的先遣军,反对我党在东北的民主建政工作,并在依兰、勃利一带,组织地主、土匪和伪满散失下来的军警宪特等武装,疯狂地向我军进攻,到处残杀我地方干部与百姓,于1946年11月被我合江省军民抓获处以枪决。[1]

---

[1] 叶忠辉、李云桥、温野等:《东北抗日联军第八—十一军》,黑龙江人民出版社,2005年版,第102页。

1924—1949
第三章 在战火中成长

七星峰突围

天刚麻麻亮,晨雾弥漫着山冈。我们从秃顶子山上,顺着山脊一直在往北走。从山上向山下望去,日寇"讨伐队"的马队,人和马显得都很小,我们的枪够不上打他们,他们也打不到我们。部队这时不敢下山,只能在山上走,这样我们就占据着有利的地形。

1939年敌人反复实行拉网式、篦梳式的"大讨伐",山中遍布敌人的"讨伐队",每隔十里左右就有一个"讨伐队"据点,每个据点三五十敌人,只要哪里枪声一响,附近据点的敌人几十分钟就可以赶到增援。

顺着山脊,我们从秃顶子山一直走到了七星峰,这时,天已接近了响午,大大的太阳火辣辣地照着我们,大家跑的浑身是汗。

七星峰险峻陡峭,大大小小的山峰像是一把把利剑直指青天。到了这里我们无路可走了,只能依靠这里的天险来阻击敌人。

在家的时候,我在王海屯出门就能远远地望到七星峰。七星峰上有好多的神话和传说,传说中,这里是七仙女落脚的地方,山顶上常年飘动的七彩云雾,就是她们的衣裳和飘带。日本入侵东北后,我还听说这里是抗联的第六军、第三军、第四军、第五军、第七军、第十一军的后方基地,爸爸他们曾经往第六军和第三军送过粮食。当时,第三军师长周庶泛,第四军军长李延禄、李延平,第五军军长周保中、柴世荣,第六军马德山师长、徐光海主任、吴玉光主任,第七军王效明军长、姜信泰,第十一军军长祁致中、政委金正国等人曾率部在这一带活动。在这里还建立过军政学校、军政教导队,后方医院、被服厂,兵工厂等。当时抗日斗争的烽火燃遍了东北大地,我是多么的向往这里啊,幻想着有一天我也能战斗在这里。没有想到,今天我们竟然被敌人追上了七星峰。

部队上了七星峰,峰顶上数不清的石砬子高矮错落,参差不齐,石砬子缝隙间山泉水淙淙的流淌。这座山的北面现在属于双鸭山,南边属勃利、桦南。我们站在高处向山下望去,看到山根底下有条河,河边有敌人修的警备路。这时,敌人从南边和西边,兵分两路紧追了上来,北面的情形看不清楚,北面有座高山遮住了我们的视线。公路上有马队和马车跑来跑去,他们在河边支起了帐篷。

天黑了,敌人只是部署,没什么动静。到了第二天,他们还是围而不攻,这时北边也发现了敌人,北边的敌人是从西边过来的。

第三天了,敌人开始试探性地进攻了。这是一个响晴天,万里无云,我们都隐藏在石砬子后面,上面传令,敌人不到跟前,不许开枪。

敌人开始爬山了,前面是伪军,后面跟着日本关东军。敌人越来越近,能听到脚踩石头和落叶发出来的咔咔、刷刷的声音。女战士柳明玉离我不远,她用手在向我比画,示意准备开枪,我已经能看到一个伪军了,他穿着一身黄衣服,脖子上围着一条白毛巾。

就在这时,我和柳明玉的手枪同时响了起来,敌人哀号了一声,倒了下去。与此同时,我的四周也响起了噼噼啪啪的枪声,冲上来的敌人被我们撂倒了不少,剩下的敌人拽着尸体掉头就跑。

就这样,敌人每天两三次向山上发起进攻,但是,都没有攻上来,我们靠着有利的地形和敌人顽强地对抗着。他们好像也不急着进攻,像是要把我们困死在这里。从申家围子带出来的小米吃光了,这光秃秃的山上什么都没有,饿急眼了,也只能灌一肚子山泉水。

敌人的包围圈在逐渐地缩小,赖以生存的山泉水也被他们占领了。夜间,前哨站岗的地方都能听到敌人打呼噜声。而我们又不能出去打击他们,情况变得越来越危急。

1924—1949
第三章 在战火中成长

第四天,上午还是又大又圆的太阳烧烤着山岩。头顶上太阳照着,身边山石烤着,大家的嗓子直冒烟。我们隐藏在石砬子后面警惕地注视着山下,由于肚子里没食儿,太阳底下眼前乱冒金星。到了下午,东边的天上忽然飘来了云彩,云彩翻卷奔涌着,越来越密。

没过一刻钟的工夫黑云滚滚,惊雷阵阵,瓢泼般的大雨从天而降。从来没有看见过这么大的雨,从来没有听见过这么响的雷。闪电咔啦啦的撞击在山岩上,发出耀眼的红光,雷声就暴响在我们的头顶,轰隆隆,轰隆隆,好像要把整座大山炸碎。

雨不停地在下,山洪咆哮着顺着山石滚滚的流淌。天黑了,传来了压低声音的口令:"准备,撤退。"口令一个一个地传了下去。

撤退开始了,我们从东南往西撤,敌人是三面包围,西面那个方向没有敌人。

石头砬子在雨水的冲刷下溜溜滑,一迈步直摔跟头。没走出几步,一个像刀剁斧劈般的山石裂缝横在了面前。白福厚团长率先一个箭步跳了过去,身高腿长的徐排长紧随其后也蹦了过去。他的后面是身材矮小的安班长,迈步前他脚滑了一下,这一滑,他没能跳过裂缝,只听"啊——"的一声,他从山石的裂缝处滚落了下去,哗啦啦——,山石和他滚落的声音持续了好久,山下敌人的枪声顿时响了起来,大家惊得浑身一战。

白福厚团长马上发出命令:"停止前进,停止前进!"走在大后边的战士还不知道发生了什么事情,直打听:"咋的啦?咋的啦?"

这时,白福厚团长,在石缝那边摸到一棵碗口粗的小桦树,小树因为长在山岩的缝隙处,根没有多深,白团长和徐排长两个人同时撼动,不一会就连根拔了起来,他俩把那棵小树搭在了裂缝上,同志们陆续地过了去。轮到我了,我听到徐排长在那边喊:"迈右腿,迈右腿。"我战战兢兢地迈出了右腿,就在我右腿迈上小树,刚抬起左腿的时候,对面一双有力的大手一把拽住了我,原来是白福厚团长和徐排长在那边一个一个地接着我们。

风雪征程

东北抗日联军战士李敏回忆录

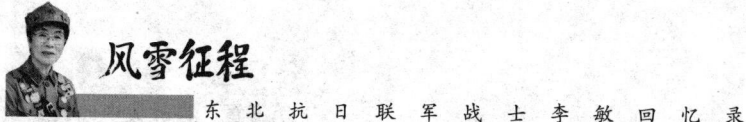

　　我的身后又过来几名战士,哗啦啦——,又一阵响声传了过来,像是有什么铁器,撞击山岩,响声持续了好久,一直响到山脚下,敌人的枪声更猛烈了。

　　后来我们才知道,原来是邓司务长拴在背包带上的铁桶绳子开了,就在他往山岩上跳跃的时候,铁桶顺着山夹缝滚落了下去。

　　这个时候大家只能前进,不能后退,有天大的事情也不顾了。

　　部队开始下山,山太陡了,人很难站住脚,大家几乎是叽里咕噜地在往下滚。雨还在不停地下,连泥带水的,每个人都骨碌得像个泥猴。

■2007年,李敏率领抗联精神宣传队与当地群众登七星峰

　　终于来到了山脚下,一条湍急的河水又横在了面前。有人说这条河是八虎力河,有人说是小虎力河,不管是哪条河,最后都流入到下游的倭肯河。山上的洪水带着泥石不停地像万马奔腾一样冲入河中,激起巨大的浪花。水流太急了,人下去根本站不住脚。这时,白团长和孙国栋副官领着大家砍倒了两棵树,岸上大家拽住树的一头,几个人把着树走到河心,再把

1924—1949
第三章 在战火中成长

另一棵树送到河对岸,他们在河中间死死地抓住这两棵树,我们再依次下河,扶着树干趟过河去。

过了河有人带路,开始向东南方向转移,就这样没停气地走了大半宿。天亮了,雨也停了,我们拐进了一个山口,在两座山的夹空里穿行。走出了十余公里后,眼前豁然开朗,我们走出了山口。一条清澈透明的小河,出现在面前,河里的石头和水草看得清清楚楚,一大片一尺来高的燕子尾草长在了河两岸。

看见了河水和燕子尾草,大家好像饥饿的羔羊遇见了大草原,什么都顾不得了,赶紧趴在河边咕咚咕咚的喝水,掠下大把大把的燕子尾草,往嘴里填。燕子尾草刚长出来的时候,略带蓝色,像小燕子的尾巴,长大了以后像大菠菜,这种草不苦,有点清香味,人可以吃。

看到战士们如此的饥饿不堪,白福厚团长说:"各班拢堆火,用水焯一焯再吃吧,如果发生情况就到后面的山顶集合。"

大家也实在累得不行了,听了白团长的话,就各班拢火,准备连休息带焯燕子草吃。

这时,金指导员的侄子小金子忽然瞪大了眼睛喊着:"敌,敌人来了……"他的话音还未落,大家发现敌人马上就要到跟前了,一个日本军官已经冲到河边,还没等我们反应过来,敌人的机枪"嘎嘎嘎"地响了起来,枪声中立刻倒下了好几名战士,大家也顾不得去拿盆子,赶紧就地卧倒,有的奔河套子里的小树林,以树木为掩护进行还击。

徐排长就在我的身边,我看见他一个趔趄倒在了草地上,膝盖处不停地往外冒血,我赶紧爬过去扯块衬衣布给他包扎,他连说着:"别包了,别包了,我的腿拿不动了,我掩护你,你快撤。"这时,他爬起来跪在草地上,不停地向敌人开枪,又一颗子弹飞了过来,打中了他的胸膛,徐排长倒在血泊中牺牲了。这个时候白福厚团长端着机枪也跑了过来,看来机枪手也牺牲了。他端着机枪边扫射边跑,掩护着大家。他喊我:"小李子,怎么还不撤退,快跑!"我顾不得悲痛,赶紧拽几把草,给徐排长盖在脸上,转身向山

风雪征程
东北抗日联军战士李敏回忆录

■2007年,李敏重返徐排长遇难地

上跑去,耳边是呼啸而过的子弹声。

好高的山啊,我已经跑不动了,跑不动也得跑啊,我咬着牙坚持着,快到山顶的时候看见了地上的草有被踩过的痕迹,我想方向没错,就继续往上爬。终于到了山顶了,啊!同志们都在山顶上了。

大家看到了我,都惊讶地张大了嘴,"啊!小李子,你没死啊?"

"没有啊,谁说我死啦?"

"我们看见你倒在草地上了,以为你牺牲了呢。"

他们这一说,我想起了牺牲了的徐排长,泪水立刻流了出来,我哭着说:"不是我,是徐排长牺牲了。"大家的头都垂了下去。

这时,白团长提着机枪也爬上山来,他一直在掩护大家,最后才上山。我们的白团长从来都是冲锋在前,撤退在后。

这次战斗牺牲了好几名同志,这时,陈绍宾师长坐在山坡上一直唉声叹气。看到白团长上来了,他开始说话了:"人也回来得差不多了,我就和你们说说吧,我这个师长是不能干了!你们都走吧,去自谋生路吧,愿带枪走的可以带枪走,带枪走还能混碗饭吃。我这里还有点钱,可以每个人给你们两元钱（伪满币）。"说完了他又重复了一遍："不行了，不行了，我这个师长不能当了，你们都走吧……"

他一边说着话一边解开了上衣，我们看到在他的上衣里面有一个像子弹袋一样的钱袋子，里面一格一格的装着钱。那时候，部队的经费都是由最高领导保存的。

听了他的话，大家全部都惊呆了，战士们的脸上立刻表现出吃惊和紧张的神色，这是一个师长说的话吗？我们立刻联想到不久前下山叛变投敌的谢文东和李华堂，我们要去缴械的陈云升，还有被叛徒残酷杀害的刘曙华烈士。大家都把手放到了自己的枪上，互相都用猜疑的目光巡视，看看究竟事态如何发展。

我一听到陈绍宾要解散部队的话，顿时像是一片乌云压在了头顶，好似一个惊雷爆响在了耳边，头皮簌簌地发麻，大脑一片空白。等明白了他的意思以后，我沉不住气了，放声大哭："我们是奔着共产党领导的革命队

■林占才（解放后照）　　■马云峰（解放后照）

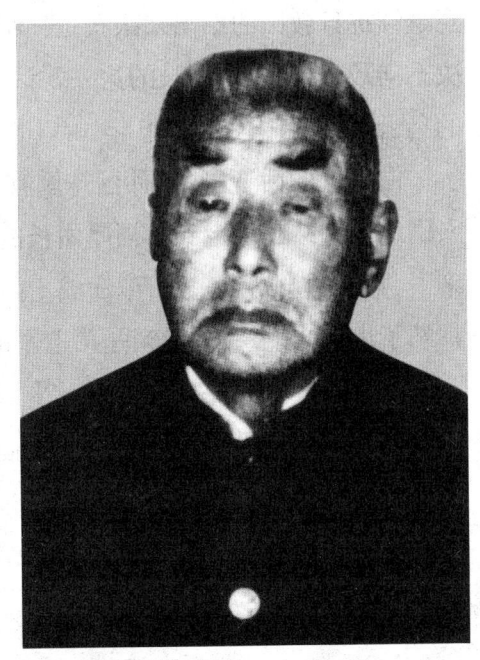

伍来抗日救国的,现在咋能让我们走呢?我是个没有父母的孩子啦,我没有家啦,我哪儿都不去,哪儿都不去,我就是死在战场上也不走啦!"我边说边泣不成声……

好多小战士也哭了,林占才、王德、王玉春(机枪手)、柳明玉等人也哭着说:"我们没有家呀,归屯并户,家都烧没啦……"林占才,1921年5月生于黑龙江省桦南县靠山屯一个贫苦的农民家庭,连同伯父、伯母、兄弟、姐妹共八人,房无一间,地无一垄,靠给地主扛活、放牛维持生活。他五岁丧母,七岁给地主放猪,十三岁给地主放马。1935年7月,东北抗日联军来到了他的家乡,年仅十四岁的林占才参加了东北抗日联军,从此同家人失去了联系,便以部队为家。他听说要解散部队,怎能不哭呢?马云峰也说:"这叫啥事儿啊?……"

就在这紧要关头,白福厚团长站出来向大家高喊道:"不怕死的站出来,跟我走!我领你们去找张政委(张寿篯)、冯省委(第六军政委冯仲云)!"谁愿意继续抗日救国的站出来跟我走!咱们中国人剩下一个人也要抗战到底!决不向敌人投降!白团长的这一番话,让我感到太阳一下子出来了,我头上的乌云散了,有人带路了!

白团长的话音刚落,孙国栋副官、杜景堂指导员、黄成植、赵军需官等人刷地一下站起来走到白福厚团长的左侧自觉地排上了队,共产党员站出来了,共青团员站出来了,革命战士站出来了,就连陈绍宾的警卫员杜宝祥都站了出来,杜宝祥的父亲是第七军的战士,已经牺牲了。

大家站好队后,白团长宣布:"同志们,我们前面虽然困难和危险重重,但我们要团结一致,排除万难到西荒(黑嫩地区的统称)找省委和军部,现在马上下山过江。"

陈绍宾看大家都随白团长走,他也无可奈何地耷拉着脑袋站到队伍里来了。

第三章 在战火中成长

黑鱼泡脱险

正在这时,西边山顶上的岗哨下来报告:"报告团长,北边警备路方向又开来十几辆汽车,车上的敌人正分散开往这边走。"

白福厚团长思索了一下说:"同志们,敌人这是实行的拉网战术,咱们怎么办?"大家一起高喊:"拼了!咱们和他们拼了!"

白团长摇了摇头说:"不行,咱们人少,他们人多,再说,咱们的子弹也不多了,硬拼咱们吃亏,他们实行拉网战术,咱们给他来个漏网战术。"

"漏网战术?怎么漏啊?"战士们问了。

"听我指挥,一连、二连往西走,三连、四连往东走,大家赶紧分散开,能隐蔽的隐蔽,能撤退的撤退,等敌人过去了,大家去张家窑的平顶山集合。"

敌人就快上来了,我决定先猫起来再说。一棵横七竖八长满枝叶的大树下,有一团乱蓬蓬的蒿草,我身子贴地爬了进去。

等啊,等啊,四周鸦雀无声,二十分钟左右的工夫吧,敌人过来了,他们都是拉开距离,横向走着的。离我最近的伪军走路刷拉刷拉的响声听得一清二楚。就在走到离我几步远的时候,听到远处一个伪军在喊话:"哎——咋样啦?看到什么了没有?"

这边的伪军回答:"没有啊——。"这时,一个日本关东军发话了:"说话的不要,说话的不行。"

听到他们的对话,我的心里好像揣着一个小兔子,耳朵都能听到怦怦的心跳声。我屏住呼吸,一动也不敢动,感觉时间过得好慢好慢。

风雪征程

东北抗日联军战士李敏回忆录

　　终于,一点声音也听不到了,敌人过了去。我忙从草棵子里爬了出来,慢慢试探地走了几步,没有什么动静,我撒开腿就往树密的"老瞎塘"里跑。跟头把式地好不容易钻出了这片树林。出了树林一看,朴厂长和柳明玉正在这转悠,她们看到我忙说:"哎呀,我们到处找你,你猫哪了?"

　　我告诉她们自己猫在了一棵大树下。朴厂长一连声地说:"躲过去就好,躲过去就好,咱们快走吧,我认识路。"

　　朴厂长带着我们翻过了几个山头,我们已经累得一步都不想走了,枪也扛不动了,两条腿发软,像面条一样,一条小树枝都能把我们绊倒,一阵风过来也能把我们吹倒。

　　我们一步一步地挪到了张家窑附近的平顶子山。山上已经有不少战士陆续地来到了这里。我们互相对望着,大家的脸都浮肿得变了形,脸上透着绿色。一个个有气无力的,眼睛无神地往上翻着。

　　这时,机枪手王玉春正拖着机枪往山上爬,看来他连扛机枪的力气都没有了。王玉春是个年轻的小伙子,两只大大的眼睛,这个时候,我们看到他的眼睛已经肿得成了一条缝。他走一步歇两步,眼睛向上翻着,好像随时都会倒下去。我和柳明玉在山上嘀咕:"机枪手好像是不行了。""嗯,部队要是没有机枪可咋办啊,咱们得想想办法。"一边说着,我俩一边跑了下去。

　　我俩连拖带拽地把王玉春拉上了山,他一下子就躺在了山上,我忙着在盐口袋里翻着,看能找到什么吃的东西。嗨,真是不错,我竟然翻出来了大拇指一般大的一块肉,我赶紧把肉撕成细丝,送到王玉春的嘴里。他躺在那里闭着眼睛使劲地吃着,一块肉下了肚,不大一会睁开了眼睛,王玉春坐了起来,他十分感激地和我说:"哎呀,哎呀,心口窝憋得慌,现在好点了,小李子,太谢谢你了,你这一块肉可把我救了,我都不行了……"

　　柳明玉也在盐袋子里翻,她翻出来上次苗司务长分给我们的那块"马鞭",马云峰一把抢了过去扔进了嘴里,一边嚼着他还一边嘀咕:"哎……多亏你们还留点东西。"大家都有气无力地笑了一下。

　　我们大家寻思,这一小块肉顶不了多大的事儿,兴许是肉里的咸盐起

第三章 在战火中成长

作用了吧？我们用手摸着自己的心口，胃都饿得缩成了一个小包，再摸摸肚子，一根根的肠子好像都能数得清。

人都到得差不多了，开始点名，有三个战士没有答应，大家估计一是他们跑了，再就是倒了下去爬不起来了。部队从青山老道庙出发时有一百多人，现在连五十人都不到，如果再没有粮食，这支小部队也要垮掉了。

这时，白团长安排金指导员带着战士小萧(徐光海警卫员)和战士小王去附近的炭窑，想办法买点粮食。安排黄炮(黄龙吉)和李炮(李排长)出去转转，想办法打点野兽回来。其他的人员就地休息、等待。

我们心急火燎地等待着，心里想着，哪怕是有一伙人能弄来吃的也好啊，我们等着，等着，过了大约两个时辰，金指导员连喘带吁地跑了回来，他脸上直冒虚汗，嘴上起了厚厚的一层白皮，大家急得忙问："咋的啦？咋的啦？"

"哎呀，哎呀，别提了，他们两个把我给缴械了，他们两个带着枪跑啦……"

"啊——"

原来是小萧和小王，走到了一个没人的地方把金指导员的枪给缴了。金指导员带着一支大枪和一支手枪，他们把手枪缴了去，把大枪里的子弹退了出来又还给了金指导员，临走时，他们和金指导员说："金指导员，对不起啦，你别怪我们，陈师长不是说让自谋生路吗？我们实在饿得受不了啦……"

听到这一情况，大家都十分的紧张，我们处在敌人的包围圈之中，如果这两个人投奔了敌人，那后果将不堪设想。这时，陈绍宾又说了："唉，走就走吧，好歹能出去混碗饭吃。"听了他的话，大家的脸色更加恐惧和难看。

白团长当机立断，不能等李炮和黄炮了，部队得赶紧转移。他高喊着："部队集合，起队！"

我们又连续地翻了几个山头，最后一座山不太高，长满了柞树。到了山顶上一看柞树下面长了好些叫"山老辈"的野菜。看见这种野菜战士们

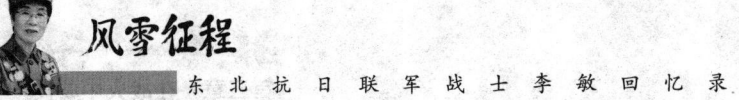

啥都顾不得了,嗨,终于又有吃的啦。

"山老荤"长的既像葱又像蒜,吃起来也是葱蒜味,有黏液,还有些辣。大家拼命地吃啊,吃啊,吃得胃都生疼,直往上返酸水,受不了啦,就再含一粒咸盐,盐真是个好东西。

趁着大家吃野菜的时候队伍里的领导开了一个会,讨论这支队伍要往何处去。

师长陈绍宾和周云峰的意见是往东燕窝岛(雁岛)方向走,返回大旗杆,队伍进行休整。他俩说:"咱们掏鸟蛋收大烟税也够吃够花的啦,再不用这么挨饿受累的了"。

白福厚团长、孙国栋副官、杜指导员和黄成植的意见是过松花江到汤原、萝北一带去。

两种意见争得脖子粗脸红。白团长提出了三点:

一是往大旗杆去,没有我们的根据地,那里是第七军的地盘,我们应该去找第六军的领导,张寿篯政委、冯仲云省委和北满省委书记金策同志也在那里。

二是现在是夏季,大旗杆那里一片汪洋,没有船过不去。再说,七星泡子和七星河一带到处都是日本"讨伐队"的兵营,空中是敌人的飞机,半路上就会被敌人给消灭了。

三是如果往北走,绥滨、汤原、萝北都有我们的根据地,有地方关系,便于活动,兴安岭里面还有我们多处的后方密营和林业工人。

最后少数服从多数,部队决定往北走,过松花江。这时,战士们已经吃了不少的"山老荤",吃不了的就装进了背包,部队又开始出发了。

漆黑漆黑的夜晚,没有月亮。下山后,我们走进了一片大水泡子。这个水泡子太大了,像是一片汪洋大海。水泡子里的水有深有浅,我们不知深浅地走了进去。据说这个地方叫"黑鱼泡"。忽然听到有人喊:"不好了!有人掉进去啦。"

原来这种沼泽地,上面的水草和底下的树根纠结在一起形成了草毡

1924—1949
第三章 在战火中成长

子,草毡子像毯子一样覆盖在水面上,人踩了上去,站不住脚,掉下去就上不来了。

两名战士就这样无声无息地牺牲了。口令从前面传了过来:"停止前进,往回走。"我们掉转身又往回走,这时,孙国栋副官小声指挥着我们:"贴边走,踩硬实地。"

早上,天麻麻亮,星星还没退去,我们行走在沼泽地的边缘。前面的尖兵传来了口令:"注意,前面有警备路。"不大一会,口令又传了过来:"敌人的汽车过来了,就地卧倒。"

我们顿时都趴在了水里,白团长小声地嘱咐大家:"都藏到水里,不要露脑袋。"我在水草里找到了一棵"老山芹"含在了嘴里,身子和头也都埋在了水中。"老山芹"的颈是空的,人含在嘴里能喘气。

这时,赵军需官悄悄地摆手,把孙副官招到了跟前贴着耳朵说:"你过去看着老头(陈绍宾),别让他暴露目标。"孙国栋副官心领神会地爬到了陈绍宾的旁边。

不一会儿敌人的汽车"呜呜呜"地开了过来,车前面开着大灯,侥幸的是,敌人没有发现我们。

汽车过去了好一会儿,我们才从草丛中逐个的走出来,这时天已放亮,我们不敢在这里久留,赶紧钻进不远处的一个小山冈,小山冈上长满了密密麻麻的小柞树和榛材树丛。

太阳升起来了,照在人身上暖洋洋的,我们已经两宿一天没合眼了,太阳底下,大家都昏昏沉沉地在树林子里睡了过去。

午后,三四点钟的样子,白团长和杜指导员要出去搞吃的了。临走时,白团长把队伍交代给孙国栋副官说:"我们去整点吃的,队伍有事你负责指挥。"

两个多小时过去了,太阳已经偏西。白团长他们还没有回来,我们开始担心了。担心着他们的安全,千万别碰上敌人啊!我们这个队伍不能没有白团长和杜指导员这样的干部啊,只有他们才能领着我们继续前进。

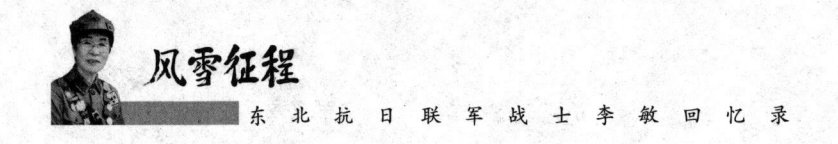

风雪征程
东北抗日联军战士李敏回忆录

看到大家焦急不安的样子,陈绍宾又说话了:"白福厚、杜景堂他们两个把你们扔在这里就走了,不管你们啦,你们还傻等什么?"

这一下子,大家更紧张了。赵军需官沉着地说:"不可能,他俩是老党员了。"

陈绍宾用鼻子哼了一声:"哼,老党员,老党员也得吃饭啊。"

孙国栋副官这时挺身站了出来:"大家放心,我担保他们一定会回来的!"

赵军需官和孙国栋的话,将大家的情绪稳住了点,但依旧心事重重。

太阳落山了,但天还没有黑,远远地我们看到了三个戴着草帽的人的身影。怎么回来了三个人?正在我们纳闷的时候,他们来到了我们跟前。白团长高兴地喊着大家:"快,快准备去吃饭,吃小米饭!"

一听说吃小米饭,大家都"嗷"的一声高兴得喊了起来,刚才的紧张情绪一扫而空。白团长领着附近修警备路的老乡来接我们了。大家过了警备路往北走,也就是两里来路吧,我们看到了草甸子上有两间草房。门口的大锅灶里,飘出了小米饭的浓香。

邓司务长给我们分饭了,每人分到一小碗,大家三口两口地就划拉进了肚。怎么办?没吃饱啊。白团长看到老乡还有半袋子亚麻籽,可能是准备下种的种子,就商量着买来分给大家。老乡很爽快地就答应了,每人又分了一碗亚麻籽。

老乡们都不富裕,三天才能上关东军那里领一次粮,这次老乡们把粮食都给我们吃了。分完亚麻籽后,白团长向陈绍宾说:"我们今晚吃的小米饭和买的亚麻籽钱得给老乡。"

不料,陈绍宾脱口而出:"你买的,你给他们钱吧,我没有钱!"白团长气愤地对陈绍宾说:"今天这顿饭钱和亚麻籽钱必须得给,我们的钱都归你保管,你怎么没有钱?"孙国栋副官、赵军需官接着说:"你昨天还说,每人可发路费回家嘛。"这么一说,陈绍宾自知理亏,才从他军衣里挎着的黑绒布袋子里取出几张钞票(伪满币)交给了老乡。

1924—1949
第三章 在战火中成长

老乡们都很高兴,没见过当兵的吃饭还给钱。这时,一个老乡发现了我们几个女兵,就拉着白团长的手说:"你看看,妇道人家都出来抗日了,俺还有个儿子,让他跟你们上部队去打小日本吧,这里的伪军三天两头地来抓兵,俺可不能让他拿枪去打中国人啊。"

白团长说:"好啊,下次来,我们一定带上他走,这次我们有任务急着转移。"杜指导员也讲了话:"老乡们,我们共产党领导的抗联部队,一定能把小鬼子赶出中国去,谢谢老乡们对我们的支持,我们一定还会回来的。"

天大黑了,部队又出发了,一碗小米饭根本没够吃,大家一边走一边又把那碗亚麻籽吃进了肚,吃完了又喝了不少的凉水,这下不好了,到了半夜,我们都一个一个地蹲了下去,大家开始拉肚子了。

拉肚子也得走,这次走的是草地,寂静的夜晚,战士们趟草的声音刷刷地响。

天亮了,我们来到了松花江边的一个围子。围子里静悄悄地,没有人烟,成群的老鸹盘旋在上空,呱呱、呱呱地叫着。进了围子,到处都是烧毁的房屋和蒿草,房前屋后的蒿草里夹杂着韭菜和大葱。这时部队宣布休息,战士们急着拔韭菜和大葱充饥。

老鸹还在天上"呱呱"地叫着,这时,战士朱学成发现,围子里有好多的杨树,树上有不少的老鸹窝,出壳不久的小老鸹,张着黄黄的嘴丫子,在等着大鸟来喂它们。看见了这一现象,战士们都乐了,他们纷纷地往树上爬,去掏老鸹窝。掏下来的小老鸹还没长毛,浑身像个肉蛋蛋。大家开始拢火,准备烧着吃,这时,成群的大老鸹在天上凄惨地鸣叫着,一圈一圈地飞着,往下俯冲,不肯离去。

战士们都不忍心了,他们对着大鸟说:"唉,为了抗日只有牺牲你们了,我们是实在饿得不行了,要不也不会吃你们的孩子……"我可是一只都没敢吃,宁愿吃韭菜和大葱。多少天以后,做梦还能梦到那些鸟儿在空中哀叫着,盘旋着……

正热闹的时候,杜指导员过来宣布站队、集合。他说:"咱们先不过江,

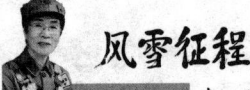

风雪征程
东北抗日联军战士李敏回忆录

我领你们去个地方。"

杜指导员带着我们奔村西头而去,来到了一个大院子前,院子里的房子挺大,没有门,房盖和房框子都烧毁了,院子里长着没膝深的蒿草。

我们进了屋,顿时,一幅惨绝人寰的景象呈现在了面前。

只见十几具烧焦的尸骨躺在地上,尸骨的锁骨上还拴着铁丝。最小的一具尸骨看样子像是五六岁的孩子。一副副头骨上黑洞洞的眼眶面对着我们,嘴上的黑洞好像是在向我们哭诉。

大家的心里一阵战栗,这是我们的同胞啊,泪水不由自主地涌出了眼眶。

杜指导员开始讲话了:"同志们,这就是日本人'归屯并户',把我们的同胞都残忍地杀害了,中国人当前正遭受着前所未有的苦难。同志们,没有国家,哪来的个人家啊?如果我们要回家,就是这个遭遇,就是这个下场,所以我们不能下山,我们一定要把小日本赶出中国去!为死难的乡亲们报仇!"

这时,黄成植带头领我们唱起了《日本强盗凶似狼》,歌声一遍遍地在空空荡荡的围子里回响,战士们怒火在胸中燃烧,热泪在眼中流淌……

■黄成植

1924—1949
第三章 在战火中成长

日本强盗凶似狼

1=E 4/4

(5 1 5 5 3 2 1 | 5 1 3 2 1 -) | 1.5 1 2 3 6 5 |
　　　　　　　　　　　　　　　　　　日 本 强盗 凶似 狼

1. 1 6 5 3 5 - | 3. 1 2 3 5 6 6 5 3 | 5. 1 3. 2 1 - |
强占 我 地方　　抢 夺 屠杀 后　　再 烧 我 村庄

3 3 2 1. 2 3. 2 1 | 1. 2 6 5 3 5 - |
可怜 我 同 胞们 千 万 民 遭 殃

6. 6 5 6 5 3 2 1 | 5. 1 3 2 1 - | 5. 1 3. 1 3. 6 5 |
不打倒 日本强盗　国 家 要灭亡　兵 和 民 不 要 分

1. 1 6 3 5 - | 5. 1 5 5 3 2 1 | 5. 1 3. 2 1 - |
齐心 打敌人　　联 友军 杀仇 人　　仇 和 友 认清

5. 1 3. 1 3. 6 5 | 1. 1 6 3 5 - | 5. 1 5 5 3 2 1 |
穿枪 林 冒 弹雨　不怕 水火深　　弟 兄们 向前 进

5. 1 3. 2 1 - | 5. 5 5 5. 1 2 | 5. 3 5 3 5 2 |
冲破 敌中心　　不后 退不 投降　敌军 火虽 猛强

5. 3 5 6 3 - | 3. 5 6 5. 2 | 1 6 5 5 3 5 2 |
我们 心坚强　　震山 河守 四方　雪国 耻复 边疆

2. 3 2 5 1 - ‖: 5. 5 5 | 5. 1 2 | 5. 3 5 6 |
万 古 把名扬　　　前 军 仆　后军 上　攻 上 前

3 5 2 | 5. 3 5 6 | 5 6 3 |
交 一 仗　任 把碧 血　洒 光

5. 3 5 6 | 5 6 3 | 3. 5 6 | 5 3 2 | 1. 6 5 |
任 把碧 血　洒 光　拼 一 死　在 战场　夺 回 我

5. 3 2 | 2. 3 2 5 | 1 - :‖ X - | X 0 ‖
失 地方　为 民族 自 强　　　（杀）! !

-417-

蒲鸭河战斗

中午,骄阳似火,天上没有一丝云彩。

部队来到了松花江边,这里是蒲鸭河流入松花江的入河口,由于河水常年带着泥沙下来,在这儿形成了大大小小的柳条通子,也叫夹芯子。夹芯子里面长满了树,以柳树居多。江边有大片的沙滩和野草,江对岸,隐隐约约的能看到一个鱼亮子,鱼亮子上有两间草房。我们赶到时,白团长已经先带着部分战士弄来了两条渔船。

部队分两批,先后来回好几趟,划船横渡了松花江,过江后都来到了江边的鱼亮子。这时,赵军需官、邓司务长和白凤林等人从老乡手里买了不少的大鲤鱼。看到大鲤鱼,大家都高兴的有说有笑,好久没有吃过鱼了。

部队以班为单位,分成了七八伙,沿着江沿用树枝架起脸盆开始炖鱼了,锅里的水刚放滚,大家就急不可耐地把鱼捞出来,狼吞虎咽地吃了起来,一边吃一边下第二锅。

吃鱼的时候,我向西面不远处蒲鸭河的柳条通子望去,只见水面上成群的野鸭子在欢快地戏水,锦色的羽毛在阳光下闪闪发亮。这时,黄成植书记正在最东边的一伙人里面写东西。

松花江水轻轻地拍打着堤岸,江风送来了野草的芳香,吃着江水炖的江鱼,我们暂时忘记了重重的艰险和危机,沉醉在祖国的大好河山里。

正在这时,岗哨过来报告:"报告团长,有情况,蒲鸭河柳条通子里的野鸭子突然起飞了。"

听到报告,白团长高喊:"赶紧撤退!"话音还未落,江面上机关枪"咔咔

1924—1949
第三章　在战火中成长

咔"地响了起来,一艘敌人的汽艇从柳树通子后面开了出来。

白团长指挥着我们向蒲鸭河北面的疙瘩林子里撤,赵军需官和孙副官撤退时,从鱼亮子上拿了几把铁锹,白团长带着机枪手王玉春在后面做掩护。我们顺着柳树通子往前跑,柳树通子边上都是沙滩地,沙土软软的,直陷脚,跑不起来,周边没有任何的掩护物,在机枪的扫射下,我身边的孙永彬指导员和一名战士负了伤。

终于撤进疙瘩林子里了,大家赶紧在林子边上刷刷地挖战壕,林子边上都是沙土地,几锹下去就往上冒水了。我和柳明玉忙着在给伤员孙永彬和一名战士进行包扎。

敌人已经上了岸,占领了鱼亮子,他们也就十来个人。

有了掩体,安全多了,敌人在鱼亮子那边向我们开着枪,他们人少,也不敢贸然地向我们发起进攻。这时,有战士报告说:"黄成植书记在敌人的机枪扫射时牺牲了。"

我不敢相信自己的耳朵,那么勇敢、坚强、富有才华的领导怎么能说牺牲就牺牲了呢。同志们的心情都十分的沉痛,那首《何日熄烽何日还乡》的歌声回响在我们的耳边,黄成植书记难道再也回不去家乡了吗?白团长狠狠地拉着枪栓,高喊着:"给黄书记报仇!"一颗颗仇恨的子弹射向了敌人。

由于中午吃了鱼,大家都渴得不行了,疙瘩林子里没有水。唉,守着松花江竟然喝不到水。有的战士直接就在战壕里用手捧着挖出来的泥汤水喝,我们几个女的用毛巾把水吸到里面,然后在吮着喝。

战斗一直持续到天黑,敌人撤退了。部队原计划是沿着蒲鸭河奔都鲁河,从都鲁河进树林子到老等山,再从老等山去宝泉岭和兴安岭一带去找省委。看来敌人已经封锁了所有的河流区域,我们只好转头往北走了,领导们是怎样做的决定和部署,战士们都不太清楚。

部队急行军走了一夜,一会走在沙土地上,一会钻树林。夏日的东北昼长夜短。三四点钟时,天就蒙蒙亮了。

这时,白团长安排我们进入了一片柞树林休息。他说他的家就在这附近,他回家去给我们搞点吃的。

风雪征程
东北抗日联军战士李敏回忆录

白团长带着一名战士走了,他没敢直接进村,在一片苞米地里找到了他的叔叔。他和叔叔说:"让我老婆把孩子抱过来看一眼,顺便带点吃的东西。"

叔叔说:"村里有保安团和"讨伐队",看的可紧了,你就别找事儿啦,也别连累了他们娘俩,你自己也快走吧,都知道你参加了抗联,让敌人知道了,命就没啦。"白团长只好失望地返了回来。

部队在树林子里藏了一天,采了点野菜和草根充饥,天黑了以后就又开始出发了。走到后半夜,我们来到了一个叫三间房的地方。

赫然出现在眼前的是一条波涛滚滚的大江,同志们都纳闷了,这是啥地方啊?又转回到松花江了?这时,我们忽然发现了江对岸有星星点点的灯光。有人说:"你们知道啥?这是黑龙江,江那边是苏联,老毛子待的地方。"

啊?苏联?苏联是社会主义国家啊,大家都会唱《苏联是我们的好朋友》这首歌。如今,隔着大江看见了苏联,我们都兴奋不已。

战士们纷纷议论:"还是社会主义好啊,你看人家有电灯,嗨,这辈子看见了电灯死了都不冤了。"

有的战士还说:"啥时候,咱们能像人家一样,也点上电灯啊。"

有人又说了:"等赶跑了小鬼子,建设了新社会,咱们也能点电灯。"

到了这里,白福厚团长命令我们原地休息,他和杜指导员、孙国栋副官说:"我带个人去东边看看,想办法弄条船。"转过身来又和我们说:"这里是国界线,大家不要说话了,就地等着。"说完他悄没声地走了。

我们怀着兴奋、期盼的心情焦急地等待在这里。过了一段时间,东边忽然传来两声"啪,啪"清脆的枪声。

大家的心,一下子凉了,是不是白团长牺牲了?有的战士小声嘀咕着:"完了,完了……"

这时,杜指导员、孙副官和赵军需官也毛了。他们估计白团长凶多吉少,敌人随时会跟踪追击过来的。

杜指导员开始下命令了:"大家做准备吧,咱们往最坏的地方想,会游

1924—1949
第三章 在战火中成长

水的游水过江去苏联,不会游水的和敌人拼了,就是剩最后一个人,也决不能投降!"

听了杜指导员的话,我们都准备英勇献身了,大家整理一下衣服,检查了一下枪支,没有一个人跳下黑龙江。

这时,江面忽然传来了动静,是"刷——刷——"的划船声。有人说:"我们被敌人三面包围了吧?看样子,江面也下不去了。"

正当大家猜测,准备决一死战的时候,"快!快,快上船——"一个磕磕巴巴的声音从江面传了过来。

啊!是白团长,白团长回来了!原来白团长一遇到紧急情况就磕巴。

这时,一艘运羊草的帆船划到了江边。没等船靠岸,战士们都嗖嗖地跳上船去。杜指导员和孙副官站在水里,把船推离了岸边。

原来,白团长摸到了江边的"江防警备署",里面有值夜的警察,他原想进去找人弄条船,进去一看不对劲,一句话没说,就赶紧退了出来。这时,值夜的警察不知道咋回事儿,追了出来,啪啪地开了两枪。

白团长和那名战士跑到了江边,江边正巧有一艘拉羊草的帆船,羊草已经卸下去了,只留下一个看船的船工。他俩急忙跳上了船,指挥着船工开船来接的我们。

这艘船分上下两层,上面是甲板,下面是底舱,底舱的一头有一张床,床上还有被褥。上了船后,白团长安排我们都进了底舱,他戴个草帽在上面帮着船工摇船连带着观察情况。

底舱十分狭窄,四十多个人挤在里面,气都喘不上来,我们三个女同志挤在了里面的小床上。帆船这时行驶在江面上,上下颠簸,左右摇晃,不一会儿,我就晕了船,肚子里上下搅动,想吐又没啥好吐的,说啥我也不在底舱待着了。

我从人头上爬到了底舱的入口处,那块有几个小木梯,我身子在底舱,把头伸到了船面上,江风一吹,这下子好多了。

这时天已放亮,江面上白雾蒙蒙,我放眼往我们来的江边看去,隐隐约约江边怎么有一个一个的小包?

风雪征程
东北抗日联军战士李敏回忆录

我和白团长说:"白团长,你看江那边怎么有一个一个的小包,好像是,好像是……"

"像什么?我怎么没看见,你快说,像什么?"

"像,像迫击炮。"

"在哪儿?在哪儿?我怎么没看到?"

"团长,好像,好像还有个日本旗,上面画个圆圈。"

白团长揉了揉眼睛,仔细一看"哎呀!真是的,船老大,快,快点划!"

正说话时,机关枪"哒哒哒"地响了起来,三槽子枪声过后,帆船上的白布被打烂了。紧接着,敌人的机枪又冲着底舱开了火。

底舱很快就漏了水,一开始,大家还七手八脚地用被褥去堵,后来越漏越多,越漏越大,水流太急堵不住,杜指导员指挥大家都上了甲板。

船这时已经到了江心,进入苏联国界了,机关枪也不响了。

我们的船在慢慢地下沉。杜指导员说:"同志们,我们已经到了苏联的国界,把咱们的红旗打出来,有红军帽的把帽子戴好,有袖标的把袖标都戴上。"

我们三个女战士还有王玉春等七个人还有帽子,我们和打旗的站到了队伍的前面。船还在下沉,杜指导员带领我们唱起了《国际歌》,歌声中我们准备就义了,能和战友们死在一起,我没有害怕,只感到自豪。

"突突突"苏联方面的江面上忽然开来了一艘汽船,汽船后面还挂着一串小木船。同志们欢呼了起来:"有救了,我们有救啦!"

汽船很快就开到了我们跟前,从船边的小窗户里,一个蓝眼睛的苏联小伙子把头伸了出来:"打歪,打歪,别斯得勒,别斯得勒。"

大家都傻眼了,一句都听不懂。有的战士说了:"怎么的,要打我们?"

这时,老付头(付炮)说话了,他懂点俄语,老付头说:"那个苏联小子喊咱们快上船呢!"

大家高兴了,噼里扑通地都跳上了汽船后面的小木船上。汽船带着木船向江岸开去,这时,我们来时乘坐的帆船完全沉入了江心,消失了……

1924—1949
第三章 在战火中成长

国际歌

欧仁·鲍狄埃 词
狄·盖特 曲

$1=^{\flat}B$ 4/4

5 | 1·7 2 1 5 3 | 6 - 4 0 6 | 2· 1 7 6 5 4 |

1. 起来，饥寒交迫的奴隶，起来，全世界受苦的
2. 从来就没有什么救世主，也不靠神仙皇
3. 是谁创造了人类世界，是我们劳动群

3 - 5 | 1·7 2 1 5 3 | 6 - 4 6 2 1 |

人！满腔的热血已经沸腾，要为
帝。要创造人类的幸福，全靠
众。一切归劳动者所有，哪能

7 2 4 7 | 1 - 1 0 3 2 | 7 - 6 7 1 6 |

真理而斗争！旧世界打个落花
我们自己。我们要夺回劳动
容得寄生虫！最可恨那些毒蛇

7 - 5 5 #4 5 | 6·6 2·1 | 7 - 7 0 2 |

流水，奴隶们起来，起来！不
果实，让思想冲破牢笼。快
猛兽，吃尽了我们的血肉。一

2·7 5 5 #4 5 | 3 - 1 6 7 1 | 7 2 1 6 |

要说我们一无所有，我们要做天下的主
把那炉火烧得通红，趁热打铁才能成
旦把他们消灭干净，鲜红的太阳照遍全

5 - 5 0 3·2 | 1 - 5 3 | 6 - 4 2·1 |

人。这是最后的斗争，团结
功。
球。

7 - 6 5 | 5 - 5 0 5 | 3 - 2 5 | 1 - 7 0 7 |

起来到明天，英特纳雄耐尔就

6· #5 6 2 | 2 - 3· 2 | 1 - 5 3 |

一定要实现！这是最后的

6 - 4 2·1 | 7 - 6 5 | 3 - 3 | 5 - 4 3 |

斗争，团结起来到明天，英特纳雄

2·3 4 0 4 | 3·3 2·2 | 1 - - ‖

耐尔就一定要实现！

风雪征程
——东北抗日联军战士
李敏回忆录
（1924—1949）
下

李敏 著

目录

下
(1939—1949)

第四章　艰苦复杂的斗争

- 428　第一次去苏联
- 437　回国途中
- 444　与冯仲云政委会师
- 449　陈绍宾、尚连生妖言惑众
- 452　刘凤阳、张祥被缴械
- 455　陈绍宾要缴赵尚志的械
- 463　分手于西征途中
- 467　陈绍宾、尚连生其人
- 475　王永昌书记带领我们搞粮食
- 481　第二次去苏联
- 490　冯政委带领我们西征
- 499　在三路军总指挥部
- 503　1940年的"五一"劳动节
- 509　教导队里的学习
- 514　一条艰险的路
- 523　第三次去苏联

第五章　在抗联教导旅

- 530　兄妹奇遇
- 537　哥哥李云峰的故事
- 544　来到北野营
- 553　"壁报"事件
- 557　开荒种地
- 562　苏德战争爆发
- 567　赵尚志将军之死
- 571　修鞋房里的约会
- 579　东北抗联教导旅
- 588　远东大派遣
- 605　空降训练
- 615　我失去了最后一个亲人
- 623　幸福的小屋
- 628　纪念辛亥革命
- 633　胜利大反攻
- 650　返回祖国
- 668　在东北坚持战斗到最后的同志们

目录

第六章　为新中国而战

- 682　进占东北战略要点
- 692　李兆麟将军和朝鲜义勇军三支队
- 696　战斗在绥化
- 707　建立新政权
- 717　夺取巴彦县武装
- 721　"庆安事件"
- 727　处决汉奸"常八"
- 730　永远的怀念
- 734　冯仲云当选为省主席
- 738　土地改革和支援前线
- 741　拜见公公、婆婆
- 744　绥化县的妇女工作
- 748　鲁艺学院与东北抗联
- 757　万岁，我的祖国！

- 765　附录一：东北抗日联军牺牲将领名录

- 781　附录二：东北抗日联军主要战绩

- 850　后记

下
(1939—1949)
东北抗日联军战士李敏回忆录

第四章
艰苦复杂的斗争

第一次去苏联
回国途中
与冯仲云政委会师
陈绍宾、尚连生妖言惑众
刘凤阳、张祥被缴械
陈绍宾要缴赵尚志的械
分手于西征途中
陈绍宾、尚连生其人

王永昌书记带领我们搞粮食
第二次去苏联
冯政委带领我们西征
在三路军总指挥部
1940年的"五一"劳动节
教导队里的学习
一条艰险的路
第三次去苏联

风雪征程
东北抗日联军战士李敏回忆录

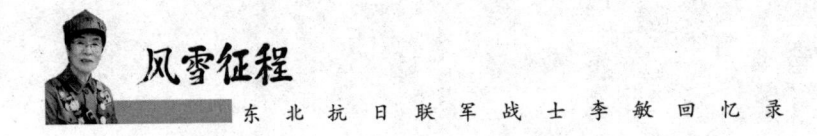

第一次去苏联

上了苏联人的汽船后,我们总算是放心了。苏联是社会主义国家呀,苏联是我们的好朋友,我们可以在这里好好地休整一下了,可接下来的事情却让我们大失所望。

汽船一直往上游开,到了中午,才下了船。下船后,几个苏联士兵带着我们钻了好几个柳条通子来到了一片沙滩上。到了这里,那几位苏联人示意我们把步枪都枪口向上支到沙滩上,把背包也都放在一堆。这时大家你看看我,我看看你,最后把目光都集中到白团长那儿,谁都不肯行动。白团长说:"既然到了这里,就守人家的规矩吧。"他带头把枪放到了沙滩上,战士们极不情愿地也把枪都架到了一起,大家说了:"这是啥社会主义啊?咋还缴咱们的枪啊?"

"咳,这是对咱们不信任啊。"

枪放好后,我们开始列队往西北前进。眼前是一望无边的大草原,草原上长着没膝深的羊草,风儿吹过,绿草翻涌,像是江上的波涛,这里的天显得格外的高,格外的蓝。

走出了草原,看见了一条沙石公路,我们就在这儿休息了。不一会儿工夫,一辆帆布吉普车从远处开了过来,咯吱一下,停在了我们跟前,车上下来几个苏联战士,开始发食品了。

我们每个人领到了一片黑列巴(面包),一条小咸鱼,那鱼还是生的。大家都饿坏了,三口两口的都进了肚。就这么点东西,没吃饱啊,怎么办?战士

1924—1949
第四章　艰苦复杂的斗争

朱学成和陆荣觉又伸出手去跟那几个苏联大兵要，只见他们摊开双手端着肩膀一连声地说着："捏度，捏度。"（俄语："没有，没有"的意思）

这是我到苏联学会的第一句话，战士们又七嘴八舌地说了："啥社会主义国家啊，吃饭都不管饱。"

吃了一片列巴，肚子里多少有点垫底的了，苏联人让我们原地等待。太阳高高的、暖暖的照在我们身上，就在这异国他乡的大草原上，我们都睡着了。

天黑了，又开来两辆带帆布篷的大卡车，我们都上了车，车被挡得严严实实的，外面的景物一点都看不到。外面下雨啦，"噼啪噼啪"的雨点打在了车篷上。卡车颠簸得挺厉害，我开始晕车了，肚子里没多少东西，就吐起了苦水。车上还算干净，我不好意思吐在车上，就脱下了自己的胶鞋，往鞋里吐，没想到鞋也破了好几个洞，吐进去的苦水又从洞里钻了出来。

这边的天好像亮的更早，也就三四点钟吧，天色发白，我们终于下了车。眼前是一栋一半地下一半地上的木头房子，房子挺大，能装一百多人。远处还有几幢小一点的木头房子。

这是一座兵营，里面搭着板铺，铺上铺着厚厚的干草。我们三个女的，住到了大铺的紧外边。

刚住下，就来两个苏联士兵把我们三个女的带走了。我们被带到不远处的一座木头房子里，我是第一个被带进屋子的，屋子里面十分的干净，地上铺着深红色的地板。我穿着漏了洞的破胶鞋，呱唧、呱唧地走过去，地板上留下一串湿湿的脚印。

一名苏联军官坐在一个桌子的后面，旁边还有一名挺帅气的混血翻译，翻译挺年轻，也就二十岁左右吧。审查开始了，他们问我多大了？参军前家在哪里？我刚准备回答问题，可一紧张我就急着想上厕所了。

我小声地咕哝着："我，我想上厕所。"那个军官诧异地看着我，翻译把我的话翻给了他。他摆了摆手，让门口的士兵带我出去。

那个士兵把我带到房子的另一头，一伸手，示意让我进去，我推开门进去。

风雪征程
东北抗日联军战士李敏回忆录

好白的屋子啊！到处都光溜溜的，里面还有好几个小门，我又推开了一扇门，里面还是白白的瓷器。

我要上厕所，咋把我领到这里来了？转身就想出来，一抬头，门口还有一面镜子，我抬头看着那面镜子，镜子里面的丑丫头是谁啊？脏乎乎的小脸，瘦得皮包骨头。咳，这是我吗？我咋变成这样了？我第一次看到这么大的镜子。

厕所没上成，那个大兵又把我带了回来，进了门，那个军官又开始问话了。可我还是想上厕所啊，憋不住，都快尿裤子了。我带着哭腔说："我要上厕所！"

翻译和那个军官都吃惊了，那个混血翻译问我："不是带你去过了吗？"

"没有啊，没有，他就把我领到一个白屋子里。"

那个军官喊来了士兵，一顿嘀里嘟噜的话，我一句都不懂。这次，换成翻译带我上厕所了。

还是把我领到了那座白房子前，翻译告诉我："进去吧。"我和他说："我要去厕所。"他说："这里就是。"我犹犹豫豫地进去，终于把问题解决了。

回来的路上我在想，还是社会主义国家好啊，连厕所都这么讲究。什么时候我们的国家也能变成这样啊？我暗暗地下着决心，等赶跑了小鬼子，一定要好好建设一个新社会，让我们国家的老百姓也能用上这样的厕所。

回到屋子里，那个翻译向年青的军官说明了情况，我看到那个军官笑了。

他们问了好些问题，多大了？什么时候参的军？父母都做什么？在部队什么职务，我的领导是谁？团长叫什么名字？师长叫什么名字？

我一一做了回答，回答完就让我出来了，接下来是柳明玉和朴大姐。等三个人都回答完了，就把我们都送了回来。

回到那个兵营以后，大家都好奇地问我们做什么去了，我们说明了情况，同志们都说："哦，过堂去啦，下一个该谁啦？"

1924—1949
第四章 艰苦复杂的斗争

"啥过堂啊,人家那叫审查,到了人家地盘,还不得问问清楚啊。"

就这样,在这里被审查了七八天后,又最后核实一遍,我们坐上来时的帆布大卡车又被转送到了西边的另一个地方。

这里还是一片大草原,零星地长着几棵柞树和黄菠萝棵子。草原上放牧着大群的马匹,我们住进了一栋长长的木头房子,这所房子,很可能就是冬天里的马厩。

房子里铺的是地板,地板上铺着干草。干草厚厚的、暄暄的,人躺上去十分舒服。我到部队已经三年多了,冰天雪地,风餐露宿早已经习惯了,到了这里忽然睡不醒了,战友们和我一样,也是整天地呼呼睡大觉,睡了七八天才过了劲儿。

在这里发生了两件事情,一件事情我们称为"面包事件"。

我们每天的伙食,主食就是黑列巴,菜是一位苏联老大妈用土豆、白菜熬的苏泊汤,装在"喂大罗"(俄语:铁桶)里。

熬菜的老太太五十多岁,头发全白了,满脸慈祥的皱纹。每天吃的面包由苏联人开车送到老太太那里,我们每个连再派人去领。

每个连可以领到两个长方形的大列巴,回来后再切成片分给大家,同志们都吃不饱,总是在发牢骚:"这社会主义国家也不咋地啊,咋还不给吃饱饭啊?"

有一天,一连领回来两个面包,二连就领回来一个。大家都不知道什么原因,两个面包都吃不饱,一个咋分啊?没办法,大家只好把那一个面包切成了小薄片,分了下去。吃完面包,我们去给老太太送装汤的小铁桶。去往老太太那里时,要路过一片小柞树林。就在大家过小柞树林子时,看见了战士陆荣觉正在那里吧嗒嘴呢,嘴角和手里还有没吃完的面包渣。

大家一下子全明白了,原来是这小子多吃多占啊。陆荣觉看见大家,嘴里嚼着列巴说:"对不起啊,对不起啊,我实在饿得不行了……"

战士们七嘴八舌地数落他:"你饿,别人不饿啊?你咋那么好意思啊?"

陆荣觉也不分辨,就会说:"对不起啊,对不起啊。"

风雪征程
东北抗日联军战士李敏回忆录

白连长也来了气,这还了得,自己就敢偷着吃了,怎么办?罚他举棍吧。

陆荣觉站在了门外,两手向前伸直,举着一根木棍,他也不生气,也不说话,就这么一直举着,大家看着又可气,又好笑。

这时,门口的苏联哨兵看见了,忙问咋回事,老付头比比画画地告诉他,这个人偷吃了一个面包。

那个哨兵听明白了,赶紧去打电话,他们用的是手摇电话机,也不知道那个哨兵都说些啥,就听到一句:"啊罗,啊罗。"两个多小时后开来一辆吉普车把陆荣觉拉走了。

领导和战士们这下都毛了,杜指导员埋怨白连长不该罚他举棍,白连长说:"不罚他,以后再出现这种事情怎么办?"

战士们埋怨老付头不该说了实话,老付头说:"我也没想到会给带走啊!"

埋怨归埋怨,大家都估计,这老毛子会咋处理这事呢?老付头又说了:"咋处理,人家的法律可严了,听说偷个麦穗都要蹲笆篱子(监狱),那一个面包还能少判了?"

听了老付头的话,大家又都替陆荣觉担心了,一个麦穗都要判刑,那一个面包得用多少个麦穗啊?得判多少刑啊?

第二天,吉普车又把陆荣觉送回来了。大家赶忙围上前去:"老兄啊,你可回来了,咋样了?咋样了?他们对你咋处理了?蹲没蹲笆篱子啊?"

"咳,别提了,别提了,都白吃了,都让他们给掏出去啦!"

"啊!?"

原来是那帮苏联人,一听说他一个人吃了那么多的面包,怕他撑坏了,拉到了医院,又是洗胃又是灌肠,好顿折腾,都给折腾出去了。

大家这个笑啊,笑得肚子都疼。不过,打那以后,苏联人给的面包一天比一天多了些,勉强能吃饱了。其实,苏联方面也是为我们的健康负责,因为我们在国内经常饿肚子,如果一次性地吃得太多,太饱,容易发生危险。

第二个事件是电影事件。有一天,来了一个大卡车,几个苏联士兵从车

1924—1949
第四章　艰苦复杂的斗争

上卸下来一大块白布和一台机器，他们把白布挂在了外面的墙上，把机器支了起来。我们看着他们，都不知道是咋回事，不知道他们在做什么。

不一会儿工夫，白布上出现了人影，大家都惊讶地看着，忽然白布上的火车"轰隆隆"地向我们开了过来，这下可把大家吓坏了，有的人竟然跑出了好远。有的战士说："怕啥，这就相当于咱们的驴皮影。"几个苏联士兵看到我们这样，也都笑了。

有的战士把跑出去的战士又喊了回来："别怕，别怕，是放驴皮影呢。"

"啥驴皮影，这叫电影，你们也太'老赶'（外行的意思）了。"

这时，大家都说了："还是这社会主义好啊，有电灯有电话，还能看电影。"

"等咱们回去，赶跑了小鬼子，也建设社会主义新国家！"

这就是我在苏联看的第一部电影，影片的名字叫《夏伯阳》。

转眼，在苏联呆了快有两个月了。农历七月中旬的一天，开来一辆大卡车。卡车给我们送来了好多东西，每个人发了一套藏青色的帆布列宁服，一个带遮的列宁帽，一把新枪。子弹随便拿，还有像小米一样的穄子米（糜子），也是随便拿。

没有子弹袋，但是他们拉来了布匹，做饭的老太太有台缝纫机，我们三个女兵，白天黑夜地给每个人做了一个子弹袋和一个背包。

当一切都准备好后，一天，开来了两辆帆布篷的大卡车，我们带着东西，全部上了车，卡车风驰电掣般地向黑龙江边驶去。

当时，东北抗联寻找和联系党中央关系的过程如下：

1935年中共满洲省委撤销之后，成立了吉东、北满、南满和中共哈尔滨特委三个省委，分别领导抗联各部开展抗日游击战争和东北城乡地下工作。1932年以前，中共中央对中共满洲省委和抗联的领导，是在上海实施的。中共中央由上海迁入苏区之后，中共满洲省委同上海中央局联系。1934年上海中央局遭到破坏，东北党组织的工作便由中共中央驻莫斯科

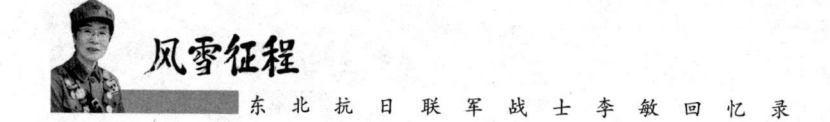

共产国际代表团直接负责领导。在满洲省委撤销之初,中共代表团曾在远东海参崴城设立办事处,并派吴平等同志由这里进入东北,对东北党组织和抗联实施领导。1935年9月间,吴平离开吉东返回莫斯科。从1936年2月起,中共代表团又从抗联中调走大批干部去莫斯科学习。1937年全国抗战全面爆发后,驻共产国际中共代表团王明等人于同年离开莫斯科回到中国延安。从此,"中央代表对满洲党组织最低限度的工作领导联系遂因此而最后断绝"。①

随着同中央失去联系以及斗争环境的恶化,各省委之间,抗联各部队之间相互支援和配合逐渐减少,以至完全中断,抗联各部队基本上是在敌人分割、包围下孤军奋战。而东北党组织内部也因此发生许多矛盾隔阂长期得不到解决。

多年来,抗联各部为寻找中共中央关系尽了一切努力。1935年12月,抗联第三军军长赵尚志派遣中共珠河团县委书记小孟(即韩光,解放后曾任中共旅大地委书记、旅大区党委第一副书记、旅大市市长、中共黑龙江省委书记、中共中央纪律检查委员会常务书记等职)去吉东了解中共代表团来信情况。几乎在这同时,吴平从莫斯科来信调小孟去莫斯科参加少共国际第六次代表大会。于是,小孟在密山一带进入苏境,并得到远东军的帮助前往莫斯科参加会议。但由于他一去不返,杳无音信,赵尚志于1936年底又派北满省委执委朱新阳为临时省委代表,到莫斯科找中共代表团汇报。朱新阳从佛山县境(今嘉荫)过境入苏,先被苏边防军送往伯力、海参崴关押审查,1937年5月才从海参崴监狱出来到达莫斯科,但他也是一去不回音。到1938年1月,赵尚志率所部在萝北一带作战失利,他为寻找中央关系和求得苏联支持,进入苏境。当时苏联远东军把赵尚志以及随后不久因战斗失利进入苏境的戴鸿宾等约五百人队伍解除武装,人员大部遭遣散去新疆,而将赵尚志、戴鸿宾以及

---

① 1938年11月2日《周保中关于满洲党的工作情况给中共中央政治局的报告信》,见中央档案馆等编《东北地区革命历史文件汇集》甲53册,内部印行,第105页。

1924—1949
第四章 艰苦复杂的斗争

1937年末入苏求援的第十一军军长祁致中扣押一年半时间。

与此同时，中共吉东省委抗联第二路军领导人也在积极寻找中央关系。1938年1月，周保中代表吉东省委赴饶河解决第七军问题之后，于20日越境到达远东吉兴(即今比金镇)，设法寻找中共中央代表团在那里的联络站。但这时联络站已撤销，他只得到中共中央联络站在当地的嘱托人石达干诺夫的简单传达(石达干诺夫，是苏籍华人，籍贯山东)。临返回东北前，周保中留一封信给中共中央代表团，请石达干诺夫转交，此行没有达到目的。

1939年4月，中共北满临时省委召开第二次执委会议，改北满临时省委为北满省委。会议决定派省委常委、宣传委员冯仲云，常委、组织委员张寿篯分别到下江、龙北地区领导在该地区活动的北满抗联部队。7月中旬，赴下江地区工作的第三路军政委、省委常委冯仲云受北满省委书记金策的委托，以及他根据下江抗联部队面临的严重情况，派下江特委书记高禹民过境与远东军联系，力图同中共中央接上关系，并谋求远东军的支援。两个月后，高禹民返回东北，并于9月中旬同冯仲云一起再度从萝北县兴东越界到达远东伯力城，与苏联远东军有关方面进行了磋商。

在此之前，远东军对东北抗日联军的态度是比较冷淡的。1939年冬，东北抗日游击运动的形式急转直下，抗联部队"常常陷于弹尽粮绝，饥疲困乏，断指裂肤的苦境"，队伍大量减员而得不到补充，"问题到了是否能够继续存在"的程度。在这种情况下，抗联各部领导人不能不考虑如何保存实力、制定新的游击运动计划的问题。在苏联方面，日军于1938年和1939年在中苏、苏蒙边界地带连续制造挑衅事件，即张鼓峰事件与诺门坎事件。同时，德国法西斯于1938年夏进攻波兰，西方战线形势吃紧。苏联方面为避免两面作战，需要同战斗在中国抗日前线的东北抗联协同合作，以确实稳定东方战线。在诺门坎战斗进行期间，苏联远东军把关押一年半的赵尚志、戴鸿宾、祁致中等抗联领导人放出并派回东北，其目的显然是希望他们在东北加强抗日游击活动，以牵制日军。远东军为做好战争准备，确保本国的安全，急迫希望得到日军在中国东北的军事情报，他们知道只

有依靠东北抗联才能实现这一目的。因此,在这一时期,在乌苏里江西岸活动的崔石泉、王效明等率领的抗联队伍,已和远东军建立了联系,并开始得到远东军少量的武器援助。就是说,由于形势的发展,远东军对抗联和东北党组织由原来较为冷淡的态度转而为热情和希望合作,远东军方面对冯仲云的提议表示,从"政治上、组织上、军事上,决定以最大的努力来帮助"东北抗日联军。远东军方面还表示,他们首先要帮助解决东北党组织内的问题。

1924—1949
第四章 艰苦复杂的斗争

回国途中

在苏联经过两个月的休整后,我们准备重返祖国了。

从苏联回国时,我们第六军第一师由代理师长陈绍宾和第三团团长白福厚率领,大家乘帆布篷大卡车来到黑龙江右岸。这时,夜幕已经笼罩了整个黑龙江面,我们摸黑上船,被安排在船的底舱。

我们刚刚坐下,就听有人扯着大嗓门宣布:"我们是赵尚志部队的,我叫刘凤阳,我身边这个大个子是张祥,还有尚连生、姜乃民、赵有才。"

听说是赵尚志部队的同志,有人迫不及待地问道:"赵总司令回来了吗?"

话音刚落,就听到一声粗壮的声音回答:"嘿嘿,赵总司令早就回来了,他正率领部队在国内打日本鬼子呢!"答话的人就是张祥同志。他一边用小纸条卷着马合拉烟(旱烟)一边回答着,他还像寻找什么人似的从东到西扫视了一番。

听了他的回答,好几个人急不可耐地发问:"这是真的吗?赵总司令是什么时候回国的?"有人还兴高采烈地呼喊:"噢,太好了!赵总司令又回国打小鬼子啦!"接着又有人诙谐地说:"咳,这下子日本鬼子该遭殃了,又得叫喊'小小的满洲国,大大的赵尚志喽!'"

看到大家如此高兴,张祥更为神气地说:"赵总司令一回国,头一仗就狠揍了乌拉嘎警察所,干掉三四个日本军事测量队,缴获了不少武器和一些测量仪器。那些仪器么,咱们还用不上啊,这不,派我们送到那边(苏联)去了。那些个玩意儿'贼沉'（很沉的意思），老毛子还挺高兴呢。"

听了他的话，大家都乐得合不拢嘴，张祥又乐呵呵地说："真没想到咱们坐上一条船回来了，有缘啊。"

大家都被张祥的话语吸引住了，一下子把他围在中间。有人问："赵总司令是为了咱们抗联的事儿去苏联谈判的吧？结果咋样啦？"又有人问："这次发给我们的枪支是谈判得来的吗？"此时，张祥只是默默地看着大家。他没有马上回答，收起笑容只顾一根接一根地卷着马合拉烟吸个没完。

他不回答，在座的可等不及了。有人既像发问又像自语地说："赵司令为啥才回来呀？听说苏联把赵总司令关起来了，说苏联不承认请过咱们，不承认书面邀请过赵总司令。"又有人发问："还听说苏联把赵总司令和戴军长都关进笆篱子啦，这是真的吗？"有人立即反驳说："那不可能，那么大的司令，谁敢那样慢待呀。"这时，有人揭底说："确实是苏联捎信让咱们派一位高级领导去苏联谈判援助咱们的事儿，所以啊，1937年冬天在依兰杨木岗开会研究了派谁去谈判的问题，最后决定派赵尚志总司令去苏联，由戴军长护送他到萝北县江边的。这件事大家都知道。可是他们把赵司令一关就关了一年半，误了多大的事儿啊，真是想不通啊。"

听到这话，刘凤阳团长也忽地站了起来说："千真万确，不发信，咱们能去吗？"

白福厚团长也过来证实说："大家都知道信是陈绍宾师长捎来的，这还能是假的吗？！"大家正七嘴八舌地纷纷议论时，白福厚团长见陈绍宾过来了就大声喊道："好啦，都别吵了，都听陈师长的吧，是陈师长亲自捎的信。陈师长对这事最清楚，他完全可以作证。"

话音刚落，大家顿时静了下来，都把目光集中到陈绍宾的脸上，等待他的回答。陈绍宾注视了大家片刻后，把手一挥说："这种事与咱们无关，是上头的事，是共产国际的事，你们管这种事干啥？都快去睡觉，夜里还要行动，该抓紧休息啦。"师长这么一说，大家也只好服从命令各自去休息了。

这中间只有一个叫尚连生的没有说话，他是个二十多岁的青年，看上

1924—1949
第四章 艰苦复杂的斗争

去很沉稳、成熟。他一直少言寡语,有空就和陈绍宾俩嘀咕,似乎他们比较熟悉。

夜里没能够过境,第二天直到太阳升得老高,我们也没有过江。据说,黑龙江对岸关东军有情况,大家只好在船上等待。

轮船终于启动了,但还是走走停停,大家都觉得心里闷得慌。于是,又把张祥的铺位围了起来。有人要求他讲讲战斗经历,有人得知张祥参加过著名的冰趟子战斗,请他讲讲那次战斗的情况。"好吧!"张祥大方地答应了,他开始详细地讲起了那次战斗。

我们听张祥讲在赵尚志总司令的指挥下,一仗消灭了敌军三百多人。日本鬼子被打的麻爪了,我们缴获了好多的武器,真是很过瘾……

据张祥同志的回忆,1936年初冬,我军到达了木兰县的蒙古山。为了迷惑敌人,我军声言是打呼兰县,日寇急忙把正规部队调到巴彦县城和巴彦县城以西地区。而我军却突然挥师北上,向绥化、庆安方向挺进,将敌人甩在了后边。这时,日寇又调动北面各县的日军守备队和伪"讨伐大队"对我军进行阻截。当我军到达绥化县北时,已经是前有阻截,后有追兵了,情况十分危急。

在赵军长率领下,部队连夜向山里行军,走了数公里路后,前面出现了四幢伐木工住的木营。木营很大,每幢能住三百多人,营内还有五六个用汽油桶做成的烧得通红的火炉子,暖烘烘的,这对我们一些还没有穿上棉衣的战士来说,可真是一件美事。

部队住进木营后,赵军长召集了一次班以上干部会议。赵军长在会上介绍说:"我们现在待的地方叫冰趟子。这里的地形不错,易守难攻,是个好战场。"接着他分析到:"这四幢大木营很坚固,可以固守,沟的两侧是山林,可以设埋伏,沟口处很窄,我们埋伏上人,既可以截断敌人的退路,又可以打敌人的增援,所以,只要我们能固守阵地,日本鬼子就像秃头上的虱子无处藏身。别说他五十(武士)道精神,就是六十道、七十道也不成!同志们,要是真能来他二三千鬼子,那咱们可就不愁没有棉衣过冬喽!"一席

风雪征程
东北抗日联军战士李敏回忆录

话,说得大家喜笑颜开,兴高采烈,齐声喊:"好!"接着赵军长命令各部队占领有利地形,并要求两天内把阵地构筑好。我军按时修好了阵地,并用雪在阵地间垒起了交通壕。赵军长又叫战士在阵地前浇水结冰,阻止鬼子兵爬上来。一切准备就绪后,大家轮流放哨,等着鬼子自投罗网。

第三天拂晓,一阵"轰轰"的炮声把战士们从梦中惊醒,鬼子来了!大家立即各就各位,做好了战斗准备。大约9点钟,成四路纵队的约有一千五百人的鬼子,杀气腾腾地开进了山沟。大概是前次吃了亏的缘故,这次鬼子也学乖了,凡是有密林的地方,他们都先打炮,然后在炮火的掩护下向我们的阵地接近。面对着武器好、人数又多于我军的日寇,全体抗联战士面无惧色,士气高昂,早把生死置之度外,正盼着能马上和鬼子大战一场。赵军长更是镇静自若,胸有成竹。

鬼子进入了冰趟子沟口后,排着队形向我军占据的木营阵地扑来,但他们在阵地前的冰上尽栽跟头,队形很快就乱了,成了黄乎乎的一大片。就在这时,赵军长大喊一声:"打!"顿时,步枪、机枪、掷弹筒一起向敌人射击,直打得敌人在冰上乱滚乱爬,冰被染成了红色。这时,在沟外的日军炮兵仍向我军打炮,有的炮弹落在了我军阵地上,但大部分却落到了日军群里,反倒助了我军一臂之力。

第一次进攻失败后,鬼子更疯狂了,组织兵力向我军阵地轮番冲锋。但在我军的顽强阻击下,敌人一次又一次地被打了回去。有的鬼子即使冲到面前,也爬不上结了冰的阵地。就这样,大批鬼子的尸首扔在了我们的阵地前。

战斗打得十分残酷,虽然在我军的顽强阻击下,敌人未能前进一步,但鬼子依仗他们的优势兵力和火力,使战斗处于胶着状态。下午4时左右,我军左侧的一个木营被二十几个鬼子抢占了。赵军长立即命令少先队的赵有财同志(代理班长)带领两个班,趁日军立足未稳之时,夺回木营,张祥同志也参加执行这项任务。战士们先迂回到木营后面占领了木营大门,接着,张祥用机枪向木营内扫射,日军也向我军扫射。这样相持了几分钟

1924—1949
第四章 艰苦复杂的斗争

后,有同志建议向木营内甩手榴弹。大家突然省悟,摘下手榴弹连续向营内甩去。营内的火炉子被炸爆了,火星四扬,烧着铺草,顿时营内充满了烟火。鬼子被呛得嗷嗷叫着直往门口冲,都被张祥用机枪逼了回去,没被炸死、打死的,很快被火烧死了。我军顺利地夺回了木营。

战斗打到太阳快要落山的时候,鬼子的进攻仍然毫无进展,枪声逐渐稀落起来。这时,赵军长估计,鬼子在天黑时很可能突围,于是抽调一部分兵力加强沟口处力量,果然不出所料,夜幕降临时,敌人开始行动了,他们集中火力不顾一切地向沟外突围,我军全部出动,奋力追击,在夜色中又打了一个多小时,杀伤了大批敌人。

战斗结束后,赵军长下令连夜打扫战场。我军一边搜集武器弹药,一边从敌人死尸上扒棉衣,一直忙到天亮。战斗的结果,我军消灭日寇三百多人,俘虏十几名日军官兵,缴获一挺九二式重机枪和其他大批武器弹药,还缴获一些敌人拉给养的爬犁和一批大米猪肉。

张祥的介绍,让我们这些没有亲历这场战斗的人感到异常的振奋。

轮船终于启动了,这天夜里,我们趁夜深人静,从萝北县和嘉荫县交界的山区登上黑龙江左岸,踏上了祖国的大地,终于又回到了苦难深重的故土,大家都很兴奋。

我们走过一段草地进入森林时,天亮了,就在树林深处暂时休息。一路上,我们女同志和男同志同样背着二三十公斤的口粮(苏联给的稷子米),外加步枪、手枪、手榴弹等,背着如此沉重的东西,大家走起路来腿脚都不稳,速度很慢。尤其是坐下就站不起来,需要互相帮着才能都站起来。所以,女同志休息时先选好一棵粗大的倒木,将背包放在倒木上面。这样,背起时,就不用别人帮助了。

这天,因我们还没有进入安全山区,行进中每次休息的时间只有三五分钟。在一次休息时,张祥、刘凤阳走过来说:"哎呀!你们女同志都背这么重的东西怎么得了,这要是遇上敌人,你们还能打仗吗?来,把你们的东西分给我们一些,减轻你们点负担吧。"说着就动手分东西。

其实，他们背的东西比我们多得多，张祥除了背二三十公斤的粮食外还扛一挺机枪、四百发子弹，还有手枪、手榴弹等挂满了腰带。他虽然身材魁梧、膀大腰圆，可也是超负荷了。我和柳明玉憋不住笑了起来说："不行的，你是突击队长，有紧急情况，你得带头冲锋，你的心意我们领了，你可别为了我们几个人误了大事，这可不成啊！"

朴英善厂长看他满脸的汗水，就把自己的水递给他说："小张，你喝一口水吧，你的东西比我们还多，不能再给你加压了。"我和柳明玉也都忙说："谢谢二位首长了，这些东西自己背着，心里踏实。"

"可别逗我了，啥首长啊，我以前当过马倌，管过许多的马群，说是马首长嘛还差不多。嘿嘿，可惜现在连一匹马也没有了，要是能有几匹马，你们这些东西不就全包下来了吗？"

一席话说得大家都很开心，忘记了疲劳，虽说我们相识没几天，可大家都觉得张祥非常朴实，憨厚大方，是一名吃苦耐劳的好同志，是一名冲锋在前的勇敢战士。

张祥，1919年生于黑龙江省汤原县木良村。1935年1月参加汤原反日游击连，后到东北抗联第三军，历任班长、排长、连长、副大队长。1939年6月加入中国共产党，1945年9月，历任黑龙江省巴彦县苏军卫戍司令部副司令，哈北军分区副团长，独立团团长，东北军区第四师第十五团副团长。

新中国成立后，历任海军炮兵学校第五大队大队长，海军高射炮团第二团团长，海军青岛基地防空兵副司令，海军第四航空学校校长，海军东海舰队航空兵副司令，海军政治学校副校长等职。1967年率部队参加抗美援越战争，1977年担任海军政治学校副校长，1983年11月离休。1989年11月因病逝世，享年70岁。

1924—1949
第四章 艰苦复杂的斗争

■2004年冬,李敏率抗联精神宣传队考察冰趟子战迹地

■1982年10月,李敏与战友重游伊春老白山原第六军、第三军营地
（左一赵亮,左二张祥,左三李敏,右四夏凤林,左五高玉林）

风雪征程
东北抗日联军战士李敏回忆录

与冯仲云政委会师

我们背着沉重的东西每天走一二十公里路,一连走七八天后终于来到了目的地——下江地区抗联部队总部和下江特委驻老白山下的汤东密营(位于伊春地区老白山北侧,萝北县西南侧,西梧桐河畔)。

当我们准备宿营时,白福厚团长下令整队,说是有首长来看望我们,大家赶紧列队站好。过了一会儿,就见到抗联第三路军政委冯仲云在下江留守团团长夏振华、萝北县委书记王永昌的陪同下向我们走了过来,我们感到可找到了北满省委,心情一下子轻松了。

"立正!"白福厚团长"咔"地向冯仲云行了军礼,高声报告:"报告冯政委,东北抗日联军第六军第一师全体指战员,感谢首长前来看望,请首长指示,团长白福厚。"

冯仲云同志身材高大魁梧,戴着一千度的近视眼镜,他举手还礼后深情地说:"同志们辛苦了!我知道你们一师在江南与敌人进行了顽强的斗争,你们勇敢地克服了艰难险阻,突破了敌人的封锁,坚持了战斗。"他接着说:"在国内,党中央、毛主席在延安建立了根据地,中国工农红军已改编为八路军、新四军,在朱总司令的率领下来到华北、热河,很快要反攻了;在国外,东欧的一些国家如南斯拉夫、捷克斯洛伐克等,也都组织武装队伍投入了反法西斯斗争。当前,国际形势非常有利于我们。"他又说:"我们抗联的形势也很好,今年,北满部队组建了第三路军,总指挥是张寿篯,政委由我担任,北满省委书记是金策同志,我们三批西征的部队在张寿篯总指挥的率领下,开辟了新的游击区,形势一片大好。"

最后,他说:"赵尚志同志在今年夏天从苏联带队回国了,你们会很快和他们会师,在他的领导下开展游击战争。过几天,你们的陈师长就能和赵总司令会面。总之,形势大好,胜利一定属于我们……"

我离开军部、省委一年后,今天终于又见到了冯仲云书记(而今是政委),我们感到又有了依靠。想到不久,又能在赵尚志总司令指挥下去打鬼子,心里十分的激动。

这时,杜指导员喊道:"请大家注意了,咱们今晚是第六军第一师三团、留守团同志,还有三军的刘团长队伍和咱们的冯政委会师联欢会,现在欢迎三军同志出节目啦,大家呱唧呱唧!"立刻大伙跟着呼喊鼓掌。

刘凤阳团长说:"张祥,你先唱一支歌好不好?"张祥也不推辞,大大方方地站起来,用他那大而有神的眼睛扫视大伙,然后用他厚重的男低音唱起了《从军歌》:

从军歌

1=F 4/4

赵尚志 词

5 3 2 1 5 — | 3 5 3 2 1 6 1 5 6 | 1 — — | 1 1 2 1 2 1 2 |
黑水白　山　　被 凶残 日寇 强　占,　　　我 男儿 无辜 倍受

1 2 1 5 — | 5 5 6 6 5 5 5 | 5 1 2 5 3 2 6 | 1 — — |
摧　残,　　血染 山河 尸遍 野,　贫困 流离 怨载　天。

1 1 2 1 2 1 2 | 3 — 2 5 | 1 — 6 1 | 5 — 2 3 1 6 |
想 故国 庄园 无复　见,　泪 徒　然。　争 自　由　誓　抗

5 — 3 3 5 3 | 2 . 5 1 — | 6 — 6 1 6 5 | 3 3 0 3 3 3 5 |
战,　效马 援　裹 尸还。　　看! 男儿 拼头　疆场　军威 赫

6 — | 5 5 6 6 5 5 5 3 | 5 1 2 5 3 2 6 | 1 — — |
显,　　冰天 雪地 矢壮 志,　霜夜 凄雨 勇倍　添。

1 1 2 1 2 1 2 | 3 — 2 5 | 1 — — — ‖
待 光复 东北 凯旋　日　祝 联　欢。

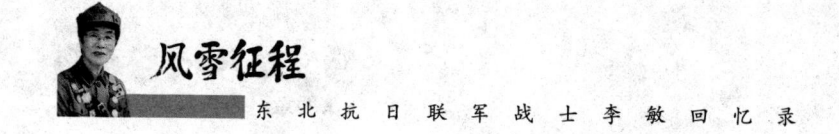

"好，唱得好！咱们到那时去哈尔滨联欢！"又有人开始唱起民歌："建设了新社会呀……"边唱边扭起秧歌来了，联欢达到了高潮。

冯仲云政委站起来说："同志们表演的很好，充分体现了革命的乐观主义精神，这是我们革命战争中不可缺少的动力，也是我们中华民族的优良传统，要努力发扬，用我们的血肉去赢得中华民族的独立和解放。"

夜已深了，该休息了。这时，冯仲云政委对我说："小李子，你说说这几年你们的情况吧。"我在篝火堆旁坐下，不知怎么的，我的思绪一下子又回到裴大姐等人牺牲时的场景。我强抑住内心的悲痛："去年十月，我们师政治部徐光海主任、裴大姐和吴玉光主任他们都牺牲了……"我把战斗经过详细汇报给他听，一边讲一边止不住地流泪，冯仲云政委也很悲痛，不时地摘下眼镜擦泪。他难过地说："战争！战争啊！夺走了多少战友的宝贵生命啊！"

此时，张祥、刘凤阳、王永昌等同志也走过来，边烤火边听我讲。听完我的汇报，话题转到了张祥那里："你们什么时候回总司令部？"冯仲云问。

"我们明天就到赵总司令那里报到。"刘凤阳、张祥一齐答道。

"好啊，我准备去和赵尚志同志面谈。你们回去告诉赵总司令，我叫陈师长过几天也去和赵总司令商量下一步活动。就这样吧，大家都休息吧。"冯仲云说。

大家各自到一个火堆边，划拉些树叶铺在身下，躺下和衣而睡了。

第二天，刘凤阳、张祥特意来向冯仲云政委道别，请示冯政委还有什么指示。冯政委说："转告赵总司令，过些时候我会去见他，向他问好！"

刘凤阳、张祥等就要动身了，刘团长握着白团长的手说："不久咱们就能迎接关内朱总司令率领的红军来东北打日寇了。白团长，那时咱们一同打回奉天老家去好不好？"刘白二人都是辽宁人。白团长说："好！一言为定！"张祥插了一句说："我是兴安岭老山沟里长大的，但我要打到哈尔滨，把抗日胜利的大旗插到哈尔滨火车站的大楼上，这件事算是我包下来了！"

1924—1949
第四章　艰苦复杂的斗争

就在他们要走的时候，尚连生突然说："刘团长，我不跟你们回去了，我原本就是第六军的人，我还是想留在老部队。"

刘团长想了想说："那好吧。"

送走刘凤阳、张祥后，陈绍宾对冯仲云说："冯政委，我们下一步的行动，我有个想法。"

冯政委说："有什么想法，你说。"

陈绍宾说："我们队伍先不到赵总司令那里为好，他是三军，我们是六军，六军有你领导就够了，为什么非要和他在一起呢？再说赵尚志'左'倾路线还没有纠正，他说北满省委是右倾，是执行奸细路线……你听听尚连生给你介绍介绍。"尚连生向周围望了望，吞吞吐吐地说："我不敢讲，我怕赵尚志知道了杀我头，陈师长一再叫我说……"尚连生一副为难的样子。

冯仲云感到很突然，惊奇地问："你是什么意思？快讲。"

尚连生看看大家，当时我们也在周围，他对冯仲云说："我是从赵尚志那里出来的，给的任务是叫我把你骗到他那里去，说是中央来人了，接中央关系，说把冯仲云整来就是成绩，还不准叫我提赵尚志的名字。"

陈绍宾接着说："冯政委，这个事可得三思而行啊！咱们先不到赵尚志那里，我率三团队伍先到江南（松花江）去找那些失掉联系的部队，归你领导，等都找回来到江北统一研究一下怎么活动。你不知道，赵尚志把十一军军长祁致中都杀了，这是大事啊！"

尚连生讲的这一突如其来的消息，使大家沉默了。过了好久，白福厚团长说："江南第六军队伍没有了，其他队伍咱们又没有联系，我们怎么知道他们都在哪儿？我们还是去赵总司令那儿后再说。"

陈绍宾还是坚持自己的观点："再说，赵尚志也没有中央的介绍信……"

冯仲云沉思了一会儿说："那你们先到江南（过松花江）把江南的队伍找回来也好。你们早去，早回，时间不多了，天气还没冷的时候把这事办了，等我们回来再研究其他问题。"

风雪征程
东北抗日联军战士李敏回忆录

  这天中午时分,下江特委书记高禹民、团政治部主任马克正、国际交通员栾继洲来了,他们带来了上级的指示,请冯仲云马上动身。临走,冯仲云召集中层干部开个会,简单作了指示说:"可以按陈师长的意见去江南寻找那里余下的部队。"说罢,他匆匆离开了。

  冯仲云、高禹民等北上后,我们队伍也向西南转移了。夜晚,秋风阵阵,我们来到一座高山顶上宿营。大家感到冯政委走得太匆忙,没能和干部、党员仔细地研究分析形势,特别是下一步的行动没能明确下来。比如昨晚说要到赵尚志那里具体研究,今天却听陈绍宾的意见马上过江去寻找江南部队。对此,战士们都感到很迷惑。

陈绍宾、尚连生妖言惑众

冯仲云走了以后,陈绍宾在党员干部动员会上讲:"今天,我们开党员、干部大会,研究一个重大的问题,也就是我们对赵尚志的问题怎么看?他,赵尚志是一个什么样的人呢?"看看大家没有什么反映,他又接着说:"首先赵尚志回来时没有组织关系,没有介绍信。二是,他过去的'左'倾毛病没改,而是变本加厉。他说,要把所有的队伍都无条件地编入到他的军里,归他领导。三是,赵尚志说:'北满党执行的是奸细路线,要杀张寿篯、冯仲云、金策,还有陈绍宾。'就是说要杀我。他还说吉东省委的周保中等人也都是奸细,也要杀。他是威胁我们北满省委的布尔塞维克党。你们知道,这是我们眼前的大事,全体党员、干部要好好考虑考虑,要好好讨论,应该怎么办?这是件大事啊,这绝非草芥,也非皮毛小事。"

大家开始交头接耳地议论起来。陈绍宾站了一会儿,用激愤的眼神来观察大伙。警卫员杜宝祥端来杯水给他,他喝了几口接着说道:"你们考虑考虑,如果我们采取退守政策,那等于坐以待毙了,我们能等他们来引颈受刑吗?我们能等他们来把我们队伍拆编到他那里去、受他领导吗?你们要懂得,退守即灭亡之道啊!我们面前就是生与死的两条道路。那么究竟怎么办呢?那就是先下手是上策。冯政委要我们上江南找江南的部队,我们不去了,只派几个人去找就可以了。我们大队就在这里等,等冯仲云政委回来,我们不能离开这里的后方根据地。现在,我命令:三军、六军系统的队员都马上归队。若是如果有人拉拢,或想到赵尚志那里去,一律以叛徒论处!"

陈绍宾最后说:"现在请尚连生指导员讲话,揭破赵尚志的阴谋、黑幕,使大家警惕,提高觉悟。"

尚连生(叛徒、奸细)站起来面无笑容,用眼角扫视着战士们的表情,咳嗽了一下,清清嗓子说:"我原来也是六军的,不知道赵尚志的问题,受他欺骗到了他的部队。今天听陈师长一说,才逃出赵尚志的迷魂阵了。我也参加过赵尚志召开的会议,是旁听的,参加会议的人有卢阳春副官和于保合等人。会议上,赵尚志说'卢阳春副官过去受过陈绍宾的欺骗,被他拉拢。你知道不知道陈绍宾受过江东(苏联)布哈林派的领导,今后你就不要和他接头了'。"

陈绍宾插话道:"你们听听,赵尚志对我是什么看法?啊?!我这个老头好歹也是老党员、老革命了,我是抗日救国老将军,他对我怀疑呢,你们看看赵尚志是什么人?好啦,请尚连生接着讲。"

尚连生继续说:"赵尚志在会上又说'张寿篯、冯仲云、周保中、谢文东、李华堂等都参加了托洛茨基派,他们专门反对赵尚志,因为赵尚志是坚决打日本的。赵尚志又说'现在第五军、第九军、第八军、第四军都垮台投降了,只有冯仲云、张寿篯还硬撑着,我一定要抓住他们,杀他们的头!'赵尚志给我的任务是,到冯仲云那里说,有中央代表从草地过来了,要和冯仲云接头,把他骗来。赵还告诉我说'你到冯仲云那里不要提我赵尚志的名字,你把他骗来,这是你的任务,也是你的成绩。'这些是我亲眼看到的,亲耳听到的。祁致中被赵尚志杀了,六军的后方伤员也被赵尚志杀了。还有一个战士怕被杀逃跑时脚冻掉了。"沉默了片刻,尚连生接着说:"今天,我如实地说出来了,我再也不敢回赵尚志那里了,因为,我回去会被杀头的啊!我是一个有志救国的青年。我如果被杀,死也要喊'革命万岁'。今天我听了陈师长一说,才猛醒过来,敬献忠诚,并希望多加指点迷踪……"尚连生边说边抹鼻涕眼泪。

大家听了,一下子惊呆了,被尚连生的话打动了。对陈绍宾的动员,很多人相信和激动了,赞成去缴赵尚志械的人数增多了。其中包括党员、中层干部。但是,有的战士心里仍然存着很多问题和疑虑。

原赵尚志部队的排长车廷新霍地站起来大声质问:"你说脚都冻掉了?赵总司令是六月份过来的,还没到冬天,冻掉什么脚啊?!我可没听说过有这

1924—1949
第四章　艰苦复杂的斗争

种事。"尚连生急忙说:"啊,这是以前的事,不是今年的,我没说清楚"。

这时,陈绍宾说:"大家回去多议论议论,我们该不该去赵尚志那里受他的领导?下一步到底该怎么走呢?这是件大事,是事关我们全体指战员生死存亡的大事,请大家认真考虑。好,会就开到这儿,散会!"

夜晚,大家都忐忑不安地围坐在篝火旁,继续议论赵尚志的问题。

"赵尚志是老党员,是黄埔军校毕业生,他怎么能那样呢?"

"那可难说,把人家骗到苏联下大狱了,能不急眼吗?"

"可也是,这种冤枉谁能想得开呀?想不开了,就得报复。"

"不过,赵尚志真的把这些领导全杀了,往后谁领导抗日救国呢?他是总司令不假,可只留光杆总司令还能打日本鬼子吗?"

有个叫小金子的小战士猛地站起来说:"要是我呀,谁把我骗了,我就报仇,决不饶他!"

大家七嘴八舌,说什么的都有。有的甚至怀疑说:"闹了半天,赵尚志是个杀人狂啊,他是不是想投靠日本鬼子呀?"

"去你的!他是老革命,说抗日,人家吃的盐可比你喝的凉水都多,他能投敌吗?!"

"那咋的,九军的李华堂、八军的谢文东,不是都投敌了吗?谁能保证赵尚志就不会投敌呀?"

"赵尚志是黄埔军校毕业的老党员、老将军了,绝不可能投敌。"

"黄埔军校毕业咋的,蒋介石不是黄埔军校的校长吗?日本人来了不还是出卖东三省,不准抗日吗?"

话扯到这个地步了,孙国栋副官坐不住了。他拍了下大腿起身大吼说:"你们瞎扯什么!不要再乱议论了!闹不闹心啊!"他边说边狠狠拍自己的脑门,仰望夜空长叹了一口气。然后,他愤愤地说:"白团长,我去查岗!"他在夜幕中走进了密林。

夜里,林涛在低吼,战士们都在篝火旁蜷身入睡了。中层干部们都心事重重,白福厚团长、杜指导员、金指导员、赵相奎军需长、车排长等人议论到深夜。

刘凤阳、张祥被缴械

几天后临近中午时,刘凤阳和张祥等人来到了我们的营地。到了师部驻地火堆旁,刘凤阳向陈绍宾行军礼说:"报告!陈师长,我们是赵总司令派来送信件的,报告完毕!"

陈绍宾接过信看完后,对刘凤阳说:"好吧,请坐,我们好好合计合计。"

同来的张祥、李有才和姜乃民站在一旁待命。陈绍宾对常副官说:"你把他们几位安排到团部先休息一会。"

张祥向陈绍宾行军礼表示谢意:"谢谢陈师长。"

陈绍宾抬头看张祥,凝视片刻后说:"呵,个头可真不小。你是赵总司令的机枪手,据说你是从敌人手中夺来一挺机枪的英雄,多么了不起呀!我身边要是也有你这么个家伙该多好哇!"

听陈绍宾这么一夸,张祥跨前一步立正说:"多谢师长夸奖,如果您需要,我愿意从命为你效力!"

"啊!不敢不敢!你是赵总司令一手培养的贴身警卫,又是呱呱叫的机枪手。我这个代师长哪敢用你呀!"说这话时,陈绍宾拉长了语调,语气中酸涩得已经让人听出了讽刺的味道。

这时,刘凤阳马上解围说:"陈师长爱开玩笑,特别幽默。好,张祥你们三个先到团部休息吧,我随后就去。"

张祥他们走后,陈绍宾起身说:"刘团长你在这稍坐一会,我去去就来,待会儿咱们再好好唠唠。"说完,朝连队驻地走去了。

1924—1949
第四章　艰苦复杂的斗争

刘凤阳坐在火堆旁对我和朴英善、柳明玉等女同志说:"我回总司令部后,谈了你们三位女同志,结果没曾想赵总司令和于保合、李在德他们都认识朴大姐和小李子你呢。"

"怎么？李在德也在你们总司令部？"朴英善十分惊喜地问道。

我也急不可耐地问:"在德是我们六军的,后来调到三军去的。现在她怎么又在你们那儿了呢？她怎么样？还好吗？"

"听说你们在这里,李在德也很高兴。这次我来,还特意让我给你们带好呢。"刘凤阳笑着说。

这时,陈绍宾领着孙国栋副官和尚连生等七八个人回来了。我们以为他们是一起来研究问题的,所以让出火堆旁的位置,回到我们自己搭的小草棚。

我们三个女战士刚回小草棚不一会儿,突然听到刘凤阳的吼叫声:"你们,你们干什么？陈师长,你这是干什么？这是怎么啦？为什么下我的枪？啊?！为什么绑我？"

我们赶紧跑回现场一看,刘凤阳已经被五花大绑了,用的是绑腿搓成的绳子。

这时,又听到团部那头也传来大喊大叫声,我们都吓出了一身冷汗。

不一会儿,常副官、马云峰、王德等人押着张祥、姜乃民、李有才过来了。

一路大喊大叫的张祥,见了陈绍宾就怒不可遏地质问:"陈师长,你演的什么把戏呀？你们可别听信坏人胡说八道,将来会明白你们是上了奸细的当!"

刘凤阳高喊:"我们是奉赵总司令的命令送信的,是执行总司令部命令的,赵总司令还请你去共商救国大事呢。可是,你怎么就翻脸不认人呢？也许你们真是上了奸细的当。"

这时,陈绍宾迫不及待地大声说:"听听,你们都听听,他俩和赵尚志唱的一个调调,开口一个奸细,闭口一个奸细,哪来的那么多奸细呀？到底谁上了谁的当,会有公道结论的,来!把他们带走!"

陈绍宾一声令下,常副官、王玉春、陆永甲、白连长等人生拉硬扯地把刘、张等人往北押走了。

目睹了这突如其来的场面,我们一时惊呆了,再看看周围,人人都板着脸,一个个沉默不语。

陈绍宾指着刚缴下的武器说:"把这些武器分给大家好啦。"说着,把刘凤阳的马盖子步枪和一支小手枪发给我。

他说:"这枪不错,小李子枪也打得不错,这两支给你,把你的长枪给别人好啦。把匣子(张祥的)给宝祥(陈绍宾警卫员),机枪给王玉春(机枪班射手)……"

要分给我的是日本新式马枪,这枪短小便于携带,还带有三棱刺刀,当时我们抗联队伍中很少有带刺刀的步枪,尤其三棱刺刀是日本新式的。另外,还有一支很精巧的"花牌"手枪。这两支枪都很好,但我实在不情愿也不忍心拿从我们自己同志手中"缴"的枪,若是枪也能说话,它不得痛骂我呀!于是,我说:"我不要,我用的枪已经很好啦。"但是,不知我此时心情的白福厚团长却劝导我说:"给你了还不要,拿着吧。短小精悍,女同志用它再好不过了,拿着。"他硬把枪塞给我,并把我原来的长枪给了别人。

我无可奈何地收下了枪,但心里暗想,有朝一日能见到刘凤阳,我一定把枪还给他,现在当是替他保管好啦。

缴了刘凤阳、张祥的械,陈绍宾又开始算计怎么收拾赵尚志了。

陈绍宾要缴赵尚志的械

把刘凤阳、张祥他们押走后,陈绍宾召集了全体指战员参加的紧急会议。会上,陈绍宾说:"事到如今,我们就得研究如何去缴赵尚志的械的问题。大家已经知道了,赵尚志是反党、反革命分子。他要杀我们的高级领导,他是一个最危险分子。他那里早已磨刀霍霍,我们不能坐等他来杀我们,绝不!我们不能坐以待毙。赵尚志不是派刘凤阳他们送信请我去共商所谓救国大事吗?好,我们就来他个将计就计,我们可以有备而去,借机先下手为强。"

这时不知是谁,高声喊道:"师长说的对,咱们得先下手为强。"陈绍宾接着说:"就这么办!我和赵尚志谈话的时候,你们就动手,把赵尚志绑起来。理由是赵尚志要杀我们的陈师长。"

"把他绑起来以后怎么处理呢?"白福厚团长问。"怎么处理?咱们把他交给张寿篯!"陈绍宾回答。

"从这到西荒(指兴安岭以西指挥部驻地海伦、绥棱县)要二三十天的路程,赵尚志他们能干吗?"孙国栋副官问。

"他不干?他不干,你就没办法啦?"陈绍宾反问,没人回答他的话。陈绍宾又接着说:"你们怎么就没办法了呢?嗯!"这时,原第二师师政治部主任周云峰(1943年叛变投敌,带日伪军警宪特疯狂地捕杀中共地下党和抗联战士,1945年"八一五"光复后被人民政府公审处决)说:"到那个时候,你就给他一个子儿(指打一颗子弹)。"陈绍宾笑了笑,满意地瞧了瞧周云峰,继而把目光转向尚连生说:"就这么办!就是这个办法!"

赵相奎军需官说了:"赵尚志是苏联送回来的,把他枪毙了,苏联知道了能让吗?"我接着说:"不要枪毙了,还是送苏联去算了,这儿离苏联还近。送去了叫斯大林对他好好帮助教育教育,他为什么要杀自己人呢?"陈绍宾看了我一眼说:"你这个丫头真傻!送去苏联,他不会还回来吗?"周云峰也训斥我说:"你真幼稚,送去了,再回来的话,更不得了啦!"

"这么大的事,得研究,要慎重。他赵尚志是总司令啊!对他采取行动,得中央批准!"指导员杜景堂提出不同意见。大家又沉默不语,杜景堂接着说:"再说这么大的问题,咱们也得拿到文件呀。没有凭据,光凭听一个人说的为证据可使不得,要慎重处理!"

陈绍宾见中层干部提出异议,有些急了。他指着杜指导员的鼻子骂道:"现在他妈的上哪找中央?你知不知道赵尚志那个总司令早就被撸下来了?他早就不是什么总司令了!你们还不知道吧?北满抗联总司令部也早撤销了,现在叫第三路军指挥部,总指挥是张寿篯!是张寿篯!你他妈还装什么糊涂!"

我们谁也没想到这个问题,那是在冯仲云政委来看望我们时讲过成立了第三路军指挥部,总指挥是张寿篯,可没说撤销了北满抗联总司令部和赵尚志总司令职务的事,当时没流露过一点迹象,可现在听陈绍宾这么一说,大伙都惊呆了,不知这到底是怎么回事。

陈绍宾跳着脚说:"你说什么要慎重,谁不想慎重啊?那要看是什么情况。现在,是人家要来杀我们北满布尔塞维克的党、我们的领导人。人家已经把矛头指向我们的领导啦!还慎重什么?难道等着人家把刀架在脖子上,把枪口对准我们的脑门才能还手吗?啊?!"

陈绍宾气急败坏地大喊大叫,谁的意见也听不进去了。他把手一挥,独断地下令:"白团长!给我集合整队,准备出发!"

队伍出发了,我们的心里格外紧张,像敲鼓似的蹦蹦直跳,脑袋瓜子嗡嗡作响。心说自打参加抗联,打了这么多次的仗,今天怎么还要和自己人动手？思想上怎么也转不过弯来。

北方的农历九月，天气渐寒，秋风瑟瑟，树叶落满山坡，阴森森的天空乌云压顶，令人透不过气来。当我们到达梧桐河上游李把头碓营（即梧桐河金矿的西侧）树林北侧一座小房子前停下时，已是下午了。忽听岗哨喊："站住，口令！是哪个部队的？"

"六军一师的！"前面哨兵答话，陈绍宾示意让队伍散开。队伍从东、南、北三个方面形成了包围圈，很快进入了临战状态。战士们个个依树持枪，紧张待命。北侧留下赵相奎军需官、邓司务长、朴英善等人看管炊具及其他物品。我和柳明玉则紧随杜指导员和孙副官，在树林里待命。

指战员们个个板着面孔，流露出反常的表情。人人心情沉重，感到格外的压抑，我们都无法理解这突如其来的变故。这到底是怎么回事呢？我十分不安地想，就要开打了，要流血了！可这是打谁呢？是敌人，还是革命战友？尤其是赵尚志，他是北满地区抗联总司令，是在冰趟子一仗中就消灭三百多日本鬼子的赫赫有名的大将军、大英雄！想到这里，我浑身战栗。

不一会儿的工夫，西南方向走来三个人。走在前面的两人各扛一个袋子低头走路，看不清是谁。等他们来到开阔地时，发现紧跟在后面的是一名身材弱小的女同志。他们三人径直从开阔地里穿过走到树林边，把袋子放下了。这时，我认出他们是抗联第三军司令部宣传科长，后任第三军四师政治部主任的于保合和他的爱人李在德，另一位是曾任抗联第六军组织科长兼军部教导队政治教官的陈雷同志。

放下袋子后，于保合大声地向我们喊话："同志们，我们是赵尚志总司令派来向你们表示欢迎和慰问的，你们不要这样对待自己人。"

尽管于保合再三说明来意，但是，我们这边只是冷眼相对，未做任何呼应。

"同志们，你们是怎么了？是不是有什么误会呀？啊？"于保合笑呵呵地说，看来心里很坦然。

我走到白福厚团长、杜指导员站的树下说："白团长，李在德是和裴大

风雪征程
东北抗日联军战士李敏回忆录

姐同一天第一批上山的汤原游击队员，她的妈妈是1933年初冬被日本鬼子在汤原县鹤立镇内活埋的十二烈士之一金成刚，她能是反革命吗？"我强忍住泪水，镇静了一下，又说："那个高个的是于保合，是李在德的爱人。陈雷，你认识，是咱们教导队的教官、军部组织科长，他们能反党、反革命吗？我想不通。"白福厚说："你别着急，我们再看看，我会处理好这个事的。"

这时，李在德清晰的话语从树林边传了过来："同志们，赵总司令是来领导我们抗日救国的，请你们不要误会呀！你们千万不要轻信一些谣言，可能有些人有意造谣离间，但我相信你们六军的同志们不会上那些坏人的当！"李在德是一位少言寡语的女战士，今天冒着这么大的危险敢于出面讲话，而且这么真诚，我心里感到强烈地震撼，脸发烫，感到一阵阵羞愧，真想出去与她拥抱一下。柳明玉小声在我耳边说道："别忘了陈师长说的，谁被赵的人拉拢，或谁到赵尚志那里去，一律以叛徒论处。"我一下子抱着柳明玉哭了起来。孙国栋副官过来了，我强忍住泪水说："这是怎么回事？我们这么对待他们对吗？"孙副官说："不要着急，我来和白团长商量一下。"

这时，陈雷拎起袋子往前又走了几步，到了跟前他把面袋子往地下一撂，对持枪怒视的战士们大声喊道："你们这是干什么？我们都是中国共产党领导的队伍，你们为什么把枪对准自己的阶级兄弟？你们的枪，应该去对准日本鬼子……"陈雷的话还没说完，马云峰和王德等人上前，把枪口对准了陈雷的胸口。

我们在林中听到陈雷拍着胸膛继续喊道："我们都是抗日的队伍，我们不是来和你们打仗的，我们是好心前来表示欢迎和慰问的。可你们倒好，用枪口回报我们的好意！如果要打，你们就朝我这里打吧！我倒要看看你们哪个敢向我开枪？！"

在这千钧一发的关头，白团长、杜指导员、孙国栋等人上前，叫马云峰他们把枪收回，到林中待命。等他们这些人返回林子里时，陈绍宾咬牙切齿地吼着："你们想干什么？你是师长，我是师长？"

白团长说："这个团归我指挥，出了差错我就要负责。你没听出来人家

1924—1949
第四章 艰苦复杂的斗争

早有防备吗？既然赵总司令要和我们谈谈，咱就先谈谈再说嘛！"随后跟来的陈雷、于保合大度地说："赵总司令欢迎陈师长一同去共商救国大事。"

这下倒把陈绍宾将住了，这时的他不便说去，也不便说不去。他只是狠狠瞪了白团长一眼，没说一句话。于保合和陈雷再次说："请陈师长前去见见赵司令，赵总司令欢迎陈师长去。"但陈绍宾没有表态，也不动。

后来，据说白福厚自行带领杜指导员、孙国栋去了赵尚志那里。

我们的队伍先撤离了树林，来到了北侧的小房门前集合。

陈绍宾对常副官说："队伍先住下，让大家都去扛木头拢火堆，多拢几个！"

"怎么？在这住下？"有的战士发问。

陈绍宾不耐烦地说："叫你干你就干！快点拢火堆做饭，还要住一夜。多弄点木头，快去，快去！"

天快黑了，战士们到树林里扛来木头生火做饭了，折腾一天了，肚子也实在太饿了。过了好长时间，白团长、杜指导员和孙国栋副官他们几位从赵尚志总司令那里回来了，他们在陈绍宾那里说了些什么，好像是和他争吵了起来。

天已经大黑，篝火照得周围通明，烤得我们周身渐暖，睡意一阵阵袭来。突然，陈绍宾下令："赶紧起队（出发），火就让它烧着，把所有木头都压上，快动手！"我们感到莫名其妙，无可奈何地跟着队伍朝北出发了。

在路上有人议论："可能赵尚志要派队伍来缴我们械了？""也可能陈师长听说赵尚志队伍一百多人，咱们才四十多人，怕整不过，才决定撤走了吧。"战士朱学成说："这老头，有点魔怔了，一会儿这么的，一会儿那么的。"后来有人说："拢火，这是给赵尚志看的计，使他认为我们在这里过夜。"

队伍离李把头碓营越来越远了，我走在白团长的身边，这时，孙国栋副官走过来小声跟白团长嘀咕："这叫啥事啊，我看这老头不对劲儿，把他干了吧。"白团长四下看了看也小声地说："不行，我们没有上级的指示，我的任务是把这支队伍带到张政委那里去，到那再说吧。"孙副官再没吱声，远

风雪征程
东北抗日联军战士李敏回忆录

处的陈绍宾向孙副官招了招手,他跑了过去。

过了一会儿孙副官又来到柳明玉身边说:"我们另有任务了,不要等我,过几天再回来。"孙国栋和柳明玉是在恋爱中的朋友。

一路上我们再也没见到孙国栋和杜指导员、闫副官、车排长等人。

队伍在深夜里钻山很难,走出十多公里路,来到一处山凹休息。有的战士抱怨:"咱们四十多人白天浩浩荡荡去缴人家械没缴成,人家就三个人,几句话把我们吓扁了,半夜逃跑,跑个啥呀?这到底是革谁的命啊?真不明白!""别说了,快休息,不准说话!"白团长发脾气了。没人再说话,队伍也没继续走,就在这里露营了。

陈绍宾率队打赵尚志,就这么收场后,大家的内心都很复杂,对前途十分担忧。此时,有人问白团长:"咱们去打赵尚志,就以听尚连生说的话为依据去打人家,对不对呀?我看杜指导员说的对啊,没有凭据,没有上级的指示文件就去打人家,又是总司令的队伍,我看这里面有名堂。"又有人说了:"是啊,陈师长在双鸭山时就鼓动大家,让回家自谋生路,带枪走,可以有一碗饭吃,实际上是动员大家散伙啊。"关于这场冲突,于保合同志的回忆录有记载,他回忆说:

1939年秋,戴鸿宾、刘凤阳、张祥他们几人仍不见回来。后来派人调查,才了解到戴鸿宾率队伍打保护铁路的白俄警察,开始取得了胜利,可是,敌人用火车迅速运来大批部队,将戴鸿滨的部队包围,队伍被全部击溃,戴鸿滨下落不明。

在戴鸿宾率主力部队一去不返、音讯皆无的情况下,我们接到苏军电报,电告我们:刘凤阳和张祥在黑龙江南岸活动时,碰到陈绍宾的部队。万万没想到陈绍宾缴了刘凤阳及所率部队的械,并扬言赵尚志杀了祁致中还要杀北满领导,所以缴了刘凤阳的械,还要缴赵尚志的械。刘凤阳等人过界到苏联,刘凤阳将此事报告给苏军,苏军电告赵尚志总司令,要我们防备陈绍宾。

1924—1949
第四章 艰苦复杂的斗争

不久,陈绍宾果然率三四十人从东边来个半包围,企图缴我们司令部十几人的械。我们处在十分危险的境地,怎么办呢?大家十分焦急,尤其为赵总司令的安全担忧。这时,只见赵尚志非常沉着地分析了情况,认为陈绍宾所率的部队还不是敌人,我们既不能让他们缴械,也不能与他们开火作战,为了妥善处理这一复杂局面,赵总司令派我和陈雷、李在德三人带了一些狍子肉和半袋子白面去慰劳陈绍宾的部队,假装不知陈绍宾是来缴械。临走前赵尚志对我们说:"他们不会杀害你们,陈绍宾是六军一个师长,他的部下是六军的人,李在德原先也是六军的,陈雷是地方干部,于保合住过六军一师的医院,与六军的人也很熟,所以他们不会杀害你们。"并且让我们去那里后见机行事。

我们拿着面粉和狍子肉前去陈绍宾部队慰问。陈雷对陈绍宾部队大声喊:"我们是来慰问你们的,给你们送来面粉和狍子肉。同志们,不要自己人打自己人,我们的枪是打日寇的,我们都是一致打倒日本帝国主义的!……"走近时,他们看见我身上带有驳壳枪,就顺手把枪抽出来看了看,又放回去了。李在德原是六军的,认识很多熟人,我也认识魏连长和杜指导员,他们看我们并无恶意,都以笑脸相迎。我们见到陈师长温和地对他说:"赵总司令欢迎你去谈一谈。"陈绍宾并不回答,我向他说了好几遍,他仍板着戒备脸孔并不回答,反而在那里布置警戒,朝我们来的方向说:"注意这方面的警戒!"

我们慰问完回到司令部,我向赵总司令汇报了情况,赵总司令见陈绍宾不肯来,就派我再去一次。我见到陈绍宾说:"你如果不见赵总司令,可不可以派连以上干部来见总司令。"陈绍宾只好答应,派六七名连长、指导员和团级干部随我来到总司令部。赵尚志见到他们很高兴,十分亲切地对他们说:"你们来了是不是要缴我的械?不瞒你们说,我这里有电台,苏联来电告诉我们了,你们缴了刘凤阳的械,还要缴我的械。我是打日本子的抗联总司令,谁要缴我的械,他就不是打日本的,是叛徒。我们是打日本的革命队伍,你们要来缴械,那不是成了反革命叛徒吗?你们也是抗联队伍,

风雪征程
东北抗日联军战士李敏回忆录

也是打日本的革命队伍,为什么不去打日本鬼子,而到这里来缴我们的械?这是不对的。"几个干部一听,心服口服了,都说我们不能缴你们的械。我和陈雷也把我们怎样从苏联回来的经过讲给他们听,特别强调赵尚志是为了行使东北抗联总司令的职责,回东北来领导抗联打日本的。赵尚志说:"陈绍宾要来见我,我也不杀他,我还要领导他抗日。你们来了很好,我也要领导你们抗日,因为你们是抗联的队伍,我这里是抗联的总司令部。"这时,有的干部问:"你们为什么要杀祁致中?是不是还要杀北满省委领导?"赵尚志听了十分生气!他说:"这是造谣,我们不是平白无故杀祁致中,因为他搞阴谋,违抗命令,是有事实的,我们不杀他,他就要杀我们。所以说,祁致中是不杀不行的。北满省委是党的领导机关,我们接受省委领导,北满省委委员是党的领导人,我总司令也是属于北满省委领导的,我们怎么能杀他们呢?我们抗联是杀日本的,怎么会杀党的领导人呢?我们从来没有说过要杀北满省委委员,杀他们不是反革命行动吗?我们怎么能这样做呢?这纯粹是造谣,你们不该信这种谣言。"后来他们表态说:"我们接受赵总司令的领导,因为你是抗联的总司令,我们不能缴自己人的械。"他们回去后向陈绍宾汇报说:"赵尚志如果是投靠日本当叛徒,我们不仅缴他的械,还可以杀掉他,可是赵总司令是抗日的,是革命的,是我们的总司令,我们没有理由缴他的械,应该接受他的领导。"陈绍宾听完汇报虽然不敢下令缴赵尚志的械,但又不肯接受他的领导,没办法便把队伍带到国境线附近去了。这次尖锐的几乎造成火并危险的内部矛盾就这样避免了。①

---

① 中共黑龙江省汤原县委党史研究室编:《松山风雪客——于保合回忆录》,内部印行,1998年版,第103~106页。

1924—1949
第四章 艰苦复杂的斗争

分手于西征途中

队伍走在无边的夜色里，凛冽的寒风扫尽了秋天的落叶，带来了入冬后的第一场大雪。

自从陈绍宾率队打赵尚志的"闹剧"草草收场后，大家的内心都很复杂，对前途也十分担忧。但当前的燃眉之急还是得解决队伍的棉衣和口粮问题。那时，唯一的办法就是攻打梧桐河金矿局警察所。

决定攻打警察所后，队伍北上并在通往金矿的路上设了卡，欲拦截敌人的军需车。说来也巧，设卡不久就有几辆马车赶过来了。白团长带前哨连把那些马车截获。

车队由十几个伪军和一个日本军官押车，他们是往矿里押送做冬装用的布匹和棉花的。我们的部队都埋伏在公路的两侧，当车队过来时，白团长喊话："中国人不打中国人，缴枪投降就饶命！"当看到王德和王玉春的那挺机枪支上后，十几个伪军立刻乖乖地举枪投降了，不肯投降的那个日本军官被当场刺死。

这一仗没费一枪一弹，缴获了不少的布匹和棉花，还有十几个伪军和那个日本军官的武器和装备，由于大家需要背着布料和棉花上山，多余的武器只好暂时埋在了河边。

我们把棉花和布料背到了一座大山的山顶上，那里有一幢伐木工住过的木营，木营挺大，能容一百多人，里面有一个大通铺，我们就在这所木营里动手做起了棉衣。

风雪征程

东北抗日联军战士李敏回忆录

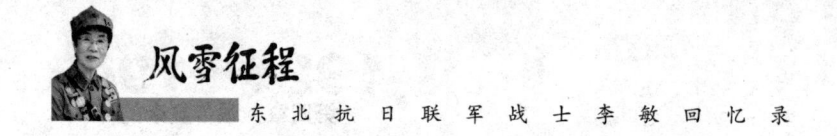

没有缝纫机,没有裁剪师傅,只有我们三个女兵会做针线活,四十多套棉衣得做到啥时候啊?好在随身还带有针线,为了能让同志们尽快地穿上棉服,就在这大山里面,我们又办起了临时被服厂。

缴获的布料是黑色、藏蓝色的斜纹布,质地还不错。我们先是把旧棉衣拆下来做剪裁样本,由朴英善指挥,柳明玉裁剪,我再把裁好的布料分发给男队员们,并教给他们如何缝制,朴英善还专教他们如何絮棉花。因为没有缝纫机,只能完全用手工缝制,这回可真是难为了这些拿枪杆子的男同志了。他们缝了拆,拆了再缝,就这么做了好几天,终于每个人都穿上了一套粗针大线做成的新棉衣。

穿上新衣服的战士们都挺高兴,可是有几个人往地下一蹲,哎呀!可不好了,裤裆开线了,白花花的棉花露了出来,引来大家一片笑声,最后还得我们女同志帮他们修理修理。这下子男队员们服气了,他们说:"这回呀,才真正体会到女人的辛苦,没想到这玩意儿这么难呀!我们的队伍要是没有女战士的话可就惨啦!"

有了冬装我们又继续踏上了漫漫西征路。队伍一直向西南方向行进,我们要去找张寿篯总指挥。

三四天以后的傍晚,顺着一条小河,我们来到了一座大山前,山高坡陡,我们踩着积雪费力地爬上了山顶。山顶上是一片开阔地,我们向四面望去,只见好几条河都从山下流过,大河水还没结冰,在冬日阳光的余晖下,闪耀着点点金光。

前面的哨兵跑过来报告:"报告!雪地上有脚印。"

顺着脚印我们来到了一座木刻楞房子前,房子不大,能容三十来个人,房子里还有一些热乎气,地下有木炭烧过的痕迹,这说明房子的主人离去不久。白团长命令:"继续搜索。"就在这时,从远处一瘸一拐地走过来一位老人。

原来,这位老人藏在了不远处的一个树洞子里观察我们,发现我们不像坏人就走了出来。当这位老人知道我们是抗日部队时,他告诉我们,第六军的戴鸿宾军长也在树洞子里藏着呢,白团长赶紧派人把戴鸿宾接了过来。

戴鸿宾带着四个战士进了屋。

陈绍宾看见他,倒还蛮热情,紧着问他:"你咋在这儿啊?咋样啦?"

"咳,别提了,打了败仗了,人都花了,一百多人啊……"戴鸿宾低沉地说着。

通过和老人唠嗑,我们知道这里是牛把头碓营。他这儿还有一些苞米粒、土豆、山菜,都被我们用来充饥了。

吃完了饭,天已大黑,能装三十几个人的土屋,硬挤了四十来个人,有的战士一天劳累,已经打起了轻轻的鼾声,我也困得眼皮睁不开,迷迷糊糊的我听到陈绍宾在和戴鸿宾唠嗑。

"老戴,你下一步咋打算啊?"陈绍宾问戴鸿宾。

"咋打算?部队都没了,还能咋打算,我想就在这当和尚了,哪儿也不去了。"

"啊?当和尚?在这当和尚,那你吃啥啊?当和尚也得吃饭啊。"陈绍宾说了。

"咳——"戴鸿宾打了个长长的咳声。

"别唉声叹气啦,和我们一起走吧",陈绍宾在劝他。

周云峰也说话了:"是啊,一起走吧,到了西荒再说。"

"嗨,老戴,你给我们讲讲赵尚志怎么把祁致中杀了,他说我们北满省委都是奸细?……"

尚连生也说话了:"这还有假?这是我亲耳所听到的。"

……

我睡着了,下面的话听不见了,他们好像一直唠到亮天。

第二天,天气晴朗,部队准备在这里休整一天。老人这里还有几张兽皮,我们缝了几双靰鞡鞋。

太阳升起老高的时候,顺着我们的脚印,又来了三个人。

原来是下江留守团团长夏振华、萝北县委书记王永昌、国际交通员栾继洲，他们一直在追赶我们，若不是下雪留下脚印，他们一时半会还找不到我们。

到了这里王永昌极力劝说我们留在这儿，他说："当初冯政委安排这支部队留在下江和老区坚持斗争，如今，你们却要去西荒。就是去，也要等到冯政委回来再说。"

陈绍宾还是坚持要去西荒，白团长、赵军需官和常副官等中层干部也急着去西荒。是啊，自从上次部队去缴赵尚志的械，这支部队就人心不稳，大家都想到张总指挥那里，好有个说法。

王永昌看说不动大家，就又动员老朴留下，他说："我们坚持敌后斗争，萝北不少朝鲜族，我身边特别需要一名朝鲜族翻译，为了工作需要，你就留下吧。"

可老朴不愿意留下，大家都想跟着部队走。这时，夏振华又来劝我："小李子，要不，你留下吧，这里的工作需要人。"

我一听，吓得不行了，我更是不同意，死活都要跟着部队走。

这时，王永昌又来说我了："小凤，你怎么不听话了，地方工作真是太需要你们了。"

听了王永昌的话我犹豫了，他是我爸爸生前的战友和好朋友，十一岁那年我被狗咬伤时他救过我的命，还背过我，看见他，就像看见自己的父亲一般。

周云峰倒是愿意留下，他说："冯政委让咱们留下是有道理的，我本人同意留下。"

王永昌马上说："好，伙计，咱们一起干。"

最后经领导研究决定，我们三个女的都留下了，周云峰、杨聋子也留了下来。

从这以后，我就再也没有看到陈绍宾了。

1924—1949
第四章 艰苦复杂的斗争

陈绍宾、尚连生其人

1940年2月,北满省委将赵尚志和其部下几名干部开除了党籍。

赵尚志被开除党籍与陈绍宾、尚连生在省委干部面前造谣说赵尚志要杀省委领导同志有直接关系,那么陈、尚都是些什么人呢?

关于陈绍宾其人:

陈绍宾,中共党员。1936年6月抗联第六军第四团团长张传福负伤,陈绍宾代理团长。1937年2月部队改编为抗联第六军第二师,师长张传福。1938年5月马德山师长牺牲后,张寿篯委任陈绍宾代理师长。而后,一师政治部主任徐光海和代师长陈绍宾率领一师二百名队员在富锦、宝清活动。1939年7月下旬陈绍宾率领四十余名队员从苏联过境到萝北县和冯仲云会合,打赵尚志不成,12月底回到南北河。1940年4月三、六军干部联席会议(简称南北河会议)上,陈绍宾任第三路军第九支队队长。1940年7、8月陈绍宾离开革命队伍逃跑,同年12月29日中共北满省委决定开除其党籍。

陈绍宾的七大疑点:

疑点之一,据敌伪档案记载,陈绍宾曾于1937年8月6日被汤原县宪兵队逮捕,在被敌人审讯过程中,他交代了不少问题。陈绍宾自己交代:又名陈德俊,吉林省永吉县王济屯人。东北抗联第六军政治主任兼三、六军地方士兵工作主任(本人自称),1932年5月任汤原宋竹梅红枪会二团团长,1935年6月—8月,六军二团团长王少华不在队,夏云杰任陈绍宾代第六军第二团团长,1935年8月任六军政治主任及第三、六军地方士兵工作主

任。1937年10月7日,佳木斯宪兵队记录了陈绍宾被捕后向敌人交代的苏联对抗联支援的情况,后不久便被放出。

疑点之二,是陈绍宾在1937年12月,向赵尚志军长传达了苏联方面邀请赵尚志过江去苏联的口信,同样的口信他还传达给了金策、马德山、徐光海。

金策、马德山、徐光海在1937年12月8日给东北抗日联军总部,三、六军军部及党委的信里写道:

陈绍宾同志这回由××回来说,××××总司令同志要求赵军长也好,戴军长也好,一定到××去,要解决一切重要问题,希望总部,六军军长见信后,立刻规定去一次更有意义,越快越好,在最秘密里去一次才好。陈绍宾同志已经找六军军长,上土龙山一带去了。①

对于陈绍宾传的口信,北满省委很重视。省委主要领导同志经过慎重的考虑之后,在1937年底于依兰县杨家沟召开会议,参加会议的有赵尚志、冯仲云、张寿篯、魏长魁、张兰生,另有蔡近葵、戴鸿宾、陈绍宾列席,会议最后决定派赵尚志为代表前往苏联,并约定赵尚志过界赴苏一个月时,派部队到边界迎接他回国。

1938年1月初,赵尚志率吴副官、警卫员郭录、王明发、小陆四人在第三军第九师小股部队护送下,于萝北县名山镇附近过界去往苏联。

没有想到的是,赵尚志到了苏联后苏方否认有对东北抗联领导人的邀请之事,结果他即被扣押一年半之久,而在东北的领导并不知道苏联那边的消息。一个月以后,张寿篯政委和六军军长戴鸿宾按原计划决定分头率队攻打位于黑龙江边界的萝北县凤翔镇和肇兴镇,准备以胜利的军事行动迎接赵尚志的回国。

---

① 中央档案馆等编:《东北地区革命历史文件汇集》甲50册,1991年7月内部印行,第181页。

第四章　艰苦复杂的斗争

张寿篯所率第六军第二师、第三军第十师于2月3日进行的攻打凤翔镇战斗，未能顺利实现，部队撤至都鲁河一带休整。

戴鸿宾率第三军第一师和第九师、第六军一部五百余名骑兵于2月4日晨攻袭了肇兴镇。10时部队撤至上街基时，与日军板坂部队相遇，交战5小时。日军板坂大尉以下十八名被击毙。激战中我方也有一定的伤亡。在此情况下，为躲避敌军围歼，戴鸿宾带五百多名指战员和二十多名伤员过江也去了苏联，原想到苏联补充一些给养，安置一下伤员，顺便接赵尚志回国。没想到的是到苏联后戴鸿宾也被扣押，五百多名指战员被遣送至新疆督办盛世才那里。以后，盛世才反共，这五百多人的部队被拆散，人员流落新疆。

疑点之三，1938年周保中军长曾和陈绍宾见过面，随后分手，分手后，周保中军长即遭到敌人的围堵，知道周保中军长行动路线的只有陈绍宾，所以周保中对他十分怀疑。1938年6月22日，周保中、宋一夫给七军党委崔石泉、郑鲁岩及党执委并转下江特委鲍林等信中说：

保中同志在花砬子荒上李家遇险经过情形，你们大概得知，这次严重损失，使整个工作蒙受最大障碍。出险的原因：第一，由陈绍宾泄露预先规定的行动消息。第二，七军刘海龙有奸细走信的嫌疑，十八垧地后方显然有日贼方面的奸细和暗探，所以敌人得知保中同志的出发时间和方向，所以走狗军靖安骑兵团分两次在日贼率领之下，急行军到李家埋伏。省委讨论这次遇险经过，责备保中同志估计不周，防范疏忽，同时认定陈绍宾客观上有奸细行动。除这次泄露与保中同志预定的行动消息外，陈绍宾去冬东去时在富锦五区遇独立师韩团长正接洽投降，他抱着默不发言可耻的态度，又不通知联军关系方面，因此叛徒韩团长得顺利无阻的投降日贼。今年四月，七军三师七团西进，陈绍宾受七军军部的委托，负有七团西进的向导和援助责任，但他和七团到大旗杆以后，完全放弃委托与应有责任，使七团全部盲目西进，造成向阳沟严重损失原因之一。陈绍宾担任六军特别交通送高射重机到××地,去时从富锦出发到饶河,并不保守秘密,沿途公开宣扬,这不但有其他各方妨碍,而且直接引起日贼对七军基本游击地带的特别注意。吉东省委向下江党及七军党负责同志提出要求:一、彻底追查惩治刘海龙及其他奸细分子;二、对陈绍宾以后之工作行动,一律加以拒绝,不许与之发生任何联系,并严重监视他以后的行动,若有可疑或显然障害时即直接处分。……①

疑点之四,七星砬子突围以后,陈绍宾曾宣布解散部队,让大家"自谋生路"。关键时刻一批坚定的共产党员站了出来,挽救了这支队伍。

疑点之五,1939年我们从苏联坐船回国途中,有人问是不是陈绍宾捎信让赵尚志去的苏联,他既不承认也不否认,只说:"这种事与咱们无关,是上头的事,是共产国际的事,你们管这种事干啥?都快去睡觉,夜里还要行动,该抓紧休息啦。"他这种态度证明他心中有鬼。

疑点之六,1940年陈绍宾碰上队伍打散的戴鸿宾以后,继续向他散布谣言说赵尚志说"北满省委都是奸细"。

疑点之七,陈绍宾在给冯仲云政委和下江特委书记高禹民的信里歪曲事实,胡编乱造,他在信中说:

冯主任、高主任同志鉴:

自分手后,知你们很关心的,不知我们工作中现在景况有了什么变化,特此详细函报。

自分手后,我们根〔据〕你们的指示具体的布置了我们的工作。党的工作已按执行又开一次全党大会讨论对外政策,结论〔是〕赵尚志同志现无组织关系,并未改左的路线,近又变本加厉,恶匆匆〔狠狠〕的屠杀反日的将士,过火的执行反日战士无条件的拆编,扯拉有组织的党军,威胁了北满

---

① 中央档案馆等编:《东北地区革命历史文件汇集》甲28册,1989年1月内部印行,第241~242页。

1924—1949
第四章 艰苦复杂的斗争

高级布尔塞维〔克〕的省党,决非草芥亦非皮毛。我们如果采取退守政策,忍坐以待亡,引颈受刑,恐被缴后不免屠杀领袖、拆编队员。如果水落石出,我们葬送于反动派别手里,是否沉冤海底,有口难分,为组织所痛恨,为革命人士所笑骂。退守者灭亡之道,就不如采取前进策略为上。决议大队不要脱离后防,派一个〔个〕别队员去江南联络队伍一三团配合起来工作并执行改容三、六军残余〔人〕员,整顿队伍,下令三、六军有系统的队员马上归队服务,若〔如〕果拉拢赵尚志不归者,以叛徒看待。现已将王连长车副官等各〔个〕别队员收回,是赵△在那边带来的队员一律不接收,并在赵的队员面前揭破赵的阴谋黑幕,促其警惕觉悟。根据组织的原则及组织系统,对于无关系不但不接受,还要以有疑问对待,还要把住后防,以〔一〕面进行工作,一面等候你们。如果有来侵犯及缴械的人,便给他不客气的对待,以敌人同看。

自同志们分手后,刘凤阳带着物品领着队员出发西去接头尚志,半途动摇而返,往返七日,问其缘故,他说给养用尽,老赵不知何往,有饿死的危险,故中途归返耳。我们以为受赵命来摧残我们,考查至再,确是不然,说的不虚,过节后拟即将分开,凡事不合作,一律清算。但是对全部赵队宣传赵的历史合〔和〕他现在要非革命的反动的形势〔式〕霸占了联军队员,摧残北满党,赵就成了东北无上威权了。队员皆猛醒赵的行为。刘凤阳自返回后,对绍宾同志说:我要逃跑,不能领导队,赵尚志对我必有危险。经过了我们再劝,(布)要坚持最后胜利等等,当面接受,心实相反。第二天又说:我(刘)要脱离革命逃跑。公开向师长声明要脱离队伍。因此我们解除刘凤阳自己的武装,并〔将〕与他同情的李有才队员连同所带的重要物品一同送交江左,将刘的部下完全归编一、三团领导。

我们得到尚连声〔生〕秘密的报告赵的阴谋黑幕的供词,现已揭露了。尚连生同志说:我往昔不知赵的问题,被他欺骗在怀,今听绍宾言之不谬,特献忠诚于党军,出脱赵的迷魂阵。供词如下:

我参加老赵的会议旁听,出席者座中有卢(阳春)副官,有保合等。赵说

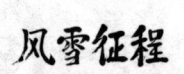

阳春同志过去受了绍宾的欺骗，归他拉拢，你知绍滨和日本接头数次，并受江东布哈林派的领导，今后再不要合〔和〕他接头了。其次张寿篯、冯中〔仲〕云、周保中、谢文东、李华堂等皆参加托落茨基派专反对打日本子的赵尚志。现五七军八、四军坍台投敌的只有冯群寿篯，我一定逮捕割头。给尚连生的任务，说你到冯仲云处说有中①代表中由草地过来请冯仲云同志接头，把他欺骗来，千万不要提赵尚志的口号，这就是你的成绩。尚某到此后，见冯仲云同志表现要自动去和赵接头，并要求尚连生过江带信寄给高裕〔禹〕民，并把他所带任务完全破露了，就是回赵处，因我工作错误，不问而杀。我尚谋本是青年有志救国，临死只得说革命万〔岁〕，清泪滴沥，非常惨痛。今闻听师长谈话方才猛醒，敬献忠诚，并希指点迷踪。

因此，我们根据各方面情形才逮捕刘某。此致布礼！握手并望回示。

绍宾、云峰、同启、宇宙②

通过以上七个疑点，说明陈绍宾早就叛变了革命，如果没有白福厚团长、杜景堂指导员和孙国栋副官等一批坚定的共产党员，这支队伍的前途真是太可怕了。我痛恨怎么会有这么样的一个师长领导我们，同时也庆幸能有白福厚团长这样的共产党员在我们的身边。从这件事情上，我深切地感受到，抗联队伍只有在真正的共产党员领导下才能走向胜利。

陈绍宾后任抗联第三路军九支队队长。他在部队中不时暴露出他的奸诈恶劣之所为。张寿篯政委在致王新林的信中对陈绍宾有如下评语：

因估计到陈绍宾同志的错误，是始终没有纠正，他是反复无常，经常是把他的"旧把戏换成新花样"的，对于党不深刻的相信，惯弄自己的"常套玄虚"，禹民同志是无法，事实是不可能按照你的意见执行。③

---

① 原文如此
② 中央档案馆等编：《东北地区革命历史文件汇集》甲 56 册，1992 年 2 月内部印行，第 261~264 页。
③ 军档 221.5.16。

1924—1949
第四章　艰苦复杂的斗争

因陈绍宾工作中屡犯错误,不久即被指挥部撤职。1940年7月,他从抗联部队逃跑。

张寿篯说:"陈绍宾这次撤销职务以后,我们准备以最大的耐心教育他,挽救他,但是他不愿意我们爱护他,乘指挥部在朝阳山的时期,谣言惑众,只身逃跑,现在指挥部已经通缉他。"①

1940年8月15日东北抗日联军第三路军总指挥部发出通缉令:

为通缉叛徒白凤阁、萧忠安逃卒陈绍宾事

抗战烽火遍地燃烧 全国军民浴血苦斗三年之 长期抗战显示出我大中华民族不屈不挠之无上的英勇精神 证明抗战最后胜利必属于我们。但抗战艰苦途程中容有懦弱无气节之民族败类,不能认清前途而动摇变节投敌叛国 对此种无耻份子之清洗实为首要 盖此足以巩固我队伍,而使吾辈更有力荷负救国重责也 查白凤阁 萧忠安今春叛国投敌 率寇出扰已成为民族叛徒 而陈绍宾则屡次犯过 本部姑念其抗战多年 一再教诲 而彼不知爱 幡然悔改而造谣惑众 携械潜逃已为抗战之逃兵 因此本部特通缉叛徒白凤阁 萧忠安 逃兵陈绍宾在案 举凡各部队各民众如有知彼等去处应立报告逮捕 白萧叛徒者可以就地正法 以正典刑 而捕获陈绍宾者立即解送本部 按法处置 切切 此令勿违

东北抗联三路军指挥部总指挥　张寿篯
总政治委员　冯仲云
中华民国二十九年　八月十五日②

陈绍宾以后化名"石新",与四五名土匪在海伦、克东一带活动。1942年中秋节在克东白家店西沟被手下人员打死。

---

① 军档A30,221.5.2。
② 黑龙江档案馆档案,全宗275,目录1,卷号3138。

风雪征程
东北抗日联军战士李敏回忆录

关于尚连生其人：

尚连生具体年龄不详，曾任抗联第三路军第九支队秘书，1940年10月投敌在北安日伪机关充当特务。他积极效忠日伪，向日本宪兵队密报中共讷河中心县委、北安抗日群众组织情况，致使讷河地下党组织和北安抗日群众组织惨遭破坏。日寇投降后查明尚连生是一个两次被日本特务机关逮捕，两次叛变的叛徒。他和陈绍宾到处散布赵尚志要捕杀北满领导人的谣言，致使赵尚志被开除党籍。

1941年初，中共北安中心县委遭破坏后，原中共绥滨县委书记王永昌在北安城内四道街王鑫贵饺子馆以伙计身份为掩护，坚持地下斗争，组织营救被捕入狱的群众，寻找联系抗联失散人员，安排地下党、抗联战士，进行秘密活动。1945年8月，在潜伏于北安的王永昌的领导下，由抗联战士周文喜与李殿芳屯革命群众把尚连生逮捕，经组织决定将其处决。

东北抗日联军十四年战斗在敌人的心脏里，在那个艰苦的环境中，最可怕的是党内出现了叛徒、特务、奸细，如尚连生、陈绍宾等等。这些人进行挑拨离间，造谣惑众，因此发生了以上不可挽回事件。北满省委开除赵尚志等同志的党籍，主要是听信了尚连生、陈绍宾等人从中造谣。加之由于当时通讯不方便，无法及时沟通核实而作出了一个错误决定。这一教训是深刻的，损失是惨重的，影响是深远的。作为此次事件的亲历者，我深深体会到，没有共产党的坚强领导，这支队伍坚持十四年是不可能的。在那种环境下如果没有白福厚、孙国栋、杜景堂等一批坚强、优秀的共产党员在危急时刻力挽狂澜，挽救了革命队伍，我们很难看到抗战的最终胜利。

王永昌书记带领我们搞粮食

同陈绍宾部队分手后,我们一行九人跟随王永昌转身往回走,这次是下山,速度快多了。

王永昌同志是一位机智、勇敢的地方干部,先后作过中共富锦县的特派员、中共绥滨县委书记、中共萝北县委书记,1940年4月和冯仲云率领的部队一起西征,后任中共北安县委书记直到解放。

这个人长得不起眼,中等个子,有些驼背,眼睛很小,一身的农民打扮。可地方上的关系却特别多,大家都不知道他的真实姓名,为了便于工作和联系,他常年挑着担子走乡串屯地卖麻花,他的担子一头放的是麻花,一头放的是姑娘媳妇用的针头线脑,老乡们都亲切地喊他"刘麻花"。他是我的父辈,小时候我一直喊他王叔叔。

同行的夏振华是下江留守团团长(后叛变投敌,光复后被处决)。这个人细高细高的个子,话不多。我在六军被服厂时就认识他,他当时是四师的师长。可他三天两头就往被服厂里跑,到这里总要住上几天再走。我们当时就很奇怪,他一个大师长怎么总上被服厂来呀?当时任四师政治部主任的吴玉光同志,爱人李桂兰同志在我们被服厂工作,可吴主任也就结婚时来一次,一直都在前线带队打仗。

同行的国际交通员栾继洲,个子不高,四十多岁的年纪,穿一身制服,他经常跑苏联。

周云峰因吸食大烟,带垮了队伍,1938年张寿篯让他停职反省。1940

风雪征程
东北抗日联军战士李敏回忆录

年在北安被捕叛变投敌。1943年4月3日周云峰、宋一夫等叛徒、特务到兴隆镇李碗铺逮捕抗联三军特派员阎继哲、李权两名同志,关押在哈尔滨警务厅。1946年初周云峰、宋一夫被哈尔滨市人民政府在哈尔滨八区广场处决。

杨聋子(外号),一个被炮弹震聋耳朵的战士。再就是我们三个女同志了,朴英善,三十多岁,原第六军第一师被服厂厂长,她在地方时是我父亲战友,以前我都喊她朴阿姨。柳明玉,原第七军女战士,她和孙国栋副官是一对恋人,孙副官去执行特殊任务,柳明玉很难与他见面。(孙国栋不幸被捕,1944年抗战胜利前夕在哈尔滨监狱壮烈牺牲)

八个不同部队的人,走在了一起,组成了一支新的队伍。

■ 七军女战士柳明玉

■ 朴英善(左)、李敏(右)摄于1949年

■ 朴英善(前左一)与儿子及丈夫刘延平(七军某团团长)、李敏摄于1949年

1924—1949
第四章　艰苦复杂的斗争

王永昌和夏振华他们对这里的地形特别熟悉，在他们的带领下，我们走了两天一夜，夜晚住在了一个废弃的地窨子里。

第二天太阳还没下山时我们来到了梧桐河北岸下江留守团的营地。说是营地其实就是一个大地窨子，里面能住十几个人。地窨子的四周挖有战壕。到了这里我才知道原来冯政委他们去了苏联，我们当前的主要任务是在这儿等冯政委回来。

第二天，王永昌给大伙开个会。会上王永昌说："冯政委不知道什么时间回来，我们等冯政委回来再分配工作，咱们现在得把过冬的粮食先解决了。"大家一致赞同，就这样，我们暂时休息，等过几天再出发。这里有一挺轻机枪，周云峰说："小李子会用机枪，她在机枪班呆过，给她用吧。"大家都没意见，机枪归我了。

冬日天短，天刚傍黑，夏振华看家，我们就出发了。因怕冯政委他们回来扑空，所以安排个看家的。

这天晚上，没有月亮，满天的星斗，一闪一闪的。王永昌带着我们顺着梧桐河往东北方向走去，我和柳明玉换班扛着那挺轻机枪。走了有大半夜，远远地看见前方有一点微弱的亮光，王永昌指着那个亮光说："到了。"我们径直奔向那里。

我们进了一座土屋，屋子不大，点着一盏微弱的兽油灯。屋里有一位四十多岁的老乡，王永昌喊他王马掌，他喊王永昌"刘麻花"。这个地方是炭窑，王马掌以前给人家钉马掌，现在是一名烧炭工。

看来，王永昌和他挺熟。进了屋就张罗："王马掌，给我们弄点吃的吧。"老王高兴地答应着，给我们煮加了芸豆的苞米糁子粥，还有萝卜条咸菜。好久没吃这样的饭菜了，我们吃的真是香啊。

春天的时候，王永昌曾经给过王马掌一点钱，让他买种子种玉米，留着冬天用。王马掌种的玉米今天派上用场了。他把玉米棒子都埋在了地垄沟里，上面盖了厚厚的一层雪。我们在地垄沟里刨出玉米棒子，装了三个半袋子。王永昌掂了掂袋子说："这点东西也不够过冬啊，咱们先回去三个人，剩下的人跟我去个地方想法子再弄点粮食。"

在老王的家里,我们看到了王永昌的全套道具,一件偏襟的大棉袄,一副卖麻花的挑子,还有一把号。

周云峰、栾继洲背着玉米回营地了。我们在老王的家里待了一白天,第二天晚上,天大黑后,老王套了一副马爬犁拉着我们上路了。

马爬犁奔驰在梧桐河上,天黑漆漆的,后半夜时,我们来到了一个好像是刚刚圈起来的围子,这个围子不大,场院设在围子的外面。到了这里,王永昌领我们来到看场院的老宋家,老宋家就一个老头,五十多岁了,他告诉我们现正在打场并指点了场院的位置。

我们迅速地摸到了场院边上,王永昌安排我带着机枪在一个草垛后面站岗,他领人装粮食。

夜,静悄悄的,我耳边只听到刷刷的装粮食声。这时,从南边影影绰绰地好像走来一个人,我立刻警觉地把枪端了起来,王永昌也看见了,他迎了过来,到了那个人的跟前。

"你地,什么人地干活?"啊!原来是一名日本鬼子。

"我地,老博带（雇工）地干活。"王永昌忙答话。

"良民证地有?"

这时,老宋也赶忙走了过来对答:"他地,是我地老博带地,良民证有,有啊",一边说一边掏良民证。

王永昌也假装在掏,说时迟,那时快,只见他掏出了一把三棱刺刀,"扑"的一下就刺中了那个鬼子的心口,那个鬼子"哼"了一声就倒了下去,王永昌和老宋赶忙把他拖进了草垛里。

原来出发时,我扛着机枪,把带刺刀的马枪给了柳明玉,那把枪是刘凤阳的,王永昌把枪上的刺刀卸了下来,揣在怀里。

刺死了鬼子,王永昌催促着:"赶紧装,赶紧装",场院上的东西不多,一共装了两麻袋。这时,老宋头从家中又牵出了一匹马,两匹马都套在了爬犁上。

1924—1949
第四章 艰苦复杂的斗争

我们装上了麻袋,上了爬犁,王马掌鞭子一甩,马车飞快地驶出了场院,往前跑出不远就上了河套。

两匹快马在冰面上奔跑着,天蒙蒙亮了,冰河两边的树木向后面倒去。跑着,跑着,一座大山拦住了去路,王永昌喊:"停!"飞驰的马爬犁停了下来。

王永昌指挥我们把粮袋子藏到了河边的倒木下,并盖上雪。然后他说:"敌人很快就会追上来,老王和老宋,你们两个赶着马爬犁往南走,我们爬山。"老王和老宋答应着,赶着爬犁飞快地跑远了。

王永昌又和我们几个说:"听我指挥,咱们分散爬山,小李子、柳明玉往东奔山顶上,老朴和老杨(杨聋子)往西奔山顶,我走中间。一会儿我打第一枪,你们再开枪,等听到我吹冲锋号时,你们就往山顶上撤,到那儿集合。"

我们答应着"是",开始行动了。

这座大山,东西两侧都有树,中间是放木头的路。我和柳明玉串着树空往山上爬。到了半山腰时,我们看到冰面上有几个黑点,黑点越来越多,敌人的马队果然追了上来。马队到了山跟前顺着中间放木头的路向山上爬,我的心也"突突突"地蹦到了嗓子眼。

我们躲在树后面看,王永昌已经把前面的敌人放过去六七个了,不明白他是什么意思,为什么还不开枪?突然他的枪响了,枪声响处,一个鬼子从马上栽了下去。听到枪声我的机枪也"嘎嘎嘎"地响了起来,老朴那边也打响了。

敌人的战马"咴咴"地叫着,围着那个尸体直打转,其他的战马也都在原地打转,不肯前进。冲在前面的敌人听到我们东西方向和正面都有枪声,也不敢再往前走。这时,王永昌的冲锋号吹响了,敌人听到号响,掉过头去,没命地向山下跑去。我们听到号声,也边打边往山顶撤去。

五个人,三路人马在山顶集合了,站在山顶上,我们哈哈大笑。趁着敌人还没省过味的时候,我们赶紧转移了。

估计敌人还在附近,我们没敢回王马掌那里,直接去了炭窑,在窑洞

风雪征程
东北抗日联军战士李敏回忆录

里待了两天,看看没什么动静,第二天晚上,才又回到王马掌那里。到了第三天,老王和老宋也回来了。原来那天他俩拐个弯,回炭窑拉了一车炭,进镇子把炭都卖了。在镇子里的时候,老百姓们轰轰的都在传说,说赵尚志从老毛子那儿(指苏联)带着一万多人回来了,说赵尚志带着部队打了日本子的"开拓团",打死了不少的小鬼子。

听到这个传说,大家十分开心。我们问王永昌:"在山上,为什么你不打前面的敌人啊?"他说:"鬼子的大官都在中间,我那天打死的鬼子,起码也是个中队长,擒贼先擒王,把他头干掉了,他们还不乱了阵脚啊。"

我这个王叔叔啊,别看眼睛小,心眼可不少。

过了两天,王马掌套上爬犁把我们埋在倒木下的粮食拉了回来,那两麻袋粮食里有少量的稻子,其余的都是高粱。他这里还有一盘碾子,我们在这里拉磨推碾子,把稻子和高粱都碾成了米,高高兴兴地背回了营地。

■抗联战士曾经使用过的战利品机枪

1924—1949
第四章 艰苦复杂的斗争

第二次去苏联

有了粮食,天塌下来都不怕。我们真的是都饿怕了,几天几夜没吃没喝,那滋味说不出来,那日子真是太难熬了。有时候,粮食就是命,当时苗司务长不就是为了一桶牛皮靰鞡水倒在了阵地上吗,那鲜血染红的山崖,我永远也忘不了。

真是多亏了千千万万像萝北县王马掌和老宋头这样的百姓用身家性命来帮助我们,如果没有他们无私的帮助,我们是过不去难关的。老百姓和我们真像是鱼和水。

回到营地以后,我发现国际交通员栾继洲走了,他去接冯政委了吧?我在暗暗猜测,那时候的纪律是不允许多问的。

在地窨子里的日子还是不错的,有苞米粥和高粱米粥喝,苞米芯子也不舍得扔掉,我们把苞米芯子包在白布里,用石头砸碎,拿它熬水喝。一直熬到清汤清水,一点颜色一点味道都没有了,才不要。要知道,每一粒粮食都来得不易啊,除了苞米芯子,我们还煮桦树皮水喝,王永昌说了,咱们得省着点吃,要坚持到冯政委回来。

白天不敢点火,怕冒烟引来了敌人,我们几个女同志忙着给男同志补衣服。屋子里没有一丝暖和气,缝不了几针,就要把手放到嘴边用哈气暖暖手。到了夜晚,大家借着炉膛里的亮光说说话、唱唱歌。

周云峰这个人有时发呆,情绪低沉,很少说话。看人的时候头不抬,眼睛往上翻着看。到了晚上他总爱唱一首歌:

风雪征程
东北抗日联军战士李敏回忆录

> 五月兮端阳,忽然想起了郎,
> 今当佳节日,郎君未归乡。
> ……
> 红纱帐里,暗悲伤
> ……

嘻嘻,这是啥歌啊,从来没听过。我说:"周主任,这是啥歌啊,不过挺好听的,你想的啥郎啊?"

他斜着眼睛白了我一眼:"傻丫头,你懂啥?将来你也得有个郎。"

"啥郎?我才不要呢。"我撅着嘴说,大家哈哈大笑。

夏振华说了:"我也唱一段吧……"

"好!"

夏振华唱到:

> 杨柳依依,桃花艳丽,
> 故巢燕燕语呢喃,
> 清明佳节男女着新衣。
> 一对一对谈谈笑笑,
> 携手踏青快乐真无比。
> 朝思你,暮思你,朝朝暮暮为你涕,
> 怕郎违盟誓。
> ……

歌还没唱完,王永昌就吵吵:"不好,不好,你们怎么都唱得悲悲切切的,小李子,你给他们来一段。"

"好。"我站起来答应到。

我和大家说:"这里是萝北,我在这里出生,在这里上了模范小学,我给大家唱一首在宣传队唱的《抗日少年先锋队歌》。"

1924—1949
第四章 艰苦复杂的斗争

抗日少年先锋队歌

1=♭B 2/4

| 5·4 | 35 | 2 16 | 53 | 1·7 | 62 |

炮　火　　连　天　　响战号　频吹　　决　战　　在今
四　十　　余　年　　的国耻　血债　　要　用　　血来
保　卫　　华　北　　收回东　北统　　一　我　　中
黄　帝　　子　孙　　四万万　同胞　　团　结　　起来
开　战　　胜　利　　进攻消　灭万　　恶　的　　敌

| 2 — | 2 0 | 6·5 | 434 | 5·4 | 3·5 |

朝，　　　我们　少年　先锋　队英
还，　　　中华　民族　好男　儿们响
华，　　　人类　和平　与幸　福不容
呀，　　　民族　革命　火焰　燃遍了
人，　　　夺取　那吉　林奉　天与龙

| 6·1 | 2 16 | 5 — | 5 0 ‖ 6665 | 4443 |

勇　武　装　上前　线，　　用我们的　刺刀枪炮
应　祖　国　的号　召，　　用我们的　刺刀枪炮
野　兽　们　来蹂　躏，　　驱逐日本　帝国主义
东　亚　的　原　野，　　　驱逐日本　帝国主义
江　省　中　心城　市，　　抗日救国　血红旗帜

| 5554 | 3 — ‖ 56 | 12 | 165 | 500 ‖

头颅和鲜　血，(咳!) 坚决　与敌　决死　战。
头颅和鲜　血,(咳!) 坚决　与敌　决死　战。
强盗出中　国,(咳!) 誓死　不做　亡国　奴。
强盗出中　国,(咳!) 誓死　不做　亡国　奴。
插遍全中　国,(咳!) 完成　革命　的胜　利。

我一口气唱完了五段,柳明玉和老朴拍手为我打拍子,唱完后,王永昌带头鼓了掌,周云峰也拍了几下巴掌。

接下来王永昌唱了《全东北工农兵学联合起来呀》,王永昌老家在山东,他用山东腔唱这首歌,笑得我们肚子都疼。大家越笑,他唱得越欢,词、谱如下:

全东北工农兵学联合起来呀

5 5 5 3	5 5 i i	2 · i 2 3	2 · 0	i i 2 2
全 东 北 的	工 农 兵 学	联 合 起 来	呀,	联 合 起 来
工 人 失 业	农 民 破 产	还 要 遭 惨	杀,	从 此 我 们
我 们 联 合	中 国 工 农	红 军 苏 维	埃,	我 们 保 护

6 6 5 5	3 3 5 3	2 · 0	3 5 3 5	6 6 6 5
跑 到 火 线	拚命 去 作	战,	南 京 政 府	国 民 党
永 远 没 有	出头 的 一	天,	只 有 我 们	一 齐 去 干
我 们 好 友	工农 苏 联	国,	我 们 成 立	东 北 抗 日

3 5 3 5	6 —	i i 2 2	3 3 i i	6 6 2 2	5 · 0
出 卖 东 北	啦,	可 恨 日 本	帝 国 主 义	强 占 满 洲	啦。
反 日 革 命	战,	这 才 能 够	驱 逐 日 寇	大 家 活 得	了。
救 国 的 政	府,	到 了 那 天	大 家 快 乐	高 唱 凯 旋	歌。

老朴和柳明玉也一起合唱了几首朝鲜歌曲。不过,我总觉得夏振华和周云峰这两个人怪怪的,和别的领导都不一样,后来他们都叛变了革命。

在地窨子里,一晃就过去了一个来月。这一天,国际交通员栾继洲回来了。他捎来了冯仲云的指示,让我们过江去苏联。

去苏联?真是太高兴了,我们三个女的都蹦了起来。

太阳还没落山,在栾继洲的带领下我们就出发了。走了大半夜,来到了黑龙江边的一个柳条通子里,这里好像是萝北县的太平沟。

第四章 艰苦复杂的斗争

我们从柳条通子的一个豁口进入了黑龙江。栾继洲嘱咐我们:"东边有日本关东军,大家跟紧了别掉队,别摔跟头,别弄出动静。"我们在江面上分散开前行。对面的苏联一马平川,没有一点遮挡,从西伯利亚刮来的寒风像野兽一般的嘶鸣,大家走两步退一步,冰面上溜溜滑,没有不摔跟头的,好在狂风淹没了一切声音,我们顺利地过了黑龙江。

过江后,栾继洲把我们领到了一个不大的地窨子营房,进去后发现营房内有二十多个人在里面,这二十多个人里面,我意外地看到了一个梧桐河的老乡张兴德,他的弟弟和我是同学,他们哥俩都参加了抗联部队,家中扔下年迈的寡母。张兴德现在是第十一军的政治部主任,1939年6月,带领三旅在黑龙江省萝北县三间房一带活动,在一次战斗中胳膊被打折,泅水过江到了苏联,经过几个月的治疗伤好回国。后在返回抗联第十一军的途中,于萝北县肇兴镇与敌人遭遇壮烈牺牲。

这二十多人看样子都很憔悴,本来窄小的屋子,我们进去后就更拥挤不堪了,好不容易将就到天亮,开来一辆帆布篷车把我们拉走了。

车被挡得严严实实,外面什么都看不见,篷布车晃晃悠悠地走了好几个小时来到了一个小村庄,这里有几座兵营,到了这里男女分开住了,我们三个女的住在一个兵营。

一晃又过去一个月,这次也不审查也不询问了,每天除了吃饭就是睡觉。这一天,天大黑以后,篷布车又开来了,装上我们三个女的,车就开走了。

车开出没多远又停了下来,篷布车门被打开后,一连气又上来七八个人。

啊!我们都愣住了,万万没想到孙国栋副官、车廷新排长、闫副官、王永昌、周云峰、杨聋子和一个姓辛的侦察员都跳上车来。

车厢里顿时开了锅,我们三个女的叽叽喳喳地问个不停:"哎呀,孙副官你们都上哪去啦?怎么也在这里呀?"

孙副官说了:"咳,别提了,那天咱们一起走了不到三百米,陈绍宾就把

风雪征程
东北抗日联军战士李敏回忆录

我们拉了出来,他交代任务说,你们去鹤岗,到南大营日本军'讨伐队',告诉他们赵尚志在这里的驻地,叫日本人来打他,这儿到鹤岗也就三十五公里路,你们快去快回,我们在梧桐河金矿等你们回来,我们在那儿解决棉衣。陈绍宾说这些话时,是背着白团长的。我们几个一核计,陈绍宾这老头疯了吧?怎么能给日本鬼子送信告密打赵尚志呢?这个做法才是奸细、反革命的勾当呢!怎么办?我们不敢回队伍,只好跑到苏联来了。"

听了孙副官他们的话,我们都十分的惊讶,陈绍宾怎么能这么办事呢?咳,真是不理解。大家光顾着议论纷纷,都忘了孙副官和柳明玉是一对恋人了,我偷眼看了看柳明玉,只见她的眼角含着泪,再看看孙副官,他也在不断地用眼睛凝视着自己心爱的人。当时部队的纪律非常严格,没有上级的批准,是不能随便谈恋爱的,此刻重逢,他们也只能把思念和幸福都埋在心底。

一路上说说笑笑,大家都为这次意外的重逢而激动。后半夜,汽车停在了一个火车站,有人说,这是犹太自治州的车站,有人说是比罗比詹火车站,不管是什么火车站,还没等我多看几眼,我们就被带到了火车上。

这是一列拉货的闷罐车,车两旁有不大的四方窗户,车厢里两边铺着枯草,我们就在草上休息。

列车咣当当咣当当地开了。这是我有生以来第一次坐火车,新奇的不得了,可是不一会儿就高兴不起来了,我晕车了,赶紧躺在干草上不敢动弹。列车走了有两个小时吧,停靠在一个车站,这个车站好像挺大,外面人声嘈杂,我们从窗户望去,太阳升了起来。这时,车门又被打开了,上来了四个人,大家立刻欢呼了起来。

冯仲云、高禹民、马克正、栾继洲上车

■马克正

1924—1949
第四章 艰苦复杂的斗争

来了。说啥也没想到,冯政委能上我们这个车厢。跟着陈绍宾走,心里总觉得不踏实。他一会宣布部队解散,一会儿又要去打赵尚志,我觉得真是太恐怖了。如今看见了冯政委,心里觉得又有了依靠。

随冯仲云一同上车的马克正同志,1920年2月23日生于安徽省怀远县。1929年来东北,先后在佳木斯、汤原居住,1936年入佳木斯中学读书,同年加入中国共产党。1937年组织派他到梧桐河金矿策划伪矿警起义工作,不久率起义的矿警参加了东北抗日联军第六军。1938年任抗联第六军二十九团组织科长和一团一连指导员。1939年9月随同冯仲云同志去苏联参加"伯力会议",1940年3月随冯仲云同志开始西征去第三军总指挥部与张寿篯同志会师,担任指挥部教导队指导员,后来到北满省委金策那里工作。1941年11月去苏联参加野营训练。1945年"九三"抗战胜利后历任哈东保安队司令、松江一分区副司令、参谋长、东北军区独立七师一团副团长、三十九军一五五师四五四团副团长等职。1949年1月8日在解放天津战斗中光荣牺牲。

马克正同志深得冯仲云同志的器重,多少次他们一同出生入死。

冯仲云他们上了车以后,列车整整走了一天,天黑时停下了。过后才知道,我们已经来到了黑河市的对岸。下了火车,我们走进了一片柞树林子,林子里有一栋板皮钉的圆形房子和一栋长长的兵营。冯政委住在了圆房子里,我们住进了兵营。

第二天,开来了一辆大卡车,车上装着发给我们的物品。

我们每个人发了一套日本黄呢子军装、一顶兔子皮的棉军帽、一双日本军用皮鞋、一个毛朝外的狍子皮背包。和上次一样,子弹袋和背包、手闷子都是我们自己缝制,他们提供白帆布。

随车还带来了不少日本造的武器,有马枪、步枪、歪把机关枪、子弹和日制的手雷等。

这些武器和装备在当时已属新式武器,最关键的是子弹可以通用,手雷比手榴弹亦好携带,它体积小爆炸力大,重量轻扔得远。

风雪征程
东北抗日联军战士李敏回忆录

武器和装备都是苏联红军在"张鼓峰"、"诺门罕"战斗中缴获的日军武器。

"张鼓峰"位于中国黑龙江省珲春县图们江上游二十多公里处,同中、苏、朝三国接壤。1938年7月29日,苏、日两国军队在"张鼓峰"交火,8月9日在苏军强大的炮火和数百架飞机、数百辆坦克的攻击下,日军以失败结束了这场战斗,苏军占领了"张鼓峰"。在"张鼓峰"事件发生后一年,日军又在西部中蒙边界挑起了"诺门罕"事件。1939年5月28日第一阶段战斗打响,这次,双方在此投入的兵力远远超过了"张鼓峰"。7月1日"诺门罕"第二阶段的作战开始。8月20日凌晨苏军突然发动了全面大总攻,战斗持续到8月31日。

"诺门罕"战斗历时四个月,以苏蒙军队的胜利而告终。日军第二十三师团在6月20日至9月15日,有一万五千多人参加战斗,损失了一万二千多人,伤亡率高达80%。

这两次战斗,苏军缴获了大批的日军新式武器和装备。这批武器和装备武装了我们这些回国的抗联指战员。

就在临回国的前几天,我们三个女同志借用苏军的缝纫机,白天黑夜地缝装备,给每个人缝了两个子弹袋,一个装东西的大背包和一双手闷子。

临行前,每个人还发了一个搪瓷茶缸和饭盒,茶缸和饭盒的底部都印有俄文字母(CCCP),上级要求我们必须把字蹭掉。

又到了要走的日子了,苏联提供给我们的穄子米(糜子)和弹能背多少就给多少,同志们拼命地装,装进去试试背不动,还得再倒出去。

看到这么多装备和粮食,我们都对社会主义国家苏联对我们无私的援助万分感激,想当初我们过界后,苏联人收缴我们的旧式武器还不满意,说了好多不理解的话。这时大家都纷纷议论,还是斯大林好啊,还是社会主义国家好啊。蒋介石政府就没给过我们一分钱、一粒子弹。

这时,好多战士都唱起了《苏联是我们的好朋友》:

1924—1949
第四章 艰苦复杂的斗争

苏联是我们的好朋友

1=A 4/4

| 2 - 5 - | 6 2 3 1 6 5 - | 5 6 6 5 3 5 2 - | 1 6 1 3 2 - |
| 苏 联 | 我们的 好朋 友， | 无 产 专 政， | 工农 当主人， |

5.3 2 1 3 2 | 6 1 2 3 2 1 6 5 - | 6.5 6 3 2.7 |
帮 助 着 全 世 界 弱 小 民 族 革　命。　各 帝 国 主 义

6 5 3 5 2 3 5 - | 2 2 3 2 3 5 7 - | 2.7 6 7 2 5 - |
瓜 分 我 中　国， 还 有 德 意 日　一 起 来 进 攻，

5.6 1 1 6 1 6 5 | 3 5 6 5 6 1 5 - ‖ 5 6 5 3 2 - |
工农 青年 起来 反对 进攻 苏 维　埃。　 五 年 计 划
　　　　　　　　　　　　　　　　　　　 帝 国 主 义 者

1 6 1 3 2 - | 5.3 2 1 3 2 | 6 1 2 3 2 1 6 5 - |
大 大 的 成 功，　六 小 时 一 日 工 　五 天　算 一 礼 拜，
虽 然 发 疯 狂，　有 我 们 全 世 界　 工 农　群 众 保 护，

6.5 6 3 2.7 | 6 5 3 5 2 3 5 - | 2 2 3 5 3 2 7 - |
吃 穿 不 必 愁 　到 处 有 俱 乐 部， 医 院 和 学　校
外 有 红　军　　英 勇 呱 呱　叫， 最 后 胜 利 时

2.7 6 7 2 5 - | 5.6 1 1 6 1 6 5 | 3 5 6 5 6 1 5 - ‖
不 必 你 花 钱， 工农 青年 起来 保护 工农 苏 维 埃。
全 世 界 大 同， 工农 青年 武装 起来 拥护 我们的苏联。

冯政委带领我们西征

夜幕掩映下,冯政委带着我们三十多人的队伍在苏联波亚尔科夫东侧踏着冰雪穿越了黑龙江,在逊克和嘉荫的交界处车陆村(俄罗斯族村)东侧登陆,来到了乌云河。顺着乌云河走了几天我们钻进了一片树林开始爬山,在山上能看到一个叫松树沟的村庄,这里住着被日本人收买的鄂伦春炮手队。

太阳还没下山时,我们爬到了山顶,部队准备在这里宿营了。篝火点了起来,我们把稷子米下到锅里,等着开饭。我打开了一个绑腿,脱下一只鞋,在火上烤着包脚布。

突然耳边传来了"嗖嗖"的枪响,不好有人打枪!我赶紧就地卧倒,就在我卧倒的同时,我身边的战士老郝倒了下去,我匍匐着爬到了他的跟前,准备给他包扎。这时,交通队长姜立新把他背到了山坡下,鲜血从老郝的胸口不断地涌了出来,一句话都没说出来,他就牺牲了。

另一个火堆的冯政委他们也都撤到了山坡下,看到有人负伤他赶紧爬了过来,是谁在打冷枪?枪法如此准确。这种"嗖嗖"的冷枪最可怕了,让人防不胜防。

夏振华依在了一棵树后,掏出望远镜向打枪的方向望去。

"坏了,对面是鄂伦春人。"

怎么办?咱们不能和他们打,撤了。

天大黑后,我们埋葬了老郝同志,换了一个山头宿营。

1924—1949
第四章　艰苦复杂的斗争

又走了几天的山路，傍黑在一个密林里安营。我们刚点着篝火，"嗖嗖"的枪声又响了起来。我们这个气啊！怎么又跟来了？

夏振华说："他妈的！不稀罕理他，还老跟着我们，教训教训他们！"当即派了两名战士去搞侦察。

半夜时分，侦察员回来报告说，顺着脚印找到了他们的住处。鄂伦春族人有个特点，到了晚上他们都钻进帐篷睡觉。估计这伙人，是受了敌人的利用，日本人常把大烟（毒品，指鸦片）卖给鄂伦春人，以此来控制他们，不少人都有吸毒的习惯。但是，他们中也有一部分人参加了革命。如鄂伦春女战士李桂香一家，父亲、哥哥和嫂子都参加了抗联，她父亲和哥哥于1938年在通河县乌鸦河战斗中壮烈牺牲（东北烈士纪念馆有照片）。李桂香后去苏联，在苏联与金永贤（金大宏）结婚，"八一五"光复后，随丈夫去了朝鲜。

侦察员带着我们立即出发，快拂晓时，来到了一个山头，山下有一条河，河边有几顶帐篷。

这伙人把用狍子皮缝的帐篷搭在了一个山岙里，钻进去呼呼睡大觉了。我们隐蔽在山上。早春的大山，寒风刺骨，黎明前的时刻，更是一天最冷的时候，俗话说"五更天，小鬼都龇牙"。我们一个个冻得直打牙帮骨，"得得得"的响声连远处的哨兵都听到了，他示意我们不要出声，我们一个个只好咬着袄袖子，等着领导下命令。

终于下令出击了，我们分成了三个队，一队冲锋，二队"围剿"，三队后备。三个女的分在了第三队，我们趴在了山头上，任务是，有跑出来的鄂伦春人，我们负责拦截。

大家都憋着一肚子的气，领导一声命令出击，立刻像猛虎下山似的扑向了山下。战士们掀翻了帐篷，那伙鄂伦春人还在梦中就被活捉了。

我们三个女兵趴在山上，听着山下七吵八喊的，忽然我后背背的盆子"啪"的响了一下，耳边好像还有"嗖嗖"的声音，我们也没太理会。

战斗很快结束了。我们没收了鄂伦春人的全部子弹，让他们都排好了队，冯政委开始讲话，由于语言不通，只能一边讲一边比画，冯政委讲话的

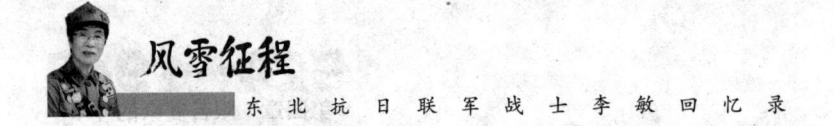

风雪征程
东北抗日联军战士李敏回忆录

大意是,"我们是抗联的队伍,是打日本的队伍,日本鬼子才是我们大家的敌人,我们是你们的朋友,你们不要再跟着我们了。"

我们把空枪又还给了他们。正在这时,我发现柳明玉走路怎么一瘸一瘸的,往她腿上一看,绑腿上渗出了鲜血。我赶忙喊她:"明玉,你的腿怎么了?"

"没怎么啊。"她低头往腿上一看"哎呀"了一声,原来是负伤了。子弹打在了小腿的皮肉上,好在没伤着筋骨。柳明玉说:"我说这条腿怎么拿不动呢,还以为冻麻了呢。"

老朴怎么也一瘸一拐的了,这时,血水从她的鞋里渗了出来,脱了鞋一看,子弹贴着小脚指头边打了过去,还好也没伤到骨头。我赶忙给她们两个包扎,老朴又发现问题了:"小李子,你的盆怎么有一个洞?"

啊?一定是有人在我们的后面放了冷枪,想想真是后怕。

队伍又出发了,这回增加了两个伤员。因为伤在了腿上和脚上,她俩走路都一瘸一拐的,走一步一咧嘴。我只好一只手挎着一个,孙国栋副官替她俩背着枪。

在艰难的行进中,我们走到了几条河的分水岭,分水岭上的景色十分壮美,山上没有多少树,积雪还没有融化,山顶上还有几眼清泉,泉水清洌甘甜,大家尽情地喝着泉水,几天来的劳碌消去不少。站在分水岭上往南看是沾河,往东是汤旺河,汤旺河北边就是梧桐河和都鲁河了。我们在分水岭上休整了两天,两天以后下山进入了一片草甸子。

时令已经进入了阳历4月,走在草甸子上,上面是雪,下面是水,大家的脚整天泡在冰水里,都冻得又红又肿。

我们向德都县朝阳山方向走,第三路军的总指挥部在那里。一路上到处都是敌人的要塞、工事、炮楼,白天不敢行军,只能夜晚走。走走停停的,二十多天以后才到达朝阳山。

到了朝阳山以后,一副凄惨的景象扑入大家的眼帘,这里显然经历了一场大的战斗。指挥部的营房、后方医院全部遭到破坏,所有的房屋都被

第四章 艰苦复杂的斗争

烧毁了,只剩下半截的泥墙伫立在树林里。山坡上被敌机炸死的战马横倒竖卧惨死在那里。因是1939年秋被敌机炸死的,由于天气变暖,马的肚子都涨的圆鼓鼓的。见此景象,同志们的心情都十分的难过,不知道指挥部和张寿篯总指挥的安危如何。

这时,夏振华和栾继洲开始执行第二套寻找方案。原来事先有约定,如果指挥部转移,将在一个隐蔽地点留下联络方式。他俩在一个树洞子里找到了一个瓶子,瓶子里装着指挥部留给我们的信件,信上说指挥部已经转移去了通北。

到了这里,我们从苏联背出来的稷子米已经吃没了,这时大家议论纷纷,山上的死马能吃不?

有个战士说,不能吃,你看肚子鼓那么大,都发酵了,吃了非中毒不可。

另几个战士说,管他呢,总比挨饿强啊。说着还用脚踹了踹马屁股说,没事,肉还登登硬呢。

听了这几个战士的话,大家迫不及待地剥皮剃肉,主要是马大腿和后屁股上的肉,放到火上烤着吃,马肉都变了味,可好歹也是肉啊,大家早就饥饿难忍了,所以吃的还是挺香。这时,冯仲云在一旁紧着嘱咐大家:"把马肉多烤一会儿,一定要烤熟了再吃。"

马克正说:"千万别碰马肚子,碰破了臭味该出来了,就不能吃了。"

吃了顿马肉,在朝阳山住了一宿,第二天早上部队又出发了。这次我们往南走,过了两条河,等到了第二条河沾河的时候,天色已晚,冯政委说:"咱们今晚就住在这里吧,大家理理发,洗洗脸,好好

■冯仲云

休整休整,明天好去见张总指挥。"大家都知道,张总指挥是特别重视军容、军纪的,部下去见他,都尽可能地收拾齐整。

第二天在通北的木沟河我们终于找到了第三路军的总指挥部。指挥部设在一个山沟里,南北都有山,木沟河水往西南流入南北河。

见到总指挥和教导队的同志我们都十分高兴,两年不见,教导队的战友们都长高了不少,说话声音都变了,他们说我也长高了,像个大姑娘了。葛海清还说:"小李子,还记得摘黄瓜检讨的事儿吗?"

"咋不记得,你掉井里,还是夏洪年把你拉上来的呢,哎,夏洪年和于德发呢?"一边说着,我一边拿眼睛在寻找。

听我提到他俩,同志们都把头低了下去……

现在,大个子曹玉奎当了教导队的总队长,夏凤林在支队任队长,掉井里那个葛海清在铁力方向跑交通,丁福、赵福和于连福这三福也都在这里。

教导队的战友们告诉我,于德发同志在克东县张信屯的一场战斗中牺牲了。风趣、幽默的耿殿君团长也牺牲了……

耿殿君团长是我们的老领导,1939年9月下旬,为加强第十二团领导力量,张寿篯把做地方工作的耿殿君调到第六军第十二团任团长,同政治部主任王钧一起在讷河一带进行游击活动。

11月下旬,十二团行至德都县境内的凤凰山一带,与伪军骑兵二十二团和讷河县日伪"讨伐队"遭遇。在花园展开激战,俘虏伪军一个班,击毙日本军官一名,战斗更为激烈。耿殿君指挥部队以迅雷不及掩耳之势,将日军三十余名骑兵分割为两部分,分别歼灭,敌人派六架飞机在空中助战,也未能挽救其失败的惨局。之后,耿殿君率领十二团经北安北越过北黑路,与抗联第三军第八团会合。从山里出发向讷河转移,行军中八团和十二团轮换打前站。

12月19日晚,八团走在前面,由于他们缺乏平原活动的经验,加上地形不熟,夜行军变成了画大圈子,整整一夜没走到预定点。天亮时到了拜

1924—1949
第四章 艰苦复杂的斗争

泉和克山的路上，耿殿君知道白天不便行动，命令部队到沟子东岗上宿营。八团住在东岗顶上的张信屯的一个大院，十二团住在东边的蔡家屯，两处相隔一公里多路。中午，八团哨兵陈明发现公路上从拜泉方向来了五六辆汽车，在王小班店停下来，拢火取暖、烤枪，准备战斗的样子，便向团长姜福荣报告。姜福荣问耿殿君走不走，耿殿君认为部队一动就会处于敌人的追击之中，更加被动，说："不走，敌人来了就打。"当时十二团和八团都是骑兵，敌人见张信屯里有许多马，便包抄过来，占据场院，并用掷弹筒、机枪封锁住八团所在大院的大门，使八团的战士们冲不出去，只能在院子里还击。八团团长姜福荣在指挥战斗中壮烈牺牲，赵敬夫在院里指挥战斗。

耿殿君见八团被围在院子里十分危险，立即指挥部队从一公里多远的蔡家屯向张信屯冲过去，把敌人打退，夺下了场院。为了让八团的战士立即突围，耿殿君大声地喊："八团往出撤！八团往出撤！"他的喊声引起敌人的注意，一排子弹打过来，耿殿君倒在血泊中。

耿团长的牺牲让人悲痛万分，这位领导和别人不同，他永远没有架子，永远和战士们打成一片。我到部队不久就认识他，我们被服厂所需要的一切东西都是他给筹备，亲自送上山。耿团长不管有多大的事，总是乐呵呵的，不管做了多少新军装，他自己总是穿着一套破烂军装，因为他的新军装总是被别人抢去了，把旧的给他套上，难怪大家叫他"耿破烂"，他那乐观向上、关心同志的精神我永远也忘不了。分别两年，没想到再也见不到他了。泪水顿时涌出了我的眼眶。

第二天，领导们开始开会。史称"南北河会议"。参加会议的有张寿篯、冯仲云、马克正、高禹民、王明贵、张光迪、朴吉松、赵敬夫、郭铁坚、张中孚、边凤祥、张文连、崔庆洙、王永昌、夏振华、孙国栋、闫副官等人。

这是一次重要会议，是与党中央失掉联系后第一次听到党中央的声音（是从苏联与中共中央驻共产国际代表联系辗转而来的）。会议上传达了冯仲云从苏联带回来的伯力会议精神，张寿篯总指挥讲了东北抗日战争的敌我形势,同时,在张寿篯主持下正式将第三路军部队改编为第三、第六、第九、第十二支队。

第三路军总指挥:张寿篯;政委:冯仲云。

第三支队由六军教导队、一师十团、二师十二团、三师八团和三军三师七百余名指战员组成。支队长王明贵,政委赵敬夫,参谋长王钧。主要活动在嫩江、讷河、德都、甘南等地。

第六支队由原三军二师、十一军一师九十余人组成。支队长张光迪,政委于天放。主要以绥棱为后方基地,活动在绥棱、海伦、明水、拜泉、通北等地。

第九支队由六军一师、九军二师组成。队长陈绍宾,政委高禹民,参谋长郭铁坚。主要活动在北安、通北、克东、克山、明水一带。

第十二支队由三军一师近百人组成,队长李景荫(后为戴鸿宾),政委许亨植兼。主要活动在巴彦、木兰、铁力、庆城、绥化、望奎、三肇一带。

同我们一起过来的王永昌任北安县县委书记、夏振华留在指挥部任副官。我们三个女兵被编入教导队留在了指挥部。

为保证全军思想统一,行动一致,以争取抗战的胜利,在抗联第三路军总指挥张寿篯的主持下,将在长期革命斗争中所形成的、体现我军性质和宗旨的一些基本原则和要求,经过共同研究归纳成十条。总指挥要求全军的指战员,把这十条作为革命军人的十大守则和行动纲领在部队中进行贯彻,并把它编成为《十大要义歌》,要求全军指战员在部队中广泛地宣传和教唱。

会后的晚上,在指挥部的空地上全体指战员开了一个盛大的联欢会。会上我们高唱为庆祝东北抗日联军成立第三路军,总指挥张寿篯亲自编写的《第三路军成立纪念歌》。

1924—1949
第四章 艰苦复杂的斗争

第三路军成立纪念歌

李兆麟 词

1=F 4/4

(1·2 35 21 6 | 15 123 - | 2·2 22 35 27 |

1·71 -) | 3 2 1 2 3 5 5 | 6·7 121 - |

绚　烂　神州　地，　白山　黑水　间。
驰　骋　吉黑　边，　横扫　哈东　南。
机　动　游击　战，　突破　嫩江　原。
举　国　鼎沸　兮，　全民　总抗　战。

3·4 5 6·5 6 1 | 2 1 2 3 2 - | 1·2 35 21 6 |

八载　余，强敌　嚣张，　铁蹄　肆踏　践。　中华　民族　遭蹂　躏，
军威　远，松江　动荡，　兴安　亦震　撼。　冰天　雪地　朔风　吼，
貔貅　健，长驱　挺进，　到处　得声　援。　反日　怒潮　澎湃　起，
烈焰　炽，战争　烽火，　延烧　遍中　原。　东北　抗联　誓应　援，

15 123 - | 2·2 22 35 27 | 1·71 - |

惨痛　何堪　言，　骨暴　原野　血染　白山　巅。
夜雨　复霜　天，　救亡　响应　壮志　永矢　对日战。
爆发　指顾　间，　三路　军成　立军　民齐　腾欢。
统一　指挥　建，

3 5·3 5· | 3 2 1 2 3 2 - | 3 5·3 5· |

义愤　填膺，　揭竿　齐奋　起，　誓驱　倭寇，
鼓角　乍鸣，　将士　走狗，　慷慨　赴火　线，　精诚　团结，
消灭　日贼　兵，　各争　先与　汉奸　火拼，　果敢　冲锋，
厉兵　秣马，

3 2 1 2 3 2 - | 1·2 35 21 6 | 15 123 - |

团结　赴国　难。　民族　自救　抗日　军余　载　铁血　壮志　坚，
敌寇　心胆　寒。　坚持　抗战　重任　万众　担　孤军　喋血　战，
粉碎　封锁　线。　救国　民族　革命　成功　日　势急　不容　缓，
寇气　一扫　完。　红旗　光灿　灿，

2·2 22 23 5 27 | 1·71 - ||

杀敌　救国　复河　山！
伟哉　豪气　长虹　贯！
国耻　血债　血来　还！
高歌　欢唱　奏凯　旋！

风雪征程
东北抗日联军战士李敏回忆录

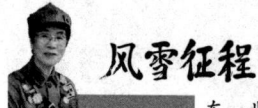

十大要义歌

1=D 2/4　　　　　　　　　　　　　　　　　　老三国调

| 3 3 3 1 | 2 - | 3 5 1 6 | 5 - | 6 5 6 1 | 2 - |

1. 拯救危亡，神圣天职，以身许国，
2. 万众一心，坚如铁石，精诚团结，
3. 舍己为群，忠贞坚毅，服从命令，
4. 英勇杀敌，流血不惜，临阵争先，
5. 全军耳目，为兵所系，戒备机警，
6. 枪械弹药，生命相辅，注重武器，
7. 抗日联军，人民代表，爱护民众，
8. 积极上进，尊敬责职，热心学习，
9. 公正自爱，不避艰险，行为纯洁，
10. 起居谨慎，饮食清洁，讲究卫生，

| 3 5 6 1 | 5 - | 1 6 1 | 5 6 5 3 | 2 - | 2 - |

1. 誓死抗日；我军人第一要义。
2. 友爱朴实；我军人第二要义。
3. 遵守纪律；我军人第三要义。
4. 死不逃避；我军人第四要义。
5. 保守秘密；我军人第五要义。
6. 爱惜公物；我军人第六要义。
7. 不犯秋毫；我军人第七要义。
8. 谨守军礼；我军人第八要义。
9. 劳动勤勉；我军人第九要义。
10. 衣物整洁；我军人第十要义。

　　晚会一直进行到深夜。第二天早上，天色微明，各部队相继离去，他们转战在大小兴安岭及松嫩平原，捷报频传。

第四章 艰苦复杂的斗争

在三路军总指挥部

教导队有四十多名同志,其中女同志有李淑贞、陈玉华、张景淑、张喜淑、金伯文、柳明玉、朴英善、李敏等同志。

女同志们都住在营房里,男同志住在山前的帐篷里,能够学习和生活在指挥部这里,我们都十分高兴。

送走各部队以后,张寿篯总指挥和总指挥部张中孚秘书长每天换班给我们讲课,重点学习毛主席的《论持久战》、中共北满省委制定的《东北抗日联军政治工作暂行条例草案》、《东北抗日联军第三路军总指挥部训练处第一期训练班规则》。

通过学习,教导队的战士在思想和认识上都有了显著的提高。我们更进一步的认识到,抗联部队是在中国共产党的领导下有组织、讲政治的正规部队。

东北抗日联军及反日游击队,生长于反日民族革命运动中,是东北汉族人民和许多少数民族在抗日反满斗争中,成长起来的一种武装组织。为保证扩大与巩固反日的民族统一战线,为彻底驱逐日寇出中国和完成抗日救国完全胜利,必须在抗日联军中巩固中国共产党的政治领导,加强其内部团结和战斗力,持续瓦解与消灭敌人的基本力量。

通过学习,使我认识到,政治工作之目的,在于巩固抗日联军之团结和战斗力,使它成为反日民族统一战线的团结中心。要做到这一点,不仅要依靠军事技术和武器来决定,而且最主要的是要依靠战斗决心和毅力,对抗战事业的忠诚与信心。政治觉悟和团结力非常重要,如果军队具备了这些条件,那就定能发动与配合民众反日斗争,得到广大民众的拥护,定能瓦解与消灭敌军。因此,无论军事的、政治的、党的、共青团的,都向着这个目的来进行工作,使我们的队伍不仅成为反日抗满中心队伍,而且成为更进一步的为将来建设社会主义社会而斗争的有力支队。

政治学习,使我增强了参加学习训练的自觉性,牢牢记住训练班学员必须虚心地学习与研究各门功课,耐心地贯通政治学习和战斗实践。警备机警,劳动勤勉,注意卫生,热心地保存和管理武器装备及其他公物工具。我们完全接受与执行上级命令和教导队的义务要求,明确了东北抗联是正规化部队。

我们训练班学员不仅在功课实习、警备、劳动、卫生、保存与管理武装和公物及遵守纪律方面,成为模范者,而且在精神与意志上,思想和行动上取得完全的一致与统一,并在学习上,研究上,一切动作方面,要以坦白诚恳的团结精神,互相爱护,互相帮助,互相批评,互相督促,以养成纯洁模范的革命军人风尚。

军人品行方面的要求,更是时时对照检查。这方面的要求是:

对人态度要端正和蔼,诚恳坦白,互相信任,互相帮助,互相批评,坚决反对欺辱、说谎、耍手腕、争雄等倾向;禁止饮酒、赌博、吸鸦片及其他毒品;不得擅用任何公物,未得别人的允准时,不得擅用他人之一切物品;不准漫骂与斗殴,不得互相攻讦;不准做伤损风尚的卑污下流的笑谑;不得乱换服装或其他物品,不徇私、不舞弊,戒轻浮、浪漫。

这些要求牢牢地记在了我的心里,使我终身受用。

过了一段时间,总指挥部的粮食又告急了。每天的学习之余,我们就上山去采野菜。春天到了,湿润润的春风,吹拂着田野和山川,河流开化了,带着冰排哗啦啦地流向远方,各种野菜都长了出来,水蒿、旱葱、明叶菜都长得水灵灵的。

尽管野菜有的是,可总吃野菜一点粮食不吃终究不行啊,何况离我们

1924—1949
第四章 艰苦复杂的斗争

不远的后方医院里，还有十多名伤员。

听说王耀钧军医官现在这里的医院工作，我特意跑过去看他。

王医官看见我挺高兴，他笑着说："小李子，长高了不少啊，坚持学习了吗？字练得怎么样了？"我告诉他："没有教员教我了，字还在坚持练。"

他嘱咐我，一定要好好学习，千万不要放弃。

到了这里十多天以后，指挥部安排我们教导队去南北河对岸的绥棱、通北交界处去背粮食。

由指挥部交通员田玉福同志带路，张喜淑、张景淑、柳明玉、老朴、丁福、赵福、于连福一共二十多个人组成了背粮小队。

天还没亮我们就出发了。一去的路上还算顺利，太阳偏西时，我们来到了南北河。南北河水挺宽，从山上下来的桃花水流入河中，水流湍急。田玉福同志的路特别熟，领我们顺河找到了一个木桥，他说，这座桥叫作"鱼鳞桥"。过桥后我们进入了河对岸的一片丛林，要背的粮食就在这片林子里。

粮食袋子分散埋在树底下和枯叶中，上面做了记号，如果不注意很难发现。田玉福告诉我们，这些粮食都是耿殿君团长生前带人从海伦、穆棱等地弄来的。看到这些粮食，我的心里非常难过，耿团长为革命流尽了最后一滴血，他人不在了，还给我们留下了这么多的粮食。看着这些粮食，我的心里一直酸溜溜的。

天黑了，看不见路，我们就在这片树林子里露宿了一夜。第二天，天刚蒙蒙亮，岗哨来报告，远处传来马的嘶鸣。"不好！鬼子'讨伐队'进山了！"大家赶紧背起粮食向南北河的上游跑。

■交通员田玉福（解放后照）

风雪征程
东北抗日联军战士李敏回忆录

敌人显然发现了我们,跟在后面紧追不舍,多亏田玉福同志路熟,他带着我们专找树林密的地方走,敌人的马队进不来。在上游一处河窄的地方,我们趟水过了河,过了河就赶紧往山上爬。山不是很高,但是树很密。刚爬上山头,敌人的枪就响了,枪声中,张喜淑腰部负了伤。我们只好就地卧倒,和敌人接上了火。这时,天已经到了晌午。

由于我们抢先占领了山头,敌人一时半会的攻不上来,他们的人也不是很多。害怕敌人有后续部队增援,我们决定边打边撤。丁福领着一半人向身后的山头撤,我当时在教导队任党小组长,朴景淑我们几个留下打掩护。丁福哈腰背起了腰部负伤的张喜淑背上的粮食,在交通员田玉福的带领下向后面的山头撤去。

等丁福他们抢占了第二个山头,我们这边也开始边打边撤了,他们在那个山头掩护我们。战斗一直持续到天黑,敌人撤了。我们也赶紧离开这一区域。

丁福说:"咱们不能直接回指挥部了,别把敌人引到那里。"我们说:"对,咱们往相反的方向走吧。"张喜淑这时脸色苍白,她一直咬紧牙关挺着。我的粮食也分给同志们背着了,由我挎着张喜淑,我们一直向西走去。

找了一个山高树密的地方又露宿了一夜,第二天,天刚放亮,我们下山了,怕有敌人追击,这次是分散开走的,山上和山下都没有路,拉荒的走,深一脚浅一脚的,太阳偏西时,终于回到了指挥部。

看到我们背回了粮食,全体指战员都喜笑颜开,又有吃的了。

1940年的"五一"劳动节

1940年的"五一"劳动节快到了,中共北满省委在1940年3月24日发表了关于红五月的通告。全文如下:

亲爱的北满党全体同志们!

红五月快要来到了,因为今年红五月纪念运动,是国际和国内革命运动上都有重要的意义,所以北满省委郑重号召全体同志,去广泛的举行纪念红五月的民众运动,以响应国内抗战。

目前国际形势是空前的紧张着,在帝国主义间——战胜国和战败国之间,在帝国主义和苏联之间,在殖民地民族及隶属国和帝国主义之间,在工人阶级和资产阶级之间的矛盾和冲突,再没有像现在这样的复杂和激烈,无论是东方,无论西欧同样的紧张起来了。

在中国对日总反攻的前夜,在中国抗战建国将要成功时,日本帝国主义侵略军不但不能前进,反而节节退败,将要败亡。这就是说,由于日贼对中国"速战速决"计划失败而转入长期战争,已经消耗了庞大的人力、财力、物力,由于它进行这种非正义的侵略战争过程中,排挤别帝国主义在华利权,因而惹起英法美等国家对日抵制贸易和反抗,愈加愈甚,使日贼在国际上造成孤立,所以他没有地方补充战时中的必需品……近日日寇对民众更是肆行大规模的把土地没收,驱逐大多数农民和粮户,并大批移植日本移民团,故意降低粮价,强买粮食,甚至于取消民户的碾子,只许可在每屯一盘碾子。因为它的国内大部分工厂的倒闭,贸易窒塞,货物不通,

所以日贼把商民买卖极端限制,变本加厉的税捐,一元伪币当过去二毛钱的比例数,并到处风行贿赂民众、敲诈民众,简直是东北人民的生活一点保障也没有。正由于这个缘故,所以东北人民对日突击思想不仅在工农群众中,而且在一大部分地主、资本家也日益成熟着。

特别在最近二三月间,中国军队惊人的强大,在各战区进行有机动的反攻,日本侵略军在各前线上屡次都遭受极大的损失和失败。当然这种失败,必然会影响到它的内部,以加强更大的动摇与危机,同时这种失败,也必然会影响到东北人民的心目中,加强更大的义愤和抗战胜利的信心。

北满省第十次常会正确的估计到"今年在'满洲国'国境更不能稳定,事件发生是不可限量的",我们敢说,这个估计,不久将来一定会变成事实。北满省第十次常委会又预告道:"一九四〇年度,由于国际形势的急转和中日两大实力长期对抗上已经发生极大的变化,由于目前东北人民,忍不可忍受的牛马生活和对日轰击义愤已经发指冠冲,所以在某些地方,就是说,日满统治力量薄弱的地点——抗日客观条件已经成熟的地方,首先局部的武装起义的可能……"我们现在亲眼看到,国内抗战的形势和东北人民的对日义愤,是很快要变成巨大的实际行动,是不言而喻的。

北满全体党员同志们!今年五月,正循着这样历史环境中来到的。我们应当把反日民族革命历史赋与〔予〕我们的重担,忠实的在我们肩膀上负起来,不管任何阻碍和困难,必须以镇静的、大无畏的布尔什维克的精神和意志,勇敢的跑步到街头上、乡村中、工厂中、兵营中、学校中,与一切反日的党派、军队、宗教、民族以及全体人民亲密的联合起来,胜利的准备与举行罢工、罢运、罢市、罢课、游行示威以及发动民众武装民变,来反对挑兵、反对侵略战争、反对掠夺,要求八小时工作制,抵制日"满"一切法令,袭击敌人的城镇,破坏敌人的军事设备,来纪念红五月一切先烈,来响应国内抗战建国。①

这份通告详尽地阐述了当时国际和国内的形势。教导队组织全体队

---

① 中央档案馆等编:《东北地区革命历史文件汇集》甲 26 册,1989 年 7 月内部印行,第 103~106 页。

1924—1949
第四章 艰苦复杂的斗争

员进行了认真的学习和讨论。虽然斗争艰苦,形势紧张,但是通过学习《五一通告》,知道了通过我们的艰苦奋战,日本帝国主义一定会被打败,祖国光复的那一天不会太遥远,我们深信胜利必将属于中国。

"五一"节来到了。这一天,天气晴朗,湛蓝的天空上飘着朵朵的白云,春风吹拂着战士们的笑脸,我们坐在绿油油的草地上,指挥部将要举行隆重的庆祝大会。

上午九点,大会开始。会上,张寿篯总指挥用生动的语言给我们讲了当前国际国内的形势,从国际反法西斯战争,讲到东北的抗日斗争。他的讲话极大地鼓舞了部队的士气,我们坚信打倒日本帝国主义,解放全东北的一天一定会来到的。会上还宣读了《中共北满省委为纪念"五一"劳动节告北满全体同胞书》:

中共北满省委为纪念"五一"劳动节告北满全体同胞书
(一九四〇年五月一日)

亲爱的反日武装同志们!工农劳苦群众们!及一切中国同胞们!

今天是"五一"劳动节。七十年前美国芝家哥(芝加哥)城工人,为争取八小时劳动制,对资本家举行罢工游行示威,当时该城美国警察不惜其枪弹,向数万示威群众射击,死伤数百名的流血惨案的日子。五月一日这一惨案,不仅在美国劳动群众解放事业上头一次警钟,而且曾经成为国际无产阶级解放运动的先声。

"五一"劳动节,是国际劳动人民重新检阅自己的团结力,觉悟程度和战斗力量,是重新整装与布置自己的队形和阵线。资本主义各国数万万劳动人民,在残酷的警察制度条件之下,不顾一切,为纪念"五一"的一切先烈,手持以鲜血染红的革命旗帜,高喊着"五一"先烈精神不死!反对资本进攻!要求八小时工作制!力争被压迫民族独立解放!反帝国主义强盗战争!力争和平等口号,来轰轰烈烈的举行罢工、罢运、罢课,游行示威以及武装斗争,来回击法西斯蒂,帝国主义者及一切反革命营垒。

风雪征程
东北抗日联军战士李敏回忆录

但第一个社会主义国家——苏联工人阶级和一切人民，经过十月革命从俄国地主、资产阶级代办——沙皇制度之下解放出来才实现八小时工作制，享受了从来没有过的最自由和最富裕的新的生活。现在中国国民政府统治区域里，业已实现八小时工作制。这就给我们十足证示，只有革命斗争，才能得到解放、领土和自由。

中国共产党北满省委员会郑重号召北满全体劳动群众和各界同胞，应当坚决的起来纪念"五一"国际劳动节，如果中国总抗战不得到国际无产阶级及被压迫民族的援助和同情，如果不得到中国无产阶级的政治领导，那就不能成功的。因此，今天"五一"劳动节和中国总抗战，有不可分离的国际关系。所以我们在"五一"劳动节这一天，更应当起来举行罢工、罢运、罢课、罢市，游行示威以及发动民众武装民变，反对挑兵，反对侵略，反对掠夺，来破坏日贼军事设备来争祖国！争领土！争自由！以响应国内抗战！

今年"五一"劳动节纪念运动，是在帝国主义强盗战争和反苏联挑战的冲突极端尖锐化的条件之下，是在国际无产阶级和被压迫民族已经集聚不可战胜的力量，来冲击敌人的条件之下举行的，是在苏联社会主义建设伟大的第三个五年计划将要完成的条件之下，是在中国总抗战总反攻的前夜，日贼侵略军将要败亡而中国抗战建国将要成功的条件之下，我们在街头上、乡村中、战壕中，去举行纪念"五一"国际劳动节。

反日的武装同志们！你们应当在"五一"劳动节这一天，以攻袭敌人的镇城，破坏敌人的兵营、飞机场、兵车、电线、铁路、桥梁等设备来纪念它！

铁路的与煤矿的与一切工人同胞们！你们是在反日民族革命运动中最基本动力与先锋队，你们更应当组织罢工，罢运，游行示威，要求八小时工作制和增加工资，反对强迫劳动，要求改善生活等斗争来纪念它！

农民们！你们的土地被人没收，粮食被人掠夺，碾子被人取消，粮户被人驱逐，生活不如牛马。你们应当起来，在"五一"劳动节这一天发动反对日寇移民政策，收回土地、粮食和碾子自管，居住与旅行自由等斗争来纪念它！

商民们！你们应当以举行罢市，游行示威来反对货物官价，要求买卖自由,反对日满捐税,反对伪满的一切法令等斗争来纪念它!

青年同胞们!学生们!你们正处在极危险的时机,或早或晚都有被日贼挑去当炮灰的可能,你们在"五一"劳动节这一天更应当起来,反对挑兵,反对奴化教育。以举行罢工、罢课、示威,成群结队到抗日军中来武装抗日,来纪念它!

满洲国军警官兵们!职员们!你们时时刻刻都有调开前线,去替日贼送死的危险,立即把日本指导官及亲日长官杀死,哗变出来共同抗日,来纪念"五一"劳动节!

在满朝鲜民众们!蒙古民众们!日本帝国主义是我们中、韩、蒙民众的公敌,在这革命意义的"五一"劳动节,大家应当不分民族,亲密联合起来,反对日寇压迫和掠夺等斗争,来纪念"五一"劳动节!

①"五一"劳动节革命先烈精神不死!
②为力争八小时工作制而斗争到底!
③打倒日本帝国主义!推翻"满洲国"!
④建立东北抗日救国政府!
⑤大中华民族大团结胜利万岁!
⑥全世界无产阶级与被压迫民族大联合胜利万岁!!!

中国共产党北满省委员会
一九四〇年五月一日①

五月的大山,刚刚披上春装,满山的青翠。山风阵阵吹来,树叶哗啦啦地响。张总指挥站在一个高坡上,挥舞着手势,他的讲话慷慨激昂。他带领大家高呼口号,全体指战员们群情激奋,斗志昂扬。我们的呼声群山都在回应:

"全世界无产阶级与被压迫民族大联合胜利万岁!万岁!万岁!"

我们在《五月一日国际劳动节》的歌声中结束了庆祝大会。

---

① 中央档案馆等编:《东北地区革命历史文件汇集》甲26册,1989年7月内部印行,第129~133页。

风雪征程
东北抗日联军战士李敏回忆录

五月一日国际劳动节

1=G

1 1 5̇ 5̇	6̇ 1 5̇	5·3 5 6	5 -	6 6 5 3
五月 一日	劳动 节	工人 大 检	阅，	国际 资本

5 -	3 1 2 3	3 2 1	3 1 3 6	5· 3
家，	张牙 舞爪	施猖 獗，	强夺 殖民	地

| 2 1 2 3 | 5· - | 1 1 5̇ 5̇ | 1 3 2 | 3 2̇ 1 1 3 |
| 压榨 工农 | 血。 | 资本 主义 | 合理 化， | 千万 工人 |

| 5 6 5 | 6 5 | 3 2 | 5·6 5 3 2 | 1 2 3 |
| 尽失 业， | 团结 | 起来 | 杀 上 前 去 | 别畏 怯， |

| 5· 5 5 5 | 6 3 1 | 1 2 3 | 2 1 5̇ | 1 5̇ |
| 帝 国 主 义 | 法西 斯 | 极残 暴 | 如蛇 蝎， | 抖起 |

| 1 3 5 | 5·3 5 6 | 5 - | 5 5 6 3 | 5 - |
| 精神 来 | 杀 他 个 坚 | 决， | 直到 那时 | 间， |

| 3 1 2 3 | 3 2 1 0 | 3 1 3 6 | 5·3 | 3 1 2 3 |
| 奴隶 才是 | 翻身 日。 | 旗帜 是列 | 宁， | 奋斗 为工 |

| 5 - | 1 5̇ 1 3 | 2 - | 3 5 3 2 | 1 - ‖ |
| 农， | 建立 苏维 | 埃 | 世界 真大 | 同。 |

1924—1949
第四章　艰苦复杂的斗争

教导队里的学习

1940年5月到7月这段时间，张寿篯总指挥和张中孚秘书长带领我们重点学习了毛主席的《论持久战》、《五一告同胞书》和《东北抗日联军第三路军总指挥部训练处第一期训练班规则》。通过学习，我们教导队的学员在政治思想上都有了很大程度的提高。

毛主席在《论持久战》中详细、具体地用十八个标题和一百二十条说明了国际国内的形势，说明了抗日战争中发生的各种情况和出现的各种问题，清楚地给我们讲明了，为什么要进行持久战，怎样进行持久战。

《论持久战》里面的十八个标题是：(1)问题的根据；(2)驳亡国论；(3)亡国论是不对的，速胜论也是不对的；(4)为什么是持久战；(5)持久战的三个阶段；(6)犬牙交错的战争；(7)为永久和平而战；(8)能动性在战争中；(9)战争和政治；(10)抗日的政治动员；(11)战争的目的；(12)防御中的进攻，持久中的速决，内线中的外线；(13)主动性，灵活性，计划性；(14)运动战，游击战，阵地战；(15)乘敌之隙的可能性；(16)抗日战争中的决战问题；(17)兵民是胜利之本；(18)结论。

毛主席同时还为我们明确地指明了抗日战争三个战略阶段的作战形式：

抗日战争三个战略阶段的作战形式，第一阶段，运动战是主要的，游击战和阵地战是辅助的。第二阶段，则游击战将升到主要地位，而以运动战

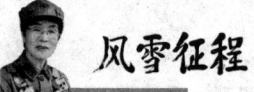

和阵地战辅助之。第三阶段,运动战再升为主要形式,而辅之以阵地战和游击战。但这个第三阶段的运动战,已不全是由原来的正规军负担,而将由原来的游击军从游击战提高到运动战去担负其一部分,也许是相当重要的一部分。从三个阶段来看,中国抗日战争中的游击战,决不是可有可无的。它将在人类战争史上演出空前伟大的一幕。为此缘故,在全国的数百万正规军中间,至少指定数十万人,分散于所有一切敌占地区,发动和配合民众武装,从事游击战争,是完全必要的。被指定的军队,要自觉地负担这种神圣任务,不要以为少打大仗,一时显得不像民族英雄,降低了资格,这种想法是错误的。游击战争没有正规战争那样迅速的成效和显赫的名声,但是"路遥知马力,事久见人心",在长期和残酷的战争中,游击战争将表现其很大的威力,实在是非同小可的事业。

毛主席在《论持久战》里,充分肯定了游击战的作用和重要性。

通过学习,我深切地感受到,毛主席真是太伟大了,他把道理都讲给了我们,以前我们只知道打鬼子,把日本鬼子赶出中国,现在知道了国内国际的形势,知道了要坚持持久的、人民的战争,还要争取苏联等社会主义国家的援助,这样才能最后把关东军赶出中国。

学习中,张总指挥和张秘书长耐心地、细致地逐一给我们详细讲解,讲完了还要提问和考试,直到我们弄懂为止。

1940年7月,中共北满省委又发表了《中共北满省委关于"七七"和"八一三"抗战三周年纪念的公告》

中共北满省委关于"七七"和"八一三"抗战三周年纪念的公告分析了国际国内特别是东北的斗争形势,为我们今后斗争任务提出了具体要求:

(1)游击队必须有计划的有准备的在八月份开展平原游击,百分之百的实现我们平原游击的计划。

1924—1949
第四章 艰苦复杂的斗争

(2)游击队必须争取军事胜利来纪念"七七""八一三"抗战建国三周年纪念运动。

(3)游击队在平原游击时必须吸收大批新队员,以便自己的数量至少有一倍之增加,在提高抗战必胜的信念下巩固新队员,亲热和爱护他们,以克服其流动性。

(4)游击队必须于七、八月份中完全解决冬季供给,准备成立骑兵(重要根据情形)发展相当数量的款项。但决不允许侵犯广大人民的利益。同时对冬季游击应有事先的充分的准备和计划。

(5)游击应在军事胜利中,来解决武装与供给,使队伍内的腐败武器悉数更换。

(6)游击队必须与地方群众,保持与建立亲密的联系,取得互相信任,政治部尤应注意到群众线索和关系的建立及地方工作的布置。

(7)游击队必须成为群众的宣传者和组织者,大批散发宣传,召集群众大会等等,"七七""八一三"三周年纪念日,应召集军民纪念大会。

(8)各地方组织应该于七、八月份中,建立青年、妇女的单独组织,如:民族解放先锋、救国青年团、妇女协会等以及其他各种组织,如工人反日会、农民反日会及少数民族团体等,反对反动封建的民主斗争,民生改善,尤其要开展募捐运动,拥护抗日军之工作。

(10)①地方组织应该根据当地情形,领导民众武装起义,成立地方性质的游击队。

(11)纪念"七七""八一三"抗战建国纪念,各地方党组织,应该根据当地的情形召集群众大会,或举行飞行集会等等。

(12)纪念"七七""八一三"抗战建国三周年纪念,要发展党员数量,约原有党员数量百分之二十,并保证对新党员工作之完成。

(13)必须加强党内支部生活及组织纪律,在支部中一定要将毛泽东

---
① 原文缺(9)。

同志的新阶段,详尽的讨论,使每个党员能够了解和明白其全部内容。

(14)必须在队内,在群众组织内,以三民主义为中心,提高新文化运动,特别是识字运动,同时必须改进宣传工作,多数出版通俗简单的宣传品及充实北满救国报内容。

(15)必须时时该警防奸细活动,坚决的开展反奸细的斗争。①

在紧张的学习中,我们度过了三个多月。

忽然有一天,武装交通员姜立新带着陈交通员来到了指挥部。

看到他俩,我们都惊呆了。只见陈交通员衣裳破碎,脸上血肉模糊,眼睛肿得只剩下一条线。姜立新的肩上背着两个大挎包,一只手搀扶着陈交通员。我们赶紧接过背包,去喊卫生员。

"老姜,这是咋的了,你们遇到敌人了?"大家都急着问。

"咳,别提了,别提了……先给我口水。"老姜喘着粗气说。

大家赶紧递过去一缸子水:"到底咋的啦?"

"咳,咋的啦,我们让黑瞎子给缴械了。"

"啊!快给我们讲讲。"同志们更着急了。

原来,姜立新和陈交通员是从南面铁力方向,北满省委书记金策那里过来的。当走到一片密林时,两个人又累又饿,决定在这片树林子里打个尖(吃饭),老陈说:"我出去转转,看打点什么活物。"老姜说:"好,我烧水,你快去快回。"

老陈走了以后,老姜拾了些枯树枝,点着了火,水"咕嘟咕嘟"开了时,远处传了一声闷枪声。老姜寻思,不知道打了个什么野物,正好水也开了。老姜等啊,一等也不来,二等也不来。这是咋了?他赶紧顺着枪声的方向去寻找。

老姜在密林子里仔细的搜寻,走出了不多远,他透过树空,看到了一

---

① 中央档案馆等编:《东北地区革命历史文件汇集》甲26册,1989年7月内部印行,第159~162页。

1924—1949
第四章 艰苦复杂的斗争

幅景象,立刻惊出了一身冷汗。林子里面有一小块空地,只见老陈躺在了地上,他的旁边坐着一个五大三粗的黑瞎子(黑熊)正在吐着血红的舌头,呼呼地喘着粗气,它的小眼睛紧盯着地上的老陈。

见此情景,老姜不敢出声,他慢慢地掏出枪,仔细地瞄准了黑瞎子的脑袋,扣动了扳机,黑瞎子应声"咕咚"一声倒了下去。

老姜赶忙跑到了老陈的身边看看,发现他还喘气。这时老陈的脸上已经被黑瞎子舔的没有皮了,露出红红的肌肉,不断地渗出鲜血。他的胳膊也被黑瞎子给咬的血肉模糊。衣服都撕碎了。老姜把老陈扶了起来,看看还能走,就把他搀到火堆旁,喂他喝了些水。

缓过气来,老陈说:"我走出不多远,就看到这个黑家伙窜了出来,我一枪没把它撂住,它'噢'的一声,一巴掌就把我打倒在地,接着就开始摔我,我让他摔的啊,几下子就晕了过去,然后它就拿舌头舔我,脸上火辣辣地疼,也不敢动弹,多亏你来了,要不没命啦……"

老姜让老陈坐在火边休息,他把那个大黑瞎子剥了皮,卸下了一条大腿,切成肉条,放到火上去烤,剩下的熊肉都放到了一条小河里,上面压上了石头。

讲完这段惊险的遭遇后,老姜说:"走,我领你们背黑瞎子肉去!"

听了老姜的话,大家都"噢"的一声蹦了起来,"有熊肉吃了"。

老陈被送到了医院去养伤,姜队长带着我们去背黑瞎子肉,大家这个高兴啊,都争先恐后地要去背。

背回来的熊肉,给医院送去了一部分,剩下的和野菜一起煮着吃了好几天,熊油也熬了出来,用来拌野菜吃。

一条艰险的路

七月里的一天，天气晴朗。张总指挥把我找去谈话，他交给了我一项意想不到的、特殊的任务。

我来到了总指挥部，女战士李淑贞和张景淑已经在那里了。张总指挥和我们说："根据国际、国内对敌斗争的需要，指挥部决定派你们几个去苏联学习无线电。"

啊！去学发电报？真的吗？接到这一任务我既兴奋又紧张，当时对于无线电我们一直都感到挺神奇，那东西好学吗？能学会吗？

张总指挥嘱咐我们，到了苏联要克服困难，努力认真学习，无线电就是我们的眼睛，我们的耳朵。据说，一个月左右就能学会，早去早回，我们这边的工作非常需要。同时，他还指示将有一项更艰巨的任务，务必要完成。

这项任务就是，随我们一同从苏联回来时有一名姓辛的侦察员，这次也要和我们一起同行，他沿途要侦察几个地方，张总指挥命令我们配合他的行动，必须完成任务。

我们立正回答："是！保证完成任务！"打个军礼就退出来了。

一个晨雾弥漫的早晨，一支五人小队悄悄地出发了。后来听说，我们走后，指挥部带着教导队去德都县的朝阳山视察工作。

我们小队的向导是国际武装交通队长姜立新，他五十多岁的年纪，上中等的个子，两只眼睛挺大挺圆，十分的机警。他负责带路，同时肩负着和沿途联络点接通关系。

第四章 艰苦复杂的斗争

侦察员老辛（化名），二十五六岁的年纪，人长得文文静静，眉清目秀。穿一身黑色的中山装，一看就是知识分子。这人话不多，因为有纪律，我们也不多问。

女战士李淑贞，二十七八岁，人长得挺漂亮，是第九支队政委郭铁坚的爱人。他们两个人特别的恩爱，记得有一次部队点起篝火时，李淑贞坐在篝火前，郭政委坐在她的身后，用手环抱着她，用自己的身体给她挡着后背的寒风。我们当时都很羡慕，一边偷偷地在笑，一边想，原来两口子还可以这样亲密啊。他们曾经有过一个两岁的男孩，行军打仗，孩子没办法抚养，就送给了当地的一个老乡，孩子整天在哭，后来病饿而死。李淑贞悲痛万分，当第二个孩子出生后，她狠着心，偷着给孩子灌了大烟，孩子无声无息地死去了。她哭着说："让孩子安安静静地走吧，再也别像他的哥哥那样，遭那么多的罪了……"

女战士张景淑，二十岁左右，是指挥部总参谋长许亨植的爱人，她也刚生了孩子不久，孩子被杨交通员抱给了当地的老乡。

出了密营，小队第一站先奔南北河，到那里去解决一点给养。太阳西斜时，我们趟过了南北河，又来到了上次背粮食的那片树林。

树林子里，我们找到了半袋子白面，用随身携带的盆子烙了二十多张大饼，每人分了四个。当天天色已晚，就露宿在这片树林子里。

第二天，在山里又走了一天，我们终于钻出了大山，打这以后，离开了大山的掩护，小队只能是昼伏夜出了。

小队下一站准备去德都县的五大连池镇。老姜带着我们先来到了绥棱县山里的一个林场，这里有我们的联络点，林区的伐木工人都认识老姜。

在林场里，老姜很顺利地借了五匹马，一个工人跟着我们。这天可能是农历的初五六吧，天上挂着半个月亮，借着稀疏的月光，六个人连夜骑马奔向了五大连池。快马扬鞭，我们经海伦，过北安，绕过了敌人的据点，天亮时，赶到了五大连池的第三池子。

到了这里，我们把马还给了那个工人，他带着马匹返回了绥棱。

风雪征程
东北抗日联军战士李敏回忆录

到了五大连池,我们站在高处往四周一看,只见黑色的火山岩石起伏绵延,像是波涛汹涌的大海,景象十分壮观。

第三池子这地方有个鱼亮子,这里的渔民姓刘,是我们的地下联络员。他把我们领到一个石头坑子里,这个坑子据说作过部队的营地,坑子里天然的分成了好多的单间,顺着石头还有上面流下来的泉水,真是个理想的宿营点。

到了这里,姜立新和老辛在夜间去往德都县龙镇的火车站。龙镇是通往黑河北部地区的重要城镇,是日军的官兵和装备的集结地。哈尔滨的日本关东军通过

■2007年,李敏重返五大连池第三池——石海营地,这里曾经是抗联第三路军营地之一

这条铁路运送武器、士兵和军需品。后来我们才知道,他俩是隐蔽在车站附近,每天记录有多少军车开往黑河。

我们在五大连池这里等他们,鱼亮子老刘给我们送饭,还把他新打的鱼炖给我们吃。

两天以后,他们回来了,老姜说还有事要向省委汇报,我们得去朝阳山。

我们离开五大连池向朝阳山走去,白天找个隐蔽的树林歇脚,到了晚上才开始行动。一天以后,我们来到了朝阳山附近的一个小村子。姜立新领着小队走进了一户人家。看到我们进来,那家人的脸色都变了:"哎呀,老姜,你们咋还在这转悠呢?朝阳山的部队听说让鬼子给包围了,打了一场恶战啊,听说咱们部队死了好多人呢。"

1924—1949
第四章 艰苦复杂的斗争

听了老乡的话,我们都大惊失色。朝阳山那里是总指挥部的驻地啊,张总指挥和教导队的同志们都咋样了?他们冲出敌人的包围圈了吗?

后来,王明贵同志回忆说:

1940年7月,在朝阳山区大横山一带,伪军董连科骑兵连,偷袭了朝阳山后方基地。原北满临时省委书记张兰生,三支队政委赵敬夫等同志壮烈牺牲。

战斗经过是这样的:这年夏天,抗日联军第三路军总指挥张寿篯和原中共北满省委书记张兰生同志带领省委机关来到了朝阳山后方。在大横山一带视察军队和地方的工作情况。主要目的是要办干部训练班。在政策上宣传贯彻毛主席的《论持久战》;在战术上学习彭德怀的游击战术;在理论上学习马列主义的辩证唯物主义和历史唯物论。省委和总指挥部领导到来以后,部队为他们准备了粮食,选择了大横山附近为办训练班的地点。还要为他们准备学习用品等,为了宣传还要印发传单,于是我们决定打科洛站。7月初,我和赵敬夫率三支队打开了科洛村公所,并抓了四个日本人,缴获了一台油印机,一批纸张和文具。接着我们又打开一个日本开拓团,缴获了大批粮食。于是,赵敬夫政委带领二十几个战士,从小路进了朝阳山,把粮食和油印机等战利品送到朝阳山指挥部去。我率三支队大部与以董连科为首的伪"讨伐队"在山边周旋。土匪出身的董连科十分熟悉朝阳山的地形。他们并没有追赶我们的大部队,而是跟随赵敬夫所带的小部队进山的足迹,企图进山偷袭我总指挥部。当我带领大部队发现尾追的伪军部队忽然不见的时候,预感到敌人可能偷袭我朝阳山指挥部。于是我立即派人骑快马前去报信。当通讯员赶到指挥部时,敌人也赶到了并包围了指挥部。赵敬夫和张兰生为掩护总指挥部领导突围与敌人展开了激烈战斗。张寿篯率总指挥部部分干部、战士和学员安全转移了,而赵敬夫和张兰生等同志却被一百多名敌人团团围住。终因寡不敌众,在战斗中英勇牺牲。

第二天,我们三支队赶到大横山,察看并收敛了牺牲同志们的尸体。

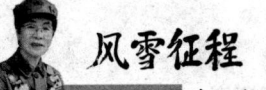

风雪征程
东北抗日联军战士李敏回忆录

在牺牲同志中除了张兰生、赵敬夫以外,还有省委秘书崔清洙(朝鲜族),副官王晓楼,小队长夏洪年,战士刘树林、宦友等二十余人。我们含着眼泪掩埋了长眠的战友。①

朝阳山战斗牺牲二十多名同志,大家都感到十分悲痛。冯仲云、马克正等为烈士写出不少挽联、祭文。

冯仲云同志追悼朝阳山烈士的挽联:

追悼

先烈 张兰生同志 赵敬夫同志 崔成秀同志 关永林同志 苏 德同志

　　李 毅同志 夏洪年同志 陈连型同志 马国良同志 奂　同志

兰生、敬夫、清秀暨教导队朝阳山阵亡诸同志:

　　为民族争生存,数载苦斗,忠魂长绕朝阳巅

　　求国家独立,千里转战,热血遍洒嫩江畔

　　　　　　　　　　　　　冯仲云敬挽

追悼朝阳山烈士祭文

伏风浓喘 草木凄然 浩浩嫩江之野 朝阳之麓 含笑瞑目 卸去责职 虽已鲜血流彻输入壮烈沧海 尤尚伟志未酬弗慰 于九泉 嘻嘻 壮兮伟兮 竭其忠也 自我军创业以来 于兹今日 业已七载有余 虽倭寇未逐 满伪未复 以我钝之刃 驽之马 驰骋于长白之北 黑龙以南 几乎于白山黑水 无处不然 敌寇闻名胆寒 望影鼠窜 而广大之民众 体会我军 如天如地 我军之所以如是者 其功莫不以先烈之为高也 先烈之以头颅杀出血路一条 以已奠定今之础业 向前驶驱 为争取胜利 则必以拼命杀敌 为先烈报仇 则必以舍生刈寇 誓 志亦坚 以慰忠魂 如渝此者 当午皦日 忠魂烈士 汝闻乎知乎 我彬彬齐齐 当烈辈之前 痛泣深祭 誓

---

① 中共德都县委党史工作办公室编:《德都党史资料》,内部印行,第26~27页。

1924—1949
第四章 艰苦复杂的斗争

鸣复冤 共夺共励 望以领略虔诚 哀哉尚响

马克正等悼朝阳山牺牲之烈士的诗文（一九四〇年）

你们英勇壮烈地牺牲在这一朝阳山上，
你们的血将灌溉着民族解放花怒放，
你们活泼健壮的身躯虽然现在已腐，
你们的精神气概永远是我们的榜样。

马克正 敬
病院全体同志 谨启①

在朝阳山这里也有一个后方被服厂，厂长名字叫刑德范。刑德范，女，又名张素珍，1918年1月13日生于山东省莱阳。1935年2月于方正县伊汉通乡得莫利村参加反日大同盟，10月参加东北人民革命军第三军；1939年加入中国共产党，1945年在牡丹江军区任副指导员，1956年转业任北京水电学校人事科长；1958年任黑龙江省农业机械厅党委副书记，1970年任黑龙江省石油化学工业厅纪律检查委员会副书记，1982年离休。

刑德范同志是童养媳出身，后参加东北抗联，是一位英勇顽强的女同志，在朝阳山战斗中，她手持机枪，多次打退了敌人的冲锋，最后累得吐了血。

西征前，在梧桐河畔，教我们唱歌的徐紫英同志也牺牲在这一地区。西征路上徐紫英同志的双脚冻伤，被送到后方医院养伤，敌人大"讨伐"把医院破坏了，他每天只能在一个小河沟边爬来爬去，靠着挖野菜、吃野草，顽强地生存着，即使这样他的身上还是背着文件和油印机，徐紫英同志后在敌人的"围剿"中牺牲。

那天我们听到朝阳山遭敌围攻的消息，小队不敢在这里再做停留，趁着夜色，我们赶紧向下一个目标辰清走去。辰清是日本关东军的驻地，老

---

① 中央档案馆等编：《东北地区革命历史文件汇集》甲59册，内部印行，第379页。

风雪征程
东北抗日联军战士李敏回忆录

辛在那里有重要的侦察任务。

这天晚上我们走到了一个山坡地,里面长满了柞树。大家都累得不行了,合计一下,就在这里宿营吧。一天都没吃东西了,我们掏出了挎包里的烙饼,烙饼已经长了一层绿毛,我们点起了一堆篝火,把饼掰碎了,熬汤喝,熬出的汤都是绿颜色的,也顾不得那么多了,每人喝了一碗,就在火堆边睡着了。

头半夜是李淑贞站第一班岗,张景淑站第二班岗,轮到我站第三班岗时,已经是半夜了。我感觉自己好像刚刚睡着就被人喊醒了一样,这个困啊,好不容易才爬着起来,背着枪站在了山岗上。这一夜,阴沉沉的,看不见星星和月亮,山风阵阵吹来,树叶沙啦啦地响。忽然远处传来了人的哭声,凄凄惨惨、呜呜咽咽的十分瘆人,我的头发立刻竖了起来。什么人在这荒郊野外哭嚎?我赶紧去喊张景淑:"快!快!不好了,你听听是不是狼在叫唤?"张景淑刚躺下,她迷迷糊糊地说:"啥狼来了,那不是有人哭吗?"哭声越来越多,最后变成了嚎叫。不好!真是狼来了!

这时,大家都坐了起来,把枪拿在了手中。狼群的嚎叫声越来越近了,老姜说:"别怕,别怕,大家赶紧添火,把火堆烧旺点,狼怕火,它们不敢过来,咱们尽可能别开枪,别把敌人引来。"

火堆烧旺了,狼群果然没过来,但是也不走,在离我们不远的地方低嚎着。后半夜,谁都没敢睡觉。

天亮了,狼群终于退了。为了赶时间,我们不敢耽搁,又接着赶路了。

天傍黑时,我们走到了一个地方,这里有一片去年伐过的树墩子,老姜说:"不怕了,这地方有炭窑。"我们跨过了一个山头,果然看到山下有一座土房,土房的烟囱里,冒出了一缕炊烟。

我们下山进了土屋,屋子里有两个烧炭工,年纪大的五十多岁了,姓王,年轻的有三十来岁。老王头给我们熬了小米粥,用咸盐拌了点山菜。大家立刻狼吞虎咽地吃了起来,一会儿就锅底朝了天,还都觉得没吃饱。

吃完饭,老姜和两个烧炭工唠嗑:"你们这里是啥地方啊?附近有没有村子啊？村子里有没有日本兵啊？"老王头告诉我们，离这里十八里地(九公里)，是辰清，有一百来个日本兵住在那里。

老姜又问他们："我给你们钱，能不能帮我们去买点小米啊？"两个人都说："行。"

十八里地，来回一夜也就回来了。老姜给了他们一些钱，他俩就上了路。

他们走了以后，我们倒在炕上都呼呼地睡了过去，岗哨都忘记放了。也难怪，昨天晚上让狼群闹了半宿，白天又走了一天的山路，大家都累乏了。

喝了一肚子的小米粥，后半夜我让尿憋醒了，赶紧跑到外面去解手。外面不知什么时候下起了大雾，附近的树木和草垛在雾气里好像鬼怪似的时隐时现。参军四五年了，值班、站岗的也都习惯了，这时，我不知道怎么的忽然之间就害怕起来了，心里直打鼓，头皮直簌簌，我赶紧跑进屋去。

啊！老王头啥时候回来了？进了屋，我模糊地看到老王头在屋子里走来走去，我忙问他："哎呀，大爷，你回来了？路上辛苦啦。"老头没说话，打了个"咳"声，还是来回地走。我又问他："大爷，你咋啦？是不是出事啦？"

老头又"咳"了一声，连着说："别提啦，别提啦。"

"咋的啦，家里出啥事啦，看我们能帮忙不？"

王大爷这时一拍大腿说："这个，这个，咱们中国人也有败类啊！"

我一听，不好！赶紧去拽姜立新，忙着喊大家。同志们一骨碌都爬了起来。老王头还在说："咱们中国人也有败类啊！你们快跑吧！快跑！"

我们赶紧出了门，绕到了房后，房后是一座小河，过了河是一座小山，山上有一人高的树丛。我们刚到房后，就听见马蹄子的"嘚嘚"声。

敌人很快就来到了山前，他们高喊着："快出来！出来！"机关枪同时"嘎嘎嘎"地响了起来。我们拼命地跑，跑得上气不接下气。老姜嘱咐我们："快跑，别开枪，雾大敌人摸不准咱们方向。"

我们爬上了一座更高的大山，敌人终于被我们甩开了，这时天已经蒙蒙亮，雾气也更大了。忽然从云雾里钻出了两只大大的、亮亮的眼睛，"噢——"向我们跑来。我哎呀了一声："龙！龙来了！"老姜赶紧喊："卧倒！

风雪征程
东北抗日联军战士李敏回忆录

不许抬头！啥龙啊，那是火车！"原来这是一列哈尔滨开往黑河方向的军车。火车轰隆隆地过去了，大家的心还在怦怦地乱跳。

　　火车过去后，我们继续赶路。天傍黑时，东边的天上涌过来滚滚的乌云，不一会儿，瓢泼般的大雨从天而降，轰隆隆的电闪雷鸣爆响在耳边。老姜大声地招呼着我们："别在大树底下，离树远点。"

　　雨下得太大了，浇得气都喘不上来，没地方躲没地方藏的。"关门雨，下一宿。"看来今天晚上我们要在雨中过夜了。

　　风雨中我们艰难的熬过了一夜。

　　第二天早上，天晴了，翻遍了所有挎包，就剩下半张饼了，大家烧开了水，把那半张饼掰进盆里，每人喝了碗稀溜溜的饼汤。

　　我们向逊克县的"四不漏子"要塞走去。这个地方山势险要，炮楼修在山顶，四面的景物都能看到。炮楼里的士兵每隔一会就把脑袋露出来看看。我们四个人分散开，一点一点地往前爬。爬到炮楼对面的山顶上，我们开始寻找时机。老辛这时候躲在小树后面，从不同的角度用照相机拍照片。我们用手势告诉他，敌兵在炮楼里的方向。太阳越升越高，昨天晚上还是暴雨倾盆，今天火暴暴的太阳晒得我们汗流不止，不管怎么晒，我们几个一动都不敢动，害怕炮楼里的敌人看到。

　　机会终于来了，傍响午的时候，炮楼里的士兵走出了炮楼，向北走去，他可能是去吃饭。抓住这个时机，老辛像一只敏捷的豹子一样钻进了炮楼，他要到里面拍片。过了一会儿，敌人从北面往回走了，我们都为老辛捏着一把汗，心跳到了嗓子眼。老辛可能是听到了动静，敌人还没来到炮楼时，他就出来了。但要跑到我们这边是不可能了。这个时候，他又像一只虫子一样紧贴着炮楼根蜷缩在那里，敌人进了炮楼，从窗户里向四外张望，但是，他看不到炮楼根底的地方。看了一会儿，就把头缩了回去。我们赶紧向老辛打手势，老辛顺着山坡赶紧往这边跑，我们一直用眼睛紧盯着炮楼，等敌人再露头，老辛看到手势，赶紧隐蔽卧倒，这样反复了两三次，老辛终于跑到了我们这个山头。看到他完成了任务，我们匍匐前行，从山的那头撤了下去。

1924—1949
第四章　艰苦复杂的斗争

第三次去苏联

五个人的小队继续往黑河方向走,我们要赶到黑龙江边一个叫四季屯的地方,从那里过江去苏联。据老辛讲,必须要在指定的时间,指定的地点来到黑龙江边,对岸将有苏军接应。

时间紧迫,只能分秒必争,可沿途到处都是日军的要塞和电网,白天要躲要塞,晚上要躲电网。

这一天晚上又下起了暴雨,为了抢时间,我们顶着暴雨前行。从一个山顶下来后,一条波涛汹涌的大河拦住了去路。大家向河面望去,河上雨雾蒙蒙,对岸一片汪洋。老辛说,从这里过了河就是四季屯,他说趟水过去吧。这时,雨还在不停地下,从山上下来的洪水像瀑布一样流入河中,溅起巨大的浪花,我们站立在河沿,河水已经没过膝盖。

老辛坚持要过江,可我们几个女同志都不会游泳,意见不统一,发生了争执。这时,张景淑说:"咱们开个党小组会,举手表决,同意过江的举手。"只有老辛一个人举起了手,其他四个人都不同意冒险过江。这时,河岸上的水已经没过了大腿根,

■张景淑(1945年)

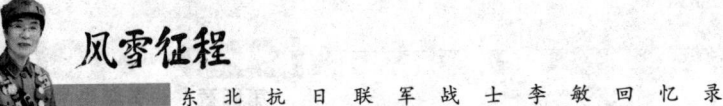

风雪征程
东北抗日联军战士李敏回忆录

张景淑坚定地说:"执行决议,赶紧上山!"老辛极不情愿地和我们返身往山上爬。

由于在河水中浸泡,李淑贞在这个时候手脚突然抽起了筋,她两只手攥得紧紧的,腿一步也走不动了,倒在了雨地里。李淑贞同志在艰苦的环境中生过两个孩子,落下了毛病,碰上这样阴冷潮湿的天气犯起了老病。

山上的落叶下,到处都是一尺深的积水,人倒下去就全身都泡在水里,没有办法我们几个人找了一段倒木,把她抬了上去,我和张景淑给她又是敲又是揉,总算是好了一点。

这时雨慢慢地停了,老姜发现西北方的山脚下隐隐约约的有一缕烟,就说:"你们先待在这里,我下去看看,有烟就应该有人家了。"过了几个时辰,老姜回来了,他说山下是一伙捡木耳的,咱们过去吧。我和张景淑架着李淑贞,拖拖拉拉地下了山。

这是一个半地窨子草棚,能住七八个人,有四个捡木耳的老乡住在里面。四个老乡里面有三个老头,一个年轻的小伙子。看见我们来了,忙着给我们做了小米干饭,木耳拌咸盐。又是好久没吃一顿饱饭了,这顿饭太好吃了,真得感谢这几个乡亲,在我们最困难的时候,给予了我们无私的帮助,因为他们的口粮也不多啊,人家是从自己的口中,把粮食匀给了我们。

天亮了,老乡们把地窨子倒给了我们。地窨子里面对面搭了两个铺,三个女的在一面,两个男的在一面,大家倒头就睡。经过几天的颠簸,日晒雨淋,如今躺在用干草铺成的铺上,真舒服啊。不经意间一睁眼,草棚子的顶上怎么有一道黑亮黑亮的道道啊?我又定睛仔细地一看,我的妈呀!无数条蛇盘绕成一条带子,睁着亮亮的眼睛,嘴里吐着信子(舌头),缓缓地在爬行。草棚子挺矮,我一伸手就能够到它们。我忙用手推醒了张景淑和李淑贞:"你们快醒醒,长虫(蛇)!有长虫!"她俩被我推醒了,睁开眼睛一看都"哎呀"了一声,三个人跌跌撞撞地跑出了小草棚。门口的工人看到我们这样都笑着说:"没事儿,它们不咬人。"

老姜和老辛也出来了,他们询问老乡,前面的河是什么河?能过去吗?

第四章　艰苦复杂的斗争

老乡们说:"这条河叫逊河,等过个六七天,洪水下去了,就能过去了。"

老辛听得直摇头:"不行,六七天可不行!"

老姜问:"那有没有桥啊?"

老乡们回答:"有桥,可是有日本关东军把着。"

老辛坚定地说:"不行,今天晚上必须得过河!"

老姜又和那几个老乡商量:"我们是抗联部队的,有急事,今天晚上想过河,你们帮我们带个路吧。"

老乡听说是抗联的,点头答应了下来。他们让那个年轻的小伙子为我们带路。小伙子二十多岁,人挺憨厚的。

晚上又下起了小雨,天上没有月亮,四野漆黑一片。那个小老乡带着我们出发了。翻过了一座山,山上有站岗的,听到响动,大声地问:"谁啊?干什么的?"

带路的小伙子回答:"是我,捡木耳的。"哨兵听到了回答再没出声,可能找个地方避雨去了。

下得山来,一座木桥出现在眼前。老姜给我们规定:"上了桥就不许回头,不许说话,不许开枪,脚步尽量放轻,以最快的速度通过木桥。"

这座桥不太宽,用原木搭成,并行能走两个人,有二十多米长。"开弓没有回头箭",上了桥我们就一路小跑,就快跑到桥头时,敌人的哨兵在对岸喊话了:"谁啊?谁啊?干什么的?站住!"

老乡回了句话:"是我,捡木耳的。"我们开始快跑,枪声突然响了。我们以最快的速度冲过桥去,过了桥,只见草地上一片白色的帐篷。

顾不得那么多了,我们径直的从帐篷空里穿了过去,身后是一片枪声。天太黑了,由于我们始终没开枪,敌人既不知道我们是什么人,也摸不准我们有多少人,只是在后面放着空枪。

本来我们应该是奔东面去的,那边是渡江点,但是,怕把敌人引到那里,小队改向西跑,西面有山,我们跑上了一座山顶。天麻麻的亮了,雨停了,敌人也被甩开了。站在山顶上,大家长出了一口气。临走的时候,老乡们给我们装了一些刚采的木耳,大家吃了一些湿木耳充饥。

不敢下山,我们顺着山梁返身再往东走。太阳还没落山时,我们来到了一处山崴子,山下有一条公路,过了公路是一片柳条通子,柳条通子连着滚滚的黑龙江。老辛说:"就是这里,等晚上和对岸的苏军联系。"

我们趴在了山脚下,观察着公路上的动静。不一会儿过来两个扛枪的日本兵,他们嘴里哼着日本小调"西里瓦拉……"拉长的曲调声中,一缕思乡的愁绪飘了过来。

太阳一点一点地落下山去,我们趴在树丛中,大气都不敢出。过了一会儿,又过来了一个中国青年,穿着整齐的柳条布衫,只见他走向了江边的一个铁架子,点燃了里面的航标灯。

天大黑了,月亮升了起来。应该是农历的十五六吧,月亮又大又圆。我们从树丛中走了出来,快步地穿过了公路,藏进柳树通子里。

这时,老辛掏出了一个手电筒,他一下一下地向江对岸发着信号。夜,静极了,只有江水哗哗的拍岸声。老辛连续地向对岸发了几次信号,可是没有一点回应。他失望地嘟囔着:"完了,完了,过期了,他们不会来接我们了,我的电筒也没电了。"

这可怎么办,大家的脸上都露出了焦急的神色。出发时,我们都向张总指挥做过保证,保证一定完成任务的,难道还能回去吗?

老姜也着急了,他说:"你们别动,在这等着,我四下去看看。"

过了一会儿,老姜回来了。他兴奋地说:"能过去了,能过去了,那边的沙滩上有个大木排,就是太大了,推不到江里去,咱们把它锯开,坐木排过江。"

接着他就作了安排,他和老辛说:"李淑贞身体不好在这边等着,你和向导也在这边休息,顺便观察这里的动静,我带着小李子和张景淑去那边弄木排,让她俩给我站岗。"

听了老姜的安排,我们心里都明白,他是让老辛和李淑贞看着向导,

1924—1949
第四章　艰苦复杂的斗争

别出什么意外。

我们和老姜来到一片沙滩上，一个硕大的木排躺在那里。木排是用粗大的原木拼在一起，再用大号的铁丝穿连而成的。木排大部分都在沙滩上，只有一小部分搭在了水边。老姜想在大木排上靠近水边的地方，用铁锉锯下来一个小木排。

老姜开始锯木排了，他随身带着一把半截的三棱铁锉，寂静的江边只有"哧啦哧啦"的锉铁声伴着江水的哗哗声。月上中天，黑龙江水波光粼粼，月亮底下我们看到老姜不停地拉动着铁锉，鼻子"呲喽呲喽"地响，半尺长的大鼻涕随着他的头甩来甩去。我和张景淑憋不住，"咯咯"地笑个不停。

"笑什么？"老姜头也不抬地问。

我们还是在笑："你看，你看，你的大鼻涕……"

"有什么好笑的，不知道我外号叫姜大鼻涕吗？"

我俩笑得更欢了，一边笑一边说："姜队长，你歇会儿，我俩锉一会，你去处理处理鼻涕。"

老姜说："好，那我就歇一会儿。"我接过了锉，继续干了起来。这个大木排，一共绑了八道粗铁丝，锉太小了，还是个半截的，所以速度并不快。

老姜歇了一小会，可能是嫌我们的速度慢，又把锉刀接了过去。

最后一根铁丝终于锯断了，我们在柳树通子里掰了几根树棍子当桨，加上向导我们五个人都先上了木排。老姜在水里推了几步，木排顺水漂了起来，他也顺势爬了上来。我们每个人手里都拿着个木棍子当桨，老姜坐在后面用个脸盆拿舵，木排向江对岸划去。

天蒙蒙亮了，我们奋力划着桨，身后突然传来清脆的枪声，老姜大声地喊："卧倒，都趴下！"我们赶紧趴在了木排上回头向江边望去，只见敌人在江边站成了一排，一齐向我们开枪。子弹贴着木排"嗖嗖"地从我们身上飞过，我们连头都不敢抬了。

木排终于到了江心，枪声停止了。忽然，一个巨浪打了过来，我们浑身

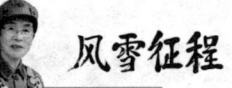

风雪征程
东北抗日联军战士李敏回忆录

湿透,木排失去了方向,老姜此时正在后面拿舵,巨浪一下子把他打入江中。就在掉江的一瞬间,他一只手死死地抓住了木排的一角,我们大家七手八脚地把他拽了上来,脸盆子也掉入大江了。浪越来越大了,木排一会被抛上浪尖,一会跌入浪底,完全失去了控制,我们紧紧地趴在木排上,两只手死命地抓住木头缝。

木排终于过了江心,随波逐流地向下游漂去,漂啊,漂啊,一直漂出了五六公里,最后搁浅在一片沙滩上。我们全都筋疲力尽,木排停下了,大家都忘了上岸,在木排上我们往前望去,只见两辆灰绿色的吉普车停在了前方。

■姜立新   ■李敏摄于2010年

第五章
在抗联教导旅

兄妹奇遇
哥哥李云峰的故事
来到北野营
"壁报"事件
开荒种地
苏德战争爆发
赵尚志将军之死
修鞋房里的约会
东北抗联教导旅

远东大派遣
空降训练
我失去了最后一个亲人
幸福的小屋
纪念辛亥革命
胜利大反攻
返回祖国
在东北坚持战斗到最后的同志们

兄妹奇遇

木排终于渡过了波涛汹涌的黑龙江，搁浅在苏联境内的沙滩上。惊魂未定的我们下了木排，走向了停靠在岸边的吉普车。一个苏联军官站在车旁："达外依！达外依！衣吉素达。"他在用俄语让我们过去。

姜立新队长会说几句俄语，他打着招呼："达瓦里西，达瓦里西（俄语：同志），我们是巴耳基占（俄语：游击队）。"听了他的话，那个苏联军官让我们三个女的上了一辆吉普车，三个男的上了另一辆吉普车，车开走了，从这以后，我就再也没有见到过老辛和那个领我们过桥的向导。

吉普车把我们三个女的带到了一所漂亮的小楼前。进了楼，只见地面铺着光溜溜的深红色地板。一个年轻的高个子苏联军官接待了我们，他打着手势，让我们把东西都放下，跟随一个士兵出去。

又上了那个吉普车，这次把我们拉到了一座平房，下了车，带路的士兵一边比画一边说："宝拉斯达，宝拉斯达……（俄语：请）"

可能是让我们进屋吧，推门进去后一看，是一间空屋子，里面有板条钉的木凳。从这间屋子再进去，里面是个套间，套间里有两个白白的长长的池子，其中一个池子里有少量的水。是让我们洗澡？三个人犯愁了，这么点的水，咋洗澡啊？洗头都不够，咳，那将就着洗吧。

我和张景淑先进了池子，李淑贞坐在了那个空池子上，水太少了，还挺凉，这澡可咋洗啊？就在这时，门口的士兵"砰砰"地敲门。我们赶紧穿衣服，把门给他打开。他走到了池子边，一边笑一边摇头。只见他把盆里的水都

1924—1949
第五章 在抗联教导旅

放了出去,接着打开了两个水龙头,冷水和热水都哗哗地流了出来。我们三个人都看傻眼了,啊,水是这么放出来的呀。

士兵出去后,我们都笑不行了,赶紧跳进了池子里,还是我和张景淑一个池子,李淑贞自己一个池子。泡在热水里,浑身麻酥酥的,那个舒服啊,从小到大,哪享过这个福啊?身上的泥搓掉了一层又一层,好像是揭掉了一层皮,最后洗澡水都变成了灰褐色,池子底下一层泥。从池子里出来后,身上这个轻松啊,好像都能飞起来。想一想,还是社会主义好啊,啥时候,咱们国家的老百姓也能过上这种日子呢?

洗完澡,走进外间一看,我们原先的衣服都没有了。长条凳子上整整齐齐地放着三个纸包,每个包里面是一件衣服、一条裤衩还有一双高跟鞋。

衣服是用粉色、白色、米色三种带格子的布料做成的,前面有一排扣子,是苏联女人穿的那种"布拉吉"。我们一人挑了一套穿在了身上。穿上后,李淑贞说:"这不就是大布衫嘛。"张景淑说:"什么啊,这是人家国家的旗袍。"

穿完了衣服,开始穿鞋了。鞋跟这么高,可咋走路啊?这不是让我们踩高跷吗?没办法,原来的鞋都没有了,只好将就着穿吧。李淑贞的脚小,穿上高跟鞋,脚在里面直逛荡,她是站在条凳上穿的,一不小心,鞋跟别进了木条空里,我们几个连别带拽,好不容易帮她拔了出来。

出了门,这鞋李淑贞说啥都不穿了,她把鞋脱了下来,拎在了手中,看到李淑贞把鞋脱了,张景淑也把鞋脱了下来。我们三个人就这样上了车,又回到了那个漂亮的小楼。

进了楼一看,楼里有两位军官了。除了那个高个子的军官外,还有一个中等个子黄头发的军官,这个军官会说不太熟练的汉语,他自我介绍说叫吴刚(上尉)。看见我们进来了,两位军官都笑了,我们给他俩笑的莫名其妙。那个吴刚说:"你们把衣服穿反了,上楼去重新穿吧。"

啊!反了,扣子不是在前面吗?李淑贞说:"我们中国人的衣服,扣子都是在前面的啊。"吴刚摇着头说:"不,不,不,这是布拉吉。"

上了楼,我们又把衣服反过来穿上,李淑贞一边穿一边还说:"我说刚才这衣服怎么撅襟呢。"大家这个笑啊,真是一群"土包子"啊。

下了楼,吴刚和我们商量:"姑娘们,还是把鞋都穿上吧。"

换完了衣服,我们在这里吃了顿饭,还是黑面包,苏泊汤。太阳偏西时,又来了一个军官,这名军官自我介绍说他叫杨林(大厨),杨林高高的个子,长得挺帅,是乌克兰人。他领着我们坐着吉普车来到了火车站,后来才知道,我们上岸的这个城市是苏联的布拉戈维申斯克。

布拉戈维申斯克当时是一座十几万人口的城市,是苏联远东的军事要地。城里驻军很多,但仍是一片和平景象。

大家坐上了两层铺的卧铺车厢。我在上铺,李淑贞在下铺,张景淑上铺,杨林在下铺。我们三个人,这个兴奋啊,怎么人家的火车上,还有炕啊。

火车"咣当咣当"地开着,大家很快就睡着了。第二天早晨天大亮时,火车开到了伯力(哈巴罗夫斯克)。

下了火车,我们被带到了一座俄式的木板房子里,房子四周有一人高的木板栅栏。木房子的女主人叫薇拉,二十岁左右,今后将由她照顾我们的饮食起居。

屋子里,每人一张军用小铁床,伙食定量,面包有人按时送过来,薇拉负责给我们熬苏泊汤。

不知道是怎么回事,到了这里我们都困得不行了,每天吃完饭,头就抬不起来,眼睛也睁不开,倒头就睡,睡着睡着就掉到了地板上,掉下来还接着睡。

薇拉有时候来喊我们吃饭,看见三个人都睡在了地板上,她直摇头,嘴里说着:"呀呀,呀呀……"

我们自己也奇怪,这是咋的了?怎么睡不醒了?李淑贞一本正经地说:"你们不知道,她们给咱们吃的黑面包里面有酒糟,吃了酒糟能不困吗?你们想想,猪吃了酒糟不就是整天的睡觉吗?"

"是吗?"我和张景淑听了她的话,半信半疑,能有这种事儿?就这样,我们一直睡了二十多天,好像忽然的就醒了,再也不那么困了。

1924—1949

第五章 在抗联教导旅

这个时候，我发现薇拉这里还有一间小屋，屋子里面有好多的中文书籍。我找到了一本东方工人出版社出版的《烈士传》，里面有李大钊、向警予、彭湃、恽代英、方志敏等先烈的事迹。我每天翻来覆去地翻看，先烈们的事迹感动着我，鼓舞着我。

1942年时，我接到张寿篯总指挥的命令，让我担任八十八旅的政治教员，这本书为我授课起了很大的作用。以前张总指挥、冯仲云授课时因为时间匆忙我没有记下来的内容，有的能在这本书中找到补充。从书中我了解了中国共产党和中国工农红军的历史，这本书成为我的良师益友，我珍藏至今。

■1936年东方工人出版社出版的《烈士传》

我还找到了几张地图，她们俩对地图都十分的感兴趣，整天趴在一起，在地图上找自己的家乡在哪里，都在什么地方行过军、打过仗。

在薇拉家里住三个多月后，我们三个坐不住了，怎么还不去学无线电啊？张总指挥交给我们的任务还没完成呢。

这个时候吴刚来了。吴刚是俄罗斯人，二十多岁的年纪，长着卷曲的黄头发，黑褐色的眼睛，抿着的嘴总像是在笑。

看见他来了，我们三个都围了过去，问他怎么还不带我们去学习啊？总指挥就给了一个月的时间，我们都急死了。

他说："不要着急，等命令吧。不过，天冷了，咱们得换个地方了。"

吴刚领我们来到了一栋红砖砌成的三层楼，像是职工宿舍。一楼里有一户人家，女主人叫格鲁尼亚，十九岁。她有丈夫和两个孩子，男孩三岁叫苏拉奇克，女儿五个月大叫妮娜，我们三个人被安排住在她们家。

吴刚还给我们三个人都起了个苏联名字，李淑贞叫丽达，张景淑叫妮娜，我叫苏拉。有了新的名字，我们都挺高兴。据说他们是因为我们的中国名字不好记，另一方面也为了保密。

风雪征程
东北抗日联军战士李敏回忆录

格鲁尼亚家里有两屋一厨,她们一家四口住一个屋,我们三个住在另一个屋。她的家里也有不少的书,我们在她们家里接着看书学习。

住下不多久,吴刚又来了,他说,你们把衣服穿好,我领你们去一个地方。

这一天,秋高气爽,湛蓝的天空上,飘着一朵一朵的白云,吴刚带着我们出了门。走在伯力的街上,我们惊奇地东张西望。这里非常干净,路两边有红砖小楼和俄式圆楼,路面铺着青色的砖石,砖石高低不平,我们穿着高跟鞋,走起路来一崴一崴的。李淑贞一着急,又把鞋脱了下来,看见她脱,张景淑也脱了下来。吴刚着急了,怎么劝她俩别脱,她俩也不听,这时,路上的行人很少,但都好奇地打量着我们。

下了一个坡,又上了一个坡,来到了一所大房子前,吴刚带我们走了进去。原来这是一个电影院,他是带我们看电影来了。这是我第二次看电影,放映的影片是《女拖拉机手》,虽然语言不通,但内容还是完全可以看得懂的。

我们三个人跟随着电影中的女主人公欢喜和快乐,尤其羡慕女拖拉机手能开着那么现代化的大机器奔驰在辽阔的田野上。当看到女拖拉机手谈恋爱时,我们捂着嘴"吃吃"的笑,心情也十分的向往。

坐在电影院里,我们三个人又把鞋都脱了,这个舒服啊。吴刚就不行了,他不好意思的东张西望。散场后,他坚持让我们必须穿鞋走,没有办法,只得把鞋都穿上。我还勉强能走路,她俩就不行了,吴刚只好一只胳膊挎着李淑贞,一只胳膊挎着张景淑。走在了大街上,路上的行人都在看我们,一个黄头发的俄罗斯青年挎着两个黑头发的中国女人,是挺稀奇的。

第二天,吴刚给我们送来了三双巴金格(俄语:平跟鞋)。

一天晚上,我们在屋子里待得挺寂寞的,我说:"咱们出去转转吧。"她俩都说:"好啊。上哪去呢?""咱们去看薇拉吧,看看谁住在那里呢?"

"行,出发!"

走到离薇拉家不远的地方,在一个坡上,我们看到她家的窗户是黑的,只好转身又回来了。

隔了几天,太阳落山后,我们又向薇拉的家里走去。这次,看到了我们

第五章　在抗联教导旅

住过的那间屋子里面亮着灯。等到了屋子跟前,由于外面的木栅栏太高,看不到里面,这时,李淑贞抱着我一条腿,张景淑抱着我一条腿,两个人把我举了起来。

我扒着栅栏看到了屋子里面有个黑头发的青年,他侧着脸在看什么,可能是听到外面有动静,他转过身把头从窗户伸了出来向外张望。看清了,看清了,我"哇"的一声哭了起来。

"怎么了?怎么了?"李淑贞和张景淑在下面仰着脸问我:"我哥哥,我哥哥,我看到我哥哥了。"

"说啥疯话呢,什么你哥哥?"她俩在下面问我。

"真的是我哥哥!"

这时,屋里的人听到声音走了出来。"哥哥!"我哭着扑了过去。

"小凤?你怎么在这里呀?"哥哥看到我又惊又喜。看到我们兄妹重逢,李淑贞和张景淑也十分的为我高兴。

薇拉的家离江边不远,哥哥领着我们三个人向江边走去。江边有好多的木头垛,我们坐在了上面,晚秋的风顺着江面徐徐地吹来,我沉浸在与哥哥重逢的喜悦之中,千言万语,不知道说什么是好。

我们四个人海阔天空地聊开了。哥哥非常的健谈,他给我们讲部队西征,讲惊险的战斗故事,听得我们喜笑颜开。

时间不知不觉的已经到了深夜,格鲁尼亚找来了。看见我们,她一个劲地说着:"哎呀,呀呀,哎呀,呀呀……"

她把我们三个人都领了回去。

回来以后,大家都很兴奋,睡不着觉。李淑贞和张景淑都说:"你哥哥真好,这么开朗,这么善谈。"

"是啊,哥哥本事可大了。"我自豪地和她俩说。

没想到,第二天早上,吴刚来了,进了门,就看见他阴沉个脸,一言不发地观察了我们一会说:"你们知不知道,你们犯罪(犯错误)了!"

"犯罪?犯什么罪了?我们什么时候犯罪了?"我们三个都摇头。

"犯罪!犯罪!那是犯罪!"吴刚还在用不通的中国话和我们说。

李淑贞说话了:"哎呀,社会主义国家不自由啊,我们不就是去看看同志吗?"

"不行的,不行的,以后不行的。这是纪律,以后不允许这样,不可以随便的走。"

吴刚走了,我们心里都不痛快,讲了好多的怪话。

过了两天,我们又偷偷地跑出去,想再看看哥哥,可薇拉家里的窗户一直黑着,哥哥搬走了。

我的心里更是难过,和哥哥都说啥了?好多话都没说嘛,就这么一个亲人了!我有多想念他,多惦记他啊!

想着,想着,我就哭开了,一连哭了好几天。格鲁尼亚问我:"巴切母?巴切母?(俄语:为什么)"

李淑贞和张景淑回答:"她想哥哥了。"

"哦。"格鲁尼亚点着头。

隔了一天,格鲁尼亚家里来了一个瘦老头,他会说点中国话,声音挺尖。他和我说:"把衣服穿好,我带你出去。"

看到大家都在找衣服,他又说:"就她一个人出去,你们不去。"

我问他:"去做什么?为什么我一个人去?"

他说:"我不能告诉你。"

一边穿衣服一边想,是不是因为我"犯罪"的事要处罚我啊?不管咋的,也得去啊,我穿好了衣服随着那个小老头上了吉普车。

不一会儿,吉普车停在了一座俄式的小圆房子前,一个叫娜嘉的姑娘跑出来迎接我们,娜嘉长得挺漂亮,二十来岁,一头金黄色的头发梳成了辫子盘在头上。

娜嘉把我领进了屋里,屋里有一张桌子,桌子上摆了好多好吃的东西,有果子酱、面包、香肠、罐头……

我正在猜想是怎么一回事,门开了,走进来一个人。哥哥?!进来的人竟然是我的哥哥。

1924—1949
第五章 在抗联教导旅

哥哥李云峰的故事

屋子里果然是我的哥哥李云峰,看见他,我又委屈地掉下了眼泪。

这一次,我们兄妹整整的说了一夜。

哥哥和我说,那天,他是从国内侦察完敌情刚刚回来。晚上我们一起去江边的事,他的上级也知道了,苏联方面的领导批评了他。作为一名侦察员,不经过上级批准,是不能擅自和外人接触的。

这次苏联方面又准备派他回国内做侦察工作,哥哥说,他已经回国内两次了,这次他不想去,他要求上部队,苏联方面没有同意他的请求。哥哥现在是一名优秀的侦察员,苏联方面在做他的工作,让他再最后回去一次,这也是命令,作为军人,哥哥也只能是执行命令。他向苏联方面提出了唯一的一个条件,想在出发前,见到妹妹一面,苏联方面答应了他的这一请求。

这一夜,哥哥给我讲了自从上次在梧桐河分手后,他曲折、惊险的经历。

1938年农历七月,哥哥作为第一批西征部队人员在冯治纲参谋长的带领下从梧桐河畔开始西征,当时他任第六军第一师六团政治部主任。

哥哥详细地给我讲了西征路上所发生的一切:

"第一批西征部队走了一天多,到达了鹤立河东南的黄花岗。这时鹤立机场的一架敌机飞到我们上空侦察,飞机的轰炸使马匹受惊,战马四散奔跑,冯治纲派我带人骑马去追。那天,大雾弥漫,几十米外不见人。但马匹恋群,不多一会,就把多数马匹追了回来。队伍经过休整,参谋长冯治纲部署了袭击黄花岗的战斗任务。黄花岗村驻有伪军四五十人,没有坚固的阵地,

风雪征程
东北抗日联军战士李敏回忆录

我们这边三百多人。当天夜里,我们就向黄花岗的伪军发动了突然袭击,伪军在毫无准备的情况下仓促还击,很快就被我们击溃。我军缴获几十只步枪和一批战马。捉了几个俘虏,其余伪军逃散。因为马匹增加,我们西征部队全部变成了骑兵。

打完黄花岗后,我们部队又从鹤岗东面的电网下钻了进去,找到了内部的矿工关系,从敌人的仓库里背出了许多面粉和给养。就在部队退出以后,听到了西边枪响,当时不知道是怎么回事。过了几天,我们见到第六军四师二十九团的队伍,才知道那天晚上的枪声是他们和鹤岗的矿警队接火传过来的。那天晚上,我们从东边暗进鹤岗,二十九团是从西边明进鹤岗,两个部队之间没有联系,所以他们遇敌打响了,我们还不知道是咋回事。

离开鹤岗的第三天,遇上梧桐河涨大水。这时,我们与二十九团的部队会合。部队必须立刻过河,如果和先头部队失去联系,那就麻烦了。因为船只不够,于是有的骑马过河,有的游泳过河,有的不会游泳,又没有马,只能抓着拴在两岸的大绳,两手倒腾着过河,河水湍急,有两名战士被大水冲走了,我们只能默默地为他们致哀。

等路过耿家烧锅(耿家大院)时,我们本打算在那宿营,但侦察兵了解到白天曾有百十来日伪军经过,为了避免意外,临时取消了在耿家烧锅过夜的计划。参谋长冯治纲说,进去看看,弄点粮食再走。冯参谋长是汤原县人,而且是旧中国原汤原县县长的女婿,汤原大户几乎都认识。冯治纲带人从后墙一跃而入,向老耿家说明了来意。老耿家面有难色,因为院内就有伪军驻扎。后来老耿终于想出了办法,他说要进城卖粮,赶早装车。就这样,把粮食弄了出来。我们带上粮食,部队当晚又出发了,离开耿家大院到山里露营去了。

为了避开敌人的'讨伐队',我们西征部队晓宿夜行,又到了黑金河畔。

在黑金河畔我们遭到了敌人的偷袭,战斗中,张传福师长壮烈牺牲,我在战斗中也负了伤,子弹贴着头皮而过。"

哥哥让我看了一下他留在额头上的伤疤。看到伤疤,我的心里一颤,

第五章　在抗联教导旅

多危险啊,子弹在往下一点,就没命了。

哥哥给我讲,1938年中秋节的晚上,部队在一个山坡下宿营,点起了篝火。这时,有的战士发现了树上有山梨,农历八月的大山已经下了霜,经过霜打的山梨格外的香甜,吃着山梨,唱着抗战歌曲,西征部队过了一个野营中秋。

第二天,省委交通员来了,让部队去第三军密营,北满临时省委书记金策同志在那里,部队将有新的行动安排。根据对敌斗争的需要,第三军第三师张光迪部和第六军的西征部队将共同执行北征的任务。

1938年9月末,哥哥李云峰他们又开始了北征。10月中旬的一天中午,部队到达了北安县东的南北河支流木沟河,这时已是深秋天气,河水砭骨的凉,大家趟水过了木沟河向西行进。这时,忽然发现一里地（半公里）左右的河湾处有一顶白色的大帐篷,帐篷外面有人影晃动。部队立刻就地卧倒,请示张光迪师长怎么办。

张光迪师长亲自察看了一番说:"不理他,继续前进!"哥哥当时想得比较周全,他说:"不行,如果有敌人,我们会吃亏的。"哥哥想了一个办法说:"我们打起伪满洲国的旗帜,大摇大摆,若无其事地向前走。"

哥哥李云峰的意见立即被张师长采纳了,部队真的就这样打起了伪满洲国的旗帜从敌人的眼皮底下走了过去。

1938年10月底,哥哥李云峰随张光迪来到了五大连池,在这里和敌人发生了一场遭遇战。1938年11月中旬,他们到达了德都县的朝阳山,在这里他们接到了通知,这支北征先遣队已被编为抗联第三路军第一支队,张光迪为支队长,陈雷同志为政治部主任。

1939年初,经过了多次战斗后,部队北上来到嫩江地区,这里到处都是敌人的要塞和驻军,天上有飞机轰炸,地上有追兵堵截。在别无出路的紧急情况下,在支队长张光迪的带领下,部队来到了黑龙江边的上马场,在这里又遇到了敌人巡逻队的堵击。后退无路,只有坚决抵抗,冲过去才有出路,于是部队冲下了江坝,在江面上边打边撤,等过了江心,敌人停止了射击，原来在国境上敌人是不敢向对岸射击的，怕引起国际纠纷，就这样，哥哥随部队越过了冰封的黑龙江，过界来到了苏联。

到了苏联，哥哥做了一名苏联方面的侦察员，在这里他学习了无线电收发报和侦察知识。苏联方面又给他起了两个名字，中国名字叫李荣德，日本名字叫松谷。

经过训练，哥哥带着发报机被苏方派回国内，他先去长春后到哈尔滨。为了工作的需要，在哈尔滨的地段街开了一家洋服店作掩护，洋服店里还雇了三名伙计。

哥哥每天穿着警察服装、带着假身份证去火车站，他负责侦察关东军从哈尔滨车站开往黑河、牡丹江、满洲里等地的军车及兵力分布。

后来他又负责侦察哈尔滨——黑河，哈尔滨——佳木斯，哈尔滨——牡丹江等铁路沿线的日军运输情况。

日伪时期的东北，敌人的特务遍地。有一次，哥哥获得了一份重要的情报，可在佳木斯市住旅店时被特务跟踪了，他半夜起来跑向了火车站，跳上一列开往牡丹江的火车，下了火车，又雇了一辆马车，说了一个地名，车老板子拉着他往那里去。这时，他发现后面有一辆可疑的马车紧跟着，他让车老板子把车赶到一个胡同口，给了车老板一些钱后，让他在胡同口等着，说自己进去找人。哥哥进了胡同后，三拐两拐从另一个胡同口出来，直奔火车站，甩掉了敌人，又坐来时的那辆火车赶回了哈尔滨。

回到哈尔滨后他直奔洋服店，洋服店的后面有一个小屋，他趴在床上，蒙上一床被子开始发报。不一会，前面的伙计过来说，远处有摩托车响。哥哥不假思索地立刻从窗户跳出去奔向了火车站，正巧有一辆黑河方向的火车要发车，他坐上火车就到了黑河。

到了黑河后，他住进了黑龙江边一个白俄人开的旅店。到了晚上，他披着睡衣，穿着裤衩假装上厕所，出了门，他跑步来到江边，跳进了波涛汹涌的黑龙江，凭着他少年时练就的好水性，泅水过江，回到了苏联。

1940年在一次执行侦察任务时，又被敌人跟踪了，跟踪他的特务身穿

1924—1949
第五章　在抗联教导旅

长袍,脸上戴着墨镜。这名特务甩了几次都没甩掉,哥哥慌不择路地上了一列开往沈阳的列车,哈尔滨暂时是不能回去了,他只好从丹东过境回了朝鲜的老家。

老家在平壤南边的一个小山村,全称是:"黄海北道凤山郡(现银波郡)养洞里初卧面"。回到老家,哥哥看到了七十七岁的奶奶和叔伯哥哥。奶奶看见哥哥以为自己是在做梦,流下了欢喜激动的眼泪,她拉着哥哥的手,不停地打听着爸爸和妈妈的消息。

哥哥告诉奶奶,妈妈已经去世了,爸爸牺牲的消息他没敢告诉奶奶,哥哥还告诉她,自己还有个妹妹叫小凤,已经十七岁了。奶奶听到这些消息又悲又喜,悲的是妈妈去世了,喜的是自己还有个孙女。

接下来的几天里,奶奶不停地把一些姑娘领进家门,她让哥哥自己挑一个喜欢的做媳妇。哥哥笑着和奶奶说:"奶奶,我不急着娶媳妇,我还得赶回东北去,东北那边还有买卖。"

奶奶问:"什么买卖啊?"哥哥说:"挖金子,我和爸爸都在挖金子,等我们挖金子挣了大钱,我再回来娶媳妇。"

奶奶听了有些失望,她说:"那就先挑一个,把婚先定下吧。"哥哥还是婉言拒绝了。

哥哥的故事讲完了,我跟着他的故事紧张,跟着他的故事激动。接着,我又向他讲了我这两年的经历,讲了徐广海、裴成春、吴玉光等人的牺牲,讲了白福厚团长带领我们七星砬子突围。

哥哥听我讲徐光海等人的牺牲十分难过,他和徐光海是从小的朋友。哥哥说,我们是革命的家庭,一定要跟党走,祖国早晚有一天会光复,要好好学习文化知识和各种技能,要做一名坚强的共产党员。

天就要破晓了,我和哥哥分别在即。又到了千言万语不知道说什么是好的时候。哥哥掏出笔来给我写下了朝鲜老家的地址,嘱咐我革命成功后,回去看看奶奶。他把这支笔也送给了我,还送给我两张照片,遗憾的是,这些物品有的在"文革"中遗失了。

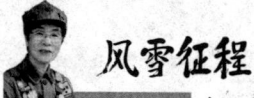

风雪征程
东北抗日联军战士李敏回忆录

李敏同志的祖母

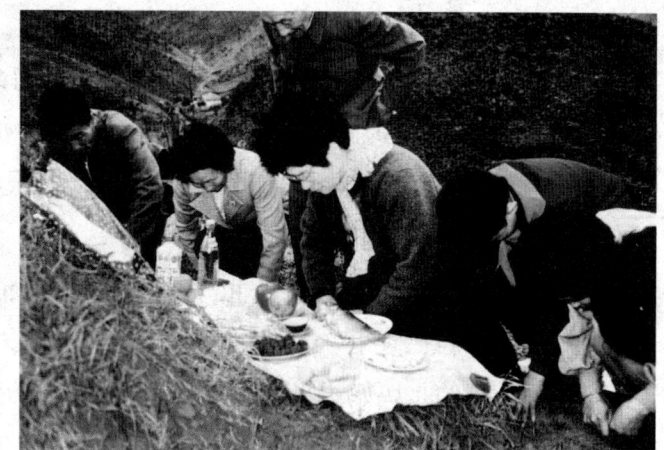

1983年,李敏同志回到朝鲜老家为奶奶扫墓

1983年,李敏同志在祖母墓前留影

1924—1949

第五章　在抗联教导旅

■1983年，李敏同志与陈雷同志在朝鲜与堂兄合影（左一李敏，左二陈雷，左三李初凤，左四李学凤）

■1983年，李敏同志与堂兄李初凤合影

■1983年，李敏同志与朝鲜家人见面时情景

来到北野营

1941年初,西伯利亚的寒风又一次光顾了伯力市,外面天寒地冻,滴水成冰。我们衣衫单薄,不敢出屋。

一天傍晚,小老头来了,他把我们带到一个大仓库,仓库里堆满了棉衣服,他让我们每个人挑了一套。

这些棉服都是苏联士兵穿过的,但都洗干净了。棉衣和棉裤上用明线扎成一寸宽的竖道道。棉帽子是用灰呢子制成,顶上有个红疙瘩,前面有红五星。很像我们在山里被服厂做的帽子,只是他们的帽子是呢子的,顶上的红疙瘩比我们的高,红五星也比我们的大。棉鞋是毡子做成的靴子,穿上挺暖和,就是太大了,靴筒都盖过了膝盖,走起路来,十分吃力。武装起来以后,我们总算可以抵御西伯利亚的风寒了。

换好衣服后,我们三个人上了一辆帆布篷大卡车,卡车一路颠簸,三四个小时以后把我们拉到了一处山林地带。"咯吱"一声卡车停在了一块空地上,一个苏联士兵喊我们下来。这车挺高,我们得踩着车轱辘下去,张景淑第一个下去了,下面好像有人在接着我们,李淑贞也下了去,我听到一个中国人在说话:"慢点,别着急。"我踩着车轱辘正想往下跳的时候,一双有力的大手在下面把我接住了。这人是谁啊?借着雪色和车前的大灯我一看,怎么这么面熟呢。啊!这不是陈雷陈教官吗?

真的是陈教官,自从梧桐河畔,他随第一批西征部队走了以后,我就再也没看到他了,今天在这遥远的异国他乡能够见到熟人,我们都分外地

1924—1949
第五章 在抗联教导旅

高兴。

空地上有几顶军绿色的帆布帐篷,陈雷带着我们走进了其中的一个。进了帐篷一看里面已经住了人,他们都是先于我们到达的抗联指战员。

帐篷内有一溜长铺,住着四名女同志和两名男同志,四名女同志都是第七军的战士,她们是全顺姬、柳庆熙、金成玉、吴玉清,另外两名男同志,其中一名叫李永镐,他是柳庆熙的丈夫。靠门边还有一张单人铺,住着第七军师政治部主任彭施鲁。加上我们三个女同志,一共是七个女的了。帐篷的中间有一个小火炉子,得不时地往里面添些木头样子。

听先来的同志们说:这个地方叫雅斯克,离伯力城七十公里。

第二天早上,一阵急促的哨声把我们唤醒,先来的同志说:"快点,快点!该出操了。"我赶紧穿好衣服走出了帐篷,只见外面已经集合了好多人,另一个帐篷里还有两个女同志,她们是庄凤和王玉环。

随着一、二、一的口令我们开始跑步了,白色的哈气很快就在头上和眼睛上凝成了白霜,由于很长时间没有跑步,穿的又笨重,不一会儿就跑得连吁带喘了。跑步中我发现这里还有一栋大木房子,是用木头垒起来的那种苏联房子。听说木头房子里面住着崔石泉、周保中,后来冯仲云来了也住那里。

过了两天,又拉来了一卡车的人,说是从集体农庄那边拉来的。

人多了,男女开始分开住了,女同志都住在一个帐篷里,庄凤同志是我们这个帐篷里的小队长,她睡在了彭施鲁以前住的那个单人铺上。听说后面还有同志们要来,冒着零下四五十摄氏度的严寒,我们开始盖营房了。

抗联战士不光是打仗勇敢,干活也个个都是一把好手。我们铲开了积雪,在冻土地上架起了柴草,烤化了冻土层,挖出了大树根,在平地上向下挖了一人多深的土坑后,再用木头垒墙,然后架梁苫房盖,虽说是天气寒冷,可大家都干得满身冒汗。

到了这里,就是吃不饱。每天早餐是一片黑面包就一杯茶水,中午是苏泊汤、一小块黑面包,晚上一片黑面包一杯水。尽管吃不饱,每天的训练和施工还是不能耽误的。

一天晚上收工以后，住在另一个帐篷里的第六军留守处处长刘铁石把我喊到他们帐篷，这座帐篷里住的多是第六军的人，有陈雷、李景荫和边凤祥等同志。刘铁石说："小李子，你给我们讲一讲，咱们在梧桐河分手后你们的情况，给我们讲讲裴大姐、徐光海、吴玉光都是怎么牺牲的。"

我从来没在这么多人面前讲过话，那一天，不知道是怎么回事，我滔滔不绝地从梧桐河分手讲起，一直讲到部队三上苏联。当讲到裴大姐、徐光海和吴玉光等人牺牲时，我是一边哭一边讲的。大家都在鸦雀无声地听我说，当讲到战友们牺牲时，几乎都流下了眼泪。六军，光荣的六军！有多少指战员都牺牲了……

什么时候能再返回我们的祖国？什么时候能为牺牲的战友报仇雪恨呢？

经过一个月的艰苦施工，一个冬暖夏凉的地窨子房就盖好了，男同志全都搬进了新房。女同志们也都搬进了那所木头房子。木头房子分出了四个房间，女宿舍在紧里面，搭着两层铺。紧挨着有无线电教室、医务室和首长卧室（兼办公）。

紧接着我们又采石铺路，修了训练场，并制造桌凳等各种用具。

木头房子的前面还有一个小地窨子，是部队战士们的修鞋屋，交通员老姜（外号干巴姜）负责给大家修鞋。

部队开始分班了，张景淑、夏立亭、李兴汉等十多名同志学习无线电。我和庄凤、徐云卿、金成玉、柳庆熙、吴玉清、宋玉亭、宋桂珍等女同志在护士排，学习医务护理。学习无线电的学员三个月就能毕业，毕业后都派了出去，有的回国内做侦察，有的留在指挥部。我们学习医务的就不行了，没有派出去的机会，所以非常的羡慕他们。

自1938年以来，由于敌我力量对比的极端悬殊和日伪军反复的军事"讨伐"，强行实施"集团部落"政策，东北抗日游击战争进入极其困难时期，部队大量减员，给养、物资的筹集极端困难。东北抗联各军为了在如此

第五章 在抗联教导旅

困难的环境中求得生存和发展,决定改变游击运动的战略布局和活动方式。而要完成这一转变,首要的是要恢复与中共中央的联系和实现东北党组织的统一领导。

为了恢复与中共中央的联系,得到中共中央的指示,实现东北党组织的统一领导,中共吉东、北满省委重要负责人周保中、赵尚志、冯仲云等都先后过界赴苏,寻找中共驻共产国际远东联络站,或者期望通过苏联方面的渠道,转达东北党组织给中共中央的报告,但由于多种原因,这些都未能达到预期的目的。

1939年9月,中共北满省委常委冯仲云过界到达苏联伯力城(哈巴罗夫斯克),和苏联远东有关部门进行磋商。冯仲云要求苏方协助召集北满、吉东党的扩大会议,以便决定吉东、北满党的统一合并,二、三路军的合并和统一。苏方接受了冯仲云的建议,表示将指定专人负责,在政治、组织、军事上对抗联部队给予最大的帮助,并决定派人送信给周保中,请他前来伯力参加会议。这时赵尚志也申请苏方,要求过界赴苏,苏方回电同意。1939年11月和12月周保中、赵尚志先后到达伯力。

1940年1月24日,吉东、北满省委代表联席会议(第一次伯力会议)在苏联伯力召开。3月19日,会议进入第二阶段,主要解决同苏联远东党和军队建立临时指导关系的问题。中方周保中、冯仲云、赵尚志参加,苏方参加会议的有联共远东边疆委员会主席伊万诺夫、远东军代理总司令那尔马西、远东方面军内务部长王新林以及伯力、双城子(沃罗什诺夫)驻军负责人等。经协商,双方确定在不干涉中国党内部事务的原则下,建立苏联边疆党组织与远东方面军对抗联临时的工作指导与援助关系,苏方指定王新林作为苏联边疆党和远东军的代表,直接同东北党组织和抗联实行固定联系。

1940年冬,抗联第一路军、第二路军、第三路军的主力部队陆续撤入苏联境内进行野营整训。由于"伯力会议"之后抗联与苏联远东党和军队达成了相互支援、互相合作的协议,因此苏方对于转移到苏境的抗联部队提供了多方面的便利条件。越境部队在双城子和伯力附近亚斯克建立了南、北两个野营(当时亦称为"东北抗日联军临时驻屯所"或"训练处")。

北野营(A野营)位于伯力城东北七十五公里处。集中在北野营的主要是第二和第三路军部队的人员,三四百人。南野营(B野营)位于海参崴和双城子之间的一个小火车站附近。集中在南野营的主要是第一路军部队的人员,另有二路军一部,共三百人左右。

1941年2月20日周保中总指挥就学习军事、政治、文化知识等问题提出明确要求,其主要内容是:

(一)关于军事学习

　　1.应尽心讲求射击原理和法则,研究步枪、手枪、轻重机关枪、掷弹筒、狙击炮,各种武器的构造和机能。尽心练习瞄准演习和实弹射击,无论是指挥员或战斗员或政治工作人员,要养成沃罗什罗夫式的、朱德式的射手,锻炼起等的射击技艺,能于百发百中,在战斗中能够消灭各种危险目标;能够射杀敌人的指挥员;能够枪枪打中敌人的头颅和心腹;至少也要打断敌人的手足。

　　……

　　2.对于侦探勤务,步哨勤务,传达勤务的原则方法及其意义与用途和实际动作,都须进一步的讲求。对于一班人(十四人到二十人附轻机一、掷弹筒一),一排人(四十名到六十名,附轻机二、掷弹筒二),小部队在各种不同情况下的战斗动作,(指挥员和战斗员)特别讲求冒敌火匍匐前进狙击敌人,以及脱离敌人的方法,这对于我们东北游击队现实环境是特别注重的。

　　……

　　3.游击队的战术战略和战法问题,以及对于正规军作战的关系问题。这些问题,野营里现在虽然缺乏必要的中国人军事指挥员和一切必须的参考材料,但是我想只要你们热心学习,苏联的长官同志是会设法交给你们的,并且在教育大纲上规定过的。

4.军队的一般管理问题,(军队内务,人事,经理,卫生等等)以及游击根据地及后方工作问题,粮食问题,都须要讲求,能够切实执行。

5.滑雪(穿踏板)、御马术、操舟、游泳以及调高、跳远、攀登崖岸(爬城)等技术,也应按野营条件的可能,经常练习。

(二)政治文化的学习

因同志们政治知识和文化程度是很不一致的,不但受学者困难,就是进行教育也是困难。但是,我认为下面所提出的问题,无论任何人,必须尽可能的去学习：

1.甲、中国革命历史和政治经济地理。乙、社会经济生活和现行政治制度。

2.一般的社会形式发展与阶级斗争。

3.甲、中国工人与中国共产党。乙、中国农民问题。丙、中国国民党与三民主义。丁、共产主义与三民主义的区别及前途。戊、抗日民族统一战线的历史阶段及其发展。已、中国民族革命战争的历史阶段及胜利条件。庚、现在的抗日战局。辛、东北游击运动的历史条件及其发展。寅、东北游击运动的经验教训及其前途。

4.甲、日本帝国主义法西斯的生长与侵华战争。乙、日本统治阶级及工农劳苦群众。丙、"以华制华"和南进政策。丁、日本帝国主义法西斯之走向没落。

5.两个世界——社会主义苏联与资本主义国家。乙、社会主义建设成功与向共产主义迈进。丙、苏联和平政策。丁、苏联是世界革命的堡垒。戊、第二次帝国主义大战概观。已、变帝国主义战争为国内战争。庚、资本主义的没落。辛、民族革命战争与被压迫民族解放问题。

6.在游击队中,实际的政治工作方法方式问题。

7.秘密工作方法(地下党的工作方法)

我认为同志你们可分为甲、乙、丙三班来分别研究上面这些问题。甲班的组成由政治认识较高的有相当基础的同志……乙班的组成,由读书识字能看文件,能自修者同志组成。

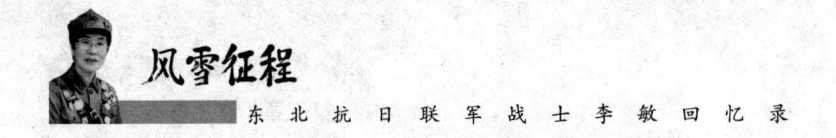

（三）纪律问题

什么是革命军事纪律？就是由工农劳苦群众所组成的武装军队，为绝大多数人的利益而一致行动去完成对敌作战的各个不同任务，达到全部胜利。由这样所产生的思想行动的范围和规定就叫纪律。革命的纪律是保证全军队胜利的必要条件，纪律同时是保证军队中绝大多数人应有的权利防止极少数人的破坏。破坏纪律就等于破坏战斗胜利的条件，而危害自己的军队，所以每个革命的战士（包括自上至下一切人员）应该自觉自动的遵守纪律，任何很小的破坏纪律行为，都为革命军队不许可的。若不自觉的或故意的去破坏纪律，一定要受到强制，而给以各种限制和处罚。纪律的具体表现是：服从命令，遵守思想行动的一切规定；爱护劳苦人民；热心工作和学习；注重同志同伍战友的关系；积极尽自己的职责以至流血牺牲，而不辞。①

周保中向同志们殷切地提出希望：

"你们不可以错过宝贵的光阴，你们要了解重视苏联远东军帮助和领导我们的苦心。你们要懂得接受苏联工农同情和援助被压迫民族解放斗争的美意，你们不可以用个别人的小见识去窥测一切，你们信仰和尊敬列宁、斯大林，你们就要信仰和尊敬野营里领导你们的苏联长官和工作领导者。祝你们努力，祝你们健康和进步……"

根据周总指挥的指示，我们开始重点学习军事技能、政治文化等课程，同时加强了组织纪律性。

早在一年前1940年3月19日，东北抗联和苏联远东军达成了互相支援和互相帮助的协议。在保持东北抗日联军的独立系统和独立活动的前提下，抗联越境部队接受苏联远东方面军和边疆地方党的帮助，苏联方面向抗联提供部队整训的必要条件。自此以后，部队进入了正常的军事和政

---

① 中央档案馆等编：《东北地区革命历史文件汇集》甲61册，内部印行，第63页。

治训练。

当时,学习、训练是十分紧张的,这从每日起居工作时间表可以看出来:

起	床	6:00
早	操	6:00——6:20
盥	洗	6:20——6:45
早	餐	6:45——7:45
新	闻	7:50——8:40
上	课	8:50——14:50
午	饭	14:50——15:50
休	息	15:50——16:50
劳	动	16:50——18:50
群众政治工作		19:00——21:00
晚	饭	21:10——21:50
自	习	22:00——22:30
点	灯	22:30——22:50
熄	灯	23:40
备	考	星期日7时起床

我们训练的内容有实弹射击,班、排的进攻演习,刺刀肉搏、劈剑、刺枪、投掷手榴弹等等。须要派回国内的部分男同志开始集训练习滑雪了。

政治训练的内容是教官讲政治课,主要按照周总指挥给我们制定的政治文化学习大纲授课,教员有陈雷和二军的几位领导。

当时,第二军第三师的金日成师长也给大家讲课,在共同讲课的日子里,金日成和陈雷建立起了深厚的革命情谊。1983年陈雷还曾带领过一行九人的代表团访问过朝鲜,金日成首相派自己的专列迎接他。

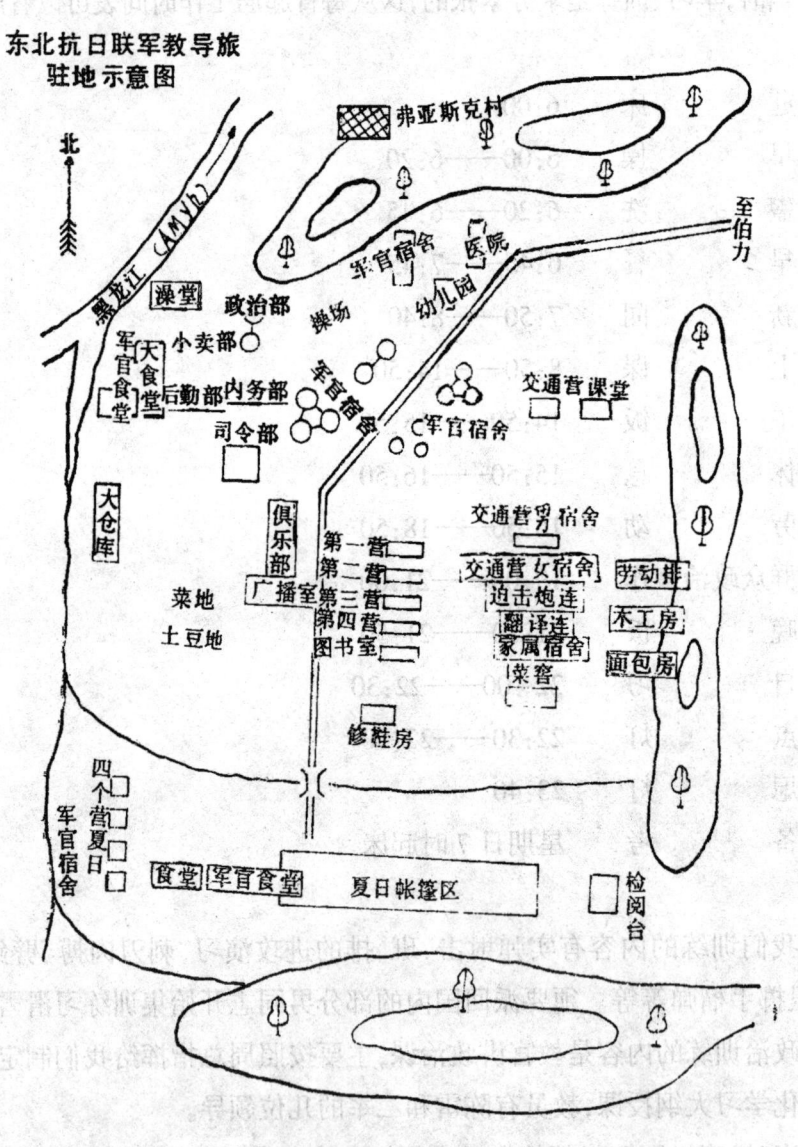

风雪征程
东北抗日联军战士李敏回忆录

东北抗日联军教导旅驻地示意图

（图中标注：北、黑龙江(AMYP)、弗亚斯克村、至伯力、澡堂、政治部、操场、军官宿舍、医院、幼儿园、小卖部、军官食堂、后勤部、内务部、军官宿舍、司令部、军官宿舍、交通营课堂、大仓库、俱乐部、第一营、第二营、第三营、第四营、广播室、图书室、菜地、土豆地、交通营男宿舍、交通营女宿舍、迫击炮连、翻译连、家属宿舍、菜窖、劳动排、木工房、面包房、修鞋房、四个营夏日军官宿舍、食堂、军官食堂、夏日帐篷区、检阅台）

彭施鲁 陈雷 共同草拟
1992年9月3日

■东北抗日联军教导旅驻地示意图，此图由彭施鲁、陈雷于1992年共同回忆绘制

"壁报"事件

西伯利亚的寒流席卷着远东大地，寒冷挡不住大家的热情。一天晚上，我们在新盖的大房子里举行联欢会。

联欢会异常的热闹，大家都争先恐后地表演节目，我和金玉顺坐在一个二层铺上，看着同志们的表演。

晚会正高潮的时候，金玉顺用手肘碰了碰我："小李子，你看，你看，那个君总在看你。"金玉顺是朝鲜族人，称呼男同志总还是说"君"。

"哪个君，我怎么没看到？"我不相信地问她。

"那个君，坐在一层床铺上的那个君。"金玉顺在用目光向我示意。

顺着她目光的方向，我看了过去。那里坐着的不是陈雷陈教官吗？陈教官的目光果然在往这边看。我嘴硬地说："谁说看我呢，八成看你吧。"

金玉顺抿着嘴笑着说："还不承认，就是看你呢。"

自从到了北野营，我和陈教官接触的机会多了起来，我们都爱听他讲的课，他讲的课明白易懂。我从在四块石第六军被服厂学文化那时候起，就养成了记笔记的习惯，下了课，同志们也都喜欢借我的笔记本抄阅。陈雷看我记笔记，就总问问我："都记下来了吗？把我讲课的提纲拿去吧。"我常常感激地把他的讲课提纲拿回宿舍，抄完了，再还给他。时间久了，他在我的心里留下了极好的印象，觉得这个人有知识，很文明，待人又和气，还肯帮助人。

陈雷同志当时有二十三四岁，上中等的个子，身材匀称，端正的脸上，

风雪征程
东北抗日联军战士李敏回忆录

一双大眼睛炯炯有神。

晚会结束了,同志们都返回各自的营房。当时北野营有一台留声机,归我们女同志保管,散会后,金玉顺捧着留声机,我拿着一摞子唱片(直径23厘米、圆的),说说笑笑地回宿舍。走到门口的时候,只见陈雷笑嘻嘻地拦住了我们,我有些不好意思,不知道他要做什么。

只见他伸出了双手,举在脸的两边,他的手上戴着一副红蓝相间的毛线手套。

啊,这手套不是我的吗?怎么到了他的手里?原来是那次刘铁石同志喊我到他们帐篷里去汇报裴大姐等人的牺牲经过时,我走了以后,他们发现了我落下的手套,就问是谁的,刘铁石说:"是小李子的,陈雷你给她送去吧。"就这样陈雷把手套收了起来。

这时,他把手套摘下来还给了我,他看着我的眼睛说:"我想和你谈谈。"我说:"谈什么?"他没说谈什么,只说等有机会我找你。我点了点头就回去了。

第二天我们在会议室上课,吃过晚饭后,下课后大家都急着往厕所跑,男厕所在西头的一片树林子里,女厕所在东头的树林子里,在回来的一个岔路口,陈雷在等着我,他悄悄地和我说:"我们谈谈吧。"我说:"谈什么?"他说:"我要走了,去执行任务,和你谈谈你哥哥,西征路上我们一直在一起。"一听说是谈我哥哥,我爽快地答应了。

我们站在房头谈了起来,天太冷了,天上又飘起了雪花,西北风卷着飞雪在房头打着旋,冰冷的雪花直往我们的袄领和衣袖里钻,冻得我们直跺脚。苏联的房子,房脊和横梁中间都有好大的空间,横梁上架着原木,原木上铺着锯末子,为了上房维修方便,房头正好有一架梯子。陈雷提议,咱们上房梁上面去谈吧,那里暖和点。我也没多想,就和他爬上房去。我们坐在房梁上,脚下都是锯末子,陈雷滔滔不绝地讲了起来。他说我哥哥枪法如何的好,还说我哥哥马骑得如何好,他给我讲他们西征路上许多有趣的故事,我听得非常开心,当讲到他们在木沟河,我哥哥打着伪军的旗子大摇大摆地通过敌人封锁线时,我们俩都哈哈的大笑了起来。

陈雷还说:"我一直穿着你们被服厂做的军服,那次在黑金河遇敌,一发炮弹打了过来,我的锁骨被打去了一块骨头,红军帽也震飞了,我真舍不得那顶帽子,因为那是我第一次领到的抗联军帽,上面还有一个红疙瘩,再说那帽子又是你们缝制的……"

时间不知不觉地就过了去,我猛然间觉得太晚了。我哎呀了一声和陈雷说:"不好了,太晚了,同志们该惦记我了,咱们下去吧。"陈雷说好,我们钻出了房顶。

啊?梯子怎么没有了?我急得要跳下去,陈雷拦住了我,他说太高了,跳下去会摔坏的。正在我们着急的时候,下面好像来了一个人,他给我们送来了梯子,我下了梯子,赶紧钻进宿舍。后来才知道是别佳给我们送的梯子,别佳是一位翻译,他的中国名字叫刘树林,是中国红军的后代,他还有一个弟弟叫刘树森,也在北野营。

回到宿舍我赶紧爬上了床,李淑贞挨着我,她还没睡,她问我:"你干什么去了,刚才在房顶上和谁在说话啊,笑得那么开心。"我说:"和陈雷,他给我讲我哥哥的事情。"李淑贞说:"不早了,快睡觉吧。"

第二天,我正要去吃饭,李淑贞慌慌张张地跑过来和我说:"小李子,不好了,有人贴你的壁报了。"

"贴壁报?贴啥壁报?"我吃惊地问她。

"说陈雷和你要流氓",李淑贞说。

听了李淑贞的话,我的头"嗡"的一下,大脑一片空白,怎么会这样呢?

这一天,我不知道是怎么过来的,我感到人们都用异样的目光看着我,也没敢去看壁报上都写了什么,我想去找陈雷,可是听说,他已经出发去执行任务了。

到了下午,姜信泰代表组织在小会议室找我谈话了。他问我:"昨天晚上你们在房顶上都做什么了?"

我说:"没做什么啊,就是说我哥哥西征路上的事了。"

风雪征程
东北抗日联军战士李敏回忆录

"不会吧,向组织应该说实话。"姜信泰又严肃地说。

"真的,我们真的没做什么,就是说西征的事了,不信你再问问陈雷。"我回答。

姜信泰又问我:"你不知道陈雷是被开除党籍,历史上有问题的人吗?不知道他是反革命分子吗?"

听了他的话,我更吃惊了,我觉得陈雷是个好同志,他怎么会被开除党籍呢?

我说:"我不知道,没有人告诉我。"

姜信泰看看我没说出什么来,他说:"你回去好好考虑考虑,想明白了我们再谈。"

我满怀委屈地离开了会议室,心里想,组织上怎么能这么不相信我呢?

过了几天庄凤同志通知我,组织上对我的"错误"作出了处理:第一,撤销了我党小组长的职务,由金成玉来接替;第二,把我调出卫生排去看仓库。听到这个处分,我伤心地哭了起来,但还是坚决地服从了组织决定。

党小组会议上还宣布,今后谁都不许谈恋爱,好好学习,准备将来大反攻。

经过这次"壁报"事件,我的情绪变得有些消沉了,看到男同志一律都不说话,看到领导也是绕着弯走,心里总好像压着一块沉甸甸的东西。

■庄凤

- 556 -

开荒种地

春风吹开了冰冻的大江,春雨染绿了小草,春天来了,我们开始开荒种地。成片的树木被伐倒,树根被一个个的刨了出来,荒草和枯树枝被点燃,远东的上空飘散着烧荒的浓烟。

我们种了土豆、大头菜、西红柿、胡萝卜、茄子、大葱等蔬菜,望着一天天长大的秧苗,我们盼望着到了秋天能填饱我们的肚子。

1941年北野营开垦荒地100余亩(6.67公顷),到1942年增至200余亩(13.33公顷)。1942年春周保中指示北野营在1941年种地的基础上,"尽量多多进行耕种工作,保证B野营多有粮食菜蔬的收获",并希望我们像苏维埃集体农庄那样,响应斯大林的号召,为反法西斯战争的最后胜利,以"自上午到下午9时"的工作精神去掀起春耕高潮。

开荒种地改善了野营的供应条件和生活。1941年北野营收获马铃薯三百袋,白菜、萝卜、黄瓜等腌成咸菜十九桶。同时还饲养了十多头猪,捕鱼七百多公斤。在野营开荒种地当中有三十三名战士因工作积极而受到奖励。

抗联野营领导人经常亲自过问和落实与种地有关的各种问题,包括收集种子。1942年2月10日,周保中给留在虎饶地区的刘雁来小部队的信中写道:

我处目前需要下列各色种子:红皮大萝卜籽(够种一垧多地的)、山东白

风雪征程
东北抗日联军战士李敏回忆录

菜籽(够种半垧地的)、鸦片烟籽(够种一垧地的)、大青筋黄烟籽(够种五亩地的)、韭菜籽两碗、灯笼辣椒籽两碗、山东大葱籽四碗。

周保中要求刘雁来副支队长把他要的这些种子务必在3月10日前派交通员送到野营。他一再强调"把那些种子要完全带来,这事很要紧,千万不要误事不要误期",以免错过农时。

由于野营领导对于开荒种地的重视,野营战士们的生活终于逐步得到了改善。

"壁报"事件过去不久,我腰间挂了一大串钥匙,开始做仓库保管员了。有一天野营党委支部书记金京石把我喊到了俱乐部的一间屋子,他问我:"对组织的安排有什么想法吗?"我说没什么想法。他说:"那好,五一节快到了,你抽空搞个列宁棚吧。"

"列宁棚?"列宁棚怎么搞啊?其实呢就是一个阅览室,可我两手空空,怎么建立这个列宁棚呢?我想起来了,女兵赵淑珍的丈夫陈春树同志是木匠,他一定有办法。我去找了赵淑珍求她和陈春树同志说说,会木匠手艺的陈春树同志一口答应了。正赶上当时开荒种地,有很多树木被砍伐下来,他带着几个人很快就把"列宁棚"搭建起来了。

"列宁棚"是用木板钉起来的,上面起脊铺上草,里面有长条的木凳和长条的木桌。东西方向两边都开门。

"列宁棚"是建好了,可是一座空房子也不行啊。我又去找苏联方面的"里金南特"(俄语:少尉),这位俄罗斯的少尉负责我们的日常生活。

我和"里金南特"(他叫沙包斯尼克)说:"列宁棚是建好了,可是没有列宁像和书刊啊,你给想想办法吧。"

他听我说话,一直在说:"达克,达克(俄语:哦,是这样)",我讲完了以后,他和我说:"巴达斯基,巴达斯基(俄语:等一等)。"

过了几天,一辆大卡车送来了几个大麻袋,麻袋里装着满满的书刊和报纸。我把书刊和报纸都整理好,摆放在了列宁棚。

送来的图书有中文版的马克思、列宁和斯大林的著作,还有联共党史等政治书刊,报纸是用绳子捆着的延安出版的《新中华报》,看到这么多的报纸,我好像鱼儿游进了大海,有空就趴在列宁棚里,如饥似渴地翻看着这些报刊。

当时延安出版的报纸,纸张非常粗糙,有灰绿和土黄两种颜色,草梗浮在纸面上,用指甲一挑就能挑下来,尽管这样,一点也不耽误我学习。通过读书和看报,我看到了外面的世界,也懂得了很多道理,在政治思想方面也有了显著的提高。

五一节快到了,有一天金京石又来到了"列宁棚"。他和我说:"小李子,你看五一节快到了,你在列宁棚里出几期壁报吧。"既然是领导交代的任务,我答应了下来,可这壁报怎么写,我不会呀,也没人教啊,我想到了冯省委。

冯省委此时正在江边大声地学习俄语,找到他后,我向他请教怎样办壁报。冯省委告诉我:"你不是总看报吗,你把你认为有用的文章摘抄下来,再找一些有关五一节的文章都写下来,写好后挂起来就行了。"

听了冯省委的话,我找出纸张,当时的纸张也很缺乏,是那种在印刷机上切下来报废的长条纸,我把自己认为有用的文章都抄录了下来。

五一劳动节很快就到了,这一天,部队在广场上召开了庆祝大会,会议由金京石同志主持,周保中总指挥等主要领导都在会上作了重要的发言。会议结束后,金京石说:"小李子在列宁棚里办了壁报,大家都去看看,学习学习。"

同志们都好奇地涌进了列宁棚,他们看到我写的壁报都挺惊讶:"哎呀,小李子,了不起呀,都会写壁报了,是谁教给你的呀?"

我说是延安,延安的报纸教会我的。其实我哪会啊,我就是抄录的延安报纸,有些话我也不太懂。

夏天到了,我们都来到了黑龙江边的一个河汊子学习游泳,河汊子上有好大的一片沙滩。教官是吴刚,他教的非常认真。我们先趴在沙滩上,跟着吴刚的口令,反复练习划水的动作,等动作熟练后就开始下水,先是穿着背心、裤衩游,等学会了,就开始武装泅渡了,到了武装泅渡这一关,女

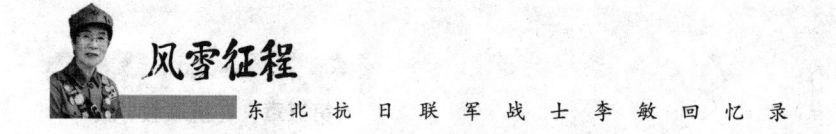

风雪征程
东北抗日联军战士李敏回忆录

同志很难及格,我憋着一股劲,拼命地练习,终于第一批毕了业。

在这一期间,始终有一个问题在困扰着我,我反复在想,为什么说陈雷是反革命呢?我爱陈雷吗?

尽管当时部队宣布了纪律,谁都不许谈恋爱,但是,大家都正值青春期,男女之间的吸引不是一条纪律所能约束得了的。

因为我是仓库管理员,每天要给各个帐篷发蜡烛,发蜡烛时经常收到一些男同志示爱的纸条,有的是直接交给我,有的是托别人转交的。我呢,是一个都不看,有心一把火把纸条都烧了,想一想又不妥,还是交给组织吧。

我把收到的纸条交给了崔石泉和冯仲云,他们问我是什么,我说:"不知道,我没看。"他俩把纸条都打开看了一遍后笑着说:"这些都是给你的,你不用交给我们。"我说:"领导不是规定不许谈恋爱吗?交给你们,你们好去批评他们。"

崔石泉只是笑着说:"好啦,我知道了,你回去吧。"可事后他并没有批评那些写纸条的人。

过了几天原先第六军的张寿篯政委来到了北野营,一天,他过来看我们。当时宿舍里就有我和李淑贞,我俩见到了老领导都十分的兴奋。

张政委见到我们也挺高兴,他打听我的学习和工作情况。我一一都向他做了汇报。当讲到我因为和陈雷同志谈话而接受处分的事情,张政委半天没说话。汇报完,我又掏出了几名男同志写给我的纸条,请张政委处理。那次"壁报事件"的阴影在我的心中总也散不去,我时刻都想证明自己的清白。张政委说:"这是你个人的事情,你可以自己决定。"对于我和陈雷的事情,张政委并没有表态。

关于陈雷、李在德、于保合、刘凤阳等同志被开除党籍一事,在他们所撰的回忆录中都作了记述。陈雷同志回忆说:

1940年9月初,我和张祥、姜乃民等到了苏联伯力城,住在一个秃手老太太家。当时冯仲云、张寿篯等抗联第三路军领导人也在此地。经与苏军有

1924—1949
第五章　在抗联教导旅

关领导人交涉,我终于见到了他们。当时我的心情是十分高兴的。为苏军进行侦察工作几个月,与抗联的老领导没有联系,心中着实感到空落落的。

但是见到张寿篯、冯仲云以后,我却没有得到好消息。他们告诉我:因为我在赵尚志属下工作时,附和赵尚志,已被开除党籍。我听了这个消息,如雷轰顶,当着这两位领导的面大哭一场。我感到委屈,觉得冤枉。同时我也感到,北满省委根据道听途说的一些不着边际的所谓"事实"就剥夺了我的政治生命,简直是太轻率了。我把这个看法当着两位领导的面说了。张寿篯对我说:你也不用难过,还会分配你工作的,改正了错误还可以恢复党籍。他说的也是实话。①

李在德同志回忆说:

在周保中处,我与王一知同志住在一起。过了几天,周保中同志问我:"知不知道北满省委开除你们几个人党籍?"我说不知道。他接着说:"因为你们跟赵尚志回东北后,盲目拥护赵尚志,反对北满省委,所以被北满省委开除党籍。你们应该好好认识自己的错误,吸取教训,今后为党多做工作,弥补这个过错。"我听到这个消息,像被雷击了一下,眼前一阵发黑,控制不住内心的痛苦,眼泪一下就涌了出来。虽然我还不太明白自己究竟犯了什么错误(直到"文革"结束以后,赵尚志同志由于对"王康指示信"持不同意见等原因被开除党籍的问题,才有了最后的结论,这段历史冤案才算了结),但我尽量克制自己,暗暗下决心,请党在今后的工作中考验我,我绝不会离开党! 周保中也宽慰我说:"知道错了,今后改正就好,可以再争取嘛。"这样我才知道,1940年初,北满省委开除赵尚志、陈雷、于保合、刘凤阳、李在德、韩相根等的党籍的事情。②

看来,他们被开除党籍的事是因为受了赵尚志问题的牵连。他们都觉得很委屈很冤枉。

---

① 陈雷回忆,常好礼整理:《征途岁月——陈雷回忆录》,黑龙江人民出版社,1991年版,第179~180页。
② 李在德:《松山风雪情》,民族出版社,1999年版,第90页。

风雪征程

东北抗日联军战士李敏回忆录

苏德战争爆发

1941年6月22日,苏德战争开始了,战争的阴云笼罩着整个苏联,从巴伦支海到黑海的整个边界上都展开了激烈的流血斗争,英雄的苏联人民以巨大的牺牲和满腔的激愤投入到这场保家卫国的战争中。

苏联华西列夫斯基元帅在《战争回忆录》一书中写道:

6月29日,联共(布)中央和苏联政府通过了贯穿着列宁关于保卫社会主义祖国思想的训令。训令的基本思想是:"一切为了前线,一切为了胜利!"训令说:"现在一切取决于我们是否善于迅速组织起来和行动起来,不浪费一分一秒的时间,不放过任何一个同敌人斗争的机会。"党中央号召:"在同敌人的无情斗争中保卫苏联的每一寸国土,为保卫我们的城市和乡村战斗到最后一滴血,表现出我国人民固有的勇敢、主动和机智。"

……

当苏军开始向内地撤退时,我们所有的想法都集中到一个共同的目标上:不论多么困难,也要顶住,也要坚持下去。敌人是强大而又残暴的。很清楚,斗争将是长期和艰苦的。①

苏德战争的初期,苏联军队是失利的,他们遭受到了严重的挫折,但

---

① 华西列夫斯基:《战争回忆录》,解放军出版社,第99页。

1924—1949
第五章 在抗联教导旅

仍在进行着战斗,并给敌人以沉重打击,敌人亦付出了代价。战争进入第一个秋季的时候,苏军的战略形势仍然很吃紧,10月下旬希特勒部队大举向莫斯科进犯,大兵压境,兵临城下,一场莫斯科保卫战拉开了序幕。

苏德战争的爆发和发展,使中国东北的抗日斗争形势更为严酷,随着战争形势的急剧变化,北野营的训练也更加紧迫,周保中指挥亲自带领我们抓紧各项军事技能训练,时刻准备着同日本关东军做最后的决战。

苏德战争爆发后,1941年10月25日,中共北满省委给各级党部发出了指示信。内中指出:

德国法西斯希特勒,六月二十二日晨,背信的撕坏了三九年的"苏德互不侵犯条约",而以武装进攻苏联。苏联的全体人民和红军在斯大林英明领导之下,胜利的进行保卫社会主义祖国的战争,已经给德国法西斯以致命的回击和歼灭。背反公道者必亡,主持正义者尚存,这是世所共知的真理。苏联人民的正义战争一定能够战胜法西斯侵略战争。

………………

北满党每个共产党员在今天,应该了解到日本帝国主义强盗爪牙的趋向,如果是日贼在远东挑起反苏联战,日贼能不能放弃反中国战争呢?不能的,绝对没有这样的事情。他不但不放弃,而且更加继续反中国战争是势所必然的,因为日贼在自己强盗立场,反中国战争和反苏联的侵略战争,决不能分开的缘故。

………………

现在我们英勇无比的东北游击队在数量上极端有限,但他是东北人民反日的武装斗争中所锻炼出来的革命精华。他从产生到今天,尤其是从三八年以来,在他的领袖——中国共产党领导之下,经历了千辛万苦的难关途径,磨练(炼)又磨练(炼)的武装队伍。它是人民最爱戴和景仰的和敌人最畏惧的队伍,它是中国共产党所培植出来的先进战士。所以我们每个指战员都有充分的和坚强的革命信念决心与毅力,任何敌人不能动摇和降

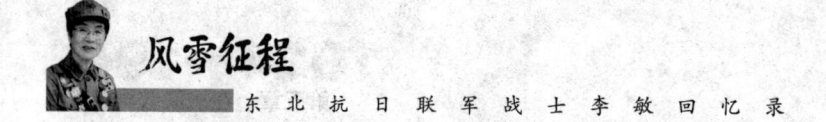

服的铁的力量,它是中国抗战力量中有力的组成部分,是东北人民解放事业的最基本的基干队伍。

……………

因此,环境要求:游击队过去所规定的"用胜利的军事行动来开展民众工作"的方法,必须以十二分的革命精神去耐苦的进行群众工作,在健强群众组织基础上,支持和展开游击运动。这就是说,过去我们的精力主要集中在游击队上,而实际上把群众工作放在次要方面,但从现在我们的精力主要放在群众工作上。只有健全的群众组织的配合,才能有胜利的游击运动。目前,我们的中心口号就是:"用大无畏的布尔什维克的积极精神去组织群众,直接准备民众武装!""游击队与群众打成一片,坚持游击运动!""加强侦探工作,积小胜为大胜,保持战斗精神优势!""保存干部、培养干部,改善队伍和群众教育工作!""提高党内革命纪律,清洗不坚定分子,提拔新干部,提高革命警惕性,肃清敌人奸细,巩固发展党的组织!""为争取决战而斗争!"。北满省委郑〔重〕号召全体同志,为尽到消灭法西斯与拥护工人祖国——苏联,抗日救国建立东北人民自由政权的伟大责任,应当紧紧围绕这中心口号周围,在不倦的进行斗争中,把这口号实际上变成群众的行动口号。这是目前北满每个党员的工作基本准绳。①

我们反复的学习了指示信,为进行一场世界反法西斯侵略战争而准备着。

当时的北野营虽然闻不到战火硝烟,但是战争的气氛弥漫在兵营。我们无法预测这场战争的胜负,只能是按指示信的要求去做,时刻准备着奔赴战场,为正义战胜非正义的战争而献身!

抗联指战员在每天行军的路上,将悲壮的《神圣的战争》的歌声唱得也更加响亮:

---

① 中央档案馆等编:《东北地区革命历史文件汇集》甲27册,内部印行,第25页。

1924—1949
第五章 在抗联教导旅

神圣的战争

列别杰夫-库马奇 词
阿历山大罗夫 曲
钱仁康 译配

1 = ♭D 3/4

不很快 严正地

1. 起来，巨大的国家，作决死斗争，
2. 敌我是两个极端，一切背道而驰，
3. 全国人民轰轰烈烈，回击那刽子手，
4. 不让邪恶的翅膀，飞进我们国境，
5. 腐朽的法西斯妖孽，当心你们脑袋，
6. 贡献出一切力量，和全副精神，
7. 起来，巨大的国家，作决死斗争，

要消灭法西斯恶势力，消灭万恶匪群！让
我们要光明和自由，他们要黑暗统治！让
回击暴虐的掠夺者，和吃人的野兽！让
祖国宽广的田野，不让敌人践踏！让
为人类不肖子孙，准备下棺材！让
保卫亲爱的祖国，伟大的联盟！让
要消灭法西斯恶势力，消灭万恶匪群！让

最高贵的愤怒，像波浪翻滚，进

行人民的战争，神圣的战争。

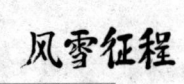

风雪征程
东北抗日联军战士李敏回忆录

这歌声像是一只号角，沸腾着我们的热血，激发着我们的斗志。

吴刚报名要求去前线了，我们都舍不得他走，大家说："你别去了，我们这里需要你。"吴刚回答说："我的祖国更需要我。"他走的时候，大家都哭了，这个俄罗斯小伙子像对待自己的兄弟姐妹一样对待我们，严格地带领我们进行各项军事训练，热情地帮助我们解决生活中的困难，使我们在异国他乡感受到了亲人般的温暖，他让我们明白了正义和善良是没有国界的。1942年的秋天，前线传来了消息，吴刚在战争中牺牲了，他把青春和生命都献给了自己的祖国。我们听到后，无不感到十分悲痛。

华西列夫斯基元帅在《战争回忆录》中写道：

莫斯科人胜利地完成了党中央委员会和政府制订的改造首都工业的1941年第四季度计划。尽管当时处在极其复杂的战争环境中，这个艰巨的计划还是超额完成了。莫斯科的妇女和青年对保卫莫斯科、对在英雄城下消灭敌人，作出了特别出色的贡献。他们的崇高业绩苏联人民将永志不忘。当我回忆起在莫斯科城下取得的胜利时，总是不由地想起了不朽的列宁的话："在任何战争中，胜利属于谁的问题归根到底是由那些在战场上流血的群众的情绪决定的。士兵们相信战争的正义性并且意识到有必要为了自己弟兄们的幸福而牺牲自己的生命，他们会提高斗志并且肯忍受空前沉重的负担"。[①]

[①] 华西列夫斯基：《战争回忆录》，解放军出版社，第145页。

赵尚志将军之死

1942年春末,我们见到姜立新,大家都听说他与赵尚志一起活动,便问他赵尚志将军的情况。开始他支支吾吾地不说话,后来他说赵尚志牺牲了。

原来在1940年末至1941年初,抗联领导干部会集远东伯力召开会议的时候,由于许多复杂的原因,赵尚志被取消参加会议的资格,并被撤销了抗联第二路军副总指挥职务。此后赵尚志一直留在远东军方面,但他忍耐不住这种寂寞,十分渴望返回东北抗日战场,他决心重新组织队伍抗日,创出个新局面来。

1941年10月,苏联西线战局吃紧,远东局势也日趋紧张。为了应付日本帝国主义在远东燃起战火,苏军也积极进行备战,他们在这一时期派遣大批以抗联人员为主要力量的小部队返回东北执行各种军事任务。在这种形势下,赵尚志提出了率小部队回东北执行任务的请求,并很快得到远东军的同意。

据参加该小队执行任务的张凤歧回忆,当时远东军交给该小队的任务是:一旦苏日战争爆发,小部队便立即炸毁兴山(鹤岗)的发电厂和佳木斯至汤原间的铁路,配合苏方在小兴安岭深处老白山附近修建飞机场。苏方要求,小部队过界三个月后,不管情形如何,必须返回苏联。

10月中旬,赵尚志率姜立新、张凤歧、赵海涛、韩有组成小部队,携武器和几十公斤烈性炸药,从伯力先乘火车到达黑龙江沿岸。在苏边防军协助下,秘密渡江在萝北县境登岸。

赵尚志这次回东北,已下决心"宁肯死在东北抗日战场,也不回苏联"。他们一行五人在大马河口向南经四天艰苦跋涉,到达梧桐河上游老白山地区,并选定老白山东南坡姜把头趟子房作为活动据点,隐蔽等待执行预定任务。他们一直等了两个月,也无苏日战争消息。赵尚志曾要编成马队,奔关内到延安去,在战友们的反对下,未能成行。但他决定不再继续等下去,率小部队走出隐蔽地点,到周围趟子房开展活动,以扩大发展抗日武装。时值隆冬,小部队冒零下三四十摄氏度严寒,趟过没膝深积雪,在小兴安岭密林深处梧桐河和汤旺河上游间接串联了董家大营、四海店、板子房等四五个趟子房,了解敌情,向群众宣传抗日。

12月23日,小部队到达汤原县北部乌德库(现伊春市境内),在距伪警防所北方六十四公里处,吸收了采集皮货的青年王永孝入队。1942年1月中旬,赵尚志与小部队六人在鹤立、汤原北部活动时,因已到规定返回日期,赵尚志决定派赵海涛、张凤歧、韩有三名队员去苏联汇报情况,自率姜立新、王永孝返回姜把头趟子房。赵尚志在鹤立、汤原一带活动的消息,在1941年12月下旬已被日伪所侦知。据鹤立县警务科伪装成特务的冯界德报告称:"赵尚志等五名突然来到鹤立县梧桐河西北五十公里的青山沟打猎人王永江、冯界德居住的山里小房。"伪汤原县报告称:"12月23日,身着日本军服的赵尚志直属部下姜立新、张凤歧等五名,于汤原乌德库警务所北方六十四公里的地点(东梧桐河上流)绑去打猎人王文孝并抢去二百张毛皮。"

赵尚志的突然出现,引起敌人注意和恐慌。伪鹤立县警佐、兴山警察署署长田井久二郎与该署特务主任监督尉东城正雄将这一情报作为甲种情报报告上级,并制定了诱捕赵尚志的计划,即"派遣伪装的密探潜入赵将军的部队,把赵将军引诱到警察势力范围内,伺机使他负重伤,并加以逮捕"。于是,他们选择特务刘德山等人于1月下旬伪装成收山货老客进入鹤立县北部山区,寻找赵尚志并设法打入队内。2月初,刘德山找到了赵尚志一行并向其提供了日伪假情报以骗取赵尚志的信任,取得了"盖有赵尚志印章的副官兼游击队长的任职令,同时发给步枪一支和子弹二百发,手榴弹两个"。但刘德山无法按规定时间将情报送出。田井久二郎再派二号特务张锡蔚进山执行同样任务。2月8日,张锡蔚在梧桐河北四十公里处姜把头趟子房找到赵尚志小部队。刘德山诡称张是其亲友,是来找他的。赵尚志解除了怀疑,未进行必要的审查,便允许其加入小部队。此后,刘、张二人极力怂恿赵尚志袭击梧桐河警察分驻所。赵尚志轻信其言,将人员分成两组,一组袭击伪警察分驻所,一组袭击警备队,以便夺取武器、弹药和粮食。11日夜,赵尚志率队向预定目标移动。12日凌晨6时,小部队到达距梧桐河警察所两公里的吕家菜园子。这时,刘对赵尚志说,袭击前应先了解一下情况,遂派张去了解情况。张按事先的约定,奔往分驻所急报。

在梧桐河担任警戒任务的伪县警备队长穴泽武夫带十二名伪警察、十四名警备队员组成"讨伐队",带特务张锡蔚于2时40分出发急赴赵暂时停留现场。

张走后,走在前面的刘德山谎说要解手绕到赵尚志背后即开枪向赵射击,子弹从他腰间后下部打进,斜从小腹与胯间穿出,伤势极为严重。赵尚志知被暗算,反过身来用手枪将刘德山击毙。枪声响过不久,赵尚志立命姜立新携带装有秘密文件及活动经费的文件包转移。姜立新突出包围后径去苏联。这时王永孝腹部被机枪子弹打穿负重伤。

我们听到姜立新的讲述,知道赵尚志受伤牺牲很是悲痛。直到以后我们从敌伪文件中看到,当时敌人将重伤的赵尚志和王永孝拉到梧桐河伪警察分驻所附近一工棚内进行突击审讯。赵尚志苏醒过来,忍着剧烈伤痛,切齿痛骂。赵尚志受伤后仅活了八个小时,于2月12日9时停止了心跳。据日伪资料记载:"当审讯时,赵尚志对审讯他的警察说'你们不也是中国人吗?现在你们出卖了祖国,我一个人死了没有关系。我就要死了,还有什么可问的!',说完闭口不语,狠狠瞪着审讯他的人,对重伤留下的苦痛不出一声,其最后表现,真不愧'大匪首'的尊严。"[1]

---

[1] 见《伪三江省警备厅关于枪杀赵尚志向伪治安部警务司长谷口明山的报告》,1942年。

风雪征程

东北抗日联军战士李敏回忆录

■赵尚志将军画像

■吕振清老人珍藏的赵尚志将军在梧桐河战役中负伤被送至她家中包扎时鲜血浸染的更生毯以及当时赵尚志将军使用过的水碗,当时年仅二十一岁的吕振清刚新婚不久,这条毯子是她的嫁妆。2007年吕振清老人将更生毯和水碗赠送给李敏。

修鞋房里的约会

尽管战争的阴云笼罩着整个苏联,1942年的春天还是悄然地来到了远东,河汊子里的柳条毛子打苞了,丘陵和原野上展现着若有若无的绿色,这时我已经回到了医务室工作。

一天,我在医务室里紧张地忙碌着,从东北前线工作回来好几个负伤的战士,其中有一名战士叫金国祥,我正在给他包扎,忽然他小声地对我说:"你知道吗?陈雷负重伤了。"听了他的话,我的脑袋"嗡"的一下,手里的工作停了下来,眼泪也不由自主地流了出来。金国祥看到我哭了,忙安慰我说:"没事,没事,他还活着,送到伯力军医院去了。"

就在这一天,冯仲云也来到了我的身边,他和我说:"陈雷同志负重伤了,具体情况还不清楚。"听了他的话,我更是哭得说不出话来。

这一刻,我明白了,我一直是深深爱着陈雷同志的。接下来的日子里,因为挂念着他的安危,我吃不下饭,睡不好觉。

4月中旬的一天,医务室又来了好几名伤员,忽然一个熟悉的身影出现在面前。陈雷,是陈雷。庄凤同志也看见了他,赶忙喊我给他包扎。他一声不语地坐在了我的面前,泪水,止不住的泪水划过了我的脸颊。陈雷同志伤在了右手的动脉处,我小心翼翼解开了他的绷带,怎么伤得这么重啊,整个的右手腕都是黑紫色的,他的人也瘦得皮包骨头。

据陈雷同志过后自己回忆,他在三支队被派往大兴安岭开辟新游击区,他们在大兴安岭的伊勒呼间峰遭敌人伏击,在敌人猛烈、密集的火力

风雪征程
东北抗日联军战士李敏回忆录

下,他负伤了,子弹打中他的右手腕,动脉被打断,鲜血喷出一米多高。他立即用左手拇指掐住伤口。他身后的战士李长德见他负伤,爬过来帮他包扎。但是,只要左手拇指稍一挪动,血就不住地往外蹿。这时,支队长王明贵也过来了,他让李长德把纱布卷成一团往伤口处塞,几次纱布都被鲜血浸透仍塞不住。后来,支队长叫李长德用一根树枝把纱布硬顶到伤口处,才算止住了血喷,然后又用纱布缠上,血,总算止住了。这次战斗,陈雷真是捡了一条命啊。

这场战斗十分惨烈。第三支队自进入大兴安岭半年来,进行了一系列的重要军事行动,先是摧毁了多不库尔河流域的木业,然后挥师南下,在甘南、阿荣旗一带开展了平原游击战;相继打击了中东铁路支线二十六号车站的敌人,解除了扎敦河伪军的武装。继而又挥师北上,横扫呼玛河流域的金矿,致使敌人惶恐不安,视第三支队为眼中钉、肉中刺。1942年2月初,日本关东军探听到第三支队活跃在与苏联接壤的国境地带,感到特别吃惊。于是便动员伪黑河省、嫩江省、兴安东省、兴安北省的日军、伪军、兴安军、森林警察共计两万余兵力在飞行队的配合下,用无线电进行联络,向我部发动了大规模的"讨伐",企图将第三支队一举歼灭。为了使敌人的阴谋破产,在倭勒根河左岸,王明贵同陈雷同志商量了今后游击战争的计划。这时,第三支队的队伍有较大发展,由年初六十人增至一百七十多人,要枪有枪,要弹有弹。因此,最后决定从大兴安岭回到嫩江平原开展游击活动。于是,部队边行军边战斗,由黑龙江边开始往嫩江、讷河方向进军。2月初,经过北西里金矿顺着倭勒根河向余庆公司老沟行进时,突然遭到伪黑河省日军铃木喜一上尉网罗的猎民"讨伐队"的袭击,给我军造成很大损失,受伤二十余人,牺牲二十余人,其中有英勇善战、屡建功勋的大队长杨利荣。部队撤出战斗后,继续前进,途中破坏了一个日本的木营,缴获了一百多匹马,没收了几万公斤的粮食,补充了给养。然后用缴获的马匹把二十多名伤员送到苏联。

此时,铃木喜一"讨伐队",像魔鬼一样缠住第三支队不放。为了甩掉

1924—1949
第五章　在抗联教导旅

敌人的尾追,曾想了很多办法,有时在伊勒呼间峰的密林中昼夜穿行,有时在呼玛河、多不库尔河边隐蔽,但始终未能摆脱敌人的暗中监视。

2月10日前后,王明贵和陈雷率领三支队从呼玛河向大乌苏门河转移,途中发现六七百名敌人埋伏在余庆公司西北卡(宝吉金矿),欲与第三支队决一死战。王明贵和陈雷同志研究,绝对不能让敌人的阴谋得逞,必须避开敌人布下的圈套,绕道向多不库尔河疾速行进。部队行军整整一夜。拂晓三支队到达库楚河边的山坳。休息时王明贵和几个干部去察看地形,准备打击尾追之敌。但是万万没有想到往南一公里多远就是敌人"讨伐队"的营地,伪黑河省铃木喜一"讨伐队"发现我军后,便悄悄地占领了库楚河东西两个制高点,隐蔽在丛林里,从东、南、西三面将我军包围。当我军察看了北边的地形后刚回到篝火旁,敌人的枪声就响了。我军的马匹被枪声惊得四处逃散。王明贵当即命令徐宝和带领二十多名战士抢占西边的小山包。由于敌人占据了有利地形,又穿着白色狍皮大衣伏在雪地上,隐蔽在树林里,我军很难发现目标,而我军却暴露在敌人的射程之内,处于十分被动的境地。第三支队全体指战员团结一致,顽强抵抗,整整打了一天,我们百余人的队伍只剩下二十五人了,其中还有几名伤员。

部队经过了七天七夜的生死搏斗,排除千难万险,缴获了给养和马匹,之后,又马不停蹄地奔走了两天两夜,一名重伤战友因得不到及时治疗,牺牲在行军路上。

2月26日凌晨,所剩人员来到呼玛县北部的旺哈达,冲过了黑龙江,踏上对岸,脱离了险境。

东北抗日联军著名将领王明贵是我尊敬的领导和战友。他于1910年9月16日(农历八月十三)生于吉林省伊通县的一个贫苦农民家庭。1934年5月参加革命,1936年8月加入中国共产党。1938年任抗联第六军第三师师长。1939年任抗联三路军第三支队队长。1945年8月,王明贵任齐齐哈尔卫戍区苏联红军司令部副司令、嫩江省人民自卫军司令,后被任命为嫩江省军区司令员。1948年2月,王明贵调任第四野战军骑兵师师长。同年

风雪征程
东北抗日联军战士李敏回忆录

■王明贵

8月任独立八师师长,在辽沈战役中参加了围困长春的战役。辽沈战役后,任四十七军一六〇师师长。1949年1月,王明贵率一六〇师入关参加平津战役。1949年4月,任四野南下工作团三分团团长,10月调任解放军军政大学广西分校第一副校长,并参加了广西剿匪斗争。2005年6月22日于哈尔滨市病逝,终年95周岁。

在给陈雷包扎的整个过程中,我们两个人谁都没有说话,陈雷同志看到我哭了,他也流出了眼泪。我想,他死里逃生,一定有好多话想和我说吧。这个时候他一定需要我的安慰和鼓励吧,我决定一定要找个机会表明我的态度。

一天晚上,部队要在男同志住的大营房里开会,知道要开会,我事先给陈雷同志写好了一个纸条放在了兜里。纸条上说:"我相信你是好人,我永远等着你。"我想,一定要把这个纸条交给他。

到了晚上开会的时候,我尽量走在了前边,早就知道陈雷同志的床铺靠里面。终于坐到了他的床铺上,我看见在他的床头上叠着一件灰色的军大衣,就悄悄地掏出了那张纸条装进了他的衣兜里。

纸条是送出去了,但是我的心里还是七上八下的,他会看到那张纸条吗?要是让别人发现了可怎么办?

第二天,我去厕所,就在返回宿舍的路上,修鞋的老姜(干巴姜)拦住了我,他说:"小李子,你的鞋我给你修好了,你跟我去取。"一边说他一边进入地窨子小房。

没让干巴姜给我修鞋啊,我稀里糊涂地跟他来到了那个修鞋的小地窨子,到了门口,他把我推了进去,自己在外面把风。

小地窨子挺黑,半截墙上有一扇不大的小窗户。进去后还没等我看清里面,忽然一只手把我拥进了怀里,我知道是陈雷,我的心在狂跳着,做梦一样,幸福和恐惧使得我一句话都说不出来,我哭了。陈雷紧紧地拥着我说:"我快要走了,执行任务去,我谢谢你,等着我回来。"

我含泪点着头,赶紧挣脱他的怀抱跑了出去。我太害怕了,害怕有人闯进来看到我们,害怕再有人给我们写"壁报"。

1942年5月19日,是一个让我和陈雷同志终生难忘的日子。就在这天的晚上,北野营党委在书记金京石的主持下召开党员大会。大木房子的两排铺上坐满了出席会议的党员同志。有金京石、崔石泉、姜信泰、李永镐、金光侠、王明贵、彭施鲁、张光迪、隋长青、刘雁来、单立志、庄凤、张景淑、崔永进、朴洛权、金昌铉、王一知、王玉环、李敏等人,崔石泉同志首先讲了话,金京石同志代表党委宣布:党委决定恢复陈雷同志的党籍,交党员大会讨论表决。啊!终于盼到了这一天,我坐在一个角落里,偷偷地擦去了眼角的泪花,我看了一眼陈雷同志,他回报我一个幸福的微笑。

决定宣布后,大家发言,一致认为陈雷同志从1940年到1942年在抗联队伍艰苦的战斗中,表现坚强,作战勇敢,不怕牺牲。最后,全体党员一致通过恢复陈雷同志的党籍。下面是《A野营中共党员大会决议案》的记载:

A野营中共党员大会决议案
——关于"加强党性的锻炼"及恢复陈雷党籍问题
(一九四二年五月十七日)

A野营五月十七日党员大会决议案

1.大会听了关于"加强党性的锻炼"的报告以后,认为我们东北党组织不仅应当深刻领会中共中央的这个重要组织指示,而且应当在今后的艰巨的争取最后的东北人民解放事业中,作我们为党内巩固而斗争的工作方针。

2.对陈雷的恢复党籍问题,大会一致认为陈雷虽曾在过去与反革命分子——赵尚志合流同污，但在此将近两年的斗争生活中他曾以最大决心改正错误思想表现坚定，故同意北满省委的提议：恢复陈雷的党籍，但对陈雷所残存的小资产阶级的骄傲与轻浮等现象，党组织应加紧克服之。

（全体通过）

A野营中共支部委员会
一九四二年五月十七日①

对此，周保中同志1942年5月19日的日记中也有记载：

在"领导干部、野营党委、积极分子联席会"上提出报告提纲草案，经讨论后通过决议案。该议决案交存党委一份(A野营)，拟转交王新林一份。

拟定婚姻简则（东北抗日联军部队内临时规定）。

陈雷一九三九年从助长反党反革命阴谋之流氓分子赵××(原文如此)被北满开除党籍。依照严格之要求，陈雷实尚缺乏充分之条件恢复党籍。但北满负责同志张寿篯认为必可以恢复陈雷党籍。只就主要方向两点：

一九四一年在第三支队工作有积极性，与同年冬该支队惨败，陈雷尚能于极艰难时表示稳定。

余故依此两点而同意其回到党内，同时指出陈雷改正错误不彻底性以及党性不足之表现（个人利益与党的利益并行）。①

就在陈雷恢复党籍后的第二天，我听说他又要去执行任务去了。

晚上说啥也睡不着，翻来覆去的我在想，他又要走了，做什么去呢？还像上次那么危险吗？他还能回来吗？不行，我得送他样东西，留个念想。翻了半天，背包里只有一个我亲手用线钩的牙具袋，对，就把牙具袋送给他吧。

第二天早上我找到了李桂香，李桂香的丈夫叫金勇贤(金大宏)，他和陈雷这次一起派了出去。李桂香和金勇贤已经结婚，她可以公开去送自己的丈夫。我把牙具袋交给了李桂香，红着脸请她帮忙交给陈雷，李桂香笑着

---

① 中央档案馆等编：《东北革命历史文件汇集》甲64册，1991年8月内部印行，第1页。

1924—1949
第五章 在抗联教导旅

答应了。

这时,我已经调到无线电连开始学习无线电了。这天上午正巧考试,考官是苏联人叫奥斯特列阔夫,他平常对我印象挺好。

我手按着电键,可心却不在考场,我听到外面的操场上卡车的发动声,有人在上车,有人在道别。我再也考不下去,手里的电码全都乱了。奥斯特列阔夫奇怪地看着我:"苏拉,你怎么了?"

"我,我头疼得厉害。"我的头真的在疼,泪水模糊了双眼。

"那,你回去休息吧。"奥斯特列阔夫说。

我哭着跑出了电报室回到了宿舍,宿舍里没有人,我一个人哭了个够,这下子心里舒服多了。

中午吃饭的时候,李桂香悄悄地和我说牙具袋交给陈雷了,陈雷还托她给我捎件东西,李桂香说着从衣兜里掏出了一个手绢包。我打开一看,是一把口琴,我把那个口琴紧紧地攥在了手里。

■李敏送给陈雷的牙具袋和陈雷送给李敏的口琴

---

① 中央档案馆等编:《东北地区革命历史文件汇集》甲43册,内部印行,第41~42页。

风雪征程
东北抗日联军战士李敏回忆录

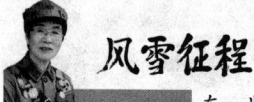

我想,我们这就算订婚了吧,都互相交换信物了,我在心里盼望着战争能早一天结束,陈雷能早一天回到我的身边。

这一年的夏天我们又盖了几栋大大小小的木头房子。伐木、挖地基,任务十分繁重。每个连队一星期还要轮班安排一天(24小时)去厨房帮助削土豆皮、拉水等杂务,好几百人的伙食,光土豆皮就要削十多麻袋,往往要削一宿,常常困得把刀削在了手上。尽管这样政治学习和军事训练却是一天也不能停的,同志们回到宿舍累得倒头就睡,而我在夜深人静的时候,往往要掏出口琴,想念着远方的他。

1924—1949
第五章　在抗联教导旅

东北抗联教导旅

随着世界反法西斯战争的发展,抗联部队的领导人认为非常需要把目前"硕果仅存"而又分散在南北两个野营的以及在苏联集体农庄劳动或做侦察工作的抗联人员全部集中起来,组成"一个学校机构或者是教导团的机构"进行统一管理,并就此与苏联红军方面协商。

1942年7月16日,王新林(苏方代表)通知周保中、张寿篯,苏方同意把东北抗日联军南北野营及在东北活动的抗联人员统一编为一个旅。关于这个旅的建立,王新林提出:第一,编队的目的是要培养东北抗日救国游击运动的军事政治干部;第二,旅的任务是在东北转入直接的战争环境时,发展积极有力的游击运动;第三,中共党组织的关系和中共政治路线不变更,今后的工作、活动,苏方不但不限制其独立活动性,而且旅的部队还要加强自己的独立活动性;第四,旅长及其以下主要军事政治干部由现有的东北抗日联军游击队干部充任。

7月22日,苏联远东方面红军司令阿巴纳申科大将接见了周保中、张寿篯,并以司令部名义委任周保中为教导旅旅长,张寿篯为政治委员(后改为政治副旅长),金日成、王效明、许亨植、柴世荣分任各教导营营长,安吉、金策、季青任各教导营政治委员(后改为政治副营长),阿巴纳申科还就教导营的建设提出如下提议:

(一)中国旅(东北抗日联军教导旅)之成立,在于培养东北各省的民族革

命战争中的军事干部,"一旦满洲……处于新的战争环境时,中国特别旅应起重大作用,成为远东红军与中国红军之连锁",使东北人民从日寇压迫下解放出来。因此,教导旅必须加速训练,做好战争准备。

(二)对于教导旅培养的政治军事干部,不但要他们领会战略战术和游击运动的原则、原理与经验,同时必须精通各种现代兵器技术技能。

(三)特别注意构成战斗系统的通信联络,培养众多的无线电通信技术干部。

1942年8月1日,东北抗日联军教导旅正式宣告成立。教导旅旅长周保中,政治副旅长张寿篯,副参谋长崔石泉。旅以下编四个教导营,两个直属教导连（无线电连后改为通讯营,又增设中文翻译连,1944年又增设自动枪教导连）。每营两个连,每连三个排。第一教导营,以第一路军人员为基干组成,营长金日成,政治副营长安吉;第二教导营,以抗联第二路军第二支队为基干组成,营长王效明,政治副营长姜信泰;第三营,以抗联第三路军人员为基干组成,营长许亨植(许亨植牺牲后,由王明贵任),政治副营长金策;第四营,以抗联第二路军第五支队以及第一路军一部为基干组成,营长柴世荣(后为姜信泰),政治副营长季青。全旅共有官兵一千五百余人。教导旅是个名副其实的国际反法西斯战士旅,该旅共由四部分人组成:一部分是苏联红军官兵,有三百余人,在这些苏联红军官兵中,既有俄罗斯人,还有早就加入苏籍的华人、朝鲜人等;一部分是前来集中整训的抗联部队官兵七百余人;一部分是来自一路军的朝鲜抗联战士三百余人;还有一部分有二百余人,是长期潜伏在东北各地区从事敌后侦察任务的侦察员。

教导旅按苏军步兵装备,服装等均按苏军陆军官兵供应标准供应;抗联人员正排以上干部授予军官衔,薪金待遇与苏籍同级军官相同。

抗联教导旅在名义上暂由苏联远东方面军总部代管,接受了"苏联远东红旗军独立第八十八步兵旅"的正式番号(对外番号是"八四六一步兵特别旅",又因其由中、朝、苏三国人员组成,故又称"国际旅"),但是在内部仍然保持抗

第五章 在抗联教导旅

联的独立性,保持抗联单独的组织系统,执行抗联独立的政治军事任务,派遣小部队返回东北进行抗日游击活动等。同时,教导旅又是一所培养军事政治干部的学校,为将来抗联队伍的扩大准备骨干力量。东北抗联教导旅在完成上述使命中,得到了苏联远东方面军的指导和帮助。

■教导旅旅长周保中(左四)和政治副旅长张寿篯(右三)与该旅部分苏军军官合影

1942年9月13日,教导旅召开全体党员大会,正式取消中共满洲省委撤销后东北党组织三个省委的建制,统一建立了"独立步兵旅中共东北党组织特别支部局"(亦称中共东北党委员会),书记崔石泉,副书记金日成、金京石。东北党委员会下属包括在野营和派遣到东北进行小部队游击活动和执行其他任务的中共基层组织。东北党委员会执行中共中央的政治路线,它同教导旅内的联共组织,既保持工作上的互相联系,又在政治上、组织上保持各自的独立性。

抗联指战员常年在东北战场上与日伪军苦斗,难得有学习和训练的时间,因此都十分珍惜在野营和教导旅的整训。抗联部队的整训,开始是营建劳动。我们开荒种地,建造营房,采石铺路,并制造桌凳等各种用具。在不到半年的时间里开荒百余亩,建起了五座营房以及其他设施,基本满足了官兵们学习、生活、训练等的需要。

营建后,主要的任务是进行军事训练和政治文化学习。军事训练包括降落伞训练,各种军事武器的使用,冬季滑雪战斗,夏季游泳训练,通信技术,前线救护等。政治学习按文化程度高低分为两组。政治学习的主要内容有:联共(布)党史、社会发展史及斯大林的讲话、报告、文章。旅部设有有线广播台,每天播放西线的战争形势和中国的抗战消息。

部队训练方法和野营时差不多,苏联教官先负责培训班长,然后通过班长给部队上课。战术课则由排长、连长亲自任教。连里每周公布战士的学习成绩,以推动学习。尽管每天训练时间比较长,但个个始终精神饱满。

教导旅军事训练的主要项目和要求是:

1. 队列练习:主要训练原地和行进间变换队形。

2. 刺杀:要求动作准确有力、勇猛、灵活、顽强。

3. 投弹:要求投的远、准、多,最低限投三十米。同时还练炸碉堡、战壕、坦克等。

4. 铺设铁丝网、匍匐和翻越障碍等。

5. 游泳:要求全副武装泅渡黑龙江。江面近二公里宽,水流急,泅水过江后占领预定目标,进行实弹射击。

6. 实弹射击:一百米卧射、二百米跪射、一百五十米全身爬行进射、冲锋枪点射与连射等。

7. 滑雪训练:为适应东北地区的寒冷气候及冰雪覆盖期长的特点,使部队能迅速、灵活地作战,从难从严进行滑雪训练。各营、连一般选择山陡林密、地形复杂的地方,使用自制滑雪板和雪杖训练。

8. 野外拉练:每年冬季组织一项为时两周的拉练训练。部队通过滑雪到达距营地一百公里以外的森林和荒野地带搭起帐篷宿营。在行军途中要做许多科目,战斗行军队形的编组,行军警戒的派出、搜索、遭遇战等。宿营后还要组织警戒,对其他连队的侦察、偷袭等军事演习行为设置临时射击场进行实弹射击。炊事班则要训练野炊,通讯连要训练架设电话线等。此外还包括耐寒锻炼等。

为了提高政治、思想水平,我们还着重学习中国共产党中央路线、方针、政策。指战员们千方百计通过各种方法和渠道,搜集中共中央有关文件和中央领导人的讲话。延安来的刘亚楼、卢东升等领导也经常来指导我们的学习和送来学习资料,我们学习的材料主要有:毛泽东在党的六届六中全会上的报告《论新阶段》以及《论持久战》的有关章节,《反对自由主义》、《整顿党的作风》、《改造我们的学习》,中共中央重要文件《关于增强党性的决定》、周恩来《论苏德战争及反法西斯斗争》、朱德《建立东方民族反法西斯统一战线》等等。这些文件和著作的学习,使教导旅指战员不仅了解了整个抗日战争的形势,增强了抗战胜利的信心,而且也提高了思想理论水平,改进了作风,增强了团结。

抗联将士虽然身居异国他乡,但他们的心却始终向往着延安,怀念着祖国,怀念着党中央和党的领袖。每个连队的俱乐部里都挂有毛泽东、朱德的画像,表达着抗联指战员对祖国、对党的深切怀念。

为了肩负起未来的光荣使命,教导旅对于军事训练十分重视。教导旅的军事课程由苏军军官担任教官。教导旅要求官兵刻苦训练,练成超等的射击技术,达到百发百中;还练习跳伞空降技术等等。此外,教导旅对于侦察勤务、步哨勤务、传达勤务,游击队的战术、战略和战法问题以及对于正规军作战的关系问题,军队的一般管理问题等方面的学习和训练,都提出了严格的要求。还抽调了三十余人组成无线电报务训练连(后改为营),专门学习无线电收发报技术,培养了一批水平较高的收发报人员。这些同志还直接参加了对上千公里日军要塞设施的侦察任务,为苏联红军反攻做了很重要的贡献。

风雪征程
东北抗日联军战士李敏回忆录

在野营整训的同时，教导旅还先后派遣十几支一百多人次的小部队回东北进行小规模的游击活动和军事侦察，打击日本侵略者，有力地鼓舞了东北人民抗日士气，也为将来的反攻作战，做好了充分的准备。

为了适应迅速发展的世界反法西斯战争形势，东北党组织进行了从新的改组并制定了东北党组织问题的决议草案及教导旅党组织简则，具体内容如下：

东北党组织问题的决议草案及 H 旅党组织简则
（一九四二年八月）

（一）东北党组织问题的决议草案（吉东、北满党代表、东北党干部临时会议）

1.为加强党性及巩固党领导起见，由吉东和北满两省委合组"吉北党委员会"①，统一吉东和北满南满党组织底领导。

2.旧有吉东省委和北满省委、南满省委，在未得到党中央之直接联系以前，暂时保留其存在。

3.凡吉东、北满、南满各党组织底组织问题，政治问题，东北抗日联军及游击运动问题，党的干部分配、教育训练、党的经费问题等，统由"东北党委员会"集中讨论和建议其原则方针，负责指导工作，经过吉东省委和北满省委，经过各省区特派员执行之。

4.由吉东代表三人，北满代表二人，南满代表二人（暂定一人）组成，"东北党委员会"，由东北党委员会会员中推举常务主席一人。

5."东北党委员会"追认周保中、张寿篯两同志"H 旅"责任工作之担负。同时"吉北党员会"经过"H 旅"②政治委员张寿篯同志领导 H 旅内中共党组织，应保证"H 旅"中共党组织严格执行中共中央政治路线。

6.H 旅政治委员应直接受"东北党委员会"之领导，忠实执行决议和指示。

---
① 原稿如此，下文各处的"东北党委员会"，均有"吉"改为"东"字的痕迹。
② "H 旅"指抗联教导旅。

1924——1949
第五章 在抗联教导旅

7. 一九四〇年三月十九日东北党代表所接受过王新林同志底提纲以及一九四一年六月二十三日以周保中为首的写给A同志的信,"东北委员会"完全同意其原则,认为必须继续坚持。

8."吉北党委员会",东北地方党组织、东北抗日联军部队、H旅政治委员、H旅中共党组织的系统关系如下:

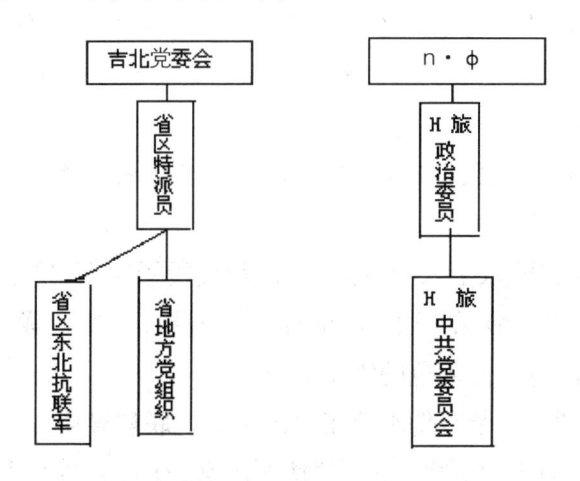

```
吉北党委会                n·φ
    │                     │
省区特派员              H旅政治委员
    │                     │
┌───┴───┐              H旅中共党委员会
省区东北  省地方
抗联军    党组织
```

(二)H旅党组织简则(东北党组织会议通过底议案)

(1)凡在H旅中共党员,应照依部队系统建立中共党组织,其结构如下:

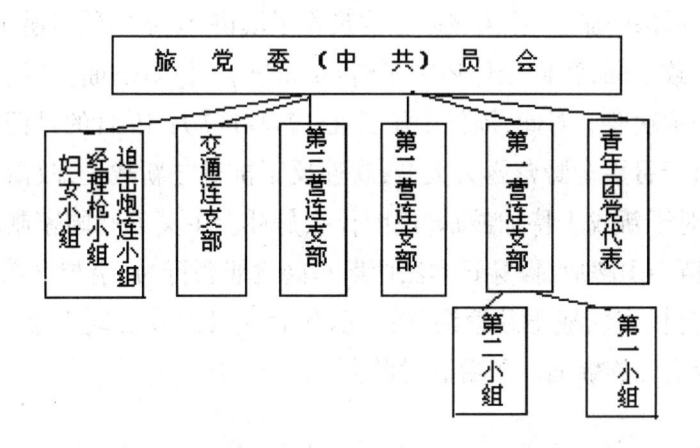

```
            旅党委(中共)员会
    ┌────┬────┬────┬────┬────┬────┐
  妇女  迫击  交通  第三  第二  第一  青年团
  小组  炮连  连支  营连  营连  营连  党代表
        经理  部    支部  支部  支部
        枪小组                    │
                              ┌──┴──┐
                            第二    第一
                            小组    小组
```

(2)党委员会执行委员五人候补委员二人,由旅全体党员大会选举之,经由"东北党委员会"批准,并指定执委书记一人。

（3）党委员会在旅政治委员直接领导下，进行旅内党底工作领导，在东北活动中之旅属部队或党员个人，其组织关系不属于H旅党委员会，而属于东北党组织。

（4）党委员会任期为半年，党委员会的按期改选或延长改选期，须经过政治委员批准。

（5）凡由H旅派赴东北各地活动之部队党组或党员个别人，自派遣以至到达活动地带后，该党组或党员个人之党关系即转属于吉北各地党上级的领导范围。

（6）本简则的变更修正须经过东北党委员会之同意批准。①

成立教导旅即八十八旅以后，我们都被授予军衔，发了新军装。战士的服装是军绿色套头呢子上衣，前面开半截扣；下身是藏青色呢子裙，脚上是皮靴子，还有一件灰色的呢子大衣。

在这一时期，不断有伪军反正过来参加抗联教导旅。

1942年7月7日，饶河东安镇伪军起义，有七十多人杀死日本指挥官后，过乌苏里江来到苏联。

1942年7月8日，我们在野营驻地召开了"欢迎反正抗日新战士"大会。会上周保中旅长、张寿篯政治委员作了演讲，沈泰山代表游击队，我代表女战士致了词，我们全体还唱了《吉东军歌》等抗日歌曲，对他们起义参加抗联表示欢迎。对此，周保中旅长在1942年7月19日的日记中还做了记载："由于召集全野营露天大会，欢迎反正抗日之新战士，政治委员∏出席讲演，对于新战士特加鼓励，说明什么是社会主义苏联国家制度及对外政策，同情中国解放，揭穿日本法西斯军阀之罪恶行为。余与寿篯均出席发言，祁连升代表新战士致答词，游击队代表沈泰山及女同志李明顺（李敏）致词以及唱民族歌曲。午后五时散会。"②

---

① 中央档案馆等编：《东北地区革命历史文件汇集》甲64册，1991年8月内部印行，第37页。
② 中央档案馆等编：《东北地区革命历史文件汇集》甲43册，1991年11月内部印行，第64~65页。

1924—1949

第五章 在抗联教导旅

吉东军歌

（男声合唱）

1=F 2/4
中速

(5 1 | 5· 1 2 | 3· 2 | 1 5 5 5 | 5· 1 |
3 2 1 5 | 1 - | 1 0) | 5 1 | 5 1 2 |

我们 是保卫
我们 是争取

3· 2 | 1 3 3 | 5 1 | 3 2 1 5 | 1 - | 1 0 |

神 圣国土 独立 的 战 士，
和 平民主 自由 的 战 士，

5 1 | 5 1 2 | 3· 2 | 1 3 3 |

肩负 着人民 希 望，拿起
为捍 卫正义 事 业，万众

5 1 | 3 2 1 5 | 1 - | 1 | 3 3 1 |

武器 奔赴战 场。 陈政
一心 奔赴战 场。

5· 6 | 5 5 3 3 | 3· 2 | 1 - | 5· 6 |
3· 4 | 3 3 1 1 | 1· 7 | 6· | 3· 4 |

委， 领导我们 吉 东 军， 周司

5 4 3 2 | 1· 6 | 5 - | 5 1 | 5 1 2 |
3 2 1 7 | 6· 1 | 7 - | 3 3 | 3 6 7 |

令， 指挥 我 们 吉 东 军。我们

3 3 2 | 1 3 3 | 5 1 | 3 2 1 5 | 1 - | 1 0 |
1 1 7 | 1 5 5 | 5 3 | 5 4 3 2 | 3 - | 3 0 |

所到之 处,胜利 旗帜 迎风飘 扬！

3 2 1 5 | 1 - | 1 0 |
5 6 5 4 | 3 - | 3 0 |

迎风飘 扬！

风雪征程
东北抗日联军战士李敏回忆录

远东大派遣

远东8月末,已经有了秋的味道,山冈上、丘陵上的树叶开始发黄、变红。有一天,我刚走出宿舍,站在单杠底下,看见一个人从大营房那边向我走来。自从发生"壁报"事件后,我很少跟男同志说话了。我刚想转身离开,那个人已经来到了跟前。这个人是第三路军指挥部秘书长张中孚同志,我在南北河密营时曾经见过他,他没少给我们讲课。

▇张中孚

看到我想走,张中孚喊住了我:"小李子,小李子,你别走,我找你有事情。"我收住了脚步问他:"什么事?"他挺神秘地和我说:"小李子,我要走了,去执行任务,你学习一直很努力,我希望你能好好坚持下去。"我点头答应着,心里想着,他也和陈雷一样,是去执行特殊任务吧?

张中孚秘书长和我打个招呼就走了,这一走就再也没有回来,他是怎样牺牲的,怎样殉国的,我们一无所知。牺牲在这一战线的同志很多,其中包括我的哥哥李云峰。

派遣回国的小分队也是艰险重重,每时每刻,每个小分队都随时有人被捕、牺牲。原八十八旅一营营长金日成在当年给周保中的报告信中曾记述:

第五章 在抗联教导旅

保中旅长同志：

根据派遣回来同志中报告，南部派遣中个别小部队有如下的损失情况。

1.李致浩同志无线电报生在今年夏被捕后，无线电报生金英哲在敌人护送下到山林中起无线电过程中逃出敌网，并受敌人的猛烈射击中金英哲负伤，回苏境。

2.在珲春方面工作中的金洪洙被捕（据同他一起工作的孙玉林同志谈，孙玉林现在伯力）。

3.在汪清南珲春北县境火烧铺方面有两名中国人被捕。

4.珲春国境方面中国同志和高丽同志小组四名被敌袭击，据说有死伤者还有被捕的传说。

5.在汪清一带活动的小部队八名，今夏七月时被夜袭，该部全部被消灭只逃出一名越境。

6.据国境（珲春方面）苏联翻译说，在南面游击队员做小部队工作者，今年只在夏季损失二十余名之说。

7.据苏联同志说郭池山同志在今夏黑瞎子沟一带牺牲。

8.在宁安中东路活动中的部队王永同志被捕。

金日成 启

1943年12月24日①

李在德、于保合等同志也都多次回东北搞侦察，他们克服着常人难以想象的困难，与敌人、与饥饿进行着顽强的斗争。战斗中好多战友都牺牲了，他们两人也是九死一生。于保合同志是当时东北抗日联军中少有的无线电技术专家。

李在德同志在其回忆录《松山风雪情》一书中记述到：

---

① 中央档案馆等编：《东北地区革命历史文件汇集》甲65册，1992年5月内部印行，第259~260页。

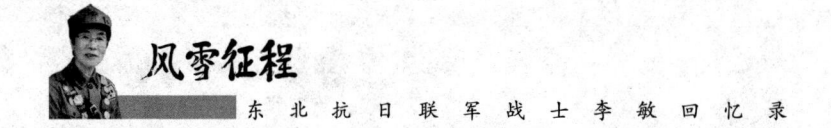

风雪征程
东北抗日联军战士李敏回忆录

部队在暴马顶子大约休整了一个月。王效明支队长任命于保合为宣传科长兼电台报务主任。让我与保合同志一起负责电台联络工作。1941年七八月份，王效明支队长率部队往西边的依兰方向进军。由于挠力河发大水，淹没了草甸子，无法行军。部队只好绕道走上游，多走了一个多月的路程。我们准备的粮食只有七天的，后二十多天没有粮食吃，大家饿的走不动，一天走不了几十里路。我们捡蘑菇、挖野菜、摘刺梅果，还有树叶、树皮、草根等等，凡是能吃的东西，都找来吃。

一天，队伍走到小团子山。这里地势较高，春天有人在这里种过大烟，夏天割完大烟人已经走了。我们在地里找到一些零星的菜，如倭瓜、角瓜、萝卜，还有点大烟籽。总算吃了一顿正经粮食，救了我们的命。小团子山周围是一片汪洋，可部队继续前进。王效明支队长派姜政委带一部分人去找给养，正碰上一队敌人的骑兵。队伍转移时，李成祥同志失踪了。王支队长把队伍集合的地点记错了，我们和姜政委的人没有接上头，队伍分散后人更少了。

有一次，部队正找休息的地点，到了离早期活动时住过的炭窑不远的地方。王支队长派指导员李在明和中队长李中彦去看看有没有人。但只有李中彦一个人回来了。他汇报说，到炭窑看了没有人，李在明已经饿倒在炭窑门口，说："我走不动了，不行了。你回去告诉支队长，我誓死也不叛变，要革命到底。"听了李在明指导员的临终遗言，我们都眼泪直往下流，在艰苦战斗中，同甘苦，共患难的亲密战友，就这样和我们永别了。

小雨一直下个不停。为了过挠力河，我们开始割柳条做筏子。二十多天没有吃粮食，身上没有一点力气，同志们拼尽全力，做好筏子渡过了挠力河。过河后，大家咬着牙继续前进，饿得实在走不动，一天只能行军五六里路。有的同志全身的力气已经消耗完了，倒在路边一动也不能动了。我们的司务长老王（王起刚同志）三十多岁，原是个伐木工人，身体高大强壮。他饭量大，平时像我这样的两个人的饭量也不够他一个人吃。他为了大家，到处找吃的东西，找到了吃的，自己不吃，先给同志们吃。我见他饿得不行,有时省下点吃的给他,可根本解决不了他的需求量。终于有一次,老王和另一个炊事员李成相同志,倒下以后再也没有起来。人们虚弱得连掩埋战友的力气都没有,只好含着泪,将烈士的遗体安放在树丛里。①

王效明支队长在派遣工作汇报信里也曾经写道:"我们的工作经过除由电报报告外,兹祥报于后:我们在饶河整理队伍以后,于九月十七日即开始西进;经过小东沟义顺号北方,越过蚂通河,二十九日始至敖力河。在忍饥、大水当中行军,队员多数疲劳不堪……

姜所率征发队当夜被敌发觉,遭受日寇骑兵尾追,当时失踪两名(刘贵、陈学山)……九号,智贵德因饿牺牲,迫不得已才开始西行。途中给养只有仰赖葡萄、刺木果、元蘑为主要食品。十月十四号行至狼洞子沟,派李中彦、李在名、鲁得才等三名去筹划给养。李中彦回来,李在名、鲁得才未归队失踪。十五号,王喜刚又牺牲了。十六日邱福进饿毙了……"

从上述情况中,我们不难看出当时被派遣人员工作的艰苦和危险,侦察队的战士们掩埋了战友的尸体,继续前进,有的时候,他们连掩埋战友的力气都没有了,即使这样他们从来没有忘记自己肩上担负的重担,只要有一口气在,就要坚决完成任务。还是这封报告信,其中详细地汇报了他们所侦察到的情况:

"……富锦县敌人驻军情形:富锦县原驻军是靖安军四个团(两个步兵团、一个骑兵团、一个炮兵团),靖安军分驻富锦、同江、抚远、饶河各地。于二月三号听说日寇重炮兵二百名,经过集贤镇去富锦。炮由汽车运去的,也有说夜间密运的。又讯据群众传说,敌走狗满军及蒙古军开往富同抚各县,将对苏联作战(数目满军一万、蒙军八千)。

…… ……

宝清敌人军事建设。宝清除原来建设三个大营外,在大营东隔壁两个院有日寇坦克车及汽车装置工厂和枪子厂。在兵营和工厂前面完全是弹

---

① 李在德:《松山风雪情》,民族出版社,1999年版,第92~93页。

风雪征程
东北抗日联军战士李敏回忆录

药军火仓库,在仓库前面又是兵营,在兵营前面南面的是汽车场,西面是电灯厂。电灯厂西面是小山,小山上是自来水塔,山西面是日寇大病院(能容六百人)。宝清城内仓库里面所盛的东西,仅有人马给养,弹药在去年已运往他处。宝清敌人飞机场有两处是飞机场,一处是着陆场。南门外夹心子是飞机场,内里有五处大黑房,每所完全黑色,长五十米、宽十余米,额外有两趟兵营。传说黑色库里是弹药,军火仓库。场面用石头、沙子、臭油制成,周围洋沟用洋灰筑成,沟外土堡长宽达十余米。土堡角有带掩盖栖息所。北门外路东飞机场,场面也用石头子、沙子、臭油制成。全场长七百五十米,宽五百米,周围也有土堡。西门外飞机场是着陆场,场面是土的,周围是铁丝网,在场东北角有两处小房(电话室及卫生所)。"

关于当时的百姓生活,王效明在此信中写道:"东北民众生活情形,据奉天来谈称,敌人的经济掠夺真是不堪忍受。农村粮食日寇完全用贱价收买,布匹及其农业所需器具非常昂贵。六十岁以上老人不配给,八岁孩子不配给。去冬妇女仅配给七两棉花还不是正装棉花,配给布完全用稻草或木头、南麻制成,用不到三天即破乱不堪。群众禁止吃大米和白面。偶尔群众秘密碾一点面吃,特务知道非受罚即须坐监。灯油完全断绝,豆油群众不要想吃,完全没有。加以苛捐杂税,群众痛苦非笔墨所写尽。"[①]

王效明少将(1909—1991),辽宁省昌图县人。1932年参加革命。1935年加入中国共产党。土地革命战争时期,任东北抗日救国军参谋长,东北抗日联军第五军参谋、教导队大队长,二师参谋长兼办事处主任。抗日战争时期,任东北抗日联军第三师政治部主任、政治委员,第二路军总指挥部副参谋长,第七军政治委员,

■ 王效明

---

① 中央档案馆等编:《东北地区历史文件汇集》甲63册,1991年8月内部印行,第275页。

1924—1949
第五章 在抗联教导旅

第二支队支队长兼政治委员,苏联远东方面军独立第八十八步兵旅营长。解放战争时期,任吉林市警备司令,吉林警务处处长,吉长护路军司令员,永吉军分区司令员,吉南军分区司令员兼第二十四旅旅长,东北野战军独立第十一师师长,东北军区第一六四师师长,长春卫戍司令部司令员兼第一六四师师长,炮兵第六师师长。中华人民共和国成立后,任海军炮兵学校校长,海军炮兵部副部长、岸防兵部部长,武装力量监察部监察主任,旅顺基地副司令员,中共中央监委驻第五机械工业部监察组组长,第五机械工业部顾问,兵工学会副理事长。1955年被授予少将军衔,是中国人民政治协商会议第五届全国委员会委员。1988年被授予一级红星荣誉奖章。

派遣人员克服着常人难以想象的困难,战斗在东北。从1942年夏天到1943年春天,姜焕周也跟随王效明支队从兰花顶子到锅盔山,从七星河畔到七星砬子,进行了艰苦的征战。东北的冬季难过,而夏季部队露营在深山密林之中,也是十分难耐的。大团大团的蚊子、小虫向战士们围攻,使人难以入睡。如果用烟熏就会暴露目标,所以大家都默默地忍受着,但最困难的仍然是粮食问题。

1942年秋天,部队已经断粮二十七天了,白天大家到树林中采集野菜、野果充饥,如果采集不到野菜,就把榆树皮剥下来,去掉外面的硬皮煮里面的白皮吃。因煮榆树皮时间长,很不适合野战部队,有时榆树皮还没煮好,来了敌情就得马上投入战斗或者立刻转移。由于饥饿,加上风吹雨淋,很多战友病倒了,有的战士被蚊虫叮咬的地方溃烂发炎,全身浮肿,站着浑身直打晃,大风一吹就栽倒在地上,站不起来了。

艰苦的深山密林生活,使得许多人面黄肌瘦,体质极度虚弱。但是大家仍然十分顽强地坚持进行斗争。王效明支队长决定去袭击五十公里以外的一个由日军守备的金矿。

小分队从兰花顶子出发,经过四天的山地行军。一天下午,来到了七星河东岸的一个山坡上。支队长下令宿营休息,这一停下来,队员们谁也走不动了。此时,姜焕周感到十分饥饿,一屁股坐在山坡上,一扭头看见大

风雪征程
东北抗日联军战士李敏回忆录

个子机枪手崔明兆一头倒在山坡上,没一会就呼呼地睡着了;李在云紧紧腰带,斜躺在草丛中正嚼着野草;金阳春脚上打起了血泡,这时他已经趴在地上起不来了。

王效明支队长低着头依坐在一棵大树下,时而抬起头望望远方,好像在思索着什么。

傍晚时分,担任警戒任务的小刘,突然低声叫道:"队长,山下小道上有人,好像是个护警!"王队长猛地站起身来,接过警卫员手中的望远镜朝山下望去,又向四周望了望,然后斩钉截铁地说:"把他抓起来。"战士们一听说有敌情,此时都来了精神。王支队长把李在云和金阳春叫了过去,向他俩简略地交代了任务。二人便顺着山坡悄悄地向西北方向摸去。

李在云经常执行侦察任务,遇事沉着机敏,而且会说一口流利的日本话;金春阳是个办事挺有办法但性格急躁的小伙子,大家都叫他小金。

没一会工夫,只见他二人满头大汗地押着那个护警来到王队长面前。战士们不约而同地围拢过去,姜焕周也急忙凑过去看个究竟。李在云一边用手擦着汗一边说:"我们一下山,就发现这家伙顺着山道,晃晃荡荡地唱着小调走过来了。我们俩便分别埋伏在路边的草棵子里,当这家伙走到眼前时,我跳起来猛地蹿上去,从后面一扯腿,给他来了个狗吃屎,说时迟那时快,小金子上去堵住他的嘴,然后又捆上他的手。我们搜了他身上,没有发现武器,在路上也没发现其他可疑情况。"

王队长上下打量了一下哆哆嗦嗦的护警,说:"你不用害怕,我们是抗日联军,是专门打日本鬼子的,只要你不是死心塌地地给日本人当走狗,老老实实地回答我的问话,我们就不会伤害你。"护警不住地点头,连说"是!是!"

经过审问,证实了他就是那个金矿上的护警。他交代了矿上共有一个小队日军和二十几个护警守备的情况。王队长听说后,皱起眉头,认真地思索了一会,然后又接着问:"你这是干什么去?"护警回答:"我刚才是在木工厂吃过饭回金矿去。""那你说说木工厂的情况",王队长又说。护警答

1924—1949
第五章 在抗联教导旅

道:"木工厂和金矿是一个系统,我们平时上下山经常在那里吃住。平时那里有九个日本人,没有护警,今天只有五个日本人在家,那四个人外出还没回来。另外还有三四十个干活的中国工人。"王队长又问:"就这些吗?"护警答道:"离木工厂四五公里路的山沟里还有日军的守备队约一个连。"

"木工厂都有什么武器?放在哪里?"

"有九支套筒子枪,都挂在日本人屋里的墙上。"

"有几栋房子?日本人住在那栋?"

"有五栋用原木堆起来的房子(按人字形排筑的),两边是工人住的,中间是日本人住的,另外两栋,一个是厂房,一个是仓库。"

"仓库里都有什么?"

"有大米、洋面,还有衣服。"

王队长又沉思了一会说:"为了完成上级交给我们的任务,就要想办法保存实力,那么我们就必须有粮吃,有衣穿。""好,今天夜里我们就打木工厂。"王队长说着又问护警:"你给带一下路,事后就放你走,怎么样?"

护警连忙答应:"好!好!我一定效劳。"

"好吧,现在让你先委屈一会。"

说着,王队长让人把护警捆在一棵树上,又指定一个战士看守他。然后王队长把大伙召集到一起说:"情况大家都听到了,金矿的日军和护警的守备力量比较强,我们去袭击不易成功,相反,打这个木工厂是有把握的。有利条件是:第一,它只有五个日本人看家,又没有像样的武器,战斗力比较弱,容易拿下来。第二,住在四五公里路开外的日军守备队听到枪声,不知道我们有多少人,不一定敢贸然出动,即使敢来,离得较远,赶到这里还得需要一段时间,也不会影响我们的行动。所以,这个木工厂我们一定要打,而且要在鬼子睡熟时,打他个措手不及。"王队长看了看大家问:"你们还有意见没有?"大家异口同声说:"没有,队长放心吧,这一仗我们赢定了!"王队长借着月光看了看手表:"现在是8点半钟,大家先睡一会,我们半夜行动。"

风雪征程
东北抗日联军战士李敏回忆录

这天晚上,月光皎洁。半夜,由护警当向导,小分队一行数人来到木工厂外埋伏起来。木工厂坐落在七星河西岸,周围都是半人多高的蒿草,便于隐蔽。护警指着中间那栋房子说:"日本人就住在那里。左边是厂房,右边是仓库,两边住的是工人。"王队长随即派人去侦察。结果,没有岗哨,就小声下命令分三路把厂子包围起来。他带着机枪手崔明兆从正面接近日本人住的房子,姜焕周是队长的机要报务员,随时听令执行任务。他紧紧跟在王队长的后面,金阳春在一棵大树后面做掩护。约莫两侧已经包围就绪,王队长下令:"打!"机枪"哒哒哒"地吼叫起来。

这突如其来的袭击把日本鬼子打得晕头转向,只听屋子里叽哩哇啦的乱叫起来,接着两个鬼子穿着内衣裤跑出来,朝天上放了两枪,顺着河边往沟里跑去。隐蔽在大树后面的金阳春"当当"两枪就把两个鬼子给撂倒了。这时大家冲到房子跟前,李在云用日语向里面喊话:"你们被包围了!""我们是抗日联军,抗联优待俘虏!""缴枪不杀!"但是好半天没有动静,王队长带着战士们勇敢地冲进屋里,一搜,另外三个鬼子已经全部被击毙。

战斗打得干净利落。王队长立即派人警戒,又派人打开仓库,组织工人帮助背粮食。

前后不到半个小时,小分队就顺利地撤离了木工厂,向深山密林中转移。战士和工人们背着战利品在前边行进,大个子机枪手崔明兆也背了些大米,端着机枪走在后边担任警戒任务。走出约五公里路后,部队在一片密集的山林中停下来。王队长把帮助扛粮的工人们召集在一起,对他们进行抗日宣传。许多工人受到教育很感动,见战士们为了打日本鬼子解放中国人民,忍饥受冻,主动把自己穿的衣服留给抗联战士们。等工人们下山后,王队长下令把那个护警给放了。

天还没亮,王队长指挥战士们借着明亮的月光把粮食和不便携带的物品用干草、树叶做了伪装,然后深埋在树洞子和山坡的茅草下面。随后,部队迅速转移。

第五章 在抗联教导旅

木工厂一战为小分队缓解了近两个月的衣食问题，同时也给了这一带的敌人很大的震慑。在这期间小分队加紧进行侦察活动。摸清了饶河、小别拉炕和关门嘴子一带日军的重要军事设施，详细地绘制了作战地图。标出附近山的高度，水的深度，公路、铁路桥梁的走向、长度、宽度和重型坦克能否通过的负重情况。详细地画出了日军营房、仓库、碉堡的具体位置，查清伪满军、警察驻扎的具体位置和人员的具体数字。同时还侦察到了敌人使用的轻重武器型号，以及飞机场的地理位置，飞机的数量和起飞的架次、方向、速度等等。另外还有铁路上拉军火的列车车厢的数量和所运军火情况。要获得这些重要情报，往往需要付出血的代价。但是小分队的战士们从来不怕牺牲，英勇顽强，克服了无数困难获取了许多宝贵情报。

1943年3月，旅长周保中将八十八旅的共产党员冯淑艳、王亚东夫妇和报务员金星、译电员小王，派回冯淑艳的故乡穆棱县穆棱镇泉眼河屯，建立了泉眼河交通站。他们二人以客商身份为掩护，收集牡绥线日军兵力、武器装备，伪警宪特的各种活动情报，并以泉眼河为据点，积极开展抗日活动。

1945年8月9日，早晨天刚放亮时，苏联红军的飞机扔下照明弹，随后就是一颗接一颗的炸弹轰炸了穆棱河桥梁、飞机场、军用仓库、营房等等，日本鬼子开着坦克车逃跑时，也被炸了，日本兵被炸死。老乡们这时十分惊慌，都不知道怎么一回事，有的在大街上跑，有的往山上跑。此时，冯淑艳和王亚东跑到大街上的十字路口，冯淑艳大声地向老乡们讲话："乡亲们，不要怕，这是苏联红军的飞机，我们是从苏联派回来的小部队，是东北抗联周总指挥派来的，现在周指挥同苏联红军要打过来啦，解放我们东北，我们要团结起来，从敌人那里夺过武器，建立我们的抗日队伍，来阻击日军还有警察、汉奸、特务们，用我们的行动来迎接抗战的胜利……"

群众听了，立刻欢欣鼓舞，纷纷要求参加战斗。在冯淑艳的率领下，群众先到敌人警察署，先把宋警长枪毙了，并夺取了伪警察署的枪支，用夺取

风雪征程
东北抗日联军战士李敏回忆录

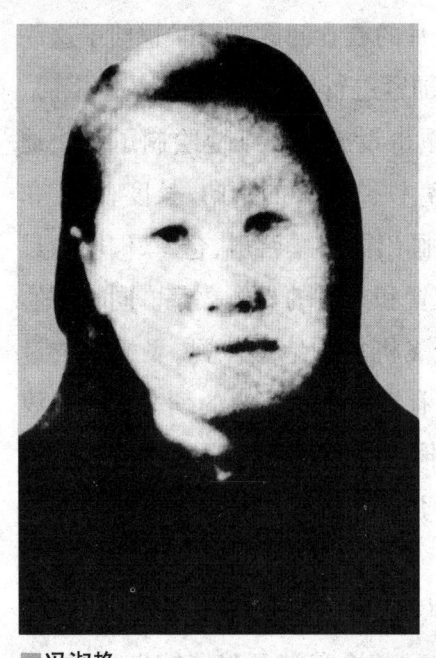

的枪支武装了群众,然后去占领日军的炮台。此时,日军也正向山顶炮台跑去,准备顽抗,没曾想,我们抗日的队伍抢先占领了。炮台上,复仇的子弹射向了日军。街上的群众没有枪的就用镐头、铁锹、钩子等作为武器与日军搏斗。冯淑艳又率领群众打开了敌人的仓库,把粮食等物品分给了穷苦的百姓。接着又把弹药库打开,分发给我们的队伍。然后召开群众大会,宣布了当前的任务是配合苏军阻击日军逃跑。

8月11日,苏联红军进入了穆棱县城,冯淑艳、王亚东、金星、小王等人分别编入苏联红军队伍中当向导,追击日伪军。当时打死敌人四百余人,俘虏四十多人,其余的跑山上去了。他们同苏军继续在大小石头河、长岭、金场沟、狮子桥、荒草甸、猴石山等地堵截,很快打败了顽抗的日伪军。

不久,他们在牡丹江市同苏军和周保中部下陶雨峰率领的队伍会师,迎来了抗日战争的最后胜利。

在1940—1945年这段时间内究竟往东北派了多少小分队和单个的侦察员,因为当时属于绝密,很难具体统计出数字,我们从周保中同志给派遣人员的信件中也能看出当时的一些概况。

周保中给刘雁来的特别指示信:

刘雁来同志,现在我指派你的专门工作任务就是:

一、由饶河到义顺号(大和镇),由义顺号到宝清,在这条汽车道上,你必须直接监视和侦察。不论白昼、夜间,凡是日贼一兵一卒的运输来往,各种军事调动,宝清县境、义顺号附近、饶河县境日贼的驻军、兵力、兵种、营房、防御阵地建筑、仓库、飞机场、汽车堆栈,军用马厂马匹、马草,交通道路的修筑设备,被强迫劳动的工人数目、工作对象,电报电话的联络设备,移民团的位置和人数多少,增加或减少,移民团干什么。除此以外伪满军警的情形。上面所说一切,你都得设法监视和用各种方法随时侦察清楚。随时用无线电向我处作汇报。每次报告的内容,要提出重要的、有价值的,并且有根据、清楚、明了。

二、你过去的工作最大的缺点,就是不能够在伪满军警中和人民群众中进行秘密的有组织联络的工作,今后你一定要改正这个缺点,一定要在伪满军中做秘密工作得出成绩来,民众工作多注意农村中的可靠分子和工人工棚。我处需要人员,如果有哗变暴动的伪满军或工人,打死日贼或活擒日贼没收他的重要文件地图,如果有这样的事,你可以指导他们斗争,或者情形陷入困难时,可以领他们到我处来。但是要特别预防日寇奸细作假,并且若是真的,必须奔投我处,可预先通知我。或者你先亲自来和我接头领受指示。

三、你要和李永镐小队保持人力交通,并且随时预备粮食服装,你们自己必需的军用品。

四、这次由曲宝申带去的枪械钱款等,由他向你报告。我处直接交给曲宝生零钱四百一十元,给予曲宝生奖金五十元,张家德二十元,其余你处的各同志每人十元,剩下的作购物费用。你和我处还要保持人力交通,油印机和油墨快送我出来,李进才同志大概已回到你处下次交通可派他来。

五、李永镐若有交通在你处,你可将我给他的信和政治消息送去。

　　此致敬礼

总指挥　周保中
一九四三年八月七日[①]

[①] 中央档案馆等编:《东北地区革命历史文件汇集》甲65册,1992年5月内部印行,第221~223页。

通过周保中同志的特别指示信，能够看出当时的派遣人员所要执行的具体任务。当时在北野营和南野营总有同志们来来去去的去执行特殊任务，行动都是秘密进行的，我们从不打听。派遣的侦察人员，好多人牺牲在了东北，我所尊敬的白福厚团长1941年也牺牲在了黑河地区孙吴、辰清的东方，毛兰顶子的一次遭遇战中。

白福厚同志曾受地下领导人陈大凡同志的派遣参加了伪满军，1937年8月率伪满军三十八团二连和机枪连起义，加入抗联第六军第一师六团，任连长，1938年7月在教导队学习，毕业后被张寿篯派到第六军第一师三团当团长，1940年冬他所带领的部队编入三支队，任第七大队长。白福厚同志立场坚定，英勇顽强。他编入三支队以后在智取克山、奇袭北兴镇、奔袭霍龙门等一系列战斗中，他冲锋在前，撤退在后，作战勇敢，遇事机智灵敏，十分果断，是一名优秀的指挥员。他关心同志，爱护群众，从不计较个人得失，是一位忠诚的共产党员，我永远忘不了我们在一起工作和战斗的日子。白福厚同志的牺牲给部队带来了重大的损失，张寿篯给金策的一封信中说道：

我在四月二十五日接见了三支队的交通员，我听了报告，并知道三支队在被日寇伏击损失以后，并未消极，而顽强的攻破辰清车站，获大批大烟（价值三万元伪币）及粮食等，我估计到三支队是我军中心部队，任务异常繁重，干部状况如此严重，在万分不得已的条件下派遣陈雷、赵喜林到三支队去担负政治工作，陈雷以宣传科长的名义及职权进行工作，赵喜林则由三支队分配其工作，给他们的指示是详细的，因为我熟思细想，只有这样作去……①

在派遣人员中，还有我在南北河时期的亲密战友陈玉华同志，她也在

---

① 中央档案馆等编：《东北地区革命历史文件汇编》甲64册，1991年8月内部印行，第189页。

第五章 在抗联教导旅

执行侦察任务中牺牲。

陈玉华同志是第一批学习无线电技术的优秀的东北抗联人员之一，曾在第三路军总指挥部任电报员。

1941年的冬天，女战士陈玉华同志背着电报机，跟着特别派遣队，借着狂风怒吼、积雪纷飞的黑夜为掩护，去北满一带开展活动。当她们走到饶河县暴马顶北侧山下小佳河附近时，突然遭到了敌人的围攻。战斗进行得很激烈。陈玉华同志一面用身体掩护着电报机，一面沉着地战斗。在敌人猛烈的炮火中，几个同志倒下去了。陈玉华同志也负了重伤，子弹穿透了她的胸腹，她忍痛吞吃了电报密码，将电报机砸碎甩进深雪中……就这样，她英勇地牺牲了。

■陈玉华烈士画像

对于陈玉华同志的牺牲，周保中给予了高度的评价。他在其日记中详细地记录了陈玉华同志的生平和事迹，日记中最后写道：

一九四一年夏末德国法西斯希特勒背信侵犯苏联，远东日寇实其帮凶影响于我东北甚大。中国共产党人在争取中国民族革命战争之最后胜利，与保护世界劳动祖国紧张环境下，积极奋起，陈同志亦于此时被派遣随淞江右部队进行工作活动。七月十日于饶河北方行军途中遭遇日寇大队之突然袭击，寡众不敌，陈同志于战斗中竟捐躯殒命。惜哉！优秀先进之妇女革命干部，损折过早矣？……①

---

① 中央档案馆等编：《东北地区革命历史文件汇集》甲42册，1991年5月内部刊行，第379~380页。

风雪征程
东北抗日联军战士李敏回忆录

抗联部队的侦察工作从1940年抗联人员入苏整训时就有计划地开始了,一直到1945年,我方不停地派遣小分队和单个人员回国侦察,为最后的大反攻做准备。抗联部队的上层领导人和高级干部如王效明和姜信泰等人都亲自带队回来过,陈雷、于保合曾经被派遣武装回国多次。

我们从周保中部分日记中可以看出,当年派遣小部队从事侦察工作的情形:

五月

五月四日

接见郭祥云、李忠彦等并给予工作任务指示。

五月六日派遣回东北,先到饶河。

第一分队编成人员:

1. 李永镐　　队长
2. 李忠彦　　队副
3. 夏立廷　　站长(党小组长)
4. 张红旗
5. 郭喜堂
6. 高青山
7. 崔长万
8. 崔明哲

活动任务:侦察和群众工作。

区域:佳木斯、勃利、宝清三角地带。

佳木斯——勃利铁道、佳木斯——宝清——密山汽车道。

勃利、宝清汽车道。

根据地:桦川南森林山岳及大小石头河。

五月末必须到达指定区域开始活动。

第二分队:

1. 刘雁来　　曲宝申
2. 郭祥云　　李连有
3. 郭喜发

4.刘殿会　赵光林

5.王一平　于保合

6.李进才

同　　左

区域:富锦——宝清——同江

宝清——饶河

根据地:富锦南方。

1.最近的饶、富、宝敌情

2.经过沿途的侦察报告。

3.佳木斯富锦旧的地方关系,以后由电报通知。

4.降落场和飞机着陆场。

5.油印机。

1.刘雁来	2.刘铁林	3.赵光林	4.郭喜堂	5.曲宝申
6.刘昌胜	7.郑景新	8.于保合	9.王一平	10.张红旗
11.崔明照	12.李永镐	13.李连友	14.陈棱云	15.张殿甲
16.耿育文	17.王廷志	18.包雅卿	19.马子臣[①]	

周保中将军的夫人八十八旅交通营指导员、无线电营政治副营长王一知同志在回忆录中写道:

当时由我军提供给苏军的各种情报与苏军从各种渠道收集的情报一起,分门别类制成手册,连同标有敌人防御工事的地图,在1945年7月份发至苏军连以上军官,人手一

■王一知

———

① 中央档案馆等编:《东北地区革命历史文件汇集》甲43册,1991年11月内部印行,第227~229页。

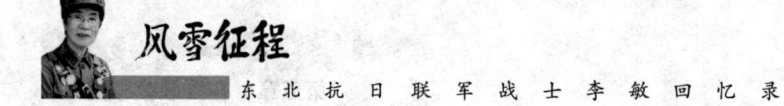

册。苏军能在远东战场上,在陌生和极其艰难的地理条件下,能够正确的击破精锐的日本关东军防线,是与我们抗日联军作出的贡献和牺牲分不开的。对此苏联远东军总司令阿巴纳辛克元帅曾经十分激动地向周保中说:"感谢你们用生命和鲜血换来的宝贵情报,佩服中国的英雄们!"

抗联八十八旅的指战员,在1940年到1945年的各项侦察活动中,克服了重重困难,付出了巨大的牺牲,以鲜血和生命为代价收集了大量的有价值的军事情报,查明了苏"满"边境十七个筑垒地域的构成、坚固程度、人员及布防等情况。还查明了日本关东军的数量、番号、布防、军用仓库、飞机场、桥梁和重要军事设施,并绘制了地图。这些情报经周保中、张寿篯等八十八旅的领导人汇总后,为制定远东作战计划提供了极为重要的敌情基础资料,为远东战役的胜利作出了突出重要的贡献。

1924—1949
第五章 在抗联教导旅

空降训练

还是在1941年7月份,周保中同志曾带领北野营的部分男同志,去伯力木格店机场去学习空降。

十多天以后他们就回来了,听说都学会了。这时女同志们有些沉不住气了,我们也急着想去学习跳伞啊,于是选派了王玉环同志为代表,向领导请战,要求也去学习,当时领导并没有表态。

8月下旬,突然通知我们全体女同志集合,准备去学习空降。听到这一消息,大家都很兴奋。十二名女同志坐了两个小时的帆布篷大卡车来到伯力城东北方向的木格店训练场。

紧张的训练开始后,按照教练的要求,我们先从一米高的跳台往下蹦,蹦下来以后要站稳,姿势还要正确。就这样练习了三天,我们开始上跳台了。

这家机场比较简陋,跳台有二十五米高,是用木头制成的。西伯利亚的秋风十分强劲,木头的跳台在风里直摇晃,我们战战兢兢地爬了上去,腿都打战,尽管害怕,但是没有退却的,反复地练习了五天,大家都基本及格。到了第八天,我们开始登机跳伞了。

我们登上了一架不很大的运输机,飞机在一千米上空盘旋,巨大的引擎轰鸣着,当机舱门被打开时,我们按着顺序一个一个地往下跳,跳下后,得自己拉开引线。

轮到我了,虽然也害怕,但还是鼓足勇气,心一横,闭着眼睛就跳了下去。人下去以后,头是朝下的,每个跳伞员身后面背着主伞,前面带着后备

风雪征程
东北抗日联军战士李敏回忆录

伞,以防后面的主伞打不开,好启用备补伞。从机舱出来后头重脚轻,在急速的下落过程中,我迅速地拉开了主伞。主伞"砰"的一声像一朵蘑菇云似的在头上打开,人也在瞬间变成头上脚下了。这时我的四周都是降落伞绳子,我紧张地抓着绳子,按着教练的要求,观察着地面,掌控着风向和落脚点。

当我稳稳当当地按照要求降落在了指定地点后,心里真是太兴奋了,我竟然学会了跳伞,如果战争需要,可以飞着回自己的祖国了。

通过十来天的训练,全体女兵圆满地完成了训练任务,返回了北野营,这是我们第一次学习跳伞。

1942年的9月份,部队安排我们进行第二次空降训练。

第二次去练习跳伞和上次不同,临出发前,苏联医生要给每个人都做体检。当检查到我的时候,医生意外的宣布,我患有心脏病,不适合跳伞训练。听到这一结果,我立刻哭了起来,我怎么能不去参加空降训练呢?如果学不会跳伞,将来怎么参加大反攻?又怎么回到我的祖国?越想越伤心,就哭着去找张寿篯政委的夫人金伯文同志了。

金伯文看到我这样,忙安慰我说:"别哭,别哭,让张政委想想办法。"

张政委果真给我想了个办法,他安排我作为后勤人员随队一起去,具体的任务是每天给领导送饭。

1942年9月21日,我们由副旅长石林斯基指挥,全副武装,晚上8时从雅斯克登船。第二天上午7时到达了南哈巴罗夫斯克,在乌苏里江岸泊船。部队下船后转往乌苏里江铁道线乘军用列车,下午3时半军车向南开去。晚上9时左右列车到达斯卡斯克西南的木切那车站,距这里两公里远有飞机场和降伞员训练处,我们借住在当地驻军某团营舍的一个三层楼里。

到了这里的第二天,紧张的训练就开始了,我们先从五十米高的训练塔上往下跳,跳到地上能站稳,不摔跟头就能得个五分(满分)。然后学习折叠降落伞,这个环节也十分重要,如果在高空降落伞不能有效的打开,那是十分危险的,曾经有一个学员,就因为降落伞没有打开,掉到地上牺牲了。经过几天的跳塔训练后,我们像上次一样开始登机从高空往下跳了。

飞机盘旋在三千米的高空,引擎发出巨大的轰鸣声,我们彼此都听不

1924—1949
第五章 在抗联教导旅

到说话声,只能看教官的手势。机舱门被打开了,巨大的气浪吹得我们站立不稳,教官打着手势,学员们一个挨着一个像下饺子似的跳了下去。轮到七军的战士吉新林跳了,到了机舱门口他往下一看,说啥都不敢往下跳,他嘴里喊着:"哎呀妈呀!我不行了!我不行了!"看到他这样,旁边的领导立刻把他拽到了一边。

也许真的是心脏有毛病,就在跳出机舱的时候,我的鼻子开始流血了,流出的鲜血染红了胸前的衣服。

我稳稳地落地后,偷偷地擦去了流出来的鼻血。这天晚上营里召开了大会,在连队会议上对吉新林同志进行批评教育。在会上,周保中同志对我们女同志提出了表扬,他说:"八十八旅的女同志都是好样的,作战勇敢,训练认真,没有掉队的。"周保中的表扬极大地鼓励了我们。

周保中同志在1942年10月9日的日记中对这次跳伞训练有如下记述:

> 东北游击运动抗日救国斗争中妇女参加诸般战斗工作,普遍表现良好,甚至许多妇女表现革命斗争性特异,不落于男子后。即以学习降落伞而言,去年十月曾派遣十二名妇女学习,在X城机场曾降落两次后,因季节天候限制,中止学习。今次妇女参加学习者二十名,有降落三次者,有两次者四名。男子中尚有因胆怯或无忍受性而放弃学习者,妇女无一人落伍,表现坚毅勇敢,且有纪律性,深受某降落伞专家苏联闻名中校同志及 Метов 总教官所深赞佩。
>
> 此辈革命妇女在中国航空降落伞术的历史上应占重要之篇幅,学习妇女特记名于后:
>
> 政治指导员王一知,班长金昌玉(高丽人),班长王玉环、李淑贞,队员李敏(高丽人)、金玉顺(高丽人)、金伯文(高丽人)、庄凤、柳明玉(高丽人)、郑万金(高丽人)、邢德范、赵素贞、胡秀珍、金玉坤、徐云清、李桂香、金顺姬(高丽人)、张景淑(高丽人)、朴景玉(高丽人)、李英淑(高丽人)。①

---

① 中央档案馆等编:《东北地区革命历史文件汇集》甲43册,内部印行,第105~106页。

风雪征程
东北抗日联军战士李敏回忆录

到了空军训练基地,我不只是参加训练,还有一个任务需要完成。周保中、冯仲云、张寿篯三位将军的午饭由我用一个挎篮从食堂里打出来,给他们送到宿舍。等他们吃完了把食具拿回来,我再回食堂吃饭。当初体检不合格,我就是以后勤人员的身份来到训练基地的。

一天午后,我刚刚回到食堂端起饭碗,一抬头,看到国际交通员栾继洲同志进来了,看到他过来,我忙和他打招呼,1939年冬来苏联就是他带的路。栾继洲看到我也挺高兴,打听了一些近况后,忽然,栾继洲问我:"小李子,你知道不,陈雷和四军的一位女同志扮成假夫妻去大城市做地下工作去了。"

听到这一消息,我十分的吃惊,我怎么一点都不知道啊。我说:"不能吧,没听说啊。"栾继洲说:"怎么不能,有人都看到了,那个女的穿着蓝大布衫,这还能假吗?"

我不知道是怎么告别的栾继洲,心里这个乱啊,好像什么东西顶在了喉头,一口饭也吃不下去。我一边哭一边往宿舍走,陈雷去做地下工作去了,他还能回来吗?他和那个女同志会不会做成真夫妻啊?我越想越伤心。

我们女战士的宿舍在三楼,此时,大家都在午睡,按规定,每天的午饭后,战士们都有一个小时的午睡时间。回到宿舍,我翻出了陈雷写给我的信,看到这些信,我更加伤心,干脆把信都烧了吧,免得越看越难受。

我哭哭啼啼地爬上了三楼的屋顶,那里有个像小阁楼的地方,我准备在这烧信了。李淑贞同志不知道什么时候跟了过来,她问我:"你咋的了?哭什么?"我说:"陈雷和四军的女同志扮成假夫妻做地下工作去了,他还能回来吗?他还不得跟那个女同志真结婚啊,我还留着这些信做什么,不如都烧了,省得看着伤心。"

李淑贞一把把信抢了过去说:"别介,别介,那可不一定,这还不一定是咋回事呢,你忙着烧什么信?"在她的劝说下,我俩又回到了宿舍。

紧张的跳伞训练结束后,10月9日上午8时部队冒大雨赶赴木切那车站等车,10日下午3时列车到达X城南方十公里的红旗河乌苏里江岸码头,我们将在这里坐船回A野营。

一路上,同志们都挺高兴,大家在甲板上说说笑笑,嘻嘻哈哈。我站在

1924—1949
第五章 在抗联教导旅

船尾的甲板上，望着螺旋桨搅起来的翻卷的浪花，心里也像浪花般地翻腾，眼泪不知不觉地又流了下来。

李淑贞来了，她说我："你在这干啥？你老寻思这点事干啥，真是小心眼，走，我领你去问问张指挥。"

李淑贞拽着我来到了甲板下面的船舱里，张寿篯政委在那里。看到了张寿篯政委，李淑贞说："张政委，你看看，小李子听说陈雷跟四军的一个女战士扮成假夫妻去做地下工作去了，她在这哭鼻子呢，哭起来没完没了，你说说她。"李淑贞说完就出去了。

张政委看了我一眼说："我怎么没听说啊？我们没派他去。"

我说："栾继洲说的，那还能有错啊。"

"我不知道，真不知道，要是真去了，那是苏联派的，如果真走了，那未来的关系，我不能给你做保证。"

听了张政委的话，我的眼泪更止不住了。

张政委看了我一眼说："好了，你自己在这哭吧。"说完这话他上甲板上去了。

10月11日下午2点，我们又回到了北野营。回来后，组织上安排我做了播音员兼政治教员。播音工作是晚上进行的，我每天傍晚先到冯仲云那里拿来翻译稿，然后再到张政委那里去签字，张政委签了字以后，我才能播出。

这天，我在冯仲云那里拿稿件时，他告诉我，播音完了，到我这里来一趟。晚上播完音后，我赶紧去找冯仲云，进了屋，我一下子愣住了。

陈雷，是陈雷，只见他穿着一件苏式的灰呢子大衣站在屋子的中间，看见我进来了，他伸出臂膀把我拥进了怀里。我放声大哭，眼泪流进了嘴里，咸咸的。

陈雷剃着光头，他现在还是士兵的待遇，只有军官才允许留头发。我问他，你不是和四军的女同志扮成假夫妻进大城市去了吗？

他说没有的事，当时，是准备派他去城里做地下工作了。可陈雷自己和领导说，我身上的伤疤太多，太显眼，容易暴露目标，还是让我去做武装侦察吧，领导采纳了他的意见，同意他做武装侦察员。

一场误会就这样解除了。

十月革命节快到了，一营营长金日成同志领着我们排练节目。有一个节目叫《团结舞》，场地的中间竖起了一根木头柱子，柱子上拴着八条长长的彩色布条，我们八个女战士，各扯着布条的一头，一边唱歌一边编队形，彩布条纵横交错，形成了各种图案，十分的新奇、好看。金日成对我们要求非常严格，他手里拿着一根木棍，谁把步子走错了，他就敲谁一下，就是他的夫人金正淑也不能幸免，所以大家都很怕他。在《东北抗日联军将领传》一书中，曾有一段对金日成同志在抗联部队期间工作的介绍：

金日成（1912—1994），东北抗日联军第二军第三师师长、抗联第一路军第二方面军指挥，原名金成柱，朝鲜人，1912年4月15日生于朝鲜平安南道大同郡南里（今平壤万景台）。父亲金亨稷和母亲康盘石都是朝鲜独立运动的早期杰出活动家。在他们的培育下，金日成和他的弟弟金哲柱、金英柱都先后走上了抗日革命的道路。

1919年3月1日，朝鲜爆发了著名的"三一"反日独立运动。同年秋，为躲避日本殖民当局对金亨稷的缉捕，金日成随父母来到中国吉林省，先后在临江、长白、抚松等地居住，开始学习中文并在临江小学、长白八道沟小学就读。1923年3月16日，金日成遵循金亨稷要熟悉祖国情况的教诲，步行十三天到达朝鲜介川，在此乘火车到万景台，进入爱国志士康良煜任教的彰德学校就读。1925年1月，金日成怀着民族解放的雄心壮志，高唱《鸭绿江之歌》离开万景台，再次步行十三天经葡坪返回中国东北。这两次跋涉，后被朝鲜史学界称为"学习的千里路"和"光复的千里路"，成为朝鲜青年爱国主义和革命传统教育的重要题材。

1940年4月29日，金日成率部连续袭击安图县南道屯和韩村部落。7月2日，第二方面军一部袭击敦化哈尔巴岭车站；11日又袭击珲春二道沟部落，攻入和龙县卧龙屯，毙伤日军丰田中尉以下二十余人；12日，攻克安图县新光部落，击毙福田中佐以下二十余人。第二方面军在金日成的指挥下，在极其艰苦的环境下突破敌人的层层封锁，较好地保存了自己。11月，因局势恶化，金日成率部十六人由珲春、汪清一带越境入苏。12月至次年3月，金日成和第一路军三方面军参谋长安吉、总部军医处处长徐哲一起，

1924—1949
第五章　在抗联教导旅

以南满地区代表身份参加了第二次伯力会议。会议上，金日成坚定支持以周保中为代表的东北抗联必须坚持独立自主原则的立场，并在会前同金策、崔石泉进行了亲密无间的会见和谈话，实现了朝鲜共产主义者的团结统一。会后，金日成主持了以第一路军人员为主的抗联南野营工作。1941年3月1日，金日成和金正淑在南野营结婚。同月，第一路军越境部队被编为第一路军第一支队，金日成任支队长，安吉任参谋长。

1941年4月9日，金日成率领二十九人的小部队返回东北，目的是寻找魏拯民和第一路军总司令部下落，以及失散的第一路军其他部队；恢复地下党组织和群众工作，侦察敌情。小部队在珲春、延吉、汪清、和龙、桦甸、安图、敦化等地坚持斗争七个多月，于11月12日返回南野营。

1942年8月1日，在斯大林和共产国际总书记季米特洛夫的协助下，东北抗联余部在中苏边境组建教导旅，执行主力隐蔽整训、坚持小部队斗争的新战略方针。金日成积极参加了教导旅的筹建工作，于7月22日同苏联远东红旗军总司令阿帕纳申克大将进行商谈。在教导旅(亦称"国际旅"即苏联远东红旗军独立第八十八步兵旅、八四六一步兵特别旅)中金日成任一营营长及"中共东北党组织特别支部局"副书记等职，参加旅内领导工作。①

十月革命节的这一天，远东上空艳阳高照，北野营全体指战员在操场上举行大会，庆祝十月革命胜利。领导们讲话以后，各个连、班都出了节目。有个苏联士兵表演独唱，那个小伙子，嗓子非常好，一连唱了好几支苏联歌曲。

赫哲族的战士表演了单人舞，通讯营的战士表演了男声小合唱《共青团员从军歌》(苏联歌曲)：

接下来是大合唱《救亡进行曲》，金日成等领导也都参加了进来。周保中将军、张寿篯政委和苏联军官合唱了《国际歌》。

节目一个接着一个，庆祝会开得隆重而又热烈。演出中，最受欢迎的要数金日成同志编导的《团结舞》了。

---

① 于绍雄主编：《东北抗日联军将领传》，黑龙江人民出版社，2009年版，第66~74页。

风雪征程
东北抗日联军战士李敏回忆录

共青团员从军歌

苏联歌曲
别佳 译

```
1  6. | 3. 3  3 2 | 1  6. | 6 -  | 1  3  |
```
出 征　西　方　前 线　疆　场，　　　　从　此
我 们　暂　时　别 离　远　去，　　　　奔　走
姑 娘　安　慰　的 话　语，　　　　　　小　伙
啊 我　再　一　次 的　盼　你，　　　　用　上
他 紧　握　住　朋 友　的　手，　　　　细　看
写 信　往　何　处 寄　送，　　　　　　怎　能

```
5. 6  5 | 3 - | 3 0 | 2 2 | 6. 6  6 5 |
```
我 们 各 一 方，　　　　很 多 共 青 团 员
战 斗 的 前 方，　　　　无 论 何 时 我 就
记 在 心 中，　　　　　若 是 牺 牲 就
全 部 诚 心 望，　　　　为 你 快 取 得
姑 娘 眼 脸，　　　　　啊 我 再 一 次 地
得 知 你 地 址？　　　姑 娘 这 没 有 什 么

```
3 5 | 6 - | 3 6 | 3. 2  1 7 | 6. - | 6 0 ‖
```
离 家 乡，　参 加 卫 国 的 战　争。
也 爱 你，　祝 愿 你 英 勇 去 杀　敌。
刹 那 间，　要 是 负 伤 不 要 重。
胜 利，　　使 你 凯 旋 回 家 乡。
恳 求 你，　望 你 给 我 来 信　件。
关 系，　　寄 往 祖 国 的 前　方。

庆祝会在张寿篯政委和张中孚秘书长创作的歌曲《团结抗战吧！》的歌声中结束。

1924—1949

第五章 在抗联教导旅

团结抗战吧!

1=G 2/4

李兆麟 张中孚 词

强盗日寇侵略我中华,逞凶暴似爪牙,土地被占领,男女遭屠杀。同胞呀同胞呀,武装起来抗战吧!消灭倭奴贼走狗汉奸杀,救祖国誓死复邦家。不怕他!不怕他!驱逐贼寇滚出我中华!

国共合作一致把日抗,团结紧意志坚,脚步和脚步,臂膀挽臂膀。救危亡救危亡,领导群众赴战场!不分各党派集中我力量,奋斗呀为自强奏凯旋,反动者巩固我民防。民族光!民族光!四万万民众赴战场!

举国动员全民挽狂澜,争自由复河山,拼头颅热血,英勇齐向前。敌血溅敌血溅,军民团结阵营坚!法西斯打倒强盗都杀完,奋斗呀为自强奏凯旋,建立新政府人民管政权。齐欢腾!齐欢腾!中华民族万万年!

风雪征程
东北抗日联军战士李敏回忆录

张中孚原名张凤岐，字乐然，号兴周。1931年冬，毕业于北平中国大学。在日本帝国主义侵华、民族危亡的紧急关头，他于1937年1月中旬，去黑龙江省富锦县，以教师身份为掩护，秘密从事抗日救国活动，并加入中国共产党。同年8月末和张进思等参加抗联独立师，任独立师师部秘书长，同年10月间，任十一军军部秘书长。从1937年9月至1938年10月，先后活动在富锦、同江、抚远和宝清一带。

1938年10月中旬，张中孚跟随张寿篯从宝清抗联后方基地出发，随第六军教导队和第十一军第一师进行西征。在完达山与第六军第一师在庞老道庙参加张寿篯主持的会议，然后，随张寿篯过松花江在老白山开始西征。他们几经辗转，历尽艰辛，翻越小兴安岭，于1938年12月底到达海伦县境内白马石。1939年1月，担任北满抗联总司令部秘书长。自1939年5月底起，一直担任第三路军总指挥部秘书长。自1939年1月至1940年5月，主要活动在海伦东山里八道林子、德都县朝阳山和北安县木沟河一带。

1940年5月末至1940年11月初旬，张中孚跟随中共北满省委书记金策在省委工作，活动在庆城和铁力南安邦河上游、绥棱、通北县南北河和海伦县八道林子等地。

1940年11月中旬，兼任抗联第九支队宣传科科长。从这时至1941年5月，张中孚同马克正、边凤祥率领总指挥部和第九支队人员活动在南北河、木沟河、二更河、土鲁木河一带，采取灵活机动战术，粉碎了日伪"围剿"。1941年6月至1941年10月，同第九支队活动在通北、克山、拜泉、讷河一带。

1941年11月，同边凤祥第九支队部分人员向萝北转移。12月初，在张寿篯率领下，随第九支队三十二人从萝北越境到达苏联哈巴罗夫斯克东北的北野营。在苏联整训期间，担任"东北党领导干部临时支部"委员。

1942年8月30日，张中孚被苏联和抗联秘密派遣，由三人护送回北满单独从事抗日侦察情报工作，从此失踪未归，大约于1943年牺牲于东北战场。

1924—1949
第五章　在抗联教导旅

我失去了最后一个亲人

1942年的冬天异常的寒冷,一场大雪接着一场大雪,整个远东覆盖在冰雪之中。

这年的冬天,八十八旅的指战员全部开始学习滑雪了。大雪虽然令我们行动困难,但是同时也为我们带来了机会。

战士们穿的滑雪板是陈春树同志用木头做的,比较笨重。我们每天穿着滑雪板,从旅部门前广场集合出发(冬季野营地),过了训练的大操场,从一个高坡上滑到黑龙江的一个江岔子上,顺着大江再向上走,然后上岸来到了夏季野营训练点。爬上一个山头最高处,山高坡陡我们穿着滑雪板,只能横着走,到了山顶从高处再向下滑。下滑的途中设置两三个障碍物,障碍物是半米至一米高的雪堆,难度大的就是连续越过障碍物,往往在这里摔跤,大家的腿都摔得青一块、紫一块的。女战士里,成绩比较突出的是金玉顺、全顺姬、张景淑和我,我们四个人较着劲儿的练,排名一直在第一、第二、第三和第四的位置。不管多苦多累,都咬牙坚持了下来。慢慢地我们掌握了要领,通过高强度的学习和训练,大家不久都能够飞速地穿行于林海雪原之中了。

紧张的训练之余,我还要担任广播员一职,每天晚饭后,是我们的广播时间,同我一起做广播员的还有一个苏联青年叫达宁。

1942年的冬天,苏德战争正是艰苦的年份,斯大林格勒的争夺战打的异常激烈,每天都有新的消息传来。全体指战员都非常关心这场战争,因为战争的成败也关系到我们的祖国何时光复。

风雪征程
东北抗日联军战士李敏回忆录

一天晚上清冷的月光照在皑皑的白雪上,我踏着积雪到冯仲云处拿到广播稿后,去找张寿篯政委签字。张政委签完字后和我说:"小李子,广播完了,回来一趟。"

张政委让我回来一趟,什么事呢?

广播完当天的稿件后,我急匆匆地返回到张政委的住处。张政委并没有急着和我谈话,他先让我坐下。不知道为什么,我的心里有一种不安的感觉,张政委究竟要说什么呢?

过了一会张政委终于说话了:"小李子,我们刚刚得到苏军送来的消息,你哥哥李云峰同志失踪了,现在到底整到哪里去了还不清楚。"

听了张政委的话,我的脑袋"嗡"的一下,以后张政委又说什么我已经听不清了。哥哥?我哥哥?是说我哥哥吗?我抬头呆呆地看着张政委。

终于,我醒过腔来,"哇"的一下哭出声来。

哥哥失踪了,哥哥怎么会失踪呢?他是我唯一的亲人啊!我怎么能没有哥哥了呢?上次分别他还好好的呢,哥哥说,他是最后一次去执行侦察任务,等回来就要求回大部队了。哥哥你怎么说话不算话了,你快回来啊……

我是怎么走出张政委的房间已经不记得了,张政委说了多少劝慰我的话我也没有听进去。只记得在这远离祖国的远东大地上,在这狂风怒吼寒冷的夜晚,我站在雪地里放声的大哭,一边哭一边喊:"哥哥,你在哪里?你快回来,你回来……"呼啸的狂风淹没了一切声音,寒冷冻僵了我的眼泪。

好多天我都无精打采,一想起哥哥就是一阵撕心裂肺般的疼痛,泪水不时地流过脸颊,同志们劝慰我的话,一句都听不进去。我不相信哥哥牺牲了,我总是幻想着,在某一天,某一个地方,有一个木头房子,我一推开门,哥哥还站在屋里,他还会给我讲好多好多惊险的战斗故事。

哥哥没有失踪,住在朝鲜黄海北道凤山郡的奶奶还在日夜盼望着我们一家人回去呢,她老人家做梦都在想着给孙子娶媳妇呢。

哥哥你快回来吧,爸爸没有了,你怎么可以也失踪呢?你是那么的机智勇敢,敌人是捉不到你的。

慢慢地我终于接受了这个事实,这个时候,我更加想念陈雷了,陈雷是哥哥的好朋友,今后他就是我的哥哥了。

第五章　在抗联教导旅

由于北野营有严密的组织纪律,我一直不敢问什么,也不敢打听什么,只能把我的思念埋在心底。直到1945年张政委再次找我,他说:"据苏联情报部门透露,你哥哥已经被日本人给'处理'了,一种说法是,在哈尔滨太平区有一家水泥厂,日本人把他们抓到的苏联谍报人员扔到巨大的搅拌机里给搅碎了,另一种说法是送到日军'731'部队做日本人的细菌试验品了",日本人把这一行动称之为"特别移送"。

当时苏联和日本签订了《苏日中立条约》,所以日本人抓到苏方派遣人员从来不公开处理,而是秘密处死,不留审讯记录。中共北满省委秘书长张中孚同志,我哥哥李云峰等都是这样牺牲在了隐蔽战线。还有好多的无名英雄,他们甚至都没留下真实的名姓,默默地为祖国和人民流尽了最后一滴血。

我的父亲和哥哥都走了,他们都是被日本人残酷杀害的,尸骨无存。他们没能给我留下一个让我凭吊的地方,这是我今生今世永远的伤痛。从此以后,李家人就剩下我自己了……

我的哥哥李云峰,原东北抗联第六军第一师第六团政治部主任,原名李允凤,1918年9月30日生于朝鲜黄海北道凤山郡养洞里初卧面。1923年随父母来到中国东北。1928年在汤原县、梧桐河村模范学校读书时,在崔石泉、张铁等共产党人组建的军政训练班受训,并加入列宁主义儿童团、少先队组织。1931年九一八日军入侵东北时,参加共产党组织的抗日救国宣传队。打着"中韩民族团结起来抗日救国"的大标语,进行化装文艺演出,到汤原、鹤岗、萝北等县农村、矿区宣传,对唤醒民众团结抗日起了积极推动作用。1932年松花江洪水冲没梧桐

■李云峰同志革命烈士证书

风雪征程
东北抗日联军战士李敏回忆录

■李云峰（1940年夏摄于哈尔滨市）

河村，李云峰一家人列入难民行列，来到集贤安邦河区落户，并继续从事抗日事业。1933年兴起自发的各类抗日武装队伍红枪会等，党决定支持并动员党团员参加攻打集贤镇的日军。持原始武器的红枪会队伍在日军的机枪大炮的轰击下，血染城外而告终，余下的溃散了，李云峰等青年幸存回乡。1934年李云峰再次参加组建游击队事业，到夹信子缴日本汉奸李海武装，因故再次失利。李云峰等二十多人在金正国率领下北上来到汤原，与夏云杰、张铁部队会合并编入该队。1936年李云峰在伊春赵尚志为校长的抗联军政干部学校毕业后，被分派到第六军第一师六团任政治部主任，活动于松花江、黑龙江两岸，并在汤原、萝北、桦南、桦川、双鸭山、宝清等地区开展游击活动，为开辟抗日游击区立下功绩。1938年参加张寿篯将军主持召开的梧桐河西征会议，并编入西征队伍。同六军参谋长冯治纲一同率队突破敌人的封锁、"围剿"，到达海伦八道林子与北满省委书记金策会师，并参加八道林子会议后，再次编入北征一支队，同张光迪、陈雷率队开辟黑河抗日游击区。1939年在敌人重围、尾追下被迫率队过界到苏联。1940年被派往敌占重镇哈、牡、佳、黑携电台侦察日军的调动情况，搜集情报，多次胜利完成任务，得到赞扬。1942年再次执行任务时，被敌人侦破而牺牲于哈尔滨。

第五章　在抗联教导旅

附录：

我所知道的李敏一家

刘忠民口述　范震威执笔

李敏同志，原名李小凤，朝鲜族，1924年生，家住集贤县安邦河区王海屯，从小就生长在革命之家。

李小凤的父亲李石远，最早住在汤原梧桐河。早在1930年前后，就参加了贫农协会和赤卫队，是一个革命觉悟很高的老党员，后因汤原县的梧桐河发生了大洪水，才携家来到集贤县安邦河区王海屯居住的。在我来富锦和集贤以前的1934年，李小凤的哥哥李云峰就已经参加了创建安邦河区游击队的工作。

李石远担任安邦河区委组织委员。根据汤原中心县委的指示，安邦河区委为了创建游击队，在几位领导带领下，去缴获夹信子日本汉奸李海自卫团的武装，之后准备上山组织游击队。当时由于大家都缺乏实践经验，不小心枪走了火，事情泄露，交起火来，当场牺牲六位同志，唯独金正国同志越墙脱险。

当时，等候在围墙外的少年先锋队员李云峰、尹锡昌、李忠山等20多人，被李海自卫团的骑兵冲散。后来，他们连夜奔往王海屯，在李石远家集合碰头。他们重整了队伍，不敢久留，连夜在金正国、张在荣（张显庭）的率领下，向北开拔，直奔汤原县的格节河上游格金山，同那里的汤原游击队夏云杰会师，同去的一共20多人。李云峰同志就是这样离开家，进入抗日队伍的。

夹信子夺枪失败后，安邦河区的地方群众遭到了日本鬼子的血腥镇压，接连有100多人遭到逮捕。李石远、朴英善等同志先后被捕，被关进集贤县的宪兵队部，遭受了非人的刑讯和毒打。被捕的人中，大部分是无辜的群众，但他们都同情游击队，心中支持抗日军，虽经拷打也没问出个什么，后来经在警察队里的自己人叫崔树林的做工作担保，不久也都相继释放。

1936年秋，我被组织派到集贤县，担任中共富锦县委书记。富锦县委设在集贤，集贤原归属于富锦县的第五区，所以集贤县委的工作也由我来抓。

我到任后不久，为了顺利展开工作，任命李石远同志任安邦河区的区委书记，由于我常去王海屯李石远家，经常到他家召开秘密会议，并听取各村屯情况的汇报，我和李小凤同志也就这样认识了。李石远的公开身份是安邦区抗日救国会主任，党的身份并不公开。经过一段时间的工作和整顿，党团组织都有所恢复和发展，已达到50多人。这时，全县的抗日救国会会员，已达到500多人，其中也包括抗日救国儿童团团员。

李石远的妻子很早就殁了，李小凤从幼时起，就和爸爸李石远相依为命。俗话说：穷人的孩子早当家。李小凤的爸爸是一位老党员，哥哥李云峰参加游击队上山去

风雪征程

东北抗日联军战士李敏回忆录

了。因而,李小凤虽然才12岁,由于从小接受过革命思想的灌输和教育,她对党和抗日救国已经有了相当的认识。那时,我常在李小凤家听取来自各村屯的汇报,因这里地势高,又离其他村远,重要会议都到这里开,来时,大家都带一把镰刀,伪装成打草的,因为这里有很大一片大草甸子。每次开会,都是由小凤和任春植的儿子任德俊到屋外去站岗放哨观察四外的动静,一旦有了陌生人或其他情况,我就立刻下令撤离疏散。这样,我和李小凤这孩子工作配合得很好,而且越来越熟了。

李小凤个子不高,身体很瘦弱,看上去比实际年龄还要小些。大家都喜欢她,叫她小凤。她称我为刘叔叔,和我很亲近。她非常懂事,已自觉地成为我们抗日队伍的一名成员了。

在整顿组织和开展抗日工作的过程中,为了支援山上的抗日大部队,我们还开展征粮、募捐以及宣传和收集情报等工作。在我任富锦县委书记期间,宣传工作中很注意发挥抗日少先队(儿童团)的作用。当时,安邦河区已建立了一支抗日少年宣传队,也称儿童团,李小凤就是这个宣传队的成员。

宣传队经常走村串屯,进行抗日宣传演出,同时为抗日大部队进行募捐。恰在那时,抗日的大队伍在集贤、桦南和双鸭山的三县交界处七星砬子(海拔853米)深山密林里建立了秘密根据地——密营,急需物资支援,因此儿童抗日宣传队的募捐活动,任务十分艰巨。

考虑到当时急需支援前方部队物资的情况,我亲自抓并为他们确定了第一个演出地点——火犁屯。

儿童宣传队入屯后,就向屯中的父老乡亲说明了来意。那时农村基本没有什么娱乐,农民都是日出而作,日落而息。突然来了演出队进屯,家家户户,男女老幼都向场院集中。看看来的人已经不少,就由张英华先做了简短的讲话,然后是儿童团长李小凤登场。

李小凤非常大方得体,她向场中的父老乡亲鞠了躬,然后扯了扯她的蓝衣襟,昂着头,提高了嗓门用朝鲜语对大家说:

乡亲们,你们好!我们是少年抗日宣传队,今天是为抗日救国来演出的!

各位爷爷、奶奶、大爷、大娘、叔叔、大婶、阿姨和兄弟姐妹们,我们的抗日军队在前方英勇杀敌打鬼子。我们都是中国人,汉朝两族手拉手,同心支援抗日军。

李小凤背诵完了我们事先给她准备好的开场白,又用汉语讲了一番来意,接下去就是歌舞演出。然后由李小凤出场讲明,我们为抗日军队募捐,大家自愿捐献,有粮的出粮,有钱的出钱,有物的献物,没钱的出力……

于是各位村民从家里有的用口袋,有的用脸盆盛来了粮食,还有点捐献了衣物等。这些物资,连夜由我们套车送往双鸭山七星砬子密营。

为了工作方便,李小凤前几年还认了一位汉族老人张镇奉为干爸爸,张镇奉称小凤为干姑娘。这位张镇奉是当时梅雪堂经理的管家。梅雪堂是一位中医,但也经营

第五章 在抗联教导旅

土地和农业。我们派小凤经常去干爸爸家串门、居住,并以干爸家为掩护,在镇里贴标语、撒传单,有时甚至教小孩子唱抗日歌曲。她的活动多了,不久引起敌人密探的注意。有一天,驻城内工作的负责人送来一封信,建议我立刻安排李小凤和她的父亲李石远安全转移。

第二天,我们正在研究怎样转移,这时来人报告说敌人骑兵已奔这边来,于是我们决定由赵明久、李忠义两人,带着张英华和李小凤,乘坐门外的马爬犁赶紧往笔架山方向转移,去寻找大队伍。我带谢有才、任春植的弟弟任荣植、李石远往北,沿着安邦河套往下奔。就这样,我们分了手。我们每人都身带镰刀,扮作打草人,总算脱了险。

一路上,李石远同志对我说,小凤从小就没有母亲,懂事早。童年时代生活很苦,不过她自理能力强,虽然不过13岁,但出去当爸的也很放心,相信她会很快地成长起来的。

李石远说着,严重噙满了泪水,眉毛上凝着霜。他说,让小凤上山找她哥哥李云峰,兄妹在一起,我一百个放心。

我看到老李的样子,深受感动。我说,你们的父女之情,我很理解。这种匆匆离别的方式,怎么不叫人难过呢……,我又说,小凤这孩子很好,她多次找我要求上山参加游击队,我早已答应过她,没想到太不容空了,竟选择了这样的方式。她这次上山,已早有了思想准备,再大的困难也吓不倒她,我相信她很快就会适应的。李石远笑了笑,接着我的话说,情况明摆着,既然小凤在这个地方已经出了名,无法再工作下去了,只好上山找队伍去。

我说,石远同志,你也不能再在这里待下去了,日伪特务到处找你,我看,你也上山吧。等我们和徐光海主任、马德山师长见面时,我向他们汇报后再定吧。
我们边说着,边安全地转移了。从此,李小凤上了山,成了抗日军的一名女战士。
后来,我见到了冯仲云同志和王永昌同志。他们说,小凤进山以后,先是进了被服厂。六军被服厂厂长是著名的裴大姐。裴大姐很喜欢她,就留她在身边工作。李兆麟将军看到李小凤很勤奋,又很钻研,就把她调到军部教导队去学习。毕业后,小凤被分配到六军一师任宣传员。

1940年,李小凤同王永昌等,在冯仲云同志的领导下,远征黑河、嫩江地区,转战在松花江、黑龙江畔和大小兴安岭中,她从不叫苦,英勇果敢,参加了不少战斗。不久,李小凤就入了团,后来又入了党,成了一名真正的抗战女英雄。

李小凤的哥哥李云峰,在崔庸健组建的松东模范学校念书时,就已经接受了革命思想教育,从小就参加了儿童团、少先队。在1934年的夹信子夺枪战斗中,表现勇敢机智,之后就正式上山,参加了游击队。上山后,在赵尚志、李兆麟为校长的东北抗日联军(在伊春)学习,毕业后分配到六军一师六团,任政治部主任。

1936年冬天,他们部队转战桦川、桦南、宝清、双鸭山一带,在几个月的时间里攻

风雪征程
东北抗日联军战士李敏回忆录

破火龙沟刘家小房的伪警察、袭击了驼腰子的自卫团、孟家岗的伪军讨伐队。在上述战斗中,李云峰足智多谋,英勇善战,很快成为一位有名的青年指战员。在孟家岗的战斗中,团长牺牲了,李云峰受了伤,他带伤指挥战斗,终于将敌人击退,缴获了一批武器。

1937年,李云峰的队伍将他们缴获的120多支枪支和大量的弹药,送给地方,叫我们组织地方游击队。我们用这些武器,武装了两个游击连队。培养输送了一批一批的武装战士上前方。1938年春,我被下江特委调到绥滨工作。李云峰带着队伍转战,后来在绥滨县的李家围子,我们又相逢了。他高兴地握着我的手说:"老书记呀,咱们又见面了!"因是故人相逢,我们在一起谈了很久。我看到他成熟多了,还是那样的开朗、健谈。他亲切地叫我刘叔,这使我想起了小凤。我问他,你最近见到小凤没有?他说,他一直没有见到她。但听李兆麟将军说,小凤学习很努力,还入了团。我听了,当然也很高兴。我问下一步他往哪里去?他说,他和冯治纲参谋长一起去参加六军军部李兆麟召开的梧桐河会议……

后来,我听说,李云峰他们去了梧桐河、老等山,在冯治纲同志的带领下,李云峰率领的一师六团队伍加入了西征的队伍,突破敌人的封锁,他们去海伦、嫩江、黑河地区,开辟新的游击区。据冯仲云同志介绍,李云峰同志在1942年执行任务时,光荣牺牲了。

李小凤的父亲李石远,自1936年以后,敌人开始注意他。本来,我到富锦后,想把他调走,这只是出于安全考虑,可是在富锦、集贤一带搞地下工作,当时没有人能代替他,所以就拖了一段时间。

1937年,马德山师长率领部队攻打集贤镇伪军武装,之后日军大批讨伐队来攻打和镇压安邦河区的革命群众,情况十分危急。县委决定由我通知李石远上山,投奔六军一师。李石远上山后,担任一师后勤处处长,专门负责队伍的给养物资供应工作。李石远走后,安邦河区区委书记改由任春植同志担任。

李石远到部队后,为部队收购了大量的粮食和食盐、布料,并将其储存在锅盔山北侧抗联六军一师基地,为1938年部队的安全越冬,打下了物资基础。1938年冬天,他在宝清县杨荣围子、李京围子屯执行收购任务时,同敌人遭遇,经过短暂的激战,终因寡不敌众而光荣牺牲。

李石远同志是一位有高度政治觉悟的党的忠诚战士,他在艰苦的抗战斗争中,勤勤恳恳、兢兢业业、勇敢顽强,以无畏的战斗精神,为抗日救国流进了最后一滴血。李石远同志是我的亲密战友,我永远不会忘记我们朝夕相处的战斗岁月,后来的人,也应该永远记住他。

(执笔者单位:黑龙江科技出版社)

1924—1949
第五章 在抗联教导旅

幸福的小屋

1943年的春天,陈雷同志在执行一次武装侦察任务归来之后,旅司令部决定,任命陈雷同志为三营六连政治副连长,授予中士衔(战士待遇)。

虽然我们俩人已经确立了恋爱关系,但还是不敢公开来往。那时,我们吃饭、开会都是列队集体行动的,几乎没有个人活动的空间。只能在路上偶尔碰到时,在队列里互望一眼,这一眼里注满了深情和祝愿。

远东的夏季很短,整个夏天我们都在紧张的训练之中度过,训练的项目主要是游泳,因为这一项目受气候的约束。我除了和大家进行集体训练外,每天晚上还要去播音室广播当天的稿件。

这个时候,欧洲战场的形势已经发生了转变。苏联红军又已采取攻势。英美联军侵入意大利属的西西里岛。在欧洲大陆和巴尔干,德国希特勒强盗侵占地和他的后方到处燃起人民的反抗和游击战争。西欧大陆反对希特勒匪徒的第二条战线的开辟问题,已经在发展着。希特勒和墨索里尼倒台的日子不远了。周保中同志在给东北抗联第一、五支队游击队等的信中说:

在太平洋上,日本强盗陷入重大困难,"大东亚共荣圈"实际上是锁连〔链〕和丧葬花圈缠紧了日本强盗。日寇海上的行动和要巩固他的掠获地,受到英美优势海空军的控制,使日寇无法立足、无法苟安。我们中国抗战有利的趋势日渐增长起来,拖住日寇使之不能顺利实现企图进攻印度和

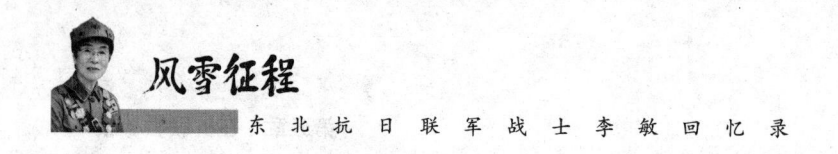

风雪征程
东北抗日联军战士李敏回忆录

澳洲,拖住日寇使之不敢轻于北犯苏联。情势还不限于此,西方强盗希特勒溃灭之明日或同时,就是日本强盗崩落倒台的开始,这是无疑问的。我们东北抗日联军的再起,东北人民的解放,其机运系于全局,有关于全局之发展。我们有胜利的前途,我们还要作各种的努力。①

正像周保中旅长在信中所说,整个欧洲和东北的战局都在向有利于我们发展。我每天都在广播里播报着西线战事和国内形势,以鼓舞大家的信心和斗志。

秋天到了,秋雨绵绵。一天晚上,我从播音室出来后回宿舍。播音室和夏令营宿舍之间有一段路程,路上有一条小河,小河上面架着木桥。走出播音室,外面飘着小雨,我脚步匆匆地往回走,就快到桥头的时候,一个身影,穿着一件雨衣站在桥的这边。我的心怦怦地跳了起来,是陈雷在等我吗?我加快了脚步向桥头走去,就在这时,有几个人说说笑笑地从桥的那头走了过来,看到有人过来,我没敢停下脚步,就在我与陈雷同志擦肩而过时,我看到了他一张失望的脸。回到宿舍后,我在想,他不会怪我吧,真的是害怕啊,那次"壁报"事件,对我的伤害太大了。

天越来越短了,一天晚上,我走出播音室时,天已经大黑了。外面又开始下雨,豆大的雨滴敲打在我的头上和脸上,我用手捂着头,一路小跑往宿舍赶。路上一个人都没有,我有些害怕,跑得更快了。快到桥头时,透过雨雾,我看到有一个人头上蒙着一件大衣站在那里。我们这里,离苏联的一个劳改农场不远,常有跑出来的犯人经过这里,我的心跳加快了,停住了匆匆的脚步。那个人看我停了下来,从头上把大衣拿了下来,啊!是陈雷!陈雷在等我,我快步跑了过去,扑到了他的怀里。

我们俩蒙着他的大衣站在了雨地里,陈雷说:"咱们到河边的树林里坐一会吧。"我说:"好吧。"我们向河边的树林走去。

---

① 中央档案馆等编:《东北地区革命历史文件汇集》甲 65 册,1992 年 5 月内部印行,第 208~209 页。

第五章　在抗联教导旅

这是一片杨树林,林子的那一边还有一片菜地,菜地里种着大头菜、胡萝卜等。

我们找到了一棵倒木,蒙着他的大衣坐了上去,我倚在他的怀里,感受着他的心跳和他的体温,一种说不出的幸福,充满了心间。

有好多的话要说啊,可又不知道说什么是好,我和他说:"再别这么偷偷摸摸的约会了,我真的很害怕,如果让人碰见,对咱们俩都不好,可别让他们再给咱们贴'壁报'。"

他说:"我知道,我就是太想你了。"我们俩约定,今后都把各自的感情深埋在心中,等打败了日本侵略者,回到祖国再建立我们幸福的家庭。

树林那边的菜地里,忽然传出了咯吱、咯吱的声音,我俩都吓了一跳,是什么声音啊?仔细一听,好像是有人在吃胡萝卜。那时候,正是苏德战争最艰苦的时期,整个军营都吃不饱,看来是有人偷着吃胡萝卜来了。

怕有人看见,我俩也不敢久留,匆匆告别后,就各自回到了自己的营房。

西伯利亚的寒流又送来了1943年的冬天。就在这年的冬天,领导竟然意外地分给了我们一间小屋。

一天晚上,我从播音室回来刚进营房,李英淑悄悄地和我说:"陈雷在外面等着你呢,你快去。"听了她的话,我赶忙跑了出去,陈雷果然在外面等着我。我问他:"你怎么来了?有事吗?"

陈雷说:"王明贵支队长告诉我,给我们一个房间,让我去收拾呢。"

"给我们房间做什么?"我问他。

他说:"批准了呗。"

"批准什么?"我又问他。

他乐着说:"批准我们结婚呗。"

啊!结婚?我想都没敢想,这能是真的吗?我不知道说什么好了,我小声地说:"我,我明天还得滑雪训练,还得考试……"

陈雷说:"好,我就想听听你的态度,房子我来收拾。"

陈雷走了,我心里恍恍惚惚的,结婚?我要结婚了吗?不是说等祖国光复以后再结婚吗?领导怎么批准了呢?怎么想,我也没想明白。后来听说是金日成主席、王明贵将军做了一些工作,周保中、张寿篯将军批准,为此我们非常感谢组织。

第二天,上午上课,下午去滑雪,滑完雪我们列队回到仓库把滑雪板都摆放整齐,再去吃晚饭,等回到营房时天已经黑了。我回到了自己的铺位,哎呀!我的行李呢?谁动了我的行李,所谓行李,其实就是一条毛毯和一床用干草装的草褥子。草褥子、小床还在,毛毯不知道哪去了。

李英淑告诉我说:"三营的梁成玉给拿走了。"

这时,金玉顺和朴京玉两个人,一人挎着我一只胳膊,笑嘻嘻地说:"走吧,我们两个去送亲。"

我忽忽悠悠的被她俩架到了大地窨子家属宿舍的一间小房,推开板皮房门一看,只有陈雷一个人在里面,他弄了一盆炭火,正在烤房间呢。只见他脸上乌漆麻黑,手上满是糨糊。看到我们来了,他十分高兴。他对金玉顺和朴京玉两个人说:"感谢你们俩把小李子给我送过来,谢谢了。"

金玉顺和朴京玉笑着祝福我们,愿你们永远幸福,白头偕老,说完了,她俩就跑了回去。

房间里只剩我们两个人了,我们紧紧地拥抱在一起,好久好久,这不是做梦吧?

原来,这天的上午陈雷同志就来到了分给我们的那个小地窨子里,他清除垃圾,打扫灰尘,在墙上糊上旧报纸,找人抬来了个单人铁床,在床上铺上草褥子,然后又让梁成玉把我的毛毯也搬了过来。刚刚糊完的墙纸,如果不用火烤就要上冻,他又弄个脸盆装上木炭,正在忙着烤墙的时候,我们就进来了。

看见他像灶王爷一样的脸我扑哧地笑了,我挣开了他的怀抱,赶紧找了个脸盆去外面舀了一下子的雪。我们的隔壁是少尉赵喜林、金玉坤夫妇,我们两家烧一个火墙,灶坑在他们家,我把脸盆端到赵喜林家的炉子上把雪化开,让陈雷好好洗了把脸。

我们的新房非常小,放上一张小铁床后,也没多少活动空间了,墙的下半截是在地下,上半截用板皮钉成,有一堵墙是火墙,两家共用。我们的

第五章　在抗联教导旅

行李是两床毛毯、一个草褥子,两个用草装的枕头。

正像陈雷同志后来所回忆的那样:"没有仪式,没有嫁妆,一切是那么简单,我们就这样结婚了。"

这一天,是 1943 年 11 月 30 日,一个我终生难忘的日子。

第二天,好像是个星期天,来来往往的人,都从我们那两尺见方的小窗户外往里看,他们说要看看新娘子,看得我非常不好意思。我去卫生所找到了全顺姬,我和她说:"给我点旧纱布吧,他们总往窗户里面看。"全顺姬给我找了一些两寸宽的纱布,回来后我自己把纱布拼了起来,做成了个窗帘。白纱布的窗帘十分的雅致,把我们那个不大的小窗户遮挡了起来,陈雷同志还找来了蜡笔,在一张白纸上画了两朵牡丹,一张白纸上画上蜡梅,挂在了窗户的两边,这回像新房了。我们俩欣赏着自己亲手布置的小屋,幸福和喜悦充满着心间,尽管屋子有点冷,但是充满了温馨。

不久,麻烦又来了,陈雷同志睡觉打呼噜。他的呼噜声震得我一夜都睡不好觉,第二天还要工作和训练,没办法我又去找全顺姬要了一包药棉花,晚上睡觉时把耳朵堵上,这样果然好了许多。

幸福的时光总是过得太快,转眼就到了 1944 年的春天,各营都要到东山去进行野营住宿训练,我又回到了通讯营。当时野营有规定,冬天夫妻可以住在小屋里,夏季都搬出去集体住帐篷,便于学习和训练。就这样我和陈雷同志暂时分开了,告别了我们幸福的小屋。

1944 年的春天,欧洲战场的战局发生了变化。斯大林格勒保卫战的胜利扭转了整个战局,苏军开始全线反攻。英、美准备开辟第二战场。德国法西斯不断溃败,第二次世界大战胜利的曙光已经出现。

形势大好,鼓舞人心。我们抗联战士更加积极的学习和训练,准备返回自己的祖国,与日本侵略者决一死战,把他们彻底地赶出中国。

自从和陈雷同志分开后,他忙我也忙,我们难得有见面的机会。有时想他了,我就托无线电营的战士小梁给我传纸条,小梁一直是我和陈雷传递情书的交通员。陈雷同志接到纸条后,再忙也都给我回个信,当然还是通过小梁交给我。

纪念辛亥革命

1944年10月9日,周保中旅长为纪念"辛亥革命"三十三周年在抗联教导旅中共党组织全体党员和青年团员代表谈话会上做了报告。报告中讲述了中华民族在辛亥革命后为独立解放和自由进步而斗争的三十三年,讲了辛亥革命的历史意义,讲了民族革命的先驱者、导师孙中山先生被选为临时大总统,宣布了五族共和与临时约法。中国全体人民将从此获得独立解放走向自由幸福——民主平等、民权自由、民生自由的道路。

最后周保中旅长讲了中国抗战和战争现状,他说道:

我们纪念辛亥革命,关心中华祖国抗战,我们用什么来证明上述答案呢?

第一,中国民族经过无数次的危机,特别是在抗战以前那种危亡无日的威胁,但是中国人民团结一致起来共赴国难抵抗敌人。……

第二,直到今天中国还有很大的后方幅员和资源。日寇即使能实现横断中国,它要再前进的力量是不能够而且困难的。它也不能消灭中国作战军队和后方游击运动……

第三,日寇虽支配着陆海军四百万,海军船舰七百万吨以上,每月能赶造飞机一千架到一千五百架,但这不是完整的力量。它的力量敌不过反侵略联合国,美国一国就有陆海军一千一百万人,单是海军飞机就有七万架。希特勒匪徒未全灭以前,日寇就已四面楚歌难支持,希匪很快全灭以后,日寇死亡是必然不能免的。所以,今天在反侵略营垒中所讨论和进行着的是不但如何击败日寇,而且是如何占领日本本土。

因此,我们有信心,有根据断言:辛亥革命未竟事业,争取中国抗日战争的胜利,中国人民是能在这次世界反侵略阵营中去完成无疑的。①

周保中旅长的报告大家都爱听,我们都知道他报告讲话的内容都十分重要,因而也十分注意听。他的报告从辛亥革命联系到现实,使大家感到了责任的重大。

周保中,原名奚李元,字绍璜,白族,1902年2月7日生于云南省大理县湾桥村。1917年在云南陆军、护国军当兵,后任排长、连长等职。1924年于陆军讲武堂毕业任国民军营长。1925年任黄埔军校区队长。1926年参加北伐任国民革命军第六军团长、副师长、少将军事参议。1927年加入中国共产党,后到上海中共中央军委工作。1928年底赴苏联在中国劳动者共产主义大学学习。1931年9月回国,同年底派到东北工作。1932年2月任中共满洲省委军委书记、国民救国军总参议、绥宁反日同盟军办事处主任。1935年2月任东北反日联合军第五军军长。1936年2月任东北抗联第五军军长。1937年9月任东北抗联第二路军总指挥。1938年12月任中共吉东省委执行部主席。1940年4月任中共吉东省委书记。1942年七月任东北抗联教导旅旅长。

在八十八旅,每到重要的事件纪念日,建党、建军日都要召开会议做报告,使我们大家都能认清形势,明确方向,提高觉悟,八十八旅其实也是一所军政学校。

又到了1944年的十月革命节。十月革命节一般是苏军军官晋级的日子,陈雷同志由中士晋到司务长,按苏联军衔制是"准尉"了。"准尉"是战士里的最高级别。我晋升为中士,三道杠了。我们俩双双晋级,都很高兴,

---

① 中央档案馆等编:《东北地区革命历史文件汇集》甲65册,1992年5月内部印行,第18~19页。

这是上级领导对我们的肯定、信任和鼓励。

当时军官和士兵在服装上有很大的差异：军官配有武装带和图囊，士兵没有；军官的腰带是用牛皮制作的，前面的带扣是黄铜的，而士兵的腰带是用帆布刷漆的，前面的带扣是白铁制成。军官可以留头发，士兵则要剃光头。军官吃饭可以单人去，而士兵则要列队集体去吃再集体列队返回。

当西伯利亚的寒流再次席卷远东大地的时候，正式批准结婚的夫妻可以分房了，我和陈雷虽然不是军官，但还是有幸分到了一间宿舍，为此我们非常感谢周保中指挥和张寿篯指挥对我们的特殊关照。房子在北野营大道的西侧。这间宿舍有三米长，二米宽，还有一个一米高、七十厘米宽的大窗户，房子里放上一张床也就剩一米宽的过道了。尽管屋子窄小，但是能从地窖子搬进木板房我们还是异常高兴的，我和陈雷说："咱们住洋房啦！"陈雷也说："是啊，这房子真漂亮啊。"

为了庆祝搬新家和结婚一周年，陈雷同志拿出了自己酿的葡萄酒。说起这瓶葡萄酒还是去年的事情。有一次我们在附近的林子里发现一片熟透了的野葡萄，就把葡萄采了回来，装到了玻璃瓶子里，一年以后葡萄自动发酵成了葡萄酒。我们两个也没有酒杯，就对着瓶子你一口，我一口地喝了起来，酒香中我们互相凝视着，陶醉在幸福之中……

■陈春树（1946年）

第五章　在抗联教导旅

搬进新居,我们和陈春树、赵淑珍夫妇做了邻居,他们也是和我们一样的士官级,有家属的军官和士官都在这个大房子里居住。陈春树是木匠,他们夫妇在生活上给予我们不少的帮助。陈春树常把做木匠活剩下的碎料带回来,以解决燃料不足,我们沾了他们的光。

在这个房子里,有一件让人恼火的事情,就是无处不在的臭虫。这种小虫子,到了晚上,成群结队地出来,咬得陈雷同志浑身是包,奇痒难忍。奇怪的是,我不招这种东西,我们对这种小虫子毫无办法,陈雷同志几乎没有一夜能睡个安稳觉。

一天夜里我睡得正香,外面忽然吹起了紧急集合号。我根本就没听到,陈雷同志因为臭虫干扰没睡实,他使劲地摇醒了我。黑暗中迷迷糊糊地爬了起来,衣服都穿反了,等背着背包带着武器和滑雪板跑到训练场时,那里已经集合好多人,我匆忙的站到了队列里,以后再也不敢睡实了。

为了迎接即将到来的大反攻,这段时间常常夜间紧急集合进行野战演习。不久,为了集训方便,我们都搬到了野外帐篷里去住了。当夜间听到紧急集合号时,战士们脚踩滑雪板全副武装,通讯营的战士背着苏联新出的无线电发报机,还有两块高压电池,每块电池都像红砖那么大,十分沉重。我们穿山越岭地练习对攻、奇袭和强攻,像真正的作战一样,我主要负责发报和译电,两三个人为一组,每天都累得筋疲力尽。

我和金日成的夫人金正淑同志曾住过一个帐篷。金正淑同志话不多,长得很单薄,但她待人十分诚恳,时时处处为别人着想,野营训练也很刻苦,我们俩是非常要好的战友。

这年冬天一共进行了两次大规模的野战演习,每次一周左右,演习结束后还要进行战后总结。总结会上,迟到的、电报发错的都要扣分,我们也常常为一个电码争论不止,直到弄清楚究竟是谁的责任。

大战前的演习让我们都感觉到打回老家去的日子不远了,想到即将回国,大家都很激动,再苦再累也都不觉得了。

风雪征程
东北抗日联军战士李敏回忆录

■1945年7月,抗联教导旅部分领导在野营驻地合影　左起第一排:沈泰山、金京石、徐哲、朴洛权、崔光、张光迪　左起第二排:瓦什科维奇、崔春国、金策、姜信泰、杨清海、陶雨峰、潘守业　左起第三排:张锡昌、刘铁石、范德林、李青山、乔树贵、刘雁来、陈德山

■1945年9月,周保中在沈阳苏军卫戍司令部门前

胜利大反攻

寒冷的冬天终于过去了,1945年的春天来到了远东。继1944年苏联军队在取得决定性胜利以后,1945年1月至4月,欧洲战场上发生了重大的转折,苏军取得了一系列的胜利,歼灭了柏林方向德军重兵集团,从东面和南面包围了柏林,在苏联红军强大的攻势下,德国法西斯节节败退。同时,盟军已合围了鲁尔德军集团,进抵易北河,向汉堡、莱比锡和布拉格方向发展,逼近柏林,4月16日,苏联红军开始进攻柏林。4月30日希特勒在总理府地下室自杀身死。5月2日苏军攻克柏林。5月8日德国无条件投降。

在东方战线,随着硫磺岛和冲绳岛的相继失守,日本帝国主义已处于日暮途穷的困境。日本的海陆空军兵败如山倒,战争迫近日本本土,"大东亚共荣圈"陷于崩溃之中。

这些日子里,我们天天都在收听广播,每天数次广播战事,战士们都围在喇叭周围,关注着形势的变化。5月8日这天,和我在一起的苏联男播音员达宁第一个听到了德国无条件投降的消息,他立刻转告了冯仲云,冯仲云告诉我,赶紧用中文转播出去。

当我用激动的有些颤抖的声音,把这一消息多次、反复广播出去后,整个营地欢腾了起来,大家互相拥抱,欢呼跳跃,把帽子扔向了天空。

第二次世界大战欧洲战场上的胜利,给我们带来了新的希望。我们返回祖国、大反攻的日子就要到了。

风雪征程
东北抗日联军战士李敏回忆录

1945年5月1日,陈雷同志被晋升为少尉,他换上了崭新的军官服,领到一支手枪并获得了一枚银质奖章。同一天,我也被晋升为准尉司务长(斯达尔斯纳)。

这次我和陈雷同志又都双双晋级,而且陈雷同志终于成为一名军官了,望着他新换上的军官服,我们俩人都万分高兴。

为了迎接即将到来的大反攻,整个红旗军八十八旅加强了政治学习和军事训练,同时发展了一大批党团员。

大战的前夕,在远东的哈巴罗夫斯克(伯力),苏联红军远东对日作战指挥部召开了战前会议,这次会议将决定全歼日本关东军的战略、战术、进攻路线及全部军事部署。主持会议的远东军总司令华西列夫斯基元帅做了战前报告。参加会议的大都是从欧洲苏德战场上转战过来的苏联红军高级将领。在这些将领中,就有我们东北抗联教导旅旅长周保中。他是应苏联远东军一方面军司令员马利诺夫斯基特约来列席这次会议的。因为周保中将军所指挥的教导旅,将成为苏联远东军参加对日作战的一百五十八万大军中的组成部分,而且将担负从向导、翻译、情报等方面配合苏军进攻盘踞在中国东北关东军的主要力量。

苏军的"远东战争行为","包括满洲战略性进攻战役、南萨哈林岛进攻战役和千岛群岛登陆战役"。其中满洲进攻战役于1945年8月9日至9月2日由后贝加尔方面军,远东第一、二方面军、太平洋舰队和红旗阿穆尔区舰队实施。苏军荡山进攻战役中的战斗行动,根据作战计划和进攻速度及战况,分成两个阶段:第一阶段为8月9日至14日,突破国境筑垒,粉碎日军掩护部队,前出至中满平原;第二阶段为8月15日至9月2日,苏军发动进攻,对关东军形成分割围歼的战势,前出至满洲中地域和朝鲜。在战役的两个阶段中,又可以将战果分为两个层面:第一层面,8月9日至19日,苏军击溃在满洲和朝鲜的日军主要集团。以后直至9月2日为第二层面,苏军一面接受日军投降,一面消灭拒绝放下武器的个别军团和躲在国境筑垒地下要塞工事里负隅顽抗的守备队。

1924—1949
第五章 在抗联教导旅

根据1945年7月，由最高统帅斯大林批准的苏军参谋总部制定的对日作战计划,远东军总司令华西列夫斯基元帅总的作战部署是:从蒙古插入,对盘踞在中国东北的日本关东军实施主要突击,并从北面实行辅助突击,以便速战速决,分割与围歼关东军于东北腹地,不让战争旷日持久。其意图是,使用三方面军从西、东、北三个方向,向中国东北纵深向心突击,夺取沈阳、长春、哈尔滨、吉林,切断关东军与关内日军及朝鲜日军的联系,全歼关东军主力,光复中国东北全境。战役的主力突击方向选在日军设施薄弱的西部。8月9日午夜一过,苏军便以迅雷不及掩耳的凌厉攻势,从各个方面突入中国东北的中苏边界,对日本关东军发起总攻。

苏军兵分三路:第一路由苏联元帅马利诺夫斯基统帅后贝加尔方面军,该方面军下设四个合成集团军,一个坦克集团军,一个骑兵机械化集团,共三十七个师,二十个旅,约六十五万人。方面军集中基本兵力、兵器于蒙古东部塔本察格布拉克地区向沈阳、长春方面实施主要突击。坦克集团军在主突方向第一梯队内行动。同时方面军实施两个辅助突击,一个向张家口、承德方向;一个向海拉尔、齐齐哈尔方向。方面军进攻正面约二千三百公里,进攻纵深约一千二百公里。

第二路是由苏联元帅麦列茨科夫统帅的远东第一方面军。该方面军下辖四个合成集团军共三十二个师,十四个旅,约五十八万人。方面军集中基本兵力、兵器于兴凯湖东南地区,向绥芬河、牡丹江方向实施主要突击,尔后向吉林、哈尔滨推进。同时,实施两个辅助突击,一个向密山方向,一个向汪清、延吉方向。

第三路军是由普尔卡耶夫大将率领的远东第二方面军,这支部队辖三个合成集团军及其他部队,十一个师,十二个旅,共三十五万人左右。方面军集中基本兵力、兵器于列宁斯科耶地区,沿松花江向哈尔滨实施主要突击。同时实施两个辅助突击,一个向饶河、宝清方向,一个向孙吴、齐齐哈尔方向,牵制并歼灭关东军独立第四军。

在确定苏军远东战略性战役总计划时,最关键的就是时间了,正所谓兵贵神速。德国法西斯战败后,盟军必须在最短时间内粉碎日本帝国主义和结束第二次世界大战,这就要求苏联统帅部选择一种能确保迅速全歼日军的进攻样式。

面对苏"满"国境筑垒防线,以大炮赢得苏德战场胜利的苏军,在空军、海军的配合下全线正面炮火突击,并采取坦克兵、步兵混编的先遣部队,对位于伪满洲国境内的十七个筑垒阵地和地下要塞群实施"闪电战",五千公里的国境筑垒防线上,以猛烈的火力打开突破口,为后续部队大举向纵深挺进扫清障碍。

周保中将军认真听着华西列夫斯基元帅的战前报告,内心极不平静,东北人民十四年水深火热的生活就要结束了,他看到了胜利的曙光。转战于白山黑水之间的抗联战士即将在苏联红军的配合下进行大反攻了,但是,黎明前的这场大厮杀将是相当激烈和残酷的。

华西列夫斯基作完报告后,征求周保中的意见。周保中用俄语说:"我们东北人民在日本关东军的烧杀蹂躏下,是很苦的。我们的红军一定要保护他们、爱护他们。"

周保中旅长时刻想着东北的人民。

"伯力会议"结束后,1945年7月末,以周保中为首的中共东北委员会召开会议,根据新的形势和任务,决定对东北党委会进行改组:将东北党委会原有人员分为两部分,一部分准备同苏联红军反攻中国东北,另一部分准备返回朝鲜作战。反攻东北的部分组成新的东北党委会(辽、吉、黑临时党委会),由旅长周保中兼任书记,委员有冯仲云、张寿篯、卢东生(中国红军长征时期师长,受伤后送苏联养伤,1942年成立八十八旅时在旅政治部工作,没带军衔)、姜信泰、金光侠、王效明、彭施鲁、王明贵、王一知、刘雁来等十三人。

1945年8月8日,苏联外交人民委员会莫洛托夫接见了日本驻苏大使佐藤,发表了苏联政府对日宣战宣言。8月9日,延安新华通讯社广播了毛泽东主席关于苏联对日宣战的声明:《对日寇的最后一战》。毛泽东在这篇文章中指出:"八月八日苏联政府宣布对日作战,中国人民表示热烈的

第五章　在抗联教导旅

欢迎",他号召"中国人民的一切抗日力量应举行全国规模的反攻,密切而有效地配合苏联及其他同盟国作战。八路军、新四军及其人民军队,应在一切可能条件下,对一切不愿投降的侵略者及其走狗实行广泛的进攻,歼灭这些敌人的力量,夺取其武器和财产,猛烈的扩大解放区,缩小沦陷区"。他强调"必须放手组织武装工作队,成百队成千队地深入之敌后","必须放手发动沦陷区的千百万群众,立即组织地下军,准备武装起义",配合正规军作战,消灭敌人。朱德总司令从8月10日起一连发了七道大反攻命令。他在8月11日发布的第二号命令中特别要求原东北军的吕正操、张学思、万毅所部和李运昌率领的冀热辽部队就近迅速向东北挺进。

苏联对日宣战和毛泽东主席的声明,预示着日本帝国主义被彻底打垮的日子已经到来了。抗联指战员欢欣鼓舞,并以临战姿态纷纷要求立刻开赴前线参加对日最后一战。8月10日,抗联教导旅在驻地召开了全体指战员反攻东北、配合苏联红军消灭日本关东军的誓师大会。旅长周保中、政治副旅长张寿篯以及金日成、全昌哲、张祥等五人在大会上先后发言。

周保中在大会上作了题为《配合苏军作战,消灭日本关东军,争取抗日战争最后胜利》的报告。他在报告中首先向大家指出了世界反法西斯战争胜利在望的大好形势,感谢斯大林元帅和苏联人民、苏联红军帮助抗联训练和整顿,使全体指战员掌握了参加大规模现代化战争的军事技术和技能;感谢和欢迎苏联政府对日宣战,表示随时准备出发,反攻东北,同苏联红军并肩战斗,解放东北,光复家乡,完成抗日战争的历史使命。在谈到反攻后的任务时,他特别强调要迅速恢复与中共中央的联系,要与我党领导的八路军、新四军在东北会师;要贯彻党的七大路线,放手发动群众,恢复和发展党的组织,恢复和发展人民的军队,恢复和发展人民民主政权,准备与抢夺抗日战争胜利果实的国民党反动派做长期的斗争。在谈到与中央派来的干部及同八路军、新四军等兄弟部队之间的关系时,周保中指出:"要注意服从党中央的领导,尊重党中央的干部,听从八路军、新四军领导同志的指挥,不要居功骄傲,不要争权,叫干什么就干什么。即使是分配当马夫,也是革命工作。"对于朝鲜工作团的同志,他也提出了希望与鼓励。

副旅长张寿篯在讲话中着重谈了反攻东北后同国民党的斗争问题,阐述了我党关于成立联合政府,建立统一战线的主张。

朝鲜工作团团长金日成在讲话中,感谢斯大林的国际主义支持,感谢周保中的嘱咐。

张祥代表中国抗联战士发言。他在回忆了抗联十四年艰苦斗争的历史后说,有多少战友、多少中华民族的好儿女英勇牺牲,我们活着的同志要继续前进,坚决响应党中央毛主席的号召,反攻东北,光复河山,并且准备同国民党做长期斗争,重新上山打游击,直到最后解放全中国。

参加抗联的朝鲜战士全昌哲代表朝鲜战友发言。他感谢苏联的帮助,感谢周保中的领导,并称周保中是东北人民敬爱的领袖。周保中当即自释说他不能当东北人民的领袖,东北人民的领导者是中国共产党,中共中央会派人来领导东北的。

在这一期间,抗联领导、东北党组织委员会拟定了政治、组织和行为三个《备忘录》,以规范抗联指战员的行为,切实做到在解放中国东北的作战中,使每一个抗联指战员听指挥、守纪律,达到军令、政令的统一。这三个备忘录成为当时抗联指战员执行任务和工作的指南。

《政治备忘录》:

中国人民艰苦抗战　　民族解放胜利来临
苏联红军吊民伐罪　　东北河山复见光明
共产党员坚贞稳定　　对我中华祖国竭诚
统一建国党派不分　　是非曲直但求其真
勿忘爱护人民同胞　　处处力求廉洁公正
耻与国贼专暴为任　　占地位置尊重人民
争取全民民主自由　　极力避免阋墙内争
同胞久苦水深火热　　合求公平合理民生

1924—1949
第五章 在抗联教导旅

国家完全独立自由　主张民族一律平等
赞助国际和平友好　首先巩固中苏联盟
过去孤军长期奋斗　而今还须继续求进
海亦可枯石亦可烂　志趣宗旨绝勿变更

《组织备忘录》：

要遵守系统规定　要保持密切联络
要到处学习进步　要利用一切经验
要虑念周到　　　要有正确决心
要行动紧张　　　要敢作敢为
要靠近组织　　　要尊重人才
要重同志互助　　要与友党合作
要有坚定主义　　要有手段方法
要团结内部　　　要纪律森严
要熟知事物　　　要到处检点
要正常工作　　　要准备应变

《行为备忘录》：

小心酒肉钱财引诱你,小心美丽姿色沉迷你;
小心甜言蜜语欺骗你,小心华衣丽屋拘住你;
小心日寇遗毒沾染你,小心走狗叛徒暗算你;
小心法西斯忒杀害你,小心偷安懒惰杀害你。[①]

[①] 中央档案馆等编:《东北地区革命历史文件汇集》甲65册,1992年5月内部印行,第303~305页。

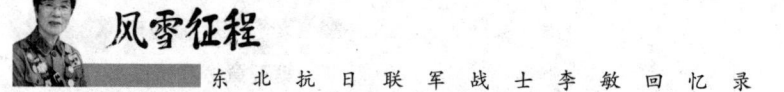

风雪征程
东北抗日联军战士李敏回忆录

根据雅尔塔协定，苏联政府于1945年8月8日对日宣战，8月9日，苏联向侵略中国的日本关东军发起了全线进攻。

在法西斯德国溃败之时，斯大林就在1945年2月雅尔塔会议上作出了在欧洲结束军事行动两三个月后就对日开战的保证。随后就准备对日进攻。苏联最高统帅部秘密地将兵力由西部向东北调动，重新进行部署。从东普鲁士抽调第五集团军和第三十九集团军，从捷克斯洛伐克调动了近卫坦克第六集团军和第三十五集团军。此外，还调集了装甲坦克兵、航空兵、炮兵、工程兵、通信兵部队以及后勤部队和机关。大量增加了远东地区作战士兵的数量，建立了物资和战斗技术装备的必要储备。

苏联主力红军转到远东以后，分三路挥师中国东北，与日本关东军作战，总指挥是华西列夫斯基元帅。西部战线，由马林诺夫斯基元帅指挥后贝加尔方面军，由蒙古东部突出部出击，直抵张家口、长春、沈阳；东部战线，麦列茨科夫元帅指挥远东第一方面军，经激战，抵达牡丹江市；北部战线，由远东红军司令普鲁卡耶夫大将指挥远东第二方面军，强渡松花江，溯流而上，进逼佳木斯，再抵哈尔滨。另一股军队则由布拉戈维申斯克穿越黑龙江先占黑河，后进北安。

关于当时在东北日本关东军的兵力部署，苏联华西列夫斯基元帅在《战争回忆录》一书中写道：

关东军在1945年夏季兵力增加了一倍。日本统帅部在满洲和朝鲜保持着全军三分之二的坦克、半数的炮兵和皇家精锐的师。关东军总司令是山田乙三上将，参谋长是秦彦三郎中将，他以前曾任驻苏武官。开战前，远东的日军连同地方政权的伪军共有100多万人。编入关东军的有3个方面军：第1（东满）方面军，沿我国滨海地区国境线展开（清水中将的第5军和白神中将的第3军——10个步兵师和1个混合旅）；第3（西满）方面军（本乡中将的第44军和矢田中将的第30军——8个步兵师、三个混合旅和2个坦克旅），指定在蒙古—满洲方向作战；第17（朝鲜）方面军（第34和59军——9个步兵师和混成旅），分布在朝鲜各海港地区，从8月10日起隶属关东军总司令。植村中将的独立第4军由三个步兵师和4个混成旅组成,用于满洲东北边境作战。在南萨哈林(库页岛)和千岛群岛驻有第5方面军,由3个师、1个混成旅和独立步兵团及坦克团组成。空军则由空军第2军掩护满洲,空军第5军掩护朝鲜。

此外,还有伪满、伪蒙和绥远伪军,共计8个步兵师、7个骑兵师、14个步兵旅和骑兵旅。

这些部队依靠满洲和朝鲜丰富的物资、粮食和原料,依靠主要生产关东军生活和作战所必需的物品的满洲军事工业。在关东军控制的地区,共有13,700公里铁路、130个飞机场、200个降落场,共400个机场点、870个大型军用仓库以及一些设备很好的兵营。

在同我国和蒙古人民共和国接壤的满洲境内,日本军国主义者建立了17个筑垒地域,其中8个在东部,针对苏联滨海地区。每个筑垒地域正面50到100公里,纵深达50公里。所有这些地域不仅为了加强防御,而且为了创造更有利的条件来集中和展开兵力。边境筑垒地域线由三道阵地构成。

4个筑垒地域设在朝鲜,1个针对北萨哈林。掩护千岛群岛的是有钢筋混凝土工事隐蔽的海岸炮兵连和驻有完备的永备防御工事的守备队。

日本军国主义头目的意图是:第一,不让美英军队在日本列岛登陆;第二,可靠地保住自己在中国和朝鲜的征服地。日本拒绝了波茨坦宣言,决心继续作战。它下这一决心,靠的是强大的陆军和雄厚的军事工业。[①]

华西列夫斯基元帅1895年生于俄罗斯伏尔加河沿岸的一个小村落里。二战期间他直接参与了几乎所有苏军东、西两大战线全部战役的具体筹划和指挥工作,战争期间他和朱可夫元帅成为斯大林的左右手。从1942年秋起,他就不停地奔波于前线和斯大林之间。成功地协助斯大林指挥了

[①] 华西列夫斯基:《战争回忆录》,解放军出版社,第491~492页。

风雪征程

东北抗日联军战士李敏回忆录

■苏军总参谋长，远东红军总指挥华西列夫斯基元帅

斯大林格勒会战、库尔斯克战役，解放顿马斯，收复乌克兰和克里米亚。1944年至1945年春筹划和指挥了白俄罗斯战役和波罗的海沿岸战役。最著名的是进军德国东普鲁士和出兵中国东北对日作战。

由于他的智慧和军事指挥才能及功绩，从战争初期的少将一直晋升到元帅（四十七岁），荣获两次"苏联英雄"称号和两枚"胜利勋章"。

关于"筑垒"，也称"要塞"。日本侵略东北期间，在东起吉林珲春，西至内蒙古海拉尔，中经黑龙江省东北边境的数千公里的国境地带上，迫使百万劳工，共修筑了十七处"筑城要塞"。各要塞有永久性地下仓库、地下电站、地下通信枢纽部、地下给水站等附属军事设施，要塞附近有机密部署的军用飞机场、纵横交错的军用铁路和公路。

然而，"东方马其诺防线"也好，"北满永久要塞"也好，都没能抵御住苏军猛烈的炮火和所向披靡的坦克大军。

大战全面展开之时，8月9日0点10分，后贝加尔方面军各部队的先遣支队和侦察支队，以闪电般的速度，穿行在夜幕之中，在所有作战方向上跨过国境线，率先拉开了在兴安岭——沈阳战略方向的进攻序幕。

8月9日午夜1时，苏联远东第一方面军以强有力的先遣营和边防部队各支队，悄悄越过国境线，向日军国境筑垒阵地发起进攻。9日8时30分全线转入进攻。在方面军右翼，进攻方向上行动的第三十五集团军，从古别罗沃和列索扎沃斯科地域向虎头方向发起总攻。对虎头筑垒地域实施了远程火力打击和航空火力轰炸，在对虎头筑垒地域以南的日军防御阵地实施了十五分钟的炮袭后，该集团军主力于午夜1时30分，强渡了乌苏里江和阿松察河。

8月9日,远东第二方面军部队于深夜1时,在黑河、松花江和饶河方向上发起进攻。天亮前,第十五集团军其他先遣支队按计划攻占了黑龙江所有岛屿,为第二方面军主力登陆,向松花江沿岸挺进,铺平了道路,保障了红旗阿穆尔区舰艇的机动自由。

就战争的一个局部,在打开通往哈尔滨的道路及牡丹江方面的战斗尤为激烈。

8月14日,苏军第二十六军的前锋已逼近牡丹江市。

经苏军一周的打击,日军防守东部边境的第一方面军损失惨重,第五军被苏军分割包围,其密山集团已被消灭。东部的筑垒地域也被苏军突破,牡丹江市完全暴露在苏军面前。

但是,日军不甘心失败。为了阻止苏军的快速推进,关东军司令部在穆棱河至牡丹江一线,集中了第一二四师团、一二五师团、一二六师团、一三五师团和一二二师团,约四万人。

牡丹江的地形对苏军的进攻极为不利。这里有山地和沼泽,南部分布着天岭、老黑山、四道岭;北部竖立着钓鱼山、蛤蟆塘山;东部有泡子山、大青山。

最大的障碍是牡丹江,牡丹江呈环形流经牡丹江市的东边,河面宽二百多米,水深二米多,河床上布满了鹅卵石。夏季,河水上涨,水流湍急。日军在市区修建了许多永久性火力点,每个火力点都有两个以上的射击孔,混凝土的厚度在一米以上。

我们的部队位于牡丹江以东,牡丹江附近有三座桥梁,桦林镇大桥已被日军炸毁。现在,我们必须夺取牡丹江东边的爱河大桥。但是,日军在大桥四周修建了六个地堡,在地堡的外围又有防坦克壕沟。如果日军炸毁这座桥梁,那么我们将掉头向南,夺取乜河大桥。问题是,我们的坦克部队还在桦林镇,那里距爱河还有十公里,距乜河也有二十公里。在苏军到达之前,谁能保证日军不炸毁大桥?

风雪征程
东北抗日联军战士李敏回忆录

主攻牡丹江的任务交给了第二十六军。8月15日中午，斯克沃尔佐夫命令第三〇〇师向牡丹江东部日军发动进攻，以吸引

■ 2007年8月，李敏与研究员李云桥于孙吴胜山要塞

日军的注意力，掩护第二十二师在桦林镇渡江。

经过几个小时的激战，一〇四九团在第七十七和二五七坦克旅的掩护下，攻占了牡丹江东面的青梅河。此时，苏军已经逼近爱河车站了。

到了8月16日，苏军越境作战已经一周。上午7时，苏军对牡丹江的进攻开始了。第二十二师、三〇〇师从进攻地出发。第一〇四九团一马当先，直逼爱河车站。但是，日军已经炸毁了桥梁。第三〇〇师代师长鲁比亚金当机立断，将部队一分为二：一部分继续向南出击，夺取乜河大桥；另一部分在爱河镇渡过牡丹江。

牡丹江上笼罩着一层白雾，炮弹落在江面上，翻起一阵阵波浪。在赫鲁莫夫的指挥下，舟桥连的士兵冒着枪林弹雨开始架桥。

突然，一阵密集的子弹射到江面上，几名士兵负伤了。桥头堡有六个永久火力点，几个射击孔里正喷出几条火舌。

这时，二十二师已经冲进了牡丹江火车站。几名苏军抱着炸药包扑向日军地堡，他们点燃导火线后将炸药包塞进地堡。"轰轰"，随着几声惊天动地的巨响，日军永备火力点立刻飞上了天。

车站里，日军只顾着向江面射击，没有发现二十二师已经逼近车站。

第五章　在抗联教导旅

"不许动,放下武器!"在房屋里正忙着射击的日军,一下子愣住了,什么时候降下这么多的天兵天将。面对黑洞洞的枪口,日军乖乖地放下武器。

上午9时许,列夫琴科指挥第二一一团占领牡丹江火车站。

此时,阿尼希克率领屡建战功的第二五七坦克旅,正沿着牡丹江东岸向南追剿逃敌,并乘机夺取了乜河大桥。

为了撤退,仅剩的乜河大桥成了双方争夺的焦点,穆尔扎耶夫少校率领他的坦克营,死守大桥,同日军展开了激战。

第二十二师从北面突入牡丹江市区。同时,第三〇〇师也攻占了牡丹江市东部地区。至下午5时,苏军东西两岸部队在市区会师。

晚上10时,牡丹江市已经被苏军占领。至此,红旗第一集团军胜利地打开了通往哈尔滨的通道。

在这场大反攻中,参战指挥的苏军元帅有七位,将军二百余位。参加对日作战的有二十个集团军,三十三个军、一百三十四个师,总兵力达一百五十七万多人,火炮及各种大炮二万六千多门,坦克五千多辆,作战飞机三千八百余架,各种舰艇五百一十艘。

苏联红军在对侵略中国东北地区的日军进攻的决战战役中,共伤亡三万二千余人,其中伤二万二千多人,牺牲一万余人。

苏联红军和苏联人民为中国的抗日战争作出了牺牲。

哈尔滨,英雄的城市

李　敏　词
张智深　曲

风雪征程

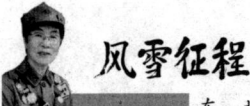

东北抗日联军战士李敏回忆录

```
6 5 6  1 6 3  2 -  | 3. 5  6 1 6  5 -  | 3 2 3  5 7 6  -  |
```
松花 江 畔　　在 战 火　纷飞的年代里
生命 奉 献　　经历多 少　艰难困 苦

```
5. 6  1 2 3  5 6 5 3 | 2 2 6  3 5 2  1 - | 1. 7 5 6 - |
```
你与日寇英　勇　战斗了十四　年　　哈尔　滨
终于盼来黑　土　地　解放的一　天　　哈尔　滨

```
1 1 1  7 6  5 3 5  6 7 6 | 5. 6  5 - |
```
抗战的 心脏 革命的 摇　　　篮
光荣的 城市 美好的 家　　　园

```
0 3 3  3 2 1  7 7 5  6 7 6 | 0 6 6 6  5 4  3 3 1  2 3 2 |
```
抗日的宣言在这里发 出　　十一支联军在这里组 建
高山哪 向你挥手　致 敬　　松花江为你歌舞 翩 翩
要为你建个胜利　广 场　　要为你建座凯 旋 门

```
0 1 2  3 5. 6  5 3 | 6 0 1 7 6  2 - | 0 2 1 6  5 6 1  3 |
```
我们要为你建一　座　凯　旋　门　　迎接英 雄 们
我们要为你建一　个　胜利广场　　让你 的美 名
胜利 广　　　场　凯　旋　门　　让你 的美 名

```
|1.2         |3.
 2 6  3 5 2 1  - : | 5 6 1  2. 1 2 3 | 1 - - - ||
               D.S
```
胜利 回 还　　　万世 流　传
万世 流　传

注：为了弘扬东北抗联精神，为了宣传东北抗联十四年苦斗史，为了纪念哈尔滨这座英雄的城市，我于2002年曾写了一首歌《哈尔滨，英雄的城市》，后由张智深同志谱曲。

1924—1949
第五章 在抗联教导旅

■鹤岗市兴山军事要塞遗址 　　■鹤岗市兴山军事要塞遗址

■2010年8月,李敏与鹤岗政协主席王礼民、民营企业家钱道宽等考察鹤岗市兴山要塞

■2007年8月,李敏于东宁要塞

风雪征程

东北抗日联军战士李敏回忆录

■集结待发的苏联红军

■日本关东军向苏军投降

1924—1949

第五章　在抗联教导旅

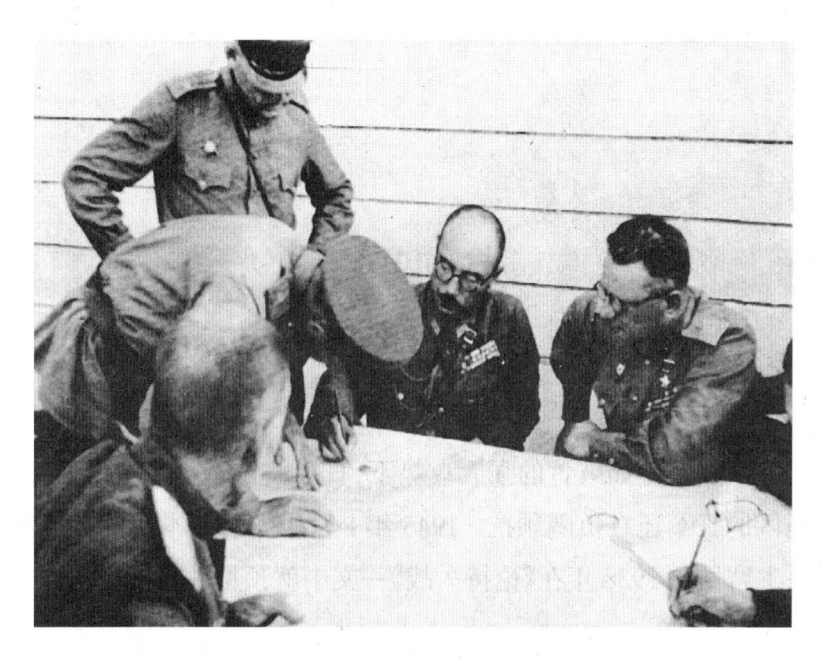

■1945年9月2日，在美军理查德·萨瑟兰将军的监督下，日本外务大臣重光葵在密苏里号上签署《降伏文书》

返回祖国

在苏联红军势如破竹的强大攻势下，日本关东军迅速土崩瓦解，只有部分地区的日军还在负隅顽抗，1945年8月15日，日本宣布无条件投降了。毛主席早在1938年在《论持久战》一文中就预见性地指出：

国际的条件，使得中国在战争中不是孤立的，这一点也是历史上空前的东西。历史上不论中国的战争也罢，印度的战争也罢，都是孤立的。惟独今天遇到世界上已经发生或正在发生的空前广大和空前深刻的人民运动及其对于中国的援助。俄国一九一七年的革命也遇到世界的援助，俄国的工人和农民因此胜利了，但那个援助的规模还没有今天广大，性质也没有今天深刻。今天的世界的人民运动，正在以空前的大规模和空前的深刻性发展着。苏联的存在，更是今天国际政治上十分重要的因素，它必然以极大的热忱援助中国，这一现象，是二十年前完全没有的。所有这些，造成了和造成着为中国最后胜利所不可缺少的重要的条件。大量的直接的援助，目前虽然还没有，尚有待于来日，但是中国有进步和大国的条件，能够延长战争的时间，促进并等候国际的援助。

…………

第三是国际方面。除日本的盟友和各资本主义国家的上层分子中的某些成分外，其余都不利于中国妥协而利于中国抗战。这一因素影响到中国的希望。今天全国人民有一种希望，认为国际力量必将逐渐增强地援助

1924—1949
第五章 在抗联教导旅

中国。这种希望不是空的;特别是苏联的存在,鼓舞了中国的抗战。空前强大的社会主义的苏联,它和中国是历来休戚相关的。苏联和一切资本主义国家的上层成分之唯利是图者根本相反,它是以援助一切弱小民族和革命战争为其职志的。中国战争之非孤立性,不但一般地建立在整个国际的援助上,而且特殊地建立在苏联的援助上。中苏两国是地理接近的,这一点加重了日本的危机,便利了中国的抗战。中日两国地理接近,加重了中国抗战的困难。然而中苏的地理接近,却是中国抗战的有利条件。

毛泽东主席的这一预见性,在今天得以实现了,我们终于在苏联红军的援助下,赶跑了关东军,收复了东北。

当日本宣布无条件投降这一喜讯传来时,整个八十八旅沸腾了。我们热泪盈眶,多少先烈,多少志士,抛头颅,洒热血,经过十四年的艰苦奋战,终于打败了日本侵略者,光复了祖国,三千万东北人民终于结束了亡国奴的生活。就像歌里唱的那样,我们就要建设一个新社会了。

苏联出兵以后,经与苏联远东方面军协商,双方根据日本帝国主义投降后可能出现的情况,共同商定抗联部队的任务如下:随同苏军返回东北后,迅速抢占战略要点,接收东北;抗联干部在各战略要点的负责人分别担任该地苏联红军卫戍司令部副司令,协助苏军占领和管理新解放的城市,肃清敌伪残余分子和其他反革命分子,维持革命秩序;利用既是抗联人员,又是苏军人员这一有利地位,建立各地党组织,发动群众,建立人民武装。

8月10日抗联教导旅在驻地召开了反攻东北、配合苏军消灭日本关东军动员大会。周保中总指挥在会上作了动员报告,号召全体指战员为消灭日本侵略者,争取中国人民抗日战争的最后胜利而英勇战斗。

抗联教导旅的抗联指战员们,经过了几年的政治学习和军事训练,已经成为一支懂政治、讲战术,能征善战的部队,许多教导旅抗联干部、士兵直接参加了苏联红军出兵东北的战斗。其中一百六十多人编入到苏联第

风雪征程

东北抗日联军战士李敏回忆录

一方面军,八十多人编入到苏联第二方面军,还有一百多人编入到后贝加尔方面军作为先遣部队,执行特殊任务。另外,7月末,有一部分人(伞兵部队)空降到东北,其中东满五十五人,松牡(松花江、牡丹江)六十五人,北满九十人,南满八十人,潜入敌后进行战前侦察。这些由抗联指战员组成的先遣部队,有长期对日作战的经验,地理环境熟悉,出色地完成了各种特殊任务,为苏联红军在短期内迅速消灭东北的侵华日军,发挥了重大的作用。

东北抗联空降特遣部队在"东北战役"中发挥了特殊的作用。例如:傅玺忱、孙长祥、吴竹顺小组,于8月5日夜空降到牡丹江地区的林口县西北十公里的马趟子沟一带。他们潜伏在鸡西到牡丹江的公路一侧,8月7日发现大批日军有秩序地调动,几天后又发现大批日军散兵和许多日本妇女、儿童四处逃散。傅玺忱小组把这些情况及时向苏军指挥部报告,使苏军指挥部能够及时全面地掌握日军动向和战术。

空降的先遣小分队,也作出了很大的牺牲,东北抗日联军第三路军总指挥部战士姜德同志(姜德1943年到苏联八十八旅学习无线电报务并加入中国共产党,为1945年8月9日第一批反攻空降部队英雄。后参加抗美援朝,任中国人民志愿军总司令部报务员。1960年复员)在回忆文章里叙述道:"1945年8月8日,上级命令李铭顺带领一支小分队到牡丹江一带,深入敌后组织群众武装,配合苏联红军打击日寇解放东北。8月9日晚9点,李铭顺带领我们小分队三十多名同志坐上了回国的飞机。半小时后,李铭顺和我等四人在上级指定的地点——海林的拉古南甸子上空跳伞。跳伞后,战士孙吉有因伞出故障,摔落在沙虎的东山根,不幸牺牲,被当地农民林国仁发现后报告了屯长。屯长林

■ 姜德

第五章 在抗联教导旅

国龙赶到现场，回想起昨日夜晚飞机的响动情景，又看到转盘冲锋枪，他判断死者是抗联的人，就急忙把孙吉有带来的枪支弹药收藏起来。我们跳伞降落之后，孙吉有同志不见了，正在我们四处寻找他的时候，发现沙虎东山根聚了一大群人，就急忙赶到那里。一看，孙吉有同志牺牲了。同志们怀着十分悲痛的心情，埋葬了他的尸体。随即，李铭顺向当地群众公开了我们的身份，当场对群众进行了抗日宣传，讲了抗日的大好形势，号召群众拿起刀枪，和苏联红军一起，把敌寇赶出去，解放家乡。群众一听抗联又打回来了，日本鬼子末日就要到了，都高兴得不得了，有的跳起来，有的激动得热泪盈眶，把我们围得里三层外三层，水泄不通。一位年过七旬的老大爷高兴地喊了起来："神兵天降，小日本和伪满洲国的气数到了！我们的好日子来了！"

是啊，我们的好日子就要来了，就在这好日子来临的前夕，孙吉有同志却献出了他年青的生命，怎不令人分外的叹息，好在他长眠在了祖国的土地上。

毛泽东同志曾在《抗日游击战争的战略问题》中讲到东北抗联对全国抗战的配合作用时指出：

> 那里的游击队多打死一个敌人，多消耗一个敌弹，多钳制一个敌兵使之不能入关南下，就算对整个抗战增加了一份力量。至其给予整个敌军敌国以精神上的不利影响，给予整个我军和人民以精神上的良好影响，也是显而易见的。①

---

① 《论联合政府》(1945年4月24日)，《毛泽东选集》第3卷，第1034页。

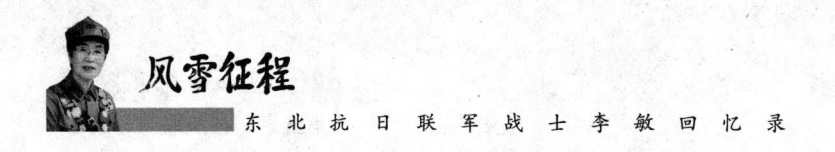

风雪征程
东北抗日联军战士李敏回忆录

毛泽东充分的肯定了抗日联军在对敌斗争中所起的作用。他在《论联合政府》中还指出：

中国人民的抗日战争，是在曲折的道路上发展起来。这个战争，还是在一九三一年就开始了。一九三一年九月十八日，日本侵略者占领沈阳，几个月内，就把东三省占领了。国民党政府采取了不抵抗政策。但是东三省的人民，东三省的一部分爱国军队，在中国共产党领导或协助之下，违反国民党政府的意志，组织了东三省的抗日义勇军和抗日联军，从事英勇的游击战争，曾经发展到很大的规模，中间经过许多困难挫折，始终没有被敌人消灭。

《新华日报》1945年9月3日发表的社评"庆祝胜利"中写道：

昨天上午，"米苏里"号上的日本投降书签字，在世界的日历上划了一道鲜明的红线——延续六年之久的第二次世界大战，终于最后地结束了！想想看，这是一件什么事，这件事有什么意义？这次战争的结束，带来的不仅是一个和平，而且是一个对于法西斯恶魔的毁灭，一个民主势力在广大范围内的巨大胜利。为了这个，全世界爱好自由与和平的人类，何能不在自由与和平的天空下载欣载奔，何能不高举自由与和平的旗帜欢呼庆祝？

说到我们中国，这个日子自然尤其值得纪念。中国的(抗日)战争，不但进行了六年，也不但进行了八年，实在是进行了整整十四年，这个十四年里，中国的历史曾经充满了各种曲折，但是基本的指导方向却是指向着胜利的。日本帝国主义还好似从1931年9月18日，就开始了对于中国的武装侵略，开始了对于世界和平的破坏，而中国人民从这一天起，也就开始了反抗的战斗，开始了普及全国的反日群众运动与前赴后继的武装自卫斗争。首先是在东北各地兴起了东北义勇军，这在后来发展为抗日联军，它的斗争使东北人民直到今天没有停止对于日本占领者的反抗，并在红

第五章 在抗联教导旅

军解放东北时到处发动起来响应与帮助红军。

……①

东北十四年抗日武装斗争,消灭敌人大批有生力量,日军伤亡人数无准确统计,据抗联第二路军总指挥周保中推算:1931—1937年抗联歼敌十万三千五百人,1937—1945年歼敌八万二千七百人,共计十八万六千二百人。日军在东北兵力:1937年二十万,1940年四十万,1941年为七十六万。其中被抗联牵制者约有十万,其中1937—1938年用于三江大"讨伐"有五万人,1939、1940年用于南满大"讨伐"有七万人。

冯仲云同志在抗战胜利后曾经说道:

东北抗联在默默中和敌人搏斗了十四年,他们没有一个人是为了自己的,他们是为了我们全中华民族被日寇所奴役的同胞,他们的精神是不朽的,他们的志气是超卓的,他们的毅力是坚决的,他们都能整个代表着我们中华民族的光荣和勇敢的精神。他们的确发挥了我们那强韧的民族性,他们在东北长期沦陷中,尤其自1938年以后几乎被人忘掉了,他们好像一些被弃的人们,被抛在东北的森林中、雪原上,往来和敌人争夺着全民族的自由。有时候他们聚在那唱着雄壮的抗日军歌,有时看着那秋岭上的归云,眼中含着痛泪惆望着祖国的天野。那时他们的不屈不挠的精神,曾安慰了以往为抗日救国而牺牲了的地下先烈,他们何尝不在那个时候怀念着父母妻子,何尝不想到自己的生命可贵,但是那个伟大而又重要的任务担在他们的身上,为了大家的解放,全民族的更生。这个高尚的思想,竟整个地操纵了他们的神经主宰。②

---

① 《新华日报》,1945年9月3日社评。
② 冯仲云:《东北抗日联军十四年苦斗简史》,中央文献出版社,第92页。

风雪征程
东北抗日联军战士李敏回忆录

没有哪一场战争,像东北战场这样酷烈,东北抗日联军孤悬于敌后,与数十万日本侵略者进行了长达十四年的殊死搏斗。"火烤胸前暖,风吹背后寒",没有经历的人是写不出这样的诗句的。在这场残酷的斗争中,抗联的主要创建者和领导人大多战死,这是有史以来,世界上任何一支军队所少有的,无论是总司令、军长还是士兵,在残酷的十四年斗争中,每时每刻都面临着饿死、冻死和战死的威胁。仅军级干部就牺牲了三十多位,师级干部一百多位。当残忍的敌人解剖开杨靖宇将军的胃时,他们所能看到的只是树皮、草根和棉絮,没有一粒粮食,就连凶恶的敌人也不能不被中国人的顽强与坚毅所折服。

中国人民是不屈的,我们终于胜利了!

对于东北抗日联军参加远东战役的历史功绩,斯大林和苏联政府给予很高的评价和认定。

1945年8月下旬,斯大林代表苏联政府授予周保中(八十八旅旅长)、张寿篯(八十八旅政治副旅长)、王效明(八十八旅二营营长)、王明贵(八十八旅三营营长)等四人"红旗勋章",以表彰他们在"远东战役"中的功绩。

1945年8月23日,跟随张寿篯身边在抗联教导旅司令部工作的抗联干部李思孝同志,获得了苏军最高统帅斯大林的嘉奖证书。

译文:

李思孝:为了保卫苏维埃祖国,苏联最高统帅斯大林大元帅同志于1945年8月23日命令、通报,为表彰在远东同日本人的战斗中发挥很出色的作用,特向远东第一方面军,其中包括您,表示感谢并通令嘉奖。

祝愿我们的红军和红海军所向无敌!

司令部首长 B.希金

远东第一方面军司令部(印章)

(注:司令部首长 B.希金,即远东军军事委员会、军事委员 N.B.希金上将)

第五章 在抗联教导旅

■抗联干部李思孝同志（后改名江子华） ■江子华荣获的嘉奖证书（1945年8月23日）

苏联红军全面出兵东北以后，抗联指战员分三批回国：第一批是7月份的向导和侦察部队；第二批是8月8日的空降部队；第三批回国分为四个队，是为了迅速接收东北，进行建军、建政的人员。第三批第一队张寿篯、王效明、姜信泰等共一百七十余人分赴哈尔滨、吉林、延边等地；第二队由彭施鲁带队，飞赴佳木斯地区；第三队由周保中、冯仲云率领，分赴长春、沈阳各地；第四队是王明贵、王钧、陈雷、范德林、董崇彬各组，分赴齐齐哈尔、绥化、大连等地。四批共分布在五十七个战略要点和城市。

为了应付国内复杂的斗争环境，回国时，要求东北抗日联军指战员都要更名换姓，如周保中改为黄绍元，张寿篯改为李兆麟，崔石泉改为崔庸健，冯仲云改为张大川等。我改名为李敏，这个名字我一直用到现在。

中朝两国的战友，分别前夕，在帐篷里又跳又唱，《中国朝鲜国土相连》的歌声反复地唱响……

风雪征程
东北抗日联军战士李敏回忆录

中国朝鲜国土相连

朝鲜族民歌
侣朋词

1=F 3/4

```
5̇ - 5̇ | 1 - 1 | 1 2 1̇ 6̇ | 5̇ - - | 2 - 2 | 5̇ 1 1 |
中   国   朝   鲜   国 土 相 连，  水       连   水 来
中   国   朝   鲜   命 运 相 连，  苦       连   苦 来

1 2 1̇ 6̇ | 5̇ - - | 3 3 2 3 | 5 5 6 5 | 3 2 5 3 2 |
山 连 着   山，     鸭 绿 江   长 白 山   连 接 着
甜 连 着   甜，     自 古 那   自 古 那   唇 齿

1 - 5̇ | 1 - 1 | 5̇ 1 3 2 | 1 2 1̇ 6̇ | 5̇ - - | 6 6 - |
我 们 文 化 历 史 紧 紧 地 相 连。   起 来
相 依 生 死 存 亡 紧 紧 地 相 连。   起 来

5̇ · 6̇ 5̇ | 1 - 6̇ | 5 - 6 5 | 3 2 3 - | 2 · 5 3 2 |
起   来 中 朝 人 民   向 前       向 前
起   来 中 朝 人 民   向 前       向 前

1 2 1̇ 6̇ | 5̇ - - | 2 2 2 | 2 - 2 | 1 2 2 3 2 |
向 前 向 前，       向 前 去 打   倒   共 同 的 敌
向 前 向 前，       向 前 去 打   倒   共 同 的 敌

1 - 6̇ 5̇ | 5 - 6 5 | 3 2 5 3 2 | 1 2 1̇ 6̇ 5̇ | 1 - ‖
人， 要 把 中   国 和 朝 鲜 都 建 成   幸 福 的 乐   园。
人， 要 把 中   国 和 朝 鲜 都 建 成   幸 福 的 乐   园。
```

八十八旅规定,回国时,嫁给朝鲜族的汉族女战士都要随丈夫去朝鲜,相反朝鲜族的女战士嫁给了汉族就要随丈夫去中国。

当时,在北野营结婚的汉族女战士王玉环嫁给了朝鲜族崔庸健;汉族女战士李淑贞嫁给了朝鲜族金京石;鄂伦春族女战士李桂香嫁给了朝鲜族金勇贤(金大宏)。她们三位都要随丈夫去朝鲜。我们这些朝夕相处,生死与

第五章 在抗联教导旅

共的战友眼看就要天各一方,大家的心情都十分的难过,个个泪流满面,不知何年何月能再相见……

同志们已经陆续走了两批了,我们待命的人员个个心急如焚,都想一下子就回到祖国的怀抱。

这一天终于来到了。1945年9月11日,我们乘车从北野营去伯力。当要走的那一刻来临时,大家什么都不要了,生病的战士把自己泡的珍贵的药酒都扔了,同志们只有一个心愿:回国!回国!快点回到祖国!

当汽车开到伯力时,天色已晚,我们在这里住了一夜,第二天中午登上了一架小型军用飞机向着祖国飞去。

一同回国的人员有:陈雷、张光迪、王钧、李敏、李占春、马贵兴、朱学成、金国祥、张子荣、马云峰、陈明等人。

王钧、朱学成、金国祥等人到北安方面开展工作。

张光迪、马云峰、张子荣、陈明等人到海伦方面工作。

陈雷、李占春、马贵兴和李敏去绥化工作。

飞机上坐有二十来人,除了抗联回国人员外,还有五名苏联军官一同前往。飞机上引擎轰鸣,虽然我们听不到彼此的说话声,但是巨大的喜悦都闪现在脸上。

飞机飞过黑龙江了,我们趴在机舱的窗户上向下观望,黑龙江好似一条银色的玉带,在秋日的阳光下闪闪发光,过了黑龙江,那就是我们的祖国啊,我们回来了!

忘不了第一次过黑龙江时,我们被敌人追击,在白福厚团长、杜指导员的带领下,在江中准备就义的情景;忘不了第三次过江,我们趴在窄小的木排上,险些被黑龙江的滔天巨浪掀入大江的时候……第一次过江的战友好多都已经牺牲了,他们永远长眠在了黑土地上,长眠在深山老林里,他们没能看到抗战胜利的这一天。

飞机飞越了小兴安岭,漫山遍野的枫叶像火焰,似朝霞。我们的祖国,我们的东北,尽管您饱受了侵略者的蹂躏,但是您依然那么的美丽,那么

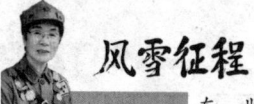

风雪征程
东北抗日联军战士李敏回忆录

的富饶,那么的辽阔,为了您,我们抗联战士甘愿献出自己的一切。

下午两点钟左右,飞机落在了北安机场,我们终于又踏上了祖国的土地。

■崔庸健、王玉环的全家福(摄于1990年)

■1992年,参加金日成主席八十寿辰与抗联老战友合影留念。前排左起:黄顺姬、胡真一(汉族)、李英淑、庄凤(汉族)、全顺姬;后排左起:金玉顺、李在德、朴景淑、李敏、李淑贞(汉族)

1924—1949

第五章 在抗联教导旅

前排左起：冯松江、冯松光、全顺姬、于英、冯忆罗、于华、李桂香；后排左起：张喜淑、徐常淑、朴景玉、薛雯、李在德、黄顺姬、李淑贞、陈雷、朴景淑、李英淑、李敏、王玉环
（1992年摄于朝鲜）

1964年，李敏与鄂伦春族战友李桂香在哈尔滨火车站紧紧拥抱

1946年，抗联女战士邢德范（左一）、庄凤（左二）、宋桂珍（左三）、柳明玉（左四）合影

- 661 -

风雪征程

东北抗日联军战士李敏回忆录

■陈雷（1946年留影）

■李敏（1945年留影）

1924—1949
第五章 在抗联教导旅

■2005年4月,李敏同志带领抗联后代赵战利(赵尚志将军侄女)等重回八十八旅(教导旅)营地

■李敏在八十八旅(教导旅)营地扛起一根当年板铺木料留念

风雪征程

东北抗日联军战士李敏回忆录

■苏联远东红旗军总部留念

■八十八旅(教导旅)营地遗址

1924—1949
第五章 在抗联教导旅

■ 李敏同志向八十八旅（教导旅）营地居民赠送纪念品

■ 李敏同志与八十八旅（教导旅）营地遗址居民合影

■ 李敏同志向当地居民赠送八十八旅（教导旅）遗址纪念牌

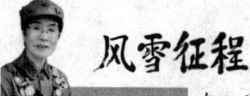

风雪征程
东 北 抗 日 联 军 战 士 李 敏 回 忆 录

■2002年，李敏（前排左四）参加解放东北的老战士合影（后排左一为时任黑龙江省党史研究室主任金宇钟，左二为抗联名将李兆麟将军的警卫员李桂林）

■2002年，李敏（左三）与李兆麟将军警卫员李桂林等向哈巴罗夫斯克市反法西斯战争中牺牲的烈士纪念碑献花后合影

1924—1949

第五章 在抗联教导旅

■2012年,李敏与秘书李江摄于八十八旅(教导旅)北野营旧址

■2012年,李敏与秘书李江摄于八十八旅(教导旅)北野营练习武装泅渡时旧址

在东北坚持战斗到最后的同志们

在东北坚持抗日斗争到最后的有一位传奇人物,他就是著名抗日将领于天放同志。其子于绍雄同志在回忆纪念他父亲的文章里写道:

于天放,原名于九公,曾用名于树屏、王文礼。1908年5月生于黑龙江省呼兰县白奎堡三道村,祖籍山东登州。1928年秋,于天放以黑龙江考生第一名的成绩考入北平清华大学第四级经济系。1929年他加入中国共产党外围组织反帝大同盟,结识了冯仲云、冯基平等共产党员,攻读马克思主义理论书籍。1930年他投身驱逐国民党校长罗加伦、吴南轩的学潮。1931年5月经中共北平市委代理书记张甲洲介绍加入中国共产党并任清华支部书记。九一八事变后,他参加了清算北平汉奸逆产及北平大学生南下向南京国民政府请愿示威的抗日救亡活动。1932年春,他和张甲洲、张文藻、张清林、郑炳文、夏尚志等五名东北籍大学生踏上了"打回老家去"的悲壮路程。在中共满洲省委指示下,5月16日在巴彦县七马架子成立了打响中共武装抗日第一枪的"东北民众抗日义勇军江北独立师(党史、军史内称巴彦抗日游击队)。"张甲洲任总指挥,于天放任特派员及交通情报站负责人。6月满洲省委派军委书记赵尚志(化名李育才,人称小李先生)来部队任参谋长,11月该部队按满洲省委指示改编为"中国红军第三十六军"。1938年11月,于天放随李兆麟将军指挥的由东北抗联六军教导队与十一军一师组成的第三批西征部队,从绥滨蒲鸭河远征至海伦八道林子。西征部队历尽险阻,转战千里,减员几近三分之二,终于达到预期目的,保存了北满抗联的主力部队和骨干力量,为后来在广阔的黑嫩平原依托小兴安岭开展平原游击战奠定了基础。艰苦的西征途中,于天放创作了后来成为著名的东北抗联《露营之歌》第四段的《冬征曲》:

[乐谱:
朔风怒吼 大雪飞扬,征马踟蹰,
冷气侵人夜难眠。火烤胸前暖,
风吹背后寒。壮士们,精诚奋发横扫
嫩江原。伟志兮何能消减!
全民族各阶级 团结起 夺回我河山!]

1944年1月,金策率张瑞麟小部队经两个月的长途跋涉到达A野营后,教导旅命张瑞麟立即组织六人分队于3月底回东北寻找于天放的留守部队,但因联络中断未果,于8月折返苏联。此时整个东北战场上除教导旅派遣的小分队在中苏边境执行侦察任务外,只有于天放领导的东北抗联三路军留守部队孤悬敌后,在同日伪军进行着殊死战斗。于天放在《牢门脱险记》一书中写道:"东北是我的家乡故土,我爱祖国、我爱东北、我爱家乡,我也爱树海无边的兴安岭,不管敌人怎样凶恶残暴,抗日斗争的怒火是不能被压下去的,我决心埋尸故土,也绝不离开东北一步!"

1944年12月19日因坏人告密,于天放及部下孙国栋、杜希刚、于兰阁(龙光涛)、刘祥、王明德分别在绥棱县上集镇宋万金屯(今天放村)、绥化九井子、长山小五部被日寇逮捕。于天放先后被关押在庆安警务科"留置场"

风雪征程
东北抗日联军战士李敏回忆录

和北安省警务厅特务分室秘密监狱。面对日寇凶残的"威迫利诱逼降策",于天放以其丰富的对敌斗争经验,大智大勇、坚贞不屈地与日寇进行了殊死的较量,终于在1945年7月12日同另一名抗联战士赵忠良打死日本看守特务石丸兼政成功越狱,并在人民群众的掩护下脱险。伪满洲国报纸惊呼:"于天放逃跑,满洲国失去一大半。"日寇除百万悬赏,还组织了疯狂的大追捕,逼迫数十万中国老百姓"拉大网"搜寻,这是日寇在"八一五"前夕对东北抗联最大规模的军事整治行动。面对同日寇面对面的斗争,于天放早有思想和心理上的准备。1940年2月,在给第三路军总指挥部的信中,于天放写道:"天放是革命者,我已牺牲了自己的一切一切,为了争取民族解放的最后胜利,为中华祖国独立、自由而流尽最后一滴血,任何困难是能够克服的。我是中华民族的儿女,我是中国共产党党员,我受过祖国深厚的培养和宠爱,民族革命的重担是我责无旁贷的天职。我虽不敏,但高度的民族气节,珍贵的民族自尊心和自信心,我是誓死不渝的!任何人可以走上歧途,可以蜕化,可以成为革命的逃兵,而天放是干不起的,历史的使命也不容许我有丝毫的轨外行动。"于天放越狱前曾草成古诗一首,留于监内:

中日世仇不共天,十载抗战破万难,
行动失慎遭逮捕,中国男儿入牢监;
威迫利诱逼降策,救亡信念铁石坚,
囹圄铁窗寒冬度,草木葱茏虎归山。

中共党员

三路军特派员 于天放

1945年7月12日

1945年8月15日,于天放在讷河老莱村逃亡路上,得知了日本无条件投降的消息,立即在讷河县城组织了东北抗联三路军宣传部自卫队,迎

1924—1949
第五章 在抗联教导旅

来了"九三"抗日战争胜利纪念日。

于天放牢门脱险并不仅仅是其个人行为，更是东北抗日联军对日寇斗争的重要事件和重大胜利。于天放在《牢门脱险记》中写道："虽然在黑暗坚固的牢笼里，但每逢回忆到党的嘱告'共产党员在敌人面前，只有两条道，不是胜利就是死'的时候，决心增加了，力量增大了，好像不是我一个人孤独地在监狱里反抗受罪，而是有成千成万的人们和我在一起和敌人搏斗厮杀！"当时抓捕于天放的日本战犯中西正枝1956年在公安部审讯供词中承认："我尊敬为正义而舍生的于天放将军。"

■于天放

于天放就是这样一位黑土地上涌现出来的中华优秀儿女，他生于斯，

■1946年7月，于天放同志越狱一周年于越狱之窗口留影（刘白羽 摄）

风雪征程
东北抗日联军战士李敏回忆录

长于斯,在这片养育他的土地上,在中华民族最危亡的时期,同武装到牙齿的日本帝国主义进行了英勇顽强的斗争,经历了中国共产党领导的整个东北抗日战争。九一八后,于天放参加过救亡运动、义勇军和工农红军,从事过党的地下工作、东北抗日联军的武装斗争、教导旅的境外整训、三路军留守部队的领导工作、狱中斗争,而尤以越狱最富传奇色彩,在黑龙江省人民群众中为中国共产党和东北抗联造成的影响最大,最具震撼力。他是抗日战争时期,东北乃至沦陷区从日寇监狱中越狱脱险的我军唯一的高级指挥员,他的经历是东北抗联在东北坚持到抗战胜利的最有力的证明。[①]

就在于天放在东北大地与日寇坚持斗争的同时,远在苏联的八十八旅抗联领导也在派人千方百计地与他们联系,领导们派出了由张瑞麟带队的五人小分队回国寻找于天放。关于张瑞麟回东北寻找于天放同志之事,张瑞麟同志回忆说:

"第三路军留在北满一带活动的抗联小部队只剩下于天放同志带领的小分队了。我的任务,就是回国找到于天放同志和他领导的小分队,把他们接到苏联,一起到'野营'学习。

这是一个异常艰苦而又危险的任务。领导给我派来五个人,有抗联第十二支队王秉章同志,其余四个人是同马克正一起来苏联的王德新、陈殿有、老史头和赵喜双同志。

接受任务时,冬雪刚开始融化。为了避免过境时在雪地上留下足迹暴露目标,等了将近两个月,到3月底,冰雪基本化净了,才决定启程。为了回国后与在苏联的抗联领导联系方便,动身前,上级决定给我们配备一部电台,并派来一位电报员小刘。小刘来时,领导向我交代,回国找到于天放同志以后,就让于天放同志尽力设法负责把小刘和电台妥善地安排好,留在国内侦察日寇情报;如找不到于天放同志就一同回苏联。

启程那天,苏联边防军把我们六个人先送到戈萨什克边防哨所,在北

[①] 于绍雄:《囹圄铁窗寒冬度 草木葱茏虎归山》,载于东北抗日联军精神宣传小分队编《使命》,第458~463页。

菜园子的一所小房子里隐蔽了一天,晚上九十点钟秘密过境。回到祖国境内,迅速越过了日本鬼子的封锁线,直奔于天放小分队活动的地方——绥棱县山边大鸡爪子河上游一带。

我们从苏联出发时,马克正同志告诉我们,他与于天放同志分手时,曾约定了将来联系的办法,即由于天放同志把他们活动地点在纸上写好装在玻璃瓶内,埋到一棵大松树下。我们按照马克正指点的地点,找到了那棵松树,把树下都挖遍了,也没找到瓶子。和于天放联系的线索断了。"①

由于没有联系上于天放,小分队只好返回苏联,就在回来的途中电报员小刘同志不幸牺牲,陈殿有被鬼子抓去,直到解放后才获得了自由。

黎明前的黑暗是最黑暗的时刻,还有多少同志,在敌人的监狱里与敌人展开了最后的斗争。英勇不屈的孙国栋烈士用他年青的生命向敌人进行了最后的宣战。

1945年8月14日下午3时,也就是在日本裕仁天皇向全世界广播《终战诏书》,宣布无条件投降前的十几个小时,伪满洲国哈尔滨高等检察厅日本检察官沟口嘉夫急匆匆地驱车赶到道里哈尔滨刑务支属监狱,他神情紧张而沮丧,像一头垂死挣扎的野兽,拔出手枪逼着监狱长奥圆(日本人),要他马上从狱中提出不久前被判处死刑的孙国栋,立即执行绞刑。

看守陶涤尘打开十三号牢房,朝双手叉腰、对墙傲立的孙国栋喊道:"孙国栋,出来!你的官司打喜庆了。"孙国栋慢慢转过身来,鄙视地看了看守一眼,平静地说道:"不忙。"他从容不迫地用手梳理了一下长长的头发,理了理身上破旧的衣裳,环视了一下坐了三个多月的牢房,向前走了一步,伸手敲了敲身边的墙,向隔壁十二号监房的难友阎继哲高声告别:"老阎哪,我走了!你多多保重,我们就要胜利了。"然后,坚定地迈开步伐,来到院中,又缓缓回过头来,深情地望着这个押着一千多"犯人"的牢房,高声说道:"亲爱的难友们、同志们,我叫孙国栋,是东北抗联第三路军九支

---

① 张瑞麟:《张瑞麟回忆录》,黑龙江人民出版社,1991年版,第151~152页。

风雪征程
东北抗日联军战士李敏回忆录

队大队长,现在就要与你们永别了。小鬼子今天虽然把我杀了,可我的爱国精神是永存的。"说着他举起戴着镣铐的双手向难友们大声地告别道:"各位多多保重,我们来世再见啦!"沟口嘉夫、陶涤尘上前推他,沟口嘉夫用刀背砍他,阻止他继续说下去。孙国栋轻蔑地看了看这些色厉内荏的敌人,厉声喝道:"你们这些强盗,还能蹦跶几时?中国人民饶不了你们!"接着,又朝目送他的难友们大声说:"难友们!同志们!苏联红军打过来一个星期了,小鬼子马上就要完蛋了!光明的中国就在我们大家面前,为了这一天的到来,为了结束这亡国的苦难,我孙国栋,一介匹夫,为国而死,死有何憾!"说罢仰天大笑,转过身来,拖着沉重的脚镣,高昂着不屈的头颅,迈着坚定的步伐一步一步地朝监狱院中的刑场走去,伴随着那镣铐有节奏的钢铁撞击声,传来了悲壮的《红旗歌》。

> 民众的旗,血红的旗,
>
> 收敛着战士的尸体。
>
> 尸体还没有僵硬,
>
> 鲜血以染红了旗帜
>
> 牢狱和绞架算得了什么,
>
> 这就是我们告别的歌曲。
>
> ……

绞刑架旁,一向杀人不眨眼的刽子手郭天宝慑于孙国栋凛然的正气,面色苍白,神情紧张,迟迟不敢动刑,冲在旁监刑的沟口嘉夫嗫嗫嚅嚅地说:"这五块钱我不要了,不要了……"(郭天宝每绞死一个"犯人",鬼子给他五块钱)。沟口嘉夫暴跳如雷,大骂"八嘎,八嘎!快动刑!快快地……",一面号叫着,一面抽出战刀架在郭天宝的脖子上,威逼他马上动刑。郭天宝这才哆哆嗦嗦地把沾满无数抗日志士鲜血的绞索套在了孙国栋的脖子上。"中国万岁!中华民族解放万岁!"……绞绳慢慢地收紧,一位英雄在向即将到来的胜利告别。

天地呜咽,气贯长虹,孙国栋,这位伟大的抗日英雄就这样进行了他

第五章 在抗联教导旅

最后的斗争,在黎明前的黑暗中英勇地就义了,年仅三十一岁。

对于孙国栋被杀害情况,在1956年我国对当年参与刑讯、起诉、审判的日本战犯沟口嘉夫有如下的庭审记录(1956年7月4日):

审判长:被告人沟口嘉夫到前面来。

审判长:你是沟口嘉夫吗?

答:是,我是沟口嘉夫

问:沟口嘉夫,你在什么时间担任伪满洲国哈尔滨高等检察厅检察官的?

答:我从一九四一年四月一日起任哈尔滨地方检察官,又从一九四四年十月十日至日本投降,任伪哈尔滨高等检察厅检察官。

问:你在任伪哈尔滨高等检察厅检察官时,我国抗日联军孙国栋、杜希刚等五人,和抗日救国会人员及和平居民赵宝祥等二十四人,是你参加侦讯起诉的吗?

答:我在任伪满洲国哈尔滨地方检察厅检察官时,起诉了抗日联军第三路军孙国栋先生、杜希刚先生等五人以及抗日救国会长张义等二十四人。

问:是高等检察厅还是地方检察厅?

答:是高等检察厅。

问:起诉以后的结果怎样?

答:一九四四年十二月到一九四五年三月之间,由警察检举逮捕了抗日救国会人员和和平居民。在一九四五年四月由警察送交到检察厅。一九四五年五月由检察厅向法院起诉,我亲自参加了公判厅。并向法院要求对孙国栋等判处死刑,对张义等二十四人要求判处徒刑。结果法院按照我的意见将孙国栋等五人判处了死刑,将张义等二十四人判处了徒刑。

问:有关这一事实的检举材料你都看到了吗?

答:我看到了。

问:中国抗联三路军孙国栋是怎样被杀害的?

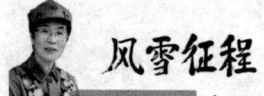

风雪征程
东北抗日联军战士李敏回忆录

答：我于一九四五年八月十四日，在伪哈尔滨道里监狱亲自杀害的。

问：你把这一情况讲一讲。

答：一九四五年八月，中国人民的力量壮大起来了，苏联也参加了战争，因此，我当时考虑日本帝国主义一定要失败。如果让孙国栋等抗日联军和抗日救国人员等继续活下去，对我的生命是危险的。一九四五年八月九日，为了准备对付苏联参战，我曾到哈尔滨郊外挖战壕，但是不久挖战壕的工作就停下来了，这样我完全清楚地看到，日本帝国主义一定要失败。八月十二日回来后，我就越发想到一定要把孙国栋先生杀害，因为我是审讯孙国栋事件的一个主要负责人，如果不杀掉孙国栋先生，我的生命是有危险的。八月十四日，我在哈尔滨高等检察厅前，见到了伪滨江省警务厅的特务科长高锦警佐，我就和他讲，必须杀掉狱中的抗日救国人员和爱国者，如果在监狱不行，希望能使用警察权力，把他们全杀掉。当时高锦警佐就回答我说，可以派几个年轻的把他们杀掉。当天下午三时，我去哈尔滨道里监狱，在二楼看见姓奥圆的监狱长。我对奥圆说，要他把监狱里全部死刑犯杀掉，他当时回答我全部杀掉是不可能的，因狱中的看守不会听这个命令。当时我就命令他，至少一定要把共产党人，特别是抗日联军的领导人孙国栋杀掉。于是我就和他讲，如果监狱不能全杀的话，我就叫警察、特务来把他们杀掉。当时我身上带着枪，我把枪拿到前面，严格地命令了监狱长奥圆，结果他服从了我的命令。他便命令他的部下，把孙国栋先生从监狱提出来在哈尔滨刑场绞死了。当时我也在场。孙国栋先生喊着中国共产党万岁牺牲了。虽然这样，我感到还不够，想把其他人也全部杀掉，于是我到伪滨江省警务厅特务科去联系。当时警务厅已没有人，结果我又到南岗去找宪兵队，要求宪兵队派兵来把他们全杀掉。宪兵队长儿玉说，不能出兵，要我用毒药把他们杀掉。后来用毒药杀害的意图也没有实现，日本就投降了。当时到道里去是有危险的，我也就没有去道里。结果没有杀其他的各位，而仅仅杀害了孙国栋先生。

审判长：传证人陶涤尘入庭。

第五章 在抗联教导旅

问：你是陶涤尘吗？

陶涤尘：是。

问：你在伪满洲国哈尔滨刑务支署是什么职务？

答：看守。

问：你知道孙国栋当时被杀害的情况吗？

答：知道。

审判长：请你讲讲吧。

答：一九四五年八月日本投降时，我正在伪哈尔滨刑务署道里刑务支署当看守。当时刑务支署押有一千多人，其中所谓政治犯一百多人，大部分是未判决的，内中有已判决的十几个人。我知道其中有东北抗日联军的副官孙国栋，还有严继哲、肖达山，其他的名字我就记不清了。

在一九四五年八月十四日午后三点钟左右，伪哈尔滨高等检察厅治安检察官沟口嘉夫来到了刑务支署，亲自指挥将孙国栋由其所居的十三号监房提出，当时孙国栋慷慨激昂地说："被押的难友们！我今天和你们永别了，来世再见吧！今天日寇虽然把我杀了，我身虽死，但精神尚依然存在。"他一边由监房往外走，一边唱着抗日歌曲，一直到刑场，在绞他的时候，他高呼"中国万岁！""共产党万岁！"

以上是沟口嘉夫在日本将要投降的前一天杀害抗日爱国志士的罪行，这是我亲眼见到的。

问：沟口嘉夫，陶涤尘所讲的，你还有什么话要说？

答：刚才证人所讲的全部是真实的。

审判长：公诉人还有什么要问？

公诉人高正权：沟口嘉夫，刚才你说三路军事件是你亲自参加审讯的，那么对孙国栋、张义等二十九人的审讯起诉你是否以主任检察官身份参加的呢？

答：完全是那样。

公诉人：你在命令监狱绞杀孙国栋的时候，关于这案子的判决是否

批准?

答:判决是在七月九日确定下来的,根据伪满法律,要执行死刑时,必须经过伪司法部大臣的批准。可是,我杀孙国栋的时候这个判决还未批准,这种情况在伪满也是不许可的。

公诉人:审判长,在这个事实方面,我没有问的了。

审判长:辩护人还有什么要问没有?

辩护人张世铮:没有。

审判长:你担任伪满洲国哈尔滨地方检察厅检察官是在什么时间?

答:我任伪满洲国哈尔滨地方检察厅检察官是在一九四一年四月一日。

问:你在这一任职期间曾参加审讯和起诉了在"巴木东"惨案中被捕的抗日救国人员及和平居民吗?

答:我在任伪满洲国哈尔滨地方检察厅检察官的时候,也就是一九四三年三月十日至六月二十日之间,我出差到巴彦侦讯起诉了"巴木东"惨案中抓捕的抗日救国人员和和平居民。

问:你亲自侦讯起诉了多少?

答:我亲自侦讯了五十五人,其中有四位在审讯当中由于酷刑拷打而死去了。

问:其他如何处理的?

答:在五十五人内起诉五十名,其中我提出判处九名死刑,其他判处徒刑的意见,通过主任检察官畠中二郎向哈尔滨高等法院起诉。

问:有关这一事实的档案,伪满康德十年《关于北满地区肃正工作》你看过没有?

答:我看到了其中的一部分。

问:你签字了没有?

答:签字了。

审判员让书记员将案卷给被告人过目。

问:这是不是你的签字?

第五章 在抗联教导旅

答:都是我的签字。

问:关于事实调查部分,你还有什么要说?

答:起诉书里所提的犯罪事实全部都是我所犯的罪恶。我侦讯了孙国栋等五人、抗日救国会会长张禄等二十四人。我亲自参加了公审并求刑判处孙国栋先生死刑,又于八月十四日在哈尔滨道里监狱杀害了孙国栋先生,这全是我所做的事情。与此同时又在"巴木东"惨案中,我亲自到巴彦审讯了五十五名,刑讯致死了四名,其中九名被判处了死刑,其他被判处了徒刑。这也全是我做的。

问:关于事实部分还有什么意见?

答:关于事实这一部分没有什么意见。

审判长:辩护人方面有什么要问的?

辩护人:没有。

审判长:本庭对被告人沟口嘉夫事实调查部分宣告结束。被告人沟口嘉夫还押。①

另有横山光彦笔供如下:

一九四四年十二月,伪满北安省警务厅特务、警察,在绥化、绥棱、克山、北安各地逮捕了三路军负责人于天放及其部下孙国栋、刘祥、杜希刚,救国会负责人张义及救国会会员等六十余人。除越狱逃脱的于天放以外,其余均被送交哈尔滨高等检察厅。该检察厅于一九四五年四月,将其中三十五六名起诉至哈尔滨高等法院,该院治安厅于当年五六月间,在公审庭进行审判。

我组织了治安厅,其构成是,审判长我,审判官井上松治郎、杜文员。检察官大越、沟口担当主任检察官。出庭参加公审的,除高等检察厅西川

---

① 中央档案馆等编:《日本帝国主义侵华档案资料选编》,内部印行,第700~705页。

次长出庭二次外，其余均由沟口主任检察官出庭。

判决结果为：

孙国栋、杜希刚等约十名死刑。

判决后，当日本投降时，部分被宣判为死刑的人，根据哈尔滨高等检察厅的命令，在沟口检察官的指挥下，于哈尔滨香坊监狱被绞杀了。①

杜希刚，原名杜希宝，1920年8月14日出生于黑龙江省汤原县东兴屯。从小就给地主家干活。1935年参加汤原游击队和东北抗日联军第六军当战士。1938年西征到海伦、克山等地。1939年加入中国共产党跟随李兆麟、金策一起活动。1942年9月在马克正小分队活动。1943年冬在第九支队与于天放一起活动。1944年12月19日在小五屯被捕入狱。1945年"八一五"东北光复后出狱，接上组织关系后任庆安县保安大队副大队长、二旅五团二营营长、嫩江省政府科长、本溪市总工会秘书。1955年调回齐齐哈尔市在结核病院疗养。1963年1月13日病故。

■杜希刚（解放后照）

孙国栋、于天放、杜希刚、赵文有、刘忠民、王永昌、刘志敏、李桂兰等无数的同志们英勇不屈，在东北这块黑土地上把抗战的大旗打到了最后，为十四年的艰苦抗战书写了最后一笔。

---

① 中央档案馆等编：《日本帝国主义侵华档案资料选编》，内部印行，第705~706页。

第六章
为新中国而战

进占东北战略要点
李兆麟将军和朝鲜义勇军三支队
战斗在绥化
建立新政权
夺取巴彦县武装
"庆安事件"
处决汉奸"常八"

永远的怀念
冯仲云当选为省主席
土地改革和支援前线
拜见公公、婆婆
绥化县的妇女工作
鲁艺学院与东北抗联
万岁,我的祖国!

风雪征程
东北抗日联军战士李敏回忆录

进占东北战略要点

经过十四年的浴血奋战,1945年8月15日,东北光复了。为了新中国的建立,抗联指战员又开始为夺取政权和巩固政权而战。

虽然日本投降了,"满洲国"垮台了,但是日伪的残余势力仍然很嚣张,特别是苏联与国民党政府已达成协议,苏联军队进驻后,对东北实行军事管制,日本投降后三个月苏军全部撤出,将政权交给国民党政府。所以,今后我们的主要敌人是国民党反动派和日伪遗留下来的残余势力。我们要有长期斗争的思想准备,苏军撤出后要准备放弃大城市,在靠近山区的县城建立根据地。在苏联与国民党政府签订的条约中还规定:在苏军管制期间,各党派不准活动,凡是设苏军司令部的地方,都派抗联的同志任副司令。我们利用这个有职、有权的条件,在苏军管制期间和国民党尚未接收之前,要占领战略要地,在大小五十七个战略要点积极开展工作,为今后的工作创造条件。

1945年9月8日,周保中将军率一百零二名抗联指战员开赴长春、沈阳。中共东北委员会、东北人民自卫军总司令部进驻长春市区。

周保中到长春时,苏军已经占领该市。长春是伪满洲国的"京城",是日本侵略者的政治、经济、文化和军事中心。8月18日苏联红军五百多名官兵空降占领长春机场。8月24日,外贝加尔方面军总司令部和总司令马利诺夫斯基元帅迁入长春原关东军司令部。苏联红军刚进驻长春时,伪满的汉奸、警察等敌伪残余,摇身一变,冒充"正统",组成各种国民党的"挺进

第六章 为新中国而战

军"、"先遣军",国民党特务组织的"市党部"、"区党部"、"区分部"纷纷冒了出来。他们到处造谣惑众,搞破坏,扰乱社会治安,反动活动十分猖獗,一时形势很复杂。针对国民党与共产党争夺东北战略要地的严峻局面,周保中说,九一八事变之后,蒋介石以不抵抗主义面对日本侵略者,整整十四年国民党没有出一兵一卒来东北打日本,只有中国共产党的队伍坚持了十四年的武装斗争。因此,国民党是没有脸面来见东北的父老乡亲的。我们共产党人可以理直气壮地和国民党进行抗争,顺理成章地接收东北。

周保中来到长春后,担任东北人民自卫军总司令,并兼任苏联红军长春卫戍司令部副司令。由于周保中回东北时改名黄绍元,他又有苏军中校军衔,人们都称他为"黄中校"。为打击伪满的汉奸、警察等敌伪残余势力,周保中经与苏军协商,决定派出王一知、乔邦信等人以苏军名义进驻伪康德新闻社、广播电台、邮电局、公安局等要害部门,对这些部门实行军事管制。电台改称"长春人民广播电台",同时决定发行《光明报》和《东北日报》。新闻媒体被接管后,周保中即向苏军驻军总部提出通过电台、报纸宣传东北人民在中国共产党领导下进行的十四年艰苦卓绝的抗日斗争,宣传抗日联军,表彰抗日烈士,宣传中国共产党领导的八路军、新四军及其他人民军队坚持抗战的英雄业绩等,以树立正确的舆论,纠正所谓的"正统"观念。公安局被军管后,原消防和警察队伍被清理,另建立了三百余人的"自愿警察队",成立了警备司令保卫处,执行治安任务。为完成接管城市的工作,由抗联独立组成了长春警备司令办公处,下设公安、社会、公务、政治、特务等五个部,分别开展工作。

各地据点被抗联指战员占领后,面临一个巩固占领地的问题。为巩固占领地必须有武装,有武器。在东北抗日联军指战员基本完成奔赴大中城市接受新任务后,苏联远东红军总司令华西列夫斯基元帅来看望周保中。周保中见到这位熟悉的苏联朋友,第一句话就说:"我要扩军,你要支援我武器。"华西列夫斯基诙谐地说:"条约又没有规定将战利品交国民党,这是咱们的战利品,咱们分用。你要多少,就拿多少,你拿不走的剩下归我。"

风雪征程
东北抗日联军战士李敏回忆录

接着又说："我马上通知苏军缴获的所有武器库,见到你的条子,即协助往外运武器。"周保中当即用流利的俄语回谢了这位朋友,然后立即向长春以外的十一座大中城市由原抗联人员担任的卫戍副司令下达了十万火急的命令:抢运武器,扩充军队,消灭土匪,维持社会治安。

从1945年9月初至10月中旬这段时间,周保中在领导抗联配合苏军夺取东北各战略要地的工作中,一面协助苏联红军接管日伪政权,收缴日伪武装和物资,一面组织抗联人员大力发动和组织群众,开展建立东北人民自卫军、建党、建政工作。通过建立地方"民主大同盟"、"中苏友好协会"等组织形式,团结人民,发动群众,肃清敌伪残余,扩大党在人民群众中的影响。同时,他还积极创造条件,迎接从关内各解放区来东北的部队和干部,帮助他们解决各种困难,配发部队武器装备,做好对重要干部的接待、保卫等工作。

东北抗日联军指战员根据周保中的指示,在各地积极协助苏军肃清日伪残余和反动武装的同时,在极端困难、复杂的环境下,即着手开展以组建人民军队为中心的包括建军、建党、建政的"三建"工作。

对于开展建军工作,周保中予以高度的重视。因为这是抗联占领战略要地后,能否站稳脚跟,稳定社会局面,扩大自己力量,进而开辟全面工作的先决条件、中心环节。有了强大的武装,掌握众多的枪杆子才能有力地打击敌人,彻底肃清敌伪势力,才能在与国民党特务组织的各种名目的反动武装的斗争中取得胜利,也才能建立政权,巩固政权。

李兆麟将军是经绥芬河到达牡丹江的,经过短期的休整和部署,分别进入以哈尔滨为中心的北满广大地区。李兆麟将军从牡丹江到达哈尔滨后,立即建立起东北抗日联军驻哈办事处,并亲任主任。苏军第一批空降部队已于8月16日晚7时占领了哈尔滨机场,19日进驻哈尔滨市,对哈尔滨实行了全面的军事管制,并建立起哈尔滨卫戍司令部,司令为苏军卡扎科夫中将,李兆麟到哈后担任了哈尔滨卫戍司令部的副司令,他以这一有力的合法身份开始了接收工作。

1924—1949
第六章 为新中国而战

当时哈尔滨的党组织和领导机关是中共东北党委员会直接组织和建立的中共松江地区委员会。成员共三人，书记为李兆麟，委员有马克正和张祥。地委以下又相继组成哈尔滨市委及珠河、阿城、方正、宾县、延寿、双城、苇河、五常、安达、巴彦、木兰、通河等县委。

1945年9月，我八路军曾克林、唐凯所部已到达沈阳，并准备派曾克林去延安汇报。已进驻沈阳的抗联干部冯仲云因未能同机前去，给中央写了一封信，汇报抗联配合苏军占领东北战略要点的情况。9月15日，中央政治局听取了曾克林关于东北情况的汇报，当即决定成立以彭真为书记，陈云、程子华、伍修权、林枫为委员的中共中央东北局，立即赶赴东北。9月18日，彭真、陈云等抵达沈阳后，中央又派高岗、张闻天、李富春、林彪、罗荣桓等来东北，开展东北地区的工作。

1945年11月16日，陈云等同志抵达哈尔滨，按照东北局的指示，组成了北满分局，陈云任书记兼北满军区政委，李兆麟为北满分局委员。按照上级的指示撤销了中共滨江地区工作委员会，成立中共松江省工作委员会，张秀山任书记，钟子云任副书记，李兆麟为委员。同时组建了哈尔滨市委，钟子云任书记，李兆麟同志任市委常务委员。

李兆麟是1934年从哈尔滨被满洲省委派出去，抗战胜利后最早回到哈尔滨的抗联高级干部，他同苏军有着密切的联系，又熟悉当地情况。从他担任的诸多职务中，就可以想象出来，当时他的工作该是多么繁忙。他要主持省政府的工作，还亲自抓中苏友好协会的工作。要参加北满分局、松江地区工委、哈尔滨市委的会议，要向处于秘密工作状态下的党组织和陈云等领导同志汇报工作情况。有关需要请苏军协助解决的一些问题，也由他出面办理。他还要为迎接转送党中央派往北满、西满地区的干部和军队，为部队筹集武器装备和军需物资进行大量的工作。

由晋察冀边区派到东北来的王堃骋、陈大凡等十九名同志，于9月中旬从该地区出发，经哈尔滨时和李兆麟同志接洽后，于10月23日到达北安县。因缺乏武器，难以建立武装，王堃骋当即又返回哈尔滨，在李兆麟帮助下,从日伪留下的军用仓库中搞到一车皮枪支。李兆麟还帮助王堃骋招收了一部分失业工人乘这列火车押运着枪支,顺利到达北安,很快地建立起了当地的人民自卫武装。陈雷同志在绥化地区担任苏军司令部副司令,在开展工作中当时的苏军司令不予配合。陈雷向李兆麟汇报了这个情况,不多日子,该地的司令调换,使绥化地区的工作得以顺利开展。

陈云同志来到哈尔滨后,使包括哈尔滨在内的广大北满地区的工作有了明确的方向。他在11月30日起草的《对满洲工作的几点意见》中明确提出:"北满的工作中心,应该放在广大农村、中小城市,及铁路支线的几个根据地的建立。如以珠河、牡丹江为中心,以洮南、三肇为中心,以讷河、龙江为中心,建立若干根据地。我们的兵力、干部、资财,必须主动地向那些地方转移,以造成我们前进和后退的阵地。"这个意见得到了党中央和毛泽东、刘少奇等同志的肯定,1945年12月28日,毛泽东为党中央起草的《建立巩固的东北根据地》的指示中就指出:"我党现实在东北的任务,是建立根据地,是在东满、北满、西满建立巩固的军事政治的根据地",而这些根据地的地区"是距离国民党占领中心较远的城市和广大农村"。即"让开大路,占领两厢"。党中央毛主席的这些指示,使开辟北满根据地的工作,沿着正确的方向,深入发展。

与此同时冯仲云同志在沈阳的工作也取得了很大的进展。

当冯仲云和他的沈阳组在初秋的阳光下,穿着崭新的苏联军装步入长春车站时,从四面八方投来惊异的目光。他们由苏军护送,进入哨兵守卫的车厢。这节空空荡荡的车厢,使那些用尽力气还没有挤上车的人们羡慕不已。

冯仲云进入车厢后,第一件事就是告诉岗哨,放群众进来。顷刻之间车厢里就挤满了人。他们所享受的待遇,仅仅是每个人有一个座位。他还告诉司机,不要开太快,以免摔伤群众。这个身材高大,从眼镜中透着微笑的人,从来没有领导人的架子,很快就和身边的群众随意交谈了。

由于火车开的慢,早上8点钟开车,经过九个多小时,晚上5点多才到

1924—1949
第六章　为新中国而战

■阿穆尔舰队1945年登陆松花江岸（图片来源于俄罗斯）

■哈尔滨参加光复战斗的苏军士兵（图片来源于俄罗斯）

风雪征程
东北抗日联军战士李敏回忆录

■哈尔滨火车站参加光复战斗的苏联士兵（图片来源于俄罗斯）

沈阳。

　　苏军沈阳警备司令部设在火车站东面的一所大楼里。当冯仲云化名张大川前来报到就任副司令的时候，司令卡夫通傲慢地提出了这样一个问题："我是少将，你是上尉，怎么能当我的副司令呢？"

　　听了这句带有侮辱味道的话，冯仲云极力控制自己激动的情绪，平静地回答："我是按命令来报到的。"说着把带去的苏联红军司令部的命令送上。

1924—1949
第六章 为新中国而战

命令是不可违抗的,副司令的职务还是接下来了,职权主要是涉及中国事务的联络,在司令部的二楼设了一间办公的房间。办公室的门上没有标明"副司令办公室",而是"中国事务部"。

当时,沈阳,这个东北最大的一百二十万人口的工业城市、交通枢纽,政治形势颇为微妙。

8月8日苏联对日宣战以后,第二天,中共中央主席毛泽东发表了《对日寇的最后一战》的声明。10日、11日,八路军中原东北军吕正操部、张学思部、万毅部、李运昌部,按朱德总司令的命令,分别由驻地向东北进发。

几乎同时,国民党政府军事委员会委员长蒋介石却命令朱德总司令,"所属部队,应就原地驻防待命";命令伪军"切实负责,维持治安";命令躲在大西南、大西北的国民党军队"积极推进","勿稍松懈",夺取人民抗战的胜利果实。

8月14日,日本投降。19日,苏军第六坦克军二百二十五人,由卡夫通少将率领空降沈阳,在沈阳机场捕获了准备逃亡日本的伪"满洲国"皇帝溥仪和他的一群大臣。苏军进入沈阳后,解除了日军的武装,成立了警备司令部。

8月30日,八路军李运昌部与苏联红军会师,两军配合,解放山海关。9月6日,先头部队曾克林部进入沈阳。

在李运昌部与苏军解放山海关的同一天,蒋介石任命熊式辉为东北行辕主任,公布划东北为九省两市,任命了省主席和市长,以接收"东北主权"的名义,开始了对东北的争夺。

由于蒋介石发布了要伪军"维持治安"的命令,伪满军官、警察、特务得以打着国民党旗号,组织"治安维持会",继续为非作歹。名目繁多的国民党部和武装力量,在沈阳和附近县份冒了出来,什么李光忱的"辽宁省国民党部"、罗庆春的国民党"辽宁省省党部"、张宝慈的"国民党沈阳市党部"、齐觉生的"国民党区党部"和"铁血锄奸团"特务组织、孔宪荣的"挺进军"等等,企图迎接国民党中央军或拉出去打游击。土匪活动也十分猖獗,绑架勒索，劫夺杀害之事到处可闻。

苏军受苏联政府和国民党政府在日本投降前夕签订的《中苏友好同盟条约》的约束，在东北执行双重政策，一方面，要把沈阳、长春、哈尔滨三大城市和中长铁路干线交给国民党；另一方面，援助我党在东北力量发展。在沈阳，曾克林部到达后，苏军曾不允许进入市内，后经请示莫斯科才同意进入。但为外交上不致被动，要求部队不使用"八路军"番号，改为"东北人民自治军"。

苏军在东北当时处于特殊重要地位。各种政治团体、武装力量，得到苏军的认可才能合法存在；持苏军通行证，到哪里也不会有人阻拦。

抗联沈阳组这时已经分工并展开工作。陈春树、刘铁石做冯仲云的助手。刘铁石负责知识分子的宣传教育和接待工作；陈春树负责铁路工人工作，保护铁路财产和军事运输；唐万友带领王庆、孙振山组织工人保安团保护工厂；马广荣、董凤仪到营口组建新兵团；还有七个人派到关内老部队扩充的新兵中当教官。

9月中旬，冯仲云派刘铁石接收了沈阳广播电台，刘铁石担任电台台长，所有稿件都要经他签字才能广播。此后，电台以播送新华社消息为主，还播送东北人民抗日英雄事迹。

9月18日，是九一八事变的十四周年。沈阳是九一八事变的发生地、日本帝国主义铁蹄最先践踏的城市。这一天，沈阳市举行了五万人的"雪耻大会"。冯仲云用当时的化名张大川，在大会上讲话。他讲到了东北解放如何来之不易，号召全市人民团结起来，建立自己的军队，协助苏军肃清敌伪残余势力，维护社会治安，保护国家财产。沈阳广播电台转播了大会实况，冯仲云的讲话稿第二天和第三天又重播了两次。顺便写上一笔，播出讲话稿的不是播音员，竟是没做过播音工作的庄凤。由这一件小事也可以想象当时形势的严峻。

曾克林部队进入沈阳后，分兵到沈阳以南各地收缴敌伪武装、接管城市、扩充部队。

第六章 为新中国而战

在特殊情况下,冯仲云还派抗联干部战士直接与苏军协调关系。曾克林部接管辽阳时,盘踞辽阳的伪军一个团在伪满大臣于芷山的儿子于学谦的控制下,拒绝投降。冯仲云命抗联战士孟宪德、王金才去辽阳,协助部队与驻辽阳苏军联系。他们身着苏军军装,会讲俄语,顺利协商成功取得苏军配合,把这团伪军全部歼灭。

正当周保中、李兆麟、冯仲云等抗日将领在苏联红军的支持下进占东北五十七个战略要点之时,延安的党中央也在调兵遣将,火速赶赴东北。

1945年4月23日—6月11日,中国共产党第七次全国代表大会在延安杨家岭中央大礼堂召开。

毛泽东在七大的一份报告中指出:"从我们党,从中国革命最近将来的前途看,东北是特别重要的。如果我们把现有的一切根据地都丢了,只要我们占有了东北,中国革命就有巩固的基础。"

毛泽东还说,为了防止美蒋封锁长城一线,割断中国同苏联的联系,我们应该现在就开始集中二三十个旅,十五万到二十万人,准备将来开到东北去,背倚苏联。为此,毛泽东建议,七大在选举候补中央委员时应考虑选东北籍的同志。

按照毛泽东的指示,从1945年9月初,八路军各部队开始紧急赶赴东北,到12月初时,到达东北的部队,共计为10万7千人。

八路军火速赶赴东北,为最后解放全中国,迈出了决定性的关键一步。

李兆麟将军和朝鲜义勇军三支队

1945年8月15日,日本无条件投降后,哈尔滨的政治军事形势很复杂。8月18日,苏联红军进占哈尔滨,接受日本关东军缴械投降,成立哈尔滨卫戍司令部,对哈尔滨实行了全面的军事管制。不久苏军任命了滨江省省长谢雨琴、副省长李兆麟,哈尔滨市长张廷阁等,这是一个对苏军卫戍司令部起辅助作用的政权。

国民党派大批特务人员来哈尔滨进行秘密活动,组建了"国民党哈尔滨党务专员办事处"、"国民党哈尔滨市党部"、"国民党军统局滨江特务组"等反动组织,组织了形形色色的杂牌军,大肆宣传反苏反共思想,扰乱人心,争夺群众。

中国共产党方面,8月23日,抗联将领李兆麟随苏联红军来到哈尔滨,成立了"东北抗日联军哈尔滨办事处",与此同时,原先各抗日根据地派来哈尔滨从事地下工作的同志和狱中获释的同志成立了"中共北满临时省委",在李兆麟的领导下开展工作。10月中旬,中共中央东北局派钟子云、王建中、李桂森等二十余人到了哈尔滨。钟子云同李兆麟取得联系,根据东北局的指示,撤销了"中共北满临时省委",成立了"中共滨江地区工作委员会",钟子云任书记。这个工委管辖的范围包括滨江省所属的十四个县和哈尔滨市。中共滨江地区工作委员会成立之后首先建立党的武装。10月14日,由李兆麟同志出面,以滨江省政府的名义宣布成立"哈尔滨市保安总队",王建中任总队长、钟子云任政委。保安总队很快发展到三千五百多人,

1924—1949
第六章 为新中国而战

分设五个大队。到了11月中旬,陈云来哈尔滨组成"中共北满分局",陈云任书记。同时,撤销了"中共滨江地区工作委员会",成立了"中共松江省工作委员会","松江省军区","中共哈尔滨市委"。张秀山任省委书记,聂鹤亭任省军区司令员,钟子云任哈尔滨市委书记,李兆麟任北满分局委员。

这一时期,受形势的影响,哈尔滨市朝鲜族的民族内部也分裂成共产党派和国民党派,两派之间的斗争激烈。1942年9月,延安派具有中共党员和朝鲜独立同盟盟员双重身份的金泽民(本名李相朝、假名胡一华)到东北开展反日革命活动。1943年3月底,在巴彦县西集镇东城屯成立了"朝鲜独立同盟第十二支部",赵庆衡任书记。同年10月6日,金泽民召集隐蔽在农村的反日地下工作者,哈尔滨东棵树的郑京浩、绥化县张立屯的金荣镇、榆树县青山泡的玄正民,在哈尔滨成立了"朝鲜独立同盟北满特别工作委员会",金泽民任书记。会后郑京浩在哈尔滨市、三棵树、呼兰等地发展同盟组织;金荣镇在绥化、尚志、延寿等地发展盟员,建立同盟支部;玄正民在榆树、舒兰等地发展盟员,成立了榆树县青山泡支部。金泽民先后五次通过北京西直门外校场胡同十二号的中共北京地下联络所,向延安的朝鲜义勇军总司令、朝鲜独立同盟领导者武亭报告北满特委的工作情况。金泽民不仅发展同盟组织,还向盟员进行革命思想教育,积极开展反日工作,准备创建游击根据地,和日本帝国主义展开武装斗争。

金泽民,1915年生于朝鲜庆尚道东来郡,他的父亲为反抗日本侵占朝鲜,带领家人来到沈阳郊区的公太乡,参加反日独立运动。金泽民1935年进入广州中山大学,学习期间加入了革命组织"勇进学会",后毕业于南京中央军官学校、延安抗日军政大学。1940年加入中国共产党,根据革命工作需要,1941年参加朝鲜义勇军华北支队和华北朝鲜独立同盟,他有丰富的地下工作经验,在日本警察、宪兵、特务猖獗活动的哈尔滨,机智地把反日地下活动坚持到最后。

1945年8月20日,在哈尔滨召开了朝鲜独立同盟北满特别会议,会议分析了抗战胜利后的形势,确定了当前的工作任务,主要是从地下秘密活

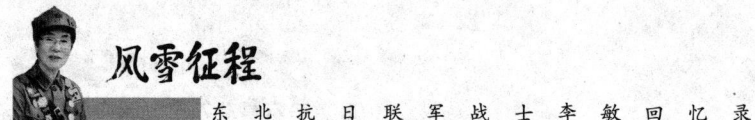

动,转向公开活动,迅速建立各地的朝鲜独立同盟组织,创建强有力的朝鲜人武装队伍,千方百计地救济流落到哈尔滨的难民生活。会后特委把主要干部派到哈尔滨市周围的朝鲜人聚居地征召军人。要在哈尔滨建立朝鲜族军队的消息一经传开,各地的朝鲜族青年纷纷前来报名。仅就独立同盟十二支部所在的巴彦县东城屯就有一百五十名青年同时入伍。榆树县青山泡同盟支部所在的连河村有八十四人一同来哈参军。五常县安家的申德宽一家四兄弟全部参军。这样,从8月22日起,不到一个月的时间内,有三百多名朝鲜族青年来到哈尔滨,特委把参军的青年集中到道里区原日本人樱花小学(现第六十中学),编成两个中队进行军事训练和革命教育。

金泽民找到李兆麟将军,向他介绍了独立同盟的组建和部队组建情况,请求党的领导和武器支援,李兆麟将军非常支持,送给两卡车武器。这样,新兵们都分到了武器,1945年9月25日全部由朝鲜族战士组成的"金泽民部队"正式成立。不久,党领导的哈尔滨市保安总队成立后,"金泽民部队"被编为保安总队朝鲜独立大队,由金泽民任大队长兼政委。这支队伍从开始就在党的领导下成立,政治上完全可以信任,战士们都佩戴"哈尔滨保安总队"的袖章,在保安总队的领导下担任了中共松江省工作委员会、松江省军区、中共哈尔滨市委等省市党政机关的警卫任务。

1945年8月11日,朱德总司令发布第六号命令,命令在华北对日作战的朝鲜义勇军配合八路军开赴东北,消灭日军和伪军。命令下达后朝鲜义勇军总司令武亭率领所属部队和朝鲜革命军政学校全体师生向东北进军。11月7日在沈阳召开一千多人的军政大会,武亭讲话要求朝鲜义勇军的大部分的指战员赴南满、东满和北满开展工作,发动和组织朝鲜族人民,为建立巩固的东北根据地作出贡献。并宣布决定,全军编成三个支队,第一支队赴南满,第三支队赴北满,第五支队赴东满。任命金泽民为第三支队队长,朱德海为政委。因为金泽民已在哈尔滨组建了部队,只派了十九名干部。朱德海一行乘装满煤的货车,于11月19日到达哈尔滨和金泽民会合,11月25日,在蜚克图召开军人大会,由朱德海正式宣布,把保安

第六章 为新中国而战

总队朝鲜独立大队整编为朝鲜义勇军第三支队。就这样,中国共产党充分信赖的,人民群众称为"朝鲜八路军"的新型武装部队,在艰苦斗争的环境中诞生了。

解放初期,我们的八路军大部队尚未到达北满地区,我党干部也少,三支队成了松江军区的直属部队,担任了松江军区司令部的警卫任务。1946年4月28日,东北民主联军进驻哈尔滨以后,中共中央东北局、东北行政委员会、松江省委、松江军区等党政军领导机关相继迁入了哈尔滨市。三支队进入哈尔滨市之时,有三千多名指战员,主要担任哈尔滨的卫戍任务。警卫东北局、松江省和哈尔滨市的党政机关;守卫松花江大桥、发电厂、飞机场等重地;维护社会治安和秩序。随着形势的变化,朝鲜义勇军三支队改编成为东北民主联军松江军区独立八团。对外还保留三支队名称,办教导队培养朝鲜族军政干部,领导朝鲜族地区的土改,建立党的基层组织,创办朝鲜文报纸,组建文艺宣传队等,为发展北满地区朝鲜族的政治、经济和社会发展做了大量有效的工作。

1948年1月,东北民主联军改称东北人民解放军,三支队奉命离开哈尔滨,去吉林省烟筒山一带,同吉东警备司令部的朝鲜族部队、牡丹江由朝鲜族战士组成的独立十四团会合,整编成东北人民解放军独立十一师,参加了解放长春的战斗和辽沈战役。

风雪征程
东 北 抗 日 联 军 战 士 李 敏 回 忆 录

战斗在绥化

1945年9月12日下午,我和陈雷、张光迪、王钧、李占春、马贵兴、朱学成、金国祥、张子荣、马云峰、陈明等指战员乘坐的飞机终于飞回了祖国。北安机场上,只见一队长长望不到头的日本战俘在荷枪实弹的苏军官兵押送下,到机场指定的地点集合。

看到昔日耀武扬威的侵略者如今变成了阶下囚,我们都从心里有一种说不出的畅快。

陈明同志走到一个日本军官跟前,拽住他的衣领说:"你们,你们也有今天啊!"

那个军官并不示弱,他伸出两个巴掌挣扎着说:"你们等着,十年以后我们还会回来……"

听了他的话,陈明气愤地掏出枪来就想毙了他,被看押战俘的苏联军官给拉开了。我们深切地感受到,日本侵略者的阴魂还是没有散,战败了,还敢跟我们挑衅,我们永远也不能放松警惕。

其实这帮杀人不眨眼的恶魔,就在日本帝国主义宣布投降之际,他们在仓皇逃命的途中又制造了多起骇人听闻的惨案。

1945年8月5日,两架苏联轰炸机飞临宝清上空。一架直奔小西山变电所,投弹两枚,炸毁了变电装置;另一架飞抵万金山伪军二十八团大营,盘旋扫射多次后,向虎林、饶河方向飞去。

苏军轰炸后,宝清开始混乱。日伪统治者,惶惶不可终日,他们开始准

1924—1949
第六章 为新中国而战

备逃命了。

日本关东军驻宝清的三九三部队、八〇七和五〇二部队共计二百多人及驻宝清日本宪兵队几十人,已于8月9日晚,偷偷撤离宝清。11日,日本警察、官吏家属开始撤离。伪满洲国第十一军管区,命令所属伪军开赴林口、麻山阵地,狙击苏联红军。宝清县内的伪第二十八团所属各营、连的留守人员有七百余人,在副团长刘长顺率领下打着二十八团军旗,取道勃利,向林口方向进发。伪第十一辎重队驻宝清的辎重三连,共一百二十人,连同辎重车辆,在连长张东书的率领下,也向勃利方向撤去。8月12日,日本在宝清的各机构,包括各种株式会社、工商界、移民开拓团也陆续从宝清撤往勃利。一时闹得宝清至勃利间一百多公里长的荒僻公路上满是军队、辎重、车辆、日本民团、日本官吏、警察、家属,逃窜之相狼狈至极。

这帮敌人非常狡猾,为了以防万一,每人配有"康八式"步枪一支,大部分配有短枪,一部分配有战刀。全队共配备轻机枪两挺,并携有大批粮食、弹药。每日行军时,都派有二三人先头小队,执行尖兵任务。每当休息和宿营时,也由警察们轮流警戒。

8月13日晚,接连下了两天多的雨,道路湿滑,行路艰难,这支部队8月16日中午才走到大泥鳅河东岸。

由于连日阴雨,山水不断流入山涧、沟塘,造成各山涧大小河流水位急剧上涨。大泥鳅河,窄窄的河道早已出槽,河水漫过草甸子,向下游涌去。撤往勃利去的伪军二十八团和伪军十一辎重队三连,早于两天前通过这里。此时已很少有人路过此地了。

8月15日上午,伪军二十八团团部连同军旗,在桃山附近,遭到了苏联空军轰炸。军旗炸飞了,掌旗官和日本教官横尾少校、岸本上尉当场炸死,士兵们逃散了。

伪第十一军管区司令部所属十一辎重队、通讯队、宪兵队、卫生队及医院、军法处连同司令部机关,共四千多人,经密山的北五道岗、勃利的桃山、茄子河,撤往勃利、林口。这些伪国兵于途中反正的、开小差回家的不计其数。有的扔掉武器、换上便衣,有的携带武器、身着武装,三个一帮,五个一伙,成群搭伴,各奔家乡。

伪军十一辎重队三连,在张连长的率领下,没等到达桃山就遇见了伪军二十八团退回来的官兵。连长张东书听说伪军二十八团被炸,苏军已进林口、勃利,当即停止前进,召集官兵训话,决定就地解散,自讨方便。当时有三十来人跟少士李班长去勃利;另七十多人跟连长、教官返回宝清。张连长率部于8月16日中午,返至泥鳅河西岸的山冈脚下,已走得人困马乏,便在路边休息下来。士兵们将马拴在离公路不到一公里的林子里乘凉,人都分散在路边或林荫下休息、造饭、吃东西。

笠原和安田这帮匪徒,得知伪军二十八团于桃山被炸散,苏军已进军密山、林口的消息,又看到辎重三连从前方退了下来,心情更加惴惴不安。临退出宝清前两天,伪军二十八团准尉司务长官星三在北门打死松本奉烈;日本警长调伪军武装警察大队来县掩护撤退,他们迟迟不到;喻殿昌大队长在凉水泉子袭击由王福岗、杨荣围子开拓团撤退的武装开拓民团……面对着这一队全副武装的伪军退下来,他们更是胆战心惊,六神无主。安田等一伙匪徒几个主要头头便召开了紧急会议,研究应付眼前瞬息万变局面的对策。

8月16日13时左右,伪参事官笠原和伪警务科长安田,通过伪县长佟松寿,命令小岛兴光去召伪军辎重三连长来报告前方军情。张东书得知佟松寿一行在河东,便带两名见习教官随小岛来见佟松寿。当张连长三人来到桥东之后,立即被日本警察们暗暗围住。笠原和佟松寿简单地打听了一下前方情况,便叫张连长集合队伍,说佟松寿要训话。于是张连长命令教官去集合队伍。伪军辎重三连七十多人,除留两名士兵看马之外,全部由教官率至桥东公路上。然后命令架枪,后退五步,到北侧路边就地休息,听佟松寿训话。当三连全体士兵刚刚把枪放下,退到路边时,日本警察们迅速地把枪一撮撮抱了过去。就在这同时,两挺轻机枪架在对面路旁。七十多名日本警察、朝鲜警察、日本官吏、日本开拓团团员全部弹上膛、刀出

1924—1949
第六章 为新中国而战

鞘,直刺失却武器的辎重连官兵;就在这同时,以小岛为首的九名伪警察,分别在桥西五百米地段内放上三道卡子。第一道四名,第二道三名,第三道两名,拦截从桃山方面退回来的散兵。这时从西岗上下来三三五五的,有伪军二十八团各连的、伪军十一军管区的、伪军十一通讯队的、伪军卫生连的,还有在滴道煤矿跑回来的劳工……一会一帮,奔向泥鳅河桥。其中有带枪的,有没枪的;有穿军装的,有已换上便衣的;有骑马的,也有步行的。当他们进入第一道卡子时,便被解除了武装;第二道卡子搜腰;第三道卡子脱衣服;然后赶到桥东。伪军二十八团的教官于长跃等九人,伪军三机连的冯吉武等五人,伪军迫击炮连的周泽臣等四人,通讯队的张广荣等六人,都是这样被截去的。前后不到两小时时间,共拦截十多伙,一百余人。

桥东头,笠原穷凶恶极地对着放下武器的伪军们号叫着:"步兵操典上明文规定:'非常时刻(战时)携械逃亡,就地正法'。这,你们是知道的。今天本来可以就地枪毙你们,念你们家中都有妻儿老母,可以放你们回家。但是有一件,枪,是国家的;军服是国家的。"请你们再把军衣全部脱下交上来,就可以放你们走,随即强令国兵一个个脱下军衣。

就这样,足足有一百五六十人都光着膀子一溜四排跪在公路北侧路边,两挺机枪支在路南沟帮。六七十名日本兵都端着枪冲着大伙。突然,笠原对准张连长开了枪,随着枪响,安田挥舞着战刀号叫着:"射击!"顿时,机枪、步枪、手枪齐发,枪声像爆豆般响彻泥鳅河两岸山谷。一百八十多名伪军倒在路边、河里、甸子里。枪声伴随着日本兵的号叫声,伪军的呼叫声、喊声、叫骂声、呻吟声持续了二十多分钟。

枪声过后,桥东北侧路面上,横七竖八,尸体遍布;路沟漂浮着尸体,河里流着尸体,草塘里躺着尸体……河水变红了,路沟水变红了。干净的泥鳅河,流的不是水,而是血!

日寇在撤退之时还血洗了嫩江西岸"三家子、申地房子"等沿江两村。

1945年8月19日,对于当时居住在三家子村的陶永富来说,是一段不堪回首的悲惨日子,因为在那一天,日寇屠杀了两个村子一百六十多口人。

风雪征程
东北抗日联军战士李敏回忆录

日寇不仅用刺刀杀死了他四十六岁的母亲,还有他的妻子、妹妹,连他四岁的小儿子都没放过,也被用刺刀挑死,甩在了墙头上。陶永富本人,被日寇扎了七刀,总算是大难没死,死里逃生。

"申地房子事件"的幸存者麻荣春控诉说:"1945年8月19日晚上,我们听说江西的三家子屯被日本强盗三两家并一堆,都用刺刀扎死了,只跑出来两个人。我们大伙就到一起合计,准备明天亮天就跑,当晚就这样睡下了。约莫多半夜的光景,忽然有人砸门,把我们都惊醒了。我起来从窗户眼往外一看,院子里满是日本兵,个个都端着上了刺刀的步枪,我立刻打了一个寒战,身上起了一层鸡皮疙瘩。这时我爸已经下了地,就听门一开,我爸哎呀两声,接着'跟头把式'地退到里屋门口。后边三个日本兵紧跟了上来,'噗噗'几刀就把我爸扎死在屋门口了。我二大爷急了,猛跳下地,还没等他站稳,就被冲过来的日本兵两刀扎死了。我妈吓得光着膀子在炕沿上给日本兵磕头说:'留命吧!'两个日本鬼子上来就把我妈扎倒了,同时灭绝人性的强盗顶着枪把,往下使劲扎,我亲眼看到由前心口扎进去,刀尖从后边出来的。我的老婆孩子这时也被杀死在炕上了。

这时我的眼前金星乱窜,还没等我找到反抗的家什,五六个日本兵就一起向我扑来,一顿刀就把我扎昏过去了,一共扎了我二十刀。我们屯一共九家七十多口人,除了出门的,仅有我和我的女儿没被杀死。

我和女儿能够活下来,是多亏苏联红军的搭救。"①

这就是日寇撤退时继续犯下的惨无人道的新罪行。

那天我们出了机场,陪同我们的苏联军官联系了一辆大卡车。卡车载着我们奔向了北安正街的一个日式楼房。据说,这座房子是伪满的"兴农合作社"。到了这里王钧就和我们匆匆地告别了,他和朱学成、金国祥等人负责北安方面的工作,他们去找北安的苏军卫戍司令部了。

当时的北安,街上乱哄哄的,人们都在捡拾日本人扔下的各种用品。百

---

① 此处内容借鉴于黑龙江文史资料第十九辑:《不能忘记的历史》,黑龙江人民出版社,1985年版,第160~175页。

1924—1949
第六章 为新中国而战

姓们大包、小包用麻袋、用包袱皮包着日本人丢弃的和服和被褥之类的东西。看到我们这些穿着苏联军装的中国人,都很好奇。

在这里将就住了一宿,第二天早上我们登上了一列南去的火车,由于敌人撤退时沿线铁路破坏严重,列车走走停停,傍中午时分才来到了海伦。

到了海伦,张光迪和张子荣、马云峰、陈明等人就要下车了,他们几个人负责海伦地区。那一天海伦火车站人山人海,大批的日本战俘聚集在这里,他们也都等着上火车,站台内不少商贩在卖烀熟的玉米。一个日本战俘也许是饿急眼了,抢了一个老乡的苞米就吃了起来,老乡跟他要钱,他直摆手,陈明看到了,拽住那个战俘就要打他。

这个时候,站台里的百姓们发现,我们虽然身穿苏联军装,但都是黑眼睛黑头发的中国人,大家都好奇地围了上来,张光迪同志站在人群中间,大声地说:"老乡们,我们是中国共产党领导的东北抗日联军,我们打败了日本关东军,我们回来了,我们胜利了,我们即将要建设人民民主的社会主义新国家。"百姓们对他的讲话报以热烈的掌声。

讲完话张光迪他们在苏联红军的陪同下,消失在了茫茫的人海。

看到他们走了,热情的老百姓,把热乎乎的苞米从车窗里直往我们的手里塞,老百姓对我们东北抗日联军的这种热情令我们十分感动。

下午5点左右,列车终于到了绥化。走出了绥化车站,我们惊喜地看到,好多学校的老师和学生在列队欢迎我们,当地百姓和社会各界人士也来到了车站。他们手里拿着五颜六色的小旗,脸上都挂满了笑容。车站的门前有一个土台子,陈雷同志跳上土台子,发表了演讲。

陈雷讲道:"我们是中国共产党领导的抗日联军,我们和苏联红军一起打回来了,我们在毛主席、朱总司令的领导下,坚持了十四年的抗战,打败了日本关东军,今后,我们再也不是'亡国奴'了。我们共产党历来主张民主,反对独裁、反对卖国;主张和平,反对内战。我们要在中国共产党的领导下,建立人民的新政权,建立一个独立、民主、富强的新中国,我们要让老百姓都过上好日子。"

风雪征程
东北抗日联军战士李敏回忆录

陈雷同志的讲话，博得了阵阵热烈的掌声。讲完话，我们上了一辆吉普车，入东门向西开去。绥化正街上的原伪警察署现在是苏联红军的驻地，苏联军官卡萨拉耶夫（少校）是驻绥化的卫戍司令，陈雷同志到了这里担任副司令之职。

这是一栋二层小楼，我们被安排在二楼的一个房间。房间不太大，是日本式的布置，里面有个套间，有一张铁床，我和陈雷同志就住在了里间。外间没有床，铺的是榻榻米，门是拉门，其余的同志住在了外间。我们和苏联红军在同一个叫作"大菜馆"的食堂吃饭，食堂定时、定点，过了时间饭馆就关了，每天吃的还是黑面包、苏伯汤。

这里的生活用品基本还全，有洗脸的地方，但是厕所在外面。在这里，我还拣到一个写着"勤劳奉仕"的木头箱子和日军用的一只大皮包、一只小皮箱和一面黑框大镜子，以后我们就用这几样东西装电台、文件和子弹。（这几样战利品已经陪伴我六十七年，几次搬家我都一直带在身边，可以说已经成为文物。）

还记得当时陈雷同志看到这个大皮箱，高兴地说："哈哈，这个牛皮真厚啊，要是煮了吃，一定能炖一大锅……"

当时在场的李海清乐着接话说："你还没吃够那皮带、靰鞡鞋啊……"

在这里我们遇到了给苏军担任向导先期到达绥化的战斗英雄孙志远（原九军连指导员）和战斗英雄李海清（八十八旅二营三连副排长）两位抗联同志。

李海清和孙志远是第一批派出的和苏联红军在一起反攻的先遣部队人员，为的是占领东北的阵地。他俩向我们介绍了绥化的情况，他们说国民党在绥化公开挂了牌子，天天在宣传反共。

看来形势挺严峻，一场新的战斗就要打响，离我们想要建设的新社会还有一段很长的路要走。

针对国民党目前的情况，在陈雷同志的主持下，我们连夜开会制定了行动方案：主要是跟国民党进行斗争，创建龙南根据地。我们先把孙志远和李海清两位同志编到我们工作小组里面，这样我们就有六个人了。

我们六个人做了分工：孙志远同志负责做工运工作，工人们主要分布

1924—1949
第六章 为新中国而战

在铁路、邮局、电业等部门;李海清、马贵兴负责抓公安和当地治安;李占春负责抓商业和税收;我负责在学校向老师和学生宣传共产党领导下的抗战历史;陈雷同志总管,他兼抓知识分子和上层各界的工作。

"八一五"日本投降后,东北的形势十分复杂,国民党蒋介石为了夺取抗战的胜利果实,利用电台大造舆论,让日伪时期的各级行政机构一律改为"国民党地方治安维持会",让他们坚持工作,等待国民党来"接收",并把日伪残余、旧官吏、反动地主、地痞流氓等纠集起来,建立反动组织、反动武装。

我们首先组建了中共绥化县临时县委,陈雷同志担任临时县委书记,孙志远、李海清和我任委员。

我们在苏联出发前,李兆麟将军曾经给过陈雷同志绥化的地下爱国人士关系。1931年至1932年李兆麟同志曾在抚顺和本溪做工运工作,当时地下工作环境艰苦,李兆麟同志身染重病,在沈阳市进步知识分子老白头家里养病。老白头当时在教育界工作,白家的女儿春雨蕃、儿子白千宝常听李兆麟同志讲抗日的道理。李兆麟将军教春雨蕃和白千宝同志唱《悼念安重根》一歌,后春雨蕃同志回忆、记录了歌词:

悼念安重根

1 3 2 -	7 6 5 -	1 1 6 1
真 可 敬	安 重 根,	手 刺 伊 藤
2 3 2 1	6 5 4 5	6 7 6 2	1 3 2 -
杀 身 成 仁,	心 头 方 解	亡 国 恨。	世 界 人
1 2 3 2 1 6	1 2 1 6 5 -	4 5 6 5	4 5 6 5 -
莫 不 钦 佩	忠 义 魂,	留 名 青 史	千 古 不 朽。
4 3 2 5	5 1 2 -	5.1 2 -	1 - - -
谁 肯 接 踵	步 后 尘?	步 后	尘。

风雪征程
东北抗日联军战士李敏回忆录

白家后北上迁居到巴彦,老白头继续做教育工作。在巴彦生活一段时间后,他们又到了绥化,到绥化后老白头和女儿春雨蕃还是在教育界工作,春雨蕃的丈夫丛万和在邮政部门工作。他们这一家一直和地下党员阎继哲保持联系。

有了这层关系,到绥化后,我们立即登门前去拜访,请他们出来参加工作。

在来到绥化的第二天,我就去了一所小学,春雨蕃在这所学校里任教(李兆麟牺牲后改为兆麟学校)。学校的老师里面有倾向革命的人,也有受国民党迷惑的人,我向他们宣传了抗联十四年的艰苦斗争历程,讲李兆麟和赵尚志,讲八女投江,讲赵一曼。宣传共产党毛主席如何领导人民战胜了日本帝国主义,揭露蒋介石出卖东北,消极抗战,积极反共的罪行。

我们还演唱了歌曲《国民党成了什么样》。

听了我的宣传,他们刚开始半信半疑,后来又向我提了不少问题,我都一一作了解答,以后我每星期去三次,终于争取了大部分的人,进步的知识分子向我们靠拢了,有人报名参加了我们的工作。

因为我穿的是苏制军装,所以每当我走到大街上时,总有人问我,你们是做什么的啊?你们穿的是什么服装啊?我就向他们讲,我们是中国共产党领导的东北抗联,我们是和苏联红军一起打回来的,蒋介石国民党当年不抵抗,是我们打跑了日本关东军,我们要保卫我们的胜利果实。讲着讲着,我的周围就围满了人,有普通的老百姓,也有拎着文明棍,穿着长衫的国民党分子。听了我的演讲,老百姓都点头称是。

有一天,我从学校回来晚了,苏军食堂已经关门。我上了楼,进了房间,陈雷和同志们都在。陈雷看我回来就问我:"吃饭了吗?"我说:"没有,食堂关了。"

陈雷说:"那怎么办?"我说:"不知道,饿着呗。"陈雷说:"那怎么行。"

他问孙志远同志还有没有钱了,孙志远说还有点,陈雷说你给她一毛钱,让她出去上饭馆吃点饭。

1924—1949
第六章 为新中国而战

我接过了一毛钱走了出去,长这么大,我也没花过钱啊,就更别说下馆子了,这馆子可怎么下呢?

我来到了大街上,天已经擦黑,因为时局动荡,街上已经看不见行人了。等了一会儿,一个推车的小贩走了过来。我向他打听:"老乡,这地方哪有饭馆啊?"老乡指点我:"进了这个胡同,往前一直走,就有一家,这个时候了,不知道摘幌没?"

听了老乡的指点,我拐进了胡同,往前走不多远,果然有一家买卖,门口挂着一串像鲫鱼似的菱形的木牌。我想有鱼就是饭店了吧,就推门进去,可进了门却闻到了刺鼻的中药味。看见我进来,这家的掌柜问我:"太太,你要买什么药啊?"啊?!我一愣,原来这是一家药铺啊。我和掌柜的说:"我想吃饭,这条街哪有饭馆啊?"掌柜的和我说:"你再往前走,就有一家。"

我又往前走了一段路,看见了一间土坯垒的房子,房子上苫着草。我推门刚进去,一个十七八岁的小伙计站在门边高喊着:"来客!请,太太。"

我问他:"这是饭馆吗?"他又高声回答:"是,太太。"

我被这个小伙计让进了一个单间,单间的门上挂着用半截面袋子做的门帘,屋里有一张紫红色的圆桌,我在桌边坐了下去。我问这个小伙计:"你们这里有什么吃的吗?"小伙计忙说:"有,太太",紧接着他就报了一大串的菜名。我和这个小伙计说:"你别叫我太太,我们共产党不兴叫这个,你叫我李敏同志好吗?"小伙计赶忙回答:"是,李敏同志,太太。"

我一下子就让他给逗乐了,我说:"你们这里有高粱米饭和白菜汤吗?"小伙计吃惊地说:"太太,那是我们伙计们吃的饭。"我和他商量,让他卖给我一碗。他说:"太太,你等着。"不一会儿,他从后屋给我端来了一碗高粱米饭和一碗萝卜汤。好多年都没吃过家乡的饭了,我吃的这个香啊,一碗饭让我吃的一个米粒都没剩。吃完饭我问小伙计:"多少钱啊?"他说:"七分钱。"我从兜里掏出了那一毛钱给了他,他找给我三分钱,我仔细地装在了兜里,小伙计一直把我送到门口然后点头哈腰地说:"李敏同志,太太,请再来啊。"

风雪征程
东北抗日联军战士李敏回忆录

　　回到了我们住的地方后,陈雷问我:"吃饭了?"我说吃过了,他问我:"花了多少钱啊?"我说:"七分钱,吃的是高粱米饭,萝卜汤,还剩回来三分钱。"他说:"你没给人家小柜(小费)啊?""小柜?什么是小柜啊?"听了我的问话大家都笑了。

　　陈雷也笑了,他说:"没给就没给吧,把剩下的钱交公吧。"我把剩下的三分钱都交给了孙志远同志入账。

　　这是我长这么大,第一次花钱,也是第一次下馆子。

1924—1949

第六章 为新中国而战

建立新政权

为了联系群众,宣传我们的主张,顺利开展绥化地区的工作,还必须要有一个活动的场所。陈雷同志利用绥化卫戍司令部副司令的职务,组织了"红军之友社",准备以这个组织的名义开展工作,可是由于种种原因,"红军之友社"工作进行的并不顺利。陈雷又联系一位和我们接近的开明知识分子栾庆丰,与他商议组织"民主大同盟",他口头答应了,但活动并不积极,没有取得有效的结果。于是,在1945年9月21日我们自力更生地组织了一个"民众教育馆"。在我们的住所对面有一个伪满时期的妓院,通过做工作,遣散了所有的妓女,把那个场所变成了"民众教育馆"。民众教育馆的旁边就是挂着牌的"国民党绥化县党部"。

这个教育馆我们采取开放式的学校讲堂性质,主要是宣传教育群众,争取青年知识分子,培养训练干部。民众教育馆的学员有各行业的职员、中小学教员和伪满国民高等学校的学生。有些国民党党员和坏分子也偷着混进来听我们讲课。

讲课的主要内容是中国共产党领导的十四年抗战史,通过讲事实使人民群众认识到,日本帝国主义的侵略和蒋介石的不抵抗,是东北人民受苦受难的根源。九一八事变后,在党中央和毛主席的领导下,抗日联军在白山黑水之间、在辽阔的东北平原上,狠狠地打击日本侵略者,好多抗联的指战员都英勇地牺牲了。今天,在苏联红军的帮助下,在八路军、新四军、抗日联军的打击下,解放了东北。现在,国民党反动派一心想打内战,妄图夺取胜利果实,把中国拉回旧中国的老路上去。而中国共产党主张民主,反对独裁、反对卖国;主张和平,反对内战。中国的前途只有一个,那就是建立一个独立、民主、富强的新中国。

就这样我们每天讲两场。通过宣讲,通过到工厂、学校和各阶层去做工作,我们的组织发展了,我们的力量壮大了。在这期间我们发展了任海山、周简、丛万和、春雨蕃、白永贵等二十多名来自不同阶层的人加入了中国共产党。

以后,为了适应建军的需要,这年12月,我们把"民众教育馆"改建为"龙南军政干部学校"。陈雷兼任校长,实际上经常做具体工作的是从延安来的肖杰、车雪轩(女)等同志,肖杰为教务长,车雪轩为支部书记。为了加强学校的工作,又从四方台区委抽调十名共产党员到这个学校工作,学校的招生范围也扩大到望奎、庆安等地。"龙南军政干部学校"办了六个多月(1945年12月至1946年6月),共培训学员二百余人,毕业后大部分分配到政府、军队、公安局和民运工作团工作,起到了重要作用。

1945年9月22日,根据我们和苏军卫戍司令部掌握的情况,我们和苏军卫戍司令嘎萨拉耶夫一同去搜查了"国民党绥化县党部",查获了一批反苏反共的文件、材料以及一些宣传工具,有了这些确凿的证据,就有理由封闭了国民党绥化县党部了。第二天我们又解散了"国民党绥化县地方治安维持会"。从此,扫除了活动中的障碍。

紧接着派任海山、王华山、春雨蕃等人,分别去接收了电话局、教育局、电业局等要害部门。春雨蕃同志接任了学校校长,她的丈夫丛万和同志负责商业工作。

李海清同志打入了"维持会"任公安局副局长,负责治安队工作,他开始着手改造这支队伍。当时治安队的队长是常栋彝的亲信李景云(外号李慌子,镇反时被镇压),要掌握这支武装必须先拔掉这根钉子。李海清以李慌子的儿子当土匪(报号九江)为由,将他赶出治安队。就这样逐步瓦解了这些国民党武装,并对其组织加以彻底改造,清洗了不良分子和反动头目,把它

1924—1949
第六章 为新中国而战

变成了我们的武装。1945年9月24日，我们正式建立起人民自卫队第一大队(驻绥化)。陈雷同志又派张克明同志将原来我党的一个地下支部改组为绥化县四方台区委，并任张克明同志为区委书记。又派李海清同志带几名战士到四方台，协助四方台区委收缴了当地警察所的枪支弹药，建立起人民自卫队第二大队(驻四方台)。这个大队的骨干除张克明外，还有陈国栋、张明仁等同志。张克明同志原在中东铁路做地下工作，在铁路工人中有威信，所以第二大队的战士多数是铁路工人。接着，我们便在绥化县城正式成立了人民自卫队，队部设在绥化县城南门里原"广信当"的大院里。由孙志远同志任县人民自卫队的队长。这样，国民党的武装力量就被我们彻底改编了。

在不到半个月的时间里，依靠着苏联红军的武装实力，我们在绥化的工作迈出了第一步。

就在我们紧张工作之际，北安方面的王钧同志那里传来了喜讯。因为武器问题，王钧同志急中生智，马上就选举了政府主席，就这样全东北第一个共产党的省政府主席于1945年10月在黑龙江北安诞生了，主席是延安来的陈大凡同志。

中共北安市委宣传部，曾对1945年10月23日选举黑龙江省政府主席的经过有如下描述：

1945年10月23日，王钧从海伦将第一批来黑龙江的老干部19人接到北安。中共中央东北局派

■1946年，王明贵(左一)与王钧合影(左二)

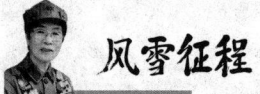

风雪征程
东北抗日联军战士李敏回忆录

王坤聘为省工委书记,陈大凡为省主席。为了防止国民党特务暗杀,让他们和王钧一起住在卫戍司令部。王钧领他们去见苏军司令阿里耶夫,阿里耶夫说:"现在我们这儿有中苏条约,政权是要交给中国政府来接收的,让陈大凡同志到维持会当副会长吧。"王钧同志多次反复做阿里耶夫的工作,给他讲西安事变,实现了国共合作,国民党承认边区政府,工农红军改编为国民革命军第八路军,那时苏联政府和斯大林同志都支持我们。阿里耶夫说:"这些我都知道。"王钧接着说:"你既然承认中国是一个整体,现在还是国共合作,那么我们党派来的代表不也是政府派来的代表吗?"王钧又说:"我们是共产党,你们也是共产党,如果不把政权交给共产党而交给别人,那不是对列宁和斯大林的背叛吗?"阿里耶夫点头说:"你今天从道理上讲通了,说得对,就叫陈大凡当主席吧。明天就去接收,你们都带上枪,咱们一起去。"

第二天阿里耶夫带着全副武装的红军战士和我方一起到省维持会。把维持会所有的人员召集起来,会上阿里耶夫当众宣布"中国政府派陈大凡担任黑龙江省主席,许烈担任秘书长,从今天开始正式上任。"阿里耶夫宣布完了,国民党分子苏允跳出来说:"省主席得有国民政府的委任状,没有委任状就不能承认。"没等他说完话,王钧忽地站了起来,用匣子枪指点着他说:"你放什么屁!你们国民党尽卖国了,日本鬼子侵占东北的时候,你们怎么不站出来抗日。抗日战争的胜利是共产党领导的八路军、新四军和东北抗日联军在苏联红军支持下取得的,你放老实点!"把他吓得不出声了,这时维持会的杨永生科长站起来说:"我完全拥护陈大凡来当黑龙江省主席。过去我就在他领导下抗过日,他是萝北地区有名的抗日县长。"他还介绍了陈大凡与日本鬼子斗争的事迹,许多人都表示拥护,不同意的不敢吭气了。王钧对阿里耶夫说:"会就开到这里吧",阿里耶夫宣布散会。全东北第一个共产党的省政府主席于1945年10月在黑龙江诞生了。

1945年11月13日,以范式人、叶长庚、赵德尊、杨英杰为首的195人的延安干部团来到北安。范式人代理省委书记。11月23日黑龙江省军区

1924—1949
第六章　为新中国而战

成立,叶长庚任省军区司令员,王钧任副司令员兼参谋长。从此黑龙江省开始了大规模的建军、建政、剿匪,建立巩固的根据地。①

与此同时王明贵同志在齐齐哈尔的工作也取得了极大的进展。

"八一五"后,嫩江省人民的革命斗争,经历了以革命的武装与反革命的武装反复较量的过程,武装斗争一天也没有停止过。当时的敌情十分复杂,汉奸、特务、伪警察摇身一变,打出"维持会"的招牌,纠集反动势力,组织武装;各县土匪蜂拥而起,他们招兵买马,各立山头,与人民为敌。根据上级党委的指示精神,我们积极扩大人民军队,靠枪杆子摧毁一切反动势力,着手筹建嫩江省人民自卫军。我把嫩江省的斗争情况和成立人民自卫军的工作向周保中同志做了汇报和请示。他代表上级批准成立嫩江省人民自卫军,任命我为嫩江省自卫军司令。1945年9月中旬正式成立人民自卫军。

……

1945年11月初,党中央从延安派刘锡武、于毅夫、朱光、郭维城、王广伟、吴福善、朱新阳、王盛荣等同志来到齐市,这是一个齐整的班子。中央任命刘锡武同志为中共嫩江省委书记,于毅夫同志为嫩江省政府主席,郭维城为铁路局局长。我们早就渴望着党中央派来干部加强领导,这一天终于到来了。我和张瑞麟同志向省委书记刘锡武同志详细汇报了我们到齐市以后的工作和斗争:(1)人民自卫军及其司令部的组建;(2)民主大同盟的工作;(3)伪省、市政府和铁路局的情况及我们派进去的干部和工作情况;(4)我们与苏军的关系;(5)兴安东省(扎兰屯)、兴安北省(海拉尔)地区的情况,我们到齐市后已经派去了两名抗联干部,以后苏林、朱子修、夏辅仁同志又去海拉尔工作。我们还训练了40名蒙古族青年干部(1946年他

---

① 吕志贤:《抗联名将王钧在北安》,见中共北安市委宣传部、北安市老区建设促进会编《烽火南北河》,第48~49页。

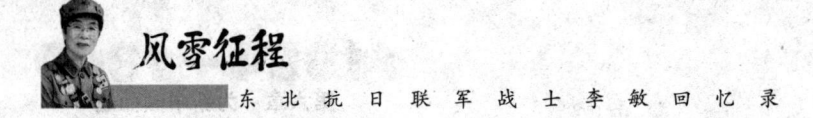

们回到呼伦贝尔地区，成了那里的工作骨干);(6)提出尽快接收政权问题。我说："我们到齐市后，考虑到条件不够成熟，未能全部接收伪政权，但是为接收政权做了很多准备工作。"

刘锡武同志听取了汇报，肯定了这一段的工作成绩，并向我们传达了党中央和东北局对东北斗争的指示。接着我们共同分析嫩江省和齐市的形势，大家认为，群众已经发动起来，建立了自己的军队，培养了一批干部，接收嫩江省政权的条件已经成熟。刘锡武、于毅夫同志表示，应立即接收政权。

几天后，我们去苏联红军司令部与苏军进行交涉。我首先向苏军司令契什科夫介绍了省委书记刘锡武和省政府主席于毅夫等同志，并说明了由他们执行党中央的命令，到齐市接收嫩江省政权。

苏军司令契什科夫不同意把嫩江省政权交给我们，他说："根据中苏协议的规定，东北政权要交给国民党中央政府。"最后，他推脱没有接到上级的命令，不能交出政权。于是我们说服他向驻在长春的苏军总司令部作请示，同时我们也向长春发了电报，向周保中同志汇报了这里的情况。第二天契什科夫就收到了长春苏军总司令部同意我们接收嫩江政权的通知。

1945年11月14日下午3时整，苏军司令契什科夫陪同我们来到"解放委员会"。他向"解放委员会"的成员们说："这是中国嫩江省主席于毅夫，前来接收政权。"于毅夫当众宣布："经东北救亡总会、东北抗日联军、东北军、东北名流等联席会议提议，经嫩江省民主大同盟、嫩江省人民自卫军、本省宗教联合会和绅商各界联席会通过决议，我们全面接收嫩江省各级政权，各部门即日办理移交手续。"我们还宣布"解放委员会"即日解体。我们接收政权，名正言顺，舆论尚佳。

接收政权的工作，首先从省政府和省公安局开始。由原来的伪职人员和我们派去的干部一起清点人数、物资和账目，原来的职员照常上班，逐项办理移交手续。由于我们早已派魏不檐等同志进驻伪省政府，并做了大量宣传和调查工作，部分同情和支持革命的人员我们都留用了，而那些死

1924—1949
第六章 为新中国而战

心塌地为日本人卖命的人,通过罢免、调换、解雇、开除等方式,逐渐从各部门中把他们清除出去。也有一些坏人,感到狐狸尾巴藏不住混不下去了,就不辞而别,溜走了。随后,我们又分别接管了电报局、报社、电台等宣传通讯机构以及齐市政府。根据上级的指示,任命历男为省公安处处长,郭维城为铁路局局长,宋乃德为财政局局长,曹××为银行行长,朱新阳为齐齐哈尔市市长,吴××为省教育厅厅长。由于工作的需要,从民主大同盟中调去了许多同志,这些人都是经过民主大同盟短期培训的,思想觉悟和工作能力都有很大提高,在工作中都挑起了重担。

……

我们接收了政权,在嫩江省建立了历史上第一个人民政府,人民真正当家做了主人。[①]

接收政权的工作千头万绪,根据绥化的形势,为了稳定局势,安定民心,我们必须加紧筹备建立县政府。

建立县政府,首先是县长的人选问题。在苏联出发之前,李兆麟将军曾经给过陈雷同志一个人选,他就是长期做地下工作的地下党员阎继哲(北满省委任命特派员)。"八一五"光复前,阎继哲一直和孙国栋等人被关押在哈尔滨日伪监狱,孙国栋同志于8月14日被日本人绞死在哈尔滨监狱,正准备第二天对阎继哲等人行刑时,东北光复了。8月17日他侥幸得以逃脱,逃脱后他找到在哈尔滨的苏

■ 阎继哲

[①] 王明贵:《踏破兴安万重山》,黑龙江人民出版社,第245~248页。

军司令部,后随苏军转战到海伦和巴彦。

阎继哲同志1940年曾是中共特派员,1942年在龙南部队十二支队许亨植手下任秘书,许亨植牺牲后受金策领导,后派入地方工作,1943年被叛徒周云峰出卖,入哈尔滨监狱。

陈雷同志通过组织关系将阎继哲同志调到了绥化。1945年11月13日,由陈雷和阎继哲同志主持,在绥化"九江楼"饭店召开了有九十九人参加的绥化各界人民代表大会。会议公举阎继哲同志为县长,另一位由关内派来的老干部刘铮当选为县政府秘书长,绥化县政府正式成立了。县政府成立以后,政府各部门开始工作,学校复课,商店开始营业,工厂恢复生产,人心趋于安定,社会恢复了生机。

到了1945年的11月中旬,从关内又来了一批老干部,他们是蔡明、姚国民、杨毅夫、朱维仁、陈化争、李光宇、肖杰、车雪轩(女)、尹东征、刘克平等。根据黑龙江省工委的指示,组成了中共绥化中心县委。中心县委兼管庆安、铁力、望奎三个县的工作。陈雷同志任中心县委书记,朱维仁任副书记,蔡明、姚国民、杨毅夫、李光宇、陈化争、肖杰为中心县委委员,肖杰、李光宇先后为组织部长,霍遇吾为宣传部长,肖杰后来任民运部长。

庆安县由三位同志组成了县委会,杨子荣同志主管党群工作(书记兼政委),尹东征主管政府工作(县长兼公安局长),戴宗友主管县大队武装工作(政委兼大队长)。刘先为铁力县委书记,陈化争为望奎县委书记。

为了工作方便,陈雷同志此时已经从我们住的小楼里搬到了"广信当",那里是"人民自卫队"的驻地。

听说关内来了这么多的老同志,有一天从学校回来后,我就上"广信当"去看他们。

关内的同志们都很淳朴,他们穿着自己纺织的粗布衣裤。当看到我穿着苏联军装走进来的时候,都惊奇地睁大了眼睛,他们说:"哇!这么漂亮啊!"他们尤其对我帽子上戴的红五星感兴趣,看他们喜欢,我把红五星摘了下来,我说:"没什么好送给你们的,那就把这个红五星送给你们吧。"他

1924—1949
第六章 为新中国而战

们并不客气,都说:"给我,给我。"看来,关内和关外的同志都是一样的,对我们红色政权的红色标志都是十分喜爱的。这时,车雪轩同志拿出来一条自己用羊毛纺线织成的小围脖送给了我,她说:"没什么好送给你的,这是我在延安自己纺线,自己织的,留个纪念吧。"车雪轩同志比我能大三四岁,

■李敏(右)与车雪轩(左)摄于1945年

■车雪轩送给李敏的自己纺织的羊毛围脖

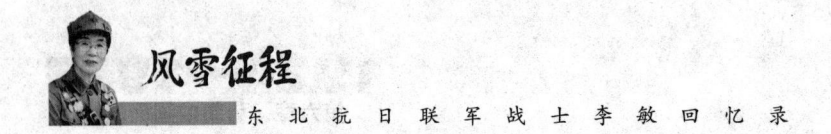

风雪征程
东北抗日联军战士李敏回忆录

是一位从延安来的有工作经验、有知识、有文化的女同志。

来了这么多的老同志,我们的领导力量大大地加强了。根据省工委的指示,11月底把绥化县人民自卫队编入"东北人民自卫军",在此基础上成立了"龙南纵队",由蔡明同志任司令员,陈雷同志兼政委,姚国民同志任副政委,杨毅夫同志任政治部主任。纵队下设三个营:绥化县城为第一营,营长郭金甲;四方台为第二营,营长谷斌;永安为第三营,营长陈春。这些营级干部及其所属连队的指导员都是从关内来的老干部和老战士,纵队战士都佩戴"东北人民自卫军"的臂章。

正当我们扩建军队需要武器装备时,绥化苏军卫戍司令卡萨拉耶夫少校告诉陈雷,说在绥化车站到了两车皮武器弹药,要我们去接管。陈雷把这一喜讯立即通知了蔡明司令员、姚政委、杨主任。几位领导当即决定把这两火车武器取回来。当天深夜,陈雷、蔡司令和姚政委带队伍赶到车站,只见装有武器弹药的车皮停在车站一条专用支线上。大家搬的搬,扛的扛,很快就卸了下来。这批武器有三八式步枪约五千支,三八式轻机关枪一百五十余挺,迫击炮二十余门,其他手榴弹、子弹、炮弹不计其数。正在大家兴高采烈地搬运枪支弹药的时候,一阵冷枪打了过来,纵队供给处处长刘建勋同志不幸被隐蔽中的敌人暗枪击中,当场牺牲。同志们气愤难当,立刻组织了还击。看到牺牲了的战友,我们发誓要为他们报仇。

1946年1月,遵照省军区的指示,"龙南纵队"又改为"人民自治军警备一旅",负责清剿龙南五县(绥化、望奎、庆安、铁力、青冈)的土匪;配合省军区参加清剿其他地区大股土匪的战斗任务。部队一面执行艰苦的剿匪任务,一面整顿队伍,使这支队伍逐渐纯洁。1947年,随着形势的发展,警一旅改为龙南第三军分区,编入第四野战军。

1924—1949
第六章 为新中国而战

夺取巴彦县武装

1945年9月中旬，有一个中年人来到苏军驻绥化司令部找陈雷同志。来人名叫王英超，腿有点瘸，自我介绍说是抗联第三军第六师的，是与日寇作战负伤的潜伏人员，曾和韩玉书、高吉良同志在一起工作，六师政治部主任周庶泛是其领导。1938年8月王英超率队在呼兰县白奎堡"双山战斗"中右大腿受伤后，在庆安水曲柳沟第三军第六师密营治伤，1940年转移到克东县乡下潜伏养伤。

1945年8月15日，日本宣布投降。王英超结束潜伏生活，8月18日从克东县回到巴彦县兴隆镇，不到二十天就组织起包括抗联余部在内六十多人的武装队伍。根据这个情况，陈雷和王英超经过周密研究，决定派王英超秘密返回巴彦县，与张祥同志具体筹划建立人民自卫军，并且迅速夺取巴彦县敌维持会控制下的武装，成立共产党领导的队伍。

王英超带着陈雷亲笔信到巴彦县见到张祥。张祥说："你来得正是时候，我们正在到处找你，夺取巴彦县的武装非你不可。因为你抗战时期威震敌胆，这里的日伪残余都非常怕你。"

王英超早年在东北军是著名的神枪手，1932年在家乡巴彦县与赵尚志、张甲洲等人组织抗日游击队，并攻克了巴彦县城。后奉命打入敌伪内部做策反伪军工作，破坏了日寇"归屯并户"政策的实施，毅然打死日寇指导官"相莆"，公开抗日。1938年8月29日率部八十余人，在"双山战斗"中与一千余名日伪军激战十小时，击毙绥化铁道警护队队长（号称滨北司令）"岩丸军三郎"等，令很多日伪军闻风丧胆，日寇曾多次下通缉令也没能抓到他。

王英超同大家一同商议要尽快夺取敌人武装,随即召开了秘密会议,制定待机夺取敌人武装的计划。会议还决定由王英超具体负责此事,工作重点首先从敌人内部分化瓦解敌人,秘密联系有进步思想的人,找熟人、拉关系、谈感情、交朋友,建立良好的人际关系,力争将这些人发展为自己的人,随时听从共产党的指挥。他秘密传令全体人员时刻准备投入战斗,抓住时机夺取敌人武装。

当时以宋殿才县长为首的反共人士气焰十分嚣张,派人秘密监视我方人员的一举一动,不断给我方人员施加压力。为了达到吓退我方人员的目的,一天,宋县长在巴彦县公署设宴,宴请王英超、张祥等人。县公署大门内外,炮台上下布满全副武装的士兵,大厅门前架着机枪,厅内士兵持枪站立,如临大敌一般,气氛十分紧张。在宴会上,宋县长讲话说:我们只接受蒋委员长领导,不听任何人的指挥,谁要是不听我的命令就对他不客气。公然叫喊我方人员听从他的改编,听从他的指挥。王英超在会上代表共产党方面发表讲话说:我是巴彦人,抗战时期打死很多日本人,包括滨北司令"岩丸军三郎"。现在日本投降了,人民脱离了日本人的统治,抗战胜利的果实应该由人民来接管,你们这些人曾是日本人的走狗,所以要求你们接受共产党、抗日联军的领导,避免争斗,以确保巴彦人民免受战争之苦。敌人在宴会上大叫不接受共产党领导,只听从国民党的,宴会在紧张的气氛中结束。

宴会后,第二天敌人全副武装在巴彦县城内外进行武装游行,大喊反共口号,张贴反共标语,散发传单等,公然反对共产党,县城内外一片紧张气氛。为防止敌人搞突然袭击,张祥、王英超命令全体人员要人不离枪,枪不离手,做好随时打击敌人的准备,同时抓紧秘密做敌进步人员的思想工作,重点是带兵人的工作。有一天,王英超秘密会见了有进步思想的县公署守备队长孙文翰,对他说:你有进步思想与他们不一样,我们需要你,欢迎你站到我们这边来,请你在必要时听从我的指挥。孙文翰说:"我很敬佩你,抗战时期,你组织义勇军抗日,抵制日本人'归屯并户',保护了老百姓,打

1924—1949
第六章 为新中国而战

死日寇指导官'相莆'、滨北司令'岩丸军三郎'等,大长了中国人的志气,你是个英雄,有一天如果你需要我,一定听从你的指挥,和你们一起干。"

陈雷知道巴彦县发生敌人武装游行的事件后,就分别给张祥、王英超来信说:"要坚定信心,打击敌人。我们要秉正纯心,坚定信念,不管敌人多么猖狂,都要沉着果断抓住时机夺取敌人武装。"那个时期,敌我双方力量相差悬殊,敌方兵力强,装备精良,配备有长短枪支、轻重机枪,还有迫击炮等。守卫巴彦县公署就有一百多人,加上各地散兵六七百人。我方只有八十余人,内有部分学生和新参军的农民,许多人连枪都不会打,武器装备又差,仅有一挺轻机枪,还叫敌特唆使苏联红军要了回去(我方部分武器是苏军给的),这给我方队伍造成一定影响。敌人还不时炫耀武力,向我方施压。张祥、王英超充分认识到决不能造成闪失以至失败,只有出其不意,首先夺取巴彦县公署敌人武装,进而迅速控制巴彦县城,再逐步夺取周边城镇的敌人武装。

1945年10月上旬,苏联红军将驻巴彦的军队撤到呼兰县内(滨北铁路沿线),敌人见苏军撤走,便更加猖狂起来,不时进行挑衅和武力威胁。战斗大有一触即发之势。

1945年10中旬的一天,十余名苏联红军坐汽车从呼兰来到巴彦县城买猪、羊、牛等食品,准备庆祝十月革命节。他们找到张祥和王英超说明准备买食品请给予帮助。张、王二人认为这是夺取敌县公署武装的大好时机。研究决定由王英超秘密集合队伍向战士们布置任务,张祥用俄语对苏军头目说:巴彦县城猪肉等食品,价钱很贵,又不怎么好,要想买到好的、便宜的食品非找宋县长不可。苏军头目说:怎么找宋县长? 张说:我们这里有电话,打电话叫他来领你们买,请你们和宋县长多坐一会,我们去安排几个人协助你们。这样苏军头目打电话叫来宋县长,宋县长带着几个人来了。张、王看到宋县长进屋与苏军头目谈话(我军八十八大队部设在巴彦城内大兴当),就立即带着队伍,迅速直奔巴彦县公署。到了县公署大门前,站岗的问:"你们来干什么?"王英超说:"宋县长通知来开会。"说着话,进了大院,王英超指挥一部分战士立即占领了炮台和制高点,缴了那里敌兵的枪,控

风雪征程
东北抗日联军战士李敏回忆录

制了大院。张祥、王英超随即带领战士们冲进大厅，见敌兵毫无知觉，王英超掏出双枪对敌兵大喊一声："不许动，举起手来。"张祥双手各举着一颗手榴弹大喊："缴枪不杀！"我方战士冲进大厅从各个有利位置用枪对着敌兵高声喊："缴枪不杀，举起手来！"这时众敌兵都惊呆了，守备队长孙文翰慢慢地站了起来，王英超大声说道："孙文翰传令交枪，把枪从门里扔出来。"孙文翰大声说："都不许乱动，把枪从门里扔出去。"敌兵一个个把枪扔了出来，王英超叫士兵按点名册点枪，然后立即宣布："愿意当兵的留下，不愿意的自便；不计以往。"绝大多数人留下来当兵，张、王二人重新任命了正副队长。这时宋县长回来了，一进县公署院子感觉不对劲，问发生了什么事，王英超对他说："县公署已被我们接管，从现在起我说了算，巴彦县归共产党领导，你现在已不是县长了。"这时苏联红军也来了，苏军问，你们是什么武装？张祥说："共产党的武装。"苏军说："我们不干涉内政。"宋县长见状无话可说，至此，张祥、王英超领导的人民自卫军八十八大队迅速控制了巴彦县城。

■张祥　　　　　　　　　■王英超

1924—1949
第六章　为新中国而战

"庆安事件"

1945年11月末,去往庆安的杨子荣、尹东征、戴宗友三位同志就要出发了,陈雷同志借给他们一个连的队伍。陈雷还让我给他们找两套衣服,因他们都穿着八路军的军装,目标太大,当时的形势异常复杂,他们的服装很容易引起注意,容易遭到敌人暗杀。我去了苏军的仓库,经过和苏联军官的协商,他们都很支持,让我自己去挑。我在那里翻出来三件猞猁皮的大衣,还给他们找了三顶绅士帽,让他们打扮成了绅士的模样,这样更便于工作,他们匆匆穿上就走了。

尽管我们夺取了政权,掌握了政权,但反动势力是不甘心就这样退出舞台的。那些逃散的国民党残余,开始转入地下,进行各种秘密破坏活动。

1945年12月初,国民党残余勾结土匪成立了"国民党光复军"。他们在一天夜里包围了庆安县大队驻地,情况真是万分危急。得知这一情况后,我们立即与苏军驻绥化卫成司令卡萨拉耶夫同志联系,第二天凌晨,卡萨拉耶夫和陈雷同志率领五十余人赶赴庆安。

当时卡萨拉耶夫司令与陈雷同志同乘一辆吉普车,其余士兵都乘大卡车。等他们到了庆安城南龙船火车站附近的杜家围子屯附近时,发现公路上设置很多用木头堆积的路障。他们发现情况有异,马上指挥士兵下车排除障碍,同时用望远镜向城镇方向瞭望。没有想到的是,龙船车站杜家围子的一片麦秸垛里,早有土匪军"五洲"、"黑龙"的部下埋伏在这里,阻击我们去往庆安增援。罪恶的枪口正在瞄准卡萨拉耶夫少校,突然枪声响了,苏

风雪征程
东北抗日联军战士李敏回忆录

军一名警卫员当场牺牲,卡萨拉耶夫腹部中弹,倒在了血泊中。战士们立即投入了战斗,陈雷带着身负重伤的卡萨拉耶夫赶紧往绥化赶,但终因腹部伤势过重,流血过多,在行至津河时牺牲了。

卡萨拉耶夫少校的牺牲,对我们来说是个巨大的损失。他待人真诚,工作认真,一直积极支持和配合我们的工作。我们为失去这样一位国际主义战士而感到十分的悲痛,也为今后的工作充满忧虑。我们将他牺牲的消息报告了哈尔滨苏军指挥部。后来听说,驻哈苏军已将他的英雄事迹报告给长春苏军总部马利诺夫斯基元帅,卡萨拉耶夫少校被授予了苏联英雄的称号。

当我们援助庆安受阻的时候,庆安方面的情况如何呢?县委书记杨子荣的一篇回忆文章中曾有详细记载:

1945年12月5日清晨,住在东北门外的民主大同盟会长张适光,急匆匆地闯进办公室,向我们报告说:"杨政委,不好了!有紧急情况。今天我们发现有很多陌生人,住在各家买卖。虽然是商人打扮,腰里鼓鼓囊囊像是披着短枪,有的我认得出是土匪国长有手下人,看来这么多人进城,恐怕有什么大的举动。"我觉得这个报告很重要,白军化装进城来者不善。我一面派张适光再去侦察,一面给尹东征和其他领导通电话,经过紧急磋商,决定采取非常措施。立即实行全城戒严,紧闭四门;为缩短战线,防止敌人各个击破,将军政干部集中到县大队部院内待命,听从统一指挥调动。

县大队部设在伪满时期的大兴公司院内,这是一家大当铺,也叫大兴当。这里位居市街中心,前后数重院落,房舍宽敞坚固,院墙高大厚实,四角有岗楼碉堡,院外周围都是矮屋草舍,而且院内有水井、粮仓和碾磨等设施,如遭受围攻,亦可据守数日,以待援军。我们的军政干部、武装部队,很快聚集到大兴当,当时我们有三个连和一个排的兵力,连同军政干部共四百余人。真正的战斗力实际上只是一百多人,还是从绥化带来的一连加

第六章 为新中国而战

一排的兵力。其他两个连队,一是刚刚组建不久,二是其中一个连队,数日前遭受国长有匪帮的袭击,正在整顿,尚未发放武器。

我们的军政人员集中后,前门上锁,又用一台破汽车底盘顶上,做好准备,严正以待。就在我们调集兵力的同时,国长有匪帮已全副武装开始行动,先是摸向县政府和公安局,但他们晚了一步,都扑空了。旋即集中力量围攻大兴当。

敌军自称是国民党先遣第一军第四混成旅,这支由土匪、兵痞、伪军、警察混编成的反革命武装,总指挥是伪县长刘绪宗、副总指挥是于化鹏,师长叫黄雨亭。他们号称五个团,有国团(国长有)、于团(于振泉)、温团(温业显)、王团(王石印),还有个曹团就是曹小个子曹荣部队,这次围攻大兴当,实际上是以国团,既国长有匪帮为主的白匪帮一部,约五百人。他们野心很大,狂妄地提出"先攻庆安,后围绥化,打进绥化过新年"。国长有匪部从上午十点左右围攻大兴当,组织几次冲锋,均被击退,死伤数人。白军虽来势很凶,但对我方战斗实力并不了解,又加上我方占据有利地形,高墙大院,易守难攻,情知贸然强攻必然造成重大伤亡。他们在加强军事包围的同时,又派伪庆安街街长王海清,从北门一连三次向大兴当打电话,进行利诱、劝降,公开煽动"东北人不打东北人,专打关里来的三个八路军",要我方新战士中过去和他们有过来往的人里应外合。并且狂妄地指名道姓要我们从延安来的三名同志,带领所属部队缴械投降。白匪军的无耻行径,激起了我党政干部和全体指战员无比义愤。当即,给顽匪以严厉的痛斥和坚决的反击。我们新兵连中,虽有些人在解放前因生活所迫当过伪军和参加过其他地方武装,由于我们加强了思想政治工作,加强了对他们的团结教育,在这次的战斗中除一名姓赵的新兵连长产生动摇,被我及时发现看管起来以外,其他绝大多数,都和我们一起战斗阻击敌人,发挥了重要作用。他们中不少人,枪法比较准,如有个叫焦德宽和郑三炮的,过去都在国长有手下当过炮手,这次成了我们的射手,专门对付威胁大兴当安危的敌人。郑三炮一枪把敌人机枪手撂倒,敌人机枪哑了,院外白匪呼喊"这

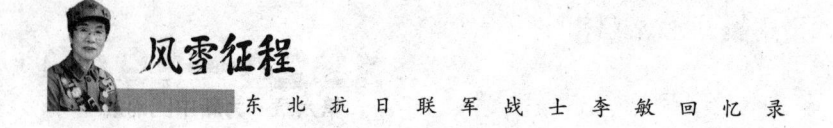

风雪征程
东北抗日联军战士李敏回忆录

是郑三炮打的"。他们对敌人造成很大威胁。

天渐渐黑下来，大兴当院内全体将士，上下一心，同仇敌忾，誓为保卫新生的人民民主政权而战，四周加强了戒备，严防白匪趁夜偷袭。当时电话线已被切断，为沟通与外界的联系。于夜间派副大队长，带领一个班的战士，从侧翼突围，去绥化送信求援。

第二天上午，突然从县城西部传来阵阵枪声，大兴当院外的白匪军随之出现了一阵阵骚动，但很快又平静了下来。枪声停止以后，只听院外有人喊红军被打退了。这到底是怎么回事呢？后来得知六日上午，驻绥化苏联红军的一名少校军官，率红军一部乘军车来庆安，行至庆安城西杜家围子屯附近，发现公路上设置很多用木头堆积的路障，红军少校发现有异，马上指挥士兵下车排除障碍，同时用望远镜向城镇方向瞭望。没有料到在杜家围子村头的麦秸垛后，早有白匪军"五洲"、"黑龙"的部下埋伏在这里，阻击绥化方面来的我方援军。罪恶的枪口正在瞄准红军少校，突然枪声响了，红军一名警卫员当场牺牲，少校军官受重伤倒在血泊之中。红军战士当即对匪军进行反击，用转盘枪连续进行扫射，在狠狠惩罚敌人之后，为抢救红军军官，全队立即乘车返回绥化。

12月7日，战斗进行到第三天。白匪仍旧把大兴当团团围住，不断发起进攻。我方人员坚守阵地，沉着应战，多次击退敌人。虽然经过三天两夜苦战，我军士气旺盛，愈战愈强。但是数百人集中在大兴当院内，如无外援，长期坚持战斗却有很大困难，院内虽储有粮米，亦恐坐吃山空，不得不由吃干饭，改为喝稀粥，节约用粮。子弹本来不足，为有效地杀伤敌人，不得不严格控制，每人一次只发三粒子弹，力争不发空枪。即使如此，因我方处于被包围的地位，战局持续下去对我方十分不利。

在这紧急时刻，忽如滚滚春雷响起了隆隆的炮声。这炮声震撼着大地，给我军战士带来胜利的喜悦，鼓舞着战士们的斗志。大兴当内一片欢呼声："这是红军的大炮！""我们的援军到了"。

我们因势利导，立即动员全体指战员，作全面出击的准备，配合红军消灭白匪。轰！轰！大地在抖动。这炮声震慑着敌人，院外的白军犹如惊弓之鸟，已乱了阵脚，到处乱窜。有的人听到炮声，闻风丧胆，夺路而逃；有的则窜扰商家和民户进行抢劫，准备撤离。镇内大街小巷一片混乱，鸡飞狗跳墙，到处是哭喊求救的哀号。少数被匪首督战，未离阵地的匪兵，也是心惊肉跳不敢恋战。炮声越来越近，敌人不击自溃，四散奔逃。我们在碉堡的瞭望孔中看得真切，时机已经成熟，不能再让百姓遭受涂炭，不能让白匪白白跑掉，立即下令，全面出击，痛击敌军。

经过三天两夜的激战，庆安党政干部和人民子弟兵在苏联红军炮火的帮助下，终于击溃了白军，取得了保卫新生政权的胜利。[1]

就在"庆安事件"发生的三天以后，我从楼上下来，听到有人在喊我："李敏，李敏，快救救我们。"我一看这不是尹东征和杨子荣吗？只见他俩被几个苏联士兵押着，正要上楼呢。原来那天，陈雷他们返回绥化后，立即电告哈尔滨苏军总部，请求紧急支援，苏军坦克部队接到急电后，由哈尔滨直接乘坐专列军车来庆安，经过激烈的战斗，一举消灭了那伙"国民党光复军"。战斗结束后，由于在庆安县两国语言不通和他们穿的是绅士的衣帽，引起了误会，他们把尹东征和杨子荣等人当成了坏人，给捉了回来。

我赶紧跟几个苏联官兵解释，他们才放了我们的两个同志。尹东征和杨子荣已经两天没吃东西了，我又到苏军的食堂里给他们要了几个面包，他俩一边吃一边说："这次我们是打了胜仗，当了红军'俘虏'。"我们听着，都哈哈大笑了起来。

卡萨拉耶夫少校牺牲后，原副司令道尔任科夫少校代理绥化苏军卫戍司令。

我从苏军司令部搬到"民众教育馆"了。在搬家的时候，从苏联带回来的电台不知道应该怎样存放，这个时期，陈雷同志因工作紧张，日夜忙

---

[1] 杨子荣：《忆解放初期在庆安的战斗》，见《庆安文史资料》第二集，第16~21页。

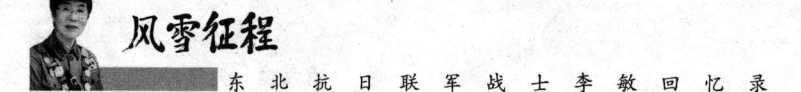

得不可开交,早就住了在"广信当",绥化的治安这时还没彻底稳定,我们同国民党残余的斗争还在继续,电台如果放在"民众教育馆"很不安全。最后,我和陈雷同志研究决定,电台暂时埋到一个稳妥的地方,等需要的时候再起出来。

1945年12月里的一天,我和陈雷、孙志远、赵先忠(陈雷警卫员),我们四个人赶着一辆马车出了绥化北门,往东走了一段路,在一片庄稼地里头看到几棵榆树,我们认为这个地方不错,就决定把电台埋在了其中一棵树下。电台从苏联带回来时,是装在一个狍子皮的兜子里,陈雷同志害怕返潮,又在外面包了好几层油布。赵先忠同志刨开了冻土,我们几个人把电台埋了起来,又在上面做了伪装。

1924—1949
第六章 为新中国而战

处决汉奸"常八"

通过"庆安事件",我们认识到夺取政权、巩固政权斗争的艰巨性、复杂性。要建立巩固政权必需要坚决地肃清内匪和国民党残余。绥化县有个恶霸土豪常栋彝(外号常八)。常栋彝的四叔叫常荫槐,曾出任过北洋军阀政府的外交副总长,并在张作霖统治东北时任参谋长。常荫槐与杨宇霆相互勾结,狼狈为奸,把东北的主权出卖给日本侵略者,是地地道道的大汉奸、卖国贼。

九一八事变后,日本侵略者侵占了东北,常荫槐因卖国被张学良处决。日本侵略者却把常荫槐视为功臣,因此对其家族的"常八"也十分信赖和器重。日本关东军松木大佐曾到"常八"家进行密谈,让"常八"担任"绥化思想矫正院"的院长(矫正有反满抗日思想的中国人),他家的房子上插着日本"膏药旗",他是日本侵略者在绥化残酷镇压、屠杀中国人民的帮凶。"常八"专门巴结日伪上层人物,到他家的有很多省级官员,日本天皇的"御弟殿下"到绥化来视察曾住在他家。"常八"还是大地主、大财阀,在日伪统治时期,老百姓不准吃豆油,而他却开一个名叫"日出轻工业"的肥皂厂,用大量豆油制造肥皂,供应伪北安省征"粮谷出荷"时配给的肥皂,从中牟取暴利。他家还占有上千垧的土地,是绥化县有名的大地主。

日本投降后,"常八"继续与人民为敌,于1945年8月23日勾结国民党反动派和敌伪残余在绥化电影院召开大会,成立了"国民党绥化县地方治安维持会"。他任会长,并网罗了一批伪警察、特务、流氓、土匪,武装起来,编成"治安队",委任他的亲信土匪头子李景云(外号李慌子)担任队长。

1945年8月27日苏军进驻绥化后,"常八"又纠集国民党特务、政治土匪、土豪劣绅于8月28日在他家成立了"国民党绥化县党部",公开挂出牌子,并到处张贴标语,进行反动宣传,准备迎接国民党中央军来接收绥化。"常八"还以"国民党地方维持会"会长的身份,宴请苏军司令官,骗取了苏军领导的信任,企图掩盖他的反革命活动。

他和庆安县恶霸、土匪头子于化鹏勾结在一起,多次密谋,进行反革命破坏活动。为了发展反动势力,他暗中私通苏军临时翻译于长青。于长青是个混血儿,外号叫于毛子,于毛子骗取了代理卫戍司令道尔任科夫少校对他的信任。

于长青的妹妹于凤兰是日伪时期日本军官的姘头,因为这层关系,于长青也当上了日本宪兵队的特务,横行乡里,无恶不作。日本投降后,他又做了苏军的临时翻译。于凤兰借着于长青当翻译的关系,拉拢腐蚀了道尔任科夫少校。他们利用道尔任科夫少校作掩护,与"常八"勾结在一起,密谋叛乱。

1945年11月,"常八"控制的"国民党绥化县党部"被解散,他失去了一根支柱,但他的反动气焰还很嚣张,扬言说:"等苏军走后非打死陈雷不可。"11月下旬他勾结于化鹏妄图率庆安县国民党先遣军进攻绥化,并狂妄地叫嚣"先攻庆安,后围绥化,打进绥化过新年"。

为了扫清障碍,我们会同苏军到常家去捉土匪头子于化鹏,可是遭到了武装抵抗,战斗中,打伤了一名苏军中尉。但在我们的果断进攻中,还是把于化鹏捉住了。

捉住了于化鹏后,把他关押在了苏军的司令部,可是"常八"却串通于毛子向道尔任科夫求情,把于化鹏给偷偷地放跑了。

这下子,我们感到了事态的严重性,跑了于化鹏将后患无穷。而"常八"不除,他们的黑据点就难以拔掉,于是,我们制定了一个秘密的行动方案。决定消灭大土豪、大汉奸常栋彝,并立即付诸行动。

第六章　为新中国而战

当时"常八"的亲信李慌子被国民党先遣军委任为团长,李慌子与他儿子(土匪,报号"九江")带领土匪活动在绥化城外,"常八"的住处也有亲信把守。为防备万一,龙南纵队与黑龙江省委联系,从北安又派来一个排的战士。一天晚上,由警卫一旅副政委姚国民同志指挥,派一营营长郭金甲带两个班的战士摸到常八大院,从后墙跳入,将"常八"密捕,关押在广信当(龙南纵队司令部)的炮台里。在关押期间,龙南纵队政治部主任杨毅夫同志对"常八"进行多次审讯。杨毅夫同志根据掌握的证据和"常八"的供词用一个通宵写了布告。

1946年2月1日夜晚,我们对罪大恶极的常栋彝在南门外执行了枪决。次日清晨,人们在街上看到了处决"常八"的布告。这件事震动了整个绥化县和龙南地区,广大的人民群众无不拍手称快,他们看到了共产党的作为,对我们更加信任了。

但是这件事情却引起了苏军代理卫戍司令道尔任科夫的不满,我们当时执行这一计划时没有告诉他们,怕一旦走漏消息,计划失败,还会带来好多不利的后果。当他知道我们已经处决了"常八"的时候大发雷霆,要赶我们出城。陈雷同志几次和他交涉都没有结果,因担心事态扩大,陈雷同志连夜赶往哈尔滨去向李兆麟同志汇报。

李兆麟同志听到陈雷同志的汇报十分重视,当即向驻哈苏军司令茹拉夫列夫少将反映了绥化目前的情况。三天后,驻哈苏军方面即把道尔任科夫少校解职并押走了。此后,绥化东大营的一位苏军营长(少校衔)代任绥化卫戍司令,他密切配合我们的工作,积极支持我们剿匪,给了我们很大的帮助。

"常八"虽然被处决了,可于毛子和于凤兰却畏罪潜逃,跑到哈尔滨去了,斗争还在继续。

永远的怀念

1946年3月9日,李兆麟将军不幸在哈尔滨被国民党特务刺杀身亡。消息传来,我们悲痛万分。李兆麟将军是我的老领导,我从十二岁到部队时就认识他,他一直在政治上帮助我们,在生活上关心我们,许多往事都历历在目。

我想起了第一次见到张政委,他问我叫什么名字,让我向哥哥李云峰学习的情景;我想起了张政委特意在兵工厂的旧枪堆里,为我们选枪又亲自为我们发枪的情景;我想起了在第三路军总指挥部,张总指挥为我们上课讲《论持久战》,讲抗日联军《政治工作条例》的情景。而陈雷同志在一个月前,就我们处决国民党地方维持会会长"常八"问题未决时,还去哈尔滨向李兆麟将军进行过汇报。这些往事又怎能让人忘怀,十四年艰苦的抗战都过去了,没想到他竟然牺牲在国民党特务的魔爪下。将军的艰苦抗战,将军的高风亮节将永远载入史册。

中共中央机关报《解放日报》于3月16日在头版首条刊登了我党著名的共产党员李兆麟同志被国民党反动派特务分子暗杀的震惊中外的消息,原东北抗日联军将领周保中、冯仲云、李延禄、王效明、王明贵等,在同一天联名通电,要求"缉惩暗杀李兆麟将军的凶犯,追究主谋者……"解放区的广大群众纷纷举行游行示威和集会,抗议国民党特务的法西斯暴行。

李兆麟将军的治丧委员会由哈尔滨市各团体发起,于3月14日组成。3月15日,哈尔滨市各界人士代表召开会议,成立了李兆麟烈士善后委员会,讨论了李兆麟烈士的善后问题。为纪念李兆麟烈士,会议当即决定改水道街为兆麟街,改道里公园为兆麟公园,创办兆麟小学和中学,建立兆麟纪念馆,编辑李兆麟纪念书籍等。

追悼大会会场设在兆麟公园。为保卫大会的安全,以使追悼会能顺利进行,在召开追悼大会的当天,苏军沿灵车行走的路线每隔二十米就站上臂戴黑纱的双岗。在兆麟公园周围的一些楼房屋顶,公开架上了轻、重机枪,震慑敌人,防范敌人破坏,以使其不敢轻举妄动。

1946年3月24日上午10时,李兆麟将军追悼大会正式举行。由中苏友协总务部长郭霁云报告了李兆麟将军一生的革命经历及遇难经过。原东北抗日联军第三路军政委、李兆麟同志的老战友冯仲云同志讲话时说李兆麟将军在九一八事变,日本侵入东北后,在革命的征途中"他之所以排万难、不避艰险,坚持十四年的抗日苦斗,乃是为国为民"。"他是中国共产党领导和栽培教养起来的始终为人民服务的光荣的中国共产党党员。中国共产党是永远要培养这样的党员为人民服务,为人民的幸福流尽最后一滴血。"

4月3日,中共中央东北局、东北民主联军总部与党政军民各界代表万余人举行追悼大会。东北局书记彭真同志讲话时,号召继承烈士遗志,为争取东北和平民主奋斗到底。

4月25日,绥化中心县委也举行了沉痛的追悼大会,会场的四周挂满了挽联,到会人员胸前戴着白花,会上各界代表慷慨陈词,痛斥国民党的无耻行径,我们宣誓:"要继承烈士的遗志,要为李兆麟将军报仇,要用鲜血保卫新生的政权。"全体抗联指战员将化悲痛为力量,同蒋介石和国民党反动派斗争到底。与此同时绥化县为纪念李兆麟将军,将绥化小学改名为"兆麟小学"。

春雨蕃为兆麟小学校长。

自从随着工作调动进入哈尔滨之后,每年将军的忌日,我总是要到兆麟公园他的墓前进行追悼,寄托我们对老领导的哀思。

风雪征程
东北抗日联军战士李敏回忆录

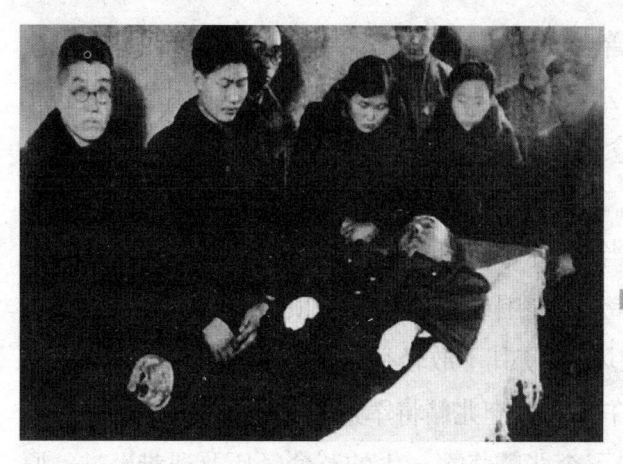

■李兆麟将军在哈尔滨被国民党特务暗杀（左二为李兆麟将军警卫员李桂林，左三为李兆麟将军夫人金伯文，左四为秘书宋兰英，李桂林身后是冯仲云）

■抗联战友在李兆麟灵柩旁守灵（右起：李桂林、刘铁石、马克正、王明贵、于天放、李延禄；左起：庄风、冯仲云等人，图中小女孩是李兆麟将军的小女儿张卓娅，小男孩是李兆麟将军的儿子张力）

■1946年4月25日，绥化县追悼李兆麟将军大会现场

1924—1949
第六章 为新中国而战

■1946年4月25日，绥化县追悼李兆麟将军大会现场登记处

■1946年4月25日，黑龙江龙南地委书记刘莱夫同志在绥化县追悼李兆麟将军大会上讲话

■苏联红军向李兆麟将军敬献花圈

冯仲云当选为省主席

李兆麟将军牺牲后,冯仲云来到宾县,筹备召开松江省人民代表大会。这时东北局北满分局已从哈尔滨撤退来到宾县这里。

撤出哈尔滨之后,松江省委派出干部接收各县。当时伪满政府机关人员、警察仍以维持会的名义掌握着权力。受到国民党委任的"先遣军"、"救国军"一类名号的政治土匪几乎到处都有。

在1945年12月,毛泽东为中共中央起草《建立巩固的东北根据地》的指示,鉴于与国民党反动派在东北的严重斗争已经不可避免,确定了中国共产党在东北的任务是在距离国民党占领中心较远的城市和广大乡村,建立巩固的根据地,发动群众,逐步积蓄力量,准备在将来转入反攻。

同一月份,北满分局提出调老部队剿匪。著名的三五九旅冒着纷飞的大雪从南满行军北上。进入松花江以后,先是向东,一路打五常、珠河、延寿、方正、通河、依兰,消灭大部分土匪,其余土匪望风而逃,纷纷躲进深山老林;以后又沿松花江北岸回师向西,清剿了木兰、巴彦、呼兰一带的土匪。

春耕将到时,松江省工委派干部下乡发动农民群众,清算日伪汉奸的罪行,收回被他们霸占的土地财产,同时分配日伪地产、开拓地、满拓地给无地和少地的农民。结合建立农会,组织农民武装。农民已经认识到,共产党是帮助他们的。到1946年4月,各县民主政权都已建立。虽然国民党部队沿中长铁路向北推进,但在哈尔滨,国民党政府委派的省长关吉玉政令不能出城,哈尔滨外围已是人民自卫军的天下。

1924—1949
第六章　为新中国而战

松江省人民代表大会于4月17日召开，这次会议是在一个中学礼堂开的。出席会议的一百一十三名各县的代表和九十四名各县来宾，都是坐着马拉的大车在坎坷的路上颠簸以后来到的。

冯仲云在会上作了重要讲话，在讲到抗联第三路军从松花江下游穿越小兴安岭千里西征的时候，他说：

"在冬天的时候，战士没棉衣穿、不能解决粮食问题，后面有敌人追击，前面伪军堵截。没有粮食就得饿死，没有衣服穿就得冻死啊！在这种艰苦情形下度过了北大山，来到黑龙江平原。大雪纷飞，积雪没腰深。那山地的森林里往往辨不出方向，绕来绕去才到达目的地。中间不知道饿死多少、冻死多少！当时曾吃过树皮及冻的橡子。打起篝火……前面烤得难过，后面还冷得受不了……"

"抗联的人都自信中国是会光复的。那时我们只有一个希望，我们知道祖国在抗战，祖国同胞在那里流血，总有一天他们会来救我们的，所以我们总是望着西南方向。天知道，我们盼望，盼望，却盼来了……国民党军，所谓国军。日本在时不来，反而今天打我们来了。他们否认我们抗日，骂我们是土匪（全场气愤）！我们有许多部队在黑龙江平原活动，有很多有名的将领战死了，有很多无名的英雄光荣地牺牲了。假如有人不相信的话，那么可以去问一问人民，他们是我们的见证者。许多抗联战士还活着，一部分战死者的骨头还露在山野。把国土抛弃了有罪呢，还是抗战有罪呢？抗战的有功呢，还是汉奸、伪军有功呢？为什么把伪满铁石部队派来接收主权，而不承认抗联呢？中国有五千年历史，是有历史上的道德的，并不是信口雌黄昧天良说话就可以污蔑的。谁有功，谁有罪，死的不说了，活着的呢（掌声）？领导者不说，那些战士呢？白打啦！"

"今天我并不是来讲大问题，只来说明这个简单的真理，我们苦斗了，我们有功，我们应该编为国军，我们应该接收主权！"（长时间的掌声）

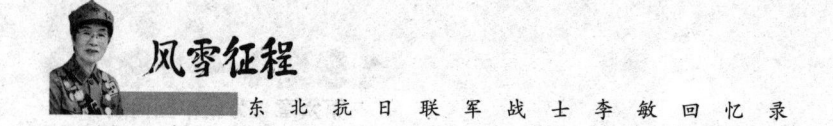

当时报纸在消息中说："冯将军的演说，数度被掌声中断，全场情绪异常热烈。"

在两天的大会讲话中，登上讲台的还有冯仲云的战友钟子云、呼兰县代表张选三、国民党代表李植权、阿城县代表张光烈、农民代表刘凤山、巴彦县代表张雨田、青冈县代表王俊儒、双城代表唐品廉、妇女代表陶静波、双城代表韩东桥等人。

松江省人民代表大会一共开了八天，通过了四项决议。4月24日是最后一天，选举政府委员。大会决定：一、由各代表团两个人提出候选人。二、用不计名选举方式。三、决定委员名额为九人。四、选出委员后，由代表大会从委员中再选省主席。当时由各代表团与各人书面提出候选人名单，结果共有二十三人，内有十一人是共产党员。这以后，钟子云代表中共松江省工委发言，为与各党派、社会贤达人士精诚合作，共产党员在政权机关不超过三分之一，他代表松江省工委声明八名共产党员退出候选人名单。

下午进行选举。首先由候选人作自我介绍，候选人不在的由提议人代为介绍。随后开始投票，冯仲云、钟子云、王学明、韩幽桐、张安、杜光予、李植权、卢蕴生、付润成九人当选为松江省政府委员，全场热烈鼓掌达五分钟。接着由委员中选举省府主席，冯仲云以最多票当选。

在宾县召开松江省人民代表大会进行期间，哈尔滨的局势发生着重大的变化。苏联红军将要撤退回国。4月21日，全市举行了隆重的欢送苏军凯旋归国大会。而在苏军将要撤退时，北满分局已着手解放哈尔滨的部署。4月初，以李天佑、刘转连为正、副指挥，建立了临时指挥部，三五九旅和松江部队共一万两千多人进到市郊，从北安调来的部队一千三百人已到隔松花江与哈尔滨市区相对的松浦集结。哈尔滨市各界名人联名致电，要求民主联军进入市区维持治安。

在这种情况下，国民党的省主席关吉玉、市长杨卓庵、市公安局长于秀豪等头面人物，在他们提出的谈判保存国民党政府遭到拒绝后，于4月25日随苏军撤退。国民党在哈尔滨市的军队、警察和由国民党委任、打着中央招牌拼凑起来的"先遣军"、"忠义救国军"、"民众救国军"、"挺进军"、"光复军"等共五千多人,都隐蔽下来,没有撤走,并放出空气,要同民主联军争夺。

在苏军最后一支部队撤退之后,4月28日拂晓,民主联军进攻开始,各部队迅速占领指定目标,只在南岗和道外个别地方遇到小股敌人的抵抗和暗枪射击,敌人迅速被歼灭。民主联军顺利解放哈尔滨。冯仲云在开过人民代表大会之后提前来到市郊,随部队进入哈尔滨市。

5月5日,松江省政府在刚刚解放的哈尔滨市,举行了隆重的成立典礼。在各界代表的祝贺中,冯仲云发表了讲话。松江省政府成立了,冯仲云当选为省主席。

土地改革和支援前线

1946年的春天，省里忽然来个通知，所有从苏联带回来的电台一律上缴省委，我和陈雷、孙志远三个人又赶着马车出了北门，找到那棵榆树后，把电台挖了出来，挖出来的电台完好无损。回来后，我把电台交给了绥化县委书记、副政委姚国民同志。当时译电科李科长和电报员李萍都在，我试了试电台，灯还亮。当时李萍说："功率太小了，我们用不上。"后来省委交通员刘生同志来了，听说电台被他带到了省委，交给了省委书记范式人，从此我就再也不是电报员了。可是在"文化大革命"期间，我却为此被定为苏修特务，关了五年的监牢。

还是5月份，苏军撤离绥化以后，我们以东北军区锄奸部队的名义派张明仁到哈尔滨，将以侨民身份取得苏联驻哈尔滨领事馆保护的于长青（于毛子）和他的妹妹于凤兰捉拿归案，并于5月18日公审处决，消灭了绥化的又一隐患。

当进入6月份的时候，冯仲云同志来了，他给我们带来了上级的指示。这个时候，东北的局势紧张了起来。就在苏军撤离东北后，国民党反动派妄图占据东北全境，独吞抗战胜利果实。他们一方面向各地派遣特务，组织反动武装，另一方面，国民党大军压境，他们先后占领了长春和沈阳，企图进一步占领哈尔滨。面对如此严峻的形势，中共中央东北局决定，哈尔滨周围各县的县委一部分撤出县城，留一部分坚持工作，实行"让开大路占两厢"的军事策略。根据这一精神，省委决定将绥化县委一分为二，一部分干部到

1924—1949
第六章 为新中国而战

双河,建立绥东县委,由李光宇任县委书记,绥化县委书记则由姚国民担任。与此同时,省委决定成立龙南地委,任刘莱夫为地委书记,陈雷同志为副书记兼专员,龙南地委领导绥化、望奎、庆安、铁力、明水、青冈、兰西、安达八县。地委机关从绥化迁到非铁路沿线的望奎,搭起了专员公署的架子,设立秘书处、民运科、财政科、建设科和教育科,共五十余人。不久,中共西满分局又将龙南地委改为西满三地委,并将二线兵团补充前线。同时成立了龙南军分区,赵成金同志任军分区司令员,地委书记刘莱夫同志兼政委,陈雷同志又兼军分区副政委,重点负责部队工作,周维同志任参谋长。军分区共辖五个团,四五千人,加上各县的县大队以及各县的区中队,共有武装万余人。

1946年秋,我随绥化地委机关迁往望奎。转眼就到了冬天,这年的冬天,天这个冷啊,大风卷着大雪在光秃秃的田野上怒号。这时,正是东北战场最艰难的时候,国民党大兵压境,我军在风雪中南北转战。此时的东北农村展开了轰轰烈烈的土改运动。当时的农村经过日伪十四年的残酷统治,人民群众都过着牛马不如的生活。放眼望去,到处都是荒凉和贫苦的景象。"财富集中于城镇,土地集中于地主。"农村约占农户百分之五的地主,占有农村百分之七十左右的土地。农村的赤贫化相当严重,雇农占百分之四十,贫农占百分之三十,他们无地、无房、无牲畜;有的两家住一铺炕,一家只有一件破衣服,出门抱柴火时穿上,回来又脱下来蹲在屋子里不出去,有的小孩赤身裸体蹲草窝,过着非人的生活。

按照省委的指示,各县首先成立了工作队,深入村屯进行土改前大动员,紧接着开展分地。中间经过"煮夹生饭",即解决土改不彻底问题,又经过贯彻土地法大纲,平分土地等阶段。实现土地还家,做到"耕者有其田",又在地、县委的领导下,发动群众分房分地。对农村的地主豪绅实行走乡串屯的联合斗争,群众叫"大扫堂子"。据当时龙南地委在绥化县联席会议上的工作总结记载:仅绥化县就斗争大地主三百零七户,中地主四百五十七户,小地主八百四十九户,被镇压的地主四十人。贫雇农分的土地十二万五千垧,房子十万多间,以及分得了大批的车马牛具等。

随着土改运动的深入发展,各地普遍成立了区、乡政府,农会、自卫队、妇女会、儿童团等组织,他们替农民说话,为农民办好事。在地、县委的领导下,各县、村都办起了医院和卫生所,过去农民生病"听天由命",每逢疾病流行,遍地尸骨。现在翻身的农民有了自己的卫生院,农民们看病方便了,他们无不感谢共产党给他们带来的温暖。再就是办起了学校,广大农民在土改中分到了胜利果实,有房子住有地种,吃穿都不愁了,孩子们迫切的需要学习文化。我们办中学、小学,让孩子们都能读书,并向家长宣传党的方针政策。

在此期间,我仍旧负责抓学校的工作。由于成立了县医院,不光是方便了广大的农民,也方便了我们工作人员。

1946年12月,为了支援解放战争,我们积极响应中央提出来的"抓紧生产,支援前线"的口号,开始组织广大农民从土地斗争转入生产斗争,用一切力量发展生产,用大力增产粮食来支援前线。到了1947年春耕时节,地、县委组成了好多工作组下乡帮助农民组织小型的(一副大犁为单位)生产互助组,有力地促进了生产的发展,参加互助组的户数占农村总户数的百分之八十左右。各地还发动生产互助组之间展开劳动竞赛,广大农村中呈现出一派热气腾腾的大生产局面。农民们高兴地说:"家家有土地,户户有牲口,人人有饭吃,个个有衣穿。"从此人民群众的生活发生了一些变化。他们衷心地拥护共产党和毛主席,人们把加入共产党看作是无上光荣,把支援前线当成自己的任务,凡是拥军、参军、出车、出担架、送公粮等任务,都争先恐后地参加。这些政治、经济上的变化,大大鼓舞了前方战士英勇杀敌的斗志,后方的许多干部也都争着要求上前线,参加东北解放战争的最后决战。

1947年初,因东北战场的形势发生了变化,绥化地委机关又从望奎迁回了绥化。

1924—1949
第六章 为新中国而战

拜见公公、婆婆

忽然,陈雷老家的人捎来信说,他的父母要带着最小的儿子姜士耕、女儿姜玉杰和我婆母的弟弟来看看我们。接到来信陈雷自然是十分的高兴。他离家上部队已经八年多了,哪能不思念自己的父母和兄弟姐妹呢。

陈雷的父亲名叫姜秀海,母亲叫姜周氏,当年都还不到五十岁。

当时陈雷同志的工作紧张而又繁重,他就把接站的任务安排给了我,并嘱咐见了爹妈一定要磕头。陈雷问我:"你会磕头吗?"我说:"小时候,给干爹磕过一回头。"陈雷笑了,他说会磕就好,说完他就急匆匆地上"广信当"(部队驻地)去了。

我赶紧安排完手头的工作也急忙向车站跑去,紧赶慢赶,还是去晚了。这时公爹和婆母已经在小弟弟的带领下从胡同里向我们家走来(小弟弟姜士耕以前自己来过我家),就在胡同里我与公爹、婆母、小舅舅、小弟弟和小妹妹碰上了。看见了他们我赶紧趴在地上,"咚、咚、咚"地磕了三个响头,新穿的旗袍下襟上沾满了灰尘,公公和婆婆看见我见面就先磕头十分的高兴。

到了晚上,陈雷才抽空回家来看他的父母。一家人见面又是一番情景,当看到陈雷右脑、右肩还有右手臂等几处致命的伤痕时,婆母抚摸着伤疤,是哭了又笑,笑了又哭。是啊,他离开家整整八年了,这八年里,真是九死一生啊。

公爹流着眼泪说:"自从你走了以后,你妈妈是天天祷告啊,她把你的照片立到大柜子里,她不敢把照片放到外面,怕被敌人看到,有谁要是把照

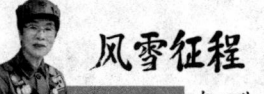

片碰倒了,你妈妈就不高兴,她说是不吉利,只要是照片不倒,我的儿子就能活着回来啊……"

一家人都哭的泣不成声,还是陈雷同志先擦干了眼泪和我的公公、婆婆说:"李敏家里什么人都没有了,她的父亲和哥哥都被日本鬼子杀害了。在我最困难的时候,是她顶着压力,默默地支持我,安慰我,我们俩也是患难夫妻了,今后你们二老就把她当成自己的女儿吧。"

听了陈雷的话,想起了许多往事,我也哭的说不出话来。

过了一会儿,陈雷又悄悄地问我:"给老人磕头了吗?"我说:"磕了,见面就磕了,就在车站旁边的胡同里,你看看,衣服上还有灰土呢。"

陈雷笑着说:"傻瓜,回家再磕也不迟啊。咱俩再补一个吧,我还没磕呢。"

这时,公爹和婆母坐在炕沿上,我和陈雷并肩跪在地上,又磕了三个头,这就算是我们的正式婚礼吧。

公爹和婆母来了后,他们住在南炕,我带着几个月大的女儿陈晓琴住在北炕,陈雷还是住在"广信当"(部队驻地)。

两位老人看到我们日日夜夜地忙于工作,住了不到一个星期就回老家了。

■李敏和陈雷

1924—1949
第六章　为新中国而战

■陈雷父亲姜秀海与母亲姜周氏

■陈晓琴(前左一)、姜英(前左二)、周姜氏(前左三)、陈晓东(前左四)、姜秀海；王淑珍(后左一)、姜士全(后左二)、赵雪兰(后左三)、姜士民(后左四)、陈雷(后左五)、李敏(后左六)、姜玉洁(后左七)

绥化县的妇女工作

1947年4月,天气虽然还很冷,但是河边的柳树都打了苞,春天已经悄悄地来到了望奎。这个时候,东北的形势发生了一些变化,到了6月,中国共产党的军队在全国各个战场歼敌一百一十二万人,开始了战略性的大反攻。

形势发生变化后,为了方便工作,地、县委机关和军分区又搬回了绥化。回到绥化后,我被安排在宣传科,科长是朱维仁同志。我同宣传科的同志都住在一栋大草房子里,每家一间,房子非常简陋,除了一铺炕,什么都没有,陈雷同志为了工作方便,还是住在"广信当"(部队驻地)。

到了这里,我除了继续抓学校的工作外,还同时兼做妇女的支前工作,这时我回到东北以后生的女儿已经一岁多了。公家给了我一辆破自行车,我把女儿放到车后面的小筐里,每天走乡串户,发动妇女支前。女儿常常在车后面睡的滴沥当啷的,任凭风吹日晒。同我一起工作的还有延安来的车雪轩、王连君等同志。

刚解放的东北工业落后,物资缺乏,而前线又急需各种物资的支援。在此情况下,我们首先建立了被服厂,厂长是一位姓唐的同志,被服厂主要生产单、棉军服,做好的军服源源不断地送往前线。紧接着又建立起了麻袋厂,工人们自己纺麻,自己织麻袋片,然后再缝成麻袋,当时主要靠麻袋来装粮食和其他物品。后来,从前线又返回来大批的破麻袋,需要及时的缝补,我们发动全镇的妇女走出家门补麻袋,没有场地,就在大街上缝补,绥化县有东

1924—1949
第六章 为新中国而战

西和南北二条主街,上百名的妇女在街上补麻袋,成了当时的一景。

工作千头万绪,人手总是不够,尤其缺少妇女干部,我从部队转入地方,对地方的工作很是陌生,当地的妇女只要来找到我,要求参加工作的我都任用,这就出现了良莠不齐的现象。记得有一名三十来岁叫胡玉的女人来找我,要求参加工作,我看她精明能干,就委任她为妇女主任。过了几天车雪轩同志来找我,她说:"你用的那个胡玉咋回事啊,大家都反映说她吸毒。"啊!吸毒,我咋就没看出来呢,后来经过调查,果然确有其事,我们只好把她拿掉了,并找她谈了话,动员她把毒瘾先戒掉了再出来工作。

1947年的春天,地、县委发出了"发展生产,支援前线"的口号,要求机关干部必须人人带头,怎么带头呢?上级说,可以利用业余时间养猪、养鸡等,然后把所收获的东西再支援前线。当时我想,养鸡没有合适的场地怕是不行,弄不好还要闹鸡瘟,还是养猪吧。于是就抓了一只猪仔,在门前钉了一个木栅栏,又垒了一个小猪圈。猪饲料怎么解决呢?我每天去"广信当"挑泔水,那时候,人都吃不饱,县委的人除了高粱米饭就是白菜汤,泔水里也没什么东西,所以我养的那头小猪总也不见长。猪小倒是灵巧,三天两头的它就从栅栏上面蹿出去,我只好背上背着孩子,满大街的"罗罗罗"往回撵猪。

每天的工作,除了跑学校,组织妇女生产支援前线外,再加上挑泔水喂猪,还得带个孩子,到了晚上真是累的筋疲力尽。尽管这样,我心里还是十分高兴,因为作为一名战士,我深知饥饿的滋味,我所做的一切都是为了支援前线,再苦再累也是值得的。

1947年7月,根据形势发展的需要,东北局决定撤销地委一级的机构,集中干部南下。同时,将二线兵团和大批干部调往前方,编入野战军,随军南下,准备更大的战役,为解放全东北贡献力量。原地委的主要干部都调赴前方,陈雷同志调任黑龙江省委秘书长职。当时的省委机关在北安,我亦调往省委机关警卫连任副指导员兼任党支部书记,当时的指导员姓马,以前在战斗中曾经负过伤,精神有点不太好,这样全部的担子就都

风雪征程
东北抗日联军战士李敏回忆录

压在我一个人的身上。

到了北安,我们住在北岗的一栋二层小楼里,吃在集体食堂。省委机关的全体人员都实行供给制,穿的是黑色平纹布料制服,女同志是双排扣,有人也叫列宁服,戴的是八路军式的制服帽,远远望去仿佛都是一个人。省委机关地下室还有一个水泥砌成的洗澡池子,每星期可以洗一次澡。到了这里,我们这些抗联出身的同志在生活方面都感到心满意足了,和这里一比,回想抗战时期爬冰卧雪的日子,真是天上地下了。

在11月和12月间,我还有幸见到了毛泽东主席的儿子毛岸青。当时毛岸青同志刚刚从苏联回国,才二十四岁,他也住在黑龙江省委的驻地北岗灰楼里,由赵德尊同志的夫人陶竟华同志照顾他。毛岸青同志穿着一身黑色的西服,白色的衬衫,中等的个子,人长得很瘦。北方十一月的天气已经很冷了,我们又给他找了一件旧军大衣。

到了这里不久,他就和土改工作队去往克山、克东等地参加农村土改工作了。后来,我们听陶竟华同志说,当地翻身解放了的农民听说毛主席的儿子来了,都非常的兴奋和好奇,纷纷跑过来看望他,土改工作队的同志们就让毛岸青给乡亲们讲几句话。毛岸青同志从小在苏联长大,中国话说不好,但他还是站在人群中间,像列宁一样打着手势高声说道:"同志们,我们是马克思主义者,列宁主义者,我们今天胜利了!我们的国家胜利了!工人胜利了!农民胜利了!乌拉!乌拉——!"

尽管乡亲们听不懂他的话,但看到毛主席的儿子能来到他们的中间,还是都报以热烈的掌声。

毛岸青同志到了农村和农民们同吃同住同劳动,同盖一床被,两个月以后又回到了北安。回来后,他在身上摸啊摸啊,终于摸出了一个虱子,他把虱子举到了陶竟华的面前问她:"阿姨,你看看,这是什么虫子啊?"听了他的话,我们全体都笑不行了。陶静华告诉他,这是虱子,农民身上都有,并赶紧安排他洗澡换衣服。

通过这件事情我们更加感到毛主席的伟大,他把自己的儿子送到了

1924—1949
第六章 为新中国而战

这么艰苦和危险的环境中来锻炼,真是领袖的胸怀啊。

到了北安以后,每个人一个月可以发两元钱的生活费了,我们用这钱买牙刷和牙粉之类的东西。有一天,从延安来的陶竟华和马景明同志说:"咱们出去逛逛街吧。"我说好,我们三人向唯一的一条主街走去。走出不多远,碰到一个挑担子卖青萝卜的商贩,那时候根本没有什么水果可以吃,偶尔看到有卖冻山梨的,价格也非常贵,我们也买不起,现在看到大冬天有卖萝卜的,都觉得挺稀奇。她俩就说:"买个萝卜吧。"我说:"好。"正在我称萝卜的时候,就听到有人喊"陈太太,陈太太",我左右看了看,只见一个穿着新军装的小战士在喊我。

这是谁啊?咋喊我陈太太呢?那个小战士仍旧笑嘻嘻地说:"陈太太,李敏同志,你不认识我了?你到我们那里下馆子吃过饭啊。"我仔细地看了看,原来是那个饭馆的小伙计,他长高了,人也壮了,以前穿的是一身农民的衣服,腰间围着一个白面袋子,如今穿了一套崭新的军装,整个人都变了样,要不是脸上那几个浅皮麻子,我怕都不认识他了。

我说:"你不是姓李吗,你咋在这儿啊?你快别叫我陈太太了,就叫我李敏吧。"他说:"我当兵了,我就在这里的人民大学里学习呢。"

我说:"你也参军了?"他说:"是啊,上次你到我们那里吃饭,只花了七分钱,你走了以后,伙计们都说,还是共产党好啊!国民党来了,吃饭净挑好的,吃完了还不给钱。咱们还是跟着共产党走吧,正赶上今年部队招兵,我们几个伙计合计合计就都报名参军了。"

听了他的话,我十分高兴,我嘱咐他:"一定要好好学习,要求进步,永远都跟着共产党走。"他也高兴地答应着,挥手和我告了别。

参军的新战士,当时都在北安的人民大学学习,学习一段时间后,就都随部队南下了,当时南下的大军有近万人。

他的样子一直记在我的心中,但是他跟随部队南下后从此再无音讯,也许他已经在南方成了家儿孙满堂颐养天年吧,如果他还活着,我希望有生之年能够再次见到他。

风雪征程
东北抗日联军战士李敏回忆录

鲁艺学院与东北抗联

　　北安在文化生活方面是丰富多彩的。当时的省政府文化局长高云梯同志，是1942年受中央的委派从延安过来寻找东北抗联的干部，当时寻找未果，一直到1945年光复，他才在海伦县找到张光迪同志。高云梯同志淳朴、稳重，待人真诚，工作积极认真。他带领当地的一些知名演员编排宣传爱国的传统京剧，每星期都有演出。高云梯同志和从抗大来的康夫等同志还亲自登台客串角色进行表演。他们虽然演的不如专业演员，但是我们看着更觉亲切。他们的演出，极大地丰富了当地的文化生活，也给解放了的东北带

■星星之火歌曲集插页

1924—1949
第六章　为新中国而战

来了崭新的气象。

1947年的冬天异常的寒冷,就在这年冬天一个大雪纷飞的日子,鲁艺学院一位叫侣朋的青年来到了我们这里。侣朋当时二十多岁,是个南方人,人长得瘦瘦的。他手里拿着冯仲云同志的介绍信,介绍信上说:"这位是延安鲁艺学院的作家,来采访有关抗日战争的历史,请你们配合。"侣朋同志和我整整谈了七天就走了,我向他详细地讲了东北抗联的艰苦斗争。没有想到的是,他回去后和著名作曲家劫夫、安波同志合作,创作出了反映艰苦斗争生活的抗联歌剧《星星之火》。

此歌剧的公演正值抗美援朝初期,引起了很大的轰动,演出获得了巨大的成功。

李劫夫(1913—1976)是著名的中国作曲家、音乐教育家。1913年11月17日生于吉林农安,1976年12月17日卒于沈阳。抗日战争期间曾在延安晋察冀边区参加音乐活动,作有歌曲《歌唱二小放牛郎》等,解放战争时期在解放军中任文工团团长,作有歌曲《坚决打他不留情》等。1948年任东北鲁迅艺术学院音乐部副部长。1953年任东北音乐专科学校校长,后任沈阳音乐学院院长,被选为中国音乐家协会理事和音协辽宁分会主席。作品有《我们走在大路上》,为毛泽东诗词《蝶恋花·答李淑一》、《七绝·为女民兵题照》等和大量毛主席语录歌谱曲。他还创作了歌剧《星星之火》和几部小歌剧。1964年出版《劫夫歌曲选》。

流传至今的革命歌曲《革命人永远是年轻》就是歌剧《星星之火》中的唱段。劫夫词、劫夫曲,中艺配器。这部歌剧1950年12月由东北鲁迅文学院首演于哈尔滨。侣朋编剧,劫夫作曲,侣朋导演,苏扬、刘洙指挥。剧中主要角色的首演扮演者是:张洛(劫夫的夫人)、梁彦、梁静、夏青、谢冰、罗民池、张杨、王竹君、刘贵仁、李荣春。该剧以东北抗日联军艰苦卓绝的革命斗争为背景,歌颂了一支游击队和广大人民群众不畏强暴、不怕牺牲的革命精神,歌颂了他们前赴后继、英勇斗争、星火必定可以燎原的伟大气魄。

《革命人永远是年轻》出自该剧第一幕第二场。游击队交通员老李头和女

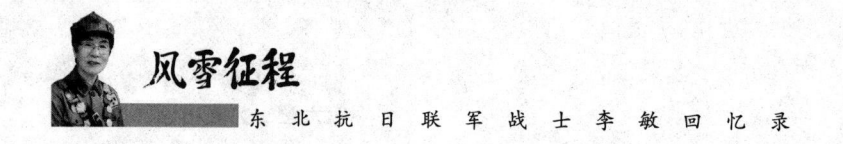

风雪征程
东北抗日联军战士李敏回忆录

主人公小凤在山林中相遇后，答应送小凤去游击队二人对唱的一个唱段。

创作这首歌曲的过程，《辽沈晚报》记者张阿春《在"永远年轻"里老去的岁月》中曾详细予以报道：

在采访劫夫的夫人、辽宁歌剧院前副院长张洛之前，记者就在关于这首歌的不同版本的资料中发现，《革命人永远是年轻》这首歌究竟是由谁作曲有两种说法，一种版本是说都是由劫夫一个人完成的，而另一种则是被标注成是"劫夫、中艺曲"。从张洛那里，记者得到了答案，这首歌的确是由劫夫一个人完成的，中艺是当时配器者，并没有参与歌曲的创作。不单是这首歌，劫夫也完成了《星星之火》这部歌剧整个第二幕的编剧和词曲。劫夫创作这首歌的时候，张洛就坐在旁边给刚刚出生的大女儿喂着奶，劫夫一边写一边哼唱，等他写完时，张洛也已经会唱了。

《革命人永远是年轻》这首歌对于许多人来说都不陌生，但却少有人详尽地知道这首歌出自一部名为《星星之火》的歌剧。这部歌剧歌颂的是东北抗日联军艰苦卓绝的革命斗争，首唱者就是剧中老李头的扮演者刘贵仁和女主角小凤的扮演者，也是劫夫的夫人张洛。

提到这首歌的诞生还要追溯到1948年，当时劫夫由晋察冀革命根据地调回东北，离开农村县城，走进了大都市。一天，他和著名剧作家侣朋在一起商量，"既然到了东北，就应该用作品来表现东北的英雄事迹"。他们首先想到的，就是东北抗联。

他们到东北的情况是这样的：

1949年，劫夫和其他同志们一起开赴白山黑水深入生活，寻访抗联英雄的足迹。他们在走访的时候，也体会到了当时的抗联战士们所处的环境到底有多艰苦。没有固定的根据地是抗联致命的弱点，因为百八十里的范围内往往只有几户人家，他们斗争的方式只能是游击战。没有固定的住所也不能实现稳定的粮食供给，抗联战士们经常吃穿无着，非常艰苦，甚

1924—1949
第六章　为新中国而战

至经常要吃草根、嚼树皮、喝雪水。非但吃不饱住不暖，东北抗联的斗争环境也是非常险恶的。张洛回忆，劫夫从去深入生活的深山老林回来之后，曾给她讲述过一段"趣闻"，他们曾在山里看见一只扛着树走的黑熊，它原先是被猎人绑在树上的，但是树最后被连根拔起来之后，绳子的捆绑却没办法挣脱，结果树放不下，就只能扛着。这件事情虽然被当作"趣闻"讲给大家，但可想而知，当时劫夫所体验到的环境是十分危险的，东北抗联也正是在这么艰险的环境中斗争了十四年。

在走访过程中劫夫最大的收获就是接触到了很多当年的抗联老战士，其中有一个人令劫夫印象十分深刻，他就是老交通员李升，老李头。提到老李头，大家都以"抗联之父"称呼他，他的足迹曾踏遍了抗联各军和各地抗日救国会的驻地。他因为机智勇敢曾无数次在完成任务后从敌人跟前跑掉。有一次，他在街上撒宣传标语，有日本兵到大街上来抓但是又不知道人在哪。老李头急中生智，在后面推了日本兵一把说"看，在那呢"，顺手把一张标语贴到了日本兵的后背上。

在劫夫的笔记本上，有一幅亲手为老李头画的素描肖像，正是因为亲眼见过老李头，知道他的乐观、积极和机警，劫夫才决定在《革命人永远是年轻》这首歌中运用具有革命浪漫主义的欢快曲调。

劫夫和侣朋几个人商量好剧本的结构之后，就开始分头创作，第二幕的剧本要由劫夫一个人完成，《革命人永远是年轻》这首歌就出自这一幕中。

剧中的情节是这样的：日本兵抓住了小凤的父亲之后，母亲让她上山去找游击队，爬雪山的时候，小凤不小心掉到山窟窿里，她爬不上来，只好等着，后

■老李头素描

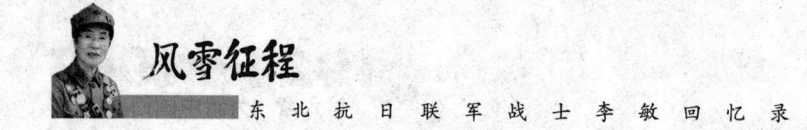

来听见有人远远地走过来了，这个人就是老李头。等老李头把她救上来之后，两个人就开始唠嗑，小凤说想参加革命，老李头问她叫什么名字，小凤报上名字之后，老李头对她说："哎呀，参加革命就不能叫龙了凤了，我给你起个名字，就叫李青阳吧。"随后老李头有解释，为什么有"青"字，因为革命人就像松树一样长青，而且还不能离开太阳。这时，音乐响起来，两人就唱起这首《革命人永远是年轻》。

到现在为止，这部歌剧的录影已经很难找到了，我们只能在张洛老师的回忆中得知这首歌首唱时的情节。"你想想，台上当时就两个人，一个白胡子老头儿，一个梳小辫的小姑娘，身体还轻轻地摇着，把这首歌欢快地唱出来，多有意思"，张洛老师在回忆起当时演出的情形时，仍然觉得这段戏是相当精彩的。这个扮演小凤的梳着小辫的姑娘就是她本人，当时刚刚二十岁。

张洛对这首歌的写作过程也记忆犹新，当时是1949年11月份，劫夫在写作一开始就设想这块要有一个唱段，但是他又寻思，老李头面对的是个十六岁的孩子啊，要用什么样的方式对这么大的一个孩子宣传革命呢，一定要有一个鲜明的形象才行，想着想着，松树长青的形象就出来了。而且这首歌有一个特点，就是大多歌词都是一个音符唱一个字，整首歌完全靠音符跳动出来，非常欢快。张洛清楚地记得她和劫夫的大女儿那时刚刚出生，劫夫写这首歌的时候，张洛正在一旁给女儿喂奶。等劫夫把歌一写完，照着谱子拉开脚踏手风琴，张洛就已经能把这首歌唱出来了。

等把整个剧本都写完之后，张洛和其他演员们就开始排练，直到1950年12月，终于在哈尔滨开始首演，从哈尔滨演到沈阳，再演到大连，当时群众反响相当好，场场爆满。直到1953年，整整演了有数百场。

张洛记得，当时他们演出完都要回家卸妆，跟群众一起散场出来的时候，一路上都有群众在哼唱："革命人永远是年轻，他好比大松树冬夏常青……"因为这首歌只有六句，旋律容易记，群众看过一次就记住了，何况有人来看过不止一场，这首歌就从剧场中流传开了，被人们作为独唱或者合唱歌曲反复传唱。

1924—1949
第六章 为新中国而战

《星星之火》演职人员

■李小凤扮演者梁彦 　　■李小凤扮演者王芙庆 　　■裴大姐扮演者王雅琪

■乐队指挥苏扬 　　■张指挥（李兆麟）扮演者魏秉哲 　　■杨禹民扮演者周星华

■李父的扮演者罗民池 　　■孙京石的扮演者孟希非 　　■演奏队队员梁风

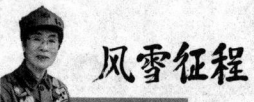

风雪征程
东北抗日联军战士李敏回忆录

革命人永远是年青

抗联歌剧《星星之火》选曲

1=F

劫夫 词曲
中艺 配器

(5 3 5 | 1 2 | 7 6 7 | 5 6 7 1 2 3 | 4 5 6 7 1 2) | 3 5 6 |
　　　　　　　　　　　　　　　　　　　　　　　　　　　　　　　革命人

1 2 | 7 6 1 | 5. 1 6 1 | 5 7 6 | 1. 6 3 5 | 2. 3 3 5 |
永远　是年　青，　他好比　大松树　冬夏长　青，　他不怕

1 6 | 5 6 | 3. 5 3 5 | 1 2 | 7. 6 5 7 | 6. 1 6 |
风吹　雨　打，　他不怕　天寒　地　　冻。　他不

3 5 0 | 5 7 | 6 0 | 6 5 | 3 1 | 3 2 3 | 1. |
摇　也不　动，　永远　挺立　在山　岭。

(3 5 6 | 1 2 | 7 6 1 | 5. 1 6 1 | 5 7 6 |
1. 6 3 | 2 7 6 | 5 6 7 1 2 3 | 4 5 6 7 1 2)

3 5 6 | 1 2 | 7 6 1 | 5. 1 6 1 | 5 7 6 | 1. 6 3 | 2. |
革命人　永远　是年　青，　他好比　大松树　冬夏长　青，

3 5 6 | 1 2 | 7 6 1 | 5. 1 6 1 | 5 7 6 | 1. 6 3 | 2. |

0 0 0 | 0 0 1 2 | 1 6 | 5 6 5 | 0 0 0 | 0 0 5 6 | 5 | 2 |
　　　不怕　风吹　雨打，　　　不怕　天　寒

3 3 5 | 1 6 | 5 6 | 3. 5 3 5 | 1 2 | 7. 6 5 7 |
他不怕　风吹　雨打，　他不怕　天寒　地

1924—1949
第六章 为新中国而战

地冻。他不摇也不动,永远挺立在山岭,在山岭。

1948年,李敏(左一)、李升(左二)、刘奎武(左三)于哈尔滨合影

风雪征程
东北抗日联军战士李敏回忆录

跑交通

（老李头唱）

劫夫 词曲

1=D 2/4

稍慢·乐观的

1 1 2 3 5 | 2 2 3 2 1 | 6 6 1 6 5 | 3 3 6 5 3 | 2 3 4 3 2 | 0 1 2 |
　　　　　　　　　　　　　　　　　　　　　　　　　　　　　　　　　　披 星

(0 3 2　1 2 5)
3 2 1 | 6 1 3 | 2 - | 0 3 2 1 | 6 5 6 | 1 6 1 |
戴 月　跑 交　通，　　爬 冰　卧 雪　为 抗

(0 3 2 3 5)
5 - | 0 3 5 6 | 1 2 6 | 0 1 0 2 | 6 5 3 | 0 5 3 2 |
战，　如 今　国 家　遭 劫　难，　我 把

(0 5 2 3 1)
1 2 3 5 | 2 1 6 1 2 3 | 1 - | 3 5 3 2 3 | 5 3 5 | 0 6 1 |
老 年 当 少　　　年。 人人 叫我　李快腿，南满

(0 1 1 1)
5 3 | 5 6 1 | 1 - | 0 3 2 3 | 1 3 2 1 | 6 1 3 |
北满　走个　遍，　　少走　一步　难成

2 3 7 | 0 1 5 6 | 1 2 1 6 5 | 5 6 5 3 2 | 1 - | 0 5 3 5 |
功， 革命　好比　爬 大　山，　革命

6 1 5 | 0 5 3 5 | 3. 2 | 1 (6 5 6 | 3 2 | 1 -) ‖
好 比　爬 大　山。

-756-

1924—1949
第六章　为新中国而战

万岁，我的祖国！

1947年至1948年，东北战场上国共两方展开了拉锯战，战争艰苦、酷烈。这个时期，我在警卫连每星期给战士讲两次课，讲中国共产党党史。

战士们一批批的申请上前线，他们要为保卫胜利的果实而战，要为新中国而战。在讲课的同时，我们还发展了一批新党员。

1948年的夏天，为了巩固东北大后方，为了迎接新中国的建立，我们急需有知识、有文化的干部充实到各个领域。我申请去学习，经王鹤寿书记批准，省委组织部部长赵德尊同志给开了介绍信，我被派往哈尔滨外国语学院去学习俄语。

只身一人，拎着简单行李的我来到了哈尔滨。当时的外语学院在中山路南，一栋大房子是课堂，旁边几栋俄式小楼是我们的寝室。学员来自东北各地，有的学员是八路军、新四军的后代，这些学员大都二十多岁，都是通过政审进来的。我们的校长是刘亚楼和从延安来的王玉(女)，教务长是延安来的赵洵(女)和赵相两位老师，主教老师是一位四十岁左右的俄罗斯妇女叫娜塔莎，助教是一位年青的俄罗斯姑娘名字叫娜佳。

安顿下以后，紧张的学习就开始了。我们每天天一放亮就爬起来背单词，每天一小考，周末大考。我在苏联呆过几年，多少还有些基础，没有基础的学员，学起来就十分吃力了。那时候，我们在经济技术等方面还是挺依赖苏联的，把他们称为苏联老大哥，所以学好俄语也至关重要。

周末休息的时候，我去老首长冯仲云家里去看望他。冯仲云当时是松

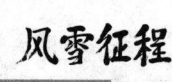

风雪征程
东北抗日联军战士李敏回忆录

江省主席。他的夫人薛雯同志正在筹建东北烈士纪念馆,她是第一任馆长,我把自己精心保存了八年的歌曲集献给了东北烈士纪念馆。

冯主席的家里客人不断,大部分都是东北抗联人员。他家当时有两间屋子,冯仲云夫妻睡一张小铁床,我们去了都睡地板,吃饭自己做,大家说说笑笑,其乐融融,仍旧保持着当年抗战时的习惯。

■ 冯仲云与妻子薛雯及大女儿冯忆罗

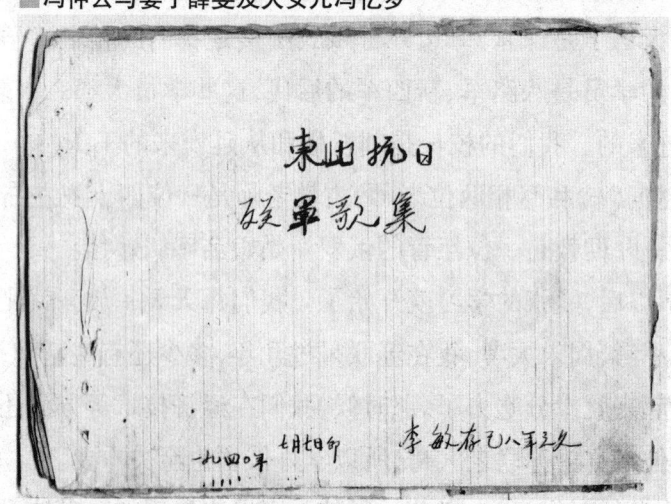

■ 李敏捐献给东北烈士纪念馆的《东北抗日联军歌谱集》

1924—1949
第六章 为新中国而战

■ 李敏捐献给卢沟桥纪念馆的《东北抗日联军歌谱集》（手抄本）

看到老首长我感到十分亲切，我向他汇报了这几年的工作，他鼓励我一定要好好学习，他说没有知识，没有文化将来是不行的。这个时候，薛雯同志和我说："小李子，你知道吗，李升老人也在这里。"

"李升？是那位带我上山的李爷爷吗？"我急切地问。

"是啊，他1938年被捕，被关押在依兰县监狱，'八一五'光复才出来，出来后，他找到了冯主席，冯主席把他安排在伪满警察署（现东北烈士纪念馆）的房子里住下了，现在有专人照顾他。"

原来，1938年初，北满抗联部队与活动在南满的抗联第一路军失掉联系，几次派人都联络不上，最后只得把这个艰巨的任务交给这位已年过七十的老人。他二话没说，一个人冒着零下四十多度的严寒，踏着没膝深的大雪，进入人迹罕见的长白山原始森林。每天只能啃几口冻得像石头似的苞米面饼子，吃几口雪。脚冻肿了，手冻裂了，他全然不顾，仍顽强地寻找着，好几次昏倒在雪地里，就这样走了一个多月，终于在一片森林里找到了抗联一路军的队伍，完成了通信联络任务。李升跑交通被捕过几次，每次他都机智地把文件吞进肚里，无论敌人怎样毒刑拷打，他也不吐露半点机密。由于找不到证据,不得不把他释放。同年夏,他寻找第一路军回来,走到依兰时由于叛徒告密而被捕,日军把他当作重要政治犯关押起来,对他施以种种酷刑,灌煤油、烙铁烙、站铁刺笼子,他浑身被刺成数不清的血窟窿,疼痛钻心,死去活来,但他始终坚贞不屈,最后被判处十年徒刑。1945年8月日本侵略者投降后,李升才走出监狱,辗转寻找党的组织。1946年8月16日,年已八十岁的李升老人回到哈尔滨,打听到当时已任松江省主席的冯仲云,回到了党的怀抱。由于他年岁大,在狱中受刑过重,身体不好,党组织安排他长期休养,并派专人照料其生活。

1951年国庆节,他被选为东北抗日联军代表,去北京参加国庆观礼,受到毛泽东主席接见。不久他被邀为黑龙江省政协常委。

听说李升爷爷就在哈尔滨,我迫不及待地想立刻见到他,薛雯同志说:"走,我带你去看他。"

我们来到了原来伪满警察署的那栋房子,李升爷爷住在一个套间里,抗联老同志刘奎武夫妇负责照顾他。

我和薛雯同志进了屋,屋子挺亮堂。这是李升爷爷吗?我好像是在梦里。李升爷爷老了,头发胡子全白了,他双手拄着一根拐杖坐在炕沿上。我拼命抑制住奔涌而出的泪水,走到他的面前。这时,薛雯同志问他:"李老,你看看这是谁?"

李爷爷抬起头看了看我,多么熟悉的目光啊,就像当年在板场子时看我的眼神一模一样。看完后他说:"不认识,我不认识她。"

我着急了,我说:"李爷爷,是我,小李子,小凤啊!"

"小凤?"李爷爷好像在他的记忆里搜寻,忽然他说:"小凤,你是小凤?你还活着啊?"

我再也忍不住了,跪在地上,趴在李爷爷的膝盖上哭了起来。

李爷爷摸着我的头也哭了:"小凤啊,你活着,我差点没死啊,死了就见不到你了……"

"是啊,李爷爷,我们都活着,多好啊,可吴玉光和裴大姐他们都牺牲了……"

李爷爷真是老了,哭得一把鼻涕,一把眼泪的,嘴角还流出了口水,我赶忙站起来给他擦了去。

李爷爷说:"小凤啊,你长大了,我老了,我差点死在监狱里啊……"

"李爷爷,往后就好了,咱们还要建设新社会呢。"

我拉着李爷爷的手,爷俩有说不完的话。打这以后,只要一休息,我就跑去看他,给他买点好吃的。

紧张的学习之余,我们全体学员还参加了道外区八区公园"东北抗日烈士纪念碑"的筹建工作,我们去到那里拔草、铲地、搬砖等等,在冯仲云主席的亲自主持下,八区公园的"东北抗日烈士纪念碑"很快就建立起来了。

这时,从长春战场上俘获了一批国民党将领,这些将领经过共产党对他们的宣传和改造,从思想上有了很大的转变。他们感觉到了共产党和毛主席的伟大,承认共产党才是真正为人民谋幸福的政党。他们其中的一些人来到了我们学校,给学员做报告,讲他们是怎么样被我军俘虏的,讲他们从思想上到认识上的转变。他们的报告也让我们这些学员认识到,共产党人不但能够打败我们的敌人,同时还能够改造我们的敌人。

学院里的文化生活还是丰富多彩的,到了"七一""八一"等重大节日都有晚会,晚会上我们唱《八路军军歌》、《白毛女》插曲、陕北民歌、《延安颂》、《黄河大合唱》等,我还教同学们跳集体舞,就用《红叶锦秋》那支曲子,同学们都挺喜欢。

1949年的春节到了,东北的战局发生了有利于我们的大转变。经过了1947、1948年两年的浴血奋战,我东北野战军三下江南、四保临江、四战四平,一直到辽沈战役,终于取得了伟大的胜利。1948年11月1日解放沈阳,11月2日解放营口,至此东北全境宣告解放。

就在这时,黑龙江省委通知我中断学习,回省里安排工作。不管我多么想学习,但是上级的命令还是要绝对服从的。在东北局势一片大好的情况下,黑龙江省成立了妇联、工会和共青团等群团组织。我被任命为北安县

风雪征程
东北抗日联军战士李敏回忆录

团委副书记,书记由北安县宣传部长兼任。县团委还配备了两名干事。

接任团委副书记以后,我立刻按上级指示开始工作,我们到各工厂、机关、学校组建团支部,吸收进步的青年加入共青团。同时还要定期地给他们讲课,讲共青团的光荣历史,讲共青团在十四年的抗日战争中的作用和许多优秀团员的英雄事迹,讲共青团要做好党的助手。很快共青团组织的工作就轰轰烈烈地展开了,不少青年团员带头参军和支前。

正当共青团的工作刚刚开始,团小组继续向村屯发展时,1949年5月中旬,黑龙江省和嫩江省合并为黑龙江省了,黑龙江省委由北安县迁往了齐齐哈尔市。此时东北战场上大局已定,1949年1月31日,傅作义将军率部起义,和平解放了北平;3月25日中共中央、解放军总部移往北平。4月21日,解放大军横渡长江;4月23日解放南京,新中国建立的曙光已经出现。所有这一切都令我们欢欣不已,身上总有使不完的劲,恨不得每天二十四小时都在工作。

到了齐齐哈尔以后,陈雷同志仍担任省委秘书长,而我的工作却有了较大的变动。因外事工作的需要,调我去黑龙江省中苏友好协会任副干事长(副秘书长),秘书长是省政府文化局局长高云梯同志兼任。

当时齐齐哈尔来了二十多名苏联专家,帮助我们建设齐齐哈尔飞机场和齐齐哈尔机床厂,原中东铁路的苏联技术人员也没走。这样,就要求我们要有一个部门安排他们的生活和协调

■1948年,李敏与李升于哈尔滨合影

1924—1949
第六章　为新中国而战

各项工作。我虽然在外语学院学了半年的俄语，简单的生活用语还能应付，但专业术语就不行了，为此，又专门给我们调来一位叫李胜堂的翻译。

因为国情的不同，当时，我们给了苏联专家很多特殊的照顾，比如定期会餐，定期开晚会，晚会上要跳交际舞等等。

1949年10月1日，是一个让世界瞩目的日子，中国的历史在这一天揭开了新的一页，一个崭新的时代开始了，中国人民站起来了！

日本人在齐齐哈尔曾经竖起了一个"忠灵塔"，为的是祭奠他们在中国死去的亡灵，1945年"八一五"光复以后，新生的人民政权将"忠灵塔"改为"国耻纪念碑"以纪念我们曾经沦为"亡国奴"的历史，以纪念艰苦抗战十四年所取得的胜利。

1949年10月1日，齐齐哈尔市晴空万里，艳阳高照。"国耻纪念碑"前的广场上人山人海，红旗飘扬，万众欢腾。下午3时整，当扩音器里传出毛主席在天安门城楼上庄严的宣告"中华人民共和国中央人民政府今天成立了"的声音时，整个广场沸腾了。我们满脸的泪水，我们蹦啊，跳啊，欢呼啊，直到泪水流干，直到嗓子喊哑。"中华人民共和国万岁！""毛主席万岁！"的口号声响彻了云霄。

为了这一天，几代人前仆后继，流血牺牲。烈士们用青春，染绿了山川；烈士们用鲜血，染红了国旗！抗战十四年，整整的十四年，我们流了多少血啊，新中国来之不易啊！

入夜，大街小巷到处是灯笼火把和狂欢的人群，整个齐齐哈尔市变成了不夜城。焰火点起来了，绚烂的火花点亮了夜空。就在这狂欢的人群中，我忽然觉得，我的爸爸李石远，我的哥哥李云峰、徐光海、裴大姐、吴玉光、白福厚、孙国栋、小马、苗司务长……他们也都在这人群中，他们和我一样的心潮澎湃，他们和我一样的喜泪长流……

万岁，我的战友！

万岁，我的祖国！

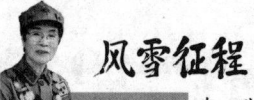

风雪征程
东北抗日联军战士李敏回忆录

■李敏（前左）、次子陈晓峰（前中）、陈雷（前右）、长女陈小琴（后左一）、长子陈晓东（后右一）

■李升（左一）、李敏（左二）、吕老妈妈（左三）、冯咏莹（左四，冯仲云的妹妹，东北烈士纪念馆第二任馆长）

■李敏（摄于1950年）

附录一：东北抗日联军牺牲将领名录（王晓兵整理，按时间排序）

1934 年

1. 张文偕　1907 年生于山东掖县，中共党员。东北抗日救国军政委、东北人民抗日革命军政委。1934 年 8 月 28 日在黑龙江省虎林县三人班战斗中牺牲。(27 岁)

2. 于学堂　1899 年辽宁省安图县人，旧军人，1931 年九一八后被迫参加伪军，后哗变出来参加救国军，任旅长。1934 年夏在与敌人作战时中弹牺牲。(35 岁)

1935 年

3. 朴翰宗　1911 年生于朝鲜庆尚南道，朝鲜族，中共党员。东北人民革命军第一军参谋长。1935 年 1 月 11 日在吉林省临江县红土崖对敌军作战中牺牲。(24 岁)

4. 陈其仓　1900 年生于吉林省敦化县，知识分子，1931 年九一八后参加救国军，任旅部参谋，1934 年于学堂旅长牺牲后接任旅长。1935 年 3 月在与敌人遭遇战中作战牺牲。(35 岁)

5. 李仁根　别名张秋，朝鲜族，中共党员，1895 年出生，黄埔军校毕业，1933 年末曾任汤原游击总队参谋长，1935 年 3 月因"民生团"事件被错杀。(40 岁)

6. 李红光　1910 年生于朝鲜京畿道，朝鲜族，中共党员。东北人民革命军第一军第一师师长兼政委。1935 年 5 月 8 日在老爷岭对日军战斗中负伤后，9 日在辽宁省恒仁县黑瞎子望密营中牺牲。(25 岁)

7. 何忠国 1909年生于湖北省,中共党员。东北抗日同盟军第四军政治部主任兼第一师政治部主任。 1935年6月17日在黑龙江省勃利县马鞍山屯与敌人激战中牺牲。(36岁)

8. 张玉衍 1901年生于河北省信阳县,中共党员。东北人民革命军第三军政委。1935年8月3日在黑龙江省珠河县(现尚志市)娄家窝棚突围战斗中牺牲。(34岁)

9. 韩 浩 1902年生于朝鲜,朝鲜族,中共党员。东北人民革命军第一军第一师师长。1935年8月28日在吉林省通化县大泉眼和平村刘家街小三道沟与日伪军激战中牺牲。(33岁)

10. 杨泰和 1904年8月17日生于吉林省吉林市,中共党员。东北抗日同盟军第四军第一师师长。1935年9月在黑龙江省勃利县缸窑沟遭敌人袭击牺牲。(31岁)

11. 李松波 1904年生于吉林省磐石县,朝鲜族,中共党员。东北人民革命军一军二师参谋长。1935年9月在吉林省桦甸县红石砬子战斗中牺牲。(31岁)

12. 田景文 1897年吉林省濛江县人,1931年九一八后,拿自己家中的枪参加姚振山组织的抗日救国军,任旅长。1935年秋敌人"讨伐"大甸子时被捕牺牲。(38岁)

13. 李光林 1910年生于吉林省延边,朝鲜族,中共党员。东北反日联合军第五军第二师政治部主任。1935年12月24日在黑龙江省宁安县江南山东屯与敌人作战被俘后遭杀害。(25岁)

14. 尹庆述 中共党员,东北抗日联军第三军第五师师长。1935年末在黑龙江省勃利县吉兴河沟战斗中牺牲。

15. 田 林 1895年生于吉林省敦化县人,旧军队连长,1931年九一八后被迫参加伪军,1932年从伪军中哗变出来参加救国军,因有战功升任旅长。1935年从敦化出发后在与敌人遭遇作战时中弹牺牲。(40岁)

16. 张文藻 1912年生于齐齐哈尔市,曾考入北平国立师范大学,1931年九一八后入团,1932年转党,1932年春任巴彦游击队秘书长。1933年参加汤原游击队,1935年冬作战牺牲。(23岁)

1936 年

17. **傅显明** 1900年生于黑龙江省双城县,中共党员。东北抗日联军第五军第二师师长。1936年2月17日在黑龙江省密山县黄泥河子煤矿与日伪军作战中牺牲。(36岁)

18. **杨　林** 1898年生于朝鲜平安北道,朝鲜族,中共党员。中共满洲省委军委书记,中国工农红军十五军团七十五师参谋长。1936年2月23日在红军东渡黄河战役中,在攻打贺家凹战斗中牺牲。(38岁)

19. **孟泾清** 1905年生于山东,中共党员。东北抗日救国游击军政委、中共吉东特委宣传部长。1936年春吉东特委被破坏时被捕入狱后遭杀害。(31岁)

20. **张　奎** 1899年生于山东掖县,中共党员。东北抗日救国军参谋长。1936年4月在黑龙江省牡丹江地区敌人"讨伐队"追击中横渡牡丹江时坠江牺牲。

21. **李敏焕** 1913年生于朝鲜咸镜北道,朝鲜族,中共党员。东北抗日联军第一军第一师参谋长。1936年7月15日在辽宁省本溪摩天岭大榆树沟伏击战斗中牺牲。(23岁)

22. **李学忠** 1910年生于山东,中共党员。东北抗日联军第二军政治部主任。1936年8月9日在抚松县大碱场密营激战中牺牲。(26岁)

23. **王德泰** 1907年5月23日生于辽宁省盖县,中共党员。东北抗日联军第二军军长、第一路军副总司令。1936年11月7日在吉林省抚松和蒙江县交界处小汤河村战斗中牺牲。(29岁)

24. **史忠恒** 1906年出生于吉林省永吉县,中共党员。东北抗日联军第二军第二师师长。1936年10月在图佳线老松岭作战中身负重伤,在送往苏联医治途中,在苏联乌苏里斯克(双城子)附近牺牲。(30岁)

25. **夏云杰** 1903年生于山东省沂水县,中共党员。东北抗日联军第六军军长。1936年11月21日在黑龙江省汤原县丁大干遭敌军伏击,身负重伤后于26日为国捐躯。(33岁)

26. 曹国安 1900年10月17日生于吉林省永吉县,中共党员。东北抗日联军第一军第二师师长兼政委。1936年12月21日在吉林省临江县七道沟与敌人作战负伤后,因流血过多且无药品治疗而牺牲。(36岁)

27. 崔荣华 朝鲜族,中共党员。东北人民革命军第四军第二师政治部主任,东北抗日联军第七军第二师政治部主任。1936年冬在饶河县十八垧地石头河子遭敌人袭击而牺牲。

28. 王加林 中共党员,东北抗日联军第三军副官长。1936—1937年在黑龙江省双城县八区辽阳屯战斗中牺牲。

1937年

29. 宋铁岩 1910年11月25日生于吉林省永吉县,中共党员。东北抗日联军第一军政治部主任。1937年2月11日在辽宁省本溪县老和尚帽子山区激战中牺牲。(27岁)

30. 左子岩 1906年11月28日生于辽宁省宽甸县,1936年8月任东北抗日联军第一军第十一独立师师长。1937年3月1日在辽宁省下露河西北天山上的密营里,被日伪军包围,战斗中牺牲。(31岁)

31. 陈荣久 1904年生于黑龙江省宁安县,中共党员。东北抗日联军第七军军长。1937年3月6日在黑龙江省饶河县西北小南河天津班与日伪军作战中牺牲。(33岁)

32. 周树东 1918年2月5日生于山东省平度县,中共党员。东北抗日联军第二军第一师、第四师师长兼政委。1937年4月24日在吉林省安图县大沙河老金厂附近与敌人激战中牺牲。(19岁)

33. 李福林 1907年5月21日生于朝鲜咸镜北道,朝鲜族,中共党员。东北人民革命军第三军第一师政治部主任、哈东游击司令、东北抗日联军依东办事处主任。1937年4月在黑龙江省通河县二道河子北山战斗中牺牲。(30岁)

34. 李向阳 东北抗日联军第九军参谋长。1937年6月下旬突然吐血病逝。

35. 胡文权 1906年生于黑龙江省依兰县,中共党员。东北抗日联军第十一

军第一师第二旅旅长。1937年11月在桦川县战斗中牺牲。(31岁)

36. 郝贵林 1900年生于热河省,中共党员。东北抗日联军第三军第四师师长。1937年7月在黑龙江省勃力县小五站与日军作战时牺牲。(37岁)

37. 张甲洲 1907年5月21日生于黑龙江省巴彦县,中共党员。中国工农红军第三十七军江北独立师师长。1937年8月28日在黑龙江省富锦县被敌人截击时牺牲。(30岁)

38. 王玉生 中共党员。东北抗日联军第三军第三师师长。1937年夏在黑龙江省萝北县老道沟战斗中牺牲。

39. 李天柱 1898年生于山东省。东北抗日联军第四军第三师、第二师师长。1937年9月18日在黑龙江省富锦县国强街基被敌人冷枪打伤后牺牲。(39岁)

40. 王仁斋 1906年9月21日生于山东文登县,中共党员。东北抗日联军第一军第三师师长。1937年10月末在辽宁省清源县钓鱼台遭敌人袭击牺牲。(31岁)

41. 金 根 1903年1月生于朝鲜咸镜北道,朝鲜族,中共党员。东北抗日联军第八军第一师政委、第三师政治部主任。1937年12月3日在黑龙江省集贤县七星砬子密营中被叛徒杀害。(34岁)

42. 周建华 1913年9月28日生于吉林双阳县,中共党员。东北抗日联军第一军第三师政委。1937年12月在辽宁省清原县夹皮沟遭日伪军袭击牺牲。(24岁)

43. 张中华 1912年生于吉林省永吉县,中共党员。东北抗日联军第五军政治部主任。1937年12月在黑龙江省(宁安县)桦皮沟战斗中负伤被俘,后被敌人在狱中杀害。(25岁)

44. 柴荫轩 中共党员。东北抗日联军第八军第四师政治部主任。1937年冬在黑龙江省桦川县阻击日军进攻七星砬子密营的战斗中牺牲。

45. 赵庆祥 东北抗日联军第八军第六师师长。1937年冬在黑龙江省勃利线吉兴河日军作战中牺牲。

1938年

46. 王毓峰　1897年生于黑龙江省宁安县,中共党员。东北抗日联军第四军第二师师长。1938年2月25日在黑龙江省富锦县抗联密营养病时被叛徒杀害。(41岁)

47. 张文清　中共党员,东北抗日联军第七军副官长。1938年2月(在黑龙江省虎林县)被叛徒王凤林杀害。

48. 金　铎　1901年生于朝鲜咸镜北道,朝鲜族,中共党员。东北抗日联军第七军第二师参谋长。1938年2月被叛徒王凤林杀害。(37岁)

49. 陆希田　东北抗日联军第三军第四师师长。1938年3月17日在黑龙江省依兰县二区与日军作战时牺牲。

50. 马德山　1911年12月30日生于上海,朝鲜族,中共党员。东北抗日联军第六军第一师师长。1938年3月29日在黑龙江省绥滨县三间房与敌人作战牺牲。(27岁)

51. 黄　有　1899年9月出生于呼兰县,1935年参加汤原反日游击总队,任六军副官,1936年入党,后任六军稽查处处长。率队在伊春建立干校,1938年3月因残疾无粮牺牲在密营。(39岁)

52. 张连科　中共党员。东北抗日联军第三军第三师师长、第三军稽查处处长。1938年4月在黑龙江省铁力县马鞍山战斗中牺牲。

53. 金正国　1912年3月1日生于朝鲜庆尚北道,朝鲜族,中共党员。东北抗日联军第十一军政治部主任。1938年5月上旬在黑龙江省桦川县李贵屯被叛徒杀害。(26岁)

54. 张相武　1914年生人,吉林省人,中共党员。东北抗日同盟军第四军第一师师长。1938年5月在黑龙江省富锦县国强街基与敌人作战时牺牲。(24岁)

55. 徐德明　东北抗日联军第八军第一师副师长。1938年5月在黑龙江省勃利县与日军作战牺牲。

56. 贺九成　东北抗日联军第八军第一师政委。1938年5月在黑龙江省勃利县与日军作战牺牲。

57. 关化新　1906年生于河北省山海关,中共党员,东北抗日联军第三军第二师政治部主任、师长。1938年农历六月三十日在黑龙江省通河县小古洞沟战斗中牺牲。(32岁)

58. 魏长魁　1906年生于山东省德平县,中共党员。东北抗日联军第九军政治部主任。1938年6月在黑龙江省通河县苇子沟战斗中牺牲。(32岁)

59. 于世光　1905年生于辽宁省丹东市,中共党员。东北抗日联军第八军参谋长。1938年6月在黑龙江省勃利县被杀害于马蹄沟(另说在"五道河子")。(33岁)

60. 杨俊恒　1910年生于吉林省,中共党员。东北抗日联军第一军第三师师长。1938年8月2日在吉林省集安县老岭长岗埋财沟(现幸福沟)与日伪军作战牺牲。(28岁)

61. 李学福　1901年12月18日生于吉林省延吉,朝鲜族,中共党员。东北抗日联军第七军军长。1938年8月8日因长期艰苦斗争积劳成疾病逝。(37岁)

62. 刘曙华　1912年生于山东省济南市,中共党员。东北抗日联军第八军政治部主任。1938年8月22日在黑龙江省勃利县通天沟被叛徒杀害。(26岁)

63. 张传福　1902年4月生于吉林省公主岭,中共党员。东北抗日联军第六军第二师师长。1938年8月23日在黑龙江省汤原县黑金河宿营时遭到日军袭击牺牲。(36岁)

64. 朴德山　朝鲜族,中共党员。东北抗日联军第四军第四师政治部主任。1938年夏在黑龙江省依兰县大哈唐战斗中牺牲。

65. 毕玉民　1909年生于山东省莱芜县,中共党员。东北抗日联军第七军副官长。1938年9月被叛徒秘密杀害于虎林县红石砬子。(29岁)

66. 常有君　1911年生于辽宁省岫岩县,中共党员。东北抗日联军第三军第一师师长、保安师师长。1938年10月4日在黑龙江省通北"一撮毛"宿营时遭叛徒杀害。(27岁)

67. 李延平　1903年3月9日生于吉林省延吉城郊,中共党员。东北抗日联军第四军军长。1938年10月20日在黑龙江省珠河县(现尚志市)一面坡南沟错

草顶子宿营时被叛徒杀害。(35岁)

68. 吴景才　山东省义州府人,中共党员。东北抗日联军第三军第三师、第二师政治部主任。1938年10月在黑龙江省方正县蚂蚁河西老道庙与敌人战斗中牺牲。

69. 姜克智　1910年生于山东省牟平县,中共党员。东北抗日联军第七军第一师副师长。1938年10月在黑龙江省同江、富锦交界的卧虎山西唐家油坊突围作战时牺牲。(28岁)

70. 姜东秀　1908年生于黑龙江省宁安县,朝鲜族,中共党员。东北抗日联军第八军第三师政治部主任。1938年秋在黑龙江省勃利县保安屯与日军作战牺牲。(30岁)

71. 徐光海　1907年生于朝鲜庆尚南道,朝鲜族,中共党员。东北抗日联军第六军第一师政治部主任。1938年11月23日在(黑龙江省富锦)张忠堡与敌人作战牺牲。(31岁)

72. 王光宇　1911年生于吉林省德惠县,中共党员。东北抗日联军第四军副军长。1938年12月在黑龙江省五常县九十五顶子与敌人作战牺牲。(27岁)

73. 康　山　中共党员,朝鲜族。东北抗日联军第三军第六师政治部主任。1938年牺牲。

74. 吴玉光　1909年生于朝鲜,朝鲜族,中共党员。东北抗日联军第六军第四师政治部主任。1938年底在饶河县小佳河战斗中牺牲。(29岁)

1939年

75. 于　桢　满族,东北抗日联军第九军副官长。1939年1月中旬在黑龙江省方正县大罗勒密战斗中牺牲。

76. 刘廷仲　1904年生于山东省黄县,中共党员。东北抗日联军第七军第三师政治部主任。1939年1月在黑龙江省饶河作战牺牲。(35岁)

77. 官显庭　东北抗日联军第四军第三师师长。1939年初牺牲。

78. 雷　炎　1911年生于黑龙江省海伦县,中共党员。东北抗日联军第三军

第九师政治部主任、西北临时指挥部第四支队支队长。1939年2月17日在绥棱铁路线上的四方台老卓屯突围战斗中牺牲。（28岁）

79. 王济舟 中共党员，东北抗日联军第十一军第一师第二旅政治部主任。1939年4月21日率部分战士在黑龙江省海伦县活动遭遇大风雪和严寒天气，因冻饿而牺牲。

80. 王克仁 1914年生于黑龙江省穆棱县，中共党员。东北抗日联军第九军政治部主任。1939年5月在黑龙江省依兰县习翎地区与敌人战斗中牺牲。（25岁）

81. 张兴德 朝鲜族，中共党员。东北抗日联军第十一军第一师政治部主任。1939年6月在黑龙江省萝北县肇兴镇与敌人遭遇牺牲。

82. 姜宝林 1909年生，东北抗日联军第十一军第一师第三旅旅长。1939年6月在富锦县南部与日伪军作战牺牲。（30岁）

83. 祁致中 1913年生于山东省菏泽县，中共党员。东北抗日联军第十一军军长。1939年6月末（在黑龙江嘉荫）殉职。（26岁，被错误处死，已认定为烈士）

84. 侯国忠 1903年生于吉林省珲春县，中共党员。东北抗日联军第二军第五师副师长、第一路军第三方面军副指挥。1939年8月下旬在吉林省安图县大沙河的连环战斗中牺牲。（36岁）

85. 马光德 东北抗日联军北满总司令部西北临时指挥部独立二师师长。1939年夏在黑龙江省铁力县马家店战斗中牺牲。

86. 李文彬 1902年生于黑龙江省双城县，中共党员。东北抗日联军第五军警卫旅旅长、第五军第三师师长。1939年9月12日在黑龙江省宝清县西沟板石河子与敌人作战牺牲。（37岁）

87. 侯启刚 中共党员。东北人民革命军第八军政治部主任、东北抗日联军第三军第三师政治部主任。1939年夏进关找党组织被诬陷自缢而死。

88. 李一平 1910年9月生于朝鲜咸镜南道洪源郡，朝鲜族，中共党员。东北抗日联军第七军第三师政治部主任。1939年秋在黑龙江省虎林县阿布沁河养病时被敌人包围，激战中牺牲。（29岁）

89. 张成镇 1912年生于朝鲜咸镜北道，朝鲜族。东北抗日联军第五军

第二师参谋长。1939年12月在黑龙江省富锦县沙岗东南煤窑沟关木营上沟战斗阵亡。(27岁)

90. 关树勋　中共党员。东北抗日联军北满总司令部西北临时指挥部第四支队政治部主任。1939年12月中旬在黑龙江省绥棱县周家店战斗中牺牲。

1940年

91. 金品三　1909年10月10日生于辽宁省昌图县,中共党员。东北抗日联军第七军第三师政治部主任、七军秘书长。1940年初在虎林独木河河里战斗中牺牲。(31岁)

92. 冯治纲　1908年生于吉林省怀德县,中共党员。东北抗日联军第六军参谋长、东北抗日联军第三路军龙北指挥部指挥。1940年2月4日在内蒙古阿荣旗三岔河上游任家窝堡与日伪军作战牺牲。(32岁)

93. 黄玉清　1899年生于朝鲜咸镜北道,朝鲜族,中共党员。东北抗日联军第四军政治部主任、第二路军总部政务处主任。1940年2月20日在黑龙江省宝清县七星泡东南石灰窑与伪军激战牺牲。(41岁)

94. 杨靖宇　1905年2月13日生于河南确山县,中共党员。东北抗日联军第一军军长兼政委、抗日联军第一路军总司令兼政委。1940年2月23日在吉林省濛江县(现靖宇县)保安村西南三道崴子激战中牺牲。(35岁)

95. 周庶泛　朝鲜族,中共党员。东北抗日联军第三军第一师政治部主任。1940年3月3日在黑龙江省通河县小伊吉密营被叛徒杀害。

96. 景乐亭　1903年生于山东省章邱县,中共党员。东北抗日联军第七军军长。1940年3月27日在黑龙江省饶河县小穆河殉职。(37岁,1993年10月26日核定为烈士)

97. 柳万熙　1917年生于朝鲜庆尚北道,朝鲜族,中共党员。东北抗日联军第一军第三师政治部主任。1940年3月在吉林省临江县七区黑瞎子沟密营养伤时被叛徒杀害。(23岁)

98. 李　泰　朝鲜族,中共党员。东北抗日联军第三军第二师师长。1940年春在黑龙江省通河地区活动时被叛徒杀害。

99. 曹亚范 1911年生于北京,中共党员。东北抗日联军第一军第二师师长、政委。1940年4月8日在吉林省濛江县龙泉镇南山沟密营外出在金川屯以东被叛徒杀害。(29岁)

100. 张镇华 1909年4月18日生于黑龙江省宁安县,中共党员。东北抗日联军第五军第三师师长。1940年2月7日被俘,4月被杀害于佳木斯。(31岁)

101. 王汝起 1906年12月10日生于山东省费县,中共党员。东北抗日联军第七军第一师师长。1940年5月21日在黑龙江省饶河县大岱河与伪警察队作战中身负重伤壮烈牺牲。(34岁)

102. 高继贤 1910年生于河北省宛平县,中共党员,东北抗日联军第十一军第一师第二旅旅长。1940年5月在黑龙江省海伦县西南新立屯战斗中牺牲。(30岁)

103. 张兰生 1909年6月7日生于黑龙江省呼兰县,满族,中共党员。东北抗日联军第三军政治部主任、中共北满临时省委书记。1940年7月19日在黑龙江省德都县(现五大连池市)朝阳山战斗中牺牲。(31岁)

104. 赵敬夫 1916年生于黑龙江省桦川县,中共党员。东北抗日联军第三军第三师政治部主任、第三路军第三支队政委。1940年7月19日在黑龙江省德都县(现五大连池市)朝阳山战斗中牺牲。(24岁)

105. 冯丕让 1896年生于辽宁宽甸县,中共党员。东北抗日联军第五军副官长。1940年秋在穆棱县兴源镇大架子山遭敌人伏击,突围时负伤被俘,后被日本宪兵杀害于(穆棱县)下城子监狱。(44岁)

106. 高禹民 1916年生于山东省高密县,中共党员。东北抗日联军第三路军第三支队政委。1940年12月1日在内蒙古阿荣旗鸡冠山与敌人作战牺牲。(24岁)

107. 陈翰章 1913年6月3日生于吉林省敦化县,满族,中共党员。东北抗日联军第二军第五师师长、第一路军第三方面军指挥。1940年12月8日在黑龙江省镜泊湖南湖头小湾湾沟与日军作战牺牲。(27岁)

1941年

108. 汪雅臣　1911年生于山东省蓬莱县,中共党员。东北人民革命军第八军军长、东北抗日联军第十军军长。1941年1月29日在黑龙江省五常县与日军作战牺牲。(30岁)

109. 张忠喜　东北抗日联军第十军副军长兼参谋长。1941年1月29日在黑龙江省五常县与日军作战牺牲。

110. 魏拯民　1909年2月3日生于山西省屯留县,中共党员。东北抗日联军第二军政委、第一路军总政治部主任、副总司令。1941年1月20日在吉林省桦甸县牡丹岭二道河子密营因长期生活条件艰苦而病故。(32岁)

111. 方振声　1906年生于河南省开封市,中共党员。东北抗日联军第二军独立旅旅长、第一路军警卫旅旅长。因奸细告密被捕后于1941年2月14日被杀害于长春。(35岁)

112. 韩仁和　1913年5月29日生于吉林省永吉县,中共党员。东北抗日联军第一军第三师政委。1941年3月13日在宁安县镜泊湖与日军作战牺牲。(28岁)

113. 刘海涛　山东省鲁西人,中共党员,东北抗日联军第三军第一师师长、八路军山东鲁东军区司令员。1941年春在山东鲁中区沂水县敌人大扫荡中被俘后被杀害。

114. 姚振山　原任东北军王德林部国民救国军旅长,后编入东北抗日联军第二路军任"抗日义勇军"军长,1941年春在黑龙江省穆棱县九站殉国。

115. 徐泽民　1900年生于辽宁省辽中县,中共党员。东北抗日联军第三路军第十二支队代支队长。1941年2月13日被俘,1941年10月在哈尔滨监狱自缢牺牲。(31岁)

116. 曹玉奎　1940年任抗联第三路军九支队副官长。1941年8月初在黑龙江省甘南县郭尼屯战斗中牺牲。

117. 郭铁坚　1911年4月生于黑龙江省依兰县,中共党员。东北抗日联军

第九军一师政治部主任、第三路军九支队政委。1941年9月20日在黑龙江省嫩江县郭尼屯与日军作战中牺牲。(30岁)

1942年

118. 赵尚志　1908年10月26日生于辽宁省朝阳县,中共党员。东北抗日联军总司令、第三军军长、第二路军副总指挥。1942年2月12日在袭击黑龙江省鹤岗梧桐河警察分驻所战斗中牺牲。(34岁)

119. 许保合　中共党员。1937年依兰伪军哗变,参加抗联,曾任抗联第三路军三支队七大队长,参加过克山战斗,1942年任三支队副官长,1942年2月在大兴安岭库楚战斗牺牲。(30多岁)

120. 陶净非　1912年生于吉林省德惠县,中共党员。东北抗日联军第五军第二师政治部主任。1942年5月21日在黑龙江省五常县老爷岭三道海浪河沟里与敌人作战牺牲。(30岁)

121. 许亨植　1909年5月21日生于朝鲜庆尚北道,朝鲜族,中共党员。东北抗日联军第九军政治部主任、东北抗日联军第三军军长、第三路军总参谋长。1942年8月3日在黑龙江省庆安县邵凌河套与伪警察激战中牺牲。(33岁)

1943年

122. 朴吉松　1917年8月18日生于朝鲜咸庆北道,朝鲜族,中共党员。东北抗日联军第三路军第十二支队支队长。1943年1月4日在庆安县福合隆屯战斗中负伤被俘入狱,1943年9月12日在北安大安监狱英勇就义。(26岁)

123. 柴世荣　1895年1月17日生于山东省胶县,中共党员。东北反日联合军第五军副军长、东北抗日联军第五军军长。1943年秋在苏联执行任务时牺牲。(48岁)

124. 张中孚　1911年2月19日生于辽宁省开原县,中共党员。东北抗日联军总司令部秘书长、东北抗日联军第三路军总指挥部秘书长。1943年牺牲。(32

岁)

125. 孙太义　1912年生于黑龙江省宾县,中共党员。东北抗日联军第三军第二师政治部主任。1943年在黑龙江省萝北县牺牲。(31岁)

126. 李云峰　1918年生于朝鲜黄海北道凤山郡(现银波郡)养洞里初卧面,中共党员,梧桐河模范学校学员,东北抗日联军第六军第一师第六团政治部主任。1943年在派遣活动中牺牲。(25岁)

127. 李石远　1893年生于朝鲜黄海北道凤山郡(现银波郡)养洞里初卧面,中共党员,东北抗日联军第六军第一师后勤处处长。1938年牺牲于宝清县七星泡。(45岁)

年份不详

128. 李振远　1916年生人,中共党员。东北抗日联军第三军第九师师长。1938年夏被遣送新疆,后在新疆阿山剿匪时牺牲。

1945年

129. 李靖宇　原名李国安,1908年10月13日生于辽宁省辽阳县,中共党员,东北抗日联军第三军第三师、九师参谋长,第三军副官长,代理三军参谋长。1945年11月在辽宁省被国民党特务杀害。(37岁)

130. 卢冬生　别名宋明,1908年3月生于湖南省湘潭县,中共党员。中国工农红军红三军独立师师长、政委,二军团四师师长,东北抗日联军教导旅教官,松江省军区司令。1945年11月16日在哈尔滨市因被苏军违纪战士枪击而遇难。(37岁)

1946年

131. 孙长祥　1905年生于山东省蒙阴县,中共党员,抗联第二军第三师参谋

长,1946年1月28日,在延边安图县三道湾被国民党土匪杀害。(41岁)

132. 李兆麟　原名李烈生,曾用名张寿籛,1909年10月1日生于辽宁省辽阳县,中共党员,东北人民革命军第三军第一师政治部主任,东北民众反日联合军总政治部主任,东北抗日联军第六军政治部主任,第三路军总指挥,抗联教导旅政治副旅长。1946年3月9日在哈尔滨市被国民党反动派特务暗杀。(37岁)

1947年

133. 郑洪涛　原名郑国志,1915年2月23日生于黑龙江省方正县,中共党员,东北抗日联军第三军第九师政治部主任。1947年回东北被误认为是叛徒而错杀。(32岁)

健在人员说明:

1. 抗战胜利后,东北抗日联军健在师以上将领47名。其中,军级干部19名,师级干部28名,有1人待定。中国共产党党员为44人(1人待定)。

2. 抗战胜利后,东北抗日联军健在师以上将领中,有44名可以认定为将军。其他人员待定。

3. 抗战胜利后,东北抗日联军健在师以上将领中,有5人在解放战争中牺牲:李兆麟(第六军)、李靖宇(第三军)、郑洪涛(第三军)、孙长祥(第二军)、卢冬生(八十八旅)。

4. 1949年10月后,原抗联师以上干部授予少将军衔的有王效明(1955年)、王明贵(1955年)、李荆璞(1955年)、彭施鲁(1961年)等4人。另外,原抗联师以下干部授予少将军衔的有朱光(1955年)、孙三(1955年)、肖茂荣(1960年)、王静敏(1964年)等4人,刘亚楼(1955年)为上将军衔。合计9人。享有正军级待遇的有蒋泽民。

5.周保中获得一级"八一勋章"、一级"独立自由勋章"和一级"解放勋章";冯仲云获得一级"八一勋章"和一级"独立自由勋章"(由毛泽东亲自颁发,是没有授军衔而获此殊荣的唯一一人)。

主要参考文献

1. 马彦文编著:《东北抗日联军名录》,中共黑龙江省委党史研究室,2005年内部发行。

2. 马国良主编:《中国共产党黑龙江省组织史资料(1923—1987)》,黑龙江人民出版社,1992年版。

3. 中共辽宁省组织史资料编辑组编著:《中国共产党辽宁省组织史资料》,1995年内部印行。

4.《东北抗日联军军史丛书》(共计7本,2005年第2版),黑龙江人民出版社。

5. 孔令波、王承礼主编:《东北抗日联军》(东北沦陷十四年史丛书),吉林人民出版社,2005年版。

附录二：东北抗日联军主要战绩(侯昕整理)

东北抗日联军第一军主要战绩

1933年

1. 1933年初　磐石游击队在吉海路袭击日军守备队铁甲车,歼灭日军30余人。

2. 1933年初　磐石游击队100余人在庙岭与500余伪军交战,歼敌20余人。

3. 1933年2月28日　磐石游击队在磐石浅草沟击退600余伪军进攻,歼敌30余人。

4. 1933年3月　吉海铁路工人致使多列日伪军列车出轨,并配合南满游击队袭击敌铁路警护团。

5. 1933年3月15日至9月上旬　吉海铁路工人配合南满游击队破坏烟筒山至取柴河之间铁路,破袭22次,造成多列军车出轨。

6. 1933年3月下旬　磐石游击队在磐石玻璃河套至杨宝顶子迎击日伪军,歼敌日军少尉以下20余人。

7. 1933年4月末　磐石游击队在磐石大泉眼伏击日伪军,歼敌30余人。

8. 1933年6月16日　杨靖宇率领南满游击队联合马团、赵团攻占伊通大兴川,毙敌10余人。

9. 1933年7月12日　杨靖宇率领南满游击队联合宋团、毛团攻入伊通县营城子,俘虏敌军3人。

10. 1933年7月20日　南满游击队联合马团、毛团、赵团等攻打桦甸县八道河子。

11. 1933年8月13日　杨靖宇率领南满游击队联合毛团、殿臣等部围攻磐石县呼兰镇,击毙伪团总、日军教官以下9人,击伤16人。

12. 1933年9月27日 第一军独立师三团在取柴河至烟筒山之间伏击伪军,歼敌8人,缴枪10支。

13. 1933年11月15日 第一军独立师在金川碱水顶子与伪军邵本良部遭遇,我军歼敌13人,我军金伯阳牺牲。

14. 1933年11月24日 杨靖宇率领第一军独立师主力攻占柳河县三源浦。

15. 1933年12月23日 杨靖宇率第一军独立师主力联合"老常青"等抗日军,袭击伪军邵本良兵站基地凉水河子,毙敌20余人,俘伪职人员10余人。

1934年

16. 1934年1月17日 杨靖宇率第一军独立师三团等部联合其他抗日军攻占临江县八道江镇,毙敌10余人。

17. 1934年1月22日 第一军独立师在报马桥与伪军邵本良部激战。

18. 1934年4月3日 第一军独立师一团一连在磐北对子北沟与伪十四团和伪警察大队500余人交战。

19. 1934年4月28日 第一军独立师攻占临江县林子头。

20. 1934年6月1日 第一军独立师一团一连联合义勇军一部在永吉县八区平岭伏击伪军400余人。

21. 1934年6月22日 第一军独立师三团攻打临江县六道沟,毙敌5人。

22. 1934年6月29日 第一军独立师一团一连联合其他抗日军500余人,在伊通击溃伪军骑兵,缴枪11支。

23. 1934年7月2日 第一军独立师一部联合苏子余部攻打兴京县城。

24. 1934年7月9日 第一军独立师一团一部夜袭海龙康大营伪警察署,缴枪23支。

25. 1934年7月25日 第一军独立师攻入柳河孤山子伪军邵本良老巢。

26. 1934年7月27日 第一军独立师一团和少年营袭击磐石北部敌据点,毙敌30人,缴获粮食等物资。

27. 1934年8月 第一军独立师第三团在海龙县山城镇附近伏击日军车队,击毙敌大佐以下28人。

28. 1934年9月5日　第一军独立师联合抗日军"老长青"部攻击小街柳河县柞木台子伪警察署,毙敌8人,俘敌10余人。

29. 1934年9月16日　第一军独立师和农民自卫军在通化通新村袭击敌运输队,毙敌29人,含日军8人。

30. 1934年9月24日　第一军独立师在柳河大牛沟河伏击日军守备队,歼敌17人。

31. 1934年11月25日　第一军军部及一师在通化县三岔河攻打邵本良部及日军守备队,歼敌30余人。

32. 1934年12月3日　第一军军部率领一师袭击邵本良老巢孤山子,毙敌20余人,缴获大批军用物资。

33. 1934年12月　第一军一师师长李红光率军攻占朝鲜的罗山城。

1935年

34. 1935年1月8日　第一军一师三团在通化二密河伏击日伪军,毙敌20人,伤9人,缴获机枪1挺、步枪7支。

35. 1935年1月8日　第一军一部伏击通化开往山城镇军车两辆,击毙日军7人,击伤18人。

36. 1935年1月12日　第一军在临江红石崖伏击伪骑兵连,毙敌19人,俘敌30余人,缴获手提机枪1挺、长短枪40余支。我军军参谋长朴翰宗牺牲。

37. 1935年2月12日　第一军一师师长李红光率部攻占朝鲜东兴镇。

38. 1935年2月22日　杨靖宇率第一军司令部直属部队攻占临江红土崖镇。

39. 1935年3月15日　第一军独立师李红光率队在柳河县驼腰岭伏击敌军汽车队,俘伪县长、日本参事官等10余人。

40. 1935年3月22日　第一军杨靖宇率队化装开进临江县红土崖,俘敌40余人。

41. 1935年4月5日　第一军二师袭击桦甸夹皮沟金矿,缴枪10余支。

42. 1935年4月12日　第一军二师袭击老金厂金矿,歼敌8人。

43. 1935年4月14日　第一军一师在通化四道沟分局袭击敌运粮车20辆,

俘敌15人,缴枪15支。

44. 1935年5月5日 第一军军部和第一师攻下兴京县东昌台伪警察署,缴枪30余支。

45. 1935年5月11日 第一军第一师一部与恒仁县日伪军交战,师长李红光负重伤,翌日牺牲。

46. 1935年5月16日 第一军司令部直属部队在桓仁歪脖望被1000余名日伪军包围,杨靖宇指挥部队胜利实现突围。

47. 1935年8月22日 杨靖宇率第一军在柳河县伏击敌军,毙敌60余人,缴获迫击炮1门、步枪150支。

48. 1935年8月28日 第一军第一师在师长韩浩率领下在恒仁县和通化县交界岗山二道沟子刘家街与日伪军交战,战斗中韩浩牺牲。

49. 1935年11月26日 第一军军部和第一师联合抗日武装左子元部夹击宽甸县钓鱼台伪警察部队,歼敌14人。

50. 1935年11月28日 杨靖宇率第一军军部和第一师攻打宽甸县步达远街,伪警察望风而逃。

51. 1935年12月18日 第一军一师进攻凤城赛马集,缴枪40余支。

52. 1935年12月24日 杨靖宇率第一军部队在宽甸县袭击日军汽车队,缴获大批物资。

53. 1935年12月25日 第一军二师一部袭击伊通营城子伪军机枪连,缴获重机枪2挺、步枪10余支。

1936年

54. 1936年1月 第一军军部直属队夜袭本溪县碱厂,毙敌30余人。

55. 1936年1月13日 第一军一部,在通化大泉源与日军东漱部队一部交战,全歼敌12人。

56. 1936年2月27日 杨靖宇率第一军军部教导团袭击通化热水河子邵本良伪七团团部,俘敌副团长以下60余人。

57. 1936年2月 第一军二师与二军二团于桦甸县会全栈歼灭日军50余人。

58. 1936 年 3 月　第一军教导团联合"青山好"山林队、朝鲜革命军伏击日军汽车队,歼敌大尉以下 12 人,伤 6 人。

59. 1936 年 4 月 1 日　第一军第一师袭击兴京县杜家店伪军,俘敌 45 人,缴获机枪 1 挺、步枪 40 余支。

60. 1936 年 4 月 5 日　第一军军部教导团、第一师六团伏击伪骑兵教导团,消灭敌军 60 余人,缴获迫击炮 1 门、轻机枪 3 挺、步枪 200 余支。

61. 1936 年 4 月 8 日　第一军一师在新京县呼伦小南沟与伪混成四旅骑兵七团交战,解除该部一个连武装。

62. 1936 年 4 月 15 日　杨靖宇指挥一军直属队和一师六团袭击辑安台上伪警察署和花甸子伪警察分驻所,缴枪 30 余支。

63. 1936 年 4 月 30 日　第一军军部教导团和一师一部,在本溪梨树甸子伏击邵本良一个营,歼敌 80 余人,缴获迫击炮 1 门、轻机枪 2 挺,其他枪械 100 余支。

64. 1936 年 5 月 8 日　第一军一师在本溪击毙日军中尉宫崎正考,歼敌一部。

65. 1936 年 6 月 28 日　第一军一师保卫连、少年营和三团 400 余人西征。

1936 年 7 月,第一军和第二军合编成东北抗日联军第一路军。

东北抗日联军第二军主要战绩

1933 年

1. 1933 年 2 月 12 日　和龙县鱼浪村抗日根据地军民抵御 500 余敌军向根据地进犯,歼敌 60 余人。

2. 1933 年 2 月 13 日　延吉反日游击大队在三道湾张芝营击退日伪军进攻,歼敌数十人。

3. 1933 年 5 月　延吉游击队在石人沟歼敌 20 余人;和龙游击队在牛腹洞反包围战中歼敌 30 余人;珲春游击队在汪清罗子沟歼敌一部,缴枪 30 余支。

4. 1933年9月20日　延吉反日游击队在八道沟符岩洞歼灭日军"讨伐队"数十人。

5. 1933年9月　珲春游击队在六道沟伏击日军汽车两辆,歼敌13人,缴枪12支。

6. 1933年11月　延吉游击队袭击南柳河子,缴枪20余支;和龙游击队在清道沟伏击日伪军,歼敌30余人。

1934年

7. 1934年3月　延吉游击队在三道湾小庙沟歼敌15人,缴枪13支。

8. 1934年4月　第二军独立师二团攻克安图县车厂子。

9. 1934年5月2日　第二军独立师第二团联合救国军等部攻占安图县大甸子(万宝),毙敌30余人。

10. 1934年5月9日　第二军独立师一团袭击延吉三道沟集团部落,俘虏伪军17人,缴枪11支。

11. 1934年5月17日　第二军独立师一部联合抗日军等部袭击安图县。

12. 1934年5月　第二军独立师联合史忠恒部一个连在东宁二道沟伏击伪军,歼敌30余人,俘虏百余人,缴获迫击炮2门、重机枪2挺、步枪百余支。

13. 1934年6月23日　第二军独立师第三、四团和绥宁反日同盟军联合救国军史忠恒部围攻汪清大甸子(罗子沟镇),交战4天,歼敌30余人。

14. 1934年7月中旬　第二军独立师政委王德泰率领二团、独立团联合义勇军一部攻占安图县大甸子。

15. 1934年8月上旬　第二军独立师二团联合其他抗日军进攻安图县大沙河子,歼敌百余人,缴枪百余支。

16. 1934年8月15日　第二军独立师第二团、独立团联合抗日军一部攻打安图县城,歼灭日军10余人,俘敌15人,伪军300余人哗变,部分加入第二军。

17. 1934年10月　第二军独立师一部在延吉头道沟与伪军交战,击毙日军指导官3人、伪军10人,缴枪10余支。

18. 1934年12月15日　第二军独立师一部在宁安县二道河子遭遇伪军200余人围攻,我军消灭敌军30余人,我军牺牲3人,负伤2人。

1935 年

19. 1935 年 1 月 6 日　第二军独立师一团袭击延吉老头沟车站。

20. 1935 年 1 月　第二军独立师二团在安图车厂子歼敌 40 余人,缴枪 20 余支。

21. 1935 年 1 月　第二军独立师一部与宁安游击队在东京城猴石屯歼灭伪靖安军 24 人。

22. 1935 年 2 月 1 日　第二军独立师一部袭击延吉八道沟伪警察署和日本金矿。

23. 1935 年 2 月 6 日　第二军独立师三团在汪清腰营沟歼敌 20 余人。

24. 1935 年 2 月　第二军独立师第一、二团成功包围了车厂子根据地,歼敌 50 余人。

25. 1935 年 3 月 17 日　第二军独立师一部袭击汪清天桥岭车站。

26. 1935 年 4 月 27 日　第二军独立师四团袭击珲春太阳村集团部落,缴枪 19 支。

27. 1935 年 4 月　第二军独立师一、二团在安图袭击伪军一个营,击毙两位连长以下 50 余人。

28. 1935 年 5 月 2 日　第二军独立师第一团联合抗日义勇军在长图铁路哈尔巴岭至大石头间颠覆"国际列车"一列,歼敌 30 余人,俘日伪军政要员 10 余人,5 月 12 日歼灭尾随敌军 50 余人。

29. 1935 年 5 月 12 日　第二军独立师一团和其他抗日军在敦化沙河掌与日军交战,歼敌 50 余人。

30. 1935 年 6 月　第二军参谋长刘汉兴(陈龙)率领三团、四团在东宁老黑山头道沟伏击伪靖安军,毙敌百余人,缴获迫击炮 1 门、重机枪 1 挺、轻机枪 2 挺,其他枪械 44 支。

31. 1935 年 6 月　第二军一团在额穆县青沟子歼敌百余人,俘敌 15 人,缴获机枪 9 挺、步枪百余支。

32. 1935 年 8 月 19 日　第二军第一团与抗日义勇军联合,在长图铁路南沟至亮兵台间,颠覆开往朝鲜货车一列。

33. 1935年8月29日　第二军一部联合抗日军经过五昼夜围攻,占领了安图县城,缴枪百余支。

34. 1935年9月　第二军一团一部在濛江县三道花园截击敌运输队,歼敌28人。

35. 1935年9月23日　第二军一团在额穆县二道河子与黄松甸之间颠覆长春开往朝鲜列车一列。

36. 1935年11月3日　第二军和第五军各一部在额穆县青沟子与日军小队遭遇,我军全歼日军,缴获机枪1挺,其他枪械10余支。

37. 1935年11月末　第二军军长王德泰率领两个连兵力打退日伪军共800人对安图县奶头山根据地的进犯。

38. 1935年12月7日　第二军一部和第五军一师攻占额穆县官地,后于通沟子伏击敌军,共歼敌百余人。

1936年

39. 1936年1月　第五军和第二军一部在宁安县三道河子将40余名伪军缴械,缴获机枪2挺、步枪40余支。

40. 1936年1月7日　第二军、第五军西部派遣队攻克额穆县黑石镇和沙河沿。

41. 1936年1月9日　第二军、第五军西部派遣队攻下额穆索镇,击毙日军指导官以下60余人。

42. 1936年1月19日　第二军一团进攻安图县两江口,歼敌26人,30日袭击安图县大酱缸敌军,歼敌20余人。

43. 1936年2月28日　第二军与第五军各一部在宁安县东南山将该地伪二十七团一连缴械。

44. 1936年2月　第一军第二师与第二军二团于桦甸县会全栈歼灭日军50余人。

45. 1936年3月4日　第二军与第五军各一部将驻扎在宁安县三道河子伪二十七团三连缴械,缴获机枪2挺、三八枪65支,该连连长以下9人加入我军。

46. 1936年3月　第二军四团在宁安县团山子歼灭敌军40余人,后在苇沟子突围战中歼敌40余人。

47. 1936年4月6日　第二军第一师佯攻大蒲柴河镇,7日于寒葱岭伏击增援的日伪军,给予敌军重大打击。10日,第二军第一师攻占敦化县大蒲柴河镇。

48. 1936年4月下旬　第二军军部率三师袭击抚松县漫江,对守敌给予毁灭性打击。

49. 1936年5月18日　第二军四团与第五军一师三团在宁安县镜泊湖歼灭日军佐级军官等10余人。

50. 1936年5月27日　第五军留守部队在柴世荣、王效明率领下联合第二军二师陈翰章部,在宁安县烟筒沟伏击伪森警部队,消灭敌2人,俘虏敌31人,缴获机枪1挺、步枪28支、手枪1支。

1936年7月,第一军和第二军合编成东北抗日联军第一路军。

东北抗日联军第三军主要战绩

1932年

1. 1932年4月12日　中共党员赵尚志与范廷贵在哈尔滨成高子颠覆日军军车一辆,日军死亡54人,负伤93人,此次战斗是中共党员在党组织领导下打响对日作战第一战。

2. 1932年8月30日　张甲洲、赵尚志领导的巴彦游击队联合义勇军才洪猷部、山林队"绿林好"部攻占巴彦县城。

3. 1932年10月29日　张甲洲和赵尚志率领由巴彦游击队改编的工农红军三十六军江北独立师联合"绿林好"山林队攻占东兴。11月1日撤离,东兴战斗中赵尚志左眼眶负伤。

1933年

4. 1933年12月初　珠河游击队在罗家店西沟与日伪军交战,游击队创始人之一王德全牺牲,不久游击队在火烧沟歼敌大队长及以下20余人。

1934年

5. 1934年1月3日　珠河游击队在三股流伏击敌军,歼敌20人。

6. 1934年5月9日　赵尚志率珠河游击队及抗日义勇军500余人攻打宾县县城,击落敌机1架,歼敌80余人。

7. 1934年6月7日　赵尚志率珠河游击队在宾县三岔河遭遇700余日伪军围攻,突围战中,歼日伪军50余人,击伤30余人,珠河游击队创始人之一李根植、朴吾德牺牲。

8. 1934年7月上旬　赵尚志率游击队在宾县满家店伏击伪吉林军,击溃敌军五六百人。

9. 1934年7月28日—8月30日　哈东支队在滨绥线破坏铁路,袭击军车,我军袭击车站91次,颠覆列车16次,破坏铁路41起,破坏桥梁31座,破坏通信设施18起,毙敌46人,伤102人。

10. 1934年8月4日　赵尚志率部袭击宾县新甸松花江上的日军军舰。

11. 1934年8月13日　赵尚志、张寿篯(李兆麟)率领哈东支队联合义勇军、山林队攻克五常堡。

12. 1934年9月19日　哈东支队在赵尚志率领下攻克五常堡,缴枪90余支。

13. 1934年11月25日　赵尚志率哈东支队在肖田地与日伪军激战,我军歼灭日伪军120余人后,胜利突围。

14. 1934年11月25日　赵尚志率哈东游击队200人在肖田地遭到日伪军共800人围攻,我军胜利突围,此役歼敌120余人。

1935年

15. 1935年2月4日　第三军二团、三团各一部在小亮子河孟家店与伪军交战,击毙伪团参谋长。

16. 1935年2月23日　赵尚志率第三军第一团和祁明山(祁致中)队、王荫武部抗日义勇军攻入方正大罗勒密。

17. 1935年3月9日 赵尚志、李华堂、谢文东、祁明山等率领联合军450人攻克方正县城,击毙伪警察小队长等2人,击伤4人,缴获枪械15支。

18. 1935年3月 第三军二团攻占延寿兴隆镇,焚毁日本农场的建筑。

19. 1935年5月5日—25日 第三军相继攻克延寿夹信子南半截街、楼山镇,并多次伏击敌军。

20. 1935年5月23日 第三军一团攻克楼山镇,缴枪7支。

21. 1935年8月 第三军一团和谢文东部袭击依兰兴隆镇。

22. 1935年9月16日 第三军一师一团、第四军二团、谢文东、李华堂等部攻克刁翎,毙敌70余人,伪军百余人反正。19日攻克林口。

23. 1935年10月7日 刘海涛率领第三军一团会和李华堂部在方正大罗勒密克上克伏击敌军运输船,缴获大批军用物资。

24. 1935年11月12日 第三军和第四军各一部在通河二道河子将伪警备队全部缴械,击毙日本指导官2人,缴获机枪1挺,其他枪械60余支。

25. 1935年11月15日 第三军二团在珠河春秋岭遭遇敌军包围,我军击毙日军大尉及以下3人,击伤30余人,团长王惠同不幸负伤被俘牺牲,政委赵一曼在养伤期间被俘,次年8月2日被日军杀害。

26. 1935年12月12日 第三军司令部率五团和第四军共同袭击通河二道河子伪警备队和伪警察所。

27. 1935年12月25日 第三军、第四军和汤原游击队在亮子河解除伪军警武装,缴获机枪2挺、步枪百余支。

1936年

28. 1936年2月 第三军、第四军、李华堂部各一部在依兰、方正县松花江冰道上伏击日伪马爬犁运输队,歼敌80余人,缴获全部物资和车辆。

29. 1936年3月25日 第三军、第四军各一部夜袭石头河子,歼敌60余人,缴枪70余支。

30. 1936年3月 第三军四师、第四军一部在勃利桃山(七台河)歼灭日军20余人。

31. 1936年4月5日　赵尚志率第三军西征部队攻克依兰县舒乐河街,俘获日伪军百余人,缴获枪械300余支。随后又在依兰巴兰河谷击毙日军指挥官及以下多人,缴获伪军一个连及一个警察队武器。

32. 1936年5月上旬　赵尚志率部在通河洼大张伏击日军,击毙日军百余人,俘虏3人。

33. 1936年5月17日　第三军四师在勃利保安屯与敌"讨伐队"激战,击毙伪警察小队队长、日本指导官。

34. 1936年5月23日　第三军四师和第四军联合攻击宿营桃山日伪400余人"讨伐队",击毙20余人。

35. 1936年5月下旬　第三军四师在密山哈达河与伪二十六团交战,俘获伪团长,缴获枪支150余支,40余人反正加入我军。

36. 1936年8月28日　第三军二团在宾县虎头山李家屯遭遇日军偷袭,我军全歼敌军60余人,缴获重机枪2挺、步枪40余支。

37. 1936年11月　第三军组织骑兵队,从汤原出发开始西征。

38. 1936年11月　许亨植率第三军一部在铁力孙凌阁山击毙日军80余人,缴获重机枪1挺、迫击炮1门、机枪1挺。

39. 1936年12月1日　第三军第五师师长景永安率部攻克佛山县城(今嘉荫),击毙日军中尉及以下9人,伪军3人,伤8人。

40. 1936年12月3日　第二军、第三军、第五军各一部在途经大通沟时遭遇日伪"讨伐队"270人,我军击毙日军8人、伪军2人,俘日军3人、伪军5人。我军牺牲3人,负伤4人。

1937年

41. 1937年1月　第三军一师政治部主任李福林率第一师一团袭击林口县城,击毙敌军10余人。在小道沟袭击延寿伪警察大队,击毙15人。在夹信子伏击日军,歼灭日军20余人。

42. 1937年3月7日　赵尚志率第三军西征部队在通北冰趟子设伏重创敌军,歼敌300余人。

43. 1937年3月19日—20日　第三、四、五、八、九各军共700多人,由周保中、李华堂指挥,联合攻克依兰县城,击毙日军300余人,击伤伪军数十人,俘虏伪军25人,缴获重机枪1挺、轻机枪10挺、步枪230余支。我军一部在掉队情况下,被日伪军追击,我军在略有损失情况下,击毙敌军50余人,击伤20余人,缴获机枪2挺、步枪35支。

44. 1937年3月27日 赵尚志率军在龙门设伏,全歼日军町田少佐等21人。

45. 1937年5月18日 第三军、第六军、第八军和独立师各一部,袭击汤原县公署,击毙日本参事官等9人,缴获迫击炮3门、机枪2挺、手枪27支,释放"犯人"45人。

46. 1937年7月27日 第三军和第六军各一部在海伦李家烧锅遭遇日军,我军缴获汽车两辆,击毙日军30余人,缴获九二重机枪1挺。

47. 1937年9月28日 第五军二师、警卫旅、第三军、第六军、独立师各一部,袭击宝清县城。

1938年

48. 1938年2月4日 第六军一部,第三军一师、九师攻入萝北肇兴镇,激战三昼夜击毙日军大尉等18人,我军战后退入苏联。

49. 1938年3月中旬 第三军三师、四师,第六军一、二师等部联合击溃日军屯垦团富锦学兵连,缴获重机枪1挺、轻机枪2挺、步枪50余支。

50. 1938年6月7日 第三军四师和第八军二师联合攻打勃利,击毙日军10余名,缴枪10余支。

51. 1938年8月29日,抗联三军六师王英超联合江北毛孝五团、密林李英洲团等部在呼兰官家窝堡与日军激战。双方激战10余小时,毙伤日伪军100余人,我方牺牲10人,负伤19人。日寇指挥官岩丸军三郎队长被击毙。

1939年

52. 1939年2月17日 第三军第二支队在海伦和望奎交界李老卓屯被敌军包围,突围时支队长雷炎等16名战士牺牲,此役歼敌百余人。

53. 1939年3月初 第三军第二支队在德都纳谟尔河的田家船口击溃遭遇

的敌军,击毙日本警尉一人,俘伪警察 25 人。

54. 1939 年 3 月下旬　张光迪、陈雷率领第一支队转战龙北,多次战胜尾随敌军,后在两次松门山遭遇战中受到损失,最后在黑河马厂与敌激战后退入苏联。

55. 1939 年 4 月下旬　第三军第二支队在张寿篯、冯治纲指挥下攻击通北县伪警察分署,27 日攻占龙门附近紫霞宫伪警察分署和飞机场。5 月 5 日攻击龙门火车站。

1939 年 9 月 25 日,第三军同第六军、第九军、第十一军合编成东北抗日联军第三路军。

东北抗日联军第四军主要战绩

1932 年

1. 1932 年 3 月 18 日　吉林国民救国军参谋长李延禄率领补充团在宁安县墙缝一带伏击日军,展开镜泊湖连环战,歼敌百余人。此次战斗是中共领导下军队在救国军旗号下打响武装抵抗日本侵略的第一枪。

1933 年

2. 1933 年 2 月 1 日　李延禄率领吉林救国军补充团,在穆棱磨刀石与日军激战,击毙百余人,我军牺牲 40 人。

3. 1933 年 2 月 10 日　李延禄部在宁安县团山子伏击日伪军,击毙日军军官以下多人,我军无一伤亡。

4. 1933 年 3 月 1 日　李延禄部在宁安县八道河子伏击日伪军四五百余人部队,击毙日军 37 人,我军牺牲 3 人,负伤 6 人。

5. 1933 年 3 月 30 日　李延禄部在保卫汪清游击区战斗中歼灭敌军 20 余人,缴获迫击炮 2 门,枪械 250 余支。

6. 1933年5月8日 李延禄部为接应伪军起义,攻入东京城,伪军两个连加入我军。

7. 1933年9月16日 李延禄率领第四军攻克密山,缴枪130余支。

1934年

8. 1934年11月25日 第四军联合反日山林队攻打密山县城,缴枪百余支。

1935年

9. 1935年2月6日 第四军第三团在团长苏衍仁和政委邓化南率领下进攻勃利县青山里日资经营的"清水组合"木场,毙敌7人,缴获军马百余匹。

10. 1935年4月27日 第四军第二、三团攻下依兰县阁凤楼,歼敌20余人,缴枪30支。

11. 1935年6月16日 第四军一团攻占滴道火车站,击毙日军1人,击伤2人,俘虏全部伪军,缴枪10余支。

12. 1935年6月17日 何忠国率第四军三团和"自来好"山林队在奎山何家屯全歼日军侦察小队,缴获掷弹筒1个、手枪2支、步枪4支。我军转移到马鞍山刘家店,遭日军追击,战斗中何忠国牺牲。

13. 1935年9月16日 第三军一师一团、第四军二团、谢文东、李华堂等部攻克刁翎,毙敌70余人,伪军百余人反正。19日攻克林口。

14. 1935年9月20日 李学福率第四军四团攻击小南河、小西山敌军,缴获枪械20余支。

15. 1935年9月28日 第四军四团在新兴洞伏击日军80余人、伪军30余人。我军击毙日军中尉以下12人,击伤14人,击毙伪军4人,击伤6人。我军团政治部主任李斗文、副团长朴振宇等16人牺牲,负伤10余人。

16. 1935年9月29日 第五军东部派遣队和第四军三团各一部在林口马路沟伏击敌军军车未果,在撤退时击毙追击日军7人,击伤4人。

17. 1935年11月12日 第三军和第四军各一部在通河二道河子将伪警备队

全部缴械,击毙日本指导官2人,缴获机枪1挺,其他枪械60余支。

18.1935年12月25日 第三军、第四军和汤原游击队在亮子河解除伪军警武装,缴获机枪2挺、步枪百余支。

1936年

19.1936年1月4日 第四军二团在方正县猪蹄河伏击数百名日伪军护送的车队,缴获90余台大车上全部物资。

20.1936年2月 第三军、第四军、李华堂部各一部在依兰、方正县松花江冰道上伏击日伪马爬犁运输队,歼敌80余人,缴获全部物资和车辆。

21.1936年3月3日 李延禄指挥第四军卫队连、一团、三军四师300余人,攻打石头河子金矿,缴获大批物资。

22.1936年3月25日 第三军、第四军各一部夜袭石头河子,歼敌60余人,缴枪70余支。

23.1936年3月 第三军四师、第四军一部在勃利桃山(七台河)歼灭日军20余人。

24.1936年4月8日 第四军二师攻占饶河大别拉坑、关门嘴子和小佳河,缴获步枪40余支。

25.1936年4月 第四军二团和第三军八团伏击向三道通调动的伪军,击毙十余人。

26.1936年5月23日 第三军四师和第四军联合攻击宿营桃山日伪400余人"讨伐队",击毙20余人。

27.1936年6月15日 崔石泉率第四军二师150人在同江头道林子与360余人敌军遭遇,毙敌50余人,我军牺牲24人。

28.1936年6月20日 第四军二师一部在莲花山与日伪军300余人交战,毙敌20余人,缴获步枪10余支,我军牺牲7人,负伤8人。

29.1936年7月初 第四军二师四团在倒木河九排遭遇日伪军300余人,击毙敌军30余人,我军牺牲1人,负伤2人。

30.1936年8月1日 第四军二师200余人在黑嘴子与日伪军300余人交战,击毙日军30余人,伪军5人,我军负伤2人。

31.1936年9月1日 第四军二师警卫连60人在大黄山截击伪军100余

人,毙敌 10 余人,缴获枪械 20 余支。

32. 1936 年冬　第四军一团袭击勃利东保安屯,缴枪 19 支。不久在青龙沟伏击日军"讨伐队",击毙日军 5 人,击伤 4 人。

1937 年

33. 1937 年春　第四军一、三团攻击勃利七星屯伪自卫团和青龙山伪警察所,俘伪自卫团团长以下 12 人,缴枪 6 支。

34. 1937 年 3 月 19 日—20 日　第三、四、五、八、九各军共 700 多人,由周保中、李华堂指挥,联合攻克依兰县城,击毙日军 300 余人,击伤伪军数十人,俘虏伪军 25 人,缴获重机枪 1 挺,轻机枪 10 挺,步枪 230 余支。我军一部在掉队情况下,被日伪军追击,我军在略有损失情况下,击毙敌军 50 余人,击伤 20 余人,缴获机枪 2 挺、步枪 35 支。

35. 1937 年 6 月　第四军 700 人在二道林子遭遇日伪军 900 余人,毙敌 150 余人,击伤 10 余人,我军牺牲 10 余人。

36. 1937 年 6 月　第四、五、八、九军各一部在刁翎小盘道伏击日军军车,缴获大批军用物资。

37. 1937 年 9 月 13 日　柴世荣率领第二、四、五、八军各一部向三道通的日军 120 余人发动进攻,歼敌 40 余人。

1937 年 9 月 29 日　第四军同第五军、第七军、第八军、第十军合编成东北抗日联军第二路军。

东北抗日联军第五军主要战绩

1934 年

1. 1934 年 3 月 20 日　宁安工农义勇队和边区军一部 60 余人,收缴新官地伪军 30 余人武装,击毙壮丁团团长,解散壮丁团,缴枪 22 支。

2. 1934年4月3日　李荆璞率队在平日坡击退敌军,击毙伪警察大队长以下30余人。

3. 1934年4月7日　柴世荣部在八道河子伏击日伪军,歼敌7人,缴枪2支。

4. 1934年5月2日　绥宁反日同盟军一部攻占卧龙屯,俘虏伪警察署长,缴枪21支。

5. 1934年5月3日　绥宁反日同盟军一部攻占小城子、八城子街。张祥部在庙岭伏击日军汽车,击毙日军20余人,缴枪20余支。

6. 1934年5月8日　绥宁反日同盟军一部和抗日军"占中华"部攻占东京城。

7. 1934年5月29日　宁安游击队在模范山击毙日军4人,击伤5人。

8. 1934年6月20日　第二军独立师一部、绥宁反日同盟军一部及救国军一部攻占东宁大甸子街。

9. 1934年9月23日　绥宁反日同盟军一部和宁安游击队配合,在团山子歼灭日军18人。

10. 1934年12月初　宁安游击队在岔沟伏击伪靖安军"讨伐队",击毙日军1人,伪军7人,俘虏3人。

1935年

11. 1935年1月17日—4月30日　第五军部队相继在长岭子、阿马河子、二道河子、卧龙屯、官地南沟、马莲河等地与敌激战数十次。

12. 1935年1月　宁安游击队、张祥队、第二军一部在猴石歼灭敌军24人。

13. 1935年3月16日　李荆璞师长率领第五军一师一团在宁安县东南山石门子伏击敌军,击毙日军曹长等20余人,击伤日军中尉等多人,缴获机枪2挺、手枪2支、步枪20余支。

14. 1935年3月27日　第五军一师一部在二道河子袭击日军守备队,击毙9人,俘虏7人,其余溃逃。

15. 1935年5月4日　第五军一师三团袭击六道河子车站,二师四团袭击石头河子车站,均获胜。

16. 1935年5月2日—4日　第五军二师四、五团袭击马厂日本国道局。

17. 1935年5月中旬　第五军东部派遣队三次进攻林口，毙敌23人，俘敌50余人，缴枪68支。

18. 1935年9月29日　第五军东部派遣队和第四军三团各一部在林口马路沟伏击敌军车未果，在撤退时击毙追击日军7人，击伤4人。

19. 1935年10月　第五军三个连突破亮子河伪警察部队包围，震慑了敌军斗志。

20. 1935年11月3日　第二军和第五军各一部在额穆县青沟子与日军小队遭遇，我军全歼日军，缴获机枪1挺，其他枪械10余支。

21. 1935年12月7日　李荆璞率西部派遣队攻占官地，又伏击援敌。

22. 1935年12月14日　第五军二师五团第四连在尤家窝棚被伪骑兵团包围，战斗中二师政治部主任李光林等13人被俘，李光林同志当即被敌人杀害。

1936年

23. 1936年1月　第五军和第二军一部在宁安县三道河子将40余名伪军缴械，缴获机枪2挺、步枪40余支。

24. 1936年1月7日　第二军、第五军西部派遣队攻克额穆县黑石镇和沙河沿。

25. 1936年1月9日　第二军、第五军西部派遣队攻下额穆索镇，击毙日军指导官等60余人。

26. 1936年2月28日　第五军一师在宁安县莲花泡与大批日伪军交战，击毙日军中佐等70余人，击伤20余人。我军牺牲78人。战后敌军为泄愤肆意损毁我军指战员尸首，当地民众仅收集42具烈士遗体，集体安葬，是为莲花泡四十二烈士。

27. 1936年2月　第五军一师将宁安县马莲河驻防所缴械，缴获机枪2挺、手枪3支、步枪20余支。

28. 1936年2月　第五军一师在穆棱八面通小五站伏击敌军车，击毙敌军官5人。

29. 1936年2月　柴世荣率第五军教导队破坏宁安县集团部落，缴枪20余支。

30. 1936年2月　第五军留守部队将马莲河自卫团缴械，缴枪40余支。

31. 1936年3月4日　第二军与第五军各一部在宁安县三道河子将该地伪二十七团一连缴械,缴获机枪2挺、手枪3支、步枪65支,该部连长以下9人加入我军。

32. 1936年3月　第五军二师在密山黄泥河子被敌军包围,突围中,我军牺牲傅显明师长等数人。

33. 1936年3月　第五军二师留守宁安部队将该地伪军一连缴械,缴获机枪2挺、步枪180支。

34. 1936年4月　第五军二师留守部队在中东铁路牡丹江东段袭击日军军列,毙敌40余人。

35. 1936年5月18日　第二军四团与第五军一师三团在宁安县镜泊湖南歼灭日军佐级军官等10余人。

36. 1936年5月20日　第五军二师在穆棱以北袭击敌军车一列,歼敌17人。

37. 1936年5月27日　第五军留守部队在柴世荣、王效明率领下联合第二军二师陈翰章部,在宁安县烟筒沟伏击伪森警部队,消灭敌2人,俘虏31人,缴获机枪1挺、步枪28支、手枪1支。

38. 1936年6月　王效明率第五军留守部队在宁安县三道河子解除伪军一连武装,缴获机枪2挺、步枪百余支。

39. 1936年9月12日　第五军军部警卫连和第二军二师四团120余人在代马沟小石砬子截击日伪军军列,击毙90余人,击伤30余人。

40. 1936年11月5日　第五军二师四团在刁翎大盘道伏击并击溃敌军,击毙3人,击伤5人。

41. 1936年11月9日　第五军二师四团再次在刁翎大盘道伏击日军守备队,歼灭日军9人,其余溃逃,缴获战马28匹、无线电台一台等军用物资。

42. 1936年11月27日　第五军一师一部在刁翎大盘道截获伪军军品运货车,俘敌3人,俘获车辆9台,缴获大批物资。

43. 1936年12月3日　第二军、第三军、第五军各一部在途经大通沟时遭遇日伪"讨伐队"270人,我军击毙日军8人,伪军2人,俘日军3人,伪军5人。我军牺牲3人,负伤4人。

1937年

44. 1937年1月28日 柴世荣率第五军第二师五团、军部警卫营、妇女团、青年义勇军等部队在刁翎大盘道伏击日军"讨伐队",全歼日军360余人,缴获全部200张爬犁。

45. 1937年2月1日 柴世荣率第五军四、五团和青年义勇军夜袭前刁翎200余日军和一营伪军,击毙日军教官5人、宪兵16人、伪军30余人,将伪军全部缴械,我军负伤6人。

46. 1937年2月14日 第五军一师伏击日军军列,击毙日军百余人、伪军20余人。21日解除刁翎腰围子伪警察队武装,缴获枪械23支,俘虏敌军23人。

47. 1937年2月22日 第五军二师一连在刁翎小盘道遭遇50余名日军,战斗中毙敌22人。我军牺牲1人,负伤3人。

48. 1937年2月25日 第五军一团一连、教导队和第四军三团在三道通击溃日军170人进攻,击毙日军少佐等12人。

49. 1937年2月28日 第五军军部教导队、一团一部,第二军、第三军各一部在方正小罗勒密遭遇敌军伪军,歼敌11人。

50. 1937年3月19日—20日 第三、四、五、八、九各军共700多人,由周保中、李华堂指挥,联合攻克依兰县城,击毙日军300余人,击伤伪军数十人,俘虏伪军25人,缴获重机枪1挺,轻机枪10挺,步枪230余支。我军一部在掉队情况下,被日伪军追击,我军在略有损失情况下,击毙敌军50余人,击伤20余人,缴获机枪2挺,步枪35支。

51. 1937年3月20日 第五军王光宇师和第八军一师在新卡伦小河沿阻击增援依兰的敌军时,击毙敌军285人,俘虏10人,全歼该部敌军。在此次攻打依兰战役的阻击任务中,我军共歼灭日军350余人,缴获三八枪320余支、机枪13挺、步兵炮3门、阻击炮7门等大批军用物资,我军牺牲9人,负伤11人。

52. 1937年3月30日 第五军宁安留守部队在镜泊湖遭遇伪军一连,我军击毙日军教官、击伤伪连长等数人。

53. 1937年4月5日 第五军教导队、一团、四团各一部在刁翎徐家屯宿营时遭遇敌军袭击,我军击毙敌军7人,击伤敌军9人。我军牺牲2人。

54. 1937年5月4日 第五军二师、军部教导团、妇女团、青年义勇军等部在黑瞎子窑截击载有日军300余人的汽车,此役击毙日军250余人,俘虏日军中尉等28人,其余溃逃。

55. 1937年5月7日 第五军二师在师长王光宇率领下在依兰土龙山伏击敌运输队,毙敌19人,俘虏15人,缴获大批物资。

56. 1937年5月22日 第五军二师一部在刁翎与敌激战一天,击毙日军20余人,击伤10余人。我军伤亡10人。

57. 1937年5月29日 第五军二师、八军一师、独立师各一部在来财河袭击日军。

58. 1937年5月 第二军五师和第五军一部在依兰三道通俘敌50余人,缴获迫击炮1门、机枪1挺、步枪50余支。后在宁安西岗北山伏击日军守备队,毙敌70余人。

59. 1937年6月26日 第五军和第九军骑兵队在宝清花砬子附近袭击敌军车,毙敌7人,俘敌20余人,缴获机枪2挺、步枪42支。

60. 1937年6月初 第五军二师四、五团各一部和第八军、独立师各一部在李红眼子击溃尾随我军的日军守备队150余人。

61. 1937年6月 第四、五、八、九军各一部在刁翎小盘道伏击日军军车,缴获大批军用物资。

62. 1937年6月末 第五军教导队将三道通江的伪军留守队全部缴械,缴获迫击炮1门、机枪1挺、手枪1支、步枪80余支。

63. 1937年7月12日 宁安三道河子伪森林警察大队150余人,在大队长李文彬率领下,击毙日军指导官以下8人,将敌人50余人缴械后起义反正,15日被改编为第五军警卫旅,李文彬任旅长,张镇华任政治部主任。

64. 1937年7月14日 第五军一师一部袭击牡丹江方向开来的日军军列,击毙日军百余人、伪军30余人。

65. 1937年7月21日 第五军一师一部解除刁翎腰围子伪军警武装,俘敌25人,缴获枪械23支。

66. 1937年7月25日 第五军一师一团三连、教导队和第四军三团,在三道通击退日军150余人进攻,击毙日军少佐等10余人。

67. 1937年7月下旬 第五军警卫旅(李文彬部)在依东十大户毙敌20余

人。我军牺牲团政委等4人。

68. 1937年7月底　第五军和第四军各一部在宝清小青山击退日伪军百余人进攻。

69. 1937年8月13日　柴世荣指挥第二、四、五、八军各一部,向进驻三道通的日军发起进攻,击毙日军40余人。我军牺牲1人,负伤3人。

70. 1937年8月15日　第五军二、三团在图加线向阳车站击毁日军军列,击毙日军70余人、伪军20余人,击伤日伪军50余人。

71. 1937年8月16日　第五军警卫旅(李文彬部)、第三军骑兵连在依东来财河王家西北山发现追击第八军四师一个连的日军骑兵部队和四五百名伪军,及时设伏,后第八军一师前来增援,此役击毙日军官佐2人,士兵36人,我军牺牲团政委赵永新等3人。俄罗斯族战士舍尔滨杀伤日军7人后牺牲。

72. 1937年8月21日　周保中指挥第五军警卫旅、第八军及独立师骑兵队在桦川县五道岗伏击日军黑石部队700人之众,击毙日军370余人,击伤50余人,其余溃逃。缴获机枪10挺,马枪220支。我军牺牲22人,负伤11人。

73. 1937年8月22日　第五军一师三团将伪军一个连全部缴械,击毙敌军10余人,缴获枪支72支。

74. 1937年8月　周保中指挥第五军警卫旅一、二团,第八军,独立师骑兵部队在王福岗袭击日军骑兵数百人,胜利完成任务。

75. 1937年8月末　第五军二师四团将佳木斯南巨宝山伪警察署缴械,缴获机枪1挺、步枪数十支、手枪6支。

76. 1937年9月13日　柴世荣率领第二、四、五、八军各一部向三道通的120余名日军发动进攻,歼敌40余人。

77. 1937年9月28日　第五军二师、警卫旅、第三军、第六军、独立师各一部,袭击宝清县城。

78. 1937年9月下旬　第五军警卫旅和二师五团在宝清肖家油坊伏击并消灭日军后,又在兴隆镇南董甲长西山遭遇大批伪军,击溃该股敌军,我军警卫旅二团团长牺牲。

1937年9月29日,第五军同第四军、第七军、第八军、第十军合编成东北抗日联军第二路军。

东北抗日联军第六军主要战绩

1933年

1. 1933年6月16日　汤原游击队在太平川与伪军交战，毙敌10余人。
2. 1933年6月19日　汤原游击队攻克黑金河金矿。
3. 1933年8月14日　汤原游击队联合抗日山林队成立的东北民众联合反日义勇军袭击汤原县城，战后该部解散。
4. 1933年11月　汤原游击队里应外合袭击鹤岗黄花岗伪自卫团，缴枪11支。
5. 1933年11月9日　汤原游击队掩护太平川自卫团起义成功，该部全部加入我军。

1934年

6. 1934年4月下旬　汤原游击队解除太平川伪自卫团武装，缴枪30余支。
7. 1934年6月15日　夏云杰率汤原游击队围攻汤原县太平川伪警察署，之后建立太平川抗日游击根据地。
8. 1934年9月10日　汤原游击队联合冯治纲"文武队"解除太平川南长发屯和姜家屯亲日武装，缴枪百余支。

1935年

9. 1935年6月5日　汤原游击总队在汤原西大岗与伪警察队激战。
10. 1935年9月4日　汤原游击总队里应外合攻克太平川伪警察署，俘虏全部伪警察30余人，缴枪30余支。
11. 1935年12月25日　第三军、第四军和汤原游击队在亮子河解除伪军警武装，缴获机枪2挺、步枪百余支。

1936 年

12. 1936 年 3 月 15 日　第六军二团、青年游击连等部在张寿篯率领下突袭老钱柜,击毙日军指导官,经教育该部俘虏全部加入我军,缴获机枪 1 挺、步枪百余支。后敌大队长于祯也从家中赶回部队参加我军。后该部于祯、宋喜斌、黄毛等同志皆为国牺牲。

13. 1936 年 3 月 21 日　第六军一部在依兰头道河子村击毙日军 10 余人,击伤 18 人。

14. 1936 年 5 月 11 日　第六军二团和第三军五师 150 余人组成依东先遣队,在依兰西湖景地区暖泉子屯与日军和伪三十四团 500 余人遭遇,第六军二团政治部主任裴敬天等 150 人牺牲,战场上我军无一人被俘。

15. 1936 年 5 月 22 日　第六军军长夏云杰指挥部队 300 人袭击兴山镇(今鹤岗),击毙日本官员及伪警察队长多人,缴获机枪 1 挺、步枪 30 余支。26 名伪警察加入我军。

16. 1936 年 6 月 22 日　第六军四团在尹家大院伏击敌汽车队,歼灭日军 23 人,缴获机枪 1 挺、掷弹筒 1 个、枪械 17 支。

17. 1936 年 8 月　第六军八团在宏克力击退 300 余日军"讨伐队"。

18. 1936 年 10 月 4 日　第六军新编四团 200 人伏击向石场沟进犯的日伪军 200 余人,歼灭敌军 20 余人。

19. 1936 年 11 月 23 日　第六军警卫连在汤原黑金河丁大干房框子与伪治安队交战,六军军长夏云杰负重伤,医治无效于 11 月 26 日牺牲。

1937 年

20. 1937 年 2 月 10 日　第六军三师八团袭击汤原张贵芳屯,缴枪 60 支。

21. 1937 年 2 月 26 日　第六军三师在格节河于家沟歼灭日军关东军测量队 23 人,缴获小炮 1 门、机枪 4 挺、步枪十余支。

22. 1937 年 3 月 22 日　王明贵率第六军三师八团袭击汤原伪警察训练所。

23. 1937 年 5 月 18 日　第三军、第六军、第八军和独立师 500 人,袭击汤原县公署，击毙日本参事官等9人，缴获迫击炮3门、机枪2挺、手枪27支，释放"犯人"45人。

24. 1937年5月18日　冯治纲等指挥第六军夜袭汤原县城。

25. 1937年7月中旬　第六军攻击海伦叶家窝堡失利，我军伤亡40余人。

26. 1937年7月27日　第六军西征部队在李刚烧锅遭遇日军"讨伐队"，我军击毁敌汽车一台，缴获重机枪1挺，歼敌20余人。

27. 1937年7月27日　第三军和第六军各一部在海伦李家烧锅遭遇日军，我军缴获汽车2辆，击毙日军30余人，缴获九二重机枪1挺。

28. 1937年8月10日　第六军三、六师攻克侯家碗铺，解除全部伪自卫团武装，缴枪30余支。

29. 1937年8月　第六军五师在古城岗伏击伪军"讨伐队"，击毙日军指导官和伪大队长等30人。

30. 1937年9月9日　第六军一师六团、独立师300余人袭击富锦县五区的国强街基，敌军全部投降，缴枪50余支，同时击退增援日军守备队。

31. 1937年9月18日　马德山率第六军一师和独立师600余人，在兴隆镇与伪骑兵团遭遇，激战4小时突围成功，后在集贤智取伪35团骑兵营，消灭敌军营部。

32. 1937年11月初　第六军一师在国强街西南高地痛击日军，我军伤亡20余人。

33. 1937年底　第六军五师和第十一军在富锦别拉音子山伏击伪军，击毙10余人，其余全部被俘，缴获机枪2挺、步枪60余支。

1938年

34. 1938年2月4日　第六军一部、第三军一师、九师攻入萝北肇兴镇，激战三昼夜击毙日军大尉等18人，我军战后退入苏联。

35. 1938年2月　第六军一师、四师三十团、第十一军一师在富锦索立岗与我军交战，毙敌30余人。

36. 1938年3月8日　第六军参谋长冯治纲率领六军一师、五师各一部在绥滨至三间房公路段伏击伪警察队，俘获300余名伪警察和家属，我军一师师长马德山牺牲。

37.1938年3月中旬　第三军三师、四师,第六军一、二师等部联合击溃日军屯垦团富锦学兵连,缴获重机枪1挺、轻机枪2挺、步枪50余支。

38.1938年4月6日　第六军二师袭击绥滨日本开拓团总部。

39.1938年4月　第六军帽儿山被服厂遭遇日军"讨伐队"袭击,我军牺牲2人,被俘2人,其余人员突围成功。

40.1938年4月　第六军五师在富锦别拉音子山与伪军交战,缴获重机枪1挺、机枪2挺、步枪百余支,俘敌百余人。

41.1938年4月　第六军三师在富锦长发屯突破伪兴安军一个团围攻,在撤退途中和第十一军一师夹击尾随敌军,歼敌50余人。

42.1938年6月26日　第六军一师在政治部主任徐光海率领下,袭击富锦县国强街基伪警察署。

43.1938年8月23日　第六军二师在汤原黑金河宿营时遭日军袭击,二师师长张传福等8人牺牲。

44.1938年11月23日　徐光海率领锅盔山后方医院男女战士20余人转移时,在宝清张家窑遭遇伪三十五团围攻,徐光海、裴成春(女)等20人牺牲,金碧蓉(女)等6人被俘,被俘战士不屈地高唱战歌,扰乱了伪三十五团的军心,导致后来的杨清海等人的起义,此役只有李敏(女)、朴英善(女)、马云峰、刘宝书等4人突围成功,并经历千辛万苦各自归队。

45.1938年12月12日　第六军留守团团长耿殿君率30人袭击汤原仙马沟日本开拓团。

46.1938年12月　第六军一师三团团长王居选率小部队袭击兴山镇日本商店。

1939年

47.1939年1月12日　冯治纲指挥六军二师十二团在德都田家船口伏击敌军,击毙日本警尉,解除25名伪警察武装。

48.1939年9月18日　第三军第二支队、第六军十二团、第三军八团在冯治纲率领下攻克讷河县城,击毙日军10余人,俘虏伪团长等伪官员多人,缴获轻机枪2挺、步枪130支、匣子枪100支。释放"犯人"300人。

1939年9月25日，第六军同第三军、第九军、第十一军合编成东北抗日联军第三路军。

东北抗日联军第七军主要战绩

1933年

1. 1933年12月7日　救国军特务营（饶河农工义勇军）袭击虎林于保董大排队，缴枪70余支。

1934年

2. 1934年1月28日　救国军特务营（饶河农工义勇军）协同救国军一部攻打虎头，消灭敌军200余名，特务营牺牲营长以下25人，救国军阵亡230人。
3. 1934年2月15日　饶河游击队在饶河十八垧地歼敌30余人。
4. 1934年6月3日　饶河民众反日游击大队攻克暴马顶子，击溃敌军。
5. 1934年6月　饶河民众反日游击大队夜袭大别拉坑，缴枪10余支。
6. 1934年7月初　饶河游击队在抚远别拉吉小街击溃守敌60余人，缴枪17支。
7. 1934年7月21日　饶河民众反日游击大队在三人班北山被敌军包围，战斗中大队长张文偕牺牲。
8. 1934年7月23日　饶河民众反日游击大队攻打三人班，击溃敌军。
9. 1934年8月1日　饶河民众反日游击大队攻打五林洞，击溃伪军140余人，击毙日军教官2人，俘虏伪军20余人，缴枪60余支。
10. 1934年8月7日　饶河民众游击队夜袭小佳河，击溃伪军一个连，俘虏日军教导官等30人。
11. 1934年冬　饶河民众游击队在反"讨伐"战役中在十八垧地全歼敌军25

人,缴枪 25 支。

1935 年

12. 1935 年 1 月 29 日　饶河民众游击队在反"讨伐"战役中组织滑雪板快速反应部队,于大旺砬子伏击日军精锐"讨伐队"骑步兵 800 余人,歼敌百余人,伪军伤亡 6 人。

13. 1935 年 2 月 10 日　李学福率饶河民众反日游击队夜袭占领我根据地暴马顶子伪军,击毙伪连长等 10 余人,俘敌 50 余人。

14. 1935 年 6 月　饶河民众反日游击队 85 人攻打黑嘴子,该驻地有日军 30 余人和伪军 120 余人,我军歼敌 13 人。

15. 1935 年 7 月 2 日　饶河游击队在李学福率领下攻入虎林县七区马鞍山,俘虏伪军 21 人。

1937 年

16. 1937 年 3 月 6 日　第七军军长陈荣久率 150 名战士在天津班遭遇日军 100 多人和伪军 200 人,我军击毙日本饶河参事官及下属日军 30 余人,击伤日军 10 余人,歼灭伪军数十人,我军牺牲军长陈荣久等 24 名同志,负伤 2 人。

17. 1937 年 4 月 22 日　崔石泉率第七军 150 人和红枪会 50 人攻打西林子伪军 40 余人,毙敌 20 余人,缴获步枪 14 支,我军伤亡 13 人。

18. 1937 年 5 月 15 日　李学福率第七军 200 人在二龙山遭遇 500 余日伪军,毙敌 50 余人,我军牺牲 10 人。

19. 1937 年 6 月　李学福率第七军 700 人在二道林子与日伪军 900 人遭遇,毙敌 50 余人,我军牺牲 10 人。

1937 年 9 月 29 日,第七军同第四军、第五军、第八军、第十军合编成东北抗日联军第二路军。

东北抗日联军第八军主要战绩

1934 年

1. 1934 年 3 月 8 日　土龙山农民在谢文东、景振卿领导下暴动，参加农民 2000 余人。

2. 1934 年 3 月 9 日　土龙山暴动农民攻占太平镇，解除伪警察署武装击退伪县长率领的镇压部队，缴获枪械 15 支，击毙敌军 10 余人。

3. 1934 年 3 月 10 日　土龙山农民武装在白家沟设伏，击毙前来镇压的关东军第十师团第六十三联队长饭冢朝吾大佐及下属日军 17 人和伪警察大队长盖文义。该部后改编成抗联第八军。

4. 1934 年 3 月 19 日　民众救国军(土龙山农民武装)景龙潭中队在九里六阻击日军，击毁汽车 17 辆，击毙日军三名大尉及下属百余人，我方牺牲 28 人。

5. 1934 年 4 月 23 日　民众救国军联合山林队攻占驼腰子金矿，歼敌 60 余人，缴获野炮 1 门，机枪 4 挺，步枪 200 余支。

6. 1934 年 5 月 1 日　明山队和土龙山农民起义军攻占湖南营日本武装移民团，我部前敌总指挥景振卿牺牲。

1935 年

7. 1935 年 3 月 9 日　赵尚志、李华堂、谢文东、祁致中等率领联合军 450 人攻克方正县城，击毙伪警察 2 人，击伤 4 人，缴获枪械 15 支。

8. 1935 年 4 月 23 日　赵尚志率第三军一团和祁致中、李华堂、谢文东、王荫武部攻克方正大罗勒密。

9. 1935 年 5 月 6 日　第三军一师一团、谢文东、李华堂等部袭击三道通，烧毁伪警察所。在撤退时在三道河子满天星设伏击溃伪军 150 余人。

10. 1935 年 8 月　第三军一团和谢文东部袭击依兰兴隆镇。

11. 1935 年 9 月 16 日　第三军一师一团、第四军二团、谢文东、李华堂等部攻克刁翎,毙敌70余人,伪军百余人反正。19日攻克林口。

1936年

12. 1936年10月24日　第八军第一师与"明山"队(祁致中部)袭击佳勃铁路敌人军车。

13. 1936年11月4日　第八军在依兰团山镇蚂蚁浪与伪军交战,缴获迫击炮2门、重机枪2挺。

14. 1936年冬　第八军三师在五道岗伏击日军,歼敌数十人。

1937年

15. 1937年3月19日—20日　第三、四、五、八、九各军共700多人,由周保中、李华堂指挥,联合攻克依兰县城,击毙日军300余人,击伤伪军数十人,俘虏伪军25人,缴获重机枪1挺、轻机枪10挺、步枪230余支。我军一部在掉队情况下,被日伪军追击,我军在略有损失情况下,击毙敌军50余人,击伤20余人,缴获机枪2挺、步枪35支。

16. 1937年3月20日　第五军王光宇师和第八军一师在新卡伦小河沿阻击增援依兰的400余人敌军时,全歼该部敌军。在此次攻打依兰战役的阻击任务中,我军共歼灭日军350余人,缴获步枪320余支、机枪13挺、步兵炮3门、阻击炮7门等大批军用物资,我军牺牲团指导员以下9人,负伤11人。

17. 1937年4月14日　第八军一部800人袭击桦川县黑背金矿矿警队。

18. 1937年4月23日　第八军二师七团百余人骑兵在依兰横岱山北窑立屯与日军作战。

19. 1937年5月18日　第三军、第六军、第八军和独立师各一部,袭击汤原县公署,击毙日本参事官等9人,缴获迫击炮3门、缴枪2挺、手枪27支,释放"犯人"45人。

20. 1937年5月25日　第八军六师破坏勃利至杏树沟段图佳线铁路。

21. 1937年5月29日　第五军二师、八军一师、独立师各一部在来财河袭击日军。

22. 1937年6月初　第五军二师四、五团各一部和第八军、独立师各一部在李红眼子击溃尾随我军的日军守备队150余人。

23. 1937年6月　第四、五、八、九军各一部在刁翎小盘道伏击日军军车，缴获大批军用物资。

24. 1937年7月17日　第八军二师、五师80人化装成伪军，夜袭方正县城二、三道街。

25. 1937年8月4日　第八军一师二团和二师七团200人攻击依兰邢家小铺伪自卫团，毙敌3人，缴获枪械16支。

26. 1937年8月21日　周保中指挥第五军警卫旅、第八军及独立师骑兵队在桦川县五道岗伏击日军黑石部队700人之众，击毙日军370余人，击伤50余人，其余溃逃。缴获机枪10挺、马枪220支。我军牺牲22人，负伤11人。

27. 1937年8月23日　第八军二师七团在依兰二道河子将伪自卫团缴械。

28. 1937年9月10日　伪军二十九团反正，加入第八军。

29. 1937年9月13日　柴世荣率领第二、四、五、八军各一部队向三道通的日军120人发动进攻，歼敌40余人。

30. 1937年9月下旬　第八军四师十一团在来财河朝阳屯宿营时遇到伪军袭击，我部冯团长牺牲。

1937年9月29日，第八军同第四军、第五军、第七军、第十军合编成东北抗日联军第二路军。

东北抗日联军第九军主要战绩

1932年

1. 1932年1月　李华堂营参加哈尔滨保卫战。

2. 1932年8月13日　李华堂率吉林混成旅第二支队在依兰横头山与伪军交战。

1935年

3. 1935年3月9日 赵尚志、李华堂、谢文东、祁致中等率领联合军450人攻克方正县城,击毙伪警察小队长以下2人,击伤4人,缴获枪械15支。

4. 1935年4月23日 赵尚志率第三军一团和祁致中、李华堂、谢文东、王荫武部攻克方正大罗勒密。

5. 1935年5月6日 第三军一师一团、谢文东、李华堂等部袭击三道通,烧毁伪警察所。在撤退时在三道河子满天星设伏击溃伪军150余人。

6. 1935年7月末 李华堂部在牡丹江西击毙日军"讨伐队"20余人,缴获步枪10余支。

7. 1935年9月7日 三军一团、四军卫队连、李华堂部200余人袭击洼洪,歼灭敌军一个排和伪大排队,缴枪30余支。

8. 1935年9月26日 第三军一师一团、第四军二团、谢文东、李华堂等部600余人攻克刁翎,毙敌70余人,伪军百余人反正。29日攻克林口。

9. 1935年10月7日 刘海涛率领第三军一团会和李华堂部在方正大罗勒密克上克伏击敌军运输船,缴获大批军用物资。

1936年

10. 1936年2月 第三军、第四军、李华堂部各一部在依兰、方正县松花江冰道上伏击日伪马爬犁运输队,歼敌80余人,缴获全部物资和车辆。

11. 1936年4月4日 李华堂部夜袭依兰,毙敌5人,占领军火库,缴获迫击炮2门、机枪2挺、步枪百余支。

1937年

12. 1937年3月19日—20日 第三、四、五、八、九各军共700多人,由周保中、李华堂指挥,联合攻克依兰县城,击毙日军300余人,击伤伪军数十人,俘虏伪军25人,缴获重机枪1挺、轻机枪10挺、步枪230余支。我军一部在掉队情况下,被日伪军追击,我军在略有损失情况下,击毙敌军50余人,击伤20余人,缴获机枪2挺、步枪35支。

13. 1937年3月20日 第九军在依兰城西南设伏,歼灭敌骑兵200余人。

14. 1937年6月26日 第五军和第九军骑兵队在宝清花砬子附近袭击敌军车,毙敌7人,俘敌20余人,缴获机枪2挺、步枪42支。

15. 1937年6月 第四、五、八、九军各一部在刁翎小盘道截获日军运输队大车110余台车,缴获小炮1门、机枪2挺、手枪20余支及大批军用物资。

1938年

16. 1938年6月 第九军二师在宝清黑牛王大岭设伏,消灭执行"归户并屯"任务的伪军10余人。

17. 1938年6月22日 第九军二师政治部主任王克仁率三连突袭宝清西郊日军军马场,缴获军马26匹。

18. 1938年6月26日 王效明、王克仁率第五军、第九军各一部在宝清二道花砬子设伏,毙敌5人,击伤3人,俘虏敌中队长等15人,缴获步枪20支、机枪1挺、手枪2支。我军牺牲1人。

19. 1938年8月19日 第九军二师二连和第五军机枪连在宝清城外设伏,击毙伪兴安军10余人,缴获牛马69头。随即在大梨树沟再次截获敌军给养车30余台,缴获机枪1挺、步枪50余支、马匹10余匹。

1939年

20. 1939年2月7日 第九军军部协同第二路军总指挥部警卫部队、救世军等部300人袭击方正县陈家亮子山原木场,击毙敌军多人,缴获马140匹,我军牺牲救世军师长以下6人,李华堂负伤。

21. 1939年2月11日 上述部队在三道河子庙岭伏击追击的700余人敌军,取得胜利。

22. 1939年2月17日 四支队80余人在海伦和望奎交界处李洛卓屯与敌遭遇,激战8个多小时,我军胜利突围,此役击毙敌军百余人,我军牺牲支队长雷炎等同志9人。

1939年9月25日,第九军同第三军、六军、十一军合编成东北抗日联军第三路军。

东北抗日联军第十军主要战绩

1931年

1. 1931年9月底　原东北军二十六旅三十四团士兵汪亚臣等爱国士兵不甘做投降日军的亡国奴,携械加入五常山林队。

1932年

2. 1932年冬　汪亚臣组建抗日武装"双龙队"。

1933年

3. 1933年7月　汪亚臣部加入反日山林队,任第四支队支队长。
4. 1933年8月　汪亚臣率队袭击向阳山和沙河子伪自卫团,歼敌45人,全部俘获两地伪团长2人。

1934年

5. 1934年初　汪亚臣率反满抗日救国义勇军几十人,攻克上营子炮楼,击毙日军5人,缴获迫击炮1门、枪械12支。

1935年

6. 1935年秋　汪亚臣部与第三军一部进攻双城康家炉。

7. 1935年秋　汪亚臣部与第三军三团一部进攻蜜蜂站。

1936年

8. 1936年春　东北人民革命军第八军在舒兰朱旗口伏击日军500余人和伪军800余人,歼灭日军300余人。

9. 1936年夏　东北人民革命军第八军在五常桦皮场与日军"讨伐队"1000余人激战两昼夜,杀伤大批敌军。

10. 1936年秋　东北人民革命军第八军200余人在西关街与日军500余人交战,缴获小炮1门、机枪7挺。

1937年

11. 1937年春　第十军在朝阳屯和日军"讨伐队"遭遇,我军击毙日军10余人后安然撤退。

12. 1937年春　第十军在半截河子屯与100余人日军交战,全歼敌军。

13. 1937年夏　第十军百余人袭击五常山河屯伪警察队,缴获全部武器弹药。

14. 1937年6月　第十军在四平山北沟多次击溃日军进攻,击毙日军百余人,俘虏日军20余人,缴获枪械百余支。

1937年9月29日,第十军同第四军、第五军、第七军、第八军合编成东北抗日联军第二路军。

东北抗日联军第十一军主要战绩

1933年

1. 1933年6月下旬　祁致中等7人击毙7名日军,缴获机枪1挺、步枪6支、手枪2支,动员20余人宣布成立"东北山林义勇军",报号"明山"。

2. 1933年7月　明山队在杨马家店伏击日军,击毙日军12人。

3. 1933年8月　明山队在范家店北小山设伏,截击驼腰子金矿伪军。

1934年

4. 1934年3月8日　依兰土龙山农民在谢文东、景振卿带领下举行暴动,明山队参加暴动。

5. 1934年3月9日　土龙山暴动农民攻占太平镇,解除伪警察署武装,击退伪县长率领的镇压部队,缴获枪械15支,击毙敌军10余人。

6. 1934年3月12日　土龙山暴动农民在白家沟伏击日军,击毙日军大佐等17人,除脱逃2名日军外,其余全部俘虏。

7. 1934年5月1日　明山队和土龙山农民起义军攻占湖南营,我部前敌总指挥景振卿牺牲。

8. 1934年9月初　明山队在桦木岗击毙日军50余人。

9. 1934年11月　明山队拉河大刀会袭击孟家岗日本开拓团。

1935年

10. 1935年1月　明山队联合亮山队在柳树河子截击国际公司长途汽车。

11. 1935年3月9日　赵尚志、李华堂、谢文东、祁致中等率领联合军450人攻克方正县城,击毙伪警察小队长以下2人,击伤4人,缴获枪械15支。

12. 1935年春　明山队在石头河子四道伏击日军300余人,击毙日军部队长以下10余人。

13. 1935年4月23日　赵尚志率第三军一团和祁致中、王荫武部攻克方正大罗勒密。

1936年

14. 1936年10月24日　第八军第一师与"明山"队(祁致中部)袭击佳勃铁路敌人军车。

1937年

15. 1937年1月末　独立师四团攻打富锦烟台山伪警察所,缴枪60余支。

16. 1937年3月19日　独立师(明山队改编)政治部主任周庶泛率部在富锦第五区遭遇敌军,激战3小时,歼灭敌军多人。

17. 1937年3月　独立师一旅70人在依兰铁岭山与日伪军50余人激战。

18. 1937年4月19日　抗联独立师袭击桦川县拉拉屯。

19. 1937年4月21日　祁致中率独立师进攻悦来镇。

20. 1937年4月23日　日军以飞机坦克追击独立师,独立师在击毁日军一辆坦克后,安全撤出战斗。

21. 1937年5月18日　第三军、第六军、第八军和独立师各一部,袭击汤原县公署,击毙日本参事官等9人,缴获迫击炮3门、机枪2挺、手枪27支、释放"犯人"45人。

22. 1937年6月15日　头道林子伪警察署长李景荫加入独立师,收缴伪警察署枪械87支。

23. 1937年8月　周保中指挥第五军警卫旅一、二团,第八军,独立师骑兵部队在王福岗袭击日军骑兵数百人,胜利完成任务。

24. 1937年9月28日　第五军二师、警卫旅、第三军、第六军、独立师各一部,袭击宝清县城。

25. 1937年10月2日　独立师三旅200人在富锦国强街基北索拉岗高地与日军激战,遭受较大损失。

26. 1937年11月　第十一军(独立师改编)二旅在律甲屯遭遇日伪军,旅长胡文权牺牲。

27. 1937年12月下旬　第十一军政治部主任金正国设计击毙关东军特务金东汉。

28. 1937年底　第六军五师和第十一军在富锦别拉音子山伏击伪军,击毙10余人,其余全部被俘,缴获机枪2挺、步枪60余支。

1938 年

29. 1938 年初　第十一军在金正国率领下在锅盔山突破日伪军包围。

30. 1938 年 2 月　第六军一师、四师三十团,第十一军一师在富锦索立岗与敌军交战,毙敌 30 余人。

31. 1938 年 4 月　第六军三师在富锦长发屯突破伪兴安军一个团围攻,在撤退途中和第十一军一师夹击尾随敌军,歼敌 50 余人。

1939 年

32. 1939 年 6 月　第十一军三旅在富锦南部与日伪军激战,姜宝林旅长牺牲。

东北抗日联军第一路军主要战绩

1936 年 7 月东北抗日联军第一军和第二军合编成第一路军,下辖第一军和第二军两个军。1937 年后将下辖各军改编成方面军,即:第一方面军、第二方面军、第三方面军。

1936 年

1. 1936 年 7 月上旬　杨靖宇率第一军直属队和第二军机枪班在金川白家堡子全歼日军"讨伐队",缴获机枪 2 挺、步枪 10 余支。

2. 1936 年 7 月 15 日　第一军第一师西征部队在本溪县摩天岭与驻连山关日军激战,毙敌 30 余人,战斗中一师参谋长李敏焕不幸牺牲。

3. 1936 年 7—8 月　第二军一师各部先后在桦甸县八家子屯、蛟河镇横道子、新站火车站、桦甸大蒲柴河镇、安图县四道白河等地歼敌百余人。

4. 1936 年 8 月 4 日　第一军直属部队在通化四道江大拐弯子伏击邵本良

部,毙敌日本指导官等 30 余人,俘敌 20 余人。

5. 1936 年 8 月 16 日 第二军六师政委曹亚范率领六师七团三连和第一军八团及其他抗日军攻克抚松县松树镇,歼敌数十人。

6. 1936 年 8 月 17 日 第二军第六师主力部队联合抗日义勇军围攻抚松县城,毙敌 40 余人。

7. 1936 年 8 月 17 日夜 第二军第六师七团与第一军八团回师攻克大营,18 日二军另一部攻占万良,歼敌数十人。

8. 1936 年 8 月 第二军一部在抚松县东岗大碱厂密营与敌人交战,战斗中军政治部主任李学忠牺牲。

9. 1936 年 8 月 第二军五师五团在宁安县湾沟与伪军遭遇中,歼敌 15 人。

10. 1936 年 9 月 13 日 第一军军部与左子元部智取宽甸大集镇,俘敌 30 余人。

11. 1936 年 9 月 12 日 第二军第二师四团和第五军警卫营在穆棱至代马沟间颠覆日军军车一列,击毙日军百余人,击伤 30 余人,俘虏伪军全部百余人。我军牺牲 9 人。

12. 1936 年 9 月 29 日 杨靖宇率第一军直属部队和于万利部抗日军在宽甸县大错草沟伏击日军汽车队,击毁 9 辆汽车,击毙日军 19 人,伤 7 人。

13. 1936 年 9 月 第二军四师在抚松县小汤河袭击伪靖安军,歼灭敌军 150 余人,缴获机枪 2 挺、掷弹筒 1 个、步枪 150 余支。

14. 1936 年 10 月 10 日 第二军四师 200 人在安图县东清沟歼敌数十人。

15. 1936 年 10 月 13 日 第一军三师师长王仁斋率队在抚顺三家子与日伪军交战。

16. 1936 年 10 月 第二军五师师长史忠恒在图佳线老松岭伏击日军军列战斗中牺牲。

17. 1936 年 10 月 第一军二师和第二军六师在长白十九道沟与 300 日军守备队交战,击毙日军 80 余人。

18. 1936 年 11 月 第一军二师和第二军六师在长白八道沟与 300 伪军交战,击毙敌军 40 余人。

19. 1936 年 11 月 4 日 王德泰率二军军部和四师一部袭击临江县太阳岔沟,解除伪军两个连武装,缴获机枪 2 挺、步枪百余支。

20. 1936年11月7日　第二军军部与四师在濛江县小汤河同伪骑兵七团战斗中,军长王德泰牺牲,此役击毙60余人,击伤伪团长等10余人,俘敌10人,缴获匣子枪4支、步枪30余支、望远镜一个。

21. 1936年12月3日　第二军、第三军、第五军各一部在途经大通沟时遭遇日伪"讨伐队"270人,我军击毙日军8人、伪军2人,俘日军3人、伪军5人。我军牺牲3人,负伤4人。

22. 1936年12月8日　第一军二师师长曹国安率部在长白县十三道沟与伪靖安军交战,歼敌数十人。

23. 1936年12月21日　第一军二师和第二军四师、六师各一部在临江县五道沟毙敌20余人,俘敌30余人,后在七道沟和一军二师设伏再次歼敌30余人,二师师长曹国安牺牲。

24. 1936年12月　魏拯民率第一路军二师、四师、六师在临江县五道沟与伪军交战,歼敌50人,缴获机枪2挺、步枪16支。

25. 1936年12月　魏拯民率第一路军二师、四师、六师在临江县八道沟木场,缴获机枪2挺、步枪数十支。

26. 1936年12月　第一路军二师、六师留守部队20余人袭击占领黑瞎子沟密营日军"讨伐队"500余人,歼灭敌军百余人。

1937年

27. 1937年1月　第一军二师和第二军六师各一部在长白县八道沟与伪军交战,毙敌60余人,俘敌20余人,缴获机枪2挺、步枪60余支、匣子枪7支。

28. 1937年1月　第一路军四师濛江小夹皮沟伏击伪靖安军一个连,击毙20人,俘虏10人,缴获机枪2挺、步枪30余支、匣子枪5支、掷弹筒1个。

29. 1937年1月　第二军四师在抚松县夹皮沟伏击伪兴安军一个连,俘敌20余人,逃脱1人,其余全部被歼。

30. 1937年2月11日　第一军第一师一部在本溪和尚帽子密营突围战中,政治部主任宋铁岩牺牲。

31. 1937年2月14日　第二军六师在红山头与日伪军交战。

32. 1937年2月16日　第一军二师和第二军六师在长白县八道沟与伪军交

战,消灭日军中尉以下20余人。

33. 1937年2月20日　第二军六师在桃泉里与日伪军交战。

34. 1937年2月22日　第二军六师在抚松县与伪靖安军一个连激战,击毙日籍连长以下23人,伤11人,转移途中再次击毙另一连队日籍连长以下多人。

35. 1937年2月25日　第一路军四师一部在抚松县漫江沟伏击敌军一个连,歼敌80人,俘敌20余人,该部敌军被全歼。

36. 1937年2月26日　第二军四师一部攻克南岗木场,缴获大批物资。

37. 1937年2月26日　第一军二师和二军六师在长白县鲤明水歼灭伪军两个连,歼敌百余人。缴获机枪3挺、步枪百余支、手枪30支。

38. 1937年2—3月　第一军军部警卫部队150余人在辑安马蹄沟和恒仁摇钱树岭与300~500名敌军交战,毙伤敌人40余人。

39. 1937年4月初　第二军四师在安图县荒沟岭伏击敌军车,缴获大批物资。

40. 1937年4月　第一军军部直属队在恒仁县尖刀岭歼敌30余人。

41. 1937年4月24日　第二军四师和六师九团在安图县大沙河金厂与敌交战,歼敌百余人,缴获机枪2挺、步枪150余支,我四师师长兼政委周树东牺牲。

42. 1937年5月　第一军军部警卫部队在恒仁至宽甸公路伏击敌军军车两辆,俘虏伪警察10余人,缴枪11支。

43. 1937年5月　第一军军部直属队在宽甸县大牛沟消灭日军20余人。

44. 1937年5月　第二军五师和第五军一部在依兰三道通俘敌50余人,缴获迫击炮1门、机枪1挺、步枪50余支。后在宁安西岗北山俘日军守备队,毙敌70余人。

45. 1937年6月4日　第二军六师攻破鸭绿江对岸朝鲜境内普天堡镇。击毙日军40余人,击伤20余人,缴获机枪2挺、步枪23支。

46. 1937年6月30日　第一军二师与第二军四、六师各一部在长白县十三道沟伏击日军驻朝军第一九师团七十四联队,歼敌50余人。

47. 1937年6月　第二军政委魏拯民率教导团、四师一部,袭击抚松县庙岭敌据点,将混成四旅二营全部缴械,缴获迫击炮1门、重机枪1挺、机枪3挺、步枪120余支、匣子枪10余支。俘敌伪营长以下全营。

48. 1937年7月5日　第二军一部夜袭穆棱二站金矿,歼敌4人,俘虏2人,缴获机枪2挺、步枪9支、手枪3支。

49. 1937年7月16日　第一军军部直属队在兴京县永陵街与日军交战,南满省委组织部部长李东光和教导团政委安光浩等同志牺牲。

50. 1937年7月18日　第一军三师在开原县东松木岭击毙日军13人。

51. 1937年7月底　第二军四、六师与一军二师在临江县歼敌80余人。

52. 1937年8月13日　柴世荣指挥第二、四、五、八军各一部,向进驻三道通的日军发起进攻,击毙日军40余人。我军牺牲1人,负伤3人。

53. 1937年8月　第二军政委魏拯民率第二军独立旅115人在额穆县老黑顶子与日伪军130余人交战,毙伤敌军15人。独立旅另一部在抚松县榆树川击毙敌军10余人。

54. 1937年9月13日　第一军第三师师长王仁斋率领小股部队在沈阳东陵附近,活捉伪奉天省公署土木厅日人高级官员村上博。

55. 1937年9月13日　柴世荣率领第二、四、五、八军各一部向三道通的120余名日军发动进攻,歼敌40余人。

56. 1937年9月　第二军四师教导团300人,在柳河与日军守备队和伪军交战,击毙日军10人。五师一部在穆棱二站设伏击毙日伪军20余人。六师教导队一部30余人在抚松县西岗与伪军80余人交战,毙敌10余人,击伤11人,缴获机枪1挺、步枪10余支、手枪3支。

57. 1937年10月5日　第一军第三师师长王仁斋潜领小股部队入抚顺城内北关。

58. 1937年10月中旬　王仁斋率队在清原县钓鱼台与敌战斗中牺牲。

59. 1937年10月26日　魏拯民率第二军教导团、独立旅、六师八团250人攻克驻有日军守备队百余人、伪军80余人、伪警察60余人的辉南县城,缴获敌军仓库内大批物资,消灭日军数十人,27日击退敌千余人增援,六师八团团长钱永林牺牲。

60. 1937年10月31日　杨靖宇率领第一军直属队在宽甸县四平街小佛爷沟门伏击日军,消灭日军28人。

61. 1937年11月中旬　第二军四师在桦甸县老金厂设伏,全歼伪军一个营。

62. 1937年11月　第二军四师袭击桦甸县红石砬子伪警察署。

63. 1937年11月　第二军六师在濛江小沙河袭击日军运输队,全歼该敌,缴获大批物资,后挥师袭击濛江肖家营子和腰甸子集团部落。

64. 1937年12月　率部夜行军的魏拯民在濛江县排子大森林及时出击宿营的敌军,歼敌百余人。

65. 1937年12月　魏拯民部独立旅在濛江县排子大森林击溃宿营的敌军后又将敌军宪兵三团击溃,缴获步枪10余支、手枪3支、掷弹筒1个。

66. 1937年12月4日—5日　杨靖宇率领第一军直属队在本溪南营房、老边沟等地连续作战,歼敌29人。

67. 1937年12月　杨靖宇率领第一军直属队、第一师在本溪南营房、老边沟等地连续作战,在本溪碱厂沟与日伪军600余人交战,击毙日军50余人,伪军10余人,缴获掷弹筒1门、步枪20余支。

68. 1937年12月　第一路军第一师在本溪与伪军300余人交战,毙敌30余人,俘敌10余人,缴获机枪1挺、步枪30余支。

69. 1937年冬　第一路军第三师80人在开源夹皮山与敌军遭遇,我军胜利突围,后在同尾随日军守备队作战中,政治部主任柳万熙牺牲。

70. 1937年11月　第二军六师一部在桦甸县草帽顶子与伪军交战,毙伤敌军多人。

1938年

71. 1938年1月　第二军四师二团夜袭额穆县黑瞎子沟敌营地,歼敌70余人,缴获六〇炮2门、机枪2挺等军械。

72. 1938年1月　第二军军部教导团与独立旅在金川县攻克一部分"集团部落",缴获大批物资。后转移攻打临江县鹰嘴砬子,全歼该地伪军。

73. 1938年初　第二军六师八团在濛江县二道花园歼敌数十人。

74. 1938年2月　第二军六师黄贞海部袭击安图县汉窑沟伪军营地,俘敌百余人。

75. 1938年3月13日　杨靖宇指挥第一军直属部队分兵三路,猛烈袭击辑安老岭铁路隧道工程,消灭守敌13人,解救劳工百余人。

76. 1938年3月25日　第二军六师七、八团夜袭濛江县六道沟,击毙军部伪军上尉1人,俘敌9人。

77. 1938年3月底　第二军六师联合抗日军"万顺"在临江县烂泥塘子歼敌80余人。

78. 1938年4月13日　第一军第一师在本溪大青沟歼敌24人,缴获步兵炮1门、机枪2挺。

79. 1938年4月28日　第二军六师攻克临江县六道沟伪警察署,毙敌数十人,缴获大批军用物资。

80. 1938年4月　第二军军部独立旅在辑安县青沟子歼敌80余人。

81. 1938年4月　第二军六师一部在临江县新台子毙敌20余人,俘敌40余人,缴获机枪2挺、步枪40余支。

82. 1938年5月4日　第一军二师与第二军独立旅、教导团袭击辑安县双岔河伪警察所,解除伪警察及自卫团武装。

83. 1938年5月　陈翰章率第二军五师智取宁安县斗沟子部落,击毙伪自卫团团长,将敌人全部缴械。后攻打那些杨木贝部落,击毙日军23人,缴获步枪25支。

84. 1938年6月12日　杨靖宇率部在辑安县蚊子沟附近家什房子沟口,设伏歼灭伪军索旅三十二团一部,歼敌30余人,俘敌50余人,缴获机枪3挺,其他枪械百余支。

85. 1938年6月19日　杨靖宇指挥第一军教导团和第二师一部袭击通缉线土口子隧道工程现场。24日再次袭击该地工程现场,毙敌9人,解救劳工近千人。

86. 1938年6月24日　杨靖宇率领第一军一部袭击土口子隧道工程,解放朝鲜劳工250人,日籍工人福间一夫等多名工人加入我军。翌日我军攻袭辑安东岗工区和伪骑兵五团团部。

87. 1938年6月　第二军第五师在陈翰章、侯国忠率领下,袭击宁安县镜泊湖水电站工程。

88. 1938年6月下旬　第二军六师攻击抚松县伪军据点,歼敌80余人。六师八团在长白县八道沟全歼伪军一部。7月,六师七团在辉南县歼敌26人。

89. 1938年7月　第二军五师额敏县半截子山击毙日军守备队指导官。在新塔二站歼敌30余人。8月末,在宁安县横道河子歼敌200余人。

90. 1938年8月2日　杨靖宇指挥第一路军警卫旅和二师一部在辑安县埋财沟伏击伪索旅,歼敌日军指导官中尉等60余人,俘敌30余人,缴获机枪4挺,其他枪械50余支,此役杨俊恒同志牺牲。

91. 1938年8月 第一路军第一方面军袭击了二道坎子、太平沟等敌据点,烧毁敌军炮台4座,营房28间。

92. 1938年8月末 第一路军第五师击溃敌军队对横道河子的进攻,毙伤敌军200余人。

93. 1938年8月 第一路军第五师袭击敦化县八家子集团部落。

94. 1938年10月19日 杨靖宇率领第一路军警卫旅、少年铁血队在临江县外岔沟突出敌人包围,歼敌80余人。

95. 1938年10月 第一路军第五师攻克额穆县大沟伪警察分驻所和敦化县孙家船口集团部落。

96. 1938年11月 第一路军第一方面军在辑安沉沟遭遇200余日伪军,我军歼敌60余人,缴枪20余支。

97. 1938年12月末 第一路军警卫旅、少年铁血队在桦甸县柳树河子夜袭伪靖安军,毙敌百余人,击落敌机1架。

1939年

98. 1939年春 第一路军五师和第二军二师在敦化县大蒲柴河苇塘沟与400余日伪军交战,击毙日军14人、伪军17人,俘虏伪军35人,缴枪40余支。

99. 1939年3月11日 杨靖宇率领第一路军警卫旅、少年铁血队和第二军四师袭击桦甸县木箕河林场,毙敌10余人,俘敌20余人,撤退时消灭尾随敌军80余人。

100. 1939年4月7日 杨靖宇率领第一路军警卫旅、少年铁血队和第二军四师夜袭桦甸县大蒲柴河镇,击毙日军20余人,俘敌20余人,缴获大批军用物资。

101. 1939年4月末 第一、第二路军各一部在安图县夜袭青沟子集团部落,解除伪自卫团武装,缴获步枪30余支。

102. 1939年5月 第一路军警卫旅和少年铁血队在濛江板石沟歼灭敌军15人,缴获步枪15支,击毁汽车两辆。在那尔轰歼敌30人,缴获机枪1挺、步枪27支、匣子枪1支。

103. 1939年6月 第一路军警卫旅、少年铁血队攻下辉南镇,缴获大批物资。

104. 1939年6月初 第一、第二路军各一部在敦化县大蒲河苇塘沟与敌遭遇,击毙日军多人,缴获步枪40余支。

105. 1939年6月上旬 陈翰章率第二军五师在大蒲柴河苇塘沟击毙日军31人,俘敌35人。

106. 1939年6月5日 第一路军第二方面军七、八团在和龙县红旗河沙金沟歼灭日军50余人。

107. 1939年6月11日 第二军四师一团在敦化县西北岔击毙日军助川部队长以下20余人。

108. 1939年6月30日 第二军四师和第二方面军九团攻克延吉天宝山矿,将伪警察全部缴械,缴获大批物资。

109. 1939年6月 第二军四师一团在安图县腰岔设伏消灭日军20余人、伪军百余人,击毁汽车5辆。

110. 1939年8月24—27日 第一路军第三方面军和第二路军一部发动安图县大沙河镇连环战役,24日陈翰章攻克大沙河镇。侯国忠在杨木条子阻击战中牺牲。25日魏拯民袭击大酱缸"集团部落"。27日魏拯民率部在大酱缸袭击增援日军部队,全歼日军"讨伐队"百余人,击毁汽车8辆,整个连环战斗消灭敌军500人。

111. 1939年9月25日 陈翰章率第一路军第三方面军与第五军陶净非部在敦化县寒葱岭设伏,击毙日军"讨伐队"队长以下80余人,击毁汽车9辆。

112. 1939年9月 杨靖宇率领第一路军警卫旅和第一方面军在濛江条河沿与敌军300人交战,毙伤敌军30余人。

113. 1939年9月中旬 第一路军第二方面军七团、八团攻克和龙县二道沟矿。

114. 1939年10月 杨靖宇率领第一路军警卫旅和第一方面军一部400人在金川回头沟与敌军交战,毙伤敌军50余人。

115. 1939年10月10日 第一、第二路军各一部在安图县荒沟岭与伪军作战中缴获汽车5辆,缴获机枪1挺、手枪11支、步枪30支。

116. 1939年10月25日 第一路军和第二路军各一部在敦化县沙河掌与日

军百余人交战。

117. 1939年11月初　第一、第二路军各一部在汪清袭击梨树沟集团部落，缴获枪械22支。

118. 1939年12月初　第一路军第三方面军攻克汪清县百草沟，俘敌一个营。

119. 1939年12月17日　第一路军第二方面军一部攻击敦化县六棵松伪警察部队和夹信子"集团部落"，消灭敌军70余人，缴获大批物资。

120. 1939年12月28日　第一、第二路军各一部在宁安县镜泊湖南湖头柞木台与伪军150余人激战。

121. 1939年冬　第一路军第三方面军十三团在汪清、延吉一带攻克十余"集团部落"，俘敌240人，其后在敦化寒葱岭将敌新兵团全部缴械，在安图县荒沟岭伏击敌宪兵部队，击毙宪兵队队长，俘虏全部敌军，击毁汽车5辆，击毁枪械120余支。

122. 1939年冬　第一路军第三方面军十四团攻克额穆镇伪警察署，击毙日籍指挥官一人，伪警察10余人。后在小青顶子伏击尾随日军"讨伐队"，歼敌70余人。

123. 1939年冬　第一路军第三方面军十五团和第五军二师一部在沙河掌貂皮沟歼灭日军守备队70余人。随即又袭击了汪清县梨树沟、百草沟、大荒崴子集团部落。

1940年

124. 1940年1月　杨靖宇率部袭击濛江县龙泉镇，缴获大批物资。

125. 1940年1月4日—5日　第一、第二路军在敦化五道沟与五百余伪军激战。

126. 1940年1月28日　杨靖宇率部在辉南县马屁股山与伪军交战，双方各有损伤。

127. 1940年2月初　第一、第二路军在敦化双芽岭与二百余伪军激战。

128. 1940年2月15日　杨靖宇只身在濛江县五斤顶子与敌激战，消灭敌7人。

129. 1940年2月23日　杨靖宇将军在濛江县保安村三道崴子英勇牺牲。

130. 1940年3月2日　曹亚范率领第一路军一方面军一部袭击临江县珍珠门、太阳岔一带伪警察部队。

131. 1940年3月5日　曹亚范率领第一路军一方面军一部在临江县三岔子袭击伪军三团和伪森警部队。

132. 1940年3月6日　曹亚范率领第一路军三方面军一部在濛江县湾沟痛击日军长岛工作班,歼敌11人,缴获机枪1挺,其他枪械十余支。

133. 1940年3月11日　第一路军第二方面军一部袭击和龙县大马鹿沟木场伪森警,歼敌百余人,缴获大批物资。

134. 1940年3月25日　第一路军第二方面军在和龙县红旗河设伏,全歼日军"讨伐队"队长以下140余人。

135. 1940年4月　第一路军警卫旅一部在政委韩仁和率领下袭击安图县柞木桥,歼敌10余人。

136. 1940年4月　第一路军第三方面军在敦化县牛心顶子密营突围战中,以陈翰章负伤、30余名战士伤亡的代价突出敌军包围。

137. 1940年5月—6月　第一路军第三方面军在陈翰章率领下向舒兰、五常远征,5月袭击蛟河窝瓜站森林采伐事务所;6月2日袭击舒兰曲柳头子采伐事务所、香水河子森林采伐事务所和警察队;6月下旬进入五常地区,歼敌120余人。

138. 1940年6月2日　陈翰章率第一路军第三方面军80人袭击舒兰曲柳头子采伐事务所,击毙日军5人,伪警察3人,缴获步枪8支。

139. 1940年7月2日　第一路军第二方面军袭击敦化县哈尔巴岭车站。11日袭击珲春二道沟部落,毙伤日军20余人。12日攻克安图县新光部落,击毙日军20余人。

140. 1940年7月3日　第一路军警卫旅一部在政委韩仁和率领下夜袭五常香水河子敌军"讨伐队",歼敌4人,缴获机枪2挺。

141. 1940年7月21日　陈翰章率第一路军第三方面军150人袭击五常冲河镇,击毙敌军官1人,士兵1人,击伤3人。

142. 1940年8月15日　第一路军魏拯民部80人在安图县西北与日军交战。

143. 1940年8月15日 第一路军警卫旅一部在政委韩仁和率领下袭击汪清县大兴沟屯,毙敌14人。

144. 1940年9月18日 韩仁和率第一路军警卫旅30人在宁安县鹿道东北8公里处,遭遇日军袭击,我军牺牲7人。

145. 1940年10月11日 第一路军警卫旅一部在政委韩仁和率领下夜袭宁安县镜泊湖北湖头敌军据点,歼敌4人。

146. 1940年10月23日 陈翰章率第一路军第三方面军60人袭击宁安县南黄家屯,俘虏敌军5人,缴获步枪5支及大批物资。

147. 1940年12月8日 第一路军第三方面军总指挥陈翰章所部10人在宁安县镜泊湖南湖头小弯沟被日军包围,突围战中陈翰章等5人牺牲。

148. 1940年12月20日 张禹亭部在抚松县木顶子西南3公里处与敌军交战,张禹亭等4人牺牲。

1941年

149. 1941年2月15日 叛徒带日伪军袭击了宁安县红窑沟一带驻扎40人的第一路军警卫旅一团何团长部,激战中我军牺牲5人,其余突围成功。

150. 1941年3月4日 第一路军警卫旅一团何团长部30人在宁安县大烟筒沟与日伪军激战,我军牺牲团政委黄海峰等20人,被俘6人。

151. 1941年3月13日 第一路军警卫旅一部在政委韩仁和率领下夜袭宁安县镜泊湖上湾沟。

152. 1941年5月16日 第一路军某部15人袭击桦甸县陈木匠沟,缴获大批物资。

153. 1941年5月26日 第一路军第二方面军某部20人袭击敦化县新兴部落,缴获大批物资。

东北抗日联军第二路军主要战绩

1937年9月29日 第四军、五军、七军、八军、十军、姚振山义勇军、王荫武救世军合编成东北抗日联军第二路军。

1940年3月将所属部队缩编为第二、五、八三个支队。

1937年

1. 1937年12月12日 第七军和第五军400余人袭击七星河镇,歼灭日军30余人,消灭伪军一个连,缴获迫击炮1门、重机枪1挺、机枪4挺、步枪200余支。

2. 1937年12月 第五军二师两个连和第四军一部在桦川巨宝山伪警察署将敌缴械,缴获机枪1挺、步枪30余支。

3. 1937年12月 在桦皮沟第五军留守部队遭遇敌军围攻,战斗中第五军政治部主任张中华负伤被俘,后被敌人杀害。

4. 1937年12月28日 第四军副军长王光宇指挥第四、五、八军和第十一军解除聚宝山火车站伪警察署武装,缴获步枪143支、匣子枪4支、手枪2支、俄式轻机枪1挺。

5. 1937年12月下旬 第八军政治部主任刘曙华率骑兵百余人突袭齐家窝堡。

6. 1937年冬 第八军六师袭击依兰北马厂,战斗中师长赵庆祥牺牲。

1938年

7. 1938年2月12日 第七军三师和第五军三师在宝清双柳河子伏击日军骑兵2000人,歼灭日军200余人,我军负伤10余人。

8. 1938年3月18日 留守后方密营的第五军三师八团一连在宝清县境的小孤山与敌军激战,此役我军击毙日军30余人,伪兴安军70余人,击伤敌军20余人,冻伤敌军50余人。我军李海峰连长等12名战士壮烈牺牲。此战后小孤山被第二路军总部命名为"十二烈士山"。

9. 1938年3月25日 第五军老战士李炮(李玉成)夫妇及赵子文指导员、警卫员一人在第二路军总指挥部密营保卫战中,击毙敌军30余人(该部敌军400人),战斗中李炮夫妇及其孙子和赵子文牺牲。

10. 1938年4月26日 第七军七团80人在宝清向阳沟被日伪军250余人

包围,我军20余人牺牲,50余人被俘。

11. 1938年4月初　第五军三师一部在花砬子击溃伪兴安军骑兵300余人。

12. 1938年5月17日　第七军二师200余人在富锦和同江交界七牌处与200余伪兴安军遭遇,我军毙敌50余人,缴获机枪2挺。

13. 1938年5月27日　第二路军开始西征。

14. 1938年5月下旬　第二路军西征部队第四军一师在富锦国强街基与敌遭遇,突围战斗中师长张相武牺牲。

15. 1938年5月下旬　第八军一师、教导团在刁翎遭遇敌军,战斗中徐德民师长和团政委贺成九牺牲。

16. 1938年6月上旬　敌军攻击七星砬子密营,战斗中第八军四师政治部主任柴荫轩牺牲。

17. 1938年6月19日　第五军、第七军各一部在双鸭山韩家木营遭遇伪兴安军包围,我军胜利突围,第五军三师(李文彬部)九团团长蒋继昌牺牲。

18. 1938年6月21日　王效明、王克仁率第五军、第九军各一部袭击宝清城西敌军马棚,缴获军马26匹。

19. 1938年6月26日　王效明、王克仁率第五军、第九军各一部在宝清二道花砬子设伏,毙敌5人,击伤3人,俘虏敌中队长以下15人,缴获步枪20支、机枪1挺、手枪2支。我军牺牲1人。

20. 1938年6月　第七军二师骑兵200余人在同江七牌与200余伪兴安军和300余伪军交战,击毙敌军50余人,缴获机枪1挺、步枪30余支、军马24匹,我军牺牲10人。

21. 1938年6月　第十军将沙河子伪森警队缴械。

22. 1938年7月10日　李文彬率第五军三师、第七军一部夜袭宝清四区星河镇伪警察署,击毙日本教导官,将伪警察全部缴械,击毁枪械30余支。

23. 1938年7月12日　第二路军西征部队攻占苇河县楼山镇,击毙敌军多人,俘虏伪森警中队长以下40余人,缴获机枪2挺、步枪百余支。

24. 1938年7月24日　第七军一师和二师攻打五顶子山集团部落,缴获步枪50余支。在二道林子与尾随敌军交战,歼敌20余人,我军牺牲1人,负伤3人。再次在头道林子与200余敌人激战,毙敌10余人,我军牺牲1人,负伤4人。

25. 1938年7月　第八军二师七团在刁翎山中宿营,遭日军袭击,突围中政委牺牲。

26. 1938年7月　第二路军四军留守处王庆云连在征集粮食时被敌军包围,我军机智脱险,无一伤亡。

27. 1938年7月　第七军智取饶河佛寿宫,缴获机枪2挺,马步枪66支。

28. 1938年8月3日　第七军军部警卫连接应佛寿宫伪军哗变部队时,击毙日军3人,缴获机枪2挺、步枪马枪66支,20余名伪军加入我军。

29. 1938年8月4日　第二路军西征部队继苇河小五站战斗后,在南沟与尾随敌军发生激战,歼敌40余人,我军无一伤亡。

30. 1938年8月10日　第二路军西征部队袭击一面坡附近集团部落、苇河沙河子车站、九里地车站和集团部落,缴获大批物资。

31. 1938年8月13日　第二路军第五军三师九团14人在宝清小团子山与来袭的200余人敌军激战,团长戴克正以下十余人牺牲。

32. 1938年8月18日　第五军机枪连和第九军二师二连60人在宝清县城西北苞米地设伏,击毙伪兴安军十余人,缴获所有敌军运输车辆。随后又在大梨树沟西山截获敌军大车30余台,缴获机枪1挺、步枪50余支。

33. 1938年9月28日　第七军代军长崔石泉指挥七军军部和少年连,在挠力河畔的西凤嘴子,截击日军汽艇,击毙伪满军政部要员日野武雄少将以下39人,缴获机枪1挺、步枪27支、手枪10支。

34. 1938年9月　第四军四团连长王庆云率队炸毁穆棱三道河子大桥和一列日军军列,击毙日军多人。

35. 1938年10月1日　第二路军总部和第九军王克仁部在林口袭击日本工程队。

36. 1938年10月上旬　第五军一师西征部队向刁翎地区返回途中,在牡丹江支流乌斯浑河渡口与敌遭遇,妇女团冷云、杨桂珍、胡秀芝、安顺福、郭桂琴、黄桂清、李凤善、王惠民8人为掩护大部队突围而壮烈殉国,是为著名的"八女投江"。

37. 1938年冬　第二路军第七军200人在老等窝袭击富锦500余敌军,歼灭百余人。之后在跟菜嘴子再次冲击80余人的伪靖安军部队,歼敌20余人,俘虏18人,缴获20余支匣子枪和手枪。

38. 1938年冬　第二路军三师和军部教导团二连在虎林土顶子与伪军一个

团交战,歼敌50余人,我军牺牲2人。

1939年

39. 1939年1月28日　第二路军总指挥部侦察副官张贵仁率领柳奎武和李庭熙执行任务时,遭遇敌"讨伐队"包围,战斗中三人全部遇难。

40. 1939年2月9日　周保中率第二路军袭击方正山原木场,歼灭敌军200余人,我军牺牲3人,失踪2人,九军军长负伤。

41. 1939年2月11日　周保中指挥第二路军在四道河子上掌的阎王鼻子山设伏,歼灭尾随敌军300余人,击伤70余人。

42. 1939年2月　第二路军第七军教导团二连20余人在别拉洪河与日伪军骑兵50人交战,击毙23人,我军无一伤亡。

43. 1939年3月21日　周保中率总指挥部、省委机关和卫队在样子沟截击敌柴薪车队,毙敌1人,俘4人。

44. 1939年4月10日　第二路军总部直属警卫部队和第五军一部在兴隆沟葫芦崴子与尾随敌军部队百余人交战,击伤20余人。

45. 1939年4月15日　第二路军总部直属警卫部队90余人袭击在刁翎马桥河宿营的300余人日伪军追兵,歼敌30余人,我军安然撤退。

46. 1939年4月22日　第五军在泉眼河伏击尾随敌军,击溃百余人敌军,我军牺牲代理政治部主任王克仁等20人。

47. 1939年4月末　第一、第二路军各一部在安图县夜袭青沟子集团部落,解除伪自卫团武装,缴获步枪30余支。

48. 1939年6月初　第一、第二路军各一部在敦化县大蒲河苇塘沟与敌遭遇,击毙日军多人,缴获步枪40余支。

49. 1939年6月　第二路军第七军一师二团和警卫连智取抓吉镇,毙伤日军各1人,特务1人,俘虏伪警察30余人,缴获枪械38支。

50. 1939年6月26日　第二路军第七军景乐亭军长率军部教导团二连和一师三团在杨木林子伏击伪军车队,击毙7人,击伤4人,缴获枪械28支和大批物资,我军牺牲3人,负伤4人。

51. 1939年6月　汪亚臣第十军300余人化装成伪军,在小南门到九十五顶子山途中,将数十日军"讨伐队"击毙。

52. 1938年7月上旬　第二路军总部直属警卫部队在富锦李金围子附近伏击敌军车队。

53. 1939年7月　第五军三师八团袭击桦川驼腰子金矿日本采金船,缴获机枪1挺。

54. 1938年7月28日　第二路军总部直属部队袭击富锦兴隆镇杨家集团部落。

55. 1939年8月5日　第二路军第七军补充团和第五军三师九团攻击虎林清水嘴军事工地,歼灭敌军50余人,解救大批劳工,其中110人加入我军。

56. 1939年8月　第二路军警卫队在宝清柳毛河子袭击日本采金公司帐篷,击毙日本人一人,缴获机枪2挺、手枪2支、步枪20支。

57. 1939年8月中旬　第二路军的二师五团和第一路军第三方面军十三团在大蒲柴河马趟子岭伏击120余敌军,击毙数十人,俘虏余下全部敌军,缴获机枪2挺、步枪50余支。

58. 1939年8月　第七军攻袭杨木林子,歼灭伪军一个连,缴获手枪7支、步枪75余支。

59. 1939年9月12日　第五军三师遭遇敌军包围,战斗中师长李文彬等7人牺牲。

60. 1939年9月　第十军在亚布力歼灭日军百余人。

61. 1939年10月10日　第一、第二路军各一部在安图县荒沟岭与伪军作战中缴获汽车5辆,缴获机枪1挺、手枪11支、步枪30支。

62. 1939年10月23日　第二路军总部和三师袭击宝清凉水泉子伪警察署和伪自卫团,击毙1人,俘虏7人。

63. 1939年10月25日　第一路军和第二路军各一部在敦化县沙河掌与日军百余人交战。

64. 1939年10月　第二路军第七军补充团团长李一平在阿布沁河口养病时,被日军发现,战斗中,李一平和曹连长二人毙敌10余人后牺牲。

65. 1939年11月初　第一、第二路军各一部在汪清袭击梨树沟集团部落,缴获枪械22支。

66. 1939年11月8日　第二路军第五十九团、第七军四团和总指挥部直属二中队在大砬子东山，遭遇日伪军500人围攻，我军击毙日军20余人、伪军5人，缴获机枪2挺、步枪20余支。我军牺牲连长以下12人，负伤10人。

67. 1939年11月10日　第五军三师在宝清西沟击毙恶贯满盈的伪军大队长崔景寿以下伪军20余人，缴获机枪2挺、步枪60余支、手枪2支。

68. 1939年12月22日　第二路军第七军在崔石泉率领下在抚远新屯西与日军100余人和伪军70余人交战，歼敌70余人，我军牺牲2人。其后，在杨木林子再次与尾随敌军交战，毙敌百余人。

69. 1939年12月28日　第二路军第七军在西砬子与日军骑兵100人交战，毙敌20余人，俘虏4人，缴获枪械20余支，我军牺牲8人，负伤3人。

70. 1939年12月28日　第一、第二路军各一部在宁安县镜泊湖南湖头柞木台与伪军150余人激战。

71. 1939年冬　第二路军第七军警卫连连长吴应龙率4名战士在挠力河北与十八垧地之间地带，携带粮食回部队途中，遭遇日军100余人包围，激战中吴应龙和一名战士牺牲，我军击毙日军3人。

1940年

72. 1940年1月2日　第二路军第七军王效明部在七里沁河击退敌军进攻，三天后在五林洞袭击敌军，共歼灭敌军50余人。

73. 1940年1月4日—5日　第一、第二路军在敦化五道沟与伪军500余人激战。

74. 1940年2月初　第一、第二路军在敦化双芽岭与伪军200余人激战。

75. 1940年4月28日　第二路军第七军王汝起部袭击佛寿宫伪警察队，缴获枪械7支。

76. 1940年5月1日　第二路军直属队小部队袭击宝清小色金别拉河日本屯垦军小队，击毙该部全部日军10人，缴枪10支。

77. 1940年5月9日　第二路军第七军王效明和崔石泉率两中队在大穆河乌苏里江沿岸袭击敌军风船，击毙敌军7人，俘虏7人，缴获枪械11支和大批物资。

78. 1940年5月21日　第二路军第七军王汝起率一个大队在秃山头东南

10公里袭击伪警察30人,击毙5人,击伤3人,俘虏9人,缴获机枪1挺、步枪17支,我军王汝起支队长等6人牺牲。

79. 1940年7月2日　第二路军直属队小部队伏击富锦李金围子西北高地敌军车,击溃敌军50余人,击毙3人,俘虏4人,缴获运输车9台。

80. 1940年7月19日　第二路军直属队小部队在勃利南虎山车站袭击敌军列,歼敌15人。

81. 1940年7月28日　第二路军直属队小部队袭击宝清兴隆镇杨甲长集团部落,缴枪26支。

82. 1940年7月30日　第二路军直属队小部队在袭击宝清兴隆镇杨甲长集团部落后,在扁石河子庙岭伏击击溃尾随敌军。

83. 1940年8月14日　第二路军直属队小部队在依东图佳线追风分站伏击敌军列,击毙日军10人。

84. 1940年8月18日　第二路军直属队小部队在林口虎山至佛岭炸毁桥梁和敌军列。

85. 1940年8月19日　第二路军第七军王效明率二支队70人赶到富锦柳大林子,毙敌5人,击伤2人,我军负伤3人。

86. 1940年8月25日　第二路军直属队小部队在追分和弥荣车站之间炸毁铁路桥和敌军列,击毙日军10人。

87. 1940年9月11日　汪亚臣率领第十军攻占五常山河屯。

88. 1940年9月12日　第二路军第七军在宝清七星镇接应哗变伪军机枪连,缴获伪军重机枪4挺,机枪3挺,其他枪械125支。随后我军攻击该地敌步兵连,缴获枪械40支。哗变人员41人参加我军。

89. 1940年9月29日　第二路军直属队小部队在追分和弥荣车站之间袭击敌军列。

90. 1940年10月20日　第二路军第七军王效明部夜袭密山日本开拓团三处和伪东安省署农场,击毙日军10余人,缴获步枪10支及大批物资。

91. 1940年10月26日　第二路军第七军王效明部50人在密山、虎林、宝清交界处东山与150余名日军交战,毙敌20余人,击伤10余人,我军牺牲4人,负伤4人。

92. 1940年11月14日　第二路军第七军王效明部在虎林大砬子东遭遇敌

军 70 余人袭击,我军击毙敌军 3 人,击伤 2 人,我军牺牲 4 人,3 人失踪。15 日在秃顶子再遭敌袭击,我军击毙敌军 2 人,我军牺牲 5 人。

93. 1940 年 11 月 18 日　第二路军第五军和第一路军第三方面军十三团 40 余人在东宁杨木桥伏击,与敌激战。

94. 1940 年 11 月 22 日　第二路军小部队 20 人在宝清头道河子与敌激战。

95. 1940 年 11 月 25 日　第二路军第七军王效明部在虎林小穆河宝山密营,遭遇敌 100 余人袭击,我军牺牲 11 人,负伤 11 人,失踪 2 人。

96. 1940 年 11 月 26 日　第二路军第七军崔勇进部 30 人在虎林小穆河我军密营遭遇敌 90 余人袭击,我军毙敌 3 人,击伤 3 人,我军牺牲 5 人,负伤 2 人。

1941 年

97. 1941 年 1 月 29 日　汪亚臣与军部 20 余名战士在蛤拉河东山石头亮子河被敌包围,突围战斗中汪亚臣和副军长张喜忠牺牲。

98. 1941 年 7—8 月　第二路军特遣队在饶河西通遭遇日军 50 余人袭击,电报员陈玉华(女)牺牲。

99. 1941 年 9 月　陈忠领小队到北安至孙吴一带侦察日军要塞的防御情况。

1942 年

100. 1942 年春　曹曙焰小队到北黑铁路两侧和牡丹江林口一带活动,他们侦察敌人的军事部署,宣传抗日救国思想,并歼灭了日本特务机关豢养的反动武装谋略队。

101. 1942 年 5 月 21 日　第二路军陶净非所部在老爷岭海浪河沟里任趟子房被敌军包围,在突围战中陶净非等多名同志牺牲。

102. 1942 年夏　王庆云小队去穆棱县的梨树镇日军飞机场侦察,烧毁了日本飞机 40 架(其中 30 架为木制假飞机),执行任务时被敌军发现,王庆云负伤,一名战士牺牲,最后在当地一批女游击队员的掩护下撤回苏联。

103. 1942 年 7 月 7 日　驻守饶河东安镇伪靖安军 71 人在祁连生等人组织下起义,击毙伪排班长 3 人、日军 1 人,起义部队进入苏联,加入抗联部队。

104. 1942年7月10日　第二路军姜信泰部夜袭七星河日本开拓团,击毙2人,击伤3人,缴获枪械9支和大批物资。

105. 1942年7月　第二路军王效明部夜袭七星河上游敌木工厂,击毙日军3人,缴获大批物资。

东北抗日联军第三路军主要战绩

东北抗日联军第三路军经历四个阶段:

第一阶段
1939年1月2日东北抗日联军西北临时指挥部成立,下辖龙北、龙南两个临时指挥部。

龙北临时指挥部下设两个支队:第一支队、第二支队;龙南临时指挥部下设两个支队、两个独立师:第三支队、第四支队、独立一师、独立二师。

第二阶段
1939年5月30日东北抗日联军成立,第三路军成立,下辖第三、六、九、十一共四个军。

第三阶段
1940年3月22日东北抗日联军第三路军改编,下辖两个军、两个指挥部:第三军、第六军、龙北指挥部、龙南指挥部。

第四阶段
1940年4月东北抗日联军第三路军整编,下辖第三、六、九、十二共四个支队。

东北抗日联军第三路军战绩

1939 年

1. 1939 年 1 月 12 日　冯治纲指挥六军二师十二团在德都田家船口伏击敌军,击毙日本警尉,解除 25 名伪警察武装。

2. 1939 年 2 月 17 日　龙北临时指挥部第二支队在海伦和望奎交界李老卓屯被敌军包围,突围时支队长雷炎等 16 名战士牺牲,此役歼敌百余人。

3. 1939 年 3 月初　龙北临时指挥部第二支队在德都纳谟尔河的田家船口击溃遭遇的敌军,击毙日本警尉 1 人,俘伪警察 25 人。

4. 1939 年 3 月下旬　张光迪、陈雷率领第一支队转战龙北,多次战胜尾随敌军,后在两次松门山遭遇战受到损失,最后在黑河马厂与敌激战后退入苏联。

5. 1939 年 4 月下旬　第三路军第二支队在张寿篯、冯治纲指挥下袭击通北县伪警察分署,27 日攻占龙门附近紫霞宫伪警察分署和飞机场。5 月 5 日攻击龙门火车站。

6. 1939 年 6 月　第十一军三旅在富锦南部与日伪军激战,姜宝林旅长牺牲。

7. 1939 年 6 月 20 日　龙北临时指挥部第二支队袭击德都红霍尔基紫霞宫伪警察分署。

8. 1939 年 6 月 28 日　抗联总司令赵尚志率军回师东北,攻克嘉荫乌拉嘎金矿,击毙日军数人,伪军 20 余人,缴获大量物资。

9. 1939 年 8 月 15 日　龙北部队攻克老龙门车站。

10. 1939 年 8 月 21 日　第六军十二团袭击讷河北兴镇,缴获枪械数十支。

11. 1939 年 8 月 22 日　龙北部队攻克克山北兴镇。

12. 1939 年 9 月 18 日　龙北临时指挥部第二支队第六军十二团、三军八团 120 余人在冯治纲率领下攻克讷河县城,击毙日军 10 余人,俘虏伪官员多人,缴获轻机枪 2 挺、步枪 130 支、匣子枪 100 支。释放"犯人"300 人。

13. 1939 年 9 月下旬　第六军十二团袭击讷谟尔河日本开拓团,缴获马匹百余匹;次日在三马架子击败尾随伪军,俘敌 30 余人,缴获机枪 1 挺,其他枪械 12

支。

14. 1939年10月1日　第三路军第六军十团在拜泉腰窝堡与敌军激战,团长冷绍生牺牲。

15. 1939年10月30日　第六军教导队、十二团和讷河人民抗日先锋队在克山西城镇袭击伪警察署,俘虏敌军百余人,缴枪200余支。

16. 1939年10月初　第六军十二团在讷河唐大火犁屯遭遇30余日军骑兵和40余伪军,全歼该部日军,俘虏全部伪军,我军牺牲3人。

17. 1939年10月上旬　张寿篯率第三路军教导旅和三军八团在讷河东三合屯击溃日伪军250余人,歼灭日本官佐多人。

18. 1939年11月13日　第三路军一部袭击小兴安车站、鹤山车站,袭击北黑线列车,袭击克山西城镇。

19. 1939年11月　第三军八团与六军一师攻打德都县伪警察署,毙敌百余人,缴枪百余支。

20. 1939年11月下旬　第六军十二团在德都凤凰山与日军"讨伐队"、伪军一个团、敌机6架激战,歼灭日军30余名。

21. 1939年12月20日　第三路军三军八团、六军十二团与伪军在克拜公路张信屯激战,我军姜福容、耿殿君两位团长牺牲。

22. 1939年冬　崔振寰率第十一军学校20名学员在梧桐河上游遭遇敌人袭击全部牺牲。

1940年

23. 1940年2月4日　第三路军六军教导队和十二团120余骑兵与日军在布西三岔河任殿臣屯遭遇,战斗中冯治纲牺牲。

24. 1940年2月9日　第三路军龙南部队50余人在铁力袭击日本青年义勇队防所,缴获军马20匹。

25. 1940年2月12日　第三路军龙南部队50余人在铁力依吉密河袭击日伪军部队70余人,缴获机枪1挺、步枪15支。

26. 1940年春　第十一军三旅参谋长单洪福等8人潜入佳木斯,袭击日本洋行,后在太平镇南万家窑被敌包围,全部牺牲。

27. 1940年4月28日 第三路军六支队攻克穆棱瑞穗村日本开拓团团部,歼敌20余人,缴获机枪1挺、步枪20余支。

28. 1940年4月 第三路军十二支队袭击木兰大青沟三合店伪警察大队,击毙20余人,缴枪50余支。

29. 1940年4月 第三路军三支队在朝阳山两次伏击伪森警队,歼敌三四十人。

30. 1940年4月 第三路军三支队在王明贵率领下袭击北兴镇,击毙伪自卫团团长,俘虏伪警察30余人,缴枪50余支。

31. 1940年5月5日 第三路军三支队在沐讷河袭击伪森警队,缴获机枪1挺,其他枪械45支。

32. 1940年5月20日 第三路军六支队攻占铁力圣浪火车站,俘虏伪铁路警察5人,缴枪5支。

33. 1940年5月5日—21日 第三路军三支队在王明贵率领下两次攻破嫩江沐河村、四站、二十里河部落。袭击四站伪警察署俘敌20余人,缴枪30余支。

34. 1940年6月1日 第三路军六支队一部夜袭铁力日军守备队和伪警察,歼敌70余人,缴获机枪1挺、步枪15支。

35. 1940年6月6日 第三路军第三支队王明贵部攻克克山,击毙敌军10人,击伤12人,缴枪90余支,释放"犯人"117人,我军牺牲8人。

36. 1940年6月6日 第三路军耿殿君团70人袭击嫩江大岐山满垦训练所工地,俘虏日军4人,解放劳工167人。

37. 1940年6月23日 第三路军某部袭击讷河天字20号伪警察署。

38. 1940年7月14日 第三路军三支队攻击嫩江科洛村日军铁道队,击毙日军4人,缴枪30余支。

39. 1940年7月20日 第三路军总指挥部在德都朝阳山被敌人袭击,张兰生、赵敬夫等21人牺牲,我军毙敌10余人。

40. 1940年7月25日 第三路军第二支队郭铁坚部80人袭击通北开垦团,击毙日军5人,击伤1人,缴枪4支。

41. 1940年8月19日 第三路军三支队进入讷南镇。24日,进入克山通宽镇,敌军望风而逃。

42. 1940年9月6日 第三路军三支队攻入讷河九井村,烧毁伪警察所。11

日袭击讷河拉哈站伪警察署。21日袭击克山荣家窝堡伪警察署。

43. 1940年9月12日　第三路军十二支队攻占肇州丰乐镇,击毙日军1人,伪军3人,击伤伪军警2人,缴获步枪27支、手枪4支。我军无一伤亡。

44. 1940年9月25日　第三路军三、九支队在冯仲云、王明贵率领下攻克克山县城,击毙敌军10人(日军6人),缴获迫击炮4门、枪械百余支,释放"犯人"200余人。

45. 1940年10月7日　第三路军十二支队在肇源敖木台与日伪军激战。

46. 1940年10月13日　第三路军三支队袭击霍龙门车站,歼灭日军6人,俘虏伪军一个连,缴枪122支。

47. 1940年10月24日　第三路军三支队横渡嫩江,袭击敌粮库,缴获粮食万余斤。

48. 1940年10月下旬　第三路军九支队60人在呼海铁路沿线消灭日军40余人。

49. 1940年11月8日　第三路军十二支队联合当地义勇军攻克肇源县城,击毙日本警察股长以下9人,缴获二八迫击炮3门、机枪5挺、其他枪械300余支。

50. 1940年11月9日　第三路军三支队在阿荣旗金山屯和西靠山屯与日伪军交战三次。

51. 1940年11月21日　第三路军九支队袭击李殿芳屯三个集团部落。

52. 1940年12月1日　第三路军三支队在阿荣旗鸡冠山遭遇日军袭击,我军政委高禹民牺牲。

1941年

53. 1941年1月1日　第三路军第十二支队徐泽民部30人在庆城万来号屯与日军"讨伐队"交战,击毙日军1人。

54. 1941年1月3日　哈尔滨王岗伪航校80余人起义,在寻找三路军十二支队途中,被敌军包围,大部分牺牲。

55. 1941年3月10日　第三路军教导队40人在孙家船口与敌军交战,毙敌1人,缴获大批物资。

56. 1941年3月13日　第三路军三支队在从毛兰顶子山向辰清行军途中遭遇日军围攻,我军七大队队长白福厚和八大队指导员姚世同牺牲。

57. 1941年3月25日　第三路军三支队王明贵部40人袭击孙吴县日本人经营的木材采伐作业区,缴获大批物资。

58. 1941年3月25日　第三路军六支队于天放部30人袭击东兴六合屯,缴获大批物资。

59. 1941年4月26日　第三路军三支队袭击辰清,缴获粮食5000余公斤。

60. 1941年4月末　第三路军三支队在毛兰顶子山,击退尾随敌军。

61. 1941年5月中旬　第三路军三支队在五大连池格拉球山歼灭伪军骑兵连。

62. 1941年5月23日　第三路军九支队50余人袭击绥棱安古开拓团,击毙日军5人,缴枪7支。

63. 1941年6月18日　第三路军九支队40余人在海伦陈家店与敌军交战。

64. 1941年6月18日　第三路军三支队王明贵部60余人袭击瑷珲罕达气,击毙日军1人,击伤2人,缴获步枪27支、手枪14支。

65. 1941年6月上旬　第三路军三支队袭击克山通宽镇和赵家窝堡。

66. 1941年6月23日　第三路军三支队袭击嫩江罕达气金矿,解除伪矿警武装,缴枪40余支。

67. 1941年6月26日　第三路军三支队袭击八站腰站日伪军。

68. 1941年6月29日　第三路军三支队袭击嫩江上游八站和伪黑河国境警备队。

69. 1941年7月　第三路军三支队袭击阿荣旗多布库尔河敌军仓库。

70. 1941年8月25日　第三路军三支队袭击阿荣旗威震庄伪警察署,缴枪11支。

71. 1941年8月3日　第三路军总参谋长许亨植在庆城青峰岭与敌遭遇牺牲。

72. 1941年8月　第三路军三支队袭击格尼河日本公司。

73. 1941年8月25日　第三路军三支队袭击阿荣旗威震庄。

74. 1941年8月28日　第三路军九支队袭击拜泉勤俭村伪警察分驻所。

75. 1941年9月6日　第三路军三支队袭击甘南徐家围子伪警察署。

76. 1941年9月16日　第三路军三支队袭击宝山镇伪警察署,缴枪50余支。

77. 1941年9月28日　第三路军三支队攻克阿荣旗火勒气敌军据点。

78. 1941年9月29日　第三路军三支队在甘南石场沟伏击60余人的伪兴安军,毙敌4人,缴枪4支。

79. 1941年9月30日　第三路军九支队26大队30余人,在甘南卧牛屯被敌包围,12名队员突围成功,支队参谋长郭铁坚、副官长曹玉奎等20余人牺牲。

80. 1941年9月30日　第三路军三支队在甘南王家营地击溃日军"讨伐队"。

81. 1941年10月5日　第三路军三支队袭击中东铁路支线26号车站,缴获大批物资。

82. 1941年10月18日　第三路军三支队袭击扎敦河伪警察"讨伐队",俘虏30余人,缴获机枪1挺、步枪32支,86名工人加入我军。

83. 1941年11月1日　第三路军三支队袭击中东铁路支线26号车站。

84. 1941年11月18日　第三路军三支队袭击牙克石扎敦河日本伐木公司。

85. 1941年12月12日　第三路军三支队袭击日满鲜木业八大一号伐木场。

86. 1941年11月21日　第三路军三支队袭击呼玛大乌苏门金场。

87. 1941年12月29日　第三路军三支队在呼玛库楚河与日军"讨伐队"激战,八大队牺牲80人。

88. 1941年冬　第三路军六支队十六大队在铁力凌云山与敌交战,隋德胜大队长牺牲。

1942 年

89. 1942年1月24日　第三路军三支队王明贵部100人袭击巴彦旗宝吉金厂,击毙日军4人。

90. 1942年1月31日　第三路军三支队王明贵部在呼玛头卡与日军"讨伐队"交战。

91. 1942年2月1日　第三路军三支队王明贵部30人袭击呼玛嘎拉河,击毙日军5人。

92. 1942年2月1日　第三路军三支队王明贵部在呼玛北习里与日军"讨

伐队"交战。

93. 1942年2月1日　第三路军三支队王明贵部100人袭击呼玛倭拉根河伐木场,缴获机枪2挺。

94. 1942年2月3日　第三路军三支队王明贵部15人在呼玛三间房与日军"讨伐队"交战。

95. 1942年2月12日　赵尚志将军在袭击萝北县梧桐河伪警察所时被内奸击伤,被俘后牺牲。

96. 1942年2月13日　第三路军三支队王明贵部80人在巴彦旗库楚与伪军"讨伐队"交战。

97. 1942年2月15日　第三路军三支队王明贵部20人在巴彦旗与日军"讨伐队"交战。

98. 1942年2月18日　第三路军三支队王明贵部18人在巴彦旗南瓦矿与日军"讨伐队"交战,俘敌2人。

99. 1942年5月18日　第三路军十二支队20人袭击绥佳线王洋车站,缴枪7支。

100. 1942年5月21日　第三路军九支队20人在绥佳线石长车站附近与日军"讨伐队"交战。

101. 1942年5月22日　第三路军某部袭击木兰大肚川开拓团。

102. 1942年5月26日　第三路军九支队20人袭击绥佳线岩手车站伪警察分驻所和开拓团,缴枪7支。

103. 1942年5月30日　第三路军某部30人袭击庆城四道岗欧根开拓团,击毙日军1人,缴枪6支。

104. 1942年5月26日　第三路军十二支队朴吉松部20人袭击铁力田升车站南八家房,缴获大批物资。

105. 1942年8月3日　第三路军总参谋长在青峰岭遇敌,战斗中牺牲。

106. 1942年9月11日　第三路军朴吉松部袭击木兰大贵屯伪警察分驻所。

107. 1942年10月14日　第三路军朴吉松部与张瑞麟、钽景芳小队联合袭击庆城大罗镇伪警察署。

108. 1942年10月14日　第三路军朴吉松部在庆城遇敌,朴吉松负伤被俘。

东北抗日联军教导旅(八十八旅)部分战绩

1942年初,东北抗联主力部队被迫转入苏联远东伯力地区整训,同年8月整编为东北抗日联军教导旅,被授予"苏联远东红旗军独立第八十八步兵旅"番号。

1942年

1. 1942年春　抗联教导旅曹曙焰小队到北黑铁路两侧和牡丹江林口一带活动,他们侦察敌人的军事部署,宣传抗日救国思想,并歼灭了日本特务机关豢养的反动武装谋略队。

2. 1942年2月16日　原第一路军李致浩率4人小分队在汪清县侦察敌情。

3. 1942年3月5日　原第一路军玄哲率5人小分队在汪清县火烧铺一带侦察敌情。

4. 1942年3月11日　原第一路军郭池山率6人小分队在延吉、图们一带侦察敌情。

5. 1942年3月25日　第三路军三支队袭击孙吴日本采伐作业区,缴获大批物资。

6. 1942年4月27日　原第一路军崔贤率10人小分队在汪清、延吉、图们、敦化一带侦察敌情,消灭敌军5人。

7. 1942年5月14日　原第一路军朴德山率11人小分队在延吉、和龙一带侦察敌情。

8. 1942年5月21日　第二路军陶净非所部在老爷岭海浪河沟里任趟子房被敌军包围,在突围战中陶净非等多名同志牺牲。

9. 1942年5月27日　原第一路军安吉率12人小分队在汪清、珲春一带侦察敌情。

10. 1942年夏　抗联教导旅王庆云小队去穆棱县的梨树镇日军飞机场侦察,烧毁了日本飞机40架(其中30架为木制假飞机),执行任务时被敌军发现,王庆云负伤,一名战士牺牲,最后在当地一批女游击队员的掩护下撤回苏联。

11. 1942年7月7日　驻守饶河东安镇伪靖安军71人在祁连生等人组织下起义,击毙伪排班长3人、日军1人,起义部队进入苏联,加入抗联部队。

12. 1942年7月10日　第二路军姜信泰部夜袭七星河日本开拓团,击毙2人,击伤3人,缴获枪械9支和大批物资。

13. 1942年7月　第二路军王效明部夜袭七星河上游敌木工厂,击毙日军3人,缴获大批物资。

14. 1942年9月11日　第三路军朴吉松小队袭击木兰大贵屯伪警察分驻所。

15. 1942年9月14日　第三路军朴吉松小队与张瑞麟、钽景芳小队联合袭击庆城大罗镇伪警察署。

16. 1942年10月21日　崔贤小队在延边诱杀宣抚班特务6人。

17. 1942年11月　原第一路军金润浩率5人小分队在汪清县侦察敌情。

1943年

18. 1943年10月　姜墨林小队袭击哈绥铁路日军据点,击毙日军20余人,姜墨林牺牲。

1945年

19. 1945年8月5日　抗联战士傅玺忱、孙长祥、吴竹顺空降牡丹江地区侦察敌情。

20. 1945年8月8日　抗联战士李铭顺、姜德、赵奎武、孙吉有空降牡丹江拉古,执行侦察,发展武装和配合苏军的任务。

21. 1945年8月　抗联战士王乃武、陈忠领、王庆云、孙志远、李海青、李树臣、周玉山担任苏军第二方面军向导。

22. 1945年8月　抗联潜伏人员王亚东、冯淑艳夫妇组织群众,歼灭300余名日军。

23. 1945年8月　抗联潜伏人员常维轩组织1100人队伍,配合苏军行动,并接受日军一个师团投降。

资料来源：

1. 霍辽原编著：《东北抗日联军第一军》（东北抗日联军军史丛书），黑龙江人民出版社，2005年版。

2. 霍辽原编著：《东北抗日联军第二军》（东北抗日联军军史丛书），黑龙江人民出版社，2005年版。

3. 刘枫、胡凤斌、刘强敏编著：《东北抗日联军第三军》（东北抗日联军军史丛书），黑龙江人民出版社，2005年版。

4. 龚惠、马彦文编著：《东北抗日联军第四军》（东北抗日联军军史丛书），黑龙江人民出版社，2005年版。

5. 刘文新编著：《东北抗日联军第五军》（东北抗日联军军史丛书），黑龙江人民出版社，2005年版。

6. 赵亮、孙雅坤编著：《东北抗日联军第六军》（东北抗日联军军史丛书），黑龙江人民出版社，1998年版。

7. 元仁山编著：《东北抗日联军第七军》（东北抗日联军军史丛书），黑龙江人民出版社，2005年版。

8. 叶忠辉、李云桥、温野等编著：《东北抗日联军第八军—十一军》（东北抗日联军军史丛书），黑龙江人民出版社，2005年版。

9. 《东北抗日联军斗争史》编写组编著：《东北抗日联军斗争史》，人民出版社，1991年版。

10. 吉林省档案馆编译：《东北抗日运动概述1938—1942》，吉林文史出版社，1988年版。

◎ 后 记

　　时光荏苒，对于现在的年轻人来说，抗日战争似乎已经很遥远了，可它在我的记忆里却永远是清晰深刻的。第一次贴抗日传单，第一次拿枪，在雪地里站岗、放哨、背粮、做饭，与敌人激烈交战，爬冰卧雪，忍饥挨饿，眼看着身边亲爱的战友一个一个瞬间流血牺牲……枪林弹雨中的他们是那样的勇敢坚强，不把他们的英雄事迹写出来，我无法安宁。

　　几十年来，我白天忙于工作，多数利用晚上时间翻阅整理资料，逢上休息日，还要上山寻找昔日的战地和密营遗址，刻碑立传，为抗联遗迹的保护做力所能及的工作。离休之后，因全身心地投入抗联精神宣传队的组织排练等工作，反而更加忙碌，书稿的整理撰写几乎全部是在晚上七八点钟以后才能开始，经常是过了午夜零点还不能休息。为核准史实、文献，我反复翻阅总计六十多册的《东北地区革命历史文件汇集》（中央档案馆和东北三省档案馆编）以及近年来所有与抗联史有关的研究性和回忆性著述，力求尽可能全面、客观、公允地记述当时的历史情况。书中还不惜篇幅，附上了在战争岁月中，对鼓舞斗志、振奋精神起到重大作用的，我们经常演唱的多数由抗联指战员谱写的歌曲。这既是为了真实、生动、形象地反映当时的社会状况、抗联战士的精神面貌、战斗情形，也是寄希望于借歌曲这种易于传播的形式在当下将抗联文化更好地传给后人。

　　这本书的写作前后历时三十多年，它是我的心血集成，但我仍然不能保证它没有瑕疵，毕竟我不是专业的历史研究者，也不是专业的文字工作者，每逢夜深人静开始动笔书写的那一刻，我只是一名普通的抗联战士，我只想用最朴素的方式毫无雕琢地把我所经历的一切告诉世人，铭记先烈。我相信，见到它的人会明白我的初衷，理解它的内涵，包容它的不足，并为先烈们所做的一切自豪感动。

多年来，我的领导和同事对我所倡导从事的抗联文化宣传工作给予了大力支持和肯定；黑龙江省委党史研究室对我本人回忆录的撰写工作十分的重视，室领导李景文同志和李振锟同志先后在课题的立项、经费的申请及出版等方面给予了大力支持和帮助，陈玫同志对书稿进行了认真的审改，从党史研究角度给予了必要的指导；党史研究专家王景、金宇钟、赵俊清、常好礼等同志在我漫长的写作过程中给予关心；哈尔滨朝鲜族老年大学校长李胜权同志协助查询提供了童年时期的部分资料；战友李桂兰的女儿刘颖在最后结稿成书的三年内一直陪伴在我身边，帮助我进行文稿整理、修改润色工作，直至定稿；黑龙江省书画院院长张智深同志根据我的试唱，对本书中的部分抗联歌谱进行了整理完善；我的秘书李江同志，作为东北抗联精神宣传队的一员，同我一样因工作所需数年来没有节假日；诸多的抗联研究者、抗联后代帮助搜集整理了相应的文献资料，其中征得本人同意，将王晓兵同志、侯昕同志整理的两份资料列为本书附录；多年来，我的家人对此项工作给予理解、支持和帮助；在回忆录的出版过程中，黑龙江人民出版社鼎力支持，广泛宣传，做了大量技术性工作。

作为东北抗日联军的一名老战士，我对大家为宣传抗联历史，支持撰写、出版本书所做的一切工作表示衷心的感谢！

李　敏

2012年9月25日